轻松展卷无障碍阅读
了解中国传统文化的必读经典

苏东坡集

无障碍阅读国学经典

〔北宋〕苏轼 著
文一言 编

中国华侨出版社
北京

图书在版编目（CIP）数据

苏东坡集 /（北宋）苏轼著；文一言编. —北京：中国华侨出版社，2018.5（2023.10重印）

（无障碍阅读国学经典）

ISBN 978-7-5113-7703-6

Ⅰ．①苏⋯ Ⅱ．①苏⋯ ②文⋯ Ⅲ．①苏轼（1036-1101）—文集 Ⅳ．① I214.412

中国版本图书馆 CIP 数据核字（2018）第 087202 号

苏东坡集

著　　者：	〔北宋〕苏轼
编　　者：	文一言
责任编辑：	姜　婷
封面设计：	异一设计
文字编辑：	劭　佳
美术编辑：	刘　佳
经　　销：	新华书店
开　　本：	650 毫米 ×940 毫米　1/16 开　印张：30　字数：518 千字
印　　刷：	德富泰（唐山）印务有限公司
版　　次：	2018 年 12 月第 1 版
印　　次：	2023 年 10 月第 2 次印刷
书　　号：	ISBN 978-7-5113-7703-6
定　　价：	39.00 元

中国华侨出版社　北京市朝阳区西坝河东里77号楼底商5号　　邮编：100028

发 行 部：（010）88866779　　　　传　真：（010）88877396

如发现印装质量问题，影响阅读，请与印刷厂联系调换。

前言

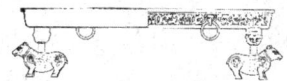

　　国学经典是中华传统文化的典范之作,充分体现了"经世治国"精神。它包含的范围很广泛:有古人关于天人合一的哲学思考、探索与总结,有历代史学大家对当世政治军事、社会生活等各方面的真实记录,也有古人抒发真情而传唱至今的诗词歌赋,还有那些汇集自身与前人经验而成的、对后辈子孙的谆谆教诲之言。它们或蕴含着古圣先贤们的智慧深见,或承载着古人对人生、世态的感悟感慨,或记录着曾经一幕幕真实的历史过程……显而易见,经典的价值无可厚非,但它们产生的时空毕竟离我们已过于遥远了。这就意味着,在新时代里阅读古代经典的时候,就要有所思索,选择适合我们阅读,且有现代价值和文化魅力的部分,这样才能让阅读的体验更为舒心,更能了解经典的思想内涵,更能弘扬传统文化。

　　"无障碍阅读国学经典"系列丛书就体察到了读者的这种需求。它秉承选取经典、还原经典、大众阅读的原则,从经典中精选一系列适读的典籍,如古典小说、优雅诗词、史学名著等,保留精华的篇章,以高水平的文本质量,力争将这道经典大餐原汁原味地展现在每一位读者面前。轻松展卷,如同饮啜醇酒,回味无穷。

　　苏东坡是我国文学艺术史上罕见的全才,也是中国数千年历史上被公认的文学艺术造诣最杰出的大家之一。他很有代表性地体现着宋代的文化精神,即学术、道德、政治完美融合于一身。因此,我们编撰出版这本书,可以说是为读者奉上的一道文学佳肴、精神盛宴。

　　苏东坡生于诗礼世家,自幼聪颖过人,"闻古今成败,辄能语其要"。及至成人,学识渊博,思想通达,"奋厉有当世志"。他是继欧阳修之后主持北宋文坛的领袖人物,被誉为"唐宋八大家之一"。他的文学思想是文、道并重,强调"有为而作""出新意于法度之中,寄妙理于豪放之外"。在这种文学思想指导下,苏东坡的散文呈现出多姿多彩的艺术风貌。苏文气势雄放,明白畅达,释德洪说:"其文涣然如水之质,漫衍浩荡,则其波亦自然成文。"

苏东坡的诗内容广阔，清新豪健，笔力纵横，穷极变幻，独具风格，为宋诗发展开辟了新的道路，与黄庭坚并称"苏黄"。叶燮《原诗》说："苏东坡之诗，其境界皆开辟古今之所未有，天地万物，嬉笑怒骂，无不鼓舞于笔端。"赵翼《瓯北诗话》说："以文为诗，自昌黎始，至东坡益大放厥词，别开生面，成一代之大观。……尤其不可及者，天生健笔一枝，爽如哀梨，快为并剪，有必达之隐，无难显之情，此所以继李、杜后为一大家也，而其不如李、杜处亦在此。"所以苏东坡成为最受后代广大读者欢迎的宋代诗人。

苏东坡在词的创作上也取得了非凡的成就。他以坦荡磊落、挥洒自如的艺术风格，高雅脱俗的艺术境界，炉火纯青的艺术语言，开创宋词豪放一派，扩大了词的题材，丰富了词的意境，提高了词的文学地位。与辛弃疾并称"苏辛"。其词或豪放，或婉约，或旷达，均具有很高的艺术成就和审美价值。刘辰翁在《辛稼轩词序》说："词至东坡，倾荡磊落，如诗，如天地奇观。"元好问说东坡词是"性情之外，不知有文字"。王国维评价"东坡之词旷"。《念奴娇·赤壁怀古》《水调歌头·丙辰中秋》等经典词作传诵甚广。

苏东坡在文、诗、词三方面都达到了极高的造诣，堪称宋代文学最高成就的代表。而且苏东坡的创造性活动不局限于文学，在书法、绘画等领域内的成就都很突出，书法名列"苏、黄、米、蔡"北宋四大书法家之一；于绘画，他最早提出文人画概念，开创了湖州画派，喜作枯木怪石。他对医药、烹饪、水利等技艺也有所贡献。

本书分两部分，上篇着重以苏东坡一生经历为主线，从"名动京师""宦游江湖""情深意笃""轶事典故""文学成就"五个方面向读者介绍这位文学巨匠，希望读者对苏东坡有尽可能全面的了解，而只有对他生活的背景和仕宦履历有所了解，才能准确地把握其作品的真实内涵，走进他的心灵深处。下篇收录了苏东坡最有代表性的名篇佳作，涵盖各个时期、各个类别、各种风格的诗、词、文，较全面地反映苏东坡在文学上所取得的卓越成就。本书在原作品的基础上加以注释、译文和赏析，注释简明扼要，译文通俗易懂，赏析不乏真知灼见。既能深入剖析苏东坡名作的佳处，又能使普通读者把握其作品的真实内涵，领略其名作的情感美、音韵美。

这本书知识性与可读性并重，雅俗共赏，可以说是我们今天了解文化巨人苏东坡的理想普及读本，亦是书架必藏珍品。

目录

上篇　东坡居士传

第一章　名动京师…………………………………………2
　少年不凡………………………………………………………2
　出蜀入京………………………………………………………3

第二章　宦游江湖…………………………………………5
　变法风云………………………………………………………5
　乌台诗案………………………………………………………5
　黄州岁月………………………………………………………6
　东山再起………………………………………………………7
　远放天涯………………………………………………………8
　最后岁月………………………………………………………8

第三章　情深意笃…………………………………………9
　贤内助王弗……………………………………………………9
　续弦王闰之……………………………………………………10
　侍妾王朝云……………………………………………………10

第四章　轶事典故…………………………………………12
　东坡肉…………………………………………………………12
　吟诗赴宴………………………………………………………13
　佛印趣事………………………………………………………13
　东坡凉粉………………………………………………………15

~ 1 ~

与茶	15
道化童蒙	16
程苏结怨	16

第五章 文学成就 …… 17

文学	17
诗词	18
书法	19
绘画	20

下篇 苏东坡作品选

第一章 诗 …… 22

屈原塔	22
江上看山	25
夜泊牛口	27
和子由渑池怀旧	29
鄠坞	31
游金山寺	32
泗州僧伽塔	36
腊日游孤山访惠勤惠思二僧	40
雨中游天竺灵感观音院	43
琴诗	45
六月二十七日望湖楼醉书五绝	47
夜泛西湖五绝	50
望海楼晚景五绝	54
饮湖上初晴后雨二首	57
有美堂暴雨	59
祭常山回小猎	61
花影	63

中秋见月和子由	65
月夜与客饮杏花下	67
舟中夜起	69
端午遍游诸寺得禅字	72
吴中田妇叹	75
初到黄州	78
寒食雨二首	80
和秦太虚梅花	83
洗儿戏作	87
海棠	89
题西林壁	91
惠崇春江晚景二首	93
与莫同年雨中饮湖上	96
雪浪石	97
八月七日初入赣，过惶恐滩	100
食荔枝	102
荔枝叹	105
六月二十日夜渡海	108
儋耳山	112

第二章　词 ····· 114

浣溪沙（山色横侵蘸晕霞）	114
蝶恋花（记得画屏初会遇）	116
减字木兰花（莺初解语）	119
蝶恋花（雨霰疏疏经泼火）	121
浣溪沙（风压轻云贴水飞）	123
诉衷情（小莲初上琵琶弦）	126
行香子（一叶舟轻）	128
天仙子（走马探花花发未）	131
江城子（凤凰山下雨初晴）	133
行香子（携手江村）	135

~ 3 ~

醉落魄（轻云微月）	138
少年游（去年相送）	140
蝶恋花（雨后春容清更丽）	142
点绛唇（红杏飘香）	144
卜算子（蜀客到江南）	147
南乡子（寒雀满疏篱）	149
鹊桥仙（缑山仙子）	152
虞美人（湖山信是东南美）	155
菩萨蛮（秋风湖上萧萧雨）	157
采桑子（多情多感仍多病）	159
沁园春（孤馆灯青）	163
江城子（十年生死两茫茫）	166
蝶恋花（灯火钱塘三五夜）	169
江城子（老夫聊发少年狂）	172
蝶恋花（花褪残红青杏小）	174
一丛花（今年春浅腊侵年）	176
水调歌头（明月几时有）	179
画堂春（柳花飞处麦摇波）	182
水调歌头（安石在东海）	184
减字木兰花（玉房金蕊）	187
浣溪沙（簌簌衣巾落枣花）	190
浣溪沙（缥缈红妆照浅溪）	192
浣溪沙（软草平莎过雨新）	194
浣溪沙（麻叶层层苘叶光）	196
浣溪沙（旋抹红妆看使君）	198
永遇乐（明月如霜）	200
江城子（天涯流落思无穷）	204
蝶恋花（簌簌无风花自堕）	207
南歌子（雨暗初疑夜）	209
西江月（照野弥弥浅浪）	211
南歌子（寸恨谁云短）	215

水龙吟（似花还似非花）	217
满江红（江汉西来）	220
南乡子（霜降水痕收）	224
江城子（梦中了了醉中醒）	226
念奴娇（大江东去）	229
水龙吟（小舟横截春江）	233
定风波（莫听穿林打叶声）	237
定风波（好睡慵开莫厌迟）	240
浣溪沙（山下兰芽短浸溪）	242
临江仙（夜饮东坡醒复醉）	244
西江月（世事一场大梦）	247
念奴娇（凭高眺远）	249
浣溪沙（万顷风涛不记苏）	252
卜算子（缺月挂疏桐）	254
浣溪沙（菊暗荷枯一夜霜）	256
满庭芳（蜗角虚名）	258
满庭芳（三十三年）	261
鹧鸪天（林断山明竹隐墙）	264
洞仙歌（冰肌玉骨）	267
水调歌头（落日绣帘卷）	270
满庭芳（归去来兮）	273
浣溪沙（西塞山边白鹭飞）	276
虞美人（波声拍枕长淮晓）	278
水调歌头（昵昵儿女语）	281
点绛唇（闲倚胡床）	284
好事近（湖上雨晴时）	286
西江月（公子眼花乱发）	288
临江仙（一别都门三改火）	290
西江月（昨夜扁舟京口）	292
临江仙（尊酒何人怀李白）	294
浣溪沙（桃李溪边驻画轮）	296

八声甘州（有情风） ……………………… 298
减字木兰花（天台旧路） ………………… 301
木兰花令（霜余已失长淮阔） …………… 303
减字木兰花（春庭月午） ………………… 306
满江红（清颍东流） ……………………… 308
青玉案（三年枕上吴中路） ……………… 311
渔家傲（临水纵横回晚鞚） ……………… 314
千秋岁（岛边天外） ……………………… 316
浣溪沙（轻汗微微透碧纨） ……………… 319
行香子（昨夜霜风） ……………………… 321
临江仙（九十日春都过了） ……………… 323
西江月（玉骨那愁瘴雾） ………………… 325
减字木兰花（春牛春杖） ………………… 328

第三章 散文 …………………………………… 330

论 ……………………………………………… 330

孟轲论 ……………………………………… 330
乐毅论 ……………………………………… 334
荀卿论 ……………………………………… 337
韩非论 ……………………………………… 341
范增论 ……………………………………… 344
留侯论 ……………………………………… 347
贾谊论 ……………………………………… 353
晁错论 ……………………………………… 358
刑赏忠厚之至论 …………………………… 363

赋 ……………………………………………… 367

前赤壁赋 …………………………………… 367
后赤壁赋 …………………………………… 372
秋阳赋 ……………………………………… 377

洞庭春色赋 ………………………………… 380
　　中山松醪赋 ………………………………… 383

记 ……………………………………………… 386
　　文与可画筼筜偃竹记 ……………………… 386
　　喜雨亭记 …………………………………… 390
　　凌虚台记 …………………………………… 394
　　超然台记 …………………………………… 398
　　放鹤亭记 …………………………………… 402
　　石钟山记 …………………………………… 406
　　记承天寺夜游 ……………………………… 411
　　记游定惠院 ………………………………… 414
　　记游松风亭 ………………………………… 417

书 ……………………………………………… 419
　　上荆公书 …………………………………… 419
　　上韩太尉书 ………………………………… 421
　　上梅直讲书 ………………………………… 424
　　答秦太虚书 ………………………………… 428
　　书吴道子画后 ……………………………… 432
　　书上元夜游 ………………………………… 434

杂著 …………………………………………… 436
　　李靖李为腹心之病 ………………………… 436
　　范文正公文集叙 …………………………… 439
　　韩干画马赞 ………………………………… 444
　　桂酒颂 ……………………………………… 446
　　潮州韩文公庙碑 …………………………… 449
　　乞校正陆贽奏议进御札子 ………………… 455
　　三槐堂铭 …………………………………… 459
　　方山子传 …………………………………… 463

上 篇
东坡居士传

第一章 名动京师

少年不凡

1037年,苏轼于眉州眉山出生,是初唐大臣苏味道之后。其名"轼"原意为车前的扶手,取其默默无闻却扶危救困,不可或缺之意。

苏轼的祖父叫苏序,好读书,善作诗。父亲苏洵就是《三字经》里提到的"二十七,始发奋"的"苏老泉",他对苏轼兄弟悉心指导。母亲程氏有知识且深明大义,曾为幼年的苏轼讲述《后汉书》里的古代志士,勉励儿子砥砺名节。

苏轼自少年便聪颖异常。8岁入学,以道士张易简为师。他似乎天生对诗文有很深的感悟,对文字的敏感达到了惊人的地步。10岁左右,苏轼已能写出很好的文章。据说有一次苏洵读欧阳修的《谢宣诏赴学士院仍谢赐对衣金带及马表》,命苏轼模拟其表写篇文章,苏轼信手写毕,其中有"匪伊垂之,带有余;非敢后也,马不进"之语。苏洵看罢十分高兴,叹道:"此子他日当自用之。"这看似简单的两句话,却用了两个相当深奥的典故。前一句出自《诗经·小雅·都人士》:"匪伊垂之,带则有余。"郑玄笺:"此言士非故垂此带也,带于礼自当有余也。"后一句出自《论语·雍也》:"子曰:'孟之反不伐,奔而殿,将入门,策其马,曰:'非敢后也,马不进也。',"何晏集解:"孟之反贤而有勇,军大奔,独在后为殿。人迎,功之。不欲独有其名,曰:'我非敢在后拒敌,马不能前进。'"神童气象,那时已经初见端倪。

苏轼学识渊博,思想通达,其弟苏辙在《亡兄子瞻端明墓志铭》中写道:"初好贾谊、陆贽书,论古今乱治,不为空言,既而读《庄子》,喟然叹息曰:'吾昔有见于中,口未能言。今见《庄子》,得吾心矣!'……后读释氏书,深悟实相,参之孔、老,博辩无碍,浩然不见其涯也。"

由此看来,苏轼不仅对儒、道、释三种思想都欣然接受,而且认为他们本来就是相通的。这种以儒学为根本体系，吸收道、释精髓的思想是苏轼人生观的哲学基础。

出蜀入京

嘉祐元年（1056年），苏洵带着21岁的苏轼和19岁的苏辙，自偏僻的西蜀地区，沿江东下，于嘉祐二年（1057年）进京参加礼部会试。本场的题目是《刑赏忠厚之至论》，大主考是大名鼎鼎的欧阳修，小试官梅尧臣阅罢苏轼答卷后，深感其文气势雄浑，于是推荐给欧阳修看。欧阳修看罢大为叹赏，本想把此卷置于第一，又疑此文可能是弟子曾巩所为，为了避嫌，将此卷置于第二。事后得知写此文者乃苏轼，感叹道："此我辈人也，吾当避之！"

之前，文坛上一直弥漫着华而不实、崇尚字雕句琢的浮靡风气，力主文以载道的欧阳修对此深恶痛绝，而苏轼的雄文恰恰符合了欧阳修的文学主张，故而得到欧阳修深深的嘉赏。

苏轼在文中写道："皋陶为士，将杀人。皋陶曰杀之三，尧曰宥之三。"欧、梅二公虽叹赏其文，却不知这几句话的出处。及苏轼谒谢，即以此问轼，苏轼答道："何必知道出处！"欧阳修听后，不禁对苏轼的豪迈、敢于创新极为欣赏，而且预见了苏轼的将来："此人可谓善读书，善用书，他日文章必独步天下。"

在欧阳修的一再称赞下，苏轼一时声名大噪。他每有新作，立刻就会传遍京师。当父子名动京师、正要大展身手时，突然传来苏轼母亲病故的噩耗。尚未得官的苏轼只得离开京城回到眉山，去尽三年之孝。直到嘉祐四年（1059年）年底除丧，才侍奉着父亲苏洵再次出川，赶回京师。经过长江三峡时，苏轼已经写了不少的诗，他把这些诗编辑成集，取名《南行集》。此时的苏轼进入了诗词创作的高产期，他似乎有着永远发不完的人生感慨，不得不形诸笔端，必宣泄之而后快。

嘉祐四年（1059年）十月，苏轼守丧期满回京。嘉祐五年（1060年），苏轼被授予河南府福昌县主簿。

嘉祐六年（1061年），苏轼应中制科考试，即通常所谓的"三年京察"，入第三等，为"百年第一"，授大理评事、签书凤翔府判官。苏轼带上妻子王弗赶到凤翔府，公务之余，他继续诗文的创作，在这期间写下了脍炙人口的

《喜雨亭记》《凌虚台记》等篇章，以及大量的诗歌。这些诗未必都是名篇，但从他创作的激情和数量来看，的确为他以后成为诗文名家奠定了基础。

英宗治平二年（1065年），三年任满的苏轼离开凤翔回到京师，授判登闻鼓院之职。召试秘阁，又获得了第三等的上佳成绩，改官直史馆。眼看着仕进之门向他层层打开时，不幸的事又接连发生：这年五月，夫人王弗病逝。治平三年（1066年）四月，父亲苏洵病故。苏轼不得不护送着父亲和妻子的灵柩再次回到眉山。这期间，苏轼续娶了王弗的堂妹王闰之。

第二章　宦游江湖

变法风云

三年之后，苏轼还朝，震动朝野的王安石变法开始了。

苏轼的许多师友，包括当初赏识他的恩师欧阳修在内，因反对新法与新任宰相王安石政见不合，被迫离京。朝野旧雨凋零，苏轼眼中所见，已不是他二十岁时所见的"平和世界"。

熙宁四年（1071年），苏轼上书谈论新法的弊病。王安石很愤怒，让御史谢景在皇帝跟前说苏轼的过失。苏轼于是请求出京任职。

苏轼先后于熙宁四年（1071年）至熙宁七年（1074年）被派往杭州任通判、熙宁七年（1074年）秋调往密州（山东诸城）任知州、熙宁十年（1077年）四月至元丰二年（1079年）三月在徐州任知州，革新除弊，因法便民，颇有政绩。

乌台诗案

宋神宗元丰二年（1079年）三月，苏轼转知湖州。上任后，他即给皇上写了一封《湖州谢表》，这本是例行公事，但却被某些人抓了辫子。表中说：

"臣轼言。蒙恩就移前件差遣，已于今月二十日到任上讫者。风俗阜安，在东南号为无事；山水清远，本朝廷所以优贤。顾惟何人，亦与兹选。臣轼中谢。伏念臣性资顽鄙，名迹埋微。议论阔疏，文学浅陋。凡人必有一得，而臣独无寸长。荷先帝之误恩，擢置三馆；蒙陛下之过听，付以两州。非不欲痛自激昂，少酬恩造。而才分所局，有过无功；法令具存，虽勤何补。罪固多矣，臣犹知之。夫何越次之名邦，更许借资而显受。顾惟无状，岂不知恩。此盖伏遇皇帝陛下，天覆群生，海涵万族。用人不求其备，嘉善而矜不能。知其愚不适时，难以追陪新进；察其老不生事，或能收养小民。而臣顷在钱塘，乐其风土。鱼鸟之性，既能自得于江湖；吴越之人，亦安臣之教令。敢不奉法勤职，息讼平刑。上以广朝廷之仁，下以慰父老之望。臣无任。"

苏轼这几句牢骚话，笔下的"新进"，指的是王安石变法时被引进的一批投机钻营的"群小"。"生事"一词，已成为保守派攻击变法派的时下习惯用语。这些用语自然刺痛那些仍然窃据高位，谋取私利的"小人"。第一个站出来检举苏轼的是御史里行何正臣，紧接着是王安石的学生李定。宋神宗在何正臣、舒亶、李定等人的百般构陷下，只得降旨将苏轼交御史台，由李定为首的"根勘所"负责审理。

宋神宗元丰二年（1079年），李定等人奉旨查办，立即派太常博士皇甫遵才前往湖州逮捕苏轼。苏轼被解到京城，投入御史台狱。受牵连者达数十人。两个多月的"根勘"审理，苏轼受尽非人的折磨。御史台严刑拷打，昼夜逼供，真是"诟辱通宵不忍闻"。最后，李定等人强加给苏轼"四大罪状"，请求宋神宗处死苏轼。

这就是北宋著名的"乌台诗案"。所谓"乌台"，即御史台，因官署内遍植柏树，又称"柏台"。柏树上常有乌鸦栖息筑巢，乃称乌台。所以此案称为"乌台诗案"。

宋神宗面对御史台的奏报，心里也着实犯难。当年宋太祖赵匡胤曾有遗嘱：除了犯叛逆谋反罪，一概不杀大臣。李定等人必欲置苏轼于死地不可，朝野上下，舆论哗然，认为苏轼未犯叛逆罪，不该重处。更奇怪的是，新旧两派正直之士，均出面营救。王安石当时退休金陵，也上书说："安有圣世而杀才士乎？"由于各方面的营救和舆论压力，促使宋神宗产生宽待苏轼，从轻发落的念头。最终，苏轼被降职为黄州（今湖北黄冈市）团练副使，本州安置，受当地官员监视。

黄州岁月

乌台诗案这一巨大打击成为苏轼一生的转折点，以致他到了黄州后对仕途几乎完全绝望。起初连诗文都很少再写，直到元丰四年（1081年）、元丰五年（1082年）时，缓过些神来的他才渐渐恢复了旧有的创作激情，同时增加了很多人生的阅历，看穿了很多人情世态。他多次到黄州城外的赤壁山游览，写下了《赤壁赋》《后赤壁赋》和《念奴娇·赤壁怀古》等千古名作。

苏轼还带领家人开垦城东的一块坡地，躬耕堂下，帮扶家计。"东坡居士"的别号便是他在这时起的。

直到元丰七年（1084年）四月，苏轼才得以奉诏移汝州仍任团练副使。由于长途跋涉，旅途劳顿，苏轼的幼儿不幸夭折。汝州路途遥远，且路费已尽，再加上丧子之痛，苏轼便上书朝廷，申请归老于常州（今属江苏），很快得到了恩准。

东山再起

元丰八年（1085年）初，神宗驾崩，哲宗即位，太皇太后高氏以哲宗年幼为名，临朝听政，立刻起用老臣司马光、吕公著主政，以王安石为首的新党被打压。一时间局势大变，苏轼也迎来了仕途上的第二春，很快被起用为登州知州，到任几天便受召回朝，被命为中书舍人，不久又升翰林学士知制诰，知礼部贡举。

当苏轼看到新兴势力拼命压制王安石集团的人物及尽废新法后，认为其与所谓"王党"不过一丘之貉，再次向皇帝提出谏议。他对旧党执政后，暴露出的腐败现象进行了抨击，由此，他又引起了保守势力的极力反对，于是又遭诬告陷害。为了达到把苏轼踢出朝廷的目的，侍御史王觌上奏："苏轼去冬学士院试馆职策题，自谓借汉以喻今也。其借而喻今者，乃是王莽、曹操等篡国之难易，缙绅见之，莫不惊骇。"监察御史赵挺之也为此屡上弹劾之文。监察御史王彭年上书言苏轼担任侍读时"密藏意旨，以进奸说"。诸如此类，不一而足。苏轼至此是既不能容于新党，又不能见谅于旧党，因而再度自求外调。

元祐四年（1089年），苏轼任龙图阁学士知杭州。此时他虽然心力交瘁，但还是没忘记为杭州百姓做些实实在在的事，比如清理葑草、疏浚河道，使杭州变得更加美丽。

由于西湖长期没有疏浚，淤塞过半，"葑台平湖久芜漫，人经丰岁尚凋疏"，湖水逐渐干涸，湖中长满野草，严重影响了农业生产。苏轼来杭州的第二年，率众疏浚西湖，动用民工二十余万，开除葑田，恢复旧观，并在湖水最深处建立三塔（今三潭映月）作为标志。他把挖出的淤泥集中起来，筑成一条纵贯西湖的长堤，堤有六桥相接，以便行人，后人名之曰"苏公堤"，简称"苏堤"。

远放天涯

苏轼在杭州干足三年，过得很是惬意，自比唐代的白居易。但元祐六年（1091年），他又被召回朝，做端明殿学士兼翰林侍读学士、守礼部尚书。但不久又因为政见不合，同年八月调往颍州任知州，元祐七年（1092年）二月任扬州知州，元祐八年（1093年）九月任定州知州。

九月，垂帘听政八年多的太皇太后高氏因病辞世。哲宗亲政后，立刻掉转风向，起用变法派，新党再度执政。厄运再次光顾了苏轼，他被贬到中山府当知府。八月，他的夫人王闰之卒。绍圣元年（1094年），他被贬为岭南的英州知州。走到半路，追贬为远宁军节度副使，惠阳（今广东惠州市）安置。

年近六旬的苏轼，日夜奔驰，千里迢迢赴贬所。一年多后，苏轼最爱的侍妾王朝云死在惠州。仅仅一年多，苏轼经历了天翻地覆的巨变，由翰林承旨的高官骤然成了贬谪岭南的罪犯，过起了比黄州团练副使更艰难的日子。

好不容易熬到绍圣四年（1097年），一场更大的灾难再次降临，年已六十二岁的苏轼被追贬到荒凉之地海南岛儋州（今海南儋州市）。据说在宋朝，放逐海南是仅比满门抄斩罪轻一等的处罚，且那是一个被视为有去无回的死亡之地。他把儋州当成了自己的第二故乡，"我本儋耳氏，寄生西蜀州"。他在这里办学堂，介学风，以致许多人不远千里，追至儋州，从苏轼学。

在北宋100多年里，海南从没有人进士及第。但苏轼北归不久，这里的姜唐佐就举乡贡。为此苏轼题诗："沧海何曾断地脉，珠崖从此破天荒。"人们一直把苏轼看作是儋州文化的开拓者、播种人，对他怀有深深的崇敬。在儋州流传至今的东坡村、东坡井、东坡田、东坡路、东坡桥、东坡帽等，表达了人们的缅怀之情，连语言都有一种"东坡话"。

最后岁月

元符三年（1100年），徽宗即位。徽宗即位后，苏轼被调廉州安置、舒州团练副使、永州安置，而且如愿以偿地回到了他梦寐以求的常州故宅。不过这位历尽万难的老人，终因内热过度无法排解，到达常州宜兴一个多月便与世长辞了，享年六十五岁，葬于汝州郏城县（今河南郏县）。

宋高宗即位后，追赠苏轼为太师，谥为"文忠"。

第三章 情深意笃

贤内助王弗

苏轼的结发之妻叫王弗,四川眉州青神乡贡进士王方之女。"生十有六岁,而归于轼。"十六岁嫁给苏轼以后,她堪称苏轼的得力助手,有"幕后听言"的故事。

苏轼为人旷达,待人接物相对疏忽,于是王弗便在屏风后静听,并将自己的建议告知于苏轼。苏轼的《亡妻王氏墓志铭》中记载着这样的故事:轼与客言于外,君立屏间听之,退必反覆其言曰:"某人也,言辄持两端,惟子意之所向,子何用与是人言?"有来求与轼亲厚甚者,君曰:"恐不能久。其与人锐,其去人必速。"已而果然。每当苏轼读书时,她便陪伴在侧,终日不去;苏轼偶有遗忘,她便从旁提醒。可谓苏轼绝佳的贤内助。

王弗侍亲甚孝,对苏轼关怀备至,二人情深意笃,恩爱有加。

治平二年(1065年)五月,年仅二十七岁的王弗去世,苏轼依父亲苏洵言"于汝母坟茔旁葬之",在王弗迁墓与苏母合葬时所写的墓志铭中哀叹说:"君得从先夫人于九原,余不能。呜呼哀哉!余永无所依怙。君虽没,其有与为妇何伤乎?呜呼哀哉!"并在埋葬王弗的山头亲手种植了三万株松树以寄哀思。

十年后,苏轼因与当权者政见不和,被转迁至密州任知州,苏轼为王弗写下了被誉为悼亡词千古第一的《江城子·乙卯正月二十日夜记梦》:

十年生死两茫茫,不思量,自难忘。千里孤坟,无处话凄凉。纵使相逢应不识,尘满面,鬓如霜。

夜来幽梦忽还乡,小轩窗,正梳妆。相顾无言,唯有泪千行。料得年年肠断处,明月夜,短松冈。

当了解到苏轼与王弗的爱情故事后,再读这首词,可知其中的情感沉痛

续弦王闰之

苏轼的第二任妻子叫王闰之,是王弗的堂妹,在王弗逝世后第三年嫁给了苏轼。她比苏轼小十一岁,自小对苏轼崇拜有加,生性温柔,处处依着苏轼。王闰之伴随苏轼走过了他人生中最重要的二十五年,历经乌台诗案、黄州贬谪,在苏轼的宦海沉浮中,与之同甘共苦。最困难时,和苏轼一起采摘野菜,赤脚耕田,变着法子给苏轼解闷。在王闰之生日之际,苏轼放生鱼为她资福,并作《蝶恋花》纪事。词中"三个明珠,膝上王文度",是赞美她对三个儿子都一视同仁,疼爱不分彼此。二十五年之后,王闰之也先于苏轼逝世。苏轼痛断肝肠,写祭文道:

我曰归哉,行返丘园。曾不少须,弃我而先。孰迎我门,孰馈我田。已矣奈何,泪尽目干。旅殡国门,我实少恩。惟有同穴,尚蹈此言。呜呼哀哉。

在妻子死后百日,苏轼请他的朋友、大画家李龙眠画了十张罗汉像,在请和尚给她诵经超度往生乐土时,献给了妻子亡魂。

苏轼死后,苏辙将其与王闰之合葬,实现了祭文中"惟有同穴"的愿望。

侍妾王朝云

熙宁七年(1074年),时在杭州的苏轼夫人王闰之把王朝云从歌舞班中赎出,收为侍女,当时王朝云年仅十二岁。她长大后,大约是在黄州时期,被苏轼收为侍妾。苏轼为她起字"子霞",她比苏轼小二十六岁,二十二岁时为东坡生了个儿子。东坡老来得子欣喜若狂,对友人说:"云蓝小袖者,近辄生一子,想闻之一抚掌也。"给孩子取名苏遁,乳名"干儿",出生三日按习俗洗浴时,写下了《洗儿戏作》:"人皆养子望聪明,我被聪明误一生。惟愿孩儿愚且鲁,无灾无难到公卿。"但天有不测风云,干儿十一个月大时因病不幸夭折。他哭道:"吾年四十九,羁旅失幼子。幼子真吾儿,眉角生已似。未期观所好,蹁跹逐书史。摇头却梨栗,似识非分耻。吾老常鲜欢,赖此一笑喜。忽然遭夺去,恶业我累尔。衣薪那免俗,变灭须臾耳。归来怀抱空,老泪如泻水。我泪犹可拭,日远当日忘。母哭不可闻,欲与汝俱亡。故衣尚悬架,涨乳已流床。感此欲忘生,一卧终日僵。中年忝闻道,梦幻讲已详。储药如丘山,临病更求方。仍将恩爱刃,割此衰老肠。知迷欲自反,一恸送余伤。"又写朝云悲情:"我泪犹可拭,日远当日忘。母哭不可闻,欲与汝俱亡。故衣尚悬架,涨乳已流床。感此欲忘生,一卧终日僵……"

苏轼最困顿时,他身边的侍妾纷纷离去,王朝云却一直陪伴其左右,是苏轼的红颜知己。苏轼写给王朝云的诗歌最多,称其为"天女维摩"。据说苏东坡被贬惠州时,王朝云常常唱《蝶恋花》词,为苏轼解愁闷。每当朝云唱到"枝上柳绵吹又少"时,就掩抑惆怅,不胜伤悲,哭而止声。东坡问何因,朝云答:"妾所不能竟(唱完)者,'天涯何处无芳草'句也"。苏轼大笑:"我正悲秋,而你又开始伤春了!"不幸的是,朝云也先于苏轼在惠州病逝。朝云逝后,苏轼"终生不复听此词",一直鳏居。遵照朝云的遗愿,苏轼将其葬于惠州孤山南麓栖禅寺大圣塔下的松林之中,并在墓边筑六如亭以纪念,撰写的楹联是"不合时宜,惟有朝云能识我;独弹古调,每逢暮雨倍思卿"。此楹联有个著名的典故:"东坡一日退朝,食罢。扪腹徐行,顾谓侍儿曰:'汝辈且道是中有何物?'一婢遽曰'都是文章',坡不以为然。又一人曰'满腹都是见识'。坡亦未以为当。至朝云,乃曰:'学士一肚皮不入时宜。'坡捧腹大笑。"

秦观也为朝云写过一首词:

霭霭迷春态,溶溶媚晓光。何期容易下巫阳。祇恐使君前世、是襄王。

暂为清歌驻,还因暮雨忙。瞥然归去断人肠。空使兰台公子、赋高唐。

第四章 轶事典故

东坡肉

苏轼堪称我国古代美食家，对烹调菜肴亦很有研究，尤其擅长制作红烧肉。宋人笔记小说有许多苏轼发明美食的记载。

追本穷源，苏轼的这种红烧肉最早在徐州创制，在黄州时得到进一步提高，在杭州时闻名全国。关于东坡肉名字的由来有很多传说，其中一种传说：

相传苏东坡在徐州、黄州、杭州三个地方做过"东坡肉"。在任徐州知州时带领百姓抗洪筑堤保城，百姓纷纷杀猪宰羊上府慰劳，东坡推辞不掉，收下后亲自指点家人烧制红烧肉回赠予老百姓。大家食后，都觉得此肉肥而不腻、酥香味美，一致称它为"回赠肉"。

元丰三年（1080年）二月一日，苏轼被贬谪到黄州，见黄州市面猪肉价贱，而人们不大吃它，便亲自烹调猪肉。有一次他吃得兴起，即兴作了一首打油诗名曰《食猪肉诗》，诗中写道："黄州好猪肉，价贱如粪土。富者不肯吃，贫者不解煮。慢着火，少着水，火候足时它自美。每日早来打一碗，饱得自家君莫管。"此诗一传十，十传百，人们开始争相仿制，并把这道菜戏称为"东坡肉"。

苏东坡二任杭州知州时，组织民工疏浚西湖，筑堤建桥，使被葑草湮没大半的西湖重新恢复昔日美景，杭州的老百姓非常感谢他，过年时，大家就抬猪担酒来给他拜年。苏东坡收到后，便指点家人将肉切成方块，烧得红酥醇香分送给参加疏浚西湖的民工们吃，大家吃后无不赞赏称奇，于是"东坡肉"的美名更传遍了全国。

吟诗赴宴

苏轼二十岁的时候,进京科考。有六个自负的举人看不起他,决定备下酒菜请苏轼赴宴打算戏弄他。苏轼接邀后欣然前往。入席尚未动筷子,一举人提议行酒令,酒令内容必须要引用历史人物和事件,这样就能独吃一盘菜。其余五人轰声叫好。"我先来。"年纪较长的说,"姜子牙渭水钓鱼!"说完捧走了一盘鱼。"秦叔宝长安卖马。"第二位神气地端走了马肉。"苏子卿贝湖牧羊。"第三位毫不示弱地拿走了羊肉。"张翼德涿县卖肉。"第四个急吼吼地伸手把肉扒了过来。"关云长荆州刮骨。"第五个迫不及待地抢走了骨头。"诸葛亮隆中种菜。"第六个傲慢地端起了最后的一样青菜。菜全部分完了,六个举人兴高采烈地正准备边吃边嘲笑苏轼时,苏轼却不慌不忙地吟道:"秦始皇并吞六国!"说完把六盘菜全部端到自己面前,微笑道:"诸位兄台请啊!"六举人呆若木鸡。

佛印趣事

1. 苏轼是个大才子,佛印是个高僧,两人经常一起参禅、打坐。佛印老实,老被苏轼欺负。苏轼有时候占了便宜很高兴,回家就喜欢跟他那个才女妹妹苏小妹说。

一天,两人又在一起打坐。苏轼问:"你看看我像什么啊?"佛印说:"我看你像尊佛。"苏轼听后大笑,对佛印说:"你知道我看你坐在那儿像什么?就活像一摊牛粪。"这一次,佛印又吃了哑巴亏。

苏轼回家就在苏小妹面前炫耀这件事。

苏小妹冷笑了一下,对哥哥说:"就你这个悟性还参禅呢,你知道参禅的人最讲究的是什么?是见心见性,你心中有眼中就有。佛印说看你像尊佛,那说明他心中有尊佛;你说佛印像牛粪,想想你心里有什么吧!"

2. 苏东坡和黄庭坚住在金山寺中。有一天,他们打面饼吃。二人商量好,这次打饼,不告诉寺中的佛印和尚。过了一会儿,饼熟了,两人算过数目,先把饼献到观音菩萨座前,殷勤下拜,祷告一番。不料佛印预先已藏在神帐中,趁二人下跪祷告时,伸手偷了两块饼。苏轼拜完之后,起身一看,少了两块饼,便又跪下祷告说:"观音菩萨如此神通,吃了两块饼,为何不出来见面?

佛印在帐中答道:"我如果有面,就与你们合伙做几块吃吃,岂敢空来打扰?"

3. 苏东坡在杭州,喜欢与西湖寺僧交朋友。他和金山寺佛印和尚最要好,两人饮酒吟诗之余,还常常开玩笑。

佛印和尚好吃,每逢苏东坡宴会请客,他总是不请自来。有一天晚上,苏东坡邀请黄庭坚去游西湖,船上备了许多酒菜。游船离岸,苏东坡笑着对黄庭坚说:"佛印每次聚会都要赶到,今晚我们乘船到湖中去喝酒吟诗,玩个痛快,他无论如何也来不了啦。"谁知佛印和尚老早打听到苏东坡要与黄庭坚游湖,就预先在他俩没有上船的时候,躲在船舱板底下藏了起来。

明月当空,凉风送爽,荷香满湖,游船慢慢地来到西湖三塔,苏东坡把着酒杯,拈着胡须,高兴地对黄庭坚说:"今天没有佛印,我们倒也清静,先来个行酒令,前两句要用即景,后两句要用'哉'字结尾。"黄庭坚说:"好吧!"苏东坡先说:"浮云拨开,明月出来,天何言哉?天何言哉?"黄庭坚望着满湖荷花,接着说道:"莲萍拨开,游鱼出来,得其所哉!得其所哉!"

这时候,佛印在船舱板底下早已忍不住了,一听黄庭坚说罢,就把船舱板推开,爬了出来,说道:"船板拨开,佛印出来,憋煞人哉!憋煞人哉!"

苏东坡和黄庭坚,看见船板底下突然爬出一个人来,吓了一大跳,仔细一看,原来是佛印,又听他说出这样的四句诗,禁不住都哈哈大笑起来。

苏东坡拉住佛印就座,说道:"你藏得好,对得也妙,今天到底又被你吃上了!"于是,三人赏月游湖,谈笑风生。

4. 一天傍晚,东坡与好友佛印和尚泛舟江上。时值深秋,金风飒飒,水波粼粼,大江两岸,景色迷人。饮酒间,佛印向东坡索句。苏东坡向岸上看了看,用手一指,笑而不说。佛印望去,只见岸上有条大黄狗正狼吞虎咽地啃吃骨头。佛印知道苏东坡在开玩笑,就呵呵一笑,把手中题有苏东坡诗句的折扇抛入水中。两人心照不宣,抚掌大笑。原来他们是作了一副双关哑联。

东坡的上联是:狗啃河上(和尚)骨;佛印的下联是:水流东坡诗(尸)。

5. 在黄州时,苏轼常与金山寺住持佛印禅师来往。一日,苏轼作一首诗偈"稽首天中天,毫光照大千。八风吹不动,端坐紫金莲"呈给佛印。禅师即批"放屁"二字,嘱书童携回。东坡见后大怒,立即过江责问禅师,禅师大笑:"学士,学士,您不是'八风吹不动'了吗?怎又一'屁'就打过了江?"

"八风吹不动"可见于《佛地经论》卷五,诗僧寒山诗歌亦有此句,八风是佛教用语。

东坡凉粉

相传北宋时期，大文学家苏东坡任凤翔府（今陕西凤翔县）签书判官时，于凤翔东湖避暑，炎炎夏日无清凉爽口之物下肚，特命人取滨豆（也称作小扁豆）研磨成粉，熬制成糊状，盛入石头器皿中待其冷却后，切成条状，配以盐、醋、辣椒等凉拌，因其口感爽、滑，并有清凉解暑之功效，之后流传于凤翔民间。后人为纪念他称其为"东坡凉粉"并流传至今。

与 茶

苏东坡是中国宋代杰出的文学家、书法家，而且对品茶、烹茶、茶史等都有较深的研究，在他的诗文中，有许多脍炙人口的咏茶佳作，流传下来。

他创作的散文《叶嘉传》，以拟人手法，形象地称颂了茶的历史、功效、品质和制作等各方面的特色。苏东坡一生，因任职或遭贬谪，到过许多地方，每到一处，凡有名茶佳泉，他都留下诗词。如元丰元年（1078年），苏轼任徐州太守时作有《浣溪沙》一词："酒困路长惟欲睡，日高人渴漫思茶，敲门试问野人家。"形象地再现了他思茶解渴的神情。"白云峰下两旗新，腻绿长鲜谷雨春"，是描写杭州的"白云茶"。"千金买断顾渚春，似与越人降日注"是称颂湖州的"顾渚紫笋"。而对福建的壑源茶，则更是推崇备至。他在《次韵曹辅寄壑源试焙新茶》一诗中这样写道："仙山灵草湿行云，洗遍香肌粉未匀。明月来投玉川子，清风吹破武林春。要知冰雪心肠好，不是膏油首面新。戏作小诗君勿笑，从来佳茗似佳人。"

后来，人们将苏东坡的另一首诗中的"欲把西湖比西子"与"从来佳茗似佳人"辑成一联，陈列到茶馆之中，成为一副名联。苏东坡烹茶有自己独特的方法，他认为好茶还须好水配，"活水还须活火烹"。他还在《试院煎茶》诗中，对烹茶用水的温度作了形象的描述。他说："蟹眼已过鱼眼生，飕飕欲作松风鸣。"以沸水的气泡形态和声音来判断水的沸腾程度。苏东坡对烹茶用具也很讲究，他认为"铜腥铁涩不宜泉"，而最好用石烧水。据说，苏轼在宜兴时，还亲自设计了一种提梁式紫砂壶。后人为了纪念他，把这种壶式命名为

"东坡壶"。

道化童蒙

苏轼少年时在家乡天庆观读书,其启蒙老师是道士张易简。当时张易简道长收的学生有几百人,苏轼是倍受张道长青睐的学生之一,另一个同样受青睐的学生是后来载入《仙鉴》的知名道士陈太初。据《东坡志林》记载,在苏轼被贬黄州时,他的老同学陈太初在汉中羽化仙去。

由于苏轼自小受道教的启蒙教育,他的一生对道教情有独钟,常穿道袍,游访道士。如《放鹤亭记》对道人张天骥大加赞赏,而《后赤壁赋》又以道人入梦结尾。在他被贬时,仍给许多道观、道堂撰文,于是有了《众妙堂记》《观妙堂记》《庄子祠堂记》等美文。在《众妙堂记》文中他讲述了梦中见到自己的启蒙老师张易简道长并深受教诲之事,可见道教对其影响之深。

程苏结怨

宋哲宗元祐元年(1086年),司马光去世,大臣们正举行明堂祭拜大典,赶不及奠祭,仪式一完成,大臣们希望赶去吊丧,程颐却拦住大家,说孔子"是日哭则不歌",参加明堂典礼之后,不该又吊丧。大家觉得这不近人情,反驳说,"哭则不歌"不代表"歌则不哭"。

苏轼嘲笑程颐说:"这是枉死市上的叔孙通制定的礼法。"这是苏轼、程颐两人结怨的开始。

有一次国家忌日,众大臣到相国寺祷佛,程颐要求食素,苏轼责问说:"正叔(程颐表字),你不是不喜好佛教吗?为什么要吃素食?"程颐说:"根据礼法,守丧不可饮酒吃肉;忌日,是丧事的延续。"苏轼唱反调:"支持刘家的人露出左臂来吧!"(用《史记》典故,苏轼自比为汉朝的太尉周勃,把程颐比为吕氏乱党,要求大家支持他)范淳夫等人吃素食,而秦观、黄庭坚等则吃肉。

第五章 文学成就

苏轼在才俊辈出的宋代，在诗、文、词、书、画、修心、悟道、自然辟谷等许多方面均取得了登峰造极的成就，是中国历史上少有的文学和艺术天才。

文 学

苏轼的文学观点和欧阳修一脉相承，但更强调文学的独创性、表现力和艺术价值。他的文学思想强调"有为而作"，崇尚自然，摆脱束缚，"出新意于法度之中，寄妙理于豪放之外"。他认为作文应达到"如行云流水，初无定质，但常行于所当行，常止于所不可不止。文理自然，姿态横生"（《答谢民师推官书》）的艺术境界。苏轼散文著述宏富，与韩愈、柳宗元和欧阳修三家并称。文章风格平易流畅，豪放自如。

释德洪说："其文涣然如水之质，漫衍浩荡，则其波亦自然成文。"苏轼与欧阳修并称"欧苏"，是"唐宋八大家"之一。

苏轼是继欧阳修之后主持北宋文坛的领袖人物，在当时的作家中间享有巨大的声誉，一时与之交游或接受他的指导者甚多，北宋文学家黄庭坚、秦观、晁补之和张耒都曾得到他的培养、奖掖和荐拔，故称苏门四学士。苏门四学士和陈师道、李廌六人并称苏门六君子。

其《题柳子厚诗》云："诗须要有为而作……好奇务新，乃诗之病。"其《答乔舍人启》亦云："文章以华采为末，而以体用为本"主张诗要有为，以"体用"为文之根本。在《答王庠书》中又说："儒者之病，多空文而少实用。"

其诗《送李公恕赴阙》说自己的诗文是"杂以嘲讽究诗骚"。《宋史》也说他作诗是"以诗托讽，庶几有补于国"，这都说明他是在有意继承风、骚的讽喻传统。

他在《答毛滂书》中也说："文章如金玉，各有定价，先后进相汲引，因其言以信于世，则有之矣。至其品目高下，盖付之众口，绝非一夫所能抑扬。"

诗 词

苏轼的诗现存约两千七百余首，其诗内容广阔，风格多样，而以豪放为主，笔力纵横，穷极变幻，具有浪漫主义色彩，为宋诗发展开辟了新的道路。叶燮（字星期）《原诗》说："苏轼之诗，其境界皆开辟古今之所未有，天地万物，嬉笑怒骂，无不鼓舞于笔端。"赵翼《瓯北诗话》说："以文为诗，自昌黎始，至东坡益大放厥词，别开生面，成一代之大观。……尤其不可及者，天生健笔一枝，爽如哀梨，快为并剪，有必达之隐，无难显之情，此所以继李、杜后为一大家也，而其不如李、杜处亦在此。"其诗清新豪健，善用夸张比喻，在艺术表现方面独具风格。少数诗篇也能反映民间疾苦，指责统治者的奢侈骄纵。词开豪放一派，对后代很有影响。《念奴娇·赤壁怀古》《水调歌头·丙辰中秋》传诵甚广。诗文有《东坡七集》等。苏轼的词现存三百四十多首，冲破了专写男女恋情和离愁别绪的狭窄题材，具有广阔的社会内容。苏轼在我国词史上占有特殊的地位。他将北宋诗文革新运动的精神，扩大到词的领域，扫除了晚唐五代以来的传统词风，开创了与婉约派并立的豪放派，扩大了词的题材，丰富了词的意境，冲破了诗庄词媚的界限，对词的革新和发展做出了重大贡献。名作有《念奴娇》《水調歌头》等，开豪放词派的先河，与辛弃疾并称"苏辛"。刘辰翁在《辛稼轩词序》说："词至东坡，倾荡磊落，如诗，如天地奇观。"

首先，在题材上，前期的作品主要反映了苏轼的"具体的政治忧患"，而后期作品则将侧重点放在了"宽广的人生忧患"，疾恶如仇，遇有邪恶，则"如蝇在台，吐之乃已"。其行云流水之作引发了乌台诗案。黄州贬谪生活，使他"讽刺的苛酷，笔锋的尖锐，以及紧张与愤怒，全已消失，代之而出现的，则是一种光辉温暖、亲切宽和的视界，醇甜而成熟，透彻而深入"。

其次，在文化上，前期尚儒而后期尚道尚佛。

前期，他有儒家所提倡的社会责任，深切关注百姓疾苦；后期，尤其是两次遭贬之后，他则更加崇尚道家文化并回归到佛教中来，企图在宗教上得到解脱。他深受佛家的"平常心是道"的启发，在黄州、惠州、儋州等地过上了真正的农人生活,并乐在其中。

第三,在风格上,前期的作品大气磅礴、豪放奔腾,如洪水破堤一泻千里;而后期的作品则空灵隽永、朴质清淡,如深柳白梨花香远益清。

就词作而言,纵观苏轼的三百余首词作,真正属于豪放风格的作品却为数不多,据朱靖华先生的统计,类似的作品占苏轼全部词作的十分之一左右,大多集中在密州、徐州,是那个时期创作的主流。这些作品虽然在数量上并不占优势,却着实反映了那段时期苏轼积极仕进的心态。而后期的一些作品就既有地方人情的风貌,也有娱宾遣兴、秀丽妩媚的姿彩。诸如咏物言情、记游写景、怀古感旧、酬赠留别、田园风光、谈禅说理,几乎无所不包,绚烂多姿。而这一部分占了苏轼全词的十之八九左右,其间大有庄子化蝶、物我皆忘之味。至此,他把所有对现实的对政治的不满、歇斯底里的狂吼、针尖麦芒的批判全部驱逐了。其题材渐广,其风格渐趋平淡致远。

书　法

苏轼擅长行书、楷书,与黄庭坚、米芾、蔡襄并称"宋四家"。他曾遍学晋、唐、五代名家,得力于王僧虔、李邕、徐浩、颜真卿、杨凝式,而自成一家,曾自云:"我书造意本无法。"又云:"自出新意,不践古人。"黄庭坚说他:"早年用笔精到,不及老大渐近自然。"又云:"到黄州后掣笔极有力。"晚年又挟有海外风涛之势,加之学问、胸襟、见识处处过人,而一生又屡经坎坷,其书法风格丰腴跌宕,天真浩瀚,自创新意。观其书法即可想象其为人。

人书并尊,在当时其弟兄子由、子侄迈、过、友人王定国、赵令畤均向他学习;其后历史名人如李纲、韩世忠、陆游,以及明代的吴宽、清代的张之洞,亦均向他学习,可见影响之大,赞誉颇高。"本朝善书者,自当推(苏)为第一。"(《山谷集》)

苏轼早期书法代表作为《治平帖》,笔触精到,字态妩媚。

中年的《黄州寒食诗帖》是苏轼书法作品中的上乘,在书法史上影响很大。此诗帖系元丰五年(1082年)苏轼因为乌台诗案遭贬黄州第三年的寒食节时的遣兴诗作。诗写得苍凉多情,表达了苏轼此时惆怅孤独的心情。此诗的书法也正是在这种心情和境况下,有感而出的。通篇起伏跌宕,迅疾而稳健,痛快淋漓,一气呵成,达到"心手相畅"的几近完美的境界。苏轼将诗句随心境情感的变化,寓于点画线条的变化中,或正锋,或侧锋,转换多变,顺手断联,浑然天成。其结字亦奇,或大或小,或疏或密,有轻有重,有宽有窄,参差错落,恣肆奇崛,变化万千。所以元朝鲜于枢把它称为继王羲之《兰亭序》、颜真卿《祭侄稿》之后的"天下第三行书"。

因为有诸家的称赏赞誉,世人遂将《寒食帖》与东晋王羲之《兰亭序》、唐代颜真卿《祭侄稿》合称为"天下三大行书"。还有人将"天下三大行书"做对比说:《兰亭序》是雅士超人的风格,《祭侄帖》是至哲贤达的风格,《寒食帖》是学士才子的风格。它们先后媲美,各领风骚,可以称得上是中国书法史上行书的三块里程碑。

苏轼晚年用笔沉着,代表作有行书《洞庭春色赋》《中山松醪赋》等,此二赋以古雅胜,姿态百出而结构紧密,集中反映了苏轼书法"结体短肥"的特点。

绘 画

苏轼在绘画方面画墨竹,师文同(即文与可),具掀舞之势。米芾说他"作墨竹,从地一直起至顶。余问:'何不逐节分?'曰:'竹生时,何尝逐节生?'"亦善作枯木怪石。米芾又云:"作枯木枝干,虬曲无端;石皴硬,亦怪怪奇奇无端,如其胸中盘郁也。"均可见其作画很有奇想远寄。其论书画均有卓见,论画影响更为深远。如重视神似,认为"论画以形似",主张画外有情,画要有寄托,反对形似,反对程式束缚,提倡"诗画本一律,天工与清新",并明确提出"士人画"的概念等,为其后"文人画"的发展奠定了理论基础。存世画迹有《古木怪石图卷》《潇湘竹石图卷》等。

下篇
苏东坡作品选

第一章　诗

屈原①塔

楚人悲屈原，千载意未歇②。
精魂③飘何处，父老空哽咽。
至今沧江④上，投饭⑤救饥渴⑥。
遗风成竞渡，哀叫楚山裂。
屈原古壮士，就死⑦意甚烈。
世俗安得知，眷眷⑧不忍决⑨。
南宾⑩旧属楚，山上有遗塔。
应是奉佛人，恐子⑪就沦灭⑫。
此事虽无凭，此意固已切。
古人谁不死，何必较考⑬折⑭。
名声实无穷，富贵亦暂热。
大夫⑮知此理，所以持死节⑯。

【注释】

①屈原：中国历史上第一位伟大的爱国诗人，战国时期楚国诗人、政治家，相传于农历五月五日投汨罗江自尽。

②歇：停止，休止。

③精魂：精神魂魄。

④沧江：泛指江河，江流，因为水为苍色，所以称"沧江"。

⑤投饭：投下饭食喂河里的生物让它们吃饱了就不再吃屈原的遗体。古时荆楚之人有在农历五月初五将煮好的糯米饭和蒸好的粽糕投入江中祭祀屈原的习俗。

⑥饥渴：饥饿的鱼龟虾蟹，属偏义复词，特指"饥"。

⑦就死：赴死。就，即也。

⑧眷眷：依恋反顾貌，带不舍之意。

⑨决：别也。

⑩南宾：忠州南宾县，如今的四川丰都。

⑪子：指屈原，屈原的精魂。

⑫沦灭：消亡，消失。

⑬考：老，长寿。

⑭折：断，指死亡。

⑮大夫：指屈原，屈原曾受楚怀王信任担任三闾大夫。

⑯死节：为了保全气节、节操赴死。

【译文】

楚地的人都为屈原感到悲哀，这种情感千百年来一直没有停止过。

他的精神魂魄飘到了什么地方？只留父老在哽咽哭泣。

直到今天，在苍绿色的江流上，人们还投下饭食供饥饿的鱼龟虾蟹争食，从而不让它们吃屈原的尸体。

遗留下来的风俗成了比赛划龙舟，人们哀叫的声音甚至要把楚地的山震裂。

屈原是古时的豪迈之人，当时慷慨赴死的意图非常强烈。

世上的俗人怎么能知道他这种想法呢？都以为屈原恋恋不舍，不愿意与这个世间告别。

南宾县之前属于楚地，山上有留下来的古塔。

这塔应该是侍奉佛祖的僧人担心屈原的精魂就要消散，所以修建的。

这件事虽然没有凭据，但这份心意已经很真切了。

古往今来的人有谁是不死的？没有必要去比较到底是长寿好还是死亡好。人的名声实在是不会消忘的，而身份财富只是短暂的荣盛。

屈原正是知道这个道理，所以即使是死也要保持自己的气节与节操。

【赏析】

这是苏轼在嘉祐四年（1059年）丁忧结束后，举家迁往汴京途经忠州时所写下的诗。

回顾苏轼，一生历经贬谪，在一肚子不合时宜的心境中度过了人生的大半光阴。不过写作此诗时，苏轼还是意气风发的青年才士，两年前刚以21岁的年龄成为进士。本年冬苏轼侍父入京，途经忠州南宾县（今四川丰都），看到这个与屈原毫无关系的地方竟建有一座屈原塔，惊异之余便写下了上面这首五言古诗。诗分三段：前八句写端午节投粽子、赛龙舟习俗与屈原的关系，次八句推测屈原塔的来历，末八句赞美屈原不苟求富贵而追求理想的节操。

相比楚地民俗，其实更触动苏轼的是屈原那深入人心的精神品格，因此他不是在纪实性的叙写中展开作品，而是付之以精神史的追溯。投饭和竞渡不是呈现为娱乐化的热闹的民俗场景，而是祭祀与追怀的真正仪式，伴有"悲""哽咽""哀叫"等强烈的情绪活动。作者一再用反衬的笔法来强化议论的力度，如屈原赴死之决绝与世人眷怀之不绝，如事之无凭与人情之殷切，富贵之短暂与声名之无穷，世人之澌灭与屈原之不朽，最终以"大夫知此理，所以持死节"一联贯之，屈原持志之高洁与自己的无限景仰之情，都不待言而自喻。从某种意义上说，这首诗就像是一个预言，宣示了作者未来的志节和对人生道路的选择。后来苏轼毕生坚持自己的政治主张和生活理想，身处逆境而不妥协苟同，同时保持乐观豁达的生活态度，始终对未来充满了希望。

江上看山

船上看山如走马①,倏忽②过去数百群。
前山槎牙③忽变态,后岭杂沓④如惊奔。
仰看微径⑤斜缭绕⑥,上有行人高缥缈⑦。
舟中举手欲与言,孤帆南去如飞鸟。

【注释】

①走马:奔跑的骏马。
②倏忽:很快地,忽然。
③槎(chá)牙:形容不齐的样子。
④杂沓(tà):这里形容"惊奔"的样子。沓,作"逐",杂乱。
⑤微径:山间小路。
⑥缭绕:回环旋转。
⑦缥缈:形容隐隐约约、模模糊糊的样子。

【译文】

在船上看山,山峦如同骏马疾走,数百座群峰顷刻间就从眼前过去了。

错杂不齐的前山瞬间变化万千,纷杂繁多的后岭好像在惊骇地奔跑。

仰看山上的小路歪歪斜斜,盘回曲折,远远望去,可以隐隐约约地看见有人在上面行走。

我在船中高高地举起手想和山上的行人打招呼,可是孤单的船只却像飞鸟一般往南驰逐而去。

【赏析】

　　这是北宋嘉祐四年（1059年），苏轼从眉山赴汴京途中，乘船途经荆州，看到两岸群山美景，即兴而作的诗。

　　诗的前四句描写的是荆州水路途中早晨在江上看山的图景。时令是冬季，诗人在初升的日光中，前望崖岸剥落的山岭，草木荒疏萧索，在日光的照射下，呈现出赤红的颜色。船不断地前进，诗人却没有感觉到船动，而只感觉到两岸的山在不断地移动。船下行，看到的山是上行。"如走马"，意思是山像马一样在走动，这里诗人是采用化静为动的写作手法，以反衬船速之快。同时也可见蜀中的山之多，因为蜀中的山连绵不断，"马"连成了群，一群一群地在自己眼前飞快地过去。船在加快速度前进，前面的山高低不齐，不成马形，后面的山却像受了惊的马群失去队形乱哄哄地奔跑。

　　诗的后四句描写所见山上道路以及环边小景。傍晚时分，前行途中，偶一回头，把目光转向盘旋曲折的山路上，看到在落日余晖之中，天空孤云飘荡，山上云气缭绕，加之山路上的行人，景色美妙如新成之画。而最后两句："舟中举手欲与言，孤帆南去如飞鸟。"诗人正想举手和他说话，而船"如飞鸟"已驶过去了。记下了一刹那，又是一种境界。这里写了船动。由雄悍、廓大转入细徐，跌宕有致。

　　在这首诗中诗人描摹的景物，既有立体感，又有动态感，画面鲜明。诗人于字里行间，充满了对优美的自然景色的欣悦和向往之情。

夜泊牛口①

日落红雾生,系舟宿牛口。
居民偶相聚,三四依古柳。
负薪出深谷,见客喜且售。
煮蔬为夜飧②,安识肉与酒。
朔③风吹茅屋,破壁见星斗。
儿女自咿嗄④,亦足乐且久。
人生本无事,苦为世味诱。
富贵耀吾前,贫贱独难守。
谁知深山子,甘与麋鹿友。
置身落蛮荒,生意⑤不自陋。
今予独何者,汲汲⑥强奔走。

【注释】

①牛口:即牛口镇,在牛口山下,位于今湖北巴东县东20里,临长江。
②夜飧(sūn):晚餐。
③朔:北方的意思。
④咿嗄(yī yōu):话语貌。
⑤生意:生机。
⑥汲汲(jí jí):形容心情急切,努力追求。

【译文】

　　夕阳西下，红霞满天，乘船抵达了宜宾的牛口渡头。天色已晚，决定在牛口镇停船住下。路边，古柳下，三三两两的居民倚着古柳，悠闲地聊着天。砍柴归来的山民看到我们，高兴地向我们兜售刚从山上背下来的柴禾。这里民风淳朴，百姓生活简单，他们熬煮蔬菜作为晚餐，并不吃酒肉。人们住在破茅屋里，从屋顶看出去，北风吹动，漫天星斗。旁边，孩子们在开心地数着星星，大人们无不感到快乐与长久。

　　人生本来应该像他们这样悠闲度过，可我却不得不汲汲奔走。尘世的富贵在前方或隐或现，仿佛在向我招手，对我来说安于贫贱竟是一件很不容易的事儿。若不是亲眼所见，有谁相信这些山民与麋鹿为友也可以那么快乐。他们从容地在这蛮荒的山野安身立命，完全不会像我们这样将山野视为鄙陋。跟他们相比，我是个什么样的人呢？硬要迎着北风往尘世中去，辛苦奔走。

【赏析】

　　宋嘉祐四年（1059年）冬，诗人跟随父亲第二次入京的路上，途经三峡牛口，根据所见所闻创作此诗。

　　诗的前半部分写牛口村民生的艰难和民风的淳朴，村民采樵为生，茅屋破陋，蔬食果腹，虽处蛮荒之地，却也一点儿也不戚戚悲苦，反倒家人相亲，陶然自足；后半部分则抒发自己的感慨："人生本无事，苦为世味诱。富贵耀吾前，贫贱独难守。"自己为了汲汲功名，奔走富贵。诗人一方面在穷乡僻壤中看见人生可以如此简单，另一方面对于自己即将展开的人生又有不可遏抑的追求与向往。淡泊的性情使他在追求世间功名利禄的过程中，始终能对自己的现状转换视角另作省思。

和子由渑池怀旧①

人生到处知何似②,应似飞鸿踏雪泥。
泥上偶然留指爪,鸿飞那复计东西。
老僧③已死成新塔,坏壁④无由见旧题。
往日崎岖还记否,路长人困蹇驴⑤嘶。

【注释】

①此诗作于苏轼经渑池(今属河南),忆及苏辙曾有《怀渑池寄子瞻兄》一诗,从而和之。子由:苏轼弟苏辙字子由。渑(miǎn)池:今河南渑池县。

②人生到处知何以:此是和作,苏轼依苏辙原作中提到的雪泥引发出人生之感。查慎行、冯应榴以为用禅语,王文诰已驳其非,实为精警的譬喻,故钱锺书《宋诗选注》指出:"雪泥鸿爪","后来变为成语"。

③老僧:即指奉闲。苏辙原唱"旧宿僧房壁共题"自注:"昔与子瞻应举,过宿县中寺舍,题其老僧奉闲之壁。"古代僧人死后,以塔葬其骨灰。

④坏壁:指奉闲僧舍。嘉祐元年(1056年),苏轼与苏辙赴京应举途中曾寄宿奉贤僧舍并题诗僧壁。

⑤蹇(jiǎn)驴:形容腿脚不灵便的驴子。蹇,跛脚。

【译文】

人生在世,到这里、又到那里,偶然留下一些痕迹,你觉得像是什么?我看真像随处乱飞的鸿鹄,偶然在某处的雪地上落一落脚一样。

它在这块雪地上留下一些爪印,正是偶然的事,因为鸿鹄的飞东飞西根本就没有一定的规律。

老和尚奉闲已经去世，他留下的只有一座藏骨灰的新塔，我们也没有机会再到那儿去看看他当年题过字的破壁了。

你还记得当时往渑池的崎岖旅程吗？路又远，人又疲劳，驴子也累得直叫唤。

【赏析】

这首诗作于嘉祐六年（1061年），苏轼再度经过渑池。

诗的前四句对于人生的经历，做了一个深刻的比喻，说："人生所经历过的地方和所经历过的事情，像什么样子呢？该是像天上飞翔的鸿雁踩在积雪的地上；这雪地上因那偶然的机会，留下了脚爪的痕迹，可是鸿还得继续飞行，飞向何方，哪里还去考虑南北东西！"因为这个比喻非常生动而且深刻，所以后来便成为"雪泥鸿爪"这个成语，用以比喻往事遗留下来的痕迹。

第三联写渑池当年寄宿过的那座佛寺的情况：当时接待咱们的那个老和尚已经死了，按传统习惯，他的尸体经过火化，骨灰已安放到新造的那座小塔里面去了；当时在上面题诗的那堵墙壁已经坏了，因此不能再见到旧时题诗的墨迹了。就是说，多少年过去了，人变了，和尚死了，物变了，寺壁坏了，世间已经历了沧海桑田的变化。当年在雪泥上留下的鸿爪，像是雪化了，这些爪印也不见了。言外颇有为人生的短促叹息和对自己漂泊不定的感伤。

最后两句，作者自己加了个注脚："往岁马死于二陵，骑驴至渑池。"是说：当年要去赴考时，我骑的马在渑池西边的二陵（今河南崤山）就死了，没法子，只好骑着小毛驴到渑池。所以诗中说："你还记得吗？当时我骑着小毛驴在那崎岖不平的山路上行走，路是那么遥远，人是那么疲乏，那瘦弱的小毛驴也累得叫个不停。"诗人抚今追昔，抒发了对人生的深深感叹。

郿　坞

衣中甲厚行何惧，坞①里金多退②足凭③。
毕竟英雄谁得似，脐脂自照不须灯④。

【注释】

①坞：古时防卫用的小堡。
②退：指退兵。
③凭：凭借。
④脐脂自照不须灯：出自典故，董卓被杀后，暴尸于大街之上，看尸的人把点燃的捻子插入董卓的肚脐眼中，点起天灯。

【译文】

行军衣物盔甲足够坚硬并没有什么可以惧怕的，小堡里的官兵众多也可任意退去。更何况英雄末路的事迹都很相似，好比董卓肚脐中插的天灯可自行照亮。

【赏析】

该诗是一首缅怀古时战事的诗词，诗中用到三国时期董卓典故。字里行间流露出了对这位古人的感慨。郿坞是董卓修筑的，而这座坚固城堡有"三国第一堡垒"之称，却并没有成为董卓的最终庇护所。诗人以此感慨时世的变迁，战事的风云转变，足以使人的一代命运改变。表达了诗人对乱世的感叹，对和平的渴望。

游金山寺①

我家江水初发源,宦游直送江入海②。
闻道潮头一丈高,天寒尚有沙痕在③。
中泠南畔石盘陀④,古来出没随涛波。
试登绝顶望乡国,江南江北青山多。
羁愁畏晚寻归楫⑤,山僧苦留看落日。
微风万顷靴文细,断霞半空鱼尾赤⑥。
是时江月初生魄⑦,二更月落天深黑。
江心似有炬火明⑧,飞焰照山栖鸟惊。
怅然归卧心莫识,非鬼非人竟何物?
江山如此不归山,江神见怪惊我顽。
我谢⑨江神岂得已,有田不归如江水⑩。

【注释】

①金山寺:在今江苏省镇江西北的长江边的金山上,宋朝的时候山在江心。
②我家江水初发源,宦游直送江入海:古人认为长江的源头是岷山,苏轼的家乡眉山就在岷江边上。镇江一带的江面较宽,古称海门,所以说"直送江入海"。
③闻道潮头一丈高,天寒尚有沙痕在:苏轼登寺是在冬天,水位下降,所以他写曾听人说长江涨潮时潮头有一丈多高,而岸边沙滩上的浪痕,也令人想见那种情形。
④石盘陀:形容石块巨大。

⑤归楫：从金山回去的船。楫：原是船桨的意思，这里以部分代整体。
⑥微风万顷靴文细，断霞半空鱼尾赤：这两句的意思是，微风吹皱水面，泛起的波纹像靴子上的细纹，落霞映在水里，如金鱼身上的红鳞。
⑦初生魄：新月初生。苏轼游金山在农历十一月初三，所以这么说。
⑧江心似有炬火明：或指江中能发光的某些水生动物，或只是月光下诗人看到的幻象。
⑨谢：道歉。
⑩如江水：古人发誓的一种方式。如《左传》僖公二十四年，晋公子重耳对子犯说："所不与舅氏同心者，有如白水！"《晋书·祖逖传》载祖逖中流击楫而誓曰："祖逖不能清中原而复济者，有如大江！"

【译文】

　　我的家乡地处长江的源头，为官出游却随江水滚滚飘然东入海。听说此地大潮打起的浪头足足有一丈高，即使是天寒地冻也还可以看到沙痕印迹的存在。中泠泉畔南面巨大的石山名号称盘陀，自古以来就在水中出没，随着浪涛和江波而荡漾。我曾尝试着登上高山之巅遥望万里之外的家园，但是四周望去，无论江南江北都是青山格外多。羁旅在外，思乡情切也恐难寻回家的船只，山上的圣僧也倾心挽留我欣赏山中之落日。微风吹起江水荡漾，万顷水面荡漾起阵阵细鳞，布满半个天空的血红晚霞恰似一排排鱼尾。此时江中的月亮才刚刚从水面升起，二更时分月儿下山后天空是一片漆黑。静静的长江江心好像有着一团明亮的光焰，好像奔腾的火焰把山中栖息的鸟儿都照得纷纷惊飞起来。惆怅失然地回到房间，躺着也难于平静，无法分辨那团火焰到底是什么东西，既不是鬼神弄出来的，也不是人弄出来的。江山也在迷惑：我为什么此时还不赶快回家乡？江神莫非因为我太过执着地迷恋仕途而惊讶？我得向江神道个歉，不是我不想回家乡，如果家乡能有田产我是笃定要回去归隐的。

【赏析】

　　这首诗作于宋神宗熙宁四年（1071年），当时诗人在京城任殿中丞直馆判官告院。这时由王安石秉政，大力推行新法，诗人上疏直言不讳地批评新法，自然引起当道的不满。诗人深感仕途险恶，主动请求外任，被派杭州。诗人上任路上途经镇江，到城外长江中的金山寺，拜访了宝觉、圆通二位长老，二者盛情款待，盛情难却，夜宿山寺，半夜得以观赏江上夜景，不由得浮想联翩，写下了这首诗。

全诗共二十二句，大致可分三个层次。前八句写金山寺山水形胜，中间十句写登眺所见黄昏夕阳和深夜炬火的江景，最后四句抒发此游的感慨。全诗虽以"江水"贯穿首尾为线索，但是极力渲染的却是诗人浓挚的思乡之情，反映了作者对现实政治和官场生涯的厌倦，希望买田归隐的心情。

"我家江水初发源，宦游直送江入海。"这个开头充满了磅礴气势。诗人对源于家乡，哺育着中华民族的江水感到非常亲切，并且引以为自豪。当他登高远眺的时候，目光一接触到浩荡东流的江水，就会设想逆流而上直到大江的源头，想念遥远的家乡，同时也勾起对往事的回忆。

"闻道潮头一丈高，天寒尚有沙痕在。中泠南畔石盘陀，古来出没随涛波"四句，以丰富的想象描述登临所见的壮丽景色。在这里，诗人以"一丈高"画出江浪排空的奇景，巍巍壮观，给人留下了鲜明的印象。由于天冷水涸，往时汹涌的潮头如今已经销声，但却并未匿迹，"沙痕在"可以看到当时的气势。诗人游金山寺时，已是十一月初，季节入冬，尽管时令变迁，可是巨浪卷起的沙痕依然历历可见。这两句是前虚后实，极写江水之气势。妙在从沙痕引起联想，感叹大自然的无穷威力和变化。"中泠南畔石盘陀，古来出没随涛波"这两句，跟前两句呼应，前实后虚。作者谈到山水名胜，意在增强诗篇的艺术感染力。"石盘陀"是堆在一起的巨大石头，是只有在江面上才能看到的奇景。诗人正是用这个"石盘陀"，在惊涛骇浪冲击下巍然不动的形象来寓意自己不愿顺乎上下而变其操守、变其品德。

"试登绝顶望乡国，江南江北青山多"鲜明地展现了诗人登上金山之巅，向远处家乡深情眺望的生动画面。"试"字足见作者思乡心切，明知故土远在天边难以望及，却偏要一"试"。这种执着的想念，是诗人厌倦仕宦生活的表现。他满腹的愁怨与不平，希望在登高时泄发，在怀归中忘却。

"羁愁畏晚寻归楫"开始，转入暮景和夜景的刻画，更为奇丽壮观。诗人心怀乡国，到了傍晚旅愁更深，思念更苦。"畏晚"二字传神地表露出诗人的心理。"山僧苦留看落日"，一个"苦"字道出了宝觉、圆通二僧的情意，也暗含落日的景象一定十分迷人。果然，江中落日景色美不胜收，诗人用"微风万顷靴文细，断霞半空鱼尾赤"刻意描摹。微风轻拂，辽阔的江面上泛起了细密的波纹，片片晚霞，在半空中燃烧，那鱼尾般的颜色，火红而艳丽。诗人对风景的观察极为细致，表达得又是如此的生动贴切。波之美在水中，是近景；霞之美在天上，是远景，上下相映，水天交融，勾勒出一幅迷人的色彩绚丽的图画。

"是时江月初生魄，二更月落天深黑。"这是入夜以后不同时间的两种景色：一是新月高挂，洒下淡淡的光辉；一是二更时分，月亮消失，天空、江面和金山都是一片漆黑。这漆黑的深夜会使人兴致索然，增添倦意。看来夜景已没吸引人的地方了，但在观察即将结束，正当"山穷水尽疑无路"之际，突然又出现了奇怪的景象，"江心似有炬火明，飞焰照山栖鸟惊"。这一奇观使诗人惊呆了。那团从江心冒出的光焰，似通红的火把熊熊燃烧，在夜幕下分外耀眼，它照射着金山，惊动了栖息在巢中的鸟儿。这是古人所谓的"荧火"的特异现象。苏轼偶来金山见到了，令他惊讶万分。但是诗人是通过栖鸟惊的描写间接表现自己激动的心情的。

诗人先是描绘落日奇观，继而渲染夜幕笼罩的宁静气氛，然后叙述江火燃烧的怪异景象，色彩由明入暗再变亮，场景由动转静复归于动，真是一波三折，扣人心弦。

诗人此诗并不是单纯的为写景而写景，"怅然归卧心莫识，非鬼非人竟何物？"这是诗人目睹奇观，百思不得其解的情绪，也是诗人娱意于山水，仍消除不了苦闷和不平的心理写照。"归卧"说结束观赏回居室，虽卧在床，但心中难以平静。这团火光，不是鬼神也不是人弄出来的，它究竟是什么东西。面对如此壮美奇异的江山，饱经忧患的诗人自然萌发了辞官归隐的愿望。他用风趣的笔调写道："江山如此不归山，江神见怪惊我顽。"明明是自己斩不断思念故乡的愁绪，却反说"江神"为自己的贪恋官场不归感到吃惊。一个"顽"字，似乎写自己甘于世俗浮沉，态度实在顽固，实际极力道出了诗人身不由己、无可奈何的苦衷。在假设了江神惊怪之后，诗人当即辩解，表白了自己的心愿——"我谢江神岂得已，有田不归如江水"！它道出了诗人宦海浮沉，仕途挣扎，欲进不得，欲罢不能的困难处境。指江水为誓，说自己置田后一定归隐家园，以对仕宦生活的厌倦和强烈的思乡之情结束全篇。

泗州①僧伽塔②

我昔南行舟击汴③,逆风三日沙吹面。
舟人共劝祷灵塔,香火未收旗脚转④。
回头顷刻失长桥⑤,却到龟山⑥未朝饭。
至人⑦无心何厚薄,我自怀私欣所便。
耕田欲雨刈⑧欲晴,去得顺风来者怨。
若使人人祷辄遂⑨,告物应须日千变。
我今身世两悠悠⑩,去无所逐来无恋。
得行固愿留不恶,每到有求神亦倦。
退之旧云三百尺,澄观所营今已换。
不嫌俗士污丹梯⑪,一看云山绕淮甸⑫。

【注释】

①泗州:今江苏盱眙东北。

②僧伽(qié):唐高僧,西域何国人,俗姓何。龙朔初入中原,卒葬泗州,建塔供养,即僧伽塔。

③汴:汴河,在徐州合泗水东流入淮。

④旗脚转:指改变了风向。

⑤长桥:在泗州城东。

⑥龟山:在泗州东北的洪泽湖中。

⑦至人:道德修养达到最高境界的人。这里指僧伽。

⑧刈(yì):收割。

⑨遂（suì）：如愿，顺意。
⑩悠悠：遥远莫测。
⑪俗士：出家人眼中的普通人，是作者自指。丹梯：指塔中的梯子。
⑫淮甸：指淮河一带地区。甸，城外名郊，郊外名甸。

【译文】

往年，我乘船南下，停泊在汴水边，逆风刮了三天，黄沙阵阵扑面。船上的人都劝我去向僧伽寺祈祷，果然，一炷香还未烧尽，旗子已哗哗向南舒卷。船走得快如飞箭，转眼间长桥已失去了踪影，到龟山还不到吃早饭的时间。最高尚的人从不厚此薄彼，我呢，满足了自己的私心，为得到顺风而欢欣。耕田的人要下雨，收割的人要晴天；离去的人要顺风，来的人又对逆风抱怨。如要让人人祈祷都如愿，老天爷岂不是一天要万化千变？我如今自身与世俗两不相关，去没有什么追求，来也没什么留恋。能走得快些固然很好，走不了也无所谓不便。每次到这里都去求神，神一定也感到厌倦。往昔韩愈诗所说拔地三百尺的高塔，如今见到的已不是澄观苦心经营所建。僧伽塔啊，你若不嫌我带来的俗尘玷污了你的丹梯，请让我登上你，饱览群山环绕下的淮河两边。

【赏析】

这首诗作于熙宁四年（1071年），苏轼赴杭州任通判，路过泗州僧伽塔所作。

苏轼工于七古，汪洋恣肆，妙设譬喻，直逼唐代李、杜，同时又在记事写景中恰到好处地穿插说理，倾诉心情，语词往往诙谐风趣，形成了自己独特的风格，被公认为宋代第一作手。这首《泗州僧伽塔》诗，很能代表苏轼七古的风格。

"身世悠悠"等语，反映他当日心情；但其中较多地讲的是祷风于神的事。妙在即事说理，灵巧地揭露了神灵之虚妄，"寄妙理于豪放之外"。

这首诗先写昔日南行过泗祷风于神，有求辄应的事。"逆风三日沙吹面"，极写风阻之苦；"香火未收旗脚转"，极写风转之速；"回头顷刻失长桥，却到龟山未朝饭"，极写风转后舟行之快。诗人说自己的船在这里受阻，听从舟子的劝说，去向僧伽塔祈祷，果然"香火未收旗脚转"，变了顺风，得以顺利前进。梅尧臣《龙女祠祈顺风》中的"舟人请余往，山庙旗脚转""长芦江门发平明，白鹭洲前已朝饭"，写在苏轼诗前，苏诗构思当受梅诗影响。苏诗写得生动流畅，胜于梅诗。

特值得注意的是：他并不因祷风得遂而赞颂神灵之力；相反，他却由此发出一通否定神力的议论。"至人无心何厚薄"，看来好像抬高神佛，实则目的在于"以子之矛，攻子之盾"。因为道家以"至人无己"为修养的最高境界；而佛家讲"无人我相"，也是以"无心"为妙谛的。既本"无心"，即当无所厚薄；而"有求必应"，就不是"无我"而是有所厚薄了。妙在并不点破，反而说"我自怀私欣所便"。这意思是说，当时得风而欣喜，不过是自己私心，而神佛本来并无厚此薄彼之意。就行船来说，南来北往，此顺彼逆，"若使人人祷辄遂"，风向就要"一日千变"了。这是一个极寻常的眼前事实，但从未有人从这里想到神佛之妄。孔灵符《会稽记》所言樵风泾故事，是讥"人心不足"的，与苏轼用意并不相同。"耕田欲雨刈欲晴"，是用来为下句作警。后来张耒在《田家词》中把它加以铺写，但归结为"天公供尔良独难"，亦显与苏轼原意相悖，点金成铁。用比较法讲古诗，不应看其形式之似，还应就作者用心细加区析。

宗教，总是宣扬神力，鼓吹以祷祀求福佑的，所以苏轼这一点破是很有意义的。苏轼早年便认为"天人不相干"（《夜行观星》）。其对佛、道，只是取其"至人无心"，超然自得，并非迷信；他后来一些求雨祷雪之诗，大抵皆视神灵如朋友，以"游戏于斯文"（黄庭坚语）。以前后之作例之，苏轼不信神佛是有思想基础的。既有这样思想基础，又善于捕捉形象，且带着感情说话，故能"出新意于法度之中，寄妙理于豪放之外"。一个很深奥的哲理命题，他写得如此生动有趣，这是很不容易的。

接下去，用"我今"与"我昔"相对照；但如径直地写今日求风不遂，那就平弱了。他且不言风，而说心情。"身世两悠悠"，就是陶渊明在《归去来辞》中讲的"世与我而相遗"之意，亦即是说：世俗既不能了解自己，自己也不肯降心从俗。这是由于与王安石"议论不协"而引起的。就事论事，苏轼当时对新法认识不足，他后来也承认这一点。诗中好在一带而过，措辞也还有分寸。正由"身世悠悠"，所以来去无心，去留任便，因而得行固好，留亦"不恶"。自己对去留无所谓，神也就懒得应其所求。明明是求风不验，却说"神亦倦"，给神开脱，语极委婉。明明由"议论不协"，心情苦闷，却"极力作摆脱语"（纪昀评语），不失豪放本色。这诗中有些话是很不容易措辞的，他能说得如此明朗、如此自然、如此有趣,"纯涉理路,而仍清空如话"(纪昀评语),其驾驭语言的能力是很强的。"层层波澜,一齐卷尽,只就塔作结",洵属"简便之至"(纪昀评语)。但"简便"也不是简单。他用"退之旧云三百尺"(韩愈《赠澄观》诗)凌空插入,笔势奇妙。僧伽是高僧,塔为喻浩设计的著名建筑(见《中山诗话》),其中有很多可写的话,他只用"澄观所营再修今已换"一语,将其一带而过,很快转入登塔看山。"百尺""丹梯","群山"在望,着墨不多,境界开阔,且与上文"留不恶"遥遇相应,结构绵密。"无心"于仕途得失,有意而于大好河川,襟怀之豁达、趣味之高尚,皆意余言外。正由豁达豪迈,才敢于否定神权;复由其观察入微,"刻决入里",故深探妙理,趣味横生。

腊日①游孤山②访惠勤惠思③二僧

天欲雪，云满湖，楼台明灭④山有无。
水清出石鱼可数，林深无人鸟相呼⑤。
腊日不归对妻孥，名⑥寻道人⑦实自娱。
道人之居在何许？宝云山前路盘纡。
孤山孤绝谁肯庐？道人有道山不孤。
纸窗竹屋深自暖，拥褐坐睡依团蒲⑧。
天寒路远愁仆夫，整驾催归及未晡⑨。
出山回望云木合⑩，但见野鹘盘浮图。
兹游淡薄欢有余，到家恍如梦蘧蘧。
作诗火急追亡逋，清景一失后难摹。

【注释】

①腊日：有的说是十二月一日，有的说是十二月八日，说法不一。

②孤山：在杭州西湖。

③惠勤、惠思：均为余杭人，善诗。

④明灭：依稀模糊，似有若无。形容楼台山峦忽隐忽现。

⑤鸟相呼：一作"鸟自呼"，指鸟相和而鸣，如自呼名字。

⑥名：名义上。

⑦道人：有道之人，此指和尚。

⑧团蒲（pú）：蒲团，指和尚坐禅的用具。

⑨晡（bū）：申时，黄昏之前。

⑩云木合：云和树迷蒙成为一片。

【译文】

天空将降瑞雪，湖面上阴云密布；层叠的楼台与青山，隐隐约约，若有若无。

我漫步山中，溪水清清，水底的石块，来往的游鱼，历历可数；幽深的树林没有人迹，只听到鸟儿喧闹相呼。

今天是腊日，我不在家陪着妻子儿女，说是去寻访僧人，其实也为的是自娱自乐。

僧人的禅房坐落何处？喏，就在那宝云山前，小道狭窄，弯弯曲曲。

孤山独自耸立，有谁肯在这里结庐？只有僧人，道行深厚，与山相傍护。

到了，那纸窗，那竹屋，幽深而又暖和，惠勤与惠思，裹着僧衣，正在蒲团上打坐。

天寒路远，仆夫催着回家，告别时，还未到黄昏日暮。

出山回望山中景色，树木都笼罩着烟云，一片模糊；有一只野鹘，在佛塔上空盘旋回互。

这次出游虽然淡薄，但我心中充溢着快乐。回到家中，神思恍惚，真像是刚从梦中醒来，那山中状况还历历在目。

我急忙提笔写下了这首诗歌，恐怕稍有延迟，那清丽的景色便从脑海中消失，再也难以描摹。

【赏析】

这是熙宁四年（1071年）苏轼因反对王安石变法，请求出京任职，被贬为杭州通判，游孤山访惠勤、惠思后所作。

这首诗分入山和出山两个片段来写，而以访惠勤、惠思贯穿连缀。

首起点出时间、地点。二僧结庐孤山，孤山在西湖边，所以诗从西湖展开，说自己在一个昏沉欲雪的日子出行，见到西湖上空满积着阴云，低低地压着湖面，西湖边上的楼台与重重叠叠的青山，笼罩在烟雾之中，若有若无。这样，抓住气候特点，略加点染，展现了一幅光线黯淡的水墨图，朦朦胧胧。接着，诗人眼光从远处拉回，写近处山中，水流清浅，人迹不到，只有鸟儿啁啾宛啭。虽是近景，因为极静，又显出了山的幽深。同时水清、无人，又与节令、气候相关。

以下部分则诗入题，写访僧。先写未见僧人所居时，说明自己腊日不和妻子儿女团聚，特地入山访僧，是为了陶冶性情，自我娱乐。僧人住在山中，山路盘曲迂回，正是自己想去的地方。"纸窗"二句，写见到僧人所居后的情形。僧人所居只是纸窗竹屋，僧人则拥褐而坐。轻轻点染，写出景物的幽旷与僧人淡泊的生活，揭示了僧人高尚的品格；诗人访僧的经过，与僧人的交谈，就隐藏在会心之处，不写而写了出来；同时，自己此行的目的已经达到也是不言而喻的了。

"天寒"句起写回程。天寒路远，所以天未晚就回家。不说是自己要回去，而说是由于僮仆相催，又点出自己与二僧谈得很投机，依依不舍。出山一看，只见云木回合，野鹘盘旋在佛塔之上。云木合，说雪意更浓，垂暮光线更昏暗，树木隐在迷雾之中；野鹘盘空，又在迷离之中点染一二清晰之景，使画面饶有深趣。这一景色，与起首四句相呼应而不重复。

结末四句，写到家后的感受。"欢有余"应接前"实自娱"而来，说明不虚此行，游之乐及游之情都表达了出来，自己的人生观及僧人的清静无为也得到了再次肯定。而火急作诗，更加深了自己的欢快感。"作诗火急追亡逋，清景一失后难摹"，不仅写了自己的心情，也是苏轼文学创作观形象的表达。苏轼作诗强调敏捷的观察力及翔实的表达能力，善于捕捉一瞬间的情感与景物，这首诗也正体现出他的创作特色，从各个角度描绘出景与情所具有的独特的诗情画意。

雨中游天竺灵感观音院①

蚕欲老，麦半黄，山前山后水浪浪②！
农夫辍耒女废筐③，白衣仙人④在高堂！

【注释】

①灵感观音院：在杭州上天竺，五代时钱镠所建，初名天竺看经院。宋仁宗时，因祷雨有应，赐名"灵感观音院"，供奉观音菩萨。
②山前山后水浪浪：杭州所属各地，山泽各半，连下多日雨便成水灾。浪浪：形容雨声之响。
③辍耒（chuò lěi）：意思是停止农作。辍，止。耒，原指原始的翻土农具，形如木叉，此处泛指农具。废筐：谓停止采桑。筐，指采桑的篮子。
④白衣仙人：即观音。这里暗指官吏。

【译文】

夏蚕快要老去，麦子已经半黄，山前山后大雨如注哗哗作响。
农夫停止了耕作，采桑女也无法采桑，白衣仙人空自坐在高堂之上。

【赏析】

这首诗作于宋神宗熙宁五年（1072年），正是王安石大行新法的时候。苏轼对新法持保守态度，对新法的弊端强烈不满，对官吏漠视百姓深为痛恨，对人民的生活疾苦十分关注，因而常在诗中讽世论政。

这首诗，单从诗题来看，是一首记游诗，但实际它与一般记游诗不同，它不是山水名胜的赞颂与刻画，而是一首反映现实、关心人民疾苦、借题发挥的政治讽刺诗。作者在杭州任职两年多，见到当地百姓一直受着水旱蝗灾的严重侵害，而高高在上的统治者如泥塑木雕的神像一样，受着百姓供养，却对造成夏收时节男废耕女废织的水涝灾情毫不关心，有感而创作此诗。

　　诗中"蚕欲老"，写蚕到了快要吐丝的时候，需要勤饲桑叶，以保证蚕的健康发育。"麦半黄"，写麦子已到了快要成熟的时候，需要及时锄土，以保证麦子充分吸收营养，促进结实。以上两项农事工作，都是需要晴天才能做好的。而那个时候却是接连下雨，以至于山前山后全被雨水笼盖。在这种情况下，农夫没办法把耒锄土，养蚕妇女也不能携筐去采桑叶饲蚕了。在望的丰收转眼化为乌有，农民们的焦急与痛苦可想而知。在这个非常时刻，无论是谁都应该关心百姓疾苦，被百姓奉为救苦救难、大慈大悲的观音菩萨，更应当挺身而出，解除苦难。然而，这位菩萨却无动于衷，仍端坐庙堂之上享受着善男信女的礼拜。在当时，指斥被人们普遍崇奉的观音菩萨，这本身就需要有一定的勇气和某种唯物观点。重要的是，诗人在这里借题发挥，另有所指。诗人是因反对新法而被外放来到杭州的。出京两年时间，他游历了很多地方，对新法执行中的某些弊端有更多的了解。在新法的条例中，如青苗法、免役法等都规定赋税只要钱而不收米。所以，有些地方官对农业生产更加漠不关心。表面看"白衣仙人在高堂"是写观音大士，实际却在讽刺高高在上、不顾百姓死活的官僚集团。

琴　诗

若^①言琴上有琴声，放在匣中何^②不鸣？
若言声在指头上，何不于君指上听？

【注释】
①若：如果。
②何：为何。

【译文】
如果说琴声发自琴，那把它放进盒子里为什么不响呢？
如果说琴声发自手，为何你的手上听不到声音？

【赏析】
　　唐朝的韦应物写了一首《听嘉陵江水声寄深上人》："凿岩泄奔湍，称古神禹迹。夜喧山门店，独宿不安席。水性自云静，石中本无声。如何两相激，雷转空山惊？贻之道门旧，了此物我情。"这位作家对水石之间关系的疑惑与领悟，亦同于苏轼之于琴指。这其实是个高深的哲学问题，因为在佛教看来，一切都是因缘和合而成，事物与事物之间只是由于发生了联系，才得以存在。
　　《楞严经》曾对什么是"浊"有一段阐发。另一段论述说得更为明确："譬如琴瑟、箜篌、琵琶，虽有妙音，若无妙指，终不能发。"——苏轼的诗简直就是这段话的形象化。
　　从字面上看是说，如果说琴可以自己发声，那么为什么把它放在盒子里就没了乐声？如果说声音是由手指头发出的，那么为什么不能凑过耳朵靠近指头直接听到乐声呢？

　　苏轼在这首诗中思考是：琴是如何发出声音的？根据科学依据可知，其实，琴能演奏出优美的音乐，这不光需要靠琴，还要靠人的指头弹动、敲击钢丝，产生振动发出，人的手指和琴同时存在是发出琴音的物质基础，只有两者相辅相成，才能奏出优美的音乐。

　　该诗哲理性很强，富有禅机。佛教视有为无，视生为灭，追求无声无形、不生不灭，音乐的真实即虚无，所以音乐无所谓真实与否，要以"谐无声之乐，以自得为和""反闻闻自性，性成无上道"，通过内心的感受而自得、反悟禅道。

六月二十七日望湖楼①醉书②五绝

其一

黑云翻墨③未遮④山,白雨⑤跳珠乱入船。
卷地风来忽吹散,望湖楼下水如天⑥。

其二

放生鱼鳖⑦逐人来,无主荷花到处开。
水枕能令山俯仰,风船解与月裴回⑧。

【注释】

①望湖楼:古建筑名,又叫看经楼。位于杭州西湖畔,五代时吴越王钱弘俶所建。
②醉书:饮酒醉时写下的作品。
③翻墨:打翻的黑墨水,形容云层很黑。
④遮:遮盖,遮挡。
⑤白雨:指夏日阵雨的特殊景观,因雨点大而猛,在湖光山色的衬托下,显得白而透明。
⑥水如天:形容湖面像天空一般开阔而且平静。
⑦放生鱼鳖:北宋时杭州的官吏曾规定西湖为放生地,不许人打鱼,替皇帝延寿添福。
⑧风船:指的是"飘荡在风里的船"。裴回:即徘徊。

【译文】

其一

乌云上涌，就如墨汁泼下，却又在天边露出一段山峦，明丽清新，大雨激起的水花如白珠碎石，飞溅入船。

忽然间狂风卷地而来，吹散了满天的乌云，而那西湖的湖水碧波如镜，明媚温柔。

其二

放生出去的鱼鳖追赶着人们来，到处都开着不知谁种的荷花。

躺在船里的枕席上可以觉得山在一俯一仰地晃动，飘荡在风里的船也知道和月亮徘徊流连不已。

【赏析】

其一

第一句写云：黑云像打翻了的黑墨水，还未来得及把山遮住。诗中把乌云比作"翻墨"，形象逼真。

第二句写雨：白亮亮的雨点落在湖面溅起无数水花，乱纷纷地跳进船舱。用"跳珠"形容雨点，有声有色。一个"未"字，突出了天气变化之快；一个"跳"字，一个"乱"字，写出了暴雨之大，雨点之急。

第三句写风：猛然间，狂风席卷大地，吹得湖面上霎时雨散云飞。"忽"字用得十分轻巧，却突出天色变化之快，显示了风的巨大威力。

最后一句写天和水：雨过天晴，风平浪息，诗人舍船登楼，凭栏而望，只见湖面上天入水，水映天，水色和天光一样的明净，一色的蔚蓝。风呢？云呢？统统不知哪儿去了，方才的一切好像全都不曾发生似的。

诗人先在船中，后在楼头，迅速捕捉住湖上急剧变化的自然景物——云翻、雨泻、风卷、天晴，写得有远有近，有动有静，有声有色，有景有情。读起来，你会油然产生一种身临其境的感觉——仿佛自己也在湖心经历了一场突然来去的阵雨，又来到望湖楼头观赏那水天一色的美丽风光。

其二

第二首诗是写乘船在湖中巡游的情景。北宋时，杭州西湖由政府规定作为放生池。王注引张栻的话说："天禧四年（1020年），太子太保判杭州王钦若奏：以西湖为放生池，'禁捕鱼鸟，为人主祈福'。"这是相当于现代的禁捕禁猎区；所不同的，只是从前有人卖鱼放生，还要弄个"祈福"的名堂罢了。西湖既是禁捕区，所以也是禁植区，私人不得占用湖地种植。诗的开头，就写出这个事实。那些被人放生、自由成长的鱼鳖之类，不但没有受到人的威胁，反而受到人的施与，游湖的人常常会把食饵投放水里，引那些小家伙围拢来吃。便是不去管它们，它们凭着条件反射，也会向人追赶过来。至于满湖的荷花，也没有谁去种植，自己凭着自然力量生长，东边一丛，西边一簇，自开自落，反而显示出一派野趣。

然而此诗的趣味却在后面两句。"水枕能令山俯仰"——山本来是不能俯仰的，杜甫有"风雨不动安如山"（《茅屋为秋风所破歌》）的句子，杜牧也有"古训屹如山"（《池州送孟迟》）的说法，苏轼却偏要说"山俯仰"。诗人认为，山是能俯仰的，理由就在"水枕"。所谓"水枕"，就是枕席放在水面上。准确地说，是放在船上。船一颠摆，躺在船上的人就看到山的一俯一仰。这本来并不出奇，许多人都有过这种经验。问题在于诗人把"神通"交给了"水枕"，如同这个"水枕"能有绝大的神力，足以把整座山颠来倒去。这样的构思，就显出了一种妙趣来。

"风船解与月裴回"——同样是写出一种在船上泛游的情趣。湖上刮起了风，小船随风飘荡。这也是常见的，不足为奇。人们坐在院子里抬头看月亮，月亮在云朵里慢慢移动，就像在天空里徘徊。因此李白说："我歌月徘徊，我舞影零乱。"（《月下独酌》）这也不算新奇。不同的地方是，苏轼把船的游荡和月的徘徊轻轻牵拢，拉到一块儿来，那就生出了新意。船在徘徊，月也在徘徊，但诗人不知是月亮引起船的徘徊，还是船儿逗得月亮也欣然徘徊起来。诗人想，如果是风的力量使船在水上徘徊，那又是什么力量让月亮在天上徘徊呢？还有，这两种徘徊，到底是相同呢还是不同呢？他把"船"和"月"两种"徘徊"联系起来，就产生了许多问题，其中包含了一些哲理，他要定下神来，好好想一想。所以说，诗句写得饶有情趣。

夜泛西湖^①五绝

其一

新月生魄^②迹未安,才破五六渐盘桓。
今夜吐艳如半璧,游人得向三更看。

其二

三更向阑月渐垂,欲落未落景特奇。
明朝人事谁料得,看到苍龙西没时。

其三

苍龙已没牛斗^③横,东方芒角升长庚^④。
渔人收筒及未晓,船过唯有菰蒲^⑤声。

其四

菰蒲无边水茫茫,荷花夜开风露香。
渐见灯明出远寺,更待月黑看湖光。

其五

湖光非鬼亦非仙,风恬浪静光满川。
须臾两两入寺去,就视不见空茫然。

【注释】

①西湖:指杭州西湖。
②生魄:指月未盛明时所发的光。
③苍龙:东方七宿(角、亢、氐、房、心、尾、箕)的总称。牛斗:指北方七宿中的牛宿和斗宿(其他五宿为女、虚、危、室、壁)。
④长庚:即金星,早晨出现于东方的金星,又叫启明星。
⑤菰蒲:指湖中水草,也有说是茭白。

【译文】

其一

新月刚升上夜空,发出的光亮闪闪烁烁的,初五、初六的新月就是这样子,还不到二更天,就已经西沉下去了。

今天这样的夜晚,游人要想看到月亮半璧的绝艳美态,只能在三更天之后了。

其二

三更天的时候,明月将落未落,景色更加让人称奇。

以后的社会、人事谁人能够预料,又已经是到了星宿落下的时候了。

其三

已经是半夜了,东方七宿已经落下,北方的牛、斗两星宿还挂在天空,东方的启明星已经升起,天已将晓。

偷捕的渔人们赶在天还未亮的时候赶紧收网,只听到行船时船推拨水草的声音。

其四

湖中水草漫漫无边,湖水茫茫一片,夜色中,荷花已经悄悄盛开,清香扑鼻。

船在缓缓前进着,已经渐渐可以看到远方寺庙中闪烁的灯火了,如果想要再看湖光的奇景，只能等到月落天黑之后了。

其五

湖光奇观不是鬼魅，也不是神仙所造，天黑之后，风平浪静之时，湖光奇景清晰可见。

随着船的缓缓前行，湖光也随着船一同进入寺中，但是等到了寺中，湖光却又不见踪影了，让人茫然不知所以。

【赏析】

这五首诗作于熙宁五年（1072年）七月诗人任杭州通判之时，诗人应邀陪同朝廷监察要员携妓夜游并同宿湖上时所作，是诗人组诗的代表作之一。前两首写月下泛西湖，后三首写月将落及月落之后的西湖景色，特别是最后一首给人以迷离神秘之感。五首诗都紧扣"夜泛"二字着笔，既写出了月夜西湖之景，又写出了黑夜西湖之景，处处给人以船行之感，不离"泛"字，表现了"夜泛西湖"的全过程。

第一首的隐喻痕迹非常明显，"新月""未安"，实际上是对诗人自己履迹和心情不安的映衬，描写明月"盘桓"，是诗人心境的折射。初五、初六的新月，不到二更便已西沉下山，又如何在湖上继续"吐艳"？而"半璧"实为"破璧"的隐喻，这两个所谓"游人"三更时候还要看"半璧吐艳"，意在所指，不言自明。

第二首诗通过山水意象表达诗人对社会的思考，充满怅惘。诗人被"欲落未落"的月景所倾倒，但是，却不能忘怀尘世，想到变幻莫测的"明朝人事"，诗人怅惘迷茫，直至天明。对社会、人生深沉的思考，哲理性的思辨，尽在不言之中了。

第三首写深夜西湖渔人盗鱼。第一二句通过星宿的升、没来写夜已深，天将晓。三四句写渔人赶在天还未亮之前盗鱼。"船过唯有菰蒲声"以有衬无，一个"唯"字，说明除船穿行于菰蒲之中发出的声响外，已没有任何声音，进一步写出了夜深人静。诗中主要是写夜泛西湖所见之景，但后两句却从一个侧面反映了"渔人"同官府的矛盾。

第四首的前两句写船过菰蒲：菰蒲无边，湖水茫茫，荷花夜开，清香扑鼻。月夜泛舟于这样的荷花丛中，更加令人陶醉。诗中的"渐见灯明出远寺"即写此，"渐""出"二字，正暗示了船在行进中。以上所写的都是月下湖光景色。"更待月黑看湖光",提示组诗中的后文写月落之后的湖光景色。

第五首描写月落之后的湖光,变幻多端、神秘莫测。第二句是写"月黑"之后,风平浪静之时,湖光清晰可见;第三句写随着船行,湖光如同也在移动,然后跟着进入了寺中;第四句是说船来到寺庙之下,却根本看不见刚才仿佛"两两入寺"的湖光,烘托出了一种神秘的气氛。

这组诗中每首之间,诗人采用了蝉联格,每首的结尾都是下一首的开头,而又略具变化:二、四首的开头是一、三首结尾的五、六两字;第三首的开头四字是第二首中结句的第三至第六四个字,但变"西没"为"已没";第五首的开头二字是第四首的结尾二字。这样,既珠联璧合,又错落有致,读起来轻快跳荡。

望海楼①晚景五绝

其一

海上涛头一线来,楼前指顾②雪成堆。
从今潮上君须上,更看银山二十③回。

其二

横风吹雨入楼斜,壮观应须好句夸。
雨过潮平江海碧,电光时④掣⑤紫金蛇⑥。

其三

青山断处塔层层,隔岸人家唤欲应。
江上秋风晚来急,为传钟鼓到西兴⑦。

其四

楼下谁家烧夜香,玉笙哀怨弄初凉。
临风有客吟秋扇,拜月无人见晚妆。

其五

沙河灯火照山红，歌鼓喧喧笑语中。

为问少年心在否，角巾欹侧鬓如蓬。

【注释】

①望海楼：又名望潮楼，是杭州的名迹，坐落于杭州凤凰山上。

②指顾：即指点顾盼之间，形容其快，此处形容海潮来势凶猛。

③二十：一本作"十二"。

④时：时时。

⑤掣（chè）：拉，拽。

⑥紫金蛇：形容闪电的形状和色彩。

⑦西兴：即西陵，在杭州对岸萧山区境内，相传为越国范蠡屯兵之处。

【译文】

其一

海上波涛初来时像一条白线，转眼在望海楼前就变成雪堆一样了。

如今潮水翻涌向上，你需要再上层楼，再来观看白浪形成的银山，看它二十回也不嫌多。

其二

大风吹打，雨水斜着飘进望海楼，壮丽的景观应该用华美的辞句来夸赞。

风雨过后潮水平静，江海碧澄，时时闪过的电光形成紫金般的龙蛇。

其三

青山断开的地方有层层的塔，隔条江水想要回应对岸人家的呼唤。

傍晚，江上的秋风吹得很急切，为的是把钟鼓的声音传到西兴。

其四

夜晚，谁家在望海楼下点燃炉香，玉笙哀怨的乐曲在刚起凉意的时候响起。

有位客人面对秋风在扇子上题诗，祭拜明月，却让人无法看见你的晚妆。

其五

沙河上的船灯将山照红，歌声鼓声在笑语中喧响。问一问少年的心思在哪里，只见他方巾斜在一旁，头发散乱。

【赏析】

　　这首诗作于在熙宁五年（1072年）担任杭州州试监试，试院闲暇到凤凰山上闲坐时。

　　这组诗分别咏江潮、雨电、秋风、雅客、江景，五首各具情韵。有人认为，苏轼诗中的"横风""壮观"（"观"在这里读第四声，不读第一声）两句，写得不够好。他既说"应须好句夸"，却不着一字，一转便转入"雨过潮平"了。那样就是大话说过，没有下文。

　　这话虽说不无道理，但苏轼这样写，自是另有原因。第一，他是要写一组望海楼晚景的诗，眼下还不想腾出笔墨来专写忽来忽去的横风横雨。所以他只说"应须"，是留以有待的意思。第二，既然说得上"壮观"，就须有相应的笔墨着力描写，老把它放在"晚景"组诗中，是不太合适的，不好安排。

　　其实在这首诗中，他的思想有过一段起伏变化。在开头，他看到一阵横风横雨，直扑进望海楼来，很有一股气势，使他陡然产生要拿出好句来夸一夸这种"壮观"的想法，不料这场大雨，来得既急，去得也快，一眨眼间，风已静了，雨也停了。就好像演戏拉开帷幕之时，大锣大鼓，敲得震天响，大家以为下面定有一场好戏，谁知演员还没登场，帷幕便又落下，毫无声息了。弄得大家白喝了彩。苏轼这开头两句，正是写出人们（包括诗人在内）白喝了一通彩的神情。

　　雨过以后，向楼外一望，天色暗下来了，潮水稳定地慢慢向上涨，钱塘江浩阔如海，一望如碧玉似的颜色。远处还有几朵雨云未散，不时闪出电光，在天空里划着，就像时隐时现的紫金蛇。

　　这组诗写的就是这样一幅望海楼的晚景。开头时气势很猛，好像很有一番热闹，转眼间却是雨收云散，海阔天开，变幻得使人目瞪口呆。其实不止自然界是这样，人世间的事情，往往也是如此的。

饮湖上^①初晴后雨二首

其一

朝曦迎客艳重冈，晚雨留人入醉乡。
此意自佳君不会，一杯当属水仙王。

其二

水光潋滟晴方好^②，山色空濛雨亦奇^③。
欲把西湖比西子^④，淡妆浓抹总相宜^⑤。

【注释】

①饮湖上：在西湖的船上饮酒。
②潋滟：水波荡漾、波光闪动的样子。方好：正显得美。
③空濛：细雨迷蒙的样子。濛，一作"蒙"。亦：也。奇：奇妙。
④欲：可以；如果。西子：即西施，春秋时代越国著名的美女。
⑤总相宜：总是很合适，十分自然。

【译文】

其一

天刚蒙蒙亮就去迎候远道而来的客人，晨曦渐渐地染红了群山。傍晚泛舟西湖，天上飘起了一阵蒙蒙细雨，客人不胜酒力已渐入醉乡。西湖上，无论是晴是雨，都是如此美好，如此迷人，但客人并不能完全感受得到。想要感受人间天堂的神奇和美丽，还是应该喝着小酒，和西湖的守护神"水仙王"一同鉴赏。

其二

晴天的时候，西湖水波荡漾，在阳光照耀下，光彩熠熠，美不胜收。下雨的时候，远处的群山笼罩在烟雨之中，时隐时现，眼前一片迷蒙，这朦胧的景色也是非常漂亮的。如果把美丽的西湖比作美人西施，那么淡妆也好，浓妆也罢，总能很好地烘托出她的天生丽质和迷人神韵。

【赏析】

诗人在宋神宗熙宁四年至七年（1071年至1074年）任杭州通判，曾写下大量有关西湖景物的诗，这组诗大约作于熙宁六年（1073年）正、二月间。

这组诗共二首，但因为很多诗词选本往往偏爱第二首，因而第一首已鲜为人知。其实第二首虽好，却也只是第一首的注脚。

第一首中所说的"此意自佳君不会"中的"此意"，正是指第二首所写的西湖晴雨咸宜，如美人之淡妆浓抹各尽其态。如果不读第一首，诗题中的"饮"字也令人无从领会。诗人在这组诗中要表达的情感是，很多人游西湖都喜欢晴天，殊不知雨中的湖山也自有其佳处。湖上有水仙王庙，庙中的神灵整天守在湖边，是看遍了西湖的风风雨雨、晴波丽日的，他一定会同意自己对西湖不同时节美景各有千秋的观点的，因而诗人要请水仙王共同举杯同赏西湖美景。第一首第一句中的"艳"字用得十分精到，把晨曦的绚丽多姿形容得美不胜收。若只看第二首，则"浓抹"一层意思便让读者无法真切感受到。

第二首的上半首既写了西湖的水光山色，也写了西湖的晴姿雨态。"水光潋滟晴方好"描写西湖晴天的水景：在灿烂的阳光照耀下，西湖水波荡漾，波光闪闪，娇艳无比。"山色空濛雨亦奇"描写雨天的山色：在雨幕笼罩下，西湖周围的群山，迷迷蒙蒙，若有若无，非常奇妙。从第一首诗可知，这一天诗人陪着客人在西湖游宴整日，早晨阳光明艳，后来转阴，入暮后下起雨来。而在善于领略自然并对西湖有深厚感情的诗人眼中，西湖无论是水是山，或晴或雨，都是美好奇妙的。从"晴方好""雨亦奇"这一赞评，可以想象诗人在不同天气游览西湖的山水，对西湖无论是雨是晴的喜爱。后面两句，诗人并没有承接前面的两句继续描写西湖美景，而是用一个空灵而又贴切的比喻把西湖的神韵精准道出，用和西湖只有一字之差的"西子"淡妆、浓抹的不同美态做对比，西湖也和美人一样，无论下雨或是晴天，都是美不胜收的。

有美堂①暴雨

游人脚底一声雷,满座顽云②拨不开。
天外黑风吹海立,浙东飞雨过江来。
十分潋滟③金樽凸,千杖敲铿羯鼓催。
唤起谪仙泉洒面,倒倾鲛室④泻琼瑰⑤。

【注释】

①有美堂:嘉祐二年(1057年),梅挚出知杭州,仁宗皇帝亲自赋诗送行,中有"地有吴山美,东南第一州"之句。梅到杭州后,就在吴山顶上建有美堂以见荣宠。
②顽云:犹浓云。
③潋滟(liàn yàn):水波相连貌。
④鲛室:神话中海中鲛人所居之处,这里指海。
⑤琼瑰:玉石。

【译文】

　　一声响亮的雷声宛如从游人的脚底下震起,有美堂上,浓厚的云雾缭绕,挥散不开。
　　远远的天边,疾风挟带着乌云,把海水吹得如山般直立;一阵暴雨,从浙东渡过钱塘江,向杭州城袭来。
　　西湖犹如金樽,盛满了雨水,几乎要满溢而出;雨点敲打湖面山林,如羯鼓般激切,令人开怀。
　　我真想唤起沉醉的李白,用这满山的飞泉洗脸,让他看看,这眼前的奇景,如倾倒了鲛人的宫室,把珠玉洒遍人寰。

【赏析】

这首《有美堂暴雨》是苏轼即景诗中的力作之一。诗以雄奇的笔调、新妙的语言有声有色地摹写了诗人于有美堂所见骤然而至的急雨之景。暴风雨是大自然中最能震慑人心的壮观之一。苏轼生性豁达爽朗,对暴风雨特别欣赏,写了多首诗进行描摹赞叹。这首诗由于是在吴山顶上的有美堂中所写,气势更为雄伟壮大。

诗的起首很突兀,直接入题写暴风雨来时,闷雷起自脚下,云雾绕座不散。突出了所处的地势很高,因而所见的暴雨,与平地所见不同,为下文铺垫。接下就别出蹊径,描绘了一幅壮阔异常的场面。风是看不见的,苏轼却给它着色,说是黑风,以视觉代替感觉,很形象地表现了暴雨来时疾风挟着尘灰乌云的情况。"吹海立"是形容风的强烈。宋蔡绦《西清诗话》以为是学杜甫文中"九天之云下垂,四海之水皆立"句,尽管不一定对,但两者的气势很接近。有美堂虽然很高,但不可能见到大海,"吹海立"是想象之词,下句写风带着暴雨从东面渐渐而来,便是实指。夏天的暴雨,区域很小,来势迅猛,通过"飞雨过江来"五字,将这一情况囊括殆尽。这句诗虽然搬用了唐殷尧藩《喜雨》诗句,但妙合时地,密切无缝。《御选唐宋诗醇》卷三十四评此联说:"写暴雨非此杰句不称……且亦必有'浙东'句作对,情景乃合。"并说只有唐骆宾王的"楼观沧海日,门对浙江潮"方能与此方驾。

五、六二句具体写暴雨。雨落在西湖里,水汽蒸腾,西湖像一只盛满水的金樽,几乎要满溢出来;雨声急促激切,又如羯鼓声,敲打着这世界。这两句从高处着眼,气势充沛,绘声状形,写景与写意交相并用。而用夸张的手法,把巨大的西湖比作小小的金樽,把急雨比作羯鼓声,想象都很奇特。结尾转入观感。这样磅礴的雨景,令诗人震动不已,于是想让这满山飞漱的泉水沃醒沉醉的李白,让他看看如同倒倾鲛人宫室、洒下满天珍珠的奇景;同时,又等于在说要唤醒李白,请他写出美妙杰出如同珠玉般的诗篇来。这两层意思,看似不连,实际上是用了诗家惯用的"雨催诗"的典故。如杜甫《陪诸贵公子丈八沟携妓纳凉晚际遇雨》云:"片云头上黑,应是雨催诗。"苏轼很喜欢用这典,如"雨已倾盆落,诗仍翻水成"(《次韵江晦叔》),"飒飒催诗白雨来"(《游张山人园》)。

祭常山①回小猎

青盖前头点皂旗②,黄茅冈下出长围③。
弄风骄马跑空立④,趁兔苍鹰掠地飞⑤。
回望白云生翠巘⑥,归来红叶满征衣⑦。
圣明若用西凉簿⑧,白羽犹能效一挥。

【注释】

①常山:位于山东诸城市南二十里,山不高大,但颇著名。山顶有神祠,是古人祈雨祭神的地方,常称"祷雨辄应,谓其有常德",所以得名。
②青盖:青色的车篷。皂旗:黑旗,诗中指打猎的马队。饲养马的官员,所穿衣服为皂色,故称。
③黄茅冈:位于常山东南的平冈名。其冈黄草遍野,故称黄茅冈。出长围:指布列士兵组成又长又广的合围狩猎阵式。
④弄风:指马奔鼓起阵阵劲风。骄:指奔马的雄健英姿。跑空:烈马跑貌,形容马蹄蹬脚刨地之状。
⑤趁兔:追逐野兔。掠地:拂过地面,形容速度极快。
⑥翠巘(yǎn):苍翠的山峰,指常山。巘,大小成两截的山。《诗·大雅·公刘》:"陟则在巘。"
⑦征衣:泛指军服。
⑧西凉簿:官名,代指晋朝书生将军谢艾,善用兵,胜仗无数。

【译文】

青色的车篷前头飘荡着黑色旗帜,仪仗队伍是何等的威风凛凛,黄茅冈下已经布下了合围士兵,摆开了狩猎长阵。

矫马腾跃在秋天劲风之中,鬃毛飘洒、马蹄立空,骄首昂扬。苍鹰追逐着野兔,疾速而飞。

回首仰望那空中缭绕的白云,就好像从那大小苍翠的山峰腾空而起。带着满获的猎物踏上归程,红叶飘飘,征衣满尘。

朝廷如果要用知兵善战的书生为将,我还能摇动着白羽扇指麾三军!

【赏析】

这首诗是熙宁八年(1075年),诗人在密州(今山东诸城)知州任上所作。这年的十月,诗人到郡城南二十里的常山祈雨,回来的路上和同僚们在常山东南的黄茅冈举行了一次习射会猎。此诗便是诗人在此时即兴挥毫写就的。

第一、二句点题,勾画出了狩猎队伍的气派和场面。知州出猎,侍从很多,护卫们手持皂旗在车前开道,浩浩荡荡,开向狩猎场所——黄茅冈下。

第三、四句转入猎射场面的描绘。广袤的围场内,呼鹰策马,箭镞纷飞,场景十分紧张热烈。诗人从全景之中,剪取出最英武的两个场面,加以精细描写。两个场面的主角分别为一马一鹰。马并不是一般的马,乃是一匹骄马,在猎场上纵横驰骋,追逐猎物跑得兴起,有时竟能竖起身子,腾踔而立。"骄马跑空立"五字传神之至,形象飞动,尤妙在句首的"弄风"二字。苍鹰"趁兔"——追逐狡兔,竟在"掠地"而"飞"。掠地,既足见其训练有素,又具见其凶猛异常。

第五、六句写罢猎归来的风度神采。经过紧张的围猎,诗人现在一身轻快,不由回过头去眺望方才鏖战之处,但见常山白云缭绕,远远望去,好似山峰在不断吐出云气。俯视自己,一路归来,火红的枫叶已落满了战衣。二句表现了诗人顾盼自如的神态,而白云、绿岭、红叶,色彩对比鲜明,更增强了诗情中的画意,让诗人意犹未尽的昂扬豪情恣意奔放。

全诗激情昂扬,气势飞动,对仗工整。遣词造句尤见功力,如"点""出""跑""立""掠""飞""生""满",富于表现力,将射猎场面描绘得张力十足。"青""皂""黄""苍""白""翠""红"等字,使描写的事物色调鲜明,又与诗情十分吻合。

花　影

重重叠叠①上瑶台②，几度③呼童扫不开。
刚被太阳收拾去④，却教明月送将来⑤。

【注释】

①重重叠叠：形容地上的花影一层又一层，很浓厚。
②瑶台：华贵的亭台。
③几度：几次。
④收拾去：指日落时花影消失，好像被太阳收拾走了。
⑤送将来：指花影重新在月光下出现，好像是月亮送来的。将，语气助词，用于动词之后。这两句是说，太阳落了，花影刚刚消失，明月升起，它又随着月光出现了。

【译文】

亭台上的花影一层又一层，几次叫童儿去打扫，可是花影怎么能扫走呢？
傍晚太阳下山时，花影刚刚隐退，可是月亮又升起来了，花影又重重叠叠出现了。

【赏析】

这是一首咏物诗，诗人借吟咏花影，抒发了自己想要有所作为，却又无可奈何的心情。

这首诗自始至终着眼于一个"变"字，写影的变化中表现出光的变化，写光的变化中表现出影的变化。第一句中"上瑶台"，这是写影的动，隐含着光的动。为什么用"上",不用"下"?因为红日逐渐西沉了。第二句"扫不开"写影的不动,间接地表现了光的不动。光不动影亦不动,所以凭你横扫竖扫总是"扫不开"的。三、四两句,一"收"一"送"是写光的变化,由此引出一"去"一"来"影的变化。花影本是静态的,诗人抓住了光与影的相互关系,着力表现了花影动与静,去与来的变化,从而使诗作具有了起伏跌宕的动态美。

　　写光的变化,写花影的变化,归根到底是为了传达诗人内心的感情变化。"上瑶台"写花影移动,已含有鄙视花影之意;"扫不开"写花影难除,更明现憎恶花影之情;"收拾去"写花影消失,大有庆幸之感;"送将来"写花影再现,又发无奈之叹。诗人巧妙地将自己内心的感情变化寓于花影的倏忽变化之中,使诗作具有言近旨远,意在言外的含蓄美。

中秋见月和子由

明月未出群山高,瑞光千丈生白毫。
一杯未尽银阙涌,乱云脱坏如崩涛。
谁为天公洗眸子,应费明河千斛水。
遂令冷看世间人,照我湛然心不起。
西南火星如弹丸,角尾奕奕苍龙蟠。
今宵注眼看不见,更许萤火争清寒。
何人舣舟临古汴,千灯夜作鱼龙变。
曲折无心逐浪花,低昂赴节随歌板。
青荧灭没转前山,浪飐风回岂复坚。
明月易低人易散,归来呼酒更重看。
堂前月色愈清好,咽咽寒螀①鸣露草。
卷帘推户寂无人,窗下咿哑惟楚老。
南都从事莫羞贫,对月题诗有几人。
明朝人事随日出,恍然一梦瑶台客。

【注释】

①寒螀:古书上说的一种蝉,比较小,墨色,有黄绿色的斑点,秋天出来鸣叫。

【译文】

由于高耸的群山的阻隔,明月迟迟未能出现,但是发出千丈耀眼的光芒。

一杯酒还没饮完明月突然涌现出来,纷乱的云朵像溃崩的波涛一样四处散开。

应该用一千斛银河水,才能洗涤苍天的眼睛——月亮。

于是便能冷眼地看着世上众生,照得我心境一片清澈。

西南边那颗弹丸大小的火红的星星,如长着雄壮角尾的苍龙盘绕在天空。

今晚却看不见它了,点点萤火虫的微亮更显得夜的清寒。

谁若乘着小船到汴水边上,便能看到千灯夜晚鱼龙翻滚的盛况。

曲折的旅途无心追逐浪花,随着歌板的节奏低昂前进。

转瞬间不见了萤火船转到了前山,波浪的颤动和逆船的风都不像之前那般强烈。

明月容易消逝人也容易离散,待到归来和别人邀酒时候再重看吧。

屋子前的月色更显得清静美好,寒蝉在有露珠的草丛中不停地叫着。

我卷起门帘推开门进去却发现屋里悄无一人,只有我的孙子楚老在窗下咿呀咿呀地啼哭着。

虽然在偏远的南方做官,我却不为自己的贫苦感到羞耻,有谁能有我这样对月作诗的心境呢?

明天早上的人事随着新出的太阳一般更新,过往的一切恍然如梦。

【赏析】

这首长歌十四联二十八句,可谓中秋诗中的长篇。诗中从月升写到月落,既形象地描绘了中秋之月,又生动地记述了中秋人事。诗中"一杯未尽银阙涌,乱去脱坏如崩涛"气势堪壮,"谁为天公洗眸子,应费明河千斛水"想象独特,"千灯夜作鱼龙变""低昂赴节随歌板"说出民风,"归来呼酒更重看""对月题诗有几人"道来己情,全诗景情交错,人我杂出,气格抑扬,诗情顿挫,低回中转酣畅,激越中出衰婉,实为中秋咏月诗中的上乘之作。

月夜与客饮杏花下

杏花飞帘散余春①,明月入户寻幽人②。
褰衣③步月踏花影,炯④如流水涵青苹⑤。
花间置酒清香发,争挽长条落香雪⑥。
山城薄酒不堪饮,劝君且吸⑦杯中月。
洞箫声断月明中,惟忧月落酒杯空。
明朝卷地春风恶,但见绿叶栖⑧残红。

【注释】

①散余春:一作"报余春"。
②幽人:幽隐之人。
③褰(qiān)衣:用手提起长袍。
④炯(jiǒng):光明。
⑤青苹:一种生于浅水中的草本植物。
⑥香雪:指杏花片。
⑦吸:饮。
⑧栖:生长。

【译文】

杏花瓣儿飞扑着竹帘,告诉着大家,春光即将远去了,明月洒进门窗来寻找我这幽居的人。

月夜下,我提起衣袍踏着摇曳的花影漫步,月华如水,点点花影就好像水中飘浮的青萍。

把待客的酒席安排在花树下，席间杏花清香流溢，客人争相攀依枝条，感受那杏花瓣香雪片纷纷扰扰的美景。

山城的酒比较稀薄，喝起来没什么味道，还不如让各位客人吸饮映入杯中的明月。

清越的洞箫声在这月明之夜渐渐停息，我只愁明月落下，酒杯空空。

明天早上那恼人的春风卷地而起，到时候就只剩下绿叶丛中的点点残红了。

【赏析】

此诗作于元丰二年（1079年），大约作于诗人在徐州上任期间。

诗的第一、二句开门见山，托出花与月。第一句写花，花落春归，点明了时令。第二句写月，月色入户，交代了具体时间和地点。两句大意是说，在一个暮春之夜，随风飘落的杏花，飞落在竹帘之上，它的飘落，似乎把春天的景色都给驱散了。而此时，寂寞的月，透过花间，照进庭院，来寻觅幽闲雅静之人。

第三、四句，是说诗人应明月之邀，揽衣举足，沿阶而下，踱步月光花影之中，欣赏这空明涵漾、似水涵青萍的神秘月色。这两句空灵婉媚，妙趣横生，勾画了一个清虚、明静、空灵而缥缈的超凡境界。

第五、六句写花与酒。花间置酒，令人趁着酒兴赏花的情怀更加浓郁。

第七、八、九、十句，前两句写借月待客，突出"爱月"之心。山城偏僻，难觅好酒，可是借月待客，则补酒薄之不足。后两句情绪渐转低沉，可见诗人"惜月"之情。随着时间的推移，月光的流转，悠扬的箫声渐渐停息，月下花间的几案之上，杯盘已空，诗人忧从中来。此时诗人最忧虑的不是别的，而是月落。这里包含十分复杂的情感，被排挤出朝廷的诗人，虽然此时处境略有好转，但去国之情总会带来凄清之感，在此山城，唯有明月与诗人长相陪伴。月落西山，诗人情无以堪。

全诗最后两句转写花，不过不是月下之花，而是想象中凋零之花。月落杯空，夜将尽，于是将对月的哀愁转为对花的怜惜。月下之花如此动人，第二天一阵恶风刮起，便会落英遍地，而满树杏花也就只剩下点点残红，寄寓了诗人对命运的感慨。

舟中夜起

微风萧萧吹菰蒲①,开门看雨月满湖。
舟人水鸟两同梦,大鱼惊窜②如奔狐。
夜深人物不相管,我独形影相嬉娱。
暗潮生渚③吊④寒蚓⑤,落月挂柳看悬蛛。
此生忽忽⑥忧患里,清境过眼能须臾⑦。
鸡鸣钟动⑧百鸟散,船头击鼓还相呼。

【注释】

①萧萧:象声词,常形容马叫声、风雨声、流水声、草木摇落声等。菰(gū)蒲:茭白和菖蒲,均为浅水植物。
②惊窜:受惊而逃窜。
③渚:水边。
④吊:怜悯。
⑤寒蚓:即蚯蚓。
⑥忽忽:失意恍惚状。
⑦能须臾:如此之快。能,如此。
⑧鸡鸣钟动:指天已拂晓。

【译文】

微风吹拂着湖中的菰蒲,沙沙作响,我还以为是下雨了呢,打开窗门一望,却见湖中洒满了银色月光。

鸟儿们都栖息了,小船也静静地停靠着入梦了,忽然听到"刺啦"一声水响,原来是一尾大鱼在水里游窜,仿佛是野狐奔走在丛莽。

夜深了,周围都静悄悄的了,只剩下我站在船头,欣赏着这夜景,只有身影相伴。

湖水悄悄地上涨,那低咽的声息,恍如蚯蚓蠕动;一轮明月西坠,悬挂在岸边的柳条上,犹如蜘蛛悬挂在交织的蛛网。

唉,我一生忧愁不安,这清丽的境界,也只能是转瞬即逝,留作他年回想。

一会儿,鸡叫了,寺庙的钟声在湖面回荡,鸟儿就会惊起四散。而我的船,也在鼓声中,呼叫声中,解缆起航。

【赏析】

这首诗作于宋神宗元丰二年(1079年)诗人赴湖州知州任途中。诗人写完此诗后不久,就发生了险些令他丧生的"乌台诗案"。

诗中描写了一个极美的夜境。

第一、二句描写了安静的夜景。诗人在船上听到外面微风吹拂水草的声响,以为是下起了蒙蒙细雨,于是,推开船门,去欣赏雨景,然而,看到的却是满湖月色,波光粼粼。这两句巧妙地点出了诗人"舟中夜起"之题,而且,写出了诗人的幻觉。

后面几句描绘了诗人舟中夜起后所观赏到的美丽图画,曲折有致地表露了自己的心曲情怀。这六句可分三层,两句一折,写出了"静""独""冷"三种心境。

第三、四句,诗人以动静相衬的手法,着重描绘夜境的静。此时,舟人、水鸟都已进入梦境,只有大鱼惊窜激起的水波声。这声音在静夜里格外响亮,以致让诗人误以为是一只狐狸在草丛中惊窜而去。

第五、六句,诗人由静转入独。诗人陶醉自然,物我同一的境界,是一种愉悦的审美境界。然而,诗人却不能完全忘却尘世,对人生、社会问题还有深深的思索,会突然闪过心头。

第七、八句,诗人的心境转入"冷",面前绝妙的夜景突然冷气袭人。"暗潮生渚吊寒蚓,落月挂柳看悬蛛",诗人用"暗潮""寒蚓""落月""悬蛛"这些充满暗色寒觉的意象,既进一步为这幅舟湖夜色图添画数笔,又象征和暗示了诗人内心的苦闷,为后面的议论作了渲染铺垫。

最后四句，诗人以议论抒情作结。诗人想到，良辰美景，转瞬即逝，天明之后，又要开始那令人痛苦的仕宦生活。

诗人之所以如此喜爱这万籁俱寂的夜景，这需要多少了解一点儿诗人当时的心情。他早年曾"奋厉有当世志"，但二十余年仕宦生涯的体验，使他产生了厌恶情绪，官场上的尔虞我诈与诗人"坦荡之怀，任天而动"的天性格格不入，积极入世的进取精神与诗人自身的"野性"始终处于尖锐的矛盾之中。

端午遍游诸寺得禅字

肩舆①任所适，遇胜②辄③留连。
焚香引幽步，酌茗④开静筵⑤。
微雨止还作，小窗幽更妍。
盆山⑥不见日，草木自苍然。
忽登最高塔⑦，眼界穷大千。
卞峰⑧照城郭，震泽⑨浮云天。
深沉既可喜，旷荡⑩亦所便。
幽寻未云毕，墟落⑪生晚烟。
归来记所历，耿耿⑫清不眠。
道人⑬亦未寝，孤灯同夜禅。

【注释】

①肩舆（yú）：一种用人力抬扛的代步工具，用两根竹竿，中设软椅以坐人。

②胜：美景。

③辄（zhé）：总是，就。

④酌茗（míng）：品茶。

⑤静筵（yán）：指素斋。筵，酒席。

⑥盆山：指寺庙四面环山，如坐盆中。

⑦最高塔：指湖州飞英寺中的飞英塔。

⑧卞（biàn）峰：指卞山，在湖州西北十八里，接长兴界，为湖州之主山。

⑨震泽：太湖。

⑩旷荡：旷达，大度。
⑪墟落：村落。
⑫耿耿：心中挂怀的样子。
⑬道人：指僧人道潜，善诗，与苏轼、秦观为诗友，当时也在湖州。

【译文】

乘坐小轿任性而往，遇到胜景便游览一番。
在寺院里焚香探幽，品尝香茗与素斋。
蒙蒙细雨时作时停，清幽小窗更显妍丽。
这里四面环山，如坐盆中，难见太阳，草木自生自长，苍然一片。
登上寺内最高的塔，放眼观看大千世界。
卞山的影子映照在城郭上，太湖烟波浩渺，浮天无岸。
像卞山这样深厚沉静当然喜欢，也喜欢太湖吞吐云天、无所不容的旷荡气度。
游兴还没有结束，但村落中已经出现袅袅炊烟。
归来后记下今天的游历，心中挂怀无法入眠。
道潜也没有睡意，孤灯古佛，同参夜禅。

【赏析】

诗的开头四句，直叙作者乘坐小轿任性而往，遇到胜景便游览一番。或焚香探幽；或品茗开筵，筵席上都是素净之物，以见其是在寺中游览，四句诗紧扣题目中的遍游诸寺。

"微雨"以下四句，转笔描绘江南五月的自然景色，蒙蒙细雨，时作时停，寺院的小窗，清幽妍丽，四面环山，如坐盆中，山多障日，故少见天日。草木郁郁葱葱，自生自长，苍然一片。这四句诗捕捉到了湖州五月的景物特点。

当诗人登上湖州飞英寺中的飞英塔时，放眼观看大千世界，笔锋陡转，又是一番境界：诗人进一步描绘了阔大的景物。"卞峰照城郭，震泽浮云天"二句，既写出卞山的山色之佳，又传神地描绘出浮天无岸、烟波浩渺的太湖景象，写景很有气魄。此二句诗与"微雨"以下四句，都是写景的佳句。

一个大手笔，写诗要能放能收。苏轼这首诗，在达到高峰之后，他先插入两句议论，以作收束的过渡，对眼前所见的自然美景，发表了评论，说他既欣赏太湖的那种无所不容的深沉大度，又喜爱登高眺远、景象开阔的旷荡。紧接此二句，便以天晚当归作收，却又带出"墟落生晚烟"的晚景来，写景又出一层。最后四句，又写到夜宿寺院的情景，看似累句，实则不然。与道人同对孤灯于古佛、同参夜禅的描写，正是这一日游的一部分。

  这首记游诗，作者在写景上没有固定的观察点，而是用中国传统画的散点透视之法，不断转换观察点，因此所摄取的景物，也是不断变化的，体现出"遇胜辄流连"的漫游特点，诗人的一日游，是按时间顺序而写，显得很自然，但又时见奇峰拔地而起，六句写景佳句，便是奇崛之处，故能错落有致，平中见奇。

吴中①田妇叹

今年粳②稻熟苦迟，庶③见霜风来几时。
霜风来时雨如泻④，杷⑤头出菌⑥镰⑦生衣。
眼枯泪尽雨不尽，忍见黄穗⑧卧青泥！
茅苫⑨一月垄上宿，天晴获稻随车归。
汗流肩赪⑩载入市，价贱乞与如糠粞⑪。
卖牛纳税拆屋炊，虑浅不及明年饥。
官今要钱不要米，西北万里招羌儿。
龚黄满朝人更苦，不如却作河伯妇⑫！

【注释】

①吴中：指江浙一带。

②粳（jīng）：俗称"大米"，稻谷的总称。

③庶：差不多。

④泻：倾泻。

⑤杷（pá）：同"耙"，翻土的农具。

⑥出菌：发霉。

⑦镰（lián）：收割谷物和割草的农具。

⑧黄穗（suì）：成熟的稻穗。

⑨茅苫（shān）：茅棚。苫，草帘子。

⑩赪（chēng）：红色。

⑪粞（xī）：碎米。

⑫河伯：指河神。

【译文】

才在苦恼今年稻谷熟得这样迟,还指望不久就有秋风起。

谁知秋风起来时,还夹着瓢泼的大雨。风雨不歇,地下潮湿,耙头镰刀都长出了霉菌。

眼睁睁看着成熟的稻穗泡在泥地里,心里好比刀儿在割,阵阵地疼。

眼睛哭干泪流尽,老天爷还是不肯停雨。个把月来搭个茅棚在田埂上睡,天转晴赶紧收稻谷,用车运回。

满身汗,肩头被压得通红,买谷人还价就和买糠和碎米一个样!

没办法只好卖牛去交税,没烧火的柴,只有拆屋来煮吃的。目光短救眼前急还不知行不行,哪里想得到明年还会不会有饥荒?

官家眼下要的是钱不是米,说是要用钱招买那西北边的羌人。

都说满朝里都是姓龚姓黄的好官吏,到头来我们百姓反倒更遭罪。无路可走,活不下去,想去想来不如跳河一死做个河神妇。

【赏析】

这首诗作于诗人在湖州之时。

这首诗里虽然夹杂了诗人对新法的偏见,但并没有冲淡诗中作者同情民生疾苦的基调。本诗是在江南秋雨成灾的背景下写出的。诗人借田妇的口吻,集中描绘了江浙一带农民的悲惨生活情景。

诗的开头二句写今年粳稻的成熟期甚晚,幸亏没有多时秋天就来到了。点明了秋收的季节。紧接着诗人运转笔锋,直写雨灾。"霜风"二句写滂沱大雨使快成熟的粳稻无法开镰收割。农具因长期大雨潮湿而发了霉,镰刀也生了锈。这里用农具"出菌""生衣"来表现灾情之严重,使常景变成了奇句,显示出诗人独特的艺术才华。

"眼枯泪尽雨不尽",这是化用杜甫《新安吏》:"莫自使眼枯,收汝泪纵横。眼枯即见骨,天地终无情"的诗意。在即将收割的秋季遇上连续如注的大雨,农民必定心忧如焚,伤心得落尽眼泪。必不忍心看着金黄色的稻穗倒伏在泥田里。"茅苫"二句由内心的伤痛转写抢收的行动。为了抢救粳稻,农民在田头边搭起了茅草棚,在里面住宿看管了一个月。好不容易盼到了晴天,赶紧抢收运载而归。然而他们却不能享受这辛勤劳动得来的果实。

"汗流"以下八句通过谷贱伤农的事实,抨击了造成钱荒的新法流弊。诗人先叙述农民担粮入市，汗流浃背，磨肿肩膀；后写米价低贱就同糠和碎米一样。经过多么艰苦的劳动，换来的却是那么微薄的收入。"卖牛"二句承上揭示了赋税的繁重。农民无奈只有卖牛凑钱纳税，为了烧饭，只得拆下屋里的木头，以解燃眉之急，已经顾不上明年的饥荒了。在新法条例中，如青苗法、免役法等都规定赋税要钱不收米。当时百姓有米而官府不要米，百姓无钱而必要钱。这就造成一时米贱钱荒的社会问题。诗中"官今要钱不要米"，触及时政流弊的实质。"西北"句是指当时为了抗击西夏，王安石采用王韶的建议，对西北沿边羌人蕃部进行招抚，虽有利于巩固边防，但也花费了不少钱。这必然加重人民的负担，而官吏催逼，唯钱是求，使农民走投无路，难以为生。最后二句借用典故收结，把全诗的气氛推到了高潮。龚遂任渤海太守，黄霸任颍川太守，他们都是以恤民宽政著名的官吏。这里的"龚黄满朝"是带着明显嘲讽意味的。"河伯妇"，是用《史记》中西门豹传的故事。在战国时邺县豪绅与女巫假托"河伯娶妇"，敲诈勒索，残害百姓。西门豹任邺县令时，为民除害，施计把巫婆投入河中。作者借用来表明百姓被逼得无路可走，不如投河自尽。

苏轼这首讥讪新法的诗篇，它的特点并不是用政治图解的方式来表达思想倾向，而是选取典型的生活情景和人物的行动，通过叙事抒情，间用议论的方式，形象地反映社会现实生活，真实动人。全诗的结构布局紧紧扣住诗题的"叹"字，写得层次分明而又步步深入。首先叹息稻熟苦迟，其次哀叹秋雨成灾，复次喟叹谷贱伤农，末以嘲讽官吏、逼民投河作结，更令人触目惊心。整个诗篇的字里行间充满了诗人对劳动农民苦难遭遇的深切同情。

初到黄州

自笑平生为口忙①，老来事业转荒唐。
长江绕郭②知鱼美，好竹连山觉笋香。
逐客③不妨员外④置，诗人例作水曹郎⑤。
只惭无补丝毫事，尚费官家压酒囊⑥。

【注释】

①为口忙：此处语意双关，既指因言事和写诗而获罪，又指为谋生糊口，并呼应下文的"鱼美"和"笋香"的口腹之美。
②郭：指外城。
③逐客：贬谪之人。
④员外：定额以外的官员，苏轼所任的检校官亦属此列，故称。
⑤水曹郎：隶属水部的郎官。
⑥尚费官家压酒囊：作者自注："检校官例折支，多得退酒袋。"压酒囊，压酒滤糟的布袋。

【译文】

自己都感到好笑，一生为嘴到处奔忙，老来所干的事，反而要得荒唐。
长江环抱城郭，深知江鱼味美，茂竹漫山遍野，只觉阵阵笋香。
贬逐的人，当然不妨员外安置，诗人惯例，都要做做水曹郎。
惭愧的是我劝政事已毫无补益，还要耗费官府俸禄，领取压酒囊。

【赏析】

这首诗语言平实清浅，却深刻揭示出苏轼初到黄州时复杂矛盾的心情。

诗以自嘲口吻开头,此前诗人一直官卑职微,只做过杭州通判,密州、徐州、湖州三州知州,到湖州仅两个月便下御史台狱,年轻时的抱负均成泡影,只能说为口腹生计而奔忙。"老来",诗人当时方四十五岁,这个年龄在古人已算不小了,苏轼作于密州的《江城子》词中便有"老夫聊发少年狂"之句。"事业转荒唐"指"乌台诗案"事,屈沉下僚尚可忍耐,无端的牢狱之灾更使他检点自己的人生态度,"荒唐"二字是对过去的自嘲与否定,却含有几分牢骚。面对逆境,苏轼以平静、旷达的态度对待之。

初到黄州,正月刚过,又寄居僧舍,却因黄州三面为长江环绕而想到可有鲜美的鱼吃,因黄州多竹而犹如闻到竹笋的香味,把视觉形象立即转化为味觉、嗅觉形象,表现出诗人对未来生活的憧憬,紧扣"初到"题意,亦表露了诗人善于自得其乐、随缘自适的人生态度。苏轼这种"能从黄连中嚼出甜味来"的精神是最应令人钦敬的,这种豁达、乐观的精神,使他在黄州的五年政治上的低谷时期,却在创作上达到炉火纯青的境界,《前赤壁赋》《后赤壁赋》《念奴娇·赤壁怀古》等大批著名词篇均写于这一时期,苏轼成了古代文学家中身处逆境而大有作为的典范。

后四句为作者自嘲,颈联写以祸为福的宽慰心态,用典自况。"为口"而至此,可以说是人生的大不幸了,诗人却以苦为乐,以祸为福,在扫兴的"员外置"前加了一个"不妨",在倒霉的"水曹郎"前加了一个"例作",安之若素,自我调侃。其心胸开阔,个性旷达便跃然纸上。尾联写无功受禄的愧怍,质朴自然。身为"员外",却没能为国家出力办事,而又要白白花费国家的钱银,实在是惭愧。"压酒囊"就是工资,虽然钱不多,可对于一个"无补丝毫事"的人来说,还要费这工资,确实惭愧。表现了诗人的豁达和自得。

"诗穷而后工","只惭"句有几分无奈,但并不把它作为完全无所作为的理由,政治上不能有所作为,文学上却可以大有作为。黄州成了苏轼一生词与文章创作的顶点,也奠定了他在中国文坛的地位。这首诗一反古代诗人在遭受打击时鸣冤叫屈、叹老嗟卑的惯例,虽自嘲不幸,却又以超旷的胸襟对待,后世诗作唯有鲁迅的一首"运交华盖"与其相似。

寒食①雨二首

其一

自我来黄州,已过三寒食。
年年欲惜春,春去不容惜。
今年又苦雨,两月秋萧瑟②。
卧闻海棠花,泥污燕脂雪③。
暗中偷负去,夜半真有力④。
何殊⑤病少年,病起头已白。

其二

春江欲入户,雨势来不已⑥。
小屋如渔舟,濛濛⑦水云里。
空庖煮寒菜⑧,破灶烧湿苇。
那知是寒食,但见乌衔纸⑨。
君门深九重⑩,坟墓在万里⑪。
也拟哭途穷⑫,死灰⑬吹不起。

【注释】

①寒食:旧历清明节的前一天,是寒食节。

②"两月"句:言两个月来雨多春寒,萧瑟如秋。

③燕脂雪：指海棠花瓣。
④"暗中"两句：《庄子·大宗师》："藏舟于壑，藏山于泽，谓之固矣。然夜半有力者负之而走，昧者不知也。"这里用以喻海棠花谢，像是有力者夜半暗中负去。
⑤何殊：何异。
⑥不已：一作"未已"。
⑦濛（méng）濛：雨迷茫的样子。
⑧庖（páo）：厨房。寒菜：原特指冬季之菜，此系泛指。
⑨"那知"二句：是说见乌衔纸才知道今天是寒食节日。见，一作"感"。
⑩"君门"句：宋玉《九辩》："岂不郁陶而思君兮，君之门以九重。"注曰："君门深邃，不可至也。"九重，指宫禁，极言其深远。
⑪"坟墓"句：谓诗人祖坟在四川眉山，距黄州有万里之遥，欲吊不能。
⑫"也拟"句：晋阮籍每走到一条路的尽头，就感慨地哭起来。这里隐言拟学阮籍途穷之哭。
⑬死灰：指上面"乌衔纸"的纸钱灰，隐用汉韩安国的话，《史记·韩长孺传》："安国坐法抵罪，狱吏田甲辱安国，安国曰：'死灰独不复燃乎？'田甲曰：'燃则溺之！'"

【译文】

其一
自从我来到黄州，已度过三个寒食节。
年年爱惜春光想将它挽留，春天自管自归去不容人惋惜。
今年又苦于连连阴雨，绵延两个月气候萧瑟一如秋季。
独卧在床听得雨打海棠，胭脂样花瓣像雪片凋落污泥。
造物主把艳丽的海棠偷偷背去，夜半的雨真有神力。
雨中海棠仿佛一位患病的少年，病愈时双鬓斑白已然老去。
其二
春江暴涨仿佛要冲进门户，雨势凶猛袭来似乎没有穷已。
我的小屋宛如一叶渔舟，笼罩在濛濛水云里。
空空的厨房煮着些寒菜，潮湿的芦苇燃在破灶底。

哪还知道这一天竟然是寒食,却看见乌鸦衔来烧剩的纸币。

天子的宫门有九重,深远难以归去,祖上的坟茔遥隔万里不能吊祭。

我只想学阮籍作穷途痛哭,心头却似死灰并不想重新燃起。

【赏析】

其一

第一首借寒食前后阴雨连绵、萧瑟如秋的景象,写出他悼惜芳春、悼惜年华似水的心情。诗人对海棠情有独钟,并多次在诗中借以自喻,其《寓居定惠院之东杂花满山有海棠一株土人不知贵也》一诗中说:"陋邦何处得此花,无乃好事移西蜀?"且对自己与花"天涯流落俱可念"的共同命运,发出深深叹息。这首诗后段对海棠花谢的叹惋,也正是诗人自身命运的写照。他对横遭苦雨摧折而凋落的海棠,以"何殊病少年,病起头已白"的绝妙比喻,正是对自己横遭政治迫害、身心受到极大伤害的命运的借喻。

其二

假如说前一首诗表现贬谪之悲还较含蓄,第二首则是长歌当哭,宣泄了诗人心头无限的积郁。诗中先描写雨势凶猛,长江暴涨,似欲冲入诗人居所。而风雨飘摇之中,诗人的小屋如一叶渔舟,飘荡于水云之间。"空庖煮寒菜,破灶烧湿苇"二句,描写物质生活的极度匮乏与艰难,表现了诗人在黄州时常迫于饥寒的窘况。诗人从前在京师、杭州等地,每逢寒食佳节,曾经有过许多赏心乐事,如今却只有满目萧条、凄凉,他不由得悲极而发出"那知是寒食"的设问。寒食是祭祖、扫墓的日子,看见"乌衔纸",诗人这才恍悟,当前确实正是寒食节令,这故作回旋的笔墨,突显了诗人痛定思痛的心情。诗人以直抒胸臆的手法明言君门九重欲归不能,亲人坟墓远隔万里欲祭不可,于是篇末说是要学阮籍穷途之哭,又反用韩安国典,表示对政治的冷淡和忧谗畏讥的心情。

和秦太虚①梅花

西湖处士②骨应槁③,只有此诗君压倒。
东坡先生心已灰④,为爱君诗被花恼⑤。
多情立马⑥待黄昏,残雪消迟⑦月出早。
江头千树春欲暗⑧,竹外一枝斜⑨更好。
孤山⑩山下醉眠处⑪,点缀裙腰⑫纷不扫⑬。
万里春随逐客来⑭,十年花送佳人⑮老。
去年花开我已病,今年对花还草草⑯。
不如风雨卷春归,收拾余香⑰还畀昊⑱。

【注释】

①秦太虚:秦观,字少游,号淮海居士,北宋著名诗人,"苏门四学士"之一。

②西湖处士:指林逋,北宋诗人,字君复,钱塘(今浙江杭州)人。隐居西湖孤山,赏梅养鹤,终身不仕,也不婚娶,旧时称其"梅妻鹤子"。

③骨应槁(gǎo):言人体该是像枯木。这里是指林逋早已逝世。

④心已灰:丧失信心,意志消沉。苏轼《自题金山画像》云:"心似已灰之木,身如不系之舟,问汝平生功业,黄州惠州儋州。"

⑤恼:引逗,撩拨。

⑥立马:驻马,使马停下不走。

⑦消迟:形容雪融化得很慢。

⑧暗:晦暗,昏暗。

⑨斜：倾侧放置。
⑩孤山：山名。在浙江杭州西湖中。
⑪醉眠处：指林逋醉酒赋诗休息的孤山放鹤亭和梅林。
⑫裙腰：比喻狭长的小路。这里指孤山寺前的小路。
⑬纷不扫：代指杂多落地的梅花。
⑭逐客：指被贬谪流放远地的人，这里是作者自称。
⑮佳人：美好的人，君子贤人。这里系作者自喻。
⑯草草：忧虑劳神的样子。
⑰余香：残留的浓郁的香气。
⑱昪（bì）昊：广漠的天宇，苍天。

【译文】

西湖隐居的林逋处士去世了，只有你秦太虚此诗将林诗压倒。
我东坡先生，心境已犹似槁木死灰，只因喜爱君梅花诗甘心被花笑。
我常常叫马停步多情地迎黄昏，黄昏中残雪消得慢，月影出得早。
江边的丛林在春色中显得晦暗，竹林外边的一枝梅斜歪得更好。
孤山山下林逋赋诗醉眠放鹤亭，那点缀小路的纷纷梅花无人扫。
万里春先伴随着我东坡来黄州，十年鲜花送佳人可佳人容颜老。
去年梅花盛开的时候我已患病，今年面对盛开的梅花人很疲劳。
不晓得风雨何时卷着春意归去，我收集梅花余香返回天堂多好。

【赏析】

　　苏轼一向喜爱梅花，他的诗集中，以梅为题的就有近四十首，这首诗便是其中之一。秦观的原作《和黄法曹忆建溪梅花同参寥赋》也是一首和诗。苏轼的这首次韵和诗，于赏诗、咏梅之中，暗暗流露出自己的深沉感喟。全诗可分四个层次，每四句为一层。

　　首层赞美秦观的诗。西湖处士林逋在诗坛上以咏梅驰名，其"雪后园林才半树，水边篱落忽横枝"（《梅花》），以及"池水倒窥疏影动，屋檐斜入一枝低"（另首《梅花》）等名句，为人称赏，尤其是《山园小梅》"疏影横斜水清浅，暗香浮动月黄昏"一联，被推为咏梅绝唱。苏轼在这里却认为林逋死去已很久了，只有秦观这首梅花诗才压倒了他。其实，秦观诗写得虽也不差，但终究不能与林逋诗相敌，苏轼未尝不知，他自己就一向对林逋咏梅诗，尤其是"疏影"一联十分倾倒，称道其有"写物之功"（《东坡题跋·评诗人写物》卷三），因此，他在这里对秦观此诗的评价，只不过是欣赏之余冲口而出的夸大之辞，并非深思熟虑的确论。接下二句引到苏轼自身，然其意仍是赞美秦观诗。"东坡先生"是他自称，对秦观这位门人，自称"先生"算不得自大，反有一种亲密感。他说自己本来"心已灰"，这里的"灰"，是《庄子·齐物论》中"槁木死灰"的"灰"，诗人遭受打击，贬官黄州到此时已五年，心境极坏，犹似槁木死灰，不大容易起感情的波澜了，此时却因为喜爱秦观这首梅花诗，故而"被花恼"，被梅花撩拨起了看花的兴致。

第二层便写赏看梅花。诗人兴致勃发，等不到翌日，当天黄昏就骑着马兴冲冲地赶到长江边上，勒马伫立江头，观赏梅花。诗人赏梅必要咏梅，下面三句，他便即景取材，用先衬托后对比的手法来写梅。先说"残雪消迟月出早"，节令虽已届春季，但还有一部分残雪迟迟不曾消融；时正黄昏，月儿却早早地钻出了云缝，诗人将彼时所有的白雪、皓月拈入诗中，展现出一个冰清玉洁的境界来作为梅的背景，映衬得梅花更加高洁了。后说"江头千树春欲暗"。江头梅花盛开，争娇斗艳，使得明媚的春光也相形暗淡了。繁花竞丽固然好，然而，诗人看到竹外有一枝斜开的梅花，相比之下，显得"更好"。"竹外一枝斜更好"，在这里，诗人并没有雕镂其幽艳丰姿之形，而侧重勾画梅花斜倚修竹的幽独闲雅之神，这正暗合诗人自己的落寞情怀。所以他才分外欣赏那枝"无意苦争春"的竹外孤梅。这一句诗是苏轼的得意之笔，评论家们也赞赏备至。

第三层回忆旧游。面对苔枝缀玉，色清香幽，看着它，诗人回想起当年在杭州赏梅时的雅兴了：那时，他在通判任上，因为向往林逋"梅妻鹤子"的风采，公务之暇常常在孤山一带赏梅饮酒，在哪里醉了，就在哪里醉眠。往往一觉醒来，睁开眼睛看时，便见梅花纷纷扬扬落满身上和地下。洒在身上的，如同是在装点他的裙腰；掉在地下的，多得不能扫，也不舍得去扫掉。"裙腰"，根据白居易《杭州春望》"谁开湖寺西南路，草绿裙腰一道斜"诗意，一般认为是用来借喻长着碧草的山腰，或是指孤山。此解虽可通，但是，"裙"在古代指衣裳的下半部分，男女同用，联系上句"醉眠处"，这里也有可能是指诗人的裙腰。第三句，诗人继续遐想：以后自己由杭州调任密州（今山东诸城）、徐州、湖州（今属浙江），最后被贬在此地黄州，今日于春光之中重睹梅花芳容，就好像春也不远万里相随而来；离杭至今，又恰好十个年头，年年花开花落，人也逐年老去（已四十九岁），此情此景，就像那梅花年年岁岁在送作者老去。逐客、佳人，都是诗人自喻。逐客指被朝廷贬谪之人，正是诗人当时的身份；"佳人"一词在古代不专指美女，还指美好的人、有才干的人，后两者诗人都可以当之无愧。

末层抒发此时的感慨。上层忆旧游，已有感慨的意思在其中了，此层则由花送人老想到命途多舛，身心都欠佳：前一年花开，在病中捱过；这一年春天赏梅，心情仍不舒畅。诗人思及自己这个穷愁潦倒的逐臣，觉得有负良辰美景，倒不如让风雨送春归去，把那些梅花和其他的花儿都交还给上天算了。诗至此黯然而结，语意沉痛，寄慨遥深。

全诗由梅及人、由人及梅，曲尽意致，感情沉郁。

洗儿戏作

人皆养子^①望聪明,我被聪明误一生。
惟愿孩儿愚且鲁^②,无灾无难到公卿^③。

【注释】

①养子:生育子女。《礼记·大学》:"未有学养子而后嫁者也。"
②愚且鲁:愚昧无知,反应迟钝。
③公卿:泛指高官。

【译文】

每个人生下孩子,都希望孩子头脑聪明。但是聪明有什么好处呢?我就是因为聪明,遭到别人的嫉妒,被聪明误了一生。

而今,只希望自己的儿子愚笨迟钝,没有灾难,没有祸患,而能够官至公卿。

【赏析】

这首诗表面上写的是孩子的教育,看起来观点荒谬,实际上是反讽。因为在苏轼看来,当时的公卿宰相,都是一些只会保持权位,毫无治国才能的人。《东都事略·神宗本纪》:"元丰五年夏四月癸丑,更官制,以王珪为尚书左仆射兼门下侍郎,蔡确尚书右仆射兼中书侍郎,章惇门下侍郎,张璪改中书侍郎,蒲宗孟尚书左丞,王安礼尚书右丞。"可见在元丰年间的宰执大臣,都是才具平庸的人,这就难免东坡要发出不平之鸣了。林语堂的《苏东坡传》在《自退之道》一章里说:"东西方的政治规则完全一样,爬到顶端的一定是庸才。"

这话说得一点儿都不错。因为做大官的，最好不要负什么责任，对事既不必肯定，也不宜否定，操持模棱两可，出语含含混混，这样就无往而不利。做大官高官要特别小心，不可随便得罪人，且要多施小惠给人家。但是苏东坡不是这样的人，对做大官成功的规则，他一样也不能恪守，所以遭到无情的打击而颠沛流离，因此才会发出"惟愿孩儿愚且鲁，无灾无难到公卿"的不平之鸣了。

另外，苏东坡才高八斗，学富五车，他不会不知道历史上曾有装糊涂而保全身的先例：春秋时代的卫国，有个大夫宁武子，他经历卫国两代的变动，从卫文公到卫成公，无灾无难地安然做了两朝元老。苏东坡要儿子"愚"，是为儿子设计的一种人生策略，就是学习宁武子的"愚"，也就是老子的"大智若愚"。这是常人难以做到的。苏东坡明白自己就是因为太过突出，反而容易成为众矢之的，所以他要儿子隐匿锋芒，学会揣着明白装糊涂。

苏轼是诗词文俱佳的大文豪，他的作品讲究炼词炼意，这首七绝也是如此。一个"望"字，写尽了人们对孩子的期待；一个"误"字，道尽了自己一生的遭遇。诗中几处转折，情味尽在其中：世人望子聪明，我却望子愚蠢，一转折也；人聪明就该一生顺利，我却因聪明误了一生，二转折也；愚鲁的人该无所作为，但却能"无灾无难到公卿"，三转折也。苏轼的牢骚全在这些转折中。

海 棠

东风①袅袅②泛③崇光④,香雾空蒙⑤月转廊。
只恐夜深花睡去⑥,故⑦烧高烛照红妆⑧。

【注释】

①东风:春风。
②袅袅:微风轻轻吹拂的样子。一作"渺渺"。
③泛:摇动。
④崇光:高贵华美的光泽,指正在增长的春光。
⑤空蒙:一作"霏霏"。
⑥夜深花睡去:暗引唐玄宗赞杨贵妃"海棠睡未足耳"的典故。史载,昔明皇召贵妃同宴,而妃宿酒未醒,帝曰:"海棠睡未足也。"
⑦故:于是。
⑧红妆:用美女比海棠。

【译文】

袅袅的东风吹动了淡淡的云彩,露出了月亮,月光也是淡淡的。花朵的香气融在朦胧的雾里,而月亮已经移过了院中的回廊。

由于只是害怕在这深夜时分,花儿就会睡去,因此燃着高高的蜡烛,不肯错过欣赏这海棠盛开的时机。

【赏析】

此诗开头两句,并不拘限于正面描写。首句"东风袅袅"形容春风的吹拂之态，化用了《楚辞·九歌·湘夫人》中的"袅袅兮秋风"之句。着一"泛"字，活写出春意的暖融，这为海棠的盛开造势。次句侧写海棠，"香雾空蒙"写海棠阵阵幽香在氤氲的雾气中弥漫开来，沁人心脾。"月转廊"，月亮已转过回廊那边去了，照不到这海棠花；暗示夜已深，人无寐，从中还可读出一层隐喻：处江湖之僻远，不遇君王恩宠。这两句把读者带入一个空濛迷幻的境界，十分艳丽，然而略显幽寂。

后两句，作者由花及人，生发奇想，深切巧妙地表达了爱花惜花之情。"只恐夜深花睡去"，这一句写得痴绝，是全诗的关键句。此句转折一笔，写赏花者的心态。当月华再也照不到海棠的芳容时，诗人顿生满心怜意：海棠如此芳华灿烂，不忍心让她独自栖身于昏昧幽暗之中。一个"恐"字写出了作者不堪孤独寂寞的煎熬而生出的担忧、惊怯之情，也暗藏了作者欲与花共度良宵的执着。一个"只"字极化了爱花人的痴情，此刻他满心里只有这花儿璀璨的笑靥，其余的种种不快都可暂且一笔勾销了，这是一种"忘我""无我"的超然境界。

末句更进一层，将爱花的感情提升到一个极点。"故"照应上文的"只恐"二字，含有特意而为的意思，表现了诗人对海棠的情有独钟。宋释惠洪《冷斋夜话》记载：唐明皇登香亭，召太真妃，于时卯醉未醒，命高力士使侍儿扶掖而至。妃子醉颜残妆，鬓乱钗横，不能再拜。明皇笑曰："岂妃子醉，直海棠睡未足耳！"此句运用唐玄宗以杨贵妃醉貌为"海棠睡未足"的典故，转而以花喻人，点化入咏，浑然无迹。

"烧高烛"遥承上文的"月转廊"，这是一处精彩的对比，月光似乎也太嫉妒于这怒放的海棠的明艳了，那般刻薄寡恩，竟然不肯给她一方展现姿色的舞台。于是作者用高烧的红烛，为她驱除这长夜的黑暗。此处隐约可见诗人的侠义与厚道。"照红妆"呼应前句的"花睡去"三字，极写海棠的娇艳妩媚。"烧""照"两字表面上都写作者对花的喜爱与呵护，其实也不禁流露出些许贬居生活的郁郁寡欢。他想在"玩物"（赏花）中获得对痛苦的超脱，哪怕这只是片刻的超脱也好。虽然花儿盛开了，就向衰败迈进了一步，尽管高蹈的精神之花毕竟远离了现实的土壤，但他想过这种我行我素、自得其乐的生活的积极心态，没有谁可以阻挠。

全诗语言浅近而情意深永。写此诗时，诗人虽已过不惑之年，但此诗却没有给人以颓唐、萎靡之气，从"东风""崇光""香雾""高烛""红妆"这些明丽的意象中分明可以感触到诗人的达观、潇洒的胸襟。

题西林壁①

横看②成岭侧③成峰,远近高低各不同④。
不识⑤庐山真面目⑥,只缘⑦身在此山⑧中。

【注释】

①西林:西林寺,在现在江西省的庐山上。这首诗是题在寺里墙壁上的。
②横看:从正面看。庐山总是南北走向,横看就是从东面西面看。
③侧:侧面。
④各不同:各不相同。
⑤不识:不能认识,辨别。
⑥真面目:指庐山真实的景色,形状。
⑦缘:因为;由于。
⑧此山:这座山,指庐山。

【译文】

从正面、侧面看庐山山岭连绵起伏、山峰耸立,从远处、近处、高处、低处看庐山,庐山呈现各种不同的样子。

我之所以认不清庐山真正的面目,是因为我人身处在庐山之中。

【赏析】

此诗描写庐山变化多姿的面貌,并借景说理,指出观察问题应客观全面,如果主观片面,就得不出正确的结论。

开头两句"横看成岭侧成峰,远近高低各不同",实写游山所见。庐山是座丘壑纵横、峰峦起伏的大山，游人所处的位置不同，看到的景物也各不相同。这两句概括而形象地写出了移步换形、千姿万态的庐山风景。

结尾两句"不识庐山真面目，只缘身在此山中"，是即景说理，谈游山的体会。之所以不能辨认庐山的真实面目，是因为身在庐山之中，视野为庐山的峰峦所局限，看到的只是庐山的一峰一岭一丘一壑，局部而已，这必然带有片面性。这两句奇思妙发，整个意境浑然托出，为读者提供了一个回味经验、驰骋想象的空间。这不仅仅是游历山水才有这种理性认识。游山所见如此，观察世上事物也常如此。这两句诗有着丰富的内涵，它启迪人们认识为人处事的一个哲理——由于人们所处的地位不同，看问题的出发点不同，对客观事物的认识难免有一定的片面性；要认识事物的真相与全貌，必须超越狭小的范围，摆脱主观成见。

仁者见仁，智者见智。一首小诗激起人们无限的回味和深思。所以，《题西林壁》不单单是诗人歌咏庐山的奇景伟观，同时也是苏轼以哲人的眼光从中得出的真理性的认识。由于这种认识是深刻的，是符合客观规律的，所以诗中除有谷峰的奇秀形象给人以美感之外，又有深永的哲理启人心智。因此，这首小诗格外来得含蓄蕴藉，思致渺远，使人百读不厌。

这首诗寓意十分深刻，但所用的语言却异常浅显。深入浅出，这正是苏轼的一种语言特色。苏轼写诗，全无雕琢习气。诗人所追求的是用一种质朴无华、条畅流利的语言表现一种清新的、前人未曾道的意境；而这意境又是不时闪烁着荧荧的哲理之光的。从这首诗来看，语言的表述是简明的，而其内涵却是丰富的。也就是说，诗语的本身是形象性和逻辑性的高度统一。诗人在四句诗中，概括地描绘了庐山的形象的特征，同时又准确地指出看山不得要领的道理。鲜明的感性与明晰的理性交织在一起，互为因果，诗的形象因此升华为理性王国里的典型，这就是人们为什么千百次地把后两句当作哲理的警句的原因。

如果说宋以前的诗歌传统是以言志、言情为特点的话，那么到了宋朝尤其是苏轼，则出现了以言理为特色的新诗风。这种诗风是宋人在唐诗之后另辟的一条蹊径，用苏轼的话来说，便是"出新意于法度之中，寄妙理于豪放之外"。形成这类诗的特点是：语浅意深，因物寓理，寄至味于淡泊。

惠崇春江晚景二首①

其一

竹外桃花三两枝,春江水暖鸭先知。
蒌蒿②满地芦芽③短,正是河豚④欲上⑤时。

其二

两两归鸿⑥欲破群⑦,依依⑧还似北归人。
遥知朔漠多风雪,更待江南半月春。

【注释】

①惠崇(亦为慧崇):福建建阳僧,宋初九僧之一,能诗能画。《春江晚景》是惠崇所作画名,共两幅,一幅是鸭戏图,一幅是飞雁图。钱锺书《宋诗选注》中为"晓景"。诸多注本,有用"晓景"、有用"晚景",此从《东坡全集》及清以前注本用"晚景"。这两首诗是作者元丰八年(1085年)春天在靖江欲南返时江边情景的写照。

②蒌蒿:草名,有青蒿、白蒿等种。

③芦芽:芦苇的幼芽,可食用。

④河豚:鱼的一种,学名"鲀",肉味鲜美,但是卵巢和肝脏有剧毒。产于我国沿海和一些内河。

⑤上:指逆江而上。

⑥归鸿:归雁。

⑦破群：离开飞行队伍。

⑧依依：不舍之貌。

【译文】

其一

竹林外两三枝桃花初放，鸭子在水中游戏，它们最先察觉了初春江水的回暖。

河滩上已经满是蒌蒿，芦笋也开始抽芽，而河豚此时正要逆流而上，从大海洄游到江河里来了。

其二

大雁北飞，就像要回到北方家乡的人那样，但是由于依恋，差一点儿掉了队。

还没有飞到北方时，就已经知道北方的沙漠多风雪了，还是在江南再度过半月的春光时节吧。

【赏析】

其一

诗的首句"竹外桃花三两枝"，隔着疏落的翠竹望去，几枝桃花摇曳身姿。桃竹相衬，红绿掩映，春意格外惹人喜爱。这虽然只是简单一句，却透出很多信息。首先，它显示出竹林的稀疏，如果竹林细密，就无法见到桃花了。其次，它表明季节，点出了一个"早"字。春寒刚过，还不是桃花怒放之时，但春天的无限生机已经透露出来。

诗的第二句"春江水暖鸭先知"，视觉由远及近，即从江岸到江面。江上春水荡漾，好动的鸭子在江水中嬉戏游玩。"鸭先知"侧面说明春江水还略带寒意，因而别的动物都还没有感到春天的来临，这就与首句中的桃花"三两枝"相呼应，表明早春时节。"鸭知水暖"这种诉之于感觉和想象的事物，画面是难以传达的，诗人却通过设身处地的体会，在诗中表达出来。缘情体物又移情于物，江中自由嬉戏的鸭子最先感受到春水温度的回升，用触觉印象"暖"补充画中春水激滟的视觉印象。鸭之所以能"先知春江水暖"是因为它们长年生活在水中，只要江水不结冰，它们总要跳下去凫水嬉戏。因此，首先知道春江水温变化的自然就是这些与水有着密切关系的鸭子。这就说明：凡事都要亲历其境,才会有真实的感受。这句诗不仅反映了诗人对自然的入微观察,还凝聚了诗人对生活的哲理思索。

诗的三四两句:"蒌蒿满地芦芽短,正是河豚欲上时。"这两句诗仍然紧扣"早春"来进行描写,那满地蒌蒿、短短的芦芽,黄绿相间、艳丽迷人,呈现出一派春意盎然、欣欣向荣的景象。"河豚欲上"借河豚只在春江水暖时才往上游的特征,进一步突出一个"春"字,本是画面所无,也是画笔难到的,可是诗人却成功地"状难写之景如在目前",给整个画面注入了春天的气息和生命的活力。苏轼的学生张耒在《明道杂志》中也记载长江一带土人食河豚,"但用蒌蒿、荻笋即芦芽、菘菜三物"烹煮,认为这三样与河豚最适宜搭配。由此可见,苏轼的联想是有根有据的,也是自然而然的。诗意之妙,也有赖于此。画面虽未描写河豚的动向,但诗人却从蒌蒿丛生、芦苇吐芽推测而知"河豚欲上",从而画出河豚在春江水发时沿江上行的形象,用想象得出的虚境补充了实境。苏轼就是通过这样的笔墨,把无声的、静止的画面,转化为有声的、活动的诗境。在苏轼眼里,这幅画已经不再是画框之内平面的、静止的纸上图景,而是以内在的深邃体会和精微的细腻观察给人以生态感。前者如画,后者逼真,两者混同,不知何者为画境,何者为真景。诗人的艺术联想拓宽了绘画所表现的视觉之外的天地,使诗情、画意得到了完美的结合。

这一首诗成功地写出了早春时节的春江景色,苏轼以其细致、敏锐的感受,捕捉住季节转换时的景物特征,抒发对早春的喜悦和礼赞之情。全诗春意浓郁、生机蓬勃,给人以清新、舒畅之感。

其二

许多选本只看中第一首,因而第二首已鲜为人知,实际上,第二首也写得很好。第一句大体写惠崇所绘的"飞雁图",大雁北飞,有几只雁依依不舍,差点儿掉了队。并且在下一句,把这几只雁比作了"北归人",是非常形象的,这就画活了景象。

诗到了第三、四句,就更进一步给大雁以人的情感。"遥知朔漠多风雪,更待江南半月春。"诗人的想象力是丰富的。大雁恋恋不舍是因为南方比北方温暖,所以诗人就写下了大雁认为北方很冷,而且远远地就知道了沙漠风多雪多;这还不止,最后一句诗人进一步写大雁希望在江南多待几日。这种拟人手法的运用,使惠崇的绘画由"定格"转变成了"录像",使大雁北飞的情景充满着人的情感,是颇有新意的。

与莫同年①雨中饮湖上

到处相逢是偶然,梦中相对各华颠②。
还来一醉西湖雨,不见跳珠十五年③。

【注释】
①莫同年:指莫君陈,字和中,吴兴(今属浙江)人,时任两浙提刑。
②华颠:指头发花白。
③跳珠:形容雨点落在湖面上的样子。

【译文】
　　人生在各处的相遇都是偶然,此次的相聚仿佛是梦中,但你我的头上都有了白发了。
　　远离杭州许久了,这次回来又能够如醉如痴地观赏西湖的雨景,已经有十五年未曾见过雨珠跳落湖面的景象了。

【赏析】
　　这首诗作于元祐四年(1089年)。诗人以龙图学士除知杭州军州事,七月到达杭州上任。莫同年指莫君陈,时任两浙提刑官。两人早有交游,此次在杭州相遇,同在雨中观赏西湖,诗人故作此诗。
　　诗中主要书写诗人与旧友相逢时的感慨。偶然相逢如在梦中,旧友相逢内心欢喜。相对各自头上都已有白发,又含离别之悲。再来一次醉游西湖,是为忆旧。"不见跳珠十五年",是感慨时光流逝太快。此诗写久别重逢,亦喜亦悲,但诗中无悲喜二字,手法高明。

雪浪石

太行西来万马屯①,势与岱岳争雄尊。
飞狐上党天下脊,半掩落日先黄昏②。
削③成山东④二百郡,气压代北⑤三家村。
千峰石卷矗牙帐⑥,崩崖凿断开土门⑦。
揭来⑧城下作飞石,一炮惊落天骄魂。
承平百年烽燧冷⑨,此物僵卧枯榆根。
画师争摹雪浪势,天工不见雷斧痕。
离堆⑩四面绕江水,坐无蜀士谁与论。
老翁儿戏⑪作飞雨,把酒坐看珠跳盆。
此身自幻孰非梦,故园山水聊心存⑫。

【注释】

①万马屯:形容太行山势的雄峻。
②飞狐上党天下脊,半掩落日先黄昏:这两句写太行山之高。飞狐,指飞狐口,在今河北涞源县与蔚县之间,两崖峭立,一线微通,迤逦蜿蜒,百有余里。上党,即今山四长治一带。二者都是太行山区地势比较高的地方。
③削:划分。
④山东:指太行山以东。
⑤代北:古地名,即战国时赵雁门郡地。泛指汉、晋代郡和唐以后代州北部或以北地区。代,今山西代县。代北,指晋北。

⑥牙帐：军营。

⑦土门：即井陉关，在今河北井陉。

⑧揭来：去来、往还。揭，通"曷"，何。

⑨承平百年烽燧冷：烽燧久不举火。承平，形容没有战争。烽燧，就是烽火台，如有敌情，白天燃烟叫烽，夜晚放火叫燧，是古代传递军事信息最快最有效的方法。

⑩离堆：即我国古代有名的水利工程巨建都江堰的别名，在四川灌县，秦时李冰所凿。

⑪儿戏：像小孩子那样闹着玩。

⑫自幻：自己产生的幻觉。故园：指诗人的家乡蜀川。聊：姑且。

【译文】

太行山的西侧，山势力雄峻，可以和泰山争一雌雄。

飞狐口和上党更是太行山上地高险峻之处，悬崖峭立，就连太阳都会被遮挡住而提前下山。

险峻的山峰把太行山以东二百郡的地区犹如用刀划开似的割裂开了，这险峻的气势把代州北部的高险山区远远地比下去了。

一座座山峰就犹如军队的帐营，宛若崩裂凿开的山崖开辟了土门险关。

当年战火中一块飞石飞落城中，落地时的巨大响声可能把天公都吓到了。

近百年来，几乎没有战事，这块巨石就静静地横卧在枯死的老榆树旁边。

后来，石头变成了被画师们争相描摹和玩味的观赏石，早就没有了当年天工斧凿的尖锐锋芒。

都江堰上依然四面环水，可没有了蜀地老乡，又有谁可以一起共话古今。

老朽将飞石放在盆水中，激水其上，犹如飞雨，只能喝着酒看着水珠在盆中飞溅。

感叹一切就恍如梦中一般，只能借故乡的山水来排解自己的思乡之愁了。

【赏析】

这首诗作于宋元祐八年（1093年）十二月，是诗人诗作《次韵滕大夫三首》之一。滕大夫，名希靖，海陵人，时作倅定州。雪浪石，是诗人被贬定州任知州时，在自己家的后花园偶然得到的一块石头，黑色有白纹，白纹如水在石间奔流,形似雪浪,所以用大盆装水盛之欣赏,为其起名"雪浪石",并将自己的居室名为"雪浪斋"。此诗即以石为名。

　　此诗一开头并非直写"雪浪石",而是从"雪浪石"不平凡的来历展开。它来自太行山上,以雄健的笔墨描摹太行山——太行山势高大雄伟可与泰山争雌雄,它的飞狐、上党山脉,地势极高,挡住了日月出没,所以称为"天下脊";山势之高割开了山东二百郡,气势之大使山西北部人烟稀少。千峰万峦犹如蠹立的军帐,崩崖凿断开辟了太行的陉口。这块"雪浪石"出于太行山,是当年与敌人激战时出来的"飞石","一炮惊落天骄魂"歌颂的正是"雪浪石"昔日与敌人作战时的非凡经历。此句很好地表达了诗人驻守定州,为了备边抗敌的雄心。"承平百年烽燧冷,此物僵卧枯榆根"表面上写"雪浪石"僵卧枯榆树根旁近百年,不能再抗敌的遭遇,从而表达了诗人报国不得的悲慨。

　　此诗的后半部分,"画师争摹雪浪势"一句颇多感慨,原本是震惊天骄魂的飞石,现在变成了被争摹玩味的观赏石。现在的它已经没有了天工斧凿的伟大痕迹,放在水盆中虽可四面环水,但却发挥不了都江堰的水利作用。"坐无蜀士谁与论"一句,表现的是诗人从都江堰联想到四川老家,可是眼前没有蜀地老乡,能与谁人谈今论古呢?此处思乡之情油然而生。"老翁儿戏作飞雨"后面的几句,描写的是将雪浪石放在大盆中,激水其上,犹如飞雨,只能"把酒坐看珠跳盆"了。看着石头的遭遇,联想到自己被贬的处境,深感到世事变化,一切似在梦境之中,只能以石寄托思乡之情。

　　此诗虽然是咏物诗,但并不描摹物之本身形貌,而是从"雪浪石"的来历、遭遇、处境等寄托了诗人报国不得的感慨,其立意深、构思巧由此可见。全诗风格雄伟矫健而又沉郁顿挫。

八月七日初入赣,过惶恐滩

七千里外二毛人①,十八滩头一叶身。
山忆喜欢②劳远梦,地名惶恐泣孤臣③。
长风送客添帆腹,积雨浮舟减石鳞④。
便合与官充水手,此生何止略知津⑤。

【注释】

①二毛人:老人。
②喜欢:苏轼自注:"蜀道中有错喜欢铺。"
③孤臣:失势无援之臣。
④石鳞:像鱼鳞一样的石头。
⑤知津:原意为讥讽孔子四处奔波。

【译文】

我这个头发斑白的老人,只身飘零于离故乡七千里外的荒野,乘着小舟穿越赣江十八个险滩,就像在激流漩涡中翻滚的一片树叶。

过那危险的惶恐滩时,忽然回想起四十年前,从四川取道陕西赴京赶考,经过错喜欢铺的情况。年轻时功成名就,原以为可以大有可为服务百姓,可是如今却不过是错喜欢,只有垂泪孤臣的无限惶恐。

船过了险滩,就遇到长时间的顺风,殷勤相送我这个远来的客人。船帆受风,好像鼓起的大腹。雨也下了很久,江水暴涨,我在船上已经看不见水流石头上的鱼鳞波纹,真有点儿美中不足。

我完全可以充当个水手,为官府驾船;我一生经历如此多的风浪,岂止是仅仅知道几个渡口而已。

【赏析】

宋哲宗绍圣元年（1094年），主张变法的新党重新被大宋朝廷重新起用，元祐旧臣遭受打压。苏轼在河北定州知州任上，先后被贬官到广东英州、广西宁远军、广东惠州。苏轼在赴惠州途中，乘船入赣江，经过江西万安县的惶恐滩。面对险滩，远离故乡与朝廷，前途渺茫的诗人苏轼，以达观的精神，写下了《八月七日初入赣，过惶恐滩》这首诗。

"七千里外二毛人，十八滩头一叶身。"二毛人，头发黑白相杂的老人，苏轼写这首诗时五十九岁。首联，诗人用"七千里外"和"十八滩头"、"二毛人"和"一叶身"形成强烈的对比，将诗人晚年被贬谪的凄凉孤苦，生动展示在读者面前。

"山忆喜欢劳远梦，地名惶恐泣孤臣。"苏轼在诗中自己注明："蜀道有错喜欢铺，在大散关上。"大散关在现在陕西宝鸡市西南大散岭。惶恐滩，赣江从江西万安到赣州，有十八个险滩，黄公滩最危险，也称惶恐滩。第二联，苏轼用错喜欢铺、惶恐滩地名，组成工巧的对仗，又语意双关，写自己四十年前和现在的情况。

"长风送客添帆腹，积雨浮舟减石鳞。"第三联两句不只是行船的情境描写，又有象征的暗示，轻快旋律，恰好显示出诗人顺风行舟观赏美景的快意。诗上半篇的低沉凄凉一扫而空。

便合与官充水手，此生何止略知津。《论语》记载，孔子曾经在途中向隐士长沮、桀溺问路，长沮、桀溺因为不同意孔子的救世主张，故意不做正面回答，只说："你是知道渡口的，何必问我们呢？"苏轼反用《论语》的典故，充满自信地说："我一生长途行船，经历多少大风大浪，岂止是知道几个渡口而已。"

苏轼的七言律诗《八月七日初入赣，过惶恐滩》，前四句表现自己被政敌迫害、晚年被贬谪的凄凉情况，格调低沉。接下来的四句描写行船的情境，格调也由凄苦转为豪放，沉重转为轻快。因为，苏轼是一个性格坚韧、胸襟开阔的诗人和哲人，面对再次降临的人生劫难，他以顽强的意志和达观的态度去面对。

食荔枝①

罗浮山下四时春,卢橘杨梅次第新。
日啖荔枝三百颗,不辞长作岭南人。

【注释】
①荔枝分布于中国的西南部、南部和东南部,广东和福建南部栽培最盛。亚洲东南部也有栽培,非洲、美洲和大洋洲有引种的记录。荔枝与香蕉、菠萝、龙眼一同号称"南国四大果品"。

【译文】
罗浮山下四季都是春天,枇杷和黄梅天天都有新鲜的。
如果每天吃三百颗荔枝,我愿意永远都做岭南的人。

【赏析】
从"荔枝诗"看东坡先生的岭南心境。

苏东坡于宋哲宗绍圣元年(1094年)被人告以"讥斥先朝"的罪名被贬岭南,"不得签书公事"。于是,东坡先生流连风景,体察风物,对岭南产生了深深的热爱之情,连在岭南地区极为平常的荔枝都爱得那样执着。

绍圣二年(1095年)四月十一日,苏轼在惠州第一次吃荔枝,作有《四月十一日初食荔枝》一诗,对荔枝极尽赞美之能事:"……垂黄缀紫烟雨里,特与荔枝为先驱。海山仙人绛罗襦,红纱中单白玉肤。不须更待妃子笑,风骨自是倾城姝……"自此以后,苏轼还多次在诗文中表现了他对荔枝的喜爱之情。例如，《新年五首》："荔子几时熟，花头今已繁。"《赠昙秀》："留师笋蕨不足道，怅望荔枝何时丹。"《和陶归园田居六首引》："有父老年八十五，指（荔枝）以告余曰：'及是可食，公能携酒来游乎？'意欣然许之。"《和陶归园田居》其五："愿同荔枝社，长作鸡黍局。"《食荔枝二首》其二："日啖荔枝三百颗，不辞长作岭南人。"

其中"日啖荔枝三百颗，不辞长作岭南人"二句最为脍炙人口，解诗者多以为东坡先生在此赞美岭南风物，从而抒发对岭南的留恋之情，其实这是东坡先生满腹苦水唱成了甜甜的赞歌。

不错，从一些现象上看起来，苏轼在岭南时的心情与初贬黄州时相比，确实显得更加平静，不见了"空庖煮寒菜，破灶烧湿苇"的失意与苦闷。《宋史》本传说苏轼在惠州"居三年，泊然无所蒂介，人无贤愚，皆得其欢心"。贬为琼州别驾后，居在"非人所居"的地方，"初僦官屋以居，有司犹谓不可。轼遂买地筑室，儋人运甓畚土以助之。独与幼子过处，著书以为乐，时时从其父老游，若将终身"。苏辙《东坡先生和陶诗引》介绍："东坡先生谪居儋耳，置家罗浮之下……华屋玉食之念，不存于胸中。"苏东坡在岭南时，除了关心自然风光和民情风俗以外，还与出家人交往频繁，诗文中就留有很多与僧人唱和的作品。这一定程度上确实表现了避世意识。

我们实在无法相信苏东坡这样具有强烈社会责任感的仁人志士会避世遁俗。有一件事实很能说明这个有趣的问题。

晚年的苏东坡似乎很喜欢陶渊明，不厌其烦地和陶渊明的诗，并把和陶的诗专门编为一集。苏东坡和陶渊明诗以居岭南时为最多。从绍圣二年（1095年）正月在惠州贬所到元符三年（1100年）八月迁舒州团练副使，徙永州安置，在短短的五年零八个月里，和陶诗凡四十四次一百余首。东坡先生还自述其和陶用意："平生出仕以犯世患，此所以深愧渊明，欲以晚节师范其万一也。"（见苏辙《东坡先生和陶诗引》）这仿佛在告世人：苏东坡从此绝意仕途，欲效陶渊明归隐园田，长作岭南人了。

有意思的是，东坡先生那位心迹相通的老弟却对东坡自述的和陶诗用意提出了疑问，他在《东坡先生和陶诗引》一文中说："嗟乎，渊明不肯为五斗米一束带见乡里小儿。而子瞻出仕三十余年，为狱吏所折困，终不能俊，以陷大难，乃欲以桑榆之末景，自托于渊明，其谁肯信之！"清人纪昀也以为苏轼"敛才就陶，亦时时自露本色"。

苏辙不信其兄会真心归隐，几百年后纪昀的看法也一样。他们的看法在苏东坡和陶诗中可以得到印证。《和陶饮酒二十首》其十一曰："诏书宽积欠，父老颜色好。再拜贺吾君，获此不贪宝。"其十八曰："芜城阅兴废，雷塘几开塞。明年起华堂，置酒吊亡国。"其二十曰："当时刘项罢，四海疮痍新。三杯洗战国，一斗消强秦。"《和陶咏三良》有："杀身固有道，大节要不亏。君为社稷死，我则同其归。"这都可以看出苏轼恬淡的外表掩饰不了牵挂国运民生的忧患情怀。

这种忧患情怀在《荔枝叹》一诗中表现得更加淋漓尽致。他首先借汉唐故实抨击统治阶级只顾自己享乐而不关民生疾苦的丑恶本质："十里一置飞尘灰，五里一堠兵火催。颠坑仆谷相枕藉，知是荔枝龙眼来。飞车跨山鹘横海，风枝露叶如新采。宫中美人一破颜，惊尘溅血流千载。"千年以后，我们尤可想见苏学士老泪纵横，祈求上苍："我愿天公怜赤子，莫生尤物为疮痏。雨顺风调百谷登，民不饥寒为上瑞。"

苏东坡因仕途坎坷曾经想避世遁俗，又因恋恋不忘国运民生终于没能做到归隐山林。在岭南时，东坡先生的内心正处于这种出世与入世两难的心境之中。"日啖荔枝三百颗，不辞长作岭南人"正是这种两难心境的形象描述。

荔枝叹

十里一置①飞尘灰,五里一堠②兵火催。
颠坑仆谷相枕藉③,知是荔枝龙眼来。
飞车跨山鹘④横海,风枝露叶如新采。
宫中美人一破颜⑤,惊尘溅血流千载。
永元荔枝来交州⑥,天宝岁贡取之涪⑦。
至今欲食林甫肉,无人举觞⑧酹⑨伯游。
我愿天公怜赤子⑩,莫生尤物⑪为疮痏⑫。
雨顺风调百谷登,民不饥寒为上瑞⑬。
君不见,武夷溪边粟粒芽,前丁后蔡相宠加。
争新买宠各出意,今年斗品充官茶。
吾君所乏岂此物,致养口体何陋耶?
洛阳相君忠孝家,可怜亦进姚黄花。

【注释】

①置:驿站。
②堠(hòu):古代瞭望敌情的土堡。
③枕藉:纵横交错地躺在一起。
④鹘(hú):鸷鸟名。即隼(sǔn)。
⑤破颜:变为笑脸。
⑥交州:古地名。东汉时期,交州包括今越南北部和中部、中国广西和广

东。东汉时治所在番禺，今指中国广州。

⑦天宝岁贡取之涪：指唐代天宝年间岁贡涪陵荔枝之事。《新唐书》："玄宗贵妃杨氏。妃嗜荔枝，必欲生致之，乃置骑传送，走数千里，味未变至京师。"岁贡，古代诸侯或属国每年向朝廷进献礼品。

⑧举觞：举杯饮酒。

⑨酹（lèi）：把酒浇在地上，表示对死者的祭奠。

⑩赤子：人民。

⑪尤物：珍贵的物品，此处指荔枝。

⑫疮痏（chuāng wěi）：祸害。

⑬上瑞：最大的吉兆。

【译文】

五里路、十里路设一驿站，运送荔枝的马匹，扬起满天灰尘，急如星火。

路旁坑谷中摔死的人交杂重叠，百姓都知道，这是荔枝龙眼经过。

飞快的车儿越过了重重高山，似隼鸟疾飞过海；到长安时，青枝绿叶，仿佛刚从树上摘采。

宫中美人高兴地咧嘴一笑，那扬起的尘土，那飞溅的鲜血，千载后仍令人难以忘怀。

永元年的荔枝来自交州，天宝年的荔枝来自涪州，人们到今天还恨不得生吃李林甫的肉，有谁把酒去祭奠唐伯游？

我只希望天公可怜可怜小百姓，不要生这样的尤物，成为人民的祸害。

只愿风调雨顺百谷丰收，人民免受饥寒就是最好的祥瑞。

你没见到武夷溪边名茶粟粒芽，前有丁谓，后有蔡襄，装笼加封进贡给官家？

争新买宠各出巧意，弄得今年斗品也成了贡茶。

我们的君主难道缺少这些东西？只知满足皇上口体欲望，是多么卑鄙恶劣！

可惜洛阳留守钱惟演是忠孝世家，也为邀宠进贡牡丹花！

【赏析】

诗分三段，每段八句。第一段写古时进贡荔枝事。历史上把荔枝作为贡品,最著名的是汉和帝永元年间及唐玄宗天宝年间。"十里"四句,写汉和帝时,朝廷令交州进献荔枝,在短途内置驿站以便飞快地运送,使送荔枝的人累死摔死在路上的不计其数。"飞车"四句,写唐玄宗时令四川进献荔枝,派飞骑送来,到长安时,还是新鲜得如刚采下来一样,朝廷为了博杨贵妃开口一笑,不顾为此而死去多少人。这一段,抓住荔枝一日色变,二日香变,三日味变的特点,在运输要求快捷上做文章,指出朝廷为饱口福而草菅人命。这一点,杜牧《过华清宫绝句》"一骑红尘妃子笑,无人知是荔枝来"已做了描写,苏诗中"知是荔枝龙眼来""宫中美人一破颜"句就是从杜牧诗中化出。但杜牧诗精警,苏诗用赋体,坐实了说,博大雄深,二者各有不同。

"永元"起八句是第二段,转入议论感慨。诗人以无比愤慨的心情,批判统治者的荒淫无耻,诛伐李林甫之类,媚上取宠,百姓恨之入骨,愿生吃其肉;感叹朝廷中少了像唐羌那样敢于直谏的名臣。于是,他想到,宁愿上天不要生出这类可口的珍品,使得百姓不堪负担,只要风调雨顺,人们能吃饱穿暖就行了。这段布局很巧,"永元"句总结第一段前四句汉贡荔枝事,"天宝"句总结后四句唐贡荔枝事,"至今"句就唐事发议论,"无人"句就汉事发议论,互为交叉,错合参差,然后用"我愿"四句作结束,承前启后。

"君不见"起八句是第三段,写近时事。由古时的奸臣,诗人想到了近时的奸臣;由古时戕害百姓的荔枝,诗人想到了近时戕害百姓的各种贡品。诗便进一步引申上述的感叹,举现实来证明,先说了武夷茶,又说了洛阳牡丹花。这段对统治者的鞭挞与第一、二段意旨相同,但由于说的是眼前事,所以批判得很有分寸。诗指责奸臣而不指责皇帝,是诗家为尊者讳的传统。就像杜甫《北征》"不闻夏殷衰,中自诛褒妲",写安史之乱而为玄宗开释;李白《巴陵送贾舍人》"圣主恩深汉文帝,怜君不遣到长沙",写才士被贬,反说皇帝大度。苏轼在这里用的也是这种"春秋笔法",很显然,他不仅反对佞臣媚上,对皇帝接受佞臣的进贡,开上行下效之风,使百姓蒙受苦难,他也是十分不满的。这一段,如奇军突起,忽然完全撇开诗所吟咏的荔枝,杂取眼前事,随手挥洒,开拓广泛,且写得波折分明,令人应接不暇。而诗人胸中郁勃之气,一泻而出,出没开阖,极似杜诗。

全诗有叙有议,不为题囿,带有诗史的性质,因此获清方东树等的赞誉。

六月二十日夜渡海

参横斗转①欲三更,苦雨终风②也解晴。
云散月明谁点缀?天容海色本澄清③。
空余鲁叟④乘桴意,粗识轩辕奏乐声⑤。
九死南荒⑥吾不恨,兹游⑦奇绝冠平生。

【注释】
①参(shēn)横斗转:参星横斜,北斗星转向,说明时值夜深。参、斗,两星宿名,皆属二十八星宿。横、转,指星座位置的移动。
②苦雨终风:久雨不停,终日刮大风。
③"天容"句:青天碧海本来就是澄清明净的。比喻自己本来清白。
④鲁叟:指孔子。
⑤奏乐声:这里形容涛声。也隐指老庄玄理。《庄子·天运》中说,黄帝在洞庭湖边演奏《咸池》乐曲,并借音乐说了一番玄理。
⑥南荒:指偏远荒凉的南方。
⑦兹游:这次海南游历,实指贬谪海南。

【译文】
参星横北斗转已经快到三更时分,雨绵绵风不停老天爷也应该放晴。
云忽散月儿明用不着谁人来点缀,长空净沧海色本来就是澄澈清明。
虽乘船渡大海空怀孔子救世之志,仿佛听到了黄帝咸池优美的乐声。
被贬南荒虽然九死一生吾不悔恨,这次远游是我平生最奇绝的经历。

【赏析】

纪昀评此诗说:"前半纯是比体。如此措辞,自无痕迹。""比",即"以彼物比此物";而"以彼物比此物",就很难不露痕迹。但这四句诗,却是不露"比"的痕迹的。

"参横斗转",是夜间渡海时所见;"欲三更",则是据此所作的判断。曹植《善哉行》:"月没参横,北斗阑干。"这说明"参横斗转",在中原是指天快黎明之时的景象。而在海南,则与此不同,王文诰指出:"六月二十日海外之二、三鼓时,则参已早见矣。"这句诗写了景,更写了人。一是表明"欲三更",黑夜已过去了一大半;二是表明天空是晴朗的,剩下的一小半夜路也不难走。因此,这句诗调子明朗,可见当时诗人的心境。而在此之前,还是"苦雨终风",一片漆黑。连绵不断的雨叫"苦雨",大风叫"终风"。这一句紧承上句而来。诗人在"苦雨终风"的黑夜里不时仰首看天,终于看见了"参横斗转",于是不胜惊喜地说:"苦雨终风也解晴。"

三、四两句,就"晴"字作进一步抒写。"云散月明","天容"是"澄清"的;风恬雨霁,星月交辉,"海色"也是"澄清"的。这两句,以"天容海色"对"云散月明",仰观俯察,形象生动,连贯而下,灵动流走。而且还用了句内对:前句以"月明"对"云散",后句以"海色"对"天容"。这四句诗,在结构方面又有共同点:短句分两节,先以四个字写客观景物,后以三个字表主观抒情或评论。唐人佳句,多浑然天成,情景交融。宋人造句,则力求洗练与深折。从这四句诗,既可看出苏轼诗的特点,也可看出宋代诗的特点。

三、四两句看似写景,而诗人意在抒情,抒情中又含议论。就客观景物说,雨止风息,云散月明,写景如绘。就主观情怀说,始而说"欲三更",继而说"也解晴";然后又发一问:"云散月明",还有"谁点缀"呢?又意味深长地说:"天容海色",本来是"澄清"的。而这些抒情或评论,都紧扣客观景物,贴切而自然。仅就这一点说,已经是很有艺术魅力的好诗了。

然而上乘之作,还应有言外之意。三、四两句,写的是眼前景,语言明净,不会让读者直接觉得得用了典故。但仔细寻味,又"字字有来历"。《晋书·谢重传》载:谢重陪会稽王司马道子夜坐,"于时月夜明净,道子叹以为佳。重率尔曰:'意谓乃不如微云点缀。'道子戏曰:'卿居心不净,乃复强欲滓秽太清耶?'"(参看《世说新语·言语》)"云散月明谁点缀"一句中的"点缀"一词,即来自谢重的议论和道子的戏语,而"天容海色本澄清"则与"月夜明净,道子叹以为佳"契合。这两句诗,境界开阔,意蕴深远,已经能给读者以美的感受和哲理的启迪;再和这个故事联系起来,就更能让人多一层联想。王文诰就说:上句,"问章惇也";下句,"公自谓也"。"问章惇",意思是:你们那些"居心不净"的小人掌权,"滓秽太清",弄得"苦雨终风",天下怨愤。如今"云散明月",还有谁"点缀"呢?"公自谓",意思是:章惇之流"点缀"太空的"微云"既已散尽,天下终于"澄清",强加于他的诬蔑之词也一扫而空。冤案一经昭雪,他这个被陷害的好人就又恢复了"澄清"的本来面目。从这里可以看出,如果用典贴切就可以丰富诗的内涵,提高语言的表现力。

五、六两句,转入写"海"。三、四句上下交错,合用一个典故;这两句则显得有变化。"鲁叟"指孔子。孔子是鲁国人,所以陶渊明《饮酒诗》有"汲汲鲁中叟"之句,称他为鲁国的老头儿。孔子曾说过"道不行,乘桴浮于海"(《论语·公冶长》),意思是:我的道在海内无法实行,坐上木筏子漂洋过海,也许能够实行吧!苏轼也提出过改革弊政的方案,但屡受打击,最终被流放到海南岛。在海南岛,"饮食不具,药石无有",尽管和黎族人民交朋友,做了些传播文化的工作;但作为"罪人",是不可能谈得上"行道"的。此时渡海北归,回想多年来的苦难历程,就发出了"空余鲁叟乘桴意"的感慨。这句诗,用典相当灵活。它包含的意思是:在内地,他和孔子同样是"道不行"。孔子想到海外去行道,却没去成;他虽然去了,并且在那里待了好几年,可是当他离开那儿渡海北归的时候,却并没有什么"行道"的实绩值得他自慰,只不过空有孔子乘桴行道的想法还留在胸中罢了。这句诗,由于巧妙地用了人所共知的典故,因而寥寥数字,就概括了曲折的事,抒发了复杂的情;而"乘桴"一词,又准确地表现了正在"渡海"的情景。"轩辕"即黄帝,黄帝奏乐,见《庄子·天运》:"北门成问于黄帝曰:'帝张咸池之乐于洞庭之野,吾始闻之惧,复闻之怠,卒闻之而惑;荡荡默默,乃不自得。'"苏轼用这个典,以黄帝奏咸池之乐形容大海波涛之声,与"乘桴"渡海的情境很合拍。但不说"如听轩辕奏乐声",却说"粗识轩辕奏乐声",就又使人联想到苏轼的种种遭遇及其由此引起的心理活动。就是说:那"轩辕奏乐声",他是领教过的;那"始闻之惧,复闻之怠,卒闻之而惑",他是亲身经历、领会很深的。"粗识"的"粗",不过是一种诙谐的说法,口里说"粗识",其实是

"熟识"。

尾联推开一步，收束全诗。"兹游"，直译为现代汉语，就是"这次出游"或"这番游历"，这首先是照应诗题，指代六月二十日夜渡海；但又不仅指这次渡海，还推而广之，指自惠州贬儋州的全过程。绍圣元年（1094年），苏轼抵惠州贬所，不得签书公事。他从绍圣四年（1097年）六月十一日与苏辙诀别、登舟渡海，到元符三年（1100年）六月二十日渡海北归，在海南岛度过了三个年头的流放生涯。这就是所谓"兹游"。下句的"兹游"与上句的"九死南荒"并不是互不相承的两个概念，那"九死南荒"，即包含于"兹游"之中。不过"兹游"的内容更大一些，它还包含此诗前六句所写的一切。

弄清了"兹游"的内容及其与"九死南荒"的关系，就可品出尾联的韵味。"九死"，多次死去的意思。"九死南荒"而"吾不恨"，是由于"兹游奇绝冠平生"，看到了海内看不到的"奇绝"景色。然而"九死南荒"，全出于政敌的迫害；他固然达观，但也不可能毫无恨意。因此，"吾不恨"毕竟是诗的语言，不宜单看。这句既含蓄，又幽默，对政敌的调侃之意，也见于言外。

儋耳山[1]

突兀隘空虚[2]，他山[3]总不如。
君看道傍石[4]，尽是补天[5]馀[6]。

【注释】

①儋（dān）耳山：儋州（今属海南）的主山，一名藤山，一名松林山。
②隘空虚：使天空都显得狭小了。
③他山：别处的山。
④道傍石：即道旁石，道路旁边的石头。
⑤补天：指女娲补天的神话故事。《列子·汤问》及《淮南子·览冥训》载，往古之时，天柱折断，九州崩裂，大火、洪水不息。女娲炼五色石以补苍天，断鳌足以立四极。
⑥馀：作"余"。

【译文】

儋耳山高高耸立，使天空都显得狭小，其他山峰都不能与它一较雌雄。
请您看看道路旁边的一块块奇石，全都是女娲炼来补天而剩下的五色石吧。

【赏析】

此诗首先写儋耳山的形势。因为儋耳山是当地最高的山，形势很险峻，所以用"突兀"表明其高，以占地位，"隘空虚"则补足"突兀"二字。次句"他山总不如"还是就儋耳山与周围众山的比较而言，直接说出。两句一句峭拔,一句平易,承应得很自然,这是苏轼晚年诗不事雕镂、随意而出、情随境换的表现,显示他的诗已进入圆熟自然的境界。

三、四句写山下,说山下路旁的奇石,都是女娲补天所用剩的。这两句承上写山高而来,使诗境扩大,有尺幅千里之势。诗用女娲补天典故,说明道旁大石的奇巧,整座山的奇也就不在话下了。而"补天"正是文人用来匡扶时政、辅佐君王的常用典故;补天之余,等于说是受到朝廷的遗弃,没有派用处。当时刘安世等贤臣受排挤正被贬岭南,苏轼用这典故,妙在双关,为刘安世等人抱不平,当然也包含了为自己鸣不平的意思在内。

苏轼的诗歌有着鲜明的个性,他在师法前人的基础上提倡"出新意于法度之中,寄妙理于豪放之外"(《书吴道子画后》),强调诗歌要有含蓄之美,要言有尽而意无穷,要能达到"发纤夫秾于简古,寄至味于淡泊"(《书黄子思诗集后》)的深远境界,"笔力曲折,无不尽意"。《儋耳山》一诗忠实地践行着他的创作主张:借物抒情,以暗喻曲尽其意。前两句表面写山,实质也写了自己。联系作者的才学,这里是暗表了他与众不同的才能。后两句传达出他有补天之才而被弃置的愤懑和烦恼,觉得自己就是一块多余的石头。但作者转念一想,即使被弃置,只要真的是一块补天石也就够了。由此,此诗又表现出作者另一种过人的性格:以旷达乐观的态度对待政治上的打击和生活中的挫折。

全诗借山和石传情,借山和石喻己,语言含蓄,感情丰富,具有无穷之余味。

第二章 词

浣溪沙[1]

山色横侵[2]蘸[3]晕霞[4],湘川[5]风静吐寒花[6]。远林屋散尚[7]啼鸦。

梦到故园多少路,酒醒南望[8]隔天涯。月明千里照平沙[9]。

【注释】

[1]浣溪沙:唐教坊曲名,后用为词牌。"沙"或作"纱",亦作"浣纱溪"。双调四十二字,分平韵、仄韵两体。上片三句皆平韵,下片三句有两句平韵。

[2]横侵:纵横扩展。

[3]蘸(zhàn):原意为把物件浸入水中,引申为以液体沾染他物。

[4]晕霞:指太阳光线经云层中冰晶的折射而形成的光象,这里指晚霞。

[5]湘川:不是指湖南湘水,这里指湖北古荆州地区。

[6]寒花:寒冷天气开的花,但在古代诗词中多指菊花。

[7]尚:尚有。

[8]南望:是词句的省略语,指苏轼从荆州遥望故乡四川眉山,其方向应在西南。

[9]平沙:广阔的沙原,当指荆州长江江岸的辽阔沙原。

【译文】

　　山色浸染着傍晚的霞光，湘江水风平浪静秋花正开放。远处的树林边散落着几户人家，乌鸦还在啼叫寻觅着栖息的地方。

　　睡梦中曾走遍故乡的条条小路，酒醒后向南望才知有天涯隔阻。明月照耀着千里广阔的沙原。

【赏析】

　　宋仁宗嘉祐四年（1059年）十一月，苏轼自故乡四川眉山沿长江返回朝堂，行舟至荆州之前，见长江两岸深秋季节的景色写下该词。

　　词的上片，淋漓尽致地描写了深秋的景色。那苍翠的山色纵横扩展，沾染着长空中的五彩晚霞，湘川的秋风寂静不动，茂盛的菊花正绽苞开放。远处的村舍散落在树林丛中，突然听到晚鸦的阵阵啼叫声，它们正在傍晚飞归故巢。这些秋景的描写，如唐代李白的"秋色无远近，出门尽寒山"（《赠卢司户》）及元曲家白朴的"孤村落日残霞，轻烟老树寒鸦"（《天净沙·秋》）的深秋意象，给人以萧瑟寂寥的艺术感受，这情景会勾起游子们的无限思乡情感。

　　在此思乡之情油然而生的当口，下片立即转入了"梦到故园"的具体描写。苏轼唶叹着说："离开故乡不知有多少路程了！"于是，苏轼喝醉了酒昏昏欲睡，却在梦中忆起了离别故乡的依依不舍之情。在梦惊之后贪婪地遥望着西南方的远隔天涯的眉山"故园"，不禁一阵空虚寂寞。此情此景，触目伤神，全词便在那月亮正静静照着江岸千里沙原的怅惘中戛然而止。

　　全词即景抒情，如行云流水，"望"字是整首词的"词眼"。先是远望山色，既而仰望空中晚霞，再是近望地上寒花，进而平望远林村舍，最后着眼于南望故园。层层递进，首尾相映。在时间安排上，起自傍晚，终至夜深，表示其思乡之念，悠悠绵长。故其情感自然质朴，又委婉曲折，含蕴丰富，可谓一唱三叹，真堪与杜甫名句"远岸秋沙白，连山晚照红"（《秋野五首》）的韵味相媲美。

　　此词的主旨是游子思乡的情感抒发，也是与苏轼的淡泊名利的观念相一致。这与苏轼《南行集》中的"故乡飘已远，往意浩无边"（《初发嘉州》），及"幽怀耿不寐，四顾独彷徨""却思旧游处，满陌沙尘黄"（《牛口见月》）的诗句情绪遥相呼应。

蝶恋花①

记得画屏②初会遇。好梦惊回③,望断高唐④路。燕子双飞来又去。纱窗几度春光⑤暮。

那日绣帘相见处。低眼佯行⑥,笑整香云缕。敛尽⑦春山⑧羞不语。人前深意难轻诉⑨。

【注释】

①蝶恋花:又名"凤栖梧""鹊踏枝"等。唐教坊曲,后用为词牌。双调,六十字,上下片各四仄韵。
②画屏:有画饰的屏风。
③惊回:惊醒。
④高唐:战国时楚国台馆名,在云梦泽中,楚王游猎之所,一说在江汉平原。宋玉《高唐赋》:"昔者楚襄王与宋玉游于云梦之台,望高唐之观。其上独有云气,玉曰:'昔者先王尝游高唐,怠而昼寝,梦见一妇人,曰:妾巫山之女也,为高唐之客。闻君游高唐,愿荐枕席。王因幸之。去而辞曰:妾在巫山之阳,高丘之阻。旦为朝云,暮为行雨。朝朝暮暮,阳台之下。旦暮视之如言。故为立庙,号曰朝云。'"
⑤纱窗:蒙纱的窗户。这里喻指男女幽会的房间。春光:原指春天的风光,这里代指青春、岁月。
⑥佯行:假装走。
⑦敛尽:紧收,收敛。
⑧春山:喻指妇女的眉毛。
⑨轻诉:轻快地倾吐。

【译文】

记得当初画屏前相遇。夜间好梦,忽儿在幽会,恋情绵绵,难忘高唐路。燕子双双,飞来又飞去,碧绿纱窗,几度春光已逝去。

在那天,绣帘相见处,低头假意走过,笑弄鬓发如云缕一般。紧锁着秀眉,娇羞不开口,陌生人前,深情难以倾诉。

【赏析】

这首《蝶恋花》约作于宋仁宗嘉祐五年（1060年）正月。是时,东坡服丧期满,自四川而至江陵,陆行赴京师。途经三峡,看到楚地高唐（荆州郡管辖）神女峰时,触景而思念妻子王弗,作此词。

苏轼的词具有多种风格,有的雄奇奔放,由此而创豪放一派;有的婉转多情,并不亚于柳、秦诸家。这首《蝶恋花》就是一首柔情似水的纯爱情词。它毫无掩饰地写出了一个男子的单相思。

上片回忆了恋爱的全过程:初遇——破灭——思念。

"记得画屏初会遇",写出这爱情的开端是美妙的,令人难忘的,与心爱的人在画屏之间的初次会遇,至今记得清清楚楚。可是不知出于什么原因,情缘突然被割断了,这无异于一场美梦的破灭,一切幸福的向往都化为泡影,所以紧接着就说"好梦惊回,望断高唐路"。这里借高唐之典比喻再也不能与情人相会了。"燕子双飞来又去。纱窗几度春光暮",进一步写出男主人公的一片痴情。虽然是"高唐梦断",情丝却还紧紧相连:梁间的双飞燕春来又秋去,美丽的春光几度从窗前悄悄走过,而对她的思念却并不因时间的流逝而减弱半分。其特别标举燕子是双飞,春光是从纱窗前走过,是因为这些物象最惹人相思,意在表明自己这几年是在极度的思念中度过的,是在没有希望的等待中度过的。

下片回过头来集中描述他们之间最甜蜜的一次会遇。"那日绣帘相见处",点明相会的时间与地点。"低眼佯行,笑整香云缕",活画出女方的娇羞之态:低眉垂眼,假意要走开,却微笑着用手整理自己的鬓发。一个"佯"字,见出她的忸怩之态,一个"笑"字,传出钟情于他的心底秘密。当人理鬓自也是一种保持最佳容姿以取悦于人的亲昵表示。"敛尽春山羞不语。人前深意难轻诉",进一步写出女方的内心活动:敛起眉头不说话,不是对他无情,实在出于害羞。一个姑娘家当然不好在人前轻率地倾吐自己的爱情,可愈是如此，愈见其纯真，愈是招人疼爱。全词就以此甜蜜的回忆的结束而结束，活泼而有分寸，细腻而有余味。

此词在艺术上有两个显著的特点：

一是顺叙、倒叙的交叉运用，使结构错落有致。上片先写爱情的"好梦惊回"，下片再写甜蜜的欢会，自然是倒叙。单就上片说，从初会写到破裂，再写到无穷尽的思念，自然又是顺叙。如此交叉安排，使其具有简单的情节，颇有点儿像现代的抒情性短篇小说的梗概，收到了曲折生情、摇曳生姿的艺术效果。

二是运用了反衬手法，即以相见之欢反衬相离之苦。此词下片特意集中笔墨将勾魂摄魄的欢会详加描述，就正是为了反衬男主人公失恋的痛苦。因为只有爱得如此之深，才能思得如此之切；只有享受过如此的欢愉，才能产生如此的痛苦。这比说任何伤心的话更伤心十分。

减字木兰花

莺初①解②语③,最是一年春好处。微雨如酥④,草色遥看近却无⑤。

休辞⑥醉倒,花不看开人易老。莫待春回,颠倒⑦红英⑧间绿苔。

【注释】

①初:刚刚。

②解:知道。

③语:这里指莺鸣,娇啼婉转,犹如说话。

④酥:酥油。

⑤近却无:近看什么色彩也见不到。

⑥休辞:不要推托。

⑦颠倒:纷乱。

⑧红英:落花。

【译文】

黄莺开始啼叫,这初春是一年中最好的季节;细雨蒙蒙,珍贵如油,滋润着草木,那刚刚长出的春草,远看一片嫩绿,近看却仿佛消失了。

不要推辞会醉倒在这个季节,有花而不去看它开放,就意味着人生很快消逝。不要等待着春离开大自然,纷纷落花夹杂着绿色的苔藓。

【赏析】

　　《减字木兰花》约作于宋仁宗嘉祐八年（1063年）二月。东坡时年28岁。此时，东坡以覃恩迁大理寺寺丞。赴任途中，过宝鸡，重游终南山。其弟子由闻之，寄《闻子瞻重游终南山》诗，东坡次韵，并作此词以寄。

　　上片，写初春美好时光。第一、二句点明初春的时令："莺初解语"；点明初春地位："最是一年春好处"。接着三、四句就写初春美景："微雨如酥，草色遥看近却无。"通过初春细雨滋润草根而转青色而转明丽这一细微变化，把如画的春光美景生动地描绘出来。尤其是"草色遥看近却无"，观察得极为细致，描写得极为逼真。因为远看刚刚返青的草芽，呈现青色；而近看草芽，则仍是黄色的了。这自然不是东坡的发现，早在唐代，韩愈就注意到了，并写进他的《早春呈水部张十八员外》诗中去了。诗写道："天街小雨润如酥，草色遥看近却无。最是一年春好处，绝胜烟柳满皇都。"东坡点化运用韩诗的传神之词句，用进上片，正好道出了初春的可贵，而又不露痕迹。

　　下片，劝人尽赏春光。"休辞醉倒，花不看开人易老"，是说不要借"醉倒"沉醉之故，而拒绝去看春花。不看春花，就意味着失去了花会给人的青春活力，意味着时光易逝，人走向衰老。这是最大的人生误区。"人生易老天难老"。东坡的言辞中同样也充满了人生哲理。

　　东坡曾说："人生何以易此乐，天下谁肯从我归。"何不改为："人生何以易此乐，及时看花春常归。""莫待春回，颠倒红英间绿苔"，带有醒世之意的恒言。不要等到春离开人间吧。否则，将是"红英"纷乱地夹杂着"绿苔"而失去春的魅力。

蝶恋花

　　雨霰①疏疏经②泼火③。巷陌④秋千,犹未清明过。杏子梢头香蕾破⑤。淡红褪白胭脂浞⑥。
　　苦被⑦多情相折挫⑧。病绪厌厌⑨,浑似⑩年时⑪个⑫。绕遍回廊还⑬独坐。月笼云暗重门锁。

【注释】

①雨霰(xiàn):细雨和雪珠。苏轼《蝶恋花·徽雪有人送》词:"帘外东风交雨霰,帘里佳人,笑语如莺燕。"

②经:曾经,已经。

③泼火:指寒食节,寒食节时下雨称为泼火雨。《遁斋闲览》:"河朔谓清明桃花雨曰泼火雨。"白居易《洛桥寒食日作十韵》:"蹴球尘不起,泼火雨新晴。"唐彦谦《上巳》:"微微泼火雨,草草踏青人。"

④巷陌:街坊。

⑤香蕾破:芳香的花苞绽开了。

⑥胭脂浞(wò):胭脂浸染。韩愈《合江亭》:"愿书岩上石,勿使泥尘浞。"

⑦被(bèi):表被动。

⑧折挫:折磨。

⑨厌厌:精神萎靡貌。陶潜《和郭主簿》之二:"检素不获展,厌厌竟良月。"

⑩浑似:简直像。

⑪年时:一年时光。史浩《千秋岁》:"把盏对横枝,尚忆年时个。"

⑫个：语助词，相当于"的"。
⑬还（hái）：依然，仍然。

【译文】

经历了一场桃花雨之后，又下了疏稀的雨夹雪。清明节还未到，街坊中的秋千荡起来了。杏子梢头的一花蕾开放，淡红色的花脱掉而成白色的花，像被胭脂水粉浸染似的。

被对方多情带来的痛苦的折磨，精神不振，简直像度过一年时光似的。夫妻二人跑遍长廊，还各自独坐回廊，已是"月笼云暗重门锁"的深夜。

【赏析】

这首词约作于宋英宗治平二年（1065年）五月后。当时，东坡还朝，除判登闻鼓院，专掌臣民奏章。五月二十八日，东坡原配王弗逝世，作这首词以怀念妻子。

这首词是写苏轼与王弗的生活景象，寄托了词人对妻子深深的怀恋。

上片，回忆夫妻清明节前后美好生活情趣。"雨霰疏疏经泼火。巷陌秋千，犹未清明过"，写东坡观看王弗等妇女秋千游戏。"雨霰""泼火"点明气候，"清明"点明时间，"巷陌"点明地址。这个秋千游戏，不免含有一丝春寒气息，十分宜人。同时还看到另一种景色，即"杏子梢头香蕾破。淡红褪白胭脂涴"所写的杏花绽蕾的景色。一个"香蕾""破"开了，杏子由胭脂——淡红——白色，美丽极了。这是一段美好的回忆，值得深深留恋。

下片，回忆夫妻长年的多情苦恋。"苦被多情相折挫。病绪厌厌，浑似年时个"，写夫妻的多情。多情——苦——折挫——病绪，像链条一样，套住这对年轻的夫妻，情感"折挫"难熬煎，度日简直如度年。"绕遍回廊还独坐。月笼云暗重门锁"，写夫妻的苦恋，是通过一个典型的生活细节的刻画来完成的。"绕邀回廊"，荡气回肠；独坐长廊，春心荡漾；"月笼云暗重门锁"，宁静夜色绘遐想。这是一段深沉的回忆，丝思缕情尽在不言中。

全词运用回忆之笔，重现了东坡夫妻两次典型的生活情趣画面，将多情苦恋的夫妻形象描绘得淋漓尽致。多情变苦，苦恋成病，度日如年，是本词的中心题旨。

浣溪沙①

风压轻云②贴水③飞,乍晴④池馆⑤燕争泥⑥。沈郎多病⑦不胜衣⑧。

沙上⑨不闻鸿雁信⑩,竹间时听鹧鸪啼⑪。此情惟有落花知!

【注释】

①浣溪沙:唐代教坊曲名,后用为词牌。分平仄两体,双调,上片三句全用韵,下片末二句用韵。
②轻云:本指轻薄飘浮的白云。这里比喻柳絮。
③贴水:紧挨近水面。
④乍晴:雨后初晴。乍,初,刚。
⑤池馆:池沼馆阁。这里主要指池沼。
⑥燕争泥:燕子趁着天晴衔泥筑巢。
⑦沈郎多病:即沈约,字休文,南朝梁诗人。他在《与徐勉书》中说:"百日数旬,革带常应移孔。"意思是说因多病而腰围消瘦。后遂以"沈腰"作多病的代称。
⑧不胜衣:形容消瘦无力,连衣服的重量都难以承受。胜,承受。
⑨沙上:指沙渚、沙滩之上。
⑩鸿雁信:古人有鸿雁传书的说法。《汉书·苏武传》:武帝时,苏武出使匈奴,被匈奴扣留,流于北海。昭帝即位,匈奴与汉和亲,汉请求匈奴归还苏武。匈奴诈言苏武已死。后汉派使者说天子射上林中,得雁,足有系帛书,说苏武等在某沼泽中。匈奴单于大惊,致歉汉使。
⑪鹧鸪啼:鹧鸪鸟的叫声像"行不得也哥哥",所以在外的游子听到鹧鸪

的叫声会感到凄凉。鹧鸪，禽名，善啼。

【译文】

　　风压着柳絮贴着水面纷飞，雨后初晴燕子在池沼边衔泥筑巢。沈郎身弱多病不能承受衣物之重。

　　在沙上没有收到鸿雁传来的书信，竹林间时时听到鹧鸪悲啼。我的深情怕是只有那落花知晓了。

【赏析】

　　这首《浣溪沙》约作于宋英宗治平三年（1066年）春。是时，东坡在京师直史馆。治平二年（1065年）五月王弗逝世，六月殡京城西。第二年春，东坡迎春景而春情动，思念妻子，作此词以怀念之。

　　"风压轻云贴水飞，乍晴池馆燕争泥。"作者用轻快的笔触三涂两抹，就把一幅生机勃勃的春天画图描绘出来。他既没有用浓重的色彩，也没有用艳丽的辞藻，而只是轻描淡写地勾勒出几样景物，感染力很强，呈现了一股清新的春之气息。在一个多云转晴的春日里，作者徜徉于池馆内外，但见和风吹拂大地，薄云（柳絮）贴水迅飞，轻阴搁雨，天气初晴，那衔泥的新燕，正软语呢喃。按理说，面对着这春意盎然的良辰佳景，作者也应该心情振奋、逸兴遄飞了，但紧接着一句却是"沈郎多病不胜衣"。作者竟自比多病的沈约，腰围带减，瘦损不堪，值兹阳和气清之际，更加弱不禁风了。首句连用三个动词"压""贴""飞"，构成连动句式，振动起整个画面。次句把时、空交互在一起写：季节是春天（由燕争泥可推知），天气是初晴，地点在池馆内外。这两句色彩明快。第三句点出作者自己，由于情感外射，整幅画面顿时从明快变为阴郁；这一喜、一忧、一扬、一抑，产生了跌宕的审美效果，更增加了词的动态美。诗意到此出现了巨大转折，为过渡到下片做好了准备。

　　"沙上不闻鸿雁信，竹间时听鹧鸪啼。"鸿雁传书，用《汉书·苏武传》中典故，诗词里常用这个典故。鸿雁不捎个信来，而鹧鸪啼声，更是时时勾起词人对故旧的思念。"沙上""竹间"，既分别为鸿雁和鹧鸪栖息之地，也极可能即作者举目所见之景。作者谪居黄州期间所写"拣尽寒枝不肯栖，寂寞沙洲冷"（《卜算子·黄州定惠院寓居作》）的情境，与此词类似。

　　"此情惟有落花知！"落花本无知，但由于作者的移情作用，竟使无知的落花变成了深知作者心情的知己。这样融情入景,使得情景交融,其中蕴含的"韵外之致"(司空图《与李生论诗书》)就耐人寻味了。唐代皎然《诗式》说:"两重意以上,皆文外之旨。"这句则至少包含了三重意思:一、"惟有"二字,说明除落花之外,作者的心情都不明了;二、落花能够理解作者的心情是由于作者与落花的命运相似;三、落花无言,即使它理解作者的心情,也无可劝慰。

全词仅上片开头两句写景,第三句抒情,用的是先实后虚的手法。下片则虚实结合,情中见景。在苏轼笔下,不仅"一切景语皆情语也"(王国维《人间词话》),而且于情语中也往往见景物。这是一种很高妙的手法。

诉衷情 琵琶女

小莲①初上琵琶弦,弹破碧云天。分明绣阁幽恨②,都向曲中传。

肤莹玉③,鬓梳蝉④,绮窗⑤前。素娥⑥今夜,故故⑦随人,似斗婵娟⑧。

【注释】

①小莲:北齐后主高纬宠妃冯淑妃名小怜(一作莲),能弹琵琶,善歌舞。此处借指琵琶女。
②绣阁:闺房,指女子的住处。幽恨:深恨。
③莹玉:形容皮肤洁白。莹,玉色美石。
④鬓梳蝉:将鬓发梳成蝉翼的形状。
⑤绮(qǐ)窗:雕画美观的窗户。
⑥素娥:传说月中女神名嫦娥,月色白,故又称素娥。
⑦故故:故意或特意。唐、宋时口语。
⑧婵娟:美好的样子。

【译文】

小莲刚刚给琵琶调弦,声音清越,好像要冲破云天。细细听来,乐声分明在诉说绣阁中的怨恨,声声感人。

只见她肤如美玉,梳着一对蝉鬓,手抱琵琶,站在窗前。今晚的月亮照着她,好像月宫里的嫦娥特意跟她比美似的。

【赏析】

该词是苏轼于宋神宗熙宁三年（1070年）十月，在宋道的家中见有女弹奏琵琶有感而作。

上片写琵琶女高超的技艺和内心的幽恨。苏轼借北齐善弹琵琶的冯淑妃的名字指称琵琶女，暗含着对她的技艺的赞许和肯定。"初上琵琶弦"，是说转轴拨弦，开始弹奏。听去果然不同凡响："弹破碧云天。"古人形容歌声响亮和美妙，本有"响遏行云"之说（见《列子·汤问》），唐诗"歌遏碧云天"即由此而来。苏轼再加变化，用来夸说琵琶弹奏的高妙动人，是恰切不过，而又有创新意味的。着一"破"字，可能受到"鬼才"诗人李贺"石破天惊逗秋雨"（《李凭箜篌引》）这句诗的启发，以突出其超常的艺术效果。由于受到词调字句的严格限制，苏轼不可能像白居易那样在《琵琶行》中对另一个琵琶女的绝技展开描写，而只是从听者感受的角度，以夸张和写意的笔法作了高度的概括，从而给读者留下了想象的余地，收到了以少胜多的效果。说琵琶女技艺高超，还表现在："分明绣阁幽恨，都向曲中传。"能把一个闺中女子内心深微、复杂的感情，都通过琵琶弹奏的乐曲传达出来，让苏轼"分明"地加以体认，这是很精湛的技艺。这两句虽然同样写听觉感受，却从曲调传写的情感着眼，因而并不显得重复，而且多少接触到了琵琶女的内心世界，也暗含着苏轼对她的不幸命运的深切同情。上片写琵琶女，句句紧扣"琵琶"的弹奏，寥寥几笔，就能给人以比较鲜明、深刻的印象。

下片转换角度，写琵琶女的外形美。过片"肤莹玉，鬓梳蝉"两句，从正面着笔写琵琶女的肤色白皙和鬓发俏丽，像是电影中的两个特写镜头，表现了琵琶女外形的美丽。接下去"绮窗前"一句，像是写了一个侧影，与上片联系起来看，这该是琵琶女弹奏之处，原来那美妙动听、曲传幽恨的琵琶声就是从这儿发出的。所以这一笔虽已虚化，却给读者留下了想象和回味的空间。结尾以明月来衬托，使琵琶女更显得天姿国色，美丽动人。妙在将明月人格化，说明月在今夜特意随人行走，似乎要同琵琶女比一比谁更美好呢。这是苏轼听到琵琶女弹奏时，恰好见到当空的一轮明月，灵感突发，因而获致的神来之笔。

从全词来看，上片为主，而下片为宾，下片所写的人的外形美，对于上片所写的技艺之精、乐声之美来说，也是一种衬托。苏轼使二者相得益彰，更突出了琵琶女美的形象。这是作品艺术构思上的一个重要特色。

行香子 过七里濑

一叶①舟轻,双桨鸿惊。水天清,影湛波平。鱼翻藻鉴②,鹭点烟汀③。过沙溪急,霜溪冷,月溪明。

重重似画,曲曲如屏。算当年,虚老严陵④。君臣⑤一梦,今古虚名。但远山长,云山乱,晓山青。

【注释】

①一叶:舟轻小如叶,故称"一叶"。
②藻鉴:亦称藻镜,指背面刻有鱼、藻之类纹饰的铜镜,这里比喻像镜子一样平的水面。藻,生活在水中的一种隐花植物。鉴,镜子。
③鹭:一种水鸟。汀(tīng):水中或水边的平地,小洲。
④严陵:即严光,字子陵,东汉人,曾与刘秀同学,并帮助刘秀打天下。刘秀称帝后,他改名隐居。刘秀三次派人才把他召到京师。授谏议大夫,他不肯接受,归隐富春江,终日钓鱼。
⑤君臣:君指刘秀,臣指严光。

【译文】

乘一叶小舟,荡着双桨,像惊飞的鸿雁一样,飞快地掠过水面。天空碧蓝,水色清明,山色天光,尽入江水,波平如镜。水中游鱼,清晰可数,不时跃出明镜般的水面;水边沙洲,白鹭点点,悠闲自得。白天之溪,清澈而见沙底;清晓之溪,清冷而有霜意;月下之溪,是明亮的水晶世界。

两岸连山,往纵深看则重重叠叠,如画景;从横列看则曲曲折折,如屏风。笑严光当年白白地在此终老,不曾真正领略到山水佳处。皇帝和隐士,而今也已如梦一般消失，只留下空名而已。只有远山连绵，重峦叠嶂；山间白云，缭绕变幻；晓山晨曦，青翠欲滴。

【赏析】

这首词作于宋神宗熙宁六年（1073年）春二月。苏轼时任杭州通判，巡查富阳，由新城至桐庐，乘舟富春江，经过七里濑时作此词。

此词在对大自然美景的赞叹中，寄寓了因缘自适、看透名利、归真返朴的人生态度，发出了人生如梦的浩叹。

上片头六句描写清澈宁静的江水之美：一叶小舟，荡着双桨，像惊飞的鸿雁一样，飞快地掠过水面。天空碧蓝，水色清明，山色天光，尽入江水，波平如镜。水中游鱼，清晰可数，不时跃出明镜般的水面；水边沙洲，白鹭点点，悠闲自得。词人用简练的笔墨，动静结合、点面兼顾地描绘出生机盎然的江面风光，体现出作者热爱自然、热爱生活的情趣。

接下来"过沙溪急，霜溪冷，月溪明"三句，节奏轻快。沙溪，是白天之溪，清澈而见沙底；霜溪，是清晓之溪，清冷而有霜意；月溪，乃是月下之溪，是明亮的水晶世界。词人用蒙太奇手法，剪接了三个不同时辰的舟行之景。既写出了船之行程，也创造出清寒凄美的意境，由此引出一股人生的况味，为下片抒写人生感慨做了铺垫。

词的下片，作者首先由写江水之清明转写夹岸的奇山异景——"重重似画，曲曲如屏"：两岸连山，往纵深看则重重叠叠，如画景；从横列看则曲曲折折，如屏风。词写水则特详，写山则至简，章法变化，体现了在江上舟中观察景物近则精细远则粗略的特点。

"算当年，虚老严陵。"东汉初年的严子陵，辅佐刘秀打天下以后，隐居不仕，垂钓富春江上。昔人多说严光垂钓实是"钓名"，东坡在此，也笑严光当年白白在此终老，不曾真正领略到山水佳处。"君臣一梦，今古虚名"，表达出浮生若梦的感慨：皇帝和隐士，而今也已如梦一般消失，只留下空名而已。那么真正能永恒留传的实体是什么呢？"但远山长，云山乱，晓山青。"只有远山连绵，重峦叠嶂；山间白云，缭绕变形；晓山晨曦，青翠欲滴。意思是说，只有大自然才是永恒的，只有大自然之美才是永恒的。这是苏轼的一贯思想，正如他在《前赤壁赋》中所感叹的："惟江上之清风，与山间之明月，耳得之而为声，目遇之而成色，取之无禁，用之无竭……"

下半阕以山起,以山结,中间插入议论感慨,而以"虚老"粘上文,"但"字转下意,衔接自然。结尾用一"但"字领"远山长,云山乱,晓山青"三个跳跃的短句,又与上半阕"沙溪急,霜溪冷,月溪明"遥相呼应。前面写水,后面写山,异曲同工,以景结情。人生的感慨,历史的沉思,都融化在一片流动闪烁、如诗如画的水光山色之中,隽永含蓄,韵味无穷。

　　从这首词可以看出,苏轼因与朝廷掌权者意见不合,而贬谪杭州任通判期间,尽管仕途不顺,却仍然生活得轻松闲适。他好佛老而不溺于佛老,看透生活而不厌倦生活,善于将沉重的荣辱得失化为过眼云烟,在大自然的美景中找回内心的宁静与安慰。词中那生意盎然、活泼清灵的景色中,融注着词人深沉的人生感慨和哲理思考。

　　综观全词,句法工整而又富于变化,作者把细致入微的景物描写同欲在大自然中求得心理平衡的主观动机巧妙地融为一体。词中作者的感情很复杂,失意而不失旷达,同时流露出一种意欲有所作为的积极心态,二者虽在形式上归于统一,但其矛盾则几乎贯穿于苏轼整个人生之中。

天仙子^①

走马探花花发未。人与化工^②俱不易。千回来绕百回看,蜂作婢,莺为使。谷雨^③清明空屈指。

白发卢郎^④情未已。一夜剪刀收玉蕊^⑤。尊前还对断肠红^⑥,人有泪,花无意。明日酒醒应满地^⑦。

【注释】

①天仙子:词牌名。唐教坊舞曲。
②化工:天工。指大自然的创造。这里指及时开放的鲜花。
③谷雨:二十四节气之一,在清明之后。时当阴历三月,是牡丹花开的节候。
④白发卢郎:唐校书郎卢某妻崔氏《述怀》诗:"不怨卢郎年纪大,不怨卢郎官职卑。自恨妾身生较晚,不及卢郎年少时。"《全唐诗》题下注:"校书娶崔时年已暮,崔微有愠色,赋诗述怀。"
⑤剪刀收玉蕊:以剪刀剪枝喻张先老年娶妾。
⑥断肠红:断肠花。此处借喻张先所娶之妾。
⑦明日酒醒应满地:可能从张先《天仙子·水调数声持酒听》词末句"明日落红应满径"变化而来。满地,指落花遍地。

【译文】

乘着奔跑的马来看花开了没有,人和天地迫切地等待花开不容易,打发蜂婢莺使千方百计、不厌其烦地来回探看,人们扳手指计算,再过几天到清明、谷雨时就该看见花了,但到时候仍看不见花呢?

卢郎到了老年还多情，一夜之间就用剪刀把刚开的花减掉，在酒宴前还要面对着断肠花，人会流泪，花也不想被人摘去，到了第二天酒醒的时候就会看见花已经落了一地。

【赏析】

本词应作于宋神宗熙宁六年（1073年）十月。

张先是北宋词坛名家，亦富诗才。晚年与通判杭州的苏轼有交往。苏轼得知张先到了晚年买妾一事，作本词则用卢郎故事讽刺张先晚年买妾。

上片写寻花，以喻张先千方百计物色美妾。词中作者纯用比兴，没有用一字道破张先物色美妾这件事实。那个"走马采花"者，即指积极物色美妾人选的张先。"千回来绕百回看，蜂作婢，莺为使"。则写张先的千方百计与不厌其烦。这些比喻性的叙写，很有些漫画化，带有某种讽刺意味。此外，说出"人与化工俱不易"这样的冷唆语，对"谷雨清明"这种花开时节，又说是"空屈指"，清明、谷雨时本来是鲜花盛开的时候，然而这个季节却看不到花，体现了作者这一现象的惋惜之情，其中也不无讥嘲的成分。人的"不易"，表现于"走马"来探，在"屈指"计算哪天是清明和谷雨。化工的"不易"，表现于打发蜂婢莺使千绕百看。这里置"谷雨"于"清明"之前，是为了适应词的平仄规律，《天仙子》第六句的前四字必须是先两个仄声、后两个平声；"谷雨"是仄声，"清明"是平声，所以说"谷雨清明"而不说"清明谷雨"。

下片写面对花，说明张先买妾如愿以偿，而其妾则很可悲。在写法上也略有变化，除比喻之外，还用了典故。以"白发卢郎"这一典故暗写张先老年娶妾，实在贴切不过。"情未已"三字，是贯穿全词的线索，它与"白发"形成对照，同样暗寓讥讽之意。"一夜剪刀收玉蕊"一句，紧承前句，固然写出张先买妾如愿之事，也暗含作者对鲜花受摧折的惋惜。以下用"断肠红""人有泪""花无意"等意象，略带悲剧色彩，似乎更鲜明地表现了作者对受害女子的深切同情，客观上也多少增强了对封建制度下不相称的婚姻的讽刺力量。

江城子 江景

湖①上与张先②同赋,时闻弹筝。

凤凰山③下雨初晴,水风清,晚霞明。一朵芙蕖④,开过尚盈盈。何处飞来双白鹭,如有意,慕娉婷⑤。

忽闻江上弄哀筝⑥,苦含情,遣谁听!烟敛云收,依约是湘灵。欲待曲终寻问取,人不见,数峰青。

【注释】

①湖:指杭州西湖。
②张先:北宋著名词人。
③凤凰山:在杭州西湖南面。
④芙蕖:荷花。
⑤娉婷:姿态美好,此指美女。
⑥筝:弦乐器,木制长形。古代十三或十六根弦,现为二十五根弦。

【译文】

凤凰山下,雨后初晴,云淡风轻,晚霞明丽。一朵荷花,虽然开过了,但是仍然美丽、清净。什么地方飞过一对白鹭,它们也有意来倾慕弹筝人的美丽。

忽然听见江上哀伤的调子,含着悲苦,又有谁,忍心去听。烟霭为之敛容,云彩为之收色,这曲子,就好像是湘水女神奏瑟在倾诉自己的哀伤,一曲终了,她已经飘然远逝,只见青翠的山峰,仍然静静地立在湖边,仿佛那哀怨的乐曲仍然荡漾在山间水际。

【赏析】

此词为苏轼于熙宁五年(1072年)至七年(1074年)在杭州通判任上与当时已八十余岁的有名词人张先同游西湖时所作。

作者富有情趣地紧扣"闻弹筝"这一词题,从多方面描写弹筝者的美丽与音乐的动人。词中将弹筝人置于雨后初晴、晚霞明丽的湖光山色中,使人物与景色相映成趣,音乐与山水相得益彰,在对人物的描写上,作者运用了比喻和衬托的手法。

开头三句写山色湖光,只是作为人物的背景画面。"一朵芙蕖"两句紧接其后,既实写水面荷花,又是以出水芙蓉比喻弹筝的美人,收到了双关的艺术效果。从结构上看,这一表面写景,而实则转入对弹筝人的描写,真可说是天衣无缝。据《墨庄漫录》,弹筝人三十余岁,"风韵娴雅,绰有态度",此处用"一朵芙蕖,开过尚盈盈"的比喻写她,不仅准确,而且极有情趣。接着便从白鹭似也有意倾慕来烘托弹筝人的美丽。词中之双白鹭实是喻指二客呆视不动的情状。

下片则重点写音乐。从乐曲总的旋律来写,故曰"哀筝",从乐曲传达的感情来写,故言"苦(甚、极的意思)含情";谓"遣谁听",是说乐曲哀伤,谁能忍听,是从听者的角度来写;此下再进一步渲染乐曲的哀伤,谓无知的大自然也为之感动:烟霭为之敛容,云彩为之收色;最后再总括一句,这哀伤的乐曲就好像是湘水女神奏瑟在倾诉自己的哀伤。湘灵,用娥皇、女英之典故。词写到这里,把乐曲的哀伤动人一步一步地推向最高峰,似乎这样哀怨动人的乐曲非人间所有,只能是出自像湘水女神那样的神灵之手。

与此同时,"依约是湘灵"这总绾乐曲的一句,又隐喻弹筝人有如湘灵之美好。词的最后,承"依约"一句正待写人,却又采取欲擒故纵的手法,不仅没有正面去描写人物,反而写弹筝人已飘然远逝,只见青翠的山峰仍然静静地立在湖边,仿佛那哀怨的乐曲仍然荡漾在山间水际。"人不见,数峰青"两句,用唐代诗人钱起《省试湘灵鼓瑟》诗"曲终人不见,江上数峰青",是那样的自然、贴切而又不露痕迹。它不仅意象动人,而且在结构上还暗承"依约是湘灵"一句,把上下用典结合起来。"数峰青"又回应词的开头"凤凰山下雨初晴"描写的雨过山青的景象,真可谓言尽而味永。

行香子 丹阳寄述古

携手江村。梅雪飘裙①。情何限②、处处消魂③。故人不见，旧曲重闻。向望湖楼④，孤山寺⑤，涌金门⑥。

寻常行处，题诗千首，绣罗衫⑦、与拂红尘⑧。别来相忆，知是何人。有湖中月，江边柳，陇头云。

【注释】

①梅雪飘裙：梅花飘雪，洒落在同行歌妓的衣裙上。
②何限：犹"无限"。
③消魂：魂魄离散，形容极度愁苦的状态。
④望湖楼：又名看经楼，在杭州。
⑤孤山寺：寺院名，又叫广化寺、永福寺，在杭州孤山南。
⑥涌金门：杭州城之正西门，又名丰豫门。
⑦绣罗衫：丝织品做的上衣。
⑧拂红尘：用衣袖拂去上面的尘土。宋代吴处厚《青箱杂记》上说，魏野曾和寇准同游寺庙，各有题诗。数年后两人又去故地重游，只见寇准的题诗被人用碧纱笼护，而魏野的题诗没有，诗上落满了灰尘。有个同行的官妓很聪明，上前用衣袖拂去尘土。魏野说："若得常将红袖拂，也应胜似碧纱笼。"此处以狂放的处士魏野自比，以陈襄比寇准，表示尊崇。

【译文】

正值梅花似雪，飘沾衣襟的时候，和老朋友携手到城外游春。回忆旧地，处处黯然伤神，无限愁苦。去年的同游之人已不在眼前，每当吟诵旧曲之时，就想起望湖楼、孤山寺、涌金门那些诗酒游乐的地方。

那时游乐所至，都有题诗，不下千首；到如今这些诗上都已落满了灰尘，得用绣罗衫去拂净才能看清。自离开杭州后有谁在思念我呢？当然是往日的友人了。还有西湖的明月，钱塘江边的柳树，城西南诸山的名胜景物呢！

【赏析】

宋神宗熙宁六年（1073年），苏轼在杭州通判任上。宋制，知州知府总掌郡政，又设通判监政，共商和裁决管内大事。当时杭州知州陈襄，字述古，是苏轼的至交诗友。他们都是因反对王安石新法而被排斥出朝，外任地方官职的。这年十一月，苏轼因公到常州、润州视灾赈饥，姻亲柳瑾附载同行。次年元旦过丹阳（今属江苏），至京口（今江苏镇江市）与柳瑾相别。此词题为"丹阳寄述古"，据宋人傅藻《东坡纪年录》，它是苏轼"自京口还，寄述古作"，则当作于二月由京口至宜兴（今属江苏）途中，返丹阳之时。

这首词表现了苏轼对杭州诗友的怀念之情。作者以追念与友人"携手江村"的难忘情景开始，引起对友人的怀念。风景依稀，又是一年之春了。去年初春，苏轼与陈襄曾到杭州郊外寻春。苏轼作有《正月二十一日病后述古邀往城外寻春》诗，陈襄的和诗有"暗惊梅萼万枝新"之句。词中的"梅雪飘裙"即指两人寻春时正值梅花似雪，飘沾衣裙。友情与诗情，使他们游赏时无比欢乐，消魂陶醉。"故人不见"一句，使词意转折，表明江村寻春已成往事，去年同游的故人不在眼前。每当吟诵寻春旧曲之时，就更加怀念了。作者笔端带着情感，形象地表达了与陈襄的深情厚谊。顺着思念的情绪，词人更想念他们在杭州西湖诗酒游乐的地方——望湖楼、孤山寺、涌金门。这三处都是风景胜地。词的下片紧接着回味游赏时两人吟咏酬唱的情形：平常经过的地方，动辄题诗千首。

"寻常行处"用杜甫《曲江二首》"酒债寻常行处有"字面，"千首"言其多。他们游览所至，每有题诗，于是生发出下文"绣罗衫、与拂红尘"的句子。"与"字下省去宾语，承上句谓所题的诗。这里用了个本朝故事。宋吴处厚《青箱杂记》卷六载："世传魏野尝从莱公游陕府僧舍，各有留题。后复同游，见莱公之诗已用碧纱笼护，而野诗独否，尘昏满壁。时有从行官妓颇慧黠，即以袂就拂之。野徐曰：'若得常将红袖拂，也应胜似碧纱笼。'莱公大笑。"宋时州郡长官游乐，常有官妓相从。"绣罗衫"，如温庭筠《菩萨蛮》

"新贴绣罗襦",为女子所服。这一句呼应陈襄前诗,也就是唤起对前游的回忆。词意发展到此,本应直接抒写目前对友人的思念之情了,但作者却从另一角度来写。他猜想,自离开杭州之后是谁在思念他。当然不言而喻应是他作此词以寄的友人陈襄了。然而作者又再巧妙地绕了个弯子,将人对他的思念转化为自然物对他的思念。"湖中月,江边柳,陇头云"不是泛指,而是说的西湖、钱塘江和城西南诸名山的景物,本是他们在杭州时常游赏的,它们对他的相忆,意为召唤他回去了。同时,陈襄作为杭州一郡的长官,可以说就是湖山的主人,湖山的召唤就是主人的召唤,"何人"二字在这里得到了落实。一点意思表达得如此曲折有致,遣词造句又是这样的清新蕴藉,借用辛稼轩的话来说:"看使君,于此事,定不凡。"(《水调歌头·送郑厚卿赴衡州》)

苏轼在杭州时期,政治处境十分矛盾,因反对新法而外任,而又得推行新法。他写过许多反对新法的诗歌,"托事以讽,庶几有补于国";又勤于职守,捕蝗赈饥,关心民瘼,在力所能及的范围内,"因法以便民"。政事之余,他也同许多宋代文人一样,能很好安排个人生活。

这首《行香子》正是从一个侧面反映了宋代士大夫的生活,不仅表现了与友人的深厚情谊,也流露出对西湖自然景物的热爱。《行香子》是他早期的作品之一,它已突破了传统艳科的范围,无论在题材和句法等方面都有显见的以诗为词的特点。这首词虽属酬赠之作,却是情真意真,写法上能从侧面入手,词情反复开阖,抓住了词调结构的特点,将上下两结处理得含蓄而有诗意,在苏轼早期词中是一首较好的作品。

醉落魄 离京口作

轻云微月,二更①酒醒船初发。孤城回望苍烟合②。记得歌时,不记归时节。

巾偏扇坠藤床滑,觉来幽梦无人说。此生飘荡何时歇?家在西南,常作东南别。

【注释】

①二更:又称二鼓,指晚上九时至十一时。
②孤城:指京口。苍烟:灰蒙蒙的雾气。

【译文】

云朵轻轻飘,月色微微亮,二更天时从酒醉中醒来,船刚开始出发。回头遥望京口,孤城已经隐没在灰蒙蒙的雾气当中。记得喝酒时欢歌笑语的场面,不记得上船时的情景。

酒醒后头巾偏斜,扇子坠落,藤床格外细腻,连身子都快挂不住了。一觉醒来,梦中的幽静无人可倾诉,此生的飘荡什么时候才能休止呢?家住西南眉山,却经常向东南道别。

【赏析】

这是一首抒写离愁别恨的词作,在题材上虽无新意,但作者以内心独白的形式真切地记下了其离别京口时半夜酒醒后的失落、孤寂心情和浓烈的乡思,感情细腻,蕴含着丰富而深沉的人生感慨,个中情感颇为动人心弦。

本词写于宋神宗熙宁七年(1074年),时苏轼任杭州通判。是年苏轼到京口赈饥,事后在离开京口归杭时写下了此词,表达思乡之情。

上片写月色微微,云彩轻轻,二更时分词人从沉醉中醒来,听着咿咿呀呀的摇橹声,船家告诉他,船刚开。从船舱中往回望,只见孤城笼罩在一片烟雾迷蒙之中。这一切仿佛做梦一样。景和情的和谐,巧妙地烘托出了醉醒后的心理状态。

下片承上,描写醉后的形态。他头巾歪一边,扇子坠落舱板上,藤床分外滑腻,仿佛连身子也挂不住似的。"巾偏扇坠藤床滑",短短七个字,就将醉态刻画得惟妙惟肖。词人终于记起来了,他刚才还真做了个梦。但天地之间,一叶小舟托着他的躯体在迷蒙的江面上飘荡,朋友亲人们都已天各一方,向何人诉说呢?词人不禁有些愤慨了,这样飘荡不定的生活几时才能结束呢?最后两句,点明了词人心灵深处埋藏的思乡之情。但他究竟做了个什么样的梦,词中依然未明说。

词中写月色朦胧,云彩轻柔。在二更时分,词人从沉醉中醒来,发现自己正在一只刚刚出发的小船上。从船舱中向来路望去,只见一座孤城笼罩在烟雾迷蒙之中,似梦如幻,歌宴的场景仍在目前。如今醉了,头巾歪在一边,扇子掉在船板上,藤床湿腻,仿佛连人也要滚落下去了,真是醉了。忽然记起来,刚才做了个梦。想把梦境说给人听,身边却无人可说。一叶小舟载着自己在迷蒙的江面上漂荡,不知道漂到何时才能止歇。自己的一生又何尝不是如此呢,像这只小船一样,飘飘荡荡,身不由己。何时才能安稳下来呢?何时才能够回到四川老家呢?苏缨评论说,上片最后两句"记得歌时,不记归时节",呼应下片最后的"家在西南,常作东南别",产生了一种特殊的修辞魅力。"歌"与"归"构成一对矛盾,象征着仕进与隐逸;"西南"与"东南"也构成了一对矛盾。这既是写实——因为苏轼是蜀人而游宦江南,故有此语;这也是象征——西南家乡象征归隐,东南游宦象征仕进。四句话,充满了矛盾对立,也含有了表层与深层的多重含义。

这首词,语言平易质朴而又清新自然,笔调含蓄蕴藉而又飞扬灵动,感伤之情寓于叙事之中,将醉酒醒后思乡的心境表现得委婉动人,使人领略到作者高超的艺术表现形式。词中情景交融,描述了舟中酒醒后的心境,表达了对仕宦奔波的倦意和对家乡的思念。

整首词写得既伤感缠绵又间杂着一些疏狂和悲壮的阳刚之气,格调低沉但不消沉,感情真挚,富有感染力。

少年游① 润州②作

去年相送，余杭门③外，飞雪似杨花。今年春尽，杨花似雪，犹不见还家。

对酒卷帘邀明月④，风露透窗纱。恰似姮娥⑤怜双燕，分明照、画梁斜。

【注释】

①少年游：词牌名。
②润州：今江苏镇江。
③余杭门：北宋时杭州的北门之一。
④"对酒"句：写月下独饮。
⑤姮娥：即嫦娥，月中女神。亦代指月。《淮南子·览冥训》曰："羿请不死之药于西王母，姮娥窃以奔月。"高诱注曰："姮娥，羿妻。羿请不死之药于西王母，未及服之；姮娥盗食之，得仙，奔入月中，为月精也。"汉避文帝刘恒讳改嫦娥。

【译文】

去年相送于余杭门外，大雪纷飞如同杨花。如今春天已尽，杨花飘絮似飞雪，却不见离人归来，怎能不叫人牵肠挂肚呢？

卷起帘子举起杯，引明月作伴，可是风露又乘隙而入，透过窗纱，扑入襟怀。月光无限怜爱那双宿双栖的燕子，把它的光辉与柔情斜斜地洒向画梁上的燕巢。

【赏析】

　　此词作于宋神宗熙宁七年（1074年）三月底、四月初，苏轼时任杭州通判，因赈济灾民而去润州（今江苏镇江），为寄托自己对妻子王润之的思念之情，他写下了这首词。

　　熙宁四年（1071年）苏轼因反对王安石变法，自请外任，被调任为杭州通判。他在杭州之时远离激烈的政治斗争，无异于一种精神上的解脱。杭州天堂般美丽的湖光山色，市民与同僚对他的尊敬，僧人与歌伎对他的崇拜，都使他感到从未有过的愉快。续娶的年轻妻子和牙牙学语的儿女也使他感到天伦之乐的惬意和温暖。杭州成了他的人间天堂，每一次因公而暂时离开杭州都使他依依不舍。熙宁六年（1073年）冬天，他又被两浙转运使派往常、润、苏、秀等州赈济灾民，直到第二年入夏才回杭州。这是他离开杭州最长的一次，眷恋之情自然更为深切，沿途曾写有不少诗词表此衷曲，此词就是其中之一。

　　此词是作者假托妻子在杭思己之作，含蓄婉转地表现了夫妻双方的一往情深。

　　上片写夫妻别离时间之久，诉说亲人不当别而别、当归而未归。前三句分别点明离别的时间——"去年相送"；离别的地点——"余杭门外"；分别时的气候——"飞雪似杨花"。把分别的时间与地点说得如此之分明，说明夫妻间无时无刻不在惦念。大雪纷飞本不是出门的日子，可是公务在身，不得不送丈夫冒雪出发，这种凄凉气氛自然又加深了平日的思念。后三句与前三句对举，同样点明时间——"今年春尽"，气候——"杨花似雪"，可是去年送别的丈夫"犹不见还家"。原以为此次行役的时间不长，当春即可还家，可如今春天已尽，杨花飘絮，却不见人归来，怎能不叫人牵肠挂肚呢？这一段引入了《诗·小雅·采薇》"昔我往矣，杨柳依依；今我来思，雨雪霏霏"的手法，而"雪似杨花""杨花似雪"两句，比拟既工，语亦精巧，可谓推陈出新的绝妙好辞。

　　下片转写夜晚，着意刻画妻子对月思己的孤寂、惆怅。"对酒卷帘邀明月，风露透窗纱"，说的是在寂寞中，本想仿效李白的"举杯邀明月，对影成三人"，卷起帘子引明月作伴，可是风露又乘隙而入，透过窗纱，扑入襟怀。

　　结尾三句是说，妻子在人间孤寂地思念丈夫，恰似姮娥在月宫孤寂地思念丈夫后羿一样。姮娥怜爱双栖燕子，把她的光辉与柔情斜斜地洒向那画梁上的燕巢，这就不能不使妻子由羡慕双燕，而更思念远方的亲人。

蝶恋花 京口得乡书

雨后春容清更丽。只有离人,幽恨终难洗。北固山①前三面水。碧琼梳拥青螺髻②。

一纸乡书来万里。问我何年,真个③成归计。回首送春拼一醉④。东风吹破千行泪。

【注解】

①北固山:在镇江北,北峰三面临水,形容险要,故称。
②碧琼:绿色的美玉,指江水。青螺髻(jì):状似青螺的发髻,喻北固山。
③真个:真的,的确。个,助词。
④拼(pàn)一醉:不顾惜酒量,只求一醉方休。

【译文】

雨后春天的景色更加青翠美丽。只有那远离故乡的人,深沉的愁恨总洗不去。北固山下三面都是水。弧形的江面,仿佛是碧玉梳子,苍翠的山峰,好像是美人的发髻。

万里外的家乡来了一封信,问我哪年真的能回去?我只有回头拼命喝酒,送春归去,春风倒还多情,抹去我的行行泪涕。

【赏析】

苏轼于宋神宗熙宁四年(1071年)出任杭州通判,他和故乡亲友的联系全靠江船通邮,熙宁六年(1073年)腊月,苏轼受转运司之命赴常、润、苏、秀等州赈灾救济。次年,即宋神宗熙宁七年(1074年)春,苏轼在润州京口收到家乡来的一封书信，信中殷勤致意，询问归期，苏轼的思乡之情便难以抑制了，在身为宦游之人身不由己的痛苦下，作了这首词。

词开篇写景，雨后春天的景色更加青翠美丽，可是那远离故乡的人，深沉的愁恨总洗不去。物我对照，更反衬出乡思之深。以下接着写北固山一带碧水环山的秀丽景色。弧形的江面，仿佛是碧玉梳子，苍翠的山峰好像是美人的发髻。上片主要写景，在作者笔下展开的是一幅山清水秀的清丽的春景，眼前的图画般的美景，却钩起了作者无尽的乡愁，在这里作者运用了物我对照乐景衬哀愁的写法，山水虽美，但终不是自己的故乡。

词的下片紧承上片侧重写自己的思乡的心情。作者落笔对面，先不直接写自己如何思乡，而是写收到乡书一封，"问我何年，真个成归计"从这些语句中可以体会到词人的家人急盼远方的游子归家的殷切心情，以虚写实，更可见作者难耐思乡之情。家人盼归，可是作者回乡的日程还是遥遥无期，面对无可奈何的局面，作者只能是借酒浇愁面对东风抛洒热泪了，所以结句说"回首送春拼一醉，东风吹破千行泪"，我只有回头拼命喝酒，送春归去，春风倒还多情，抹去我的行行泪涕。

最后这两句不回答乡书中的问题，而是以春光易逝借酒浇愁作结，但是有家难归之意已溢于言表。这种不答之答比直接回答具有更强烈的感染力量，充分抒发了他那种难以言状的思乡之情。

点绛唇①

红杏飘香,柳含烟翠②拖轻缕③。水边朱户④,尽卷黄昏雨。烛影摇风⑤,一枕伤春绪⑥。归不去,凤楼⑦何处,芳草⑧迷归路。

【注释】

①点绛唇:词牌名。四十一字,前片三仄韵,后片四仄韵。
②烟翠:青蒙蒙的云雾。
③缕:线。形容一条一条下垂的柳枝。
④朱户:红色的门窗,多指女子居住的房屋。
⑤烛影摇风:灯烛之光映出的人、物的影子,被风摇晃的样子。
⑥伤春绪:因春天将要归去而引起忧伤、苦闷的情怀。
⑦凤楼:指女子居住的小楼。
⑧芳草:散发出香气的草。也指春天刚出土的青草。

【译文】

杏花开了,芳香弥漫,柳树绿了,垂丝飘飘如缕,其轻如烟。我心中的情人就住在水边的红房子里,她打开窗帘希望能看到我,外面却是一片黄昏雨景。

晚风吹来,烛光摇动。我相思满怀,愁卧在床。想念但又归不去,她现住在何处呢?外面芳草萋萋,我已经找不到回去的小路了。

【赏析】

　　此词约作于宋神宗熙宁七年（1074年）三月。是时，东坡正自京口还钱塘，在京口得乡书，即赋此词以抒怀。

　　此词所写，乃是词人对于所爱女子无法如愿以偿之一片深情怀想。

　　上片悬想伊人之情境。"红杏飘香，柳含烟翠拖轻缕"，起笔点染春色如画。万紫千红之春光，数红杏、柳烟最具有特征性，故词中素有"红杏枝头春意闹""江上柳如烟"之名句。此写红杏意犹未足，更写其香，杏花之香，别具一种清芬，写出飘香，足见词人感受之馨逸。此写翠柳，状之以含烟，又状之以拖轻缕，既能写出其轻如烟之态，又写出其垂丝拂拂之姿，亦足见词人感受之美好。这番美好的春色，本是大自然赐予人类之造化，词人则以之赋予对伊人之钟情。这是以春色暗示伊人之美好。下边二句，遂由境及人。"水边朱户"，点出伊人所居。朱户、临水，皆暗示伊人之美、之秀气。笔意与起二句同一旨趣。"尽卷黄昏雨"，词笔至此终于写出伊人，同时又已轻轻宕开。伊人卷帘，其所见唯一片黄昏雨而已。黄昏雨，隐然喻说着一个愁字。句首之尽字，犹言总是，实已道出伊人相思之久，无可奈何之情。此情融于一片黄昏雨景，隐秀之至。

　　下片写自己相思情境。"烛影摇风，一枕伤春绪。"烛影暗承上文黄昏而来，摇风，可见窗户洞开，亦暗合前之朱户卷帘。伤春绪即相思情，一枕，言总是愁卧，愁绪满怀，相思成疾矣。此句又正与尽卷黄昏雨相映照。上写伊人卷帘愁望黄昏之雨，此写自己相思成疾卧对风烛，遂以虚摹与写实，造成共时之奇境。挽合之精妙，有如两镜交辉，启示着双方心灵相向、灵犀相通但是无法如愿以偿之人生命运。"归不去"，遂一语道尽此情无法圆满之恨事。"凤楼何处，芳草迷归路。"凤楼朱户归不去。唯有长存于词人心灵中之瞩望而已。"何处"二字，问得凄然，其情毕见。瞩望终非现实，现实是两人之间，横亘着一段不可逾越之距离。词人以芳草萋萋之归路象喻之。此路虽是归路，直指凤楼朱户，但实在无法越过。句中"迷"之一字，感情沉重而深刻，迷惘失落之感，天长地远之恨，意余言外。

　　东坡此词艺术造诣之妙，在于结构之回环婉转。歇拍、过片，两人情境，一样相思，无计团圆，前后映照。起句对杏香柳烟之一往情深，与结句芳草迷路之归去无计，则相反相成，愈神往，愈凄迷。其结构回环婉转如此。此词造诣之妙，又在于意境之凄美空灵。红杏柳烟，属相思中之境界，而春色宛然如画。芳草归路，象喻人间阻绝，亦具凄美之感。

此词结构、意境，皆深得唐五代宋初令词传统之神理。若论其造语，则和婉莹秀，如"水边朱户，尽卷黄昏雨""凤楼何处，芳草迷归路"，置于晏欧集中，真可乱其楮叶。东坡才大，其词作之佳胜，不止横放杰出之一途而已。

此词意蕴之本体，实为词人之深情。若无有一份真情实感，恐难有如此艺术造诣。东坡一生，如天马行空，似无所挂碍。然而，东坡亦是性情中人，此词有以见之。

卜算子 感旧

自京口还钱塘,道中寄述古太守。

蜀客^①到江南,长忆吴山^②好。吴蜀风流^③自古同,归去应须早。还与去年人,共藉西湖草。莫惜尊前^④仔细看,应是容颜老。

【注释】

①蜀客:词人自称,苏轼是四川眉山人,眉山属蜀地。
②吴山:山名,又叫胥山,在此泛指今江浙一带。
③风流:遗风。
④莫惜尊前:指尽情饮酒行乐。莫惜,莫怕。尊,同"樽",酒杯。

【译文】

四川的人来到江南,会把江南的风光牢牢记在心里。四川和江南的风景有很多相似处,要游览就要及早去。

现在我和去年一起游玩的朋友,又来到了西湖边上。要尽情地饮酒,应好好看看彼此,发现只有我们变老了。

【赏析】

这首词作于宋神宗熙宁七年(1074年),时苏轼任杭州通判,到润州、常州等地赈饥,事毕,自京口还杭州,写下本词,寄给在杭州的同僚和诗友陈襄。词前有简单的序,交代了写作本词的缘由。

这首词上片描写途中思归的迫切心情，下片想象与述古太守相会之后同游西湖的欢愉情形。本词虽为官员互赠之作，但言辞直白亲切，全无官场俗味。

开端从自身宦游的行踪说起，并倾注了对杭州的怀念之情："蜀客到江南，长忆吴山好。""蜀客"，表明了客籍的身份。"江南""吴山"，借指杭州，前者从地理位置说，后者则从山水美景说。"长忆"，是就行役在外而言，一个"好"字则概括了对杭州的总体印象。事实上，词人从熙宁四年（1071年）十一月到杭州通判任开始，就与杭州结下了不解之缘。他赞美"余杭自是山水窟"（《将之湖州戏赠莘老》），甚至说"故乡无此好湖山"（《六月二十七日望湖楼醉书五首》之五），他拿起多彩多姿的诗笔，尽情地歌颂和描绘美丽的西湖风光，留下了《饮湖上初晴后雨二首》之二、《六月二十七日望湖楼醉书五首》之一、《有美堂暴雨》等精美的诗篇。因此，词人说他"长忆吴山好"，完全是出于真诚，虽然年近不惑，而不失其赤子之心。他又把吴、蜀做了比较，表达了早归的愿望："吴蜀风流自古同，归去应须早。"所说的"归去"是指归杭州或是归故乡（蜀地），叙"自京口还钱塘道中"一语说得很清楚，当然是指眼前要去的目的地。既然"吴蜀风流自古同"，那么归吴（杭州）也就形同归蜀，与上文怀念杭州之意相承。

过片承上"归去"句，展开了与陈襄同游西湖的想象："还与去年人，共藉西湖草。"两人坐在西湖边碧绿的草地上，共赏大自然美景，这是富有诗意的赏心乐事。妙在词人不作平平叙写，而是将温馨的回忆与对未来的想象"迭印"在一起，这就平添了诗的意蕴。两句既表达了友情，又扣住杭州美景来写，与上文"吴山好""吴蜀风流"相照应。

篇末两句进而想象共饮的情景，要友人在宴会上仔细看一下，怕是自己容颜变得衰老了。这两句扣合着自身行役在外、数月未归的经历，流露出岁月流逝、羁旅劳苦的感慨。出语坦率而略带诙谐，这是真挚的友情一种自然的表露。

通观全词，作者感情真挚细腻，但表达又很别致委婉，有很强的艺术性。

南乡子 梅花词和杨元素①

寒雀满疏篱，争抱寒柯②看玉蕤③。忽见客来花下坐，惊飞。蹋散芳英落酒卮④。

痛饮又能诗，坐客无毡醉不知。花尽酒阑春到也，离离⑤。一点微酸已著枝。

【注释】

①杨元素：即杨绘，字元素。苏轼为杭州通判时，杨元素是知州。
②柯：树枝。
③蕤（ruí）：花茂盛的样子。
④酒卮（zhī）：酒杯。
⑤离离：繁盛的样子。

【译文】

疏疏的篱笆上，满是冬天的麻雀。它们争着飞到梅花树，欣赏白玉一样的梅花。忽见一群吃酒客人，来到梅花树下，麻雀惊飞踏散梅花，梅花落到酒杯里。

使君痛饮又能诗，醉后的客人坐雪地，雪水融化也不知。酒已饮尽，花已赏够，春天悄悄来到人间。请看，离离一丝暖气，已经附着梅花枝。

【赏析】

本词写于苏轼任杭州通判的第四年即熙宁七年（1074年）初春，是作者与时任杭州知州的杨元素相唱和的作品。词中通过咏梅、赏梅来记录词人与杨氏共事期间的一段美好生活和两人之间的深厚友谊。

上篇写寒雀喧枝,以热闹的气氛来渲染早梅所显示的姿态、风韵。岁暮风寒,百花尚无消息,只有梅花缀树,葳蕤如玉。冰雪中熬了一冬的寒雀,值此梅花盛开之际,既知大地即将回春,自有无限喜悦之意。开头两句"寒雀满疏篱,争抱寒柯看玉蕤",生动地描绘了寒雀对于物候变化的敏感。它们翔集梅花周围,瞅准空档,便争相飞上枝头,好像要细细观赏花朵似的。寒梅着花,原是冷寂的,故前人咏梅,总喜欢赋予梅花一种孤独冷艳的性格,此词则不然。

作者先从向往春天气息的寒雀写起,由欢蹦乱飞的寒雀引出梅花,有了鸟语花香的意味,而梅花的性格也随之显得热乎起来。顾随先生自云早年极喜杨诚斋的绝句:"百千寒雀下空庭,小集梅梢话晚晴。特地作团喧杀我,忽然惊散寂无声。"但读了苏轼此词以后,看法有了变化。他说:"持以与此《南乡子》开端二语相比,苦水(按顾随自号苦水)不嫌他杨诗无神,却只嫌他杨诗无品。""'满'字、'看'字,颊上三毫,一何其清幽高寒,一何其湛妙圆寂耶?""一首《南乡子》,高处、妙处,只此开端二语。"(《顾随文集·东坡词说》)顾随深赏极爱开端二语,自是不差,而从"满""看"两字悟出"清幽高寒"及"圆寂"之说,似有未谛。"忽见客来花下坐,惊飞。踏散芳英落酒卮",进一步从寒雀、早梅逗引出赏梅之人,而逗引的妙趣也不可轻轻放过。客来花下,寒雀自当惊飞,此原无足怪,妙雀亦多情,迷花恋枝,不忍离去,竟至客来花下,尚未觉察,直至客人坐定酌酒,方始觉之,而惊飞之际,才不慎踏散芳英,则雀之爱花、迷花、惜花已尽此三句之中,故花之美艳绝伦及客之为花所陶醉俱不待烦言而明。再说,散落之芳英,不偏不倚,恰恰落在酒杯之中,由此赏梅之人平添无穷雅兴,是则雀亦颇可人意。可见雀之于梅,此词中实有相得益彰之妙。

下篇写高人雅士梅园举行的文酒之宴,借以衬托出梅花的风流高格。"痛饮又能诗"的主语是风流太守杨元素及其宾客僚佐。杨元素才调不凡,门下自无俗客。诗、酒二事,此中人原是人人来得,不过这次有梅花助兴,饮兴、诗情便不同于往常。"痛饮"即开怀畅饮。俗语所谓"酒逢知己千杯少",高人雅士喜以梅花为知己,"痛饮"固当,"能诗"极易误会是能够写诗。其实,"能"字与"痛"字对举成文,乃逞能之意。"能诗"又不限于其字面意义为善于写诗,这里暗用刘禹锡寄白居易诗句"苏州刺史例能诗"(时白任苏州刺史),以称美杨元素的文采风流。

作者又有《诉衷情·送述古迓元素》词云"钱塘风景古今奇,太守例能诗",也是此意。"坐客无毡醉不知",又用杜甫赠郑虔诗"才名四十年,坐客寒无毡"语。"醉不知"的主语是宴会的主人杨元素。坐客无毡则寒,此时饮兴正酣,故不复知。此句意不写坐客之寒,而是写主人之醉。主人既醉,则宾客之醉亦可见。观主客的高情逸致,梅花的高格也不难想知了。"花谢酒阑春到也",非指一次宴集时间如许之长,而是指自梅花开后,此等聚会,殆无虚日。歇拍二韵,"离离。一点微酸已着枝",重新归结到梅,但寒柯玉蕤,已为满枝青梅所取代。咏梅花而兼及梅子,又不直说梅子而说"一点微酸",诉之味觉形象,更为清新可人。下片从高人雅士为之流连忘返、逸兴遄飞,托写出梅的姿态、神韵。

鹊桥仙① 七夕送陈令举

　　缑山②仙子,高情云渺③,不学痴牛骏女④。凤箫声⑤断月明中,举手谢、时人⑥欲去。

　　客槎⑦曾犯,银河⑧微浪,尚⑨带天风海雨。相逢一醉是前缘⑩,风雨散、飘然何处。

【注释】

①鹊桥仙:词牌名,又名《鹊桥仙令》《金风玉露相逢曲》《广寒秋》等。

②缑(gōu)山:在今河南偃师县。缑山仙子指在缑山成仙的王子乔。

③云渺(miǎo):高远貌。

④痴(chī)牛骏(ái)女:指牛郎织女。在这里不仅限于指牛郎织女,而是代指痴迷于俗世的芸芸众生。

⑤凤箫声:王子乔吹笙时喜欢模仿凤的叫声。

⑥时人:当时看到王子乔登仙而去的人们。

⑦槎(chá):竹筏。

⑧银河:天河。

⑨尚(shàng):还。

⑩前缘:前世的因缘。

【译文】

　　缑山仙子王子乔性情高远,不像牛郎织女要下凡人间。皎洁的月光中停下吹凤箫,摆一摆手告别人间去成仙。

听说黄河竹筏能直上银河，一路上还挟带着天风海雨。今天相逢一醉是前生缘分，分别后谁知道各自向何方？

【赏析】

熙宁七年（1074年），词人和陈令举坐船游玩，一边喝酒，一边快乐地畅谈，然而相聚总是要分离的，为了表达对陈令举的依依不舍，词人便写下这首词送给他。

这首词咏调名本意，是为送别友人陈令举而作。全词在立意上一反旧调，不写男女离恨，而咏朋友情意，别有一番新味。

此词上片，也紧切七夕下笔，但用的却是王子乔飘然仙去的故事。据刘向《列仙传》载，周灵王太子王子乔，好吹笙作凤凰鸣，游伊洛之间，被道士浮丘公接上嵩高山，三十余年后于山上见柏良，对他说："告我家，七月七日待我于缑氏山巅。"至时，果乘白鹤驻山头，望之不得到，举手谢时人，数日而去。苏轼此词上片，借这则神话故事，称颂一种超尘拔俗、不为柔情羁縻的飘逸狂放襟怀，以开解友人的离思别苦。发端三句，赞王子乔仙心超远，缥缈云天，不学牛郎织女身陷情网，作茧自缚。一扬一抑，独出机杼，顿成翻案之笔。缑山，在河南偃师县。缑山仙子，指王子乔，因为他在缑山仙去，故云。"凤箫"两句，承"不学"句而来，牛女渡河，两情缱绻，势难割舍；仙子吹箫月下，举手告别家人，飘然而去。前者由仙入凡，后者超凡归仙，趋向相反，故赞以"不学痴牛呆女"。

下片写自己与友人的聚合与分离，仿佛前缘已定，事有必然。据东坡《记游松江》（《东坡志林》卷一）说："吾昔自杭移高密，与杨元素同舟，而陈令举、张子野皆从余过李公择于湖，遂与刘孝叔俱至松江。夜半月出，置酒垂虹亭上。"苏轼于熙宁七年（1074年）九月从杭州通判移任密州知州，与同时奉召还汴京的杭州知州杨元素同舟至湖州访李公择，陈令举、张子野同行，并与刘孝叔会于湖州府园之碧澜堂，称为"六客之会"，席上张子野作《定风波令》，即"六客词"，会后同泛舟游吴松江，至吴江垂虹亭畅饮高歌，"坐客欢甚，有醉倒者"。但作者不是径直叙写这段经历，仍借与天河牛女有关的故事来进行比况。张华《博物志》载一则故事说：天河与海相通，年年有浮槎定期往来，海滨一人怀探险奇志，便多带干粮，乘槎浮去。经十余日，至一城郭，遇织布女和牵牛人，便问牵牛人，此是何处。牵牛人告诉他回去后问蜀人严君平便知。后来乘槎人还，问严君平。君平告以某年月日有客星犯牵牛宿，计算年月，正是乘槎人到天河之时。词人借用这则优美的神话故事，比况几位友人曾冲破澄澈的银浪泛舟而行。"槎"，即竹筏；"客槎"，一语双关：明指天河的"浮槎"，暗喻他们所乘的客船。"尚带天风海雨"，切合"浮槎"通海之说。煞拍两句笔墨落到赠别。"相逢一醉是前缘"，写六客之会；"风雨散、飘然何处"，"风雨"承上"天风海雨"，写朋友分袂，各自西东。"一醉是前缘"，含慰藉之意；"飘然何处"，蕴感慨无限。

　　这首词不但摆脱了儿女艳情的旧套，借以抒写送别的友情，而且用事上紧扣七夕，格调上以飘逸超旷取代缠绵悱恻之风，读来深感词人逸怀浩气超乎尘垢之外。

虞美人 有美堂赠述古

湖山信①是东南美,一望弥千里。使君②能得几回来?便使樽前醉倒更徘徊。

沙河塘③里灯初上,水调④谁家唱?夜阑⑤风静欲归时,惟有一江明月碧琉璃。

【注释】

①湖山信:元祐初,学士梅挚任杭州太守,宋仁宗曾作诗送行曰:"地有湖山美,东南第一州。"此句即从仁宗诗来。梅挚到任后筑有美堂于吴山。神宗熙宁七年(1074年)秋,杭州太守陈襄,将调往雨京(今河南商丘)行前宴客于美堂。席间苏轼作此词。
②使君:对州郡长官的称呼,此处指陈襄。
③沙河塘:位于杭州东南,当时是商业中心。
④水调:商调名,隋炀帝开汴渠,曾作《水调》。
⑤阑:残,尽,晚。

【译文】

登高远眺,千里美景尽收眼底。大自然的湖光山色,要数这里最美。你这一去,何时才能返回?请痛饮几杯吧,但愿醉倒再不离去。

看,沙塘里华灯初放。听,是谁把动人心弦的《水调》来弹唱?当夜深风静我们扶醉欲归时,只见在一轮明月的映照下,钱塘江水澄澈得像一面绿色的玻璃一样。

【赏析】

　　此词作于熙宁七年（1074年）七月苏轼任杭州通判时。时杭州太守陈襄（字述古）调任，即将离杭，设宴于杭州城中吴山上之有美堂。应陈襄之请，苏轼即席写下了此词。

　　上片前两句极写有美堂的形胜，也即湖山满眼、一望千里的壮观。此二句从远处着想，大处落墨，境界阔大，气派不凡。

　　"使君能得几回来？便使樽前醉倒更徘徊"，这两句反映了词人此时此刻的心情：使君此去，何时方能重来？何时方能置酒高会？他的惜别深情是由于他们志同道合。据《宋史·陈襄传》，陈襄因批评王安石和"论青苗法不便"，被贬出知陈州、杭州。然而他不以迁谪为意，"平居存心以讲求民间利病为急"。而苏轼亦因同样的原因离开朝廷到杭州，他自言"政虽无术，心则在民"。他们共事的两年多过程中，能协调一致，组织治蝗，赈济饥民，浚治钱塘六井，奖掖文学后进。他们在力所能及的范围内，确实做了不少有益于人民的事。此时即将天隔南北，心情岂能平静？

　　过片描写华灯初上时杭州的繁华景象，由江上传来的流行曲调而想到杜牧的扬州，并把它与杭州景物联系起来。想当年，隋炀帝于开汴河时令制此曲，制者取材于河工之劳歌，因而声韵悲切。传至唐代，唐玄宗听后伤时悼往，凄然泣下。而杜牧他的著名的《扬州》诗中写道："谁家唱水调，明月满扬州。"直到宋代，此曲仍风行民间。这种悲歌，此时更增添离怀别思。离思是一种抽象的思绪，能感觉到，却看不见，摸不着，对它本身作具体描摹很困难。词人借助灯火和悲歌，既写出环境，又写出心境，极见功力之深。

　　结尾两句，词人借"碧琉璃"喻指江水的碧绿清澈，生动形象地形容了有美堂前水月交辉、碧光如镜的夜景。走笔至此，词人的感情同满江明月、万顷碧光凝成一片，仿佛暂时忘掉了适才的宴饮和世间的纷扰，而进入到人与自然融为一体的美妙境界。这里，明澈如镜、温婉静谧的江月，象征友人为人高洁耿介，也象征他们友情的纯洁深挚。

　　此词以美的意象，给人以极高的艺术享受。词中美好蕴藉的意象，是作者的感情与外界景物发生交流而形成的，是词人自我情感的象征。那千里湖山，那一江明月，是作者心灵深处缕缕情思的闪现。

菩萨蛮 西湖

秋风湖上萧萧①雨,使君欲去还留住。今日漫②留君,明朝愁杀人。

佳人③千点泪,洒向长河水。不用敛双蛾④,路人⑤啼更多。

【注释】

①萧萧:同"潇潇",形容风雨急骤。
②漫:徒然。
③佳人:美女。
④敛双蛾:即皱眉,此处指流泪。
⑤路人:指站立在路旁送别陈襄的杭州百姓。

【译文】

秋风徐徐,湖上风雨潇潇,你刚想启程,又被雨留住。今日枉自留你,明天我会十分忧愁。

送行的佳人们的千滴泪,一起洒向钱塘江水。不用为分别而愁苦,你不见路上还有更多的人在洒泪相别。

【赏析】

宋神宗熙宁七年(1074年)八月,陈襄罢杭州知州任,将赴应天府(今河南商丘)任知府,该词是苏轼在西湖送别陈襄时所作。

上片先写天意留客。"秋风湖上萧萧雨,使君欲去还留住。"西湖上的晴雨变化是常见的现象,离任的太守陈襄将要远行,却被风雨留住。这是天从人意的美事，老天爷仿佛被送别的人们所感动，所以才特意以"萧萧雨""留住"客人，满足了大家的心愿，这是老天有情。接下来苏轼笔锋陡然一转，"今日漫留君，明朝愁杀人"。为何这样写，接下去苏轼又把笔锋收回来，申述了一个使人信服的理由，"明朝愁杀人"原来是离情再经过一夜的酝酿和蓄积，会变得更深更浓，到明天送别时一下子爆发出来，会把人"愁"死的！可见老天有情，人更有情。经过这一纵一擒，心理上或情感上的回旋跌宕，苏轼将离情推向了纵深。

　　下片转换角度，写动人的送别场景。"佳人千点泪，洒向长河水。"这两句写"佳人"泣别，"佳人"是指送别陈襄的一群官妓，同"长河水"联系起来，一方面是由于陈襄乘官船，从水程赴任，另一方面暗用了江淹《别赋》中的词语，"怨复怨兮远山曲，去复去兮长河水"。"佳人"泣别是情重怨深的表现，这就把离情推向了一个高潮。"不用敛双蛾，路人啼更多。"这两句又峰回路转，别开境界。苏轼像是对"佳人"们说，你们还是收住眼泪吧，且看站立在大路两旁的杭州百姓，他们哭得比你们还要伤心呢！广大百姓自愿前来送别一位离任的地方官，尽情挥洒泪水，离别场面庄严、感人。可以说，这是百姓对一位官员的最高褒奖。苏轼这样写，非溢美之辞，是苏轼从侧面写出了陈襄为官一任，造福一方的政绩，在把离情推向极顶的同时，也暗含着对陈襄流惠于民的赞颂。

　　全词无一处直接抒写苏轼自己当前的离愁，苏轼仅仅是一个旁观者而已。但又无处不渗透了苏轼浓重的离情别绪。苏轼在对实际生活观察和体验的基础上，选取了独特的艺术视角，出奇制胜，使人感到耳目一新。

采桑子　润州多景楼与孙巨源相遇

多情多感仍多病,多景楼①中。尊酒②相逢,乐事回头一笑空。停杯且听琵琶语③,细捻轻拢④。醉脸春融⑤,斜照⑥江天一抹红。

【注释】

①多景楼:北固山后峰、下临长江,三面环水,登楼四望,美景尽收眼底,曾被赞为天下江山第一楼。

②尊酒:举杯饮酒。"尊"同"樽"。

③琵琶语:指歌妓所弹琵琶能传达感情如言语。唐白居易《琵琶行》:"今朝闻君琵琶语,如听仙乐耳暂明。"

④细捻轻拢:演奏琵琶指法。捻指揉弦,拢指按弦。语本白居易《琵琶行》。

⑤醉脸春融:酒后醉意,泛上脸面,好像有融融春意。

⑥斜照:将要落山的太阳照着。

【译文】

本来就多情,多感,多病,偏偏又置身于多景楼中。同在他乡同举杯,故友又重逢。回首当年相知,惺惺相惜成一笑,功业无成转头空。

且停杯,侧耳听——琵琶声声诉衷情。细细地捻,轻轻地拢,醉了琵琶女,一脸春融融;更有那一抹斜阳脉脉相辉映,江天一色晚霞红。

【赏析】

　　熙宁七年（1074年）十月，苏轼从杭州通判升任密州知州，一路上，不断与朋友聚会，饮酒赋诗，非常痛快。行到润州（今江苏镇江），与朋友孙洙（字巨源）相遇，据《东坡词》引《本事集》云，这次他们又约上王存（字正仲），同登多景楼，座中还有官妓胡琴弹曲助酒。孙洙对苏轼说："残霞晚照，非奇不尽。"苏轼欣然命笔，作成此词。

　　东坡喜吟诗，词集中颇多歌席酬谢、即事明笔的"急就章"。这些临时随意而发、肆口而成的作品，不容深思，无暇推敲，未必完美，但却更足以显示东坡丰富的生活积累、深厚的文化素养和敏捷的创作才华，别有系人之处。这篇《采桑子》，正属于此类即兴之作。

　　据东坡的友人杨绘（元素）记载：宋神宗熙宁七年（1074）仲冬，东坡由杭州通判调知密州，途经润州与孙洙巨源、王存正仲集会于该地风景奇胜的甘露寺多景楼。席间，京师官妓甚多，而一个名叫胡琴的，姿色技艺尤其美好。酒阑，孙巨源请求东坡说："残霞晚照，非奇词不尽。"东坡于是填了这篇《采桑子》。东坡另有《润州甘露寺弹筝》一诗，亦为同时所作，可参读。

　　"万事开头难"，吟诗填词也不例外。但东坡填这篇《采桑子》却能毫不费力地从"多景楼"的"多"字获取灵感，从杜甫《水宿遣兴奉呈群公》的首句"鲁钝仍多病"借来句型和后三字，写出了连用三个"多"字的言情语句作为发端。它像"劈地抽森秀"的太华，以其奇兀给人以强烈的印象，并顿时产生出磁铁般吸引读者的力量。多景楼在今镇江市北固山后峰、甘露寺后部，下临长江，三面滨水，登楼四望，整个城市可尽收眼底，曾被米芾赞为天下江山第一楼。东坡是个博古通今、关心时政、喜欢寻幽探胜的人，在这样的多景楼上眺望壮丽的江山，他能不触景生情吗？想到三国时的孙权曾建都于此地，六朝的宋武帝刘裕曾居住于此地、起兵讨伐桓玄于此地，东晋谢安、梁武帝萧衍曾流连于此山等历史事实，他能不感慨吗？想到他先因与执政的王安石政见不合，自请外任离京而今奔走于道路，他能不满怀愁绪吗？东坡不把自己的"情""感"和"病"之"多"的内容一一写出，只用此七字概括。近人陈洵说："词笔莫妙于留。盖能留则不尽而有余味，离合顺逆，皆可随意指挥，而深沉浑厚，皆由此得。"（《海绡说词》）东坡可以说是深得"留"的三味了。关于这起句有善"留"之妙，还必须补充说明一下，就是他所以那样戛然而止，迅速道出"多景楼中"，为的是顾及全篇，不使这忧愁情绪的抒发过多而成为赘疣。紧接着的"樽酒相逢",点明与孙巨源、王正仲等集会于多景楼之事,极其平实。像山脉之有起伏,浪潮之有高低,如此平实,为的是给下面抒情的"乐事回头一笑空",与起句"多情多感仍多病"的语意相连,意谓这次集会多景楼而饮酒停歌,诚为"乐事",可惜不能长久,"一笑"之后,"回头"来眼前的"乐事"便会消失而"空"无所有,只有"多情""多感""多病"依然留在心头。哀怨无穷,尽在言外。以上四句构成上片。它是虚与实的结合,言事与言情的结合,而以虚为主,以言情为主。唯其如此,所以既不浮乏,又颇空灵。四句之中,前二句先言情后言事,后二句先言事后言情,亦错落有致。上片由情至事,由事归情,借眼前之景,写心中之情,意蕴盎然,如神来之笔。

"停杯且听琵琶语",领起下片。"停杯"承上,与"樽酒相逢"相呼应。"且听琵琶语"启下,是"乐事"的补充。"琵琶语",由白居易《琵琶行》的"今夜闻君琵琶语"句而来,指琵琶所弹奏的乐曲。"且"是姑且的意思。因为既"多情多感仍多病",又认为"乐事回头一笑空",就不能以认真的态度来对待音乐,以振奋的精神来欣赏音乐,东坡所以特地挑选了这个虚字"且"来自于"听"字之前,用以表现他当时无聊赖、不经意的心态。"细捻轻拢"句,亦自白居易《琵琶行》中的诗句化出,赞美弹奏琵琶的技艺。他本无心欣赏,然而却被吸引,说明演奏得确实美妙。"捻",指左手手指按弦在柱上左右搓转的手法。"拢",指左手手指按弦向里推的手法。赞美之情除通过"细"和"轻"两字来表达外,还借助于这四个从《琵琶行》诗句中化出的字来引起读者对《琵琶行》中那段脍炙人口的"轻拢慢捻抹复挑,初为霓裳后六幺。大弦嘈嘈如急雨,小弦切切如私语。嘈嘈切切错杂弹,大珠小珠落玉盘……"的描写之联想来实现。赞罢弹奏琵琶的美妙,顺势描写弹奏者,也就是前面所说的那位叫作胡琴的姑娘。东坡惜墨如金,不去写其容貌、形体和服饰等,只用"醉脸春融"四字表现其神态。这四字写其神,丽而不艳,媚中含庄,活脱脱描摹出一个喝了少许酒后怀抱琵琶的少女两颊泛红,嘴角含笑的充满了青春气息的动人姿态。"结局须要放开,含有余不尽之意,以景结情最好。"(沈义赋《乐府指迷》)此词的结句"斜照江天一抹红",正是景语,可视为当时"残霞晚照"的写实,也可视为是借以形容胡琴姑娘之"醉脸"的,而它的妙处则在于"以迷离称隽",令人难以捉摸,耐人反复寻味。这句"斜照江天一抹红",其意同于李商隐《乐游原》的"夕阳无限好,只是近黄昏",只不过尽在言外而已。它的色彩尽管明快,但其基调仍是感伤的,与上片完全一致。

沈祥龙在《论词随笔》中说:"小令须突然而来,悠然而去,数语曲折含蓄,有言外不尽之致。"东坡这篇《采桑子》小令,倏忽来去,只用了只言片语,却达到了曲折含蓄,言尽而意隽的境界之美。虽然不是完美无缺的精品,但却非常符合沈祥龙所总结的对小令的要求,当可为则。

沁园春

孤馆灯青,野店鸡号,旅枕梦残。渐月华收练①,晨霜耿耿②,云山摛锦③,朝露溥溥④。世路无穷,劳生有限,似此区区长鲜欢。微吟罢,凭征鞍无语,往事千端⑤。

当时共客长安,似二陆⑥初来俱少年。有笔头千字⑦,胸中万卷⑧,致君尧舜,此事何难。用舍由时,行藏在我⑨,袖手何妨闲处看。身长健,但优游卒岁⑩,且斗樽前。

【注释】

①月华收练:月光像白色的绢,渐渐收起来了。
②耿耿:明亮的样子。
③摛(chī)锦:似锦缎展开。形容云雾缭绕的山峦色彩不一。
④溥(tuán)溥:露多的样子。
⑤千端:千头万绪,犹言多。
⑥二陆:指西晋文学家陆机、陆云兄弟。《晋书·陆云传》:"少与兄机齐名,虽文章不及机,而持论过之,号曰'二陆'。"西晋初同至洛阳。此以"二陆"比自己及弟辙。
⑦笔头千字:即下笔千言之意。
⑧胸中万卷:胸中藏有万卷书。形容读书很多,学识渊博。
⑨"用舍"二句:《论语·述而》:"用之则行,舍之则藏。"意为任用与否在朝廷,抱负施展与否在自己。行藏(cáng),意为被任用就出仕,不被任用就退隐。
⑩优游卒岁:悠闲地度过一生。

【译文】

　　孤零零旅舍灯光青冷,厌听这荒野鸡鸣,收拾起旅枕残梦。晓月渐渐淡去了白绢似的皎洁,微亮的晨霜一片晶莹;山上云白如展开的锦缎,朝露点点与晨光辉映。人世间的行程没个尽头,有限的是这劳顿的人生。似这般无足称道的平庸,难得有欢愉的心境。我这里独自低吟罢,征鞍上,悄无声,许多往事涌心中。

　　当年我们风华正茂,同时客居在汴京,如同陆机、陆云兄弟,初到京城还年轻。幸有妙笔在手文思敏捷,诗书万卷在胸,自以为辅佐圣上使其成为尧舜,该是星月同辉,事业必成。其实重用与否在于时势,入世出世须由自己权衡。不妨闲处袖手看风云,少不得那分明哲与淡定。好在你我身体康健,只须终年悠闲游乐,姑且杯中寻醉慰平生。

【赏析】

　　苏轼与其弟苏辙兄弟情深,任杭州通判期间,其弟在济南为官,相思甚切,为接近亲人,向朝廷请求到密州任职,得准改任密州知州,熙宁七年(1074年)起程赴密州。这首词便作于由杭州移守密州早行途中,触景伤情,凭鞍沉思,思绪万千,不禁感慨唏嘘,通过词作,把胸中块垒一股脑儿向弟弟倾吐,表达了作者人生遭遇的不幸和壮志难酬的苦闷。

　　这是一首抒发政治感慨的抒怀词。上片写词人在旅店早起出行的孤寂情景,引发了无限的感慨;下片表达对兄弟的思念以及政治上的失意情绪,随即又自勉自慰。

　　上片一开篇,作者便以"孤馆灯青,野店鸡号,旅枕梦残"以及"月华收练,晨霜耿耿,云山摛锦,朝露漙漙"数句,绘声绘色地画出了一幅旅途早行图。早行中,眼前月光、山色、晨霜、朝露,别具一番景象,但行人为了早日与弟弟联床夜话,畅叙别情,他对于眼前一切,已无心观赏。此时,作者"凭征鞍无语",进入沉思,感叹"世路无穷,劳生有限"。为此,便引出了一大通议论来。作者追忆:他们兄弟俩,"当时共客长安,似二陆初来俱少年"。词里的"二陆"用来比自己和弟弟苏辙。当年,他们兄弟俩俱有远大抱负,决心像伊尹那样,"使是君为尧舜之君"(《孟子》中语);像杜甫那样,"致君尧舜上,再使风俗淳",以实现其"结人心、厚风俗、存纪纲"(《上神宗皇帝书》)的政治理想。而且,他们兄弟俩"笔头千字,胸中万卷",对于

"致君尧舜"这一伟大功业,充满着信心和希望。抚今追昔,作者深感他们兄弟俩现实社会中都碰了壁。为了相互宽慰,作者将《论语》"用之则行,舍之则藏,惟我与尔有是夫",《孔子家语》"优哉游哉,可以卒岁",以及牛僧孺"休论世上升沉事,且斗尊前见在身"诗句,化入词中,并加以改造、发挥,以自开解。结尾数句,作者表示自己怀才不遇的境况下,要避开政治斗争的漩涡,以从容不迫的态度,姑且保全身体,饮酒作乐,悠闲度日。整首词,除开头几句形象描述之外,其余大多是议论,成为一篇直抒胸臆的言志抒情之作。

这首词的议论、抒怀部分,遣词命意无拘无束,经史子集信拈来,汪洋恣肆,显示出作者横放杰出的才华。词中多处用典:"有笔头千字,胸中万卷,致君尧舜,此事何难"四句,化用杜甫《奉赠韦左丞丈二十二韵》中"读书破万卷,下笔如有神""致君尧舜上,再使风俗淳"的诗句。"身长健,但优游卒岁,且斗尊前"三句,"优游卒岁"语出《左传·襄公二十一年》中鲁国大夫叔向被囚后"优哉游哉,聊以卒岁"的话,"且斗尊前",化用杜甫《漫兴》中"莫思身外无穷事,且尽生前有限杯"的诗句。作者将上述典故灵活运用,推陈出新,生动地传达出自己的志向与情怀。

这首词的脉络清晰,层次井然,回环往复,波澜起伏,上片的早行图与下片的议论浑然一体,贯穿一气,构成一个统一、和谐的整体:头几句写景,以"孤""青""野""残"等字眼传神地渲染出早行途中孤寂、凄清的环境和心境。"世路无穷,劳生有限"一句,由自然景色转入现实人生。其后,词作由景物描写而转入追忆往事。"用舍由时,行藏我",由往事回到现实。结拍数句表明作者已从壮志难酬的苦闷中摆脱出来,获得了内心的平静和慰安。

纵观全词,集写景、抒情、议论为一体,融诗、文、经、史于一炉,有形象的景象描写,有抽象的论说政治,又在议论中发表了自己的人生观和人生态度,抒写了沉郁惆怅的心境,文思连贯,一气呵成,体现了卓绝的才情。

江城子

十年生死两茫茫。不思量，自难忘。千里孤坟①，无处话凄凉。纵使相逢应不识，尘满面，鬓如霜。

夜来幽梦忽还乡，小轩窗，正梳妆。相顾无言，惟有泪千行。料得年年肠断处，明月夜，短松冈。

【注释】

①千里孤坟：王弗死后葬于苏轼故里眉州东北彭山县安镇乡可龙里，离密州相隔数千里。

【译文】

自从妻子十年前去世，在这漫长的岁月里，生者与死者从此阴阳相隔，再无从互通信息。不用刻意去思念，往事之种种就会自然地浮现在眼前。妻子葬于原郡，我在千里之外的密州宦游，想到她的坟头去凭吊一番，向她诉说别后的凄凉，但山长水远，这又如何能做到呢？纵然能够有机会与她再次相逢，她也不一定能认出我来，如今的我已是满面风尘，两鬓如霜，垂垂老矣。

夜里做了一个梦，梦见自己忽然又回到了家乡。梦中见到妻子正坐在卧室的窗前，对镜梳妆。互相对视着，千言万语却不知如何表达，只有相对而泣，泪落纷飞。由此我猜想妻子一个人孤零零地居于坟中，每当明月照到那片满是松树的山冈时，她定会因思念而伤心断肠。

【赏析】

这首词为苏轼悼亡妻之作，写于熙宁八年（1075年）正月二十日。时作者因与王安石政见不合被贬为密州（今山东潍坊诸城）太守，年四十岁。苏轼与前妻王弗感情甚笃。王氏于治平二年（1005年）亡，距写这首词时已有十年。

"十年生死两茫茫。"自从妻子十年前去世，在这漫长的岁月里，生者与死者从此阴阳相隔，再无从互通信息。起句苍凉，蕴含着无尽的凄伤感慨，为全词奠定了感伤的基调。"两茫茫"表达了词人对生死别离，杳无音讯的一腔幽恨，恨不能前往探视，恨魂之不归，与白居易《长恨歌》"悠悠生死别经年，魂魄不曾来入梦"之意境同。

"不思量，自难忘。"不用刻意去思念，往事之种种就会自然地浮现在眼前。这两句表达了作者对妻子感情之深、思念之切。已经十年了，然妻子的音容笑貌时时在眼前浮现，一个生活细节甚至一件旧物都能勾起对往事的温馨回忆，萦绕于心，挥之不去。

"千里孤坟，无处话凄凉。"一个"孤"字，写出了彼此的孤单寂寞。"凄凉"二字蕴含丰富，既有思念之苦，又有生活的坎坷、辛酸。

"纵使相逢应不识，尘满面，鬓如霜。"这几句承上面之渴望相见转到对相见的担忧，含蓄地表达了词人对自己十年来遭遇和处境的悲叹。十年来作者屡遭贬谪，行程万里，风尘仆仆，华发早生，劳顿和失意已使他容颜憔悴，不复是往日形状，所以担心妻子也可能辨认不出。这几句饱含着沧桑之感，读来令人动容。

上片言词人对亡妻的无限思念之情。因他与前妻感情深厚，加之自己失意困顿，离家千里，所以对妻子的怀念更甚，对往日的甜蜜生活更加留恋，每日朝思暮想，伤感不已。

"夜来幽梦忽还乡。"日有所思，夜有所梦，由上片的刻骨铭心之思念很自然地便过渡到了梦回家乡。既然再相逢已不可能，所以唯有梦中相见才能给作者带来暂时的安慰。词人用这种充满浪漫色彩的情节继续表达了对亡妻的深切悼念。

"小轩窗，正梳妆。"这两句写得生动、形象，极富生活气息，为我们展现了一幅美丽的画面，这也正是作者心目中印象最深也最能打动他的记忆。

"相顾无言，惟有泪千行。"这两句写梦中见面的情景：二人百感交集，有欢喜也有伤感，千头万绪，不知从何说起，眼泪止不住地流淌，场面极其感人。

"料得年年肠断处，明月夜，短松冈。"这几句化用孟棨《本事诗·征异》中的典故：开元中，有幽州衙将妻生五子后去世，后妻李氏虐待五子，前妻"忽于冢中出"，题赠衙将一诗曰："欲知肠断处，明月照孤坟。"情景交融，以景传情，进一步表达了词人对妻子的思念。"明月夜，短松冈"意境凄美冷寂，有力地烘托出了亡魂之幽思。

下片描写了一次夫妻梦中幽会，使作者怀妻悼妻之情得以升华，更充分地表现了词人丧妻之痛，含蓄地流露出十年来宦海沉浮的悲凉。

这首词感情真挚，想象丰富，梦境与现实互相交织，迷离难辨，语言凄婉动人，催人泪下，实为悼亡之佳作。

蝶恋花 密州上元

灯火钱塘三五夜①,明月如霜,照见人如面。帐底吹笙香吐麝②,更无一点尘随马。

寂寞山城③人老也,击鼓吹箫,却入农桑社④。火冷灯稀霜欲下,昏昏雪意云垂野。

【注释】

①钱塘:此处代指杭州城。三五夜:即每月十五日夜,此处指元宵节。
②香吐麝:意谓富贵人家的帐底吹出一阵阵的麝香气。麝,即麝香,名贵的香料。
③山城:此处指密州。
④农桑社:供奉、祭祀土地神的地方。

【译文】

杭州城的元宵夜,明月好似霜,照得人好似一幅画。帐底吹笙,燃香的香气好似麝香,更无一点尘土随着马而去。

寂寞的密州城里人们都老了,人们沿街击鼓吹箫而行,最后却转到农桑社祭祀土地神。灯火清冷稀少霜露降下,阴暗昏沉的乌云笼罩着大地,要下雪了。

【赏析】

此词作于熙宁八年(1075年),时苏轼刚来密州任知州,正好遇到元宵佳节,在街上看灯、观月时的情景和由此而产生的感想故而写下此词。

全词用粗笔勾勒的手法，抓住杭州、密州气候、地理、风俗等方面各自的特点，描绘了杭州上元节和密州上元节的不同景象，流露了作者对杭州的思念和初来密州时的寂寞心情。

这首词题记为"密州上元"，词却从钱塘的上元夜写起。钱塘也就是杭州，苏轼曾那里过了三个元宵节。元宵的特点，就是"灯火"。东坡用一句"灯火钱塘三五夜"，从总体上描绘杭州上元之夜迷人的繁盛景象，从天上到地下，从月光到灯火，再到熙熙攘攘的人群，写景如画，景象开阔、绮丽。一句"帐底吹笙香吐麝"写尽杭州城官宦人家过节的繁奢情景。"更无一点尘随马"，化用苏味道《正月十五夜》诗"暗尘随马去，明月逐人来"句，饶有韵味，进一步从动态写游人。说"无一点尘"，更显环境的清新怡人，写得有声有色有香有味，有很强的感染力。

上片描写杭州元宵景致，作者此时是刚来密州任知州，正好遇到元宵佳节，在街上看灯，观月时的情景和由此而产生的感想。词句虽不多，却也"有声有色"。写灯、写月、写人，声色交错，充分展现了杭州元宵节的热闹、繁荣景象。而下片着重刻画密州上元夜活动的单调乏味，表达出词人内心的落寞感受，流露出词人初来乍到的不适，也夹杂着其贬谪异地、远离朝廷的失意和苦闷情绪。

"寂寞山城人老也"是一句过片，使情调陡然一转，用"寂寞"二字，将前面"钱塘三五夜"那一片热闹景象全部移来，为密州上元作反衬，形成鲜明的对比。无须多着一字，便觉清冷萧索。表达出词人内心的落寞感受，流露出词人初来乍到的不适，也夹杂着其贬谪异地、远离朝廷的失意和苦闷情绪。结句"火冷灯稀霜露下，昏昏雪意云垂野"则不但写出了密州气候的寒冷，而且也让人感觉到环境的空旷苍凉，进一步流露出词人对密州的不适应，对杭州的怀念也就尽在不言中了。

作者"曾经沧海难为水"，见过了杭州上元的热闹，再来看密州上元自觉凄清。更何况他这一次由杭州调知密州，环境和条件出现了很大的变化，心情完全不同。首先，密州不比杭州，贫穷，劳顿又粗陋，再无江南之诗情。而更让他感到"寂寞"，感到郁郁不乐的是这里连年蝗旱，民不聊生。作为一个爱民之官，他又怎能快乐开怀呢？这位刚到任年仅四十的"使君"不禁有"人老也"之叹。他这上元之夜，随意闲行，听到箫鼓之声，走去一看，原来是村民正举行社祭，祈求丰年。这里农民祈年的场面和箫鼓之声，让作者久久不能离去。直到夜深"火冷灯稀霜露下",郊外彤云四垂,阴霾欲雪。"昏昏雪意云垂野"一句,表面上意象凄惨,却是写出了他心中的希望,有一种"瑞雪兆丰年"的喜悦之情。

苏轼这首《蝶恋花》,确是"有境界"之作,语言凝练,脉络清晰,词人融情于景,表意委婉,以上元之夜的景象为线索,使初到密州的种种不适和内心的感触于两地风俗及天气等的差异中得以真实流露。

此词运用了转折、反衬等章法技巧,体现出了他当时的境遇和心情。

江城子 密州出猎

老夫①聊发少年狂,左牵黄,右擎苍②,锦帽貂裘③,千骑卷平冈。为报倾城随太守,亲射虎,看孙郎④。

酒酣胸胆尚开张,鬓微霜,又何妨?持节云中⑤,何日遣冯唐?会挽雕弓如满月⑥,西北望,射天狼⑦。

【注释】

①老夫:词人自称。
②黄:黄狗,代指猎犬。苍:苍鹰,代指猎鹰。
③锦帽貂裘:指打猎的行装。
④射虎、孙郎:《三国志·吴志·吴主传》载,建安二十三年十月,孙权于庱亭亲骑马射虎,马为虎所伤,孙权以双戟投之,虎即废。
⑤节:符节。云中:古郡名。西汉时魏尚为云中郡守,爱惜士卒,守边成绩显著;因上报战果数字有出入,而获罪削职。冯唐向汉文帝进谏为魏尚洗雪冤屈,于是文帝令冯唐持节去赦免魏尚,复任命其为云中郡守。
⑥会:应当。挽:拉,牵引。雕弓:饰以彩绘的弓。
⑦天狼:星名,在东井南,为野将,主侵掠。这里代指自西北入侵的西夏。

【译文】

四十岁的我一下子生出年轻人的狂放不羁,左手牵着猎犬,右胳臂上举着猎鹰,头戴锦帽,身着貂皮衣,带领众人骑马风驰电掣般地越过低矮的小山冈。为答谢全城人都跟随我来打猎,我要像当年孙权射虎一样展示一下自己的本领。

痛饮美酒之后,胸怀开阔了,胆气也随之豪壮,虽然两鬓已有些花白,那又有什么妨碍呢？昔日有功被贬的魏尚最终得以重任云中郡守，能给我带来好消息的朝廷使者何时才能到来呢？我正把弓拉得紧紧的，圆如满月，望向西北，准备将那颗耀眼的天狼星射落下来。

【赏析】

　　这首词写于宋神宗熙宁八年（1075年），时苏轼任密州（今山东诸城）太守（知州）。是年因密州天旱，苏轼去常山祈雨，得雨，于是再往祭谢。归途中与官员会猎，所获颇多，数日后便作此词，"令东州（密州）壮士抵掌顿足而歌之，吹笛击鼓以为节，颇壮观也"（苏轼《与鲜于子骏书》）。

　　这首词上片写会猎的激烈场面，词人忘情于猎趣之中，逸兴横飞，老当益壮；下片集中抒写渴望重新得到朝廷的重用而亲赴前线抗敌卫国，以实现自己报国立功的宏大志愿。

　　开篇描写了会猎的盛大场面。"左牵黄，右擎苍，锦帽貂裘"写出了作者的飒爽英姿；"千骑"表现了会猎队伍之庞大；一个"卷"字则生动再现了万马奔腾的雄壮气势。

　　"为报倾城随太守，亲射虎，看孙郎。""倾城"二字用语夸张，言随从之众。在这里作者用孙郎射虎的典故，生动表现出了自己不畏年老，勇敢威武的豪迈气概。

　　"酒酣胸胆尚开张，鬓微霜，又何妨？"直抒胸臆，表现了作者老当益壮，意欲奋发有为的乐观进取精神。

　　"持节云中，何日遣冯唐？"这两句运用典故来表达作者渴望得到朝廷重用、赴边立功报国的心情。因苏轼知密州属于贬官，原因是和王安石政见不合，所以他感到有些失意和委屈，而且因为他在密州政绩显著，因此他希望朝廷能够重新评价他的功过，并委之以重任。"会挽雕弓如满月，西北望，射天狼。"北宋时东北的契丹和西北的西夏是宋王朝安全的主要威胁者，故作者希望能有朝一日得到朝廷的委派，亲自到边境去抗击敌人的侵略，立功报国。这两句充满了浪漫主义色彩，词人的爱国豪情真可谓气贯长虹。

　　综观全词，里面充塞了词人的豪情壮气，能给人以鼓舞，催人奋进。它突破了晚唐五代以来儿女情词的局限，"一洗绮罗香泽之态"，使词从花间月下，浅斟低唱中，走向了广阔的生活天地。另外，词人以典入词，增加了词的容量，使词能总揽古今，以典中之情表达今人感慨，既言简意赅，又含蓄恰切。

蝶恋花 春景

　　花褪残红青杏小。燕子飞时,绿水人家绕。枝上柳棉①吹又少,天涯何处无芳草②?
　　墙里秋千墙外道。墙外行人,墙里佳人笑。笑渐不闻声渐悄,多情却被无情恼。

【注释】

①柳棉:即柳絮。
②芳草:香草,代指美好的事物。

【译文】

　　花都凋零衰败了,杏树上刚结出又青又涩的小杏。春燕在到处翻飞,碧绿的春水环绕在村落周围。树上的柳絮眼看就要被风儿吹尽,春天行将结束,但难道天下之大,竟找不到一处怡人的景色吗?
　　行人走在道上,透过隐隐的篱笆墙,看到院落里的秋千架在晃动,原来有佳人在此荡秋千,一阵阵悦耳的笑声不时从里面传出。院内的笑声渐渐听不到了,佳人纷纷离去,全不在意墙外行人的一片深情,行人只能黯然神伤,独自品味着那份失落与惆怅。

【赏析】

　　这首词未编写时间,但依《全宋词》所载顺序,此篇当作于苏轼任密州(今山东诸城)太守时。蝶恋花是词牌名,春景是题目。
　　"花褪残红青杏小"。开首一句描写的是暮春的气息异常浓烈。

"燕子飞时，绿水人家绕。"这两句又描绘了一幅美丽而生动的春天画面，但缺少了花树的点缀，仍显美中不足。

"枝上柳棉吹又少，天涯何处无芳草？"树上的柳絮眼看就要被风儿吹尽，春天行将结束，但难道天下之大，竟找不到一处怡人的景色吗？

上片词人描写了一组暮春景色，虽也有些许亮色，但由于缺少了花草，他感到更多的是衰败和萧索，这正如作者此时的心境。作者被贬谪在外，仕途失意又远离家人，所以他感到孤独惆怅，想寻找一些美好的景物来排解心中的郁闷，谁知佳景难觅，心情更糟。这一阕表达了作者的惜春之情及对美好事物的追求。

"墙里秋千墙外道，墙外行人，墙里佳人笑。"行人走在道上，透过隐隐的篱笆墙，看到院落里的秋千架在晃动，原来有佳人在此荡秋千，一阵阵悦耳的笑声不时从里面传出。这一场景顿扫上片之萧索，充满了青春的欢快旋律，使行人禁不住止步，用心地欣赏和聆听着这令人如痴如醉的欢声笑语。

"笑渐不闻声渐悄，多情却被无情恼。"院内的笑声渐渐听不到了，佳人纷纷离去，全不在意墙外行人的一片深情，行人只能黯然神伤，独自品味着那份失落与惆怅。

下片写人，描述了墙外行人对墙内佳人的眷顾及佳人的淡漠，让行人更加惆怅。在这里，"佳人"即代表上片作者所追求的"芳草"，"行人"则是作者的化身。作者通过这样一组意象的刻画，表现了其抑郁终不得排解的心绪。

综观全词，词人写了春天的景，春天的人，而后者也可以算是一种特殊的景观。词人意欲奋发有为，但终究未能如愿。全词真实地反映了词人的一段心理历程，意境蒙眬，令人回味无穷。

一丛花 初春病起

今年春浅腊侵年①，冰雪破春妍②。东风有信③无人见，露微意、柳际花边。寒夜纵长，孤衾④易暖，钟鼓渐清圆⑤。

朝来初日半衔山，楼阁淡疏烟。游人便作寻芳计⑥，小桃杏、应已争先。衰病少悰⑦，疏慵⑧自放，惟爱日高眠。

【注释】

①春浅腊侵年：在阴历遇有闰月的年，其前立春节后较迟。春浅，春天来得早。腊侵年，因上年有闰月，下年的立春日出现在上年的腊月中。腊，岁终之祭，祭日旧在冬季后约二十多天，称为腊日。
②春妍：妍丽春光。
③东风有信：曹松《除夜》："残腊即又尽，东风应渐闻。"东风，春风。
④衾（qīn）：厚被。
⑤清圆：声音清亮圆润。
⑥寻芳计：踏青游览的计划。
⑦少悰（cóng）：少乐趣。
⑧疏慵（yōng）：疏懒；懒散。

【译文】

今年的春天来得早，天气还很寒冷，美丽的春天依然被冰雪覆盖着。不光春天来得迟，它托东风带来的消息也被人们疏忽了，只在柳树、花朵上显露出了些许春意。不过初春时节纵然夜寒且长，但毕竟已是大地春回，厚被子盖着有些热了，就连那报时的钟鼓声也清脆圆润起来。

早上起来太阳初生,被山遮住了一半,远处的楼阁笼罩在淡淡的雾气之中。春天已到,人们开始计划着外出踏春了,想必郊外的桃花杏花已经争相开放了。我因为生病没有心情出去游玩,只想懒散地躺着,一直睡到日上三竿。

【赏析】

此词写于熙宁九年(1076年)的春天。此时苏轼在密州(今山东诸城)任知州。

此词抓住"初春"和病愈初起这一特殊情景和特有的心理感受,描写词人初春病愈后既喜悦又疏慵的心绪。

"今年春浅腊侵年,冰雪破春妍"二句,写春寒犹重,而用腊侵、雪破表述,起笔便呈新奇。"东风"二句进一步刻画"今年春浅"的特色——不光春来得迟,而且即使"有信"也"无人见",春天只"柳际花边"露了此"微意"。这既表现了这年初春的异常,同时也暗中透露了词人特有的乍觉乍喜的心情。此处"微意"和"柳际花边"启人联想,含蕴深细,极见个性。接下去"寒夜"三句,直抒感受和喜悦心情:初春时节,纵然夜寒且长,但已是大地春回,"孤衾易暖"了,就连那报时钟鼓,也觉其音韵"清圆"悦耳。"寒夜"以下三句,感觉兼有想象在内。其实并不必真暖和,却仿佛暖和了,暮鼓晨钟其实也还是平常的声音,却仿佛格外清圆了,写早春极细。这和下片"初日""楼阁"句并用杜甫《院中晚晴怀西郭茅舍》:"复有楼台衔暮景,不劳钟鼓报新晴。"浦起龙《读杜心解》卷四之一:"旧注,俗以钟鼓声亮为晴占。"亦与此词意合。至此,初春乍觉而兴奋之情,极有层次、极细腻地刻画了出来。

下片前二句写初春晨景,仍贴合着"病起"的特殊景况,只写楼阁中所见所感,"初日半衔山,楼阁淡疏烟"。景象虽不阔大,但色调明丽,充满生机,清新可喜。这既是初春晨景的真实描绘,又符合作者独特的环境和心理感受。以下二句又由眼前景而说到游人郊苑寻芳,进而联想到"小桃杏应已争先"。"争先"即先于其他花卉而开放,此处只说推想,未有实见,还是紧扣"初春病起"的独特情景落笔,写得生动活泼,意趣盎然。这四句与上片前四句写法上有所不同,上片前四句叙事兼写景,景是出以虚笔;下片四句写景兼叙事,景则有实有虚。这样不但避免了重复呆板,同时也符合词人病起遣兴的逻辑。上片写日出之前初醒时的感受和心情,故多臆想之辞,病起逢春,自然兴奋愉悦；下片写日出之后，见到明丽的晨景，故以实笔描画，这既合乎情理，又为下文蓄势。词人由眼前景，自然会联想到寻芳之趣，联想到楼阁之外明媚春光之喜人，因而理应也"作寻芳计"。

最后三句"衰病少惊，疏慵自放，惟爱日高眠"，陡然逆转，与前景前情大异其趣。这曲折的波澜，实际上却仍是紧扣"病起"二字。因为尽管春回大地，而病体方起，毕竟少欢乐之趣。"疏慵"对"少惊"，"爱眠"应"衰病"，"日高眠"合"寻芳计"，这样上文逢春情绪到此处一跌。这种心理上的变化，正是"病起"者特有的，对此，此词表现得刻细腻，真切动人。

清人黄子云说："诗不外乎情事景物，情事景物要不离乎真实无伪。一日有一日之情，有一日之景，作诗者若能随境兴怀，因题著句，则固景无不真，情无不诚矣。"（《野鸿诗的》）苏轼这首词恰是"能随境兴怀，因题著句"，笔一下之"景"，无论为虚为实，"无不真"；笔下之"情"，无论是喜是忧，"无不诚"，这原因就在于他抓住"初春""病起"这一事的特殊情景，写出了作者的个性、襟怀和心绪。

水调歌头

丙辰中秋,欢饮达旦①,大醉。作此篇,兼怀子由②。

明月几时有,把酒问青天。不知天上宫阙③,今夕是何年。我欲乘风归去,又恐琼楼玉宇④,高处不胜寒。起舞弄清影⑤,何似在人间。

转朱阁,低绮户⑥,照无眠。不应有恨,何事长向别时圆。人有悲欢离合,月有阴晴圆缺,此事⑦古难全。但愿人长久,千里共婵娟⑧。

【注释】

①达旦:到天亮。
②子由:苏轼的弟弟苏辙的字。
③天上宫阙:指月中宫殿。阙,古代城墙后的石台。
④琼楼玉宇:美玉砌成的楼宇,指想象中的仙宫。
⑤弄清影:指月光下的身影也跟着做出各种舞姿。弄,赏玩。
⑥朱阁:朱红的华丽楼阁。绮户:雕饰华丽的门窗。
⑦此事:指人的"欢""合"和月的"晴""圆"。
⑧婵娟:指月亮。

【译文】

丙辰年的中秋节,高兴地喝酒直到第二天早晨,喝到大醉,写了这首词,同时思念弟弟苏辙。

明月从什么时候才开始出现的？我端起酒杯遥问苍天。不知道在天上的宫殿，何年何月。我想要乘御清风回到天上，又恐怕在美玉砌成的楼宇，受不住高耸九天的寒冷。翩翩起舞玩赏着月下清影，哪像是在人间。

月儿转过朱红色的楼阁，低低地挂在雕花的窗户上，照着没有睡意的自己。明月不该对人们有什么怨恨吧，为什么偏在人们离别时才圆呢？人有悲欢离合的变迁，月有阴晴圆缺的转换，这种事自古来难以周全。只希望这世上所有人的亲人能平安健康，即便相隔千里，也能共享这美好的月光。

【赏析】

这是一首千古传颂的咏叹中秋皓月，藉以抒发怀人感慨的名篇，历来被认为无出其右者。全篇意境优美，有极强的艺术感染力。

此篇作于宋神宗熙宁九年（1076年）中秋，时苏轼任密州太守。由词前小序看，这首词为作者欢饮后所作。作者巧妙地把自己的政治抱负及对兄弟的思念之情融于对中秋景物的描绘之中，体现出作者对于人生达观向上并富有哲理的思考，熔写景、抒情和说理于一炉，浑然天成，余味隽永。

苏轼和苏辙两兄弟手足情深。苏轼因为反对王安石变法被贬谪到杭州，时苏辙在济南，于是苏轼上书要求北上，经过一番周折到了密州，虽然距离近了些，但仍不能时常相见。

"明月几时有，把酒问青天。"这两句化用李白《把酒问月》"青天有月来几时，我今停杯一问之"之意。起句壮阔洒脱，意境深远。

"不知天上宫阙，今昔是何年。"这两句表面意思是询问天上的宫阙，实际表达的是作者对朝廷的关注。当时作者虽然贬官在外，然处江湖之远仍忧其君，他仍然期待着有朝一日能实现其政治抱负。不知"今昔是何年"则又表达了作者久被贬谪的失意和沧桑之感。

"我欲乘风归去，又恐琼楼玉宇，高处不胜寒。"这几句仍蕴含言外之意，表面是说我本仙人贬谪人间，想乘风重回天庭，又害怕广寒宫中寒冷、寂寞。其真实的意思是说：我本想重回朝廷，但又害怕朝中党派之争激烈，难以容身。"归去"说明作者本是朝廷官员。

"起舞弄清影，何似在人间。"这两句暗含的大意是说：假如回到朝廷，因自己的政见得不到支持，如置身荒野一样，于国于己都不利，还不如在地方上做出一番成就来，照样可以为国效劳。

上片曲折含蓄地抒发了作者对个人仕途遭际的感慨。当时作者的心境是失意落寞的，而且很矛盾，在经过一番思想斗争后，他还是决定在地方上争取有所成就，其心态仍是积极的。整首词都是言天上人间，意境浪漫凄美，表意委婉，含而不露，极富艺术表现力。

"转朱阁，低绮户，照无眠。"朱阁""绮户"与上片中的"宫阙""琼楼玉宇"照应，营造出的仍是一种超然、华美而又神秘的意境，几个词在色彩上一致。"照无眠"则深刻地表达了对兄弟的思念。

"不应有恨，何事长向别时圆。人有悲欢离合，月有阴晴圆缺，此事古难全。"这几句语意达观，充满哲理，是作者对自己的一种安慰和劝勉。

"但愿人长久，千里共婵娟。"只希望我们兄弟二人彼此珍重，平平安安，虽相隔千里之遥，却一样可以共同欣赏这美好的中秋月色。倘能如此，也就够了。

这首词的下片写对兄弟的怀念之情，但作者并没有沉湎在伤感之中而不能自拔，而是勇敢地面对现实，开导自己，终于摒弃了悲伤，用美好的祝愿结尾，用积极的心态来面对人生。"但愿人长久，千里共婵娟"不仅是针对作者兄弟二人的，其实也暗含对普天下所有人的祝愿，作者是在用自己的积极心态去感染每一个失意、惆怅的人。

综观全词，作者以中秋月色为线索，在短小的篇幅里通过一个完美的文学意境表达了丰富的感情，既给人以美感，又使人获得一种启示，增长奋发的勇气，这就是苏轼词的艺术特色。他一扫前人词中意境过于阴柔、消沉的风气，在清丽委婉中融进了他的洒脱和豪放，使人耳目一新，也使此篇成为脍炙人口的千古佳作。

画堂春① 寄子由②

柳花飞处麦摇波，晚湖净鉴新磨③。小舟飞棹去如梭，齐唱采菱歌④。

平野水云溶漾⑤，小楼风日晴和。济南何在暮云⑥多，归去⑦奈愁何。

【注释】

①画堂春：词牌名，又名《画堂春令》。双调，四十七字。上片四句，四平韵。下片四句，三平韵。上下片除第一句不同外，其余三句字数、格律相同。

②子由：苏轼的弟弟苏辙，字子由，一字同叔，晚号颍滨遗老，眉州眉山（今属四川）人，北宋文学家、诗人、宰相、"唐宋八大家"之一。

③鉴新磨：像新磨的铜镜。

④采菱歌：乐府曲名，梁武帝《江南弄》七曲之五《采菱曲》，此指陈州女子所唱。

⑤溶漾：波光浮动的样子。

⑥暮云：杜甫《春日怀李白》诗"渭北春天树，江东日暮云"，后以"暮云春树"比喻对友人的思念，这里指暮云遮住望眼，看不见济南。

⑦归去：指苏辙任满，将召还。

【译文】

陈州城内美景多，柳花纷飞的地方，麦子随风摇摆，如金色的波浪一般。风平浪静之后，夜晚的大明湖犹如新磨的镜子一般明亮照人。湖上的小舟双棹齐飞,就好比织衣服的梭子那般在湖面上飞快来去。船上的采菱女们一齐唱着采菱歌,歌声悦耳动听。

平原之上,水云相接之处,水天一色,碧波荡漾。小楼之外,风和日丽,天气晴好。济南风光如此大好,但依然难解心中的相思之情。归去,为何就这般难呢?

【赏析】

宋神宗熙宁九年(1076年)九月,苏辙将罢济南掌书记任还京,苏轼作该词表达对苏辙深切的思念之情。

上片追叙宋神宗熙宁四年秋,苏轼与苏辙同游陈州(今河南淮阳)柳湖的情景。当时,苏辙在陈州任学官,苏轼由汴京赴杭州通判任,途经陈州,二人相晤甚欢。词中以柳湖为中心描写景物,展开了一幅清新、淡雅的水墨画。柳湖以"柳"取胜,开头"柳花飞处"四字便是着力的一笔。对于湖面,苏轼着重写出它的明净,用刚刚打磨过的镜子("鉴新磨")来形容。苏轼笔下的景物有静态的,也有动态的,如"花飞""麦摇波""飞棹"等都富有动感,它们共同构成了一个自在、轻盈的美的境界,烘托出苏轼、苏辙二人游湖时欢快、悠闲的心情。

下片写当前景物,并抒写了苏轼、苏辙二人离合的情思。开头两句用对仗描写眼前景物,在平坦、广阔的原野上,水天连成一片,波光粼粼,小楼上风和日丽。一切平静,安适,隐含着传告平安的意思。然而一想到远在济南的弟弟苏辙,苏轼心中便波澜突起。最后两句情、景兼到,抒写离愁曲折有致,而又深切动人。"暮云多",既是楼头远眺所及的实景,因而成了苏轼远望济南的障碍物。篇末提到"归去",是因为苏轼、苏辙二人早年曾有,早日隐退而为"夜雨对床"之乐的约定(参见苏轼《辛丑十一月十九日既与子由别于郑州西门之外马上赋诗一篇寄之》、苏辙《逍遥堂会宿二首》《再祭亡兄端明文》),即使日后能如愿以偿,与当前的别离仍有巨大的"时间差",因而深感痛苦和无奈,可见离愁的深重。

全词,表达了苏轼对苏辙的思念之情。上片、下片之间的虚实变化用了"暗转"的写法。上片是由苏轼的回忆所构成的虚境,下片头两句则转换成眼前的实境,而其间未用任何字面加以提示,前后的联络与变化形成了一种"暗转"。这是写作艺术浓缩的结果。

水调歌头

余去岁在东武①,作《水调歌头》以寄子由。今年子由②相从彭门③居百余日,过中秋而去,作此曲④以别。余以其语过悲,乃为和之,其意以不早退为戒,以退而相从之乐为慰云耳。

安石⑤在东海⑥,从事鬓惊秋⑦。中年亲友难别,丝竹缓离愁⑧。一旦功成名遂,准拟东还海道,扶病入西州⑨。雅志⑩困轩冕⑪,遗恨寄沧洲⑫。

岁云暮⑬,须早计,要褐裘⑭。故乡归去千里,佳处辄迟留⑮。我醉歌时君和,醉倒须君扶我,惟酒可忘忧⑯。一任刘玄德,相对卧高楼⑰。

【注释】

①东武:指密州。
②子由:苏轼之弟文学家苏辙字。
③彭门:指徐州。
④此曲:指苏辙《水调歌头·徐州中秋》词。
⑤安石:谢安,字安石,阳夏(今河南太康)人。东晋名臣,以功封建昌县公,死后赠太傅。
⑥东海:谢安早年隐居会稽(今浙江绍兴),东面濒临大海,故称东海。
⑦"从事"句:意为谢安出仕时鬓发已开始变白。谢安少有重名,屡征不

起,直到四十多岁才出仕从政。

⑧"中年"两句:《晋书·王羲之传》:"谢安尝谓羲之曰:'中年以来,伤于哀乐,与亲友别,辄作数日恶。'羲之曰:'年在桑榆,自然至此。顷正赖丝竹陶写,恒恐儿辈觉,损其欢乐之趣。'"丝竹,泛指管弦乐器。

⑨"一旦"三句:意思是说谢安功成名就之后,一定准备归隐会稽,不料后来抱病回京了。西州,代指东晋都城建康(今江苏南京市)。

⑩雅志:指退隐东山的高雅的志趣。

⑪轩冕(xuān miǎn):古代官员的车服。借指做官。

⑫沧洲:水滨,古代多用以指隐士的住处。

⑬岁云暮:即岁暮。云,语助词。

⑭要裋裘(qiú):指换上粗布袍,意为辞官归乡,作普通百姓。

⑮迟留:逗留,停留。

⑯"惟酒"句:语本《晋书·顾荣传》:"恒纵酒酣畅,谓友人张翰曰:'惟酒可以忘忧,但无如作病何耳。'"

⑰"一任"二句:意思是说,任凭有雄心大志的人瞧不起我们,也不去管它了。刘玄德,刘备。

【译文】

当年谢安隐居在东海,出仕做官鬓发已霜秋,中年难与亲友别,唯有丝竹缓离愁。一旦功成名就,准备返归东海,谁料抱病入西州。做官困扰了隐居的雅志,遗恨寄托于田园山丘。

既已年高衰朽,便当及早划筹,要做百姓穿粗裘。返回故乡遵迢千里,选取佳地长住久留。酒醉放歌君相和,醉倒在地君扶我,只有醉时忘忧愁。任凭刘备笑我无大志,我却甘愿身居平地,仰看他高卧百尺楼。

【赏析】

宋神宗熙宁十年(1077年)八月,"相从彭门居百余日"的苏辙打算离开徐州,赴南都(今河南商丘)留守签判任,临行前作《水调歌头》词告别。苏轼"以其语过悲",便写下了这首和作,对其弟之由加以宽慰。

上片咏史,写东晋谢安的经历,意在"以不早退为戒"。发端明点"安石",领起上半阕。词人的写作角度比较独特,既不写他经天纬地的才能,也不写他建功立业的辉煌,而是写他人生的另一侧面。劈头就写谢安中年出仕的尴尬:他本来隐居会稽,踏上仕途时鬓发已开始染上秋霜,令人吃惊。再写人情的难堪:人到中年,与亲友相别时觉得难舍难分,于是借音乐来抒写离愁。而后突出他一向抱有的功成身退的心愿:"一旦功成名遂,准拟东还海道。"语气多么肯定,多么坚决,确实是对史书中所谓"安虽受朝寄,然东山之志始末不渝,每形于言色"(《晋书》)数语准确的表述。而结果却是"扶病入西州",这就反跌出困於轩冕不遂雅志的"遗恨"。这种"遗恨",便是作者引出的鉴戒——"不早退"。词中的"困轩冕"只是一个文雅的或婉转的说法,实际上(至少在某种程度上)与贪恋功名富贵是联系在一起的。

下片述怀,设想早日"退而相从之乐"。换头"岁云暮"三字承上转下,"岁暮"当指年华老大,"早计"是对"遗恨"而言,其内容便是"要褐裘",亦即辞官归隐,过平民生活。以下七句是由此产生的设想:在归乡的千里长途中,每逢山水名胜或有贤主、良朋接待之类好的去处,可以随意逗留,尽情游乐,不必如官场中人因王命在身而行道局促。一层:我带着醉意唱歌时你跟着唱和,我因醉酒倒下时你要搀扶我,——只有酒是可以使人忘怀得失的;二层:这样,有雄心大志的人会瞧不起我们,那就悉听尊便好了,我们只管走自己的路;三层:这种种设想,情辞恳切,言由中发,有如骏马驻坡,不可遏止,充分表现出词人对辞官归隐而享弟兄"相从之乐"的夙愿。"我醉歌时君和,醉倒须君扶我",极写想象中"退而相从之乐"的情态,简直是对二人的"合影"。篇末"一任刘玄德,相对卧高楼"两句,反用典故,并非真要趋同胸无大志的庸人,而只是强调夙愿的坚定不移,这体现了用典的灵活性。

这首词着重表现了苏轼前期思想的另一面,虽然"功成名遂"尚未实现,出仕思想仍占上风,但在某种程度上徘徊于出处之间,却是可以肯定的。早在嘉祐五年(1060年)苏氏弟兄寓居怀远驿时,即有"夜雨对床""为闲居之乐"(苏辙《逍遥堂会宿二首》《再祭亡兄端明文》等)的口头约定,这一回正是对前约的重申,当然在很大程度上也是出于对其弟的安慰,词中流露出深厚的兄弟之情。

不过,作者在诗词中不断表达的这种归卧故山的雅志,最终还是没有实现。苏辙词中的"但恐同王粲,相对永登楼",倒成了他们此后生活的写照。

减字木兰花① 花

玉房②金蕊③，宜在玉人④纤手⑤里。淡月朦胧，更有微微弄袖风⑥。

温香熟美⑦，醉慢⑧云鬟⑨垂两耳。多谢春工⑩，不是花红是玉红⑪。

【注释】

①减字木兰花：词牌名，唐教坊曲，又名减兰、木兰香、天下乐令、玉楼春、偷声木兰花、木兰花慢。该词牌为双调，上下片各四句，共四十四字。

②玉房：花的子房的美称。

③金蕊：金色的蕊。白居易《牡丹芳》诗："黄金蕊绽红玉房。"

④玉人：容貌美丽的少妇。《诗经》：有女如玉。

⑤纤手：女子柔细的手。

⑥微微弄袖风：轻轻地拂袖的风。

⑦温香熟美：在柔和清淡的香风中，睡得很熟很美。

⑧醉慢：醉后松弛。

⑨云鬟（huán）：形容妇女高耸的环形发髻。

⑩春工：春季造化万物之工。

⑪玉红：形容美女白里透红的肤色。

【译文】

黄金的花蕊开绽在红色如玉的花房，恰好放在美人的柔细的手里。朦胧的月亮月光淡淡，时不时吹起微风来卷起美人的衣袖。

柔和清淡的风中，美女似有醉意般酣然入睡，很熟很香，悄悄的，高耸的发髻垂到两只耳朵下了。谢谢春姑娘的巧夺天工，不像是花般的红艳，更像是美人肌肤透出的红。

【赏析】

本词约作于宋神宗元丰元年（1078年）春。当时，词人到徐州任职。章质夫寄惠《崔徽真》，词人作"玉钗半脱云垂耳"诗以答之。李仲谋家有周昉《名画记》，画背面欠伸内人，极精，词人作《续丽人行》。以为意之不尽，词人又作本词。

这是北宋文学家苏轼创作的一首词，运用了以物代人的手法，在花人之间反复掂掇，造成情意绵绵的意境，构思新颖纤巧，独具艺术风采，形象地写出了玉人之美。

词的一开头就来赞美花：开头两句写花的子房，花的金蕊，玉房金蕊，从正面以文采艳丽的笔法描绘了花妖艳迷人的姿色，"黄金蕊绽红玉房"只有牡丹才能配的上"玉房金蕊"的称号，可见花的婀娜多姿。牡丹结成一束，恰好地插在美女柔细的手里。"金"花与"玉"人相映成趣，柔花与纤手，"宜"字贯串，构成了睡女侧睡拈花图，美丽极了。

"淡月朦胧，更有微微弄袖风。"特写美女的朦胧美。"淡月"本是"朦胧"的，它好像柔纱，罩在美女的肌体上，更是玲珑剔透的。加仁轻轻的微风，拂弄着美女的衣袖，多么柔情。一个"弄"字，多么富有人情味。"月"与"风"给予美女的情爱多么深。静动结合，美上加美。通过对环境的衬托，带给人一种玄妙之美，在如此美妙月色中，漂亮的人和漂亮的花相互衬映，月亮将人和花照得洁白无瑕，花偎依着人的手，享受着微风，烘云托月的写出了花美，人美的一幅美好场景。

下片，写睡女的熟睡美。第一、二句写清香送爽，美女酣然沉睡。在柔和滴淡的香气中，美女不知不觉地如同醉汉进入梦乡，很熟很香。那高耸的发髻慢慢地垂到两耳之下了。"温香"与"熟美"两个偏正词组的结合，恰好生动描绘了睡美人的妩媚神态。那个"醉"也选用精当。除"醉"睡外，再也不会有别的熟睡的情态呈现。

"多谢春工。不是花红是玉红。"最后两句点明本词的题旨"不是花红是玉红"。这位朦胧的白中透红肌体的美女，不是花红胜过花红，还是得"多谢春工"。没有造化万物的春工造花、造月、造风、造美境,哪会有"温香熟美"的睡美人呢!

短短四十四个字,花即是人,人即是花,把人面花光浑融一片,婉约柔美,春风满纸,花光满眼,人面迷离,容情于景,本是效仿李白《清平调词》所做,但是刻画之高法却不比李白差,首咏人,次咏花,借花的美丽衬托出人的美丽。

浣溪沙

簌簌①衣巾落枣花，村南村北响缫车②，牛衣③古柳卖黄瓜。酒困路长惟欲睡，日高人渴漫思茶④，敲门试问野人家。

【注释】

①簌簌：花落貌，一作"蔌蔌"，音义皆同。
②缫车：抽丝之具。缫，一作"缲"，把蚕茧浸在热水里，抽出蚕丝。
③牛衣：蓑衣之类。这里泛指用粗麻织成的衣服。《汉书·食货志》有"贫民常衣牛马之衣"的话。
④漫思茶：想随便去哪儿找点儿茶喝。漫，随意，一作"谩"。

【译文】

枣花纷纷落在衣襟上。村南村北响起车缫丝的声音，古老的柳树底下有一个穿牛衣的农民在叫卖黄瓜。

路途遥远，酒意上心头，昏昏然只想小憩一番。艳阳高照，无奈口渴难忍，想随便去哪儿找点儿水喝。于是敲开一家村民的屋门，问：可否给碗茶？

【赏析】

这首词写于宋神宗元丰元年（1078年）春末夏初。时苏轼知徐州。时年春旱，后得雨，苏轼至徐门石潭谢雨，写下五首《浣溪沙》，此首为其四。

这首词上片通过对声响的描绘，刻画出三幅农村生活的生动画面，表现了农村欣欣向荣的生活景象；下片通过描写词人旅途中的感受和行为，传达出一种闲适、淳朴的农村生活情趣。

"簌簌衣巾落枣花，村南村北响缫车，牛衣古柳卖黄瓜。"在这里，词人选取了三幅各具代表性的画面而加以白描。"簌簌衣巾落枣花"表现了农村秀丽的风景，让人联想到浓密碧绿的枣叶，满树的枣花，还有"嗡嗡"穿梭其中的蜜蜂；另外，"衣巾"暗示出人的活动，让人联想到来来往往的行人。这是一幅热闹而典雅的画面。"村南村北响缫车"表现了农村生活的紧张忙碌，人们在抓紧生产，这是一幅蒸蒸日上的劳动画面。"牛衣古柳卖黄瓜"颇有田园风情，既古朴又清新，而且透着一种安详闲适之趣。三幅画面是从听觉的角度联系在一起的，从微弱地花落到小贩清脆响亮的叫卖声再到缫丝机的合奏声，一一传入词人敏锐的耳朵，可见他对农村生活的体察入微，流露出对农村生活的热爱。总体来说，上片的场景描写令人愉悦，充满了生机和快乐。

　　"酒困路长惟欲睡，日高人渴漫思茶，敲门试问野人家。"前两句写旅途的困倦和口渴，但它并不使人觉得痛苦，反而觉得十分真实，有一种亲切感。"敲门试问野人家"反映了词人的风度和对农民的感情。作为封建社会里一州的长官，能彬彬有礼地到农户家"敲门试问"，可见其对普通劳动人民的尊敬，这在当时是难能可贵的。下片正是通过州太守旅途困乏口渴而入农家讨茶这样一个富有生活情趣的细节，反映了当地官民的关系，从侧面表现了人民的安居乐业。

　　苏轼的五首《浣溪沙》词，描写农村景物，反映农村风情，开了以农村题材入词的先河。它开拓了词的境域，丰富了词的内容，对词的发展做出了贡献。本首词刻画农村生活细致入微，状景如画，语言清新、朴实、自然，耐人寻味。

浣溪沙

缥缈①红妆照浅溪,薄云疏雨不成泥。送君何处古台②西。
废沼③夜来秋水满,茂林深处晚莺啼。行人肠断草凄迷④。

【注释】

①缥缈(piāo miǎo):高远隐约的样子。
②古台:即戏马台。故址在今徐州市彭城县南,相传为项羽所筑,又名掠马台。
③废沼:干涸的池塘。
④凄迷:形容景物凄凉而模糊。

【译文】

隐约可以看见红妆照映着浅溪,薄薄的云带着稀稀的雨洒在地上不成泥。送君地在何处?在戏马台西。

干涸的水塘昨夜后积满秋水,茂密的树林深处,晚莺啼叫不止。行人断肠之处,青草是那样凄凉迷离。

【赏析】

这是一首送别词,作于宋神宗元丰元年(1078年)。

苏轼交游广泛,又多情善感,自通判杭州以来,已写下了大量的别情词,其中不乏脍炙人口的佳作。这首词虽然不甚引人注目,却自有其不可掩的艺术特色。

寓情于景。这是这首词一个最显著的特点。全词大半篇幅写景,有点儿泼墨如云的劲头。上片先写在戏马台西送别友人时的眼前景物：远处，隐约见到一个女郎的盛装映照在浅浅的溪水之中，天空云气稀薄，零星小雨仍在下着，路面上泥泞倒也无多。而随着词人在郊野上行进的脚步，下片也拓展了境界：昨夜大雨滂沱，原来干涸的池沼已经涨满了秋水，天已傍晚，茂密的树林深处传来了黄莺的啼鸣，前方还有大片入秋枯萎的野草。这种种景物只有"红妆照浅溪"略具美感，而因"缥缈"充其量带有几分朦胧美，其余基本色调则是灰暗、荒凉。所以尽管词中对有关情事仅略予点明——"送君""行人肠断"，见出送别之意，对抒情主人公触目伤怀，感极而悲的情绪，还是可以深切体认的。质言之，词人是借萧瑟、凄凉的秋景，来写伤别之情。

诗中有画。这体现了词人在创作中的一种审美追求。这种审美追求，来自对唐代诗人与画家集于一身的王维诗、画作品的深入体悟，也与词人持有诗画一律、诗词一体的艺术见解密不可分。在这首词创作中，词人充分调动视觉、听觉等感官方面的功能，运用白描手法，将远近、高下、隐显、明暗等不同的景物收入画幅，绘出了一长幅秋景图，就是这方面一个成功的例子。

对面着笔。这可以从末句"行人肠断草凄迷"看出来。词人说，面对一片凄凉而模糊的衰草，友人会极度伤心的。单就这一句而论，可以说是情景交融，而从表现别情的角度来说，则是从对面着笔。当然，写友人离别的悲伤，乃是为了深一层地表现词人自己的悲伤，因而有花面相映之妙。

这首词大半写景，写景却栩栩如生，或视、或听、或声、或色，描绘一幅真切动人的送别场景，更加深了依依惜别的情意。

浣溪沙

徐州石潭谢雨,道上作五首。潭在城东二十里,常与泗水增减清浊相应。

软草平莎^①过雨新,轻沙走马路无尘。何时收拾耦耕^②身?

日暖桑麻光似泼^③,风来蒿艾^④气如薰^⑤。使君元是^⑥此中人。

【注释】

①莎:莎草,多年生草木,长于原野沙地。
②耦耕:两人各持一耜(sì,古时农具)并肩而耕。
③泼:泼水。形容雨后的桑麻,在日照下光泽明亮,犹如水泼其上。
④蒿(hāo)艾:两种草名。
⑤薰:香草名。
⑥元是:原是。

【译文】

柔软的青草和长得齐刷刷的莎草经过雨洗后,显得碧绿清新;在雨后薄薄的沙土路上骑马不会扬起灰尘。不知何时才能抽身归田呢?

春日的照耀之下,田野中的桑麻欣欣向荣,闪烁着犹如被水泼过一样的光辉;一阵暖风挟带着蒿草、艾草的熏香扑鼻而来,沁人心脾。我虽身为使君,却不忘自己实是农夫出身。

【赏析】

此词作于苏轼因与王安石政见不合，自请外放，任徐州知州时。

这是徐州谢雨词的最后一首，写词人巡视归来时的感想。词中表现了词人热爱农村，关心民生，与老百姓休戚与共的作风。作为以乡村生活为题材的作品，这首词之风朴实，格调清新，完全突破了"词为艳科"的藩篱，为有宋一代词风的变化和乡村词的发展做出了贡献。

上片首二句"软草平莎过雨新，轻沙走马路无尘"，不仅写出"草"之"软""沙"之"轻"，而且写出作者在这种清新宜人的环境之中舒适轻松的感受。久旱逢雨，如沐甘霖，经雨之后的道上，"软草平莎"，油绿水灵，格外清新；路面上，一层薄沙，经雨之后，净而无尘，纵马驰骋，自是十分惬意。触此美景，作者情动于衷，遂脱口而出："何时收拾耦耕身？""耦耕"，指二人并耜而耕，典出《论语·微子》："长沮、桀溺耦而耕。"长沮、桀溺是春秋末年的两个隐者。二人因见世道衰微，遂隐居不仕。此处"收拾耦耕身"，不仅表现出苏轼对农村田园生活的热爱，同时也是他在政治上不得意的情况下，仕途坎坷、思想矛盾的一种反映。

下片"日暖桑麻光似泼，风来蒿艾气如薰"二句，承上接转，将意境宕开，从道上写到田野里的蓬勃景象。在春日的照耀之下，桑麻欣欣向荣，闪烁着诱人的绿光；一阵暖风，挟带着蒿艾的薰香扑鼻而来，沁人心脾。这两句对仗工整，且妙用点染之法。上写日照桑麻之景，先用画笔一"点"；"光似泼"则用大笔涂抹，尽力渲染，将春日雨过天晴后田野中的蓬勃景象渲染得淋漓尽致；下句亦用点染之法，先点明"风来蒿艾"之景，再渲染其香气"如薰"。"光似泼"用实笔，"气如薰"用虚写。虚实相间，有色有香，并生妙趣。"使君元是此中人"结句，画龙点睛，为升华之笔。它既道出了作者"收拾耦耕身"的思想本源，又将作者对农村田园生活的热爱之情更进一步深化。

作者身为"使君"，却能不忘他"元是此中人"，且乐于如此，确实难能可贵。

浣溪沙

麻叶层层苘①叶光，谁家煮茧②一村香？隔篱娇语络丝娘③。垂白杖藜抬醉眼④，捋青捣软饥肠⑤，问言豆⑥叶几时黄？

【注释】

①苘：麻的一种，一年生，茎皮多纤维，可供制绳索用，种子可供药用。

②煮茧：是缫丝的一道工作程序，即把蚕茧放到水中浸煮，然后抽取蚕丝。

③络丝娘：缫丝的女子。

④垂白杖藜：借代白发拄杖的老人。垂白，银白的须发披垂。藜杖，用藜草老茎做成的拐杖。醉眼：这里是形容没有精神、虚弱的眼。

⑤捋青：捋下发青的新麦。捣：捣碎炒熟做成干粮。软：软饱、虚饱。

⑥豆：指比小麦早熟的大豆、蚕豆、豌豆之类的作物，灾荒之年，农民往往以此度过青黄不接的时日。

【译文】

黄麻、苘麻都长得枝繁叶茂，郁郁葱葱，黄麻那细碎的叶子层层叠叠，而苘麻的肥大叶片上则油光闪闪。走进村庄，满村弥漫着淡淡的清香，不知道是谁家正在煮茧。心里想着，抬眼一望，只见篱笆墙内一群缫丝姑娘正在忙着抽丝，不时传出阵阵欢声笑语。

我走到村外，看到一位白发银须的老翁拄着藜杖来到麦田，抬起那双有气无力的昏花老眼，正在捋取还有些发青的新麦穗。问他要干什么，他说要把这新麦穗拿回家捣碎后炒熟做成干粮，暂且充饥。老人家，请问到叶黄豆熟还得等多长时间呢？

【赏析】

　　这是苏轼《徐门石潭谢雨道上作》五首词中的第三首。这五首词是第一次以农村生活入词，朴实清新，生动别致，是苏词中有较高艺术成就的作品之一。

　　这首词上片写农村雨后生机勃勃的自然景象和欢快的劳动场面，下片写作者对民间疾苦的关心和留意。

　　"麻叶层层苘叶光。"这一句描写的是村外的自然景物，"层层"和"光"刻画出雨后庄稼的勃勃生机，既简练又生动形象。

　　"谁家煮茧一村香？隔篱娇语络丝娘。"这两句由村外写到村内，由自然景象写到劳动场面，由视觉形象到嗅觉、听觉形象，词人调动一切感观为我们展示了一幅欣欣向荣的农村生活画面。"煮茧一村香"一句充满着浓郁的生活气息，令人神往，读之仿佛香气正扑鼻而来。"隔篱娇语络丝娘"句则进一步表现出人民的勤劳和淳朴，画面生动而美丽。

　　"垂白杖藜抬醉眼，捋青捣软饥肠。"这两句选择的是一幅与上片所写形成鲜明对比的场景，是人民的另一种生活状况。徐州地区上年闹水灾，今年又闹旱灾，人民的生活十分困苦，这两句正是从老翁老态龙钟的样子和可怜的举动真实地再现了人民的深重疾苦。

　　"问言豆叶几时黄？"这一句是词人对老翁的关切问讯。作者的这一问表达了对农民的深挚同情，言外之意是：现在正是青黄不接的最困难时期啊，等豆类作物一熟，可以先暂时垫补一下。今年雨也下过了，庄稼长势良好，小麦的丰收指日可待，到时候就会有好日子过了。一句简单的问话，蕴含着丰富而深挚的感情，一位忧人民之所忧，关心人民疾苦的太守形象浮现在我们眼前。

　　这首词初看起来好像是毫不经意地把所见的人和景物顺手拈来，但其实是经过作者的精心选择和提炼的。上片的村外景物和煮茧缫丝的场面，反映的均是久旱逢甘霖后农村的喜人景象。下片的老人捋麦捣是从侧面表现出雨后小麦的丰收在望，人们盼望早熟，衬托出甘霖济民的重要性，仍是与"谢雨"有紧密的联系。词人和农民甘苦与共的思想感情，渗透在每一个外在的自然景物之中，人、景和情浑然一体，融合无间。

浣溪沙

旋抹红妆看使君,三三五五棘篱①门。相挨踏破茜罗裙②。
老幼扶携收麦社③,乌鸢翔舞赛神村④。道逢醉叟卧黄昏。

【注释】

①棘篱:以荆棘围成的篱笆。
②茜:茜草,此处指代红色。罗裙:丝绸裙子。
③收麦社:麦子收过之后举行的祭神谢恩的活动。
④乌鸢:乌鸦、老鹰。赛神:用仪仗鼓乐迎神出妙、周游街巷等活动,称之为赛神。

【译文】

村里姑娘们匆匆打扮一下就在门首看路过谢雨的使君,三三五五地挤着棘篱门往外探望。你推我挤的有人尖叫裙子被踏破了。

村民们老幼相扶相携到打麦子的土地祠祭祀,剩余的祭品引来乌鸢在村头盘旋不去。黄昏时在路上遇到一个醉倒的老人。

【赏析】

本词作于宋神宗元丰元年(1078年)三月,时苏轼任徐州知州。是年春季大旱,苏轼亲自到城东石潭求雨。降雨后,他又赴石潭谢雨,在往返途中写下了五首《浣溪沙》词,本篇为其二。徐门石潭,是徐州城门以东二十里的石潭。

五首《浣溪沙》词从不同的侧面反映了当时农村的生产生活面貌,正是苏轼第一次把农村题材正式引入词中。作者以亲切的态度,欢悦的心情,平易的笔调，朴素的语言，向我们展示出五幅独特的农村生活画面。

这首词上片写作者来到石潭时村民的热烈欢迎场面，下片描绘了当地村庄歌舞祭神的热闹景象。

"旋抹红妆看使君。"一个"旋"字生动表现了农村姑娘们对使君大人的倾慕和内心的激动，也从侧面点出了作者在百姓心目中的威信。同时，这一句描述非常符合姑娘们爱美又活泼好奇的天性，富有生活情趣。

"三三五五棘篱门。"仍是写姑娘们的行为动态。她们喜欢凑在一块，叽叽喳喳，指指点点，说说笑笑。"棘篱门"是写实，与人群相互映衬，为这幅画面增添了独特而又朴实的乡村风情。

"相挨踏破茜罗裙。"这一句用夸张的语言烘托出场面的热烈，表现了百姓对知州大人的爱戴。描写生动有趣，人物情态呼之欲出。

"老幼扶携收麦社，乌鸢翔舞赛神村。"这两句生动地描写了社日祭祀的火热场面，用"乌鸢翔舞"从侧面烘托出祭品的丰盛，祭祀活动场面之盛大，而且更增添了几分生活情趣。

"道逢醉叟卧黄昏"。这一句在前面热闹场面的背景下描写了一段小插曲，写得诙谐有趣，与唐人王驾"家家扶得醉人归"的诗句有异曲同工之妙。人们在社日都开怀畅饮，大醉方休，表现了当时农村百姓安居乐业、悠然陶醉的幸福生活。

综观全词，词人抓住能反映农村生活特点的人和事，描写细致入微，饶有情趣，其乐融融，非常具有感染力。这显然不属于"杨柳岸晓风残月"一类的抒情曲调，可也不同于"大江东去"那样矫健有力的音符，而近似于一首清新优美的田园牧歌。

永遇乐

彭城夜宿燕子楼①,梦盼盼②,因作此词。

明月如霜,好风如水,清景无限。曲港跳鱼,圆荷泻露,寂寞无人见。紞如三鼓③,铿然一叶④,黯黯梦云惊断⑤。夜茫茫,重寻无处,觉来小园行遍。

天涯倦客,山中归路,望断故园心眼⑥。燕子楼空,佳人何在?空锁楼中燕。古今如梦,何曾梦觉?但有旧欢新怨。异时对、黄楼夜景,为余浩叹⑦。

【注释】

① 彭城:地名,为徐州的州治,在今江苏徐州。燕子楼:楼名,宋时在徐州州廨之中,为唐代徐、泗、濠三州节度使张建封所筑,原为其旧宅第中之小楼。

② 盼盼:关盼盼,唐代徐州著名歌妓,后张建封守徐州时娶其为妾。据白居易《燕子楼诗序》载:"徐州故尚书(张建封)有爱妓曰盼盼,善歌舞,雅多风姿。尚书既没,彭城有旧第,第中有小楼名燕子。盼盼念旧爱而不嫁,居是楼十余年。"

③ 紞如:象声词,形容击鼓声。三鼓:三更时的鼓声。

④ 铿然:象声词,多形容金玉木石等发出的洪亮声响,此形容叶落之声。

⑤ 梦云:夜梦神女朝云。云,喻盼盼。典出宋玉《高唐赋》楚王梦见神

女:"朝为行云,暮为行雨。"惊断:惊醒。
⑥心眼:心愿。
⑦异时:将来。黄楼:城楼名,在徐州城东门之上,高大雄伟,是苏轼在苏州刺史任上时所建。苏轼知徐州之初即遇黄河泛滥,其时苏轼"庐于城上,过家不入",带领人民抗洪,与城共存亡。"水既去,而民益亲,于是即城之东门为黄楼焉。"黄楼是苏轼在徐州时政绩的象征。浩叹:长叹。

【译文】

　　明月如霜般洁白,好风就如同清水一样清凉,清新静谧的夜景真是怡人。弯弯的水渠中,鱼儿跳出水面,圆圆的荷叶上,露珠随风落下。但夜深人静,这样好的美景却无人欣赏。三更鼓声,声声响彻夜空,一片树叶悄悄落到地上,轻音竟惊断了我的梦。夜色茫茫,再也见不到黄昏时的景色,醒后我寻遍了小园,处处都无痕。

　　那长期在外地的游子,看那山中的归路,苦苦地思念着故乡家园。燕子楼空空荡荡,佳人已经不在,空留着那双燕子在楼中的画堂。古今万事皆成空,还有几人能从梦中醒来,只有些怀念旧日情感,不禁惆怅长叹。

【赏析】

　　苏轼《永遇乐》是一首清丽脱俗的记梦词。写于宋神宗元丰元年(1078年)苏轼任徐州知州时。

　　词前小序交代了写作此词的原因和背景。据传燕子楼是唐朝的张尚书为名妓关盼盼所建的。盼盼面貌姣好,能歌善舞,谈吐不俗。自从张氏死后,盼盼思念故人,于是独居在小楼上十余年不嫁。

　　苏轼知徐州前已转职杭州、密州等地,政治上对王安石变法的孤愤,仕途上因频繁迁调而带来的孤寂之感,都时时向他袭来。那天夜晚,一个旖旎缠绵的梦境,让他顿悟人生的真谛。"几时归去,作个闲人。对一张琴,一壶酒,一溪云。"(《行香子》)他的灵魂从梦境中得到了净化和升华。因作此词,抒发对人生宇宙的思考与感慨。词中状燕子楼小园清幽夜景,抒燕子楼惊梦后萦绕于怀的惆怅之情,言词人由人去楼空而悟得的"古今如梦,何曾梦觉"之理。

上片写清幽梦境及梦醒后的怅然若失之感。起三句总写秋夜清景，各以霜、水分喻月、风，并小结以"清景无限"，赏爱之心已溢于言外。首句写月色明亮，皎洁如霜；秋风和畅，清凉如水，把人引入了一个无限清幽的境地。"清景无限"既是对暮秋夜景的描绘，也是词人的心灵得到清景抚慰后的情感抒发。"清"字是核心，盖既有夜风清凉之感，又有超越现实之外的清净之意。"曲港"三句接写梦境，静中见动，仍是着力刻画"清景"，只是视点相对集中而已。景由大入小，由静变动：曲港跳鱼，圆荷泻露。鱼跳向上，露泻向下，一上一下，错落有致。鱼跳暗点人静，露泻可见夜深。词人以动衬静，使本来就十分寂静的深夜，显得越发安谧了。"寂寞无人见"一句，含意颇深：园池中跳鱼泻露之景，夜夜可有，终是无人见的时候多；自己偶来，若是无心，虽在眼前，亦不得见。夜深人静之时，人事已歇，自然界却是生机初展，只是这种生机罕为人见，徒形寂寞而已。在梦境中揭示人与自然的矛盾，又以自然之清幽生趣对比人事之无情，则虽云写梦，实是曲写现实。然鱼跳曲港、露泻圆荷虽也不无声响，终不至于惊动梦境。只是三更时候的铿然鼓声才扰人清梦，使清景顿失。词句转从听觉写夜之幽深、梦之惊断：三更鼓响，秋夜深沉；一片叶落，铿然作声。"纵如"和"铿然"写出了声之清晰，以声点静，更加重加浓了夜之清绝和幽绝。悠然如云的梦境倏地被鼓声叶声惊断，不免感到黯然。上片末三句，写梦断后之茫然心情：词人梦醒后，尽管想重新寻梦，但在茫茫夜色之中，显然已经不可能重睹梦中的"清景"了，故把小园行遍，也毫无所见，只有一片茫茫夜色，夜茫茫，心也茫茫。词先写夜景，后述惊梦游园，故梦与夜景，相互辉映，似真似幻，惝恍迷离。"行遍"二字，尤见执着留恋梦境之态。梦境之舒心逍遥与惊梦游园的黯然神伤形成鲜明的对比。作者的意趣也从旁得到了昭示。

下片乃醒后述怀，语意沉郁而超然独悟。换头三句是实写心境，写在天涯漂泊感到厌倦的游子，想念山中的归路，心中眼中想望故园一直到望断，极言思乡之切。此句带有深沉的身世之感，道出了词人无限的怅惘和感喟。杜甫曾有诗云："天畔登楼眼，随春入故园。"苏轼此处当是化用杜诗，写登楼后的思家心理。自熙宁四年（1071年）以来，苏轼外任已七阅寒暑，身心极为疲惫，京城故园欲归无期，情绪不免躁急难忍。"望断"二字，尤见其迫切心情。接下"燕子楼空"三句由自己写到燕子楼的沧桑和佳人盼盼的杳无踪影，由人亡楼空悟得万物本体的瞬息生灭，然后以空灵超宕出之，直抒感慨：人生之梦未醒，只因欢怨之情未断。苏轼叙写有关燕子楼的一段情事，将要眇之情和凄迷之境写得简约而富于理趣，咏写古事而如此超宕，亦用事而传神之典范也。其以示秦观"小楼连苑横空，下窥绣毂雕鞍骤"，并自以为语约事丰，诚非虚妄。张炎、郑文焯亟赏此三句，亦意在抉发用事使典之妙谛。"古今"三句，由古时的盼盼联系到此时的自己，由盼盼的旧欢新怨，联系到自己的旧欢新怨，发出了人生如梦的慨叹，表达了作者无法解脱而又要求解脱的对整个人生的厌倦和感伤。由古代燕子楼中的佳人到此日登楼览感的倦客，再到古今所有的普罗大众，无一不是寄身梦中。这是苏轼人生哲学的一次集中反馈。

黄楼为苏轼所改建，是黄河决堤洪水退去后的纪念，也是苏轼守徐州政绩的象征。但词人设想后人见黄楼凭吊自己，亦同此日自己见燕子楼思盼盼一样，抒发出"后之视今亦犹今之视昔"（王羲之《兰亭集序》）的无穷感慨，把对历史的咏叹，对现实以至未来的思考，巧妙地结合在一起，终于挣脱了由政治波折而带来的巨大烦恼，精神获得了解放。

词人将景、情、理熔于一炉，围绕燕子楼情事而层层生发。景为燕子楼之景，情则是燕子楼惊梦后的缠绵情思，理则是由燕子楼关盼盼情事所生发的"人生如梦如幻"的关于人生哲理的永恒追问。全词融情入景，情理交融，境界清幽，风格在和婉中不失清旷，用典传神，融化不涩，幽逸之怀与清幽之境相得益彰，充分显示出苏轼造意行文的卓越不凡。

这首词深沉的人生感慨包含了古与今、倦客与佳人、梦幻与佳人的绵绵情事，传达了一种携带某种禅意玄思的人生空幻、淡漠感，隐藏着某种要求彻底解脱的出世意念。旷达超脱，格高意深，很有艺术特色，不愧是苏词中的佳作。

江城子 别徐州

天涯流落思无穷。既相逢，却匆匆。携手佳人，和泪折残红。为问东风①余几许，春纵在，与谁同。

隋堤②三月水溶溶。背归鸿③，去吴中。回首彭城④，清泗与淮通。寄我相思千点泪，流不到，楚江⑤东。

【注释】
①东风：代指春天。
②隋堤：指汴河的河堤，因建于隋朝而得名。
③背归鸿：词人南下湖州（今属浙江）而大雁北飞，所以说是"背归鸿"。
④彭城：即徐州，汉高祖刘邦的家乡。
⑤楚江：即泗水。

【译文】
流离天涯，思绪无穷无尽。相逢不久，便又匆匆别离。拉着佳人，只能采一枝暮春的杏花，含泪赠别。你问春天还剩多少，即便春意尚在，又能和谁一同欣赏？

三月的隋堤，春水缓缓。此时鸿雁北归，我却要到飞鸿过冬的湖州。回望旧地，清清浅浅的泗水在城下与淮河交汇。想要让泗水寄去相思的千点泪，怎奈它楚江东流，相思难寄。

【赏析】
此词作于宋神宗元丰二年（1079年）三月。宋神宗熙宁四年（1071年），苏轼因不满王安石的新法，请求出京任职。熙宁十年（1077年）四月至元丰二年（1079年）三月在徐州任知州，革新除弊，因法便民，颇有政绩。随后调往湖州任知州。此词即作于苏轼由徐州调至湖州途中。

这是一首表现离愁别绪的词，虽然也很缠绵，但又不同于传统的婉约格调，其情感的抒发自然健康，透出隐隐的悲壮和豪气，读来让人回肠荡气，难舍其味。

词中化用李商隐《无题》诗中"相见时难别亦难，东风无力百花残。春蚕到死丝方尽，蜡炬成灰泪始干"句意，将积郁的愁思注入即事即地的景物之中，抒发了作者对徐州风物人情无限留恋之情，并在离愁别绪中融入了深沉的身世之感。

词的上片以感慨起调，言天涯流落，愁思茫茫，无穷无尽。"天涯流落"，深寓词人的身世之感。苏轼外任多年，类同飘萍，自视亦天涯流落之人。他在徐州仅两年，又调往湖州，南北辗转，这就更增加了他的天涯流落之感。这一句同时也饱含着词人对猝然调离徐州的感慨。"既相逢，却匆匆"两句，转写自己与徐州人士的交往，对邂逅相逢的喜悦，对骤然分别的痛惜，得而复失的哀怨，溢于言表。"携手"两句，写他永远不能忘记自己最后离开此地时依依惜别的动人一幕。"携手佳人"，借与佳人乍逢又别的感触言离愁。"和泪折残红"，写作者面对落花，睹物伤怀，情思绵绵，辗转不忍离去，同时也是写离徐的时间，启过拍"为问"三句。末三句由残红而想到残春，因问东风尚余几许，感叹纵使春光仍在，而身离徐州，与谁同春。此三句通过写离徐后的孤单，写对徐州的依恋，且笔触一波三折，婉转抑郁。

词的下片即景抒情，继续抒发上片未了之情。过片"隋堤三月水溶溶"，是写词人离徐途中的真景，将浩荡的悲思注入东去的三月隋堤那溶溶春水中。"背归鸿，去吴中"，亦写途中之景，而意极沉痛。春光明媚，鸿雁北归故居，而词人自己却与雁行相反，离开徐州热土，南去吴中湖州。苏轼是把徐州当成了他的故乡，而自叹不如归鸿。"彭城"即徐州城。"清泗与淮通"暗寓作者不忍离徐，而现实偏偏无情，不得不背鸿而去，故于途中频频回顾，直至去程已远，回顾之中，唯见清澈的泗水由西北而东南，向着淮水脉脉流去。看到泗水，触景生情，自然会想到徐州（泗水流经徐州）。歇拍三句，即景抒情，于沉痛之中交织着怅惘的情绪。徐州既相逢难再，因而词人欲托清泗流水把千滴相思之泪寄往徐州，无奈楚江东流，相思难寄，令词人不禁怅然若失。

托淮泗以寄泪,情真意厚,且想象丰富,造语精警;而楚江东流,又大有"自是人生长恨水长东"之意,感情沉痛、怅惘,读之令人肠断。

此词写别恨,采用了化虚为实的艺术手法。作者由分别之地彭城,想到去湖州途中沿泗入淮,向吴中新任所的曲折水路;又由别时之"和泪",想到别后的"寄泪"。这样,离愁别绪更显深沉、哀婉。结句"流不到,楚江东",别泪千点因春水溶溶而愈见浩荡,犹如一声绵长的浩叹,久远地回响在读者的心头。

蝶恋花　暮春别李公择

簌簌无风花自堕①。寂寞园林，柳老樱桃过。落日有情还照坐，山青一点横云破。

路尽河回人转舵。系缆②渔村，月暗孤灯火。凭仗飞魂招楚些③，我思君处君思我。

【注释】

①簌簌：花落的声音。堕：悠然落下的样子。
②系缆：代指停泊某地。
③凭仗飞魂招楚些：语出《楚辞·招魂》"魂兮归来，反故居些"。此处意思是像《楚辞·招魂》召唤屈原那样，召唤离去的友人。

【译文】

花落声簌簌却不是被风所吹，而是悠悠然自己坠落在地。寂寞的园林里，花木荣枯。似乎有情的落日照耀着客座，高耸的青山仿佛刺破了横云。

送者在岸上已走到"路尽"，行者在舟中却见舵已转。今夜泊于冷落的渔村中宵不寐，独对孤灯，唯有暗月相伴。我像《楚辞·招魂》召唤屈原那样，召唤离去的友人。我思念你的时候你也在思念着我吧。

【赏析】

熙宁四年（1071年）苏轼上书谈论新法的弊病。王安石很愤怒，让御史谢景在皇帝跟前说苏轼的过失。苏轼于是请求出京任职。元丰二年（1079年）调往湖州任知州，此词即为流放期间所写。这首词题记为"暮春别李公择"，李公择是东坡老友，两人都因反对新法遭贬，交情更笃。这是一首送别词。

"簌簌无风花自堕"，写暮春花谢，点送公择的时节。暮春落花是古诗词常写之景，但东坡却又翻出新意：花落声簌簌却不是被风所吹，而是悠悠然自己坠落在地，好一份安闲自在的情态。接着写"寂寞园林，柳老樱桃过"，点出园林寂寞，人亦寂寞。

"寂寞园林，柳老樱桃过"，白居易《别柳枝》绝句诗，有"柳老春深日又斜"一句，这里借用"柳老"写柳絮快要落尽的时节，所谓"柳老"即是"春老"。"樱桃过"是写樱桃花期已过。正巧今送李公择亦逢此时。花木荣枯与朋齐聚散，都是很自然的事，但一时俱至，却还是让人难以接受。

"落日多情还照坐，山青一点横云破"，两人在"寂寞园林"之中话别，"相对无言"时，却见落日照坐之有情，青山横云之变态。此时彼此都是满怀心事，可是又不忍打破这份静默。上片主写暮春，微露惜别之情，"照坐"之"坐"，点出话别之题旨。

"路尽河回千转舵"："送者在岸上已走到"路尽"，行者在舟中却见舵已转。"河回"二字居中，相关前后。船一转舵，不复望见；"路尽"岸上人亦送到河曲处为止。岸上之路至此尽头了，是送行送到这里就算送到尽头了。

"系缆渔村，月暗孤灯火"，这一句是作者想象朋友今夜泊于冷落的渔村中宵不寐，独对孤灯，唯有暗月相伴。这两句，便见作者对行人神驰心系之情。

"凭仗飞魂招楚些，我思君处君思我"，上句用《楚辞·招魂》中天帝遣巫阳招屈原离散之魂的典故，表达希望朝廷召他回去的愿望。东坡与公择因反对新法离开京城出守外郡，情怀郁闷，已历数年，每思还朝，有所作为，但局面转变，未见朕兆，他们四方流荡，似无了期，所以有"飞魂"之叹。"飞魂"与"楚些"是倒装，求其语反而意奇。"我思君处君思我"，采用回文，有恳切浓至的情思，也是对前面"系缆渔村，月暗孤灯火"的深情想象的一个照应。下片写送别，兼及对再受重用的渴望，写二人同情相怜，友情深厚。

南歌子^① 寓意

雨暗初疑夜,风回忽报晴。淡云斜照著山明,细草软沙溪路、马蹄轻。

卯酒醒还困,仙材^②梦不成。蓝桥何处觅云英^③,只有多情流水、伴人行。

【注释】

①南歌子:词牌名。唐教坊曲。又名《南柯子》《凤蝶令》等。有单调、双调两体。双调又有平韵、仄韵两体。宋人多用平韵体,此词用平韵体。

②仙材:据刘尚荣校证《傅干注坡词》此词注三云:"西王母曰:'刘彻好道,然形慢神秽,虽语之以至道,殆恐非仙材也。'故郭璞诗曰:'汉武非仙材。'"(刘按,事详《汉武内传》,见《文选》卷二十一《游仙》诗并李善注)

③蓝桥何处觅云英:晚唐裴铏《传奇集·裴航》载,唐穆宗长庆年间,落第秀才裴航出游后回京途中,遇到仙女樊夫人,从她的赠诗中模糊地了解到另一仙女云英及"神仙窟"蓝桥。后经蓝桥驿附近,巧遇云英,几经周折,终于与云英成婚。其后裴航也得道成仙。

【译文】

下雨了,天色暗了下来,一开始怀疑是夜色降临。雨过后,风儿转了向,忽然向人们报告天已放晴的好消息。天空飘着淡淡的云彩,殷红的夕阳挂在山峰上,显得一片明朗。一丛丛小草、柔软的沙地、溪边的山路,轻捷的马蹄早上从酒中醒来，却还感到疲困，还得马不停蹄，而不能歇息下来做个美梦。虽然身在蓝桥，但是哪里找得到梦中情人，只有多情的流水陪伴着人行走。

【赏析】

宋仁宗嘉祐八年（1063年）二月，在凤翔通判任的苏轼赴长安，往岐山，过宝鸡，重游终南山，游途中遇到晴雨变化，苏轼由景生情写下该词。

这首词写于元丰二年（1079年）苏轼任湖州（今属浙江）知州期间。词中描写了酒后赶路的片段小景，清新而富有情趣。此词通过作者于江南水乡行路途中的所见所感，反映了他在宦海沉浮中的复杂感受，抒发了人生之不得成仙而去的感情。

上片首句描写雨后初晴的景象：由于夜来阴雨连绵，时辰到了，不见天明，仍疑是夜；待到一阵春风把阴云吹散，迎来的已是晴朗天气。"淡云斜照著山明"，把清晨阳光透过淡云斜照远处山色的景象表达得贴切而有神韵。"细草软沙溪路、马蹄轻"这一句写得清新轻快，表达出作者春朝雨后乘马行于溪边路上之情味。此句由景及人，勾勒出一幅清丽优美的山水人物图。下片借传奇故事而抒情，寓意深远。"卯酒醒还困"一句，写作者早晨饮酒，仍感困倦，非因路途劳顿，而是夜间寻仙梦境使然。"蓝桥何处觅云英"这一问句，借用唐代裴航遇仙女云英之典故：唐人裴铏所作《传奇》中，有一篇题作《裴航》的小说，故事离奇曲折，略谓：裴航下第归，与一仙女同舟，得其所示诗，有云："蓝桥便是神仙窟，何必崎岖上玉清。"及至蓝桥驿，下道求浆，得遇云英，云英，女仙之妹也。裴航经历访求玉杵臼、捣药服食诸曲折，终得结褵而升仙。苏轼此词中所谓"仙村"，即指蓝桥而言；所谓"梦不成"者，谓神仙缥缈不可求，故有"何处觅云英"之感叹。最后，作者觉得路边的溪水也还是有情的，这就是"只有多情流水、伴人行"。

这首词的结尾一句——"只有多情流水、伴人行"，与李煜笔下的"问君能有几多愁？恰似一江春水向东流"有异曲同工之妙。

作者在流水这一无情的客体中赋予主体的种种情思，读来意味深长，余韵不尽。欲成仙而不得，从梦境回到现实，空对流水惆怅不已，这正是词人孤寂、落寞、凄婉的心绪之写照。从词的意境中，可以看到佛老"静而达"的因子，而无"超然玄悟"的神秘色彩。虽有梦境与幻觉，但终归现实。

西江月 顷在黄州

公自序云：顷在黄州，春夜行蕲水①中，过酒家饮。酒醉，乘月至一溪桥上，解鞍曲肱②少休。及觉，已晓。乱山葱茏，不谓尘世也。书此词桥柱。

照野弥弥③浅浪，横空暧暧微霄④。障泥⑤未解玉骢骄，我欲醉眠芳草。

可惜⑥一溪明月，莫教踏破琼瑶⑦。解鞍欹枕⑧绿杨桥，杜宇⑨一声春晓。

【注释】

① 蕲水：水名，流经湖北蕲春县境，在黄州附近。
② 曲肱：弯曲着胳膊（当枕头）。《论语·述而》中有"曲肱而枕之，乐亦在其中矣"句。
③ 弥弥：水波翻动的样子。
④ 微霄：微云。
⑤ 障泥：马鞯，垂于马两旁以挡泥土。《世说新语·术解》："王武子善解马性。尝乘一马，著连钱遮泥，前有水，终日不肯渡。王云：'此必马惜障泥。'使人解去，便轻渡。"
⑥ 可惜：可爱。
⑦ 琼瑶：美玉。这里形容月亮在水中的倒影。
⑧ 欹枕：倚枕。
⑨ 杜宇：即杜鹃，又名子规，常在春夜中啼鸣，其声凄切，文人多借以抒

发悲苦哀怨之情。

【译文】

月光照在波光粼粼的河面上，天空中有几丝淡淡的云彩。白色的马儿此时尚气宇昂扬，我却不胜酒力，在河边下马，等不及解下马鞍，就想倒在这芳草中睡一觉。

这小河中的清风明月多么可爱，马儿啊可千万不要踏碎那水中的月亮。我解下马鞍作枕头，斜卧在绿杨桥上进入了梦乡，听见杜鹃叫时，天已明了。

【赏析】

此词作于苏轼贬谪黄州期间。元丰二年（1079年），苏轼因"乌台诗案"被贬为黄州团练副使。这是苏轼生活史的转折点，这飞来横灾彻底地粉碎了苏轼希图在政治上有所作为，然后功成身退的幻想。从此以后，苏轼看清了官场的黑暗、世态的炎凉。但苏轼没有被痛苦压倒。他住在黄州临皋亭。后来又在不远处开垦一片荒地，种上庄稼树木，名之曰"东坡"。他有时布衣芒屩，出入于阡陌之上；有时月夜泛舟，放浪于山水之间：表现出一种超人的旷达，一种不以世事萦怀的恬淡精神。沉重的政治打击使他对社会对人生的态度，以及反映在创作上的思想感情和风格都有明显的变化。在这期间他创作了很多优秀作品，此词是其中之一。

这首词描写了春夜优美的自然景色，它使酒醉的词人暂时忘却了尘世的烦忧，惦念着一溪美景，躺在自然的怀中进入梦乡。然而，杜鹃的一声悲啼，又把他拉回到纷纷扰扰的现实之中。全词生动地反映了词人的这一情感历程。

小序叙事简洁，描写生动，短短五十四字，即写出地点、时间、景物以及词人的感受。作者于春夜酒醉后把马拴在一边便醉卧桥上，一觉醒来已是黎明，于是作此词。它充满了诗情画意，是一篇写得很优美的散文。

上片头两句写归途所见："照野弥弥浅浪，横空暧暧微霄。"这两句从大处着眼描写环境的概貌：这是一个云淡风轻，月光朗照，溪流淙淙的醉人的春夜。先说"照野"，突出地点明了月色之佳。用"弥弥"形容"浅浪"，就把春水涨满、溪流汩汩的景象表现出来了。广阔的天空还有淡淡的云层。"横空"，写出了天宇之广。说云层隐隐约约在若有若无之间，更映衬了月色的皎洁。野外是广袤的，天宇是寥廓的，溪水是清澈的。在明月朗照之下的人间仙境中，诗人忘却了世俗的荣辱得失和纷纷扰扰，把自己的身心完全融化到大自然中。此两句暗写月光。

"障泥未解玉骢骄"，是说那白色的骏马忽然活跃起来，提醒他的主人：要渡水了！障泥，是用锦或布制作的马鞯，垫在马鞍之下，一直垂到马腹两边，以遮尘土。《晋书·王济传》："济善解马性，尝乘一马，著连乾障泥，前有水，终不肯渡。济曰：'此必是惜障泥。'使人解去，便渡。"词人在这里只是写了坐骑的神态，便衬托出濒临溪流的情景。把典故融化于景物描写之中，这是很成功的一个例子。此时，词人不胜酒力，从马上下来，等不及卸下马鞍鞯，即欲眠于芳草。"我欲醉眠芳草"，既写出了浓郁的醉态，又写了月下芳草之美以及词人因热爱这幽美的景色而产生的喜悦心情，可以说收到了一石三鸟的效果。

过片二句，明写月色，描绘从近处观赏到的月照溪水图，更进一步抒发迷恋、珍惜月色之佳的心情："可惜一溪风月，莫教踏碎琼瑶。""溪"作一个量词，巧妙又无痕地把风、月与溪融为一体，并洗去了风尘世俗之感。微风轻轻吹拂，溪中波光粼粼，水月交辉，真像缀了一溪晶莹剔透的珠玉。这里用的修辞手法是"借喻"，径以月色为"琼瑶"。由于感情的挚浓，使比喻的客体升到了突出的地位，因而它的形象显得更鲜明，更生动。这种表现手法是从生活中来的，不背理，更不违情。月色皎洁，加之以醉人痴语，怪不得异想天开，这是"理"；十分珍惜美好的月色，这是"情"。"情理交至"，这就更巧妙地揭开了词人所追求的精神世界的帷幕。这个境界是极为幽美、静谧、纯洁的。此句以独特感受和精切的比喻，传神地写出水之清、月之明、夜之静、人之喜悦赞美。

"解鞍欹枕绿杨桥"，写词人用马鞍作枕，倚靠着它斜卧在绿杨桥上"少休"。这一觉当然睡得很香，及至醒来，"杜宇一声春晓"，春天的黎明又是一番景色了。这个结尾如空谷传声，余音不绝。妙在又将展现一幅清新明丽的画卷，却留下空白，让读者自己用丰富的联想去感受它，言有尽而意无穷，中间蕴含着词人对春夜得以暂时脱离凡尘的留恋和面对现实的悲苦，但不管作者的心情如何，白天与黑夜的交替是无法阻止的，因而其理想与现实的矛盾也将永远无法得到解脱。结尾两句委婉地抒发了作者淡淡的哀愁。作者在词中不去写"乱山攒拥，流水锵然"的景致，而是通过描写杜鹃在黎明的一声啼叫，把野外春晨的景色作了画龙点睛的提示。这是因为他是从杜鹃啼叫声中醒过来的，由杜鹃之啼才首先感到这空山月明、万籁俱寂的春晨之美。词人真实地记录了他第一次难忘的感受，因而也就给读者留下了第一次动人的印象。

　　此词所描绘的富有诗情画意的美景中，处处有"我"之色彩，景物成为塑造"我"的典型性格的凭据。词人不论是醉还是醒，是月夜还是春晨，都能"无入不自得"，随意而成趣，逐步展示词的意境。作者善于把意和境浑然凝结为一个不可分割的整体，他把自己的身心完全融化到大自然中，忘却了世俗的荣辱得失和纷纷扰扰，表现了自己与造化神游的畅适愉悦。

　　这是一首寄情山水的词。作者在词中描绘出一个物我两忘、超然物外的境界，把自然风光和自己的感受融为一体，在诗情画意中表现自己心境的淡泊、快适，抒发了他乐观、豁达、以顺处逆的襟怀。

　　综观全词，写景如画，意境蒙眬而又美丽，情感蕴藉丰富，读来耐人寻味。

南歌子 感旧

寸恨①谁云短,绵绵岂易裁?半年眉绿②未曾开,明月好风闲处、是人③猜。

春雨消残冻,温风到冷灰。尊前一曲为谁哉,留取曲终一拍④、待君来。

【注释】

①寸恨:轻微的惆怅。
②眉绿:深色的眉。眉,女子的代称,这里系指王闰之。
③是人:人人,任何人。
④一拍:一首吟咏曲子。

【译文】

谁说愁绪太短,连续不断没有办法剪断。半年来,双眉紧皱没有展开过,只有明月清风陪伴着你,任何人也无法猜透你的心情。

春雨融化了冰冻,暖风吹走了冷灰。对着美酒,一首曲子为谁唱?有心保留一首没有唱完的曲子等着你到来。

【赏析】

宋神宗元丰三年(1080年)二月,苏轼因"乌台诗案"刑满释放后,被贬到黄州,该词是苏轼在黄州怀念妻子王闰之所作。

上片以景情相生与渗入意念之笔,传达了苏轼与王闰之双双思念之心态。"寸恨谁云短,绵绵岂易裁?"点化运用了韩愈《感春五首》"孤吟屡阕莫与和,寸恨至短谁能裁"和白居易《长恨歌》"天长地久有时尽,此恨绵绵无绝期"的诗句,将双方隐隐的恨怅和连续不断、无法剪断的情丝吐于字里行间。

"半年眉绿未曾开",是说宋神宗元丰二年(1079年)八月,苏轼入狱离开王闰之,十二月二十六日获释。第二年二月一日到达贬所黄州,正好是半年时光。已经虚惊了一场的王闰之,这半年的愁眉怎么能展开。"明月好风闲处、是人猜",写王闰之僻居一隅,只有明月、清风作伴,任何人也无法猜透她此时此刻思夫的心情。一个"猜"字,将王闰之思夫的心态传达得十分贴切。

下片以景融情与回味之笔,似梦非梦地追寻"寸恨"与绵情欲剪断之心绪。"春雨消残冻,温风到冷灰",残冻被春雨消融,冷灶被温风暖复。通过这一对偶句所写自然界的变化,寓隐着王闰之面临着的将是良辰美景。"尊前一曲为谁哉"透过一层,反衬出昔日夫妻对酒当歌而今定有回报的新情滋生。"留取曲终一拍、待君来"再进深一层,回到眼前,苏轼将用保存着的那尚未吟咏完的一曲欢歌迎接你的到来。宋神宗元丰三年(1080年)二月中旬,苏辙乘船送嫂嫂,五月底到达黄州,苏轼与王闰之团聚。"寸恨"、绵情终于裁缝,梦幻变成现实。正是"别来音信全乖,旧期前情堪猜"(宋代欧阳修《清平乐·小庭春老》),颇有新奇巧妙、余音绕梁之艺术效果。

全词运用景与情、意念与感触、梦幻与现实交融手法,把苏轼与妻子王闰之的绵绵恩爱与忠贞不渝之情熔铸于字里行间。

水龙吟 次韵章质夫《杨花词》

似花还似非花，也无人惜从教①坠。抛家傍路，思量却是，无情有思②。萦损柔肠③，困酣娇眼④，欲开还闭。梦随风万里，寻郎去处，又还被莺呼起。

不恨此花飞尽，恨西园、落红难缀⑤。晓来雨过，遗踪何在，一池萍碎⑥。春色⑦三分，二分尘土，一分流水。细看来，不是杨花，点点是离人泪。

【注释】

①从教：任凭。
②无情有思：言杨花看似无情，却自有它的愁思。用唐韩愈《晚春》诗："杨花榆荚无才思，唯解漫天作雪飞。"这里反用其意。思，心绪，情思。
③萦：萦绕、牵念。柔肠：柳枝细长柔软，故以柔肠为喻。用唐白居易《杨柳枝》诗："人言柳叶似愁眉，更有愁肠如柳枝。"
④困酣：困倦之极。娇眼：美人娇媚的眼睛，比喻柳叶。古人诗赋中常称初生的柳叶为柳眼。
⑤落红：落花。缀：连结。
⑥一池萍碎：苏轼自注："杨花落水为浮萍，验之信然。"
⑦春色：代指杨花。

【译文】

非常像花又好像不是花，无人怜惜任凭衰零坠地。把它抛离在家乡路旁，细细思量仿佛又是无情，实际上则饱含深情。受伤柔肠婉曲娇眼迷离，想要开放却又紧紧闭上。蒙混随风把心上人寻觅，却又被黄莺儿无情叫起。

不恨这种花儿飘飞落尽，只是抱怨愤恨那个西园、满地落红枯萎难再重缀。清晨雨后何处落花遗踪？飘入池中化成一池浮萍。如果把春色姿容分三份，其中的二份化作了尘土，一份坠入流水了无踪影。细看来那全不是杨花啊，是那离人晶莹的眼泪啊。

【赏析】

这首词作于宋神宗元丰三年（1080年）庚申。苏轼于上年因被弹劾"讪谤朝廷"在湖州被捕入狱，此时正被责贬黄州。"水龙吟"是词牌名，"次韵章质夫杨花词"意即步章质夫《杨花词》的韵脚而作。章质夫：即章楶，宰相章惇之兄，浦城人，仕至资政殿学士。

这首词同章质夫原作一样是一首咏物之作。章质夫原词已把"杨花"（即柳絮）描摹得轻快活泼、栩栩如生，穷形尽态，所以苏轼咏杨花则另辟蹊径，以情驭物，赋予杨花以人的品格、人的情思，较之章质夫原词，更以意胜。

"似花还似非花，也无人惜从教坠。"开首作者便抓住了事物的本质和特点道出其与众不同之处。

"抛家傍路，思量却是，无情有思。"这几句反用韩愈《晚春》之"杨花榆荚无才思，惟解漫天作雪飞"之意。一个"抛"字，一个"傍"字，赋予了杨花人的感情：它离家出走，又在大路旁徘徊留恋，好像满含离愁的样子。

"萦损柔肠，困酣娇眼，欲开还闭。"这几句意象较为模糊，与事物本来面目相去甚远，显得主观色彩过浓，我们可以理解为作者进一步把杨花人格化，把它想象为一位在暮春伤春恨别的少妇。她因思念丈夫而柔肠百结，心力交瘁，又因春困而眼睛欲开还闭。这三句刻画出了杨花之轻软无力，"柔肠""娇眼"所指则较蒙眬，让人产生更多的联想。

"梦随风万里，寻郎去处，又还被莺呼起。"这几句继续按作者的想象写下去，化用了唐人金昌绪之《春怨》诗"打起黄莺儿，莫教枝上啼。啼时惊妾梦，不得到辽西"之意，写得缠绵悱恻，凄美动人。

上片充分利用拟人和比喻，立足于杨花的基本特征，展开丰富的想象，把杨花的形象写得极富情味，读来生动别致。

"不恨此花飞尽，恨西园、落红难缀。"杨花落尽并不觉得伤心遗憾，伤心的是杨花一落，春光将逝了。这两句抒发了作者的伤春之情。

"晓来雨过，遗踪何在，一池萍碎。"萍：即浮萍。苏轼《再次韵曾仲锦荔枝》自注云："飞絮落水中，经宿即为浮萍。"这几句描摹形象也十分生动精准。

"春色三分，二分尘土，一分流水。"随着暮春的一场雨水的催促，随着满天飞絮的消失，春天的脚步渐渐远了。如果说杨花是暮春的象征，那么春的气息有三分之二化为了尘土，三分之一则化为了流水。这几句可谓神来之笔，把春天的消逝写得极其别致，耐人寻味。

"细看来，不是杨花，点点是离人泪。"那漫天飞舞的杨花，假如用心去观察，会发现它就像伤春恨别的思妇们抛洒的多情眼泪。

下片作者借杨花这一线索抒发自己的伤春、仕途失意之情。

总体上来说，这首咏物词摆脱了工匠式的细描细绘，以写意为主，既不歪曲事物的本来面目，又巧妙地融情于景，写得妙趣横生又蕴含深情。作者时贬谪黄州，远离家乡，其感情的基调是既失意，又惆怅，这些在词中都有体现。从这个角度来说，这首词要比章质夫的原作略胜一筹。

附章质夫《杨花词》：

燕忙莺懒花残，正堤上，柳花飘坠。轻飞点画青林，谁道全无才思。闲趁游丝，静临深院，日长门闭。傍珠帘散漫，垂垂欲下，依前被风扶起。

兰帐玉人睡觉，怪春衣，雪沾琼缀。绣床旋满，香球无数，才圆却碎。时见蜂儿，仰沾轻粉，鱼吹池水。望章台路杳，金鞍游荡，有盈盈泪。

满江红 寄鄂州朱使君①寿昌

　　江汉②西来,高楼③下,蒲萄④深碧。犹自带,岷峨雪浪,锦江⑤春色。君是南山⑥遗爱⑦守,我为剑外⑧思归客。对此间,风物岂无情,殷勤说。

　　《江表传》⑨,君休读;狂处士⑩,真堪惜。空洲⑪对鹦鹉,苇花萧瑟。独笑书生争底事,曹公黄祖⑫俱飘乎。愿使君,还赋谪仙⑬诗,追《黄鹤》⑭。

【注释】
① 朱使君:即朱寿昌,安康叔,时为鄂州知州。
② 江汉:长江和汉水。
③ 高楼:指武昌黄鹤楼。
④ 蒲萄:喻水色,或代指江河。语出李白《襄阳歌》"遥看汉水鸭头绿,恰似葡萄初发醅"。
⑤ 锦江:在四川成都南,一称濯锦江,相传其水濯锦,特别鲜丽,故称。杜甫《登楼》:"锦江春色来天地。"
⑥ 南山:终南山,在陕西,朱寿昌曾任陕州通判,故称。
⑦ 遗爱:指有惠爱之政引起人们怀念。《左传·昭公二十年》载孔子闻郑子产卒时"出涕曰:'古之遗爱也'"。
⑧ 剑外:四川剑门山以南。苏轼家乡四川眉山,故自称剑外来客。
⑨ 《江表传》:晋虞溥著,其中记述三国时江左吴国时事及人物言行,已佚,《三国志》裴松之注中多引之。

⑩狂处士：指三国名士祢衡。他有才学而行为狂放，曾触犯曹操，曹操多顾忌他才名而未杀。后为江夏太守黄祖所杀。不出仕之士称处士。

⑪空洲：指鹦鹉洲，在长江中，后与陆地相连，在今湖北汉阳。黄祖长子黄射在洲大会宾客，有人献鹦鹉，祢衡当即作《鹦鹉赋》，故以为洲名。唐崔颢《黄鹤楼》诗："芳草萋萋鹦鹉洲。"李白《赠江夏韦太守》诗："顾惭祢处士，虚对鹦鹉洲。"为此词用语所本。

⑫曹公黄祖：指曹操与刘表属将黄祖。

⑬谪仙：指李白。

⑭《黄鹤》：崔颢的《黄鹤楼》诗。相传李白登黄鹤楼说："眼前有景道不得，崔颢题诗在上头。"（见《唐才子传》）无作而去。后李白作《登金陵凤凰台》，即有意追赶崔诗。

【译文】

长江、汉江从西方奔流直下，在黄鹤楼望去，浩渺的江水如葡萄般碧绿澄澈。江水相通，好像都带着岷山和峨眉山融化的雪水浪花，这便是锦江的春色。你是在陕州留有爱民美誉的通判，我却是思乡未归的浪子。面对这里的景色怎能没有感情，我将会殷切地述说。

你千万不要读《江表传》，祢衡真是令人同情，深感痛惜。只能空对鹦鹉洲，苇花依旧萧瑟。书生何苦与这种人纠缠，权势人物如曹操与黄祖也都已一闪过去。希望使君能像李白一样潜心作诗，赶追崔颢的名作《黄鹤楼》诗。

【赏析】

这首词写于宋神宗元丰四年（1081年），当时苏轼谪居黄州（州治在今湖北黄冈）。贬谪黄州的四年多是苏轼人生的低潮期，却是他词作的成熟期。

全词由景及情，思乡怀古，由豪入旷，超旷中不失赋诗追黄鹤的豪情壮采，不失对于人生的执着追求。词的上片由景引出思归之情和怀友之思；下片由思乡转入怀古，直抒胸臆。

开篇由写景引入。开篇大笔勾勒，突兀而起，描绘出大江千回万转、浩浩荡荡、直指东海的雄伟气势。"江汉西来"二句，描绘了江水奔腾的胜景。著名的黄鹤楼在武昌黄鹄山巍然屹立，俯仰浩瀚的大江。长江、汉水滚滚西来，汇合于武汉，那波涛的颜色，如同葡萄美酒一般，一片浓绿。发端两句，以高远的气势，抓住了当地最有特色的胜景伟观，写出了鄂州的地理特点。"蒲萄深碧"，重笔施彩，以酒色形容水色，用李白《襄阳歌》"遥看汉水鸭头绿，恰似葡萄初酦醅"诗句，形容流经黄鹤楼前的长江呈现出一派葡萄美酒般的深碧之色。以下"犹自带"三字振起，化用李白"江带峨嵋雪"之句，杜甫《登楼》诗"锦江春色来天地"，不著痕迹，自然入妙，用"葡萄""雪浪""锦江""春色"等富有色彩感的词语，来形容"深碧"的江流，笔饱墨浓，引人入胜。词人将灵和楼前深碧与锦江春色联系起来，不但极富文采飞扬之美，而且透露了他对花团锦簇、充满春意的锦城的无限追恋向往之情，从而为下文"思归"伏脉。这两句由实景"蒲萄深碧"引出虚景"岷峨雪浪，锦江春色"，拓展了词境。江河自岷江锦水而来，将黄鹤楼与赤壁矶一线相连，既是友人驻地的胜景，又从四川流来，既引动词人思归之情，又触发怀友之思。这就为下文感怀做了有力的铺垫。接下来这一句由景到人，一句写对方，一句写自己。朱寿昌在陕西任通守期间留有爱民之美誉，政绩突出。《宋史》本传载朱在阆断一疑狱，除暴安良，"郡称为神，蜀人至今传之"即"南山遗爱守"所指。词中"南山"当是"山南"之误。以对"剑外"，"山南"字面亦胜于"南山"。而苏轼蜀人，称朱寿昌亦以其宦蜀之事，自称"剑外思归客"，映带有情。如今思乡而归不得，两厢对比，既赞美了朱寿昌为人颂扬的政绩，又表达了自己眼前寂寞的处境以及浓郁的思归情绪。面对此间风物，自会触景兴感，无限惆怅。"对此间"以下，将君、我归拢为一，有情就要倾吐、抒发，故由"情"字，导出"说"字，逼出"殷勤说"三字，双流汇注，水到渠成。

　　上片"殷勤说"三字带出整个下片，开始向友人开怀倾诉、慷慨评论。"《江表传》"二句，引出自己对历史的审视和反思。《江表传》是记述三国时东吴人物事迹的史书，他劝告朱寿昌不要再读这部书了。以愤激语调唤起，恰说明感触很深，话题正要转向三国人物。"狂处士"四句，紧承上文，对恃才傲物、招致杀身之祸的祢衡，表示悼惜。祢衡因忠于汉室，曾不受折辱，当众嘲骂曹操，曹操不愿承担杀人之名，假借刘表属将黄祖之手将其杀害，葬于武昌长江段的鹦鹉洲。词人用感触颇深的三国人物——祢衡的事迹引以为戒，接着笔锋一转，把讥刺的锋芒指向了迫害文士的曹操、黄祖。如今贤士不在，只能空对那武昌长江段的鹦鹉洲，苇花萧瑟，一片凋零凄凉。书生何苦与这种人纠缠，以致招来祸灾。苏轼站在更高的视角审视历史，"独笑书生争底事，曹公黄祖俱飘乎"，"争底事"，即争何事，意即书生何苦与这种人纠缠，以致招来祸灾。称霸一时的风云人物，如残害人才的曹操、黄祖之流，最终也只能在历史的长河中成为过眼烟云。此句流露出苏轼豁达、随缘自适的人生态度。这话是有弦外之音的，矛头隐隐指向对他诬陷的李定之流。苏轼此时看来，祢衡的孤傲、曹操的专横、黄祖的鲁莽，都显得非常可笑。言语间，反映出苏轼超越历史，摆脱现实限制的观念。收尾三句，就眼前指点，转出正意。词人引用李白的故事，激励友人像李白一样潜心作诗，赶追崔颢的名作《黄鹤楼》。这既是对友人的劝勉，愿他能够置身于政治漩涡之外，寄意于历久不朽的文章事业，撰写出色的作品来追蹑前贤；也体现了苏轼居黄州期间的心愿，对于永恒价值的追求。

全词形散而神不散，大开大合，境界豪放，议论纵横，显示出豪迈雄放的风格和严密的章法结构的统一。即景怀古，借当地的历史遗迹来评人述事，能使眼中景、意中事、胸中情相互契合；选用内涵丰富、饶有意趣的历史掌故来写怀，藏情于事，耐人寻味；笔端饱含感情，有一种苍凉悲慨、郁愤不平的情感，在字里行间激荡着。读来既荡气回肠，又引人思索。

南乡子 重九涵辉楼呈徐君猷

霜降水痕收,浅碧鳞鳞①露远洲。酒力渐消风力软,飕飕。破帽多情却恋头②。

佳节若为酬③,但把清尊断送秋。万事到头都是梦,休休④。明日黄花蝶也愁⑤。

【注释】

① 浅碧:水浅而绿。鳞鳞:形容水波如鱼鳞一般。
② "破帽"句:反用晋代孟嘉帽被吹落仍取回自戴的典故。据载,孟嘉任征西将军桓温的参军。"九月九日,温游龙山,参察毕集。时佐史并著戎服,风吹嘉帽堕落。温戒左右勿言,以观其举止。嘉初不觉,良久如厕,命取还之。(桓温)令孙盛做文嘲之。"
③ 若为酬:怎样应付过去。
④ 休休:不要,此处意思是不要再提往事。
⑤ "明日"句:唐郑谷《十日菊词》:"节去蜂蝶不知,晓庭还绕折空枝。"此词更进一层,谓重阳节后菊花凋萎,蜂蝶均愁。苏轼《九日次韵王巩》:"相逢不用忙归去,明日黄花蝶也愁。"故其《与王定国》中提到此句。

【译文】

深秋霜降时节,水位下降,远处江心的沙洲都露出来了。酒力减退了,才觉察到微风吹过,让人觉得凉飕飕的。破帽却多情留恋,不肯被风吹落。

重阳节如何度过,只借酒消忧,打发时光而已,世间万事都是转眼成空的梦境，因而不要再提往事。重阳节后菊花色香均会大减，连迷恋菊花的蝴蝶，也会感叹发愁了。

【赏析】

在苏轼的一生中，贬谪黄州戴罪看管的四年是一段非常艰难的时期，这次贬谪对他的打击是相当沉重的。不过有失必有得，在这几年里，他在词的创作上却取得了很大的成就。词风也变得更具神韵和老健。由于性格使然，苏轼并未被挫折所击倒，这一时期的词作中时有豪放之声发出。但从总体上看，这一时期格调低沉，表现内心的失望与苦闷的词作相对较多。本篇即是如此。

这首词作于宋神宗元丰四年（1081年），词中含有浓郁的悲秋色彩，流露出作者当时难以排解的内心苦闷及对前途的迷惘情绪。

此词前有简单的序，交代了写作本篇的背景。重九：指农历九月初九重阳节。徐君猷：名大受，当时是黄州的知州。涵辉楼：楼名，在黄州县西南。

"霜降水痕收，浅碧鳞鳞露远洲。"作者开篇以情驭景，描绘出一幅水瘦天寒的萧瑟景象，这与其内心的情绪正好吻合，真正是泪眼看花花憔悴，为全词定下了抑郁感伤的基调。

"酒力渐消风力软，飕飕。破帽多情却恋头。"这几句真实地道出了作者到黄州后的内心感受。自"乌台诗案"以后，词人以戴罪之身居于黄州，可谓战战兢兢，如惊弓之鸟，常常深居简出，生怕再遭诬陷。这一点在他的《卜算子》一词中有过生动描述，他当时是"幽人独往来"，像一只"惊起却回头，有恨无人省，拣尽寒枝不肯栖"，最后独卧于冷冷沙洲的"孤鸿"。"破帽多情却恋头"表达了作者的自嘲之意。

"佳节若为酬，但把清尊断送秋。"这两句表达了作者因苦闷而欲以酒浇愁的心情，并点出"呈徐君猷"之意。

"万事到头都是梦，休休。明日黄花蝶也愁。"这两句蕴含着作者的万端愁绪，其中既有对人生不得意的悲慨，又有对自己韶华已逝，"来日苦无多"的嗟叹，其愁恰似"一江春水向东流"，绵绵不绝，与其于前一年所抒写的"世事一场大梦，人生几度秋凉"意思非常相近。

这首词，上片借写景叙事，含思婉转；下片则直抒胸臆，酣畅淋漓。全词既有委婉的用典，又有深沉的思索，虽格调过于低沉，却更能引起人们失意时的共鸣。"明日黄花蝶也愁"以其生动鲜明的意象和深刻的含义成了千古名句。

江城子

陶渊明以正月五日游斜川,临流班坐①,顾瞻南阜②,爱曾城③之独秀,乃作斜川诗④,至今使人想见其处。元丰壬戌之春,余躬耕于东坡⑤,筑雪堂居之,南挹⑥四望亭之后丘,西控北山之微泉,慨然而叹,此亦斜川之游也。乃作长短句⑦,以《江城子》歌之。

梦中了了醉中醒。只渊明,是前生⑧。走遍人间,依旧却躬耕。昨夜东坡春雨足,乌鹊喜,报新晴。

雪堂西畔暗泉鸣。北山倾,小溪横。南望亭丘,孤秀耸曾城。都是斜川当日景,吾老矣,寄余龄。

【注释】
①班坐:依次列坐。
②南阜(fù):南山,指庐山。
③曾城:传说中的山名。亦泛指仙乡。
④斜川诗:指陶渊明《游斜川》诗。
⑤东坡:苏轼躬耕处。位于湖北黄冈东面,原为数十亩久荒的营地,苏轼在其处筑茅屋五间,名曰雪堂。
⑥挹(yì):通"抑",抑制。
⑦长短句:词曲的别称。
⑧前生:先出生,此有前辈之意。

【译文】

　　在世俗沉沉的醉梦里了悟人生真谛的清醒者，算起来也只有陶渊明，是我的跨越时空的知音。尝尽世态炎凉，宦海浮沉，回归田园依旧躬身耕耘。欣逢昨夜春雨如甘霖，把我的东坡田园滋润，更有喜鹊报喜来，晴暖气象新。

　　最爱听雪堂西畔一道幽泉的潺潺；最爱看北山倾斜的身姿，还有小溪横流在山前；南望亭台丘壑，错落有致，四望亭的后丘耸立高山巅；这山水田园是渊明境界，真真是当年斜川再现。叹一声吾老矣，就此寄余年。

【赏析】

　　宋神宗元丰三年（1080年），苏轼因"乌台诗案"得罪谪黄州。次年春夏之际，苏轼生计困难，在老友马正卿帮助下向州郡求得黄州东门外东坡故营地数十亩，开垦耕种，以补食用之不足。苏轼因此自号东坡居士。这年冬天，黄州大雪盈尺，十二月二日微雪，至二十五日大雪始晴。下雪期间，苏轼在东坡营造了房屋，"作堂焉，号其正曰雪堂。堂以大雪中为，因绘雪于四壁之间，无容隙也。起居偃仰，环顾睥睨，无非雪者"（《东坡志林》卷四）。元丰五年（1082年）初春，苏轼躬耕于东坡，居住于雪堂，感到满意自适，有似晋代诗人陶渊明田园生活一般。陶渊明《游斜川》诗序云："辛酉正月五日，天气澄和，风物闲美。与二三邻曲，同游斜川。临长流，望曾城，鲂鲤跃鳞于将夕，水鸥乘和以翻飞。曾城傍无依接，独秀中皋，遥想灵山，有爱嘉名。"苏轼以为东坡雪堂初春的情景宛如渊明斜川之游，因有此作。

　　震动朝野的"乌台诗案"是苏轼仕宦以来所遭受到的空前严重的政治打击，几被置之死地。谪居黄州期间，他冷静思索和探讨了许多问题，政治态度与人生态度都发生了一些变化，在艺术上也开始追求平淡的趣味。晋代诗人陶渊明的归隐生活，恬静闲适的田园趣味，平淡朴质的诗风，对于躬耕东坡的苏轼变得亲切起来。他这时认真地研读陶渊明诗，并在诗词中多次表现出对渊明的仰慕之意。在这首《江城子》词中，苏轼仿佛与渊明神交异代，产生了共鸣。

　　这首词充满了强烈的主观情绪，起笔甚为突兀，直言渊明就是自己的前生。他后来作的《和陶饮酒二十首》序云："吾饮酒至少，常以把盏为乐，往往颓然坐睡。人见其醉，而吾中了然，盖莫能名其为醉为醒也。"陶渊明好饮酒，自言："余闲居寡欢，兼比夜已长，偶有名酒，无夕不饮，顾影独尽，忽焉复醉。"（《饮酒二十首》序）苏轼能理解渊明饮酒的心情，深知他在梦中或醉中实际上都是清醒的，这是他们的共同之处。"走遍人间，依旧却躬耕"，充满了辛酸的情感，这种情况又与渊明偶合，两人的命运何其相似。渊明因不满现实政治而归田，苏轼却是以罪人的身份在贬所躬耕，这又是两人的不同之处。但他以旷达的态度对待人生的逆境，以逆为顺，因而"春雨足，乌鹊喜，报新晴"这些春天富于生气的景物使他欢欣，感到适意。

  词的下片略叙东坡雪堂周围的景观。鸣泉、小溪、山亭、远峰，日与耳目相接，正如其《雪堂问潘邠老》所说："余之此堂，追其远者近之，收其近者内之，求之眉睫之间，是有八荒之趣。"仅以粗略的几笔勾画，表现出田园生活恬静清幽的境界，"意适于游，情寓于望"，超世遗物。作者接着以"都是斜川当日景"作一小结，是因心慕渊明，向往其斜川当日之游，遂觉所见亦斜川当日之景，同时又引申出更深沉的感慨。陶渊明四十一岁弃官归田，后来未再出仕，五十岁时作斜川之游。苏轼这时已经四十七岁，躬耕东坡，一切都好像渊明当日的境况，而不知是否也会像渊明一样就此以了余生。那时王安石已罢政数年，章惇、蔡确等后期变法派执政，政治生活黑暗，苏轼东山再起的希望很小，因而产生迟暮之感，有于此终焉之意。结句"吾老矣，寄余龄"的沉重悲叹，说明苏轼不是自我麻木，盲目乐观，而是对政局存在深深的忧虑，是"梦中了了"者。

  这首词似随手写出，未曾着意经营，而词人胸中自有成熟的构想，故下笔从容不迫，不求工而自工。从纵的方面看：醉醒连渊明，渊明连躬耕，躬耕连东坡，东坡连及雪堂与周围景物，景物连斜川，最后回应到陶渊明《游斜川》诗之"开岁倏五十，吾生行归休"，迤逦写来，环环相扣，总不离于本题。从横的方面看：写周围景物，于所居之东坡则加细，说及一夜至晓的春雨、新晴；对西南诸景则只大略点出泉、溪、亭、丘，似零珠之散，合之则俨然是一幅东坡坐眺图，总归到"都是斜川当日景"之内，诚亦"至今使人想见其处"。以似斜川当日之景，引出对斜川当日之游的向往，对陶《游斜川》诗结尾所云"中觞纵遥怀，忘彼千载忧；且极今朝乐，明日非所求"，当亦冥契于心。苏轼对付逆境有自己的特殊态度。他对生活有信心，善于从个人痛苦情绪中解脱出来，很快适应环境，将生活安排得很好，随遇而安。从这首词里也侧面反映了他与险恶环境做斗争的方式：躬耕东坡，自食其力，窃比渊明澹焉忘忧的风节，而且对谪居生活感到适意，怡然自乐，令政敌们对他无可奈何。苏轼有时难免有一点儿衰迟之感，却也留心着局势的变化，注意保存自己，不久神宗皇帝死后，哲宗即位，他又起复，积极从政了。

念奴娇 赤壁怀古

大江①东去,浪淘②尽,千古风流人物③。故垒④西边,人道是,三国周郎⑤赤壁。乱石穿空,惊涛拍岸,卷起千堆雪⑥。江山如画,一时多少豪杰。

遥想公瑾当年,小乔初嫁了⑦,雄姿英发。羽扇纶巾⑧,谈笑间,樯橹⑨灰飞烟灭。故国神游⑩,多情应笑我,早生华发⑪。人生如梦,一樽还酹江月⑫。

【注释】

①大江:指长江。

②淘:冲洗,冲刷。

③风流人物:指杰出的历史名人。

④故垒:这里指黄州长江边一处古代军营的壁垒。

⑤周郎:周郎:三国时东吴对周瑜的一种亲切的称呼。周瑜被孙策命为建威中郎将时年仅二十四,军中皆呼为周郎。周瑜少年得志,英年早逝,所以在人们的心目中他永远是一位翩翩少年郎君的形象。下文中的"公瑾",即指周瑜。

⑥雪:比喻浪花。

⑦小乔初嫁了:《三国志·吴志·周瑜传》载,周瑜从孙策攻皖,"得桥公两女,皆国色也。策自纳大桥,瑜纳小桥"。乔,本作"桥"。其时距赤壁之战已经十年,此处言"初嫁",是言其少年得意,倜傥风流。

⑧羽扇纶(guān)巾:古代儒将的便装打扮。羽扇,羽毛制成的扇子。纶巾,青丝制成的头巾。

⑨樯橹（qiáng lǔ）：这里代指曹操的水军战船。樯，挂帆的桅杆。橹，一种摇船的桨。"樯橹"一作"强虏"，又作"樯虏"，又作"狂虏"。《宋集珍本丛刊》之《东坡乐府》，元延祐刻本，作"强虏"。延祐本原藏杨氏海源阁，历经季振宜、顾广圻、黄丕烈等名家收藏，卷首有黄丕烈题辞，述其源流甚详，实今传各版之祖。

⑩故国神游："神游故国"的倒文。故国，这里指旧地，当年的赤壁战场。神游，于想象、梦境中游历。

⑪"多情"二句："应笑我多情，早生华发"的倒文。华发（fà），花白的头发。

⑫一尊还（huán）酹（lèi）江月：古人祭奠以酒浇在地上祭奠。这里指洒酒酬月，寄托自己的感情。尊，通"樽"，酒杯。

【译文】

大江浩浩荡荡向东流去，滔滔巨浪淘尽千古英雄人物。那旧营垒的西边，人们说那就是三国周瑜鏖战的赤壁。陡峭的石壁直耸云天，如雷的惊涛拍击着江岸，激起的浪花好似卷起千万堆白雪。雄壮的江山奇丽如图画，一时间涌现出多少英雄豪杰。

遥想当年的周瑜春风得意，绝代佳人小乔刚嫁给他，他英姿奋发豪气满怀。手摇羽扇头戴纶巾，谈笑之间，强敌的战船烧得灰飞烟灭。我今日神游当年的战地，可笑我多情善感，过早地生出满头白发。人生犹如一场梦，且洒一杯酒祭奠江上的明月。

【赏析】

这首词历来被当作苏轼豪放词的代表作而广为传诵。它的豪放表现为激情的奔纵，气势的雄迈和境界的宏伟壮阔。词人在词中由"如画"的江山，联想到历史上的"风流人物"，再联系到自己的"早生华发"，不禁发出"人生如梦"的感喟，流露出怅惘深沉的情绪。全词不仅描绘了祖国江山的瑰丽画面和历史人物"雄姿英发"的生动形象，而且表现出词人对江山的热爱，对历史英雄人物的缅怀，对理想事业的追求，所以通篇的基调还是积极向上、健康乐观的。

这首词写于宋神宗元丰五年（1082年），时苏轼正被贬谪黄州。念奴娇是词牌名，赤壁怀古是题目。赤壁：这里指的是今湖北黄冈的赤壁矶，曾讹传为历史上周瑜大破曹军之处，现在称为东坡赤壁。

"大江东去，浪淘尽，千古风流人物。"全词以"大江东去"而开头，气势恢宏，奠定了全篇雄浑、豪放的基调。词人由大浪淘沙而起千古之幽思，联想到历史上那无数曾经叱咤风云的"风流人物"，开始怀古思人。

"故垒西边，人道是，三国周郎赤壁。"这两句针对历史古迹，引发了对历史风云的回忆，并着重强调了这次战争的指挥者周瑜，确立了吟咏的主角。"人道是"说明作者并不肯定这里就是"赤壁之战"的古战场，但对于主题并无妨碍。

"乱石穿空，惊涛拍岸，卷起千堆雪。"这几句生动描绘了古战场雄浑、壮美的景象。大意是：江边参差的石壁峭立千尺，似乎要刺破长空；江中波涛汹涌澎湃，不断拍打着两岸，激起无数雪白的浪花。这三句景物描写中有形、有声、有色，写得极有气势，极富美感，历来为人所称道，为全词增色不少。

"江山如画，一时多少豪杰。"这两句承上启下，"江山如画"是对上面景物描写的概括，表达了作者对祖国江山的热爱，"一时多少豪杰"领起下文对以周瑜为代表的英雄人物的缅怀和敬仰。

在整个上片中，词人大笔挥洒，把自己的思绪置于历史古迹奔涌的浪涛中，既对景物细描细刻，又自然地怀古思人，写得跌宕起伏，极有层次。

"遥想公瑾当年，小乔初嫁了，雄姿英发。"这几句刻画了周瑜风流倜傥的气质，插入"小乔初嫁了"这一生活细节，绝非闲来之笔，而是以美人衬英雄，尽显其英俊潇洒，年轻威武。

"羽扇纶巾，谈笑间，樯橹灰飞烟灭。"这两句刻画了周瑜的风度和才干。简单的几句话，概括出历史上一场以少胜多、惊心动魄的著名战役，着意表现了周瑜足智多谋、气定神闲的大将风度。"樯橹灰飞烟灭"体现了此次大战水战火攻的特点。

"故国神游，多情应笑我，早生华发。"这几句由怀古到悲己。感叹自己青春早逝，功业无成。时年苏轼四十六岁，被贬黄州，正是十分失意痛苦之时，所以会有此感慨。

"人生如梦，一樽还酹江月。"这是词人对人生的思索和对自己的劝慰，流露出"今朝有酒今朝醉"的消沉和无奈。

下片前半部分精心选择足以表现人物个性的素材，经过艺术加工，从气质、风度、才干等方面，着力塑造了周瑜这一年轻儒将的形象，寄寓了词人意欲建立千秋功业的愿望和理想。后半部分写严酷的现实粉碎了他的理想和愿望，使他感到失望和哀伤，于是发出了心底的悲叹。

　　综观全词，词人融写景、怀古和抒情于一体，结构精妙。在缅怀英雄中，插以奇景描写，在大笔挥洒时，间以细笔点染，有如坦荡平原中的秀山，有如奔腾江水中的细流。在写人时，作者以正面描写和侧面烘托相结合的表现手法，以典型素材表现典型性格的艺术方法来塑造人物形象，显得更加鲜明具体和生动。

水龙吟

闾丘大夫孝终公显①尝守黄州,作栖霞楼,为郡中胜绝。元丰五年,余谪居黄。正月十七日,梦扁舟渡江,中流回望,楼中歌乐杂作。舟中人言:"公显方会客也。"觉而异之,乃作此曲,盖《越调鼓笛慢》。公显时已致仕,在苏州。

小舟横截春江,卧看翠壁红楼起。云间笑语,使君高会,佳人半醉。危柱哀弦②,艳歌余响,绕云萦水③。念故人老大,风流未减。独回首,烟波里。

推枕惘然不见,但空江、月明千里。五湖闻道,扁舟归去,仍携西子④。云梦南州⑤,武昌东岸⑥,昔游应记。料多情梦里,端来⑦见我,也参差⑧是。

【注释】

①闾丘大夫孝终公显:闾丘孝终,字公显,曾任黄州知州。致仕后归苏州故里。

②危柱哀弦:指乐声凄绝。柱,筝瑟之类乐器上的枕木。危,高。谓定音高而厉。

③"艳歌"两句:用秦青"响遏行云"典。《列子·汤问》:"薛谭学讴于秦青,未穷青之技,自谓尽之;遂辞归。秦青弗止。饯于郊衢,抚节悲歌,声振林木,响遏行云。薛谭乃谢求反,终身不敢言归。"

④ "五湖"三句：相传范蠡相越平吴之后，携西施，乘扁舟泛五湖而去。这里借此想象公显致仕后的潇洒生涯。
⑤ 云梦南州：指黄州，因其在古云梦泽之南。
⑥ 武昌东岸：亦指黄州。
⑦ 端来：准来，真来。
⑧ 参差：依稀、约略。白居易《长恨歌》："中有一人字太真，雪肤花貌参差是。"

【译文】

小舟悠悠荡荡，横渡碧水潺潺的春江。斜卧在舟中，翠壁红楼遥遥在望。太守在楼中宴客，一片笑语空中回响。美人微微醉酒，丝竹管弦悠扬。萦回于江水之中，缭绕于白云之上。想老朋友年岁日增，风流情怀，和当年一样。回首如烟往事，似江雾一片迷惘。

从梦境中醒来，枕席边空空荡荡。只有一轮皓月，静静地映着千里空江。听说你和范蠡一样，驾一叶扁舟，携心爱的人儿，泛舟五湖上。想当年结伴而游，足迹在云梦、武昌。我想：你也会——梦中有情，千里迢迢来看我，和我在梦中见你一样。

【赏析】

这首词写于宋神宗元丰五年（1082年），时苏轼被贬谪黄州，任黄州团练副使。

全词借梦境表达了对好友间丘孝终的深切怀念之情。上片记述梦境，写间丘孝终在黄州栖霞楼弦歌高会的欢乐情景，下片则写的是梦醒之后对间丘孝终的追忆与思念。整首词因梦写实，引实入梦，"空灵中杂以凄丽""有沧波浩渺之致"（郑文焯《手批东坡乐府》）。

这首词前面的小序交代了背景和写作经过，虽然是写梦，但一开篇却像是正在展开的令人兴致飞扬的现实生活。

"小舟横截春江，卧看翠壁红楼起。""横截春江"，就是序中所说的"扁舟渡江"。长江波深浪阔，渡江的工具不过是古代的木帆船，而句中所用的警示极快当的"横截"二字，可见词人那种飘飘欲仙的豪迈之气。"卧看"，意态闲逸。又因在舟中"卧看"高处，岸上的翠碧红楼必然更有蠹天之势。春江水是横向展开的，翠碧红楼是纵向的。一纵一横，飞动而开展的图景如在目前。

"云间笑语，使君高会，佳人半醉。危柱哀弦，艳歌余响，绕云萦水。"写间丘公显在栖霞楼宴会宾客，席上笑语，飞出云间；美人半醉，伴随弦乐唱着艳歌，歌声响遏行云，萦回于江面。这里从听觉感受，写出乐宴的繁华。而由于词人是在舟中，并非身临高会，所以生出想想和怅望："念故人老大，风流未减，独回首、烟波里。"前两句由对宴会的描写，转入对公显的评说，着重点其"风流"。后二句回首往事，从怅望里写出忙忙烟波和渺渺情怀。虽是那种特定环境中的情与景，但扑朔迷离，已为向下片过渡做了准备。

下片开头，把上片那些真切得有如实际生活的描写，一笔启开。"推枕惘然不见，但空江、月明千里。"仅仅十三个字，就写出了由梦到醒的过程，乃至心情与境界的变化。"惘然不见"点心境，与下句"空江、月明千里"实际上是点与染的关系。醒后周围景色空旷，与梦中繁华对照，更加重了惘然失落之感。不过，正因为茫然失落，而又面对江月千里的浩渺景象，更容易引起浮想联翩。以下至篇末，即由此产生三重想想。"五湖闻道，扁舟归去，仍携西子。"是想象中公显的现实境况：他过着退休生活，像范蠡一样，携同西子（美人），游览五湖。"仍携西子"应上面"风流未减""佳人半醉"等描写，见出公显的生活情调一如既往。"云梦南州，武昌东岸，昔游应记。"追思公显作者曾在这梦之南、武昌之东的黄州一带游览，其情其景，仍然留在公显与作者记忆里。

"料多情梦里，端来见我，也参差是。"进一步推想重拾情谊的老友，会再梦中前来相见，刚才那真切的情景，差不多就是吧。

这三层，由设想对方处境，一直到设想"梦来见我"，回应了上片，首尾相合，构成一个艺术整体。而在行文上，由"江月"到"五湖"，到武昌东岸，再由昔游引出今梦。种种意念活动互相发生，完全如行云流水之自然。

作者写一场美好的梦。所梦的故人风流自在，重视情谊。彼此间既有美好的昔游，又有似真似幻的"梦来见我"的精神交会。给人的直感是浪漫的，令人神往的。因而有人认为这首词带有仙气。这从作者精神活动的广阔自由，从笔致的空灵浩渺看，并非没有根据。但如果因此认为词中所梦所想，都是也在一种神仙般的快乐心境上产生的，恐怕也不符合实际。苏轼谪居黄州，是他受打击非常沉重的时期。在实际生活中孤独寂寞，与亲朋隔绝离散，甚至音信不通。而另一方面，苏轼性格中又有豁达的、善于在逆境中自我派遣的特点。因之像词中所写的梦境和梦醒后的怀想，实质上是在孤独寂寞中，对自由、对友情、对生活中美好事物的一种向往。作者实际处境的孤独寂寞，虽然被他所写的色彩缤纷的梦境、昔游等所笼罩，但又并非掩盖无余。

上下片衔接处的"空回首，烟波里"与"推枕惘然不见，但空江月明千里"，感情之怅惘，身世之孤孑还是很清楚的。结尾处不说自己梦故人，而想象故人梦来见自己。正像一切事物在超负荷重需要有超剂量的补偿一样，是由异常寂寞的心境上产生出来的浪漫幻想。这使得本篇在风流潇洒中又有沉郁之致。这种沉郁，正式诗人实际处境、心情的一种反应。

此词手笔、章法都得到评家称赏，郑文焯《大鹤山人词话》云："突兀而起，仙乎仙乎。'翠壁'句崭新，不露雕琢痕。上片全写梦境，空灵中杂以凄厉，过片始言情，有苍波浩渺之致，真高格也。'云梦'二句，妙能写闲中情景，煞拍不说梦，偏说梦来见我，正是词笔高浑，不犹人处。"

定风波

公旧序云:"三月七日,沙湖①道中遇雨。雨具先去,同行皆狼狈;余独不觉。已而遂晴。故作此词。

莫听穿林打叶声②,何妨吟啸③且徐行?竹杖芒鞋④轻胜马,谁怕?一蓑⑤烟雨任平生。

料峭春风吹酒醒,微冷。山头斜照却相迎。回首向来萧瑟处,归去。也无风雨也无晴。

【注释】

①沙湖:在今湖北黄冈东南三十里,又名螺丝店。
②穿林打叶声:指大雨点透过树林打在树叶上的声音。
③吟啸:放声吟咏。
④芒鞋:草鞋。
⑤蓑(suō):蓑衣,用棕制成的雨披。

【译文】

三月七日,在沙湖道上赶上了下雨,拿着雨具的仆人先前离开了,同行的人都觉得很狼狈,只有我不这么觉得。过了一会儿天晴了,就作了这首词。

不用注意那穿林打叶的雨声,不妨一边吟咏长啸着,一边悠然地行走。竹杖和草鞋轻捷得胜过骑马,有什么可怕的?一身蓑衣任凭风吹雨打,照样过我的一生。

春风微凉,将我的酒意吹醒,寒意初上,山头初晴的斜阳却应时相迎。回头望一眼走过来遇到风雨的地方,回去吧,对我来说,既无所谓风雨,也无所谓天晴。

【赏析】

这首记事抒怀之词作于宋神宗元丰五年(1082年)春,当时是苏轼因"乌台诗案"被贬为黄州团练副使的第三个春天。词人与朋友春日出游,风雨忽至,朋友深感狼狈,词人却毫不在乎,泰然处之,吟咏自若,缓步而行。

此词为醉归遇雨抒怀之作。词人借雨中潇洒徐行之举动,表现了虽处逆境屡遭挫折而不畏惧不颓丧的倔强性格和旷达胸怀。"一蓑烟雨任平生""也无风雨也无晴"便是他的人生态度的真实写照。全词即景生情,语言诙谐。

本词前小序当是介绍写作此词的直接原因和契机。元丰五年(1082年)三月七日,苏轼一行走在沙湖(在黄冈东三十里)路途中时,遇上天降大雨,可是持雨具的人已先走了,于是冒雨前进。同行的人都狼狈不堪,纷纷抱怨,而作者不以为然。一会儿天又放晴了。苏轼有感于这件生活小事,于是便写作了此词。

首句"莫听穿林打叶声",一方面渲染出雨骤风狂,另一方面又以"莫听"二字点明外物不足萦怀之意。"何妨吟啸且徐行",是前一句的延伸。在雨中照常舒徐行步,呼应小序"同行皆狼狈,余独不觉",又引出下文"谁怕"即不怕来。徐行而又吟啸,是加倍写;"何妨"二字透出一点儿俏皮,更增加挑战色彩。首两句是全篇枢纽,以下词情都是由此生发。

"竹杖芒鞋轻胜马",写词人竹杖芒鞋,顶风冲雨,从容前行,以"轻胜马"的自我感受,传达出一种搏击风雨、笑傲人生的轻松、喜悦和豪迈之情。"一蓑烟雨任平生",此句更进一步,由眼前风雨推及整个人生,有力地强化了作者面对人生的风风雨雨而我行我素、不畏坎坷的超然情怀。

以上数句,表现出旷达超逸的胸襟,充满清旷豪放之气,寄寓着独到的人生感悟,读来使人耳目为之一新,心胸为之舒阔。

过片到"山头斜照却相迎"三句,是写雨过天晴的景象。这几句既与上片所写风雨对应,又为下文所发人生感慨做铺垫。

结拍"回首向来萧瑟处,归去。也无风雨也无晴"。这饱含人生哲理意味的点睛之笔,道出了词人在大自然微妙的一瞬所获得的顿悟和启示:自然界的雨晴既属寻常，毫无差别，社会人生中的政治风云、荣辱得失又何足挂齿？句中"萧瑟"二字，意谓风雨之声，与上片"穿林打叶声"相应和。"风雨"二字，一语双关，既指野外途中所遇风雨，又暗指几乎置他于死地的政治"风雨"和人生险途。

此词作于苏轼黄州之贬后的第三个春天。读罢全词，人生的沉浮、情感的忧乐，我们的理念中自会有一番全新的体悟。它通过野外途中偶遇风雨这一生活中的小事，于简朴中见深意，于寻常处生奇警，表现出旷达超脱的胸襟，寄寓着超凡脱俗的人生理想。

纵观全词，一种醒醉全无、无喜无悲、胜败两忘的人生哲学和处世态度呈现在读者面前。"也无风雨也无晴"，是一种宠辱不惊、胜败两忘、旷达潇洒的境界，是一种"至人无己，神人无功，圣人无名"的境界，是一种回归自然，天人合一，宁静超然的大彻大悟。

定风波 红梅

好睡①慵开莫厌迟,自怜冰脸②不时宜。偶作小红桃杏色,闲雅,尚馀孤瘦雪霜姿。

休把闲心随物态,何事,酒生微晕沁瑶肌。诗老不知梅格③在,吟咏,更看绿叶与青枝。

【注释】

①好睡:贪睡,此指红梅苞芽周期漫长,久不开放。
②冰脸:比喻梅外表的白茸状物。
③梅格:红梅的品格。

【译文】

不要厌烦贪睡的红梅久久不能开放,只是爱惜自己不合时宜。偶尔是淡红如桃杏色,文静大放,偶尔疏条细枝傲立于雪霜。

红梅本具雪霜之质,不随俗作态媚人,虽呈红色,形类桃杏,乃是如美人不胜酒力所致,未曾堕其孤洁之本性。石延年根本不知道红梅的品格,只看重绿叶与青枝。

【赏析】

宋神宗元丰五年(1082年),当时苏轼贬官在黄州,因读石延年《红梅》诗引起感触,遂作《红梅》诗三首。稍后,作者把其中一首改制成词,即取调名《定风波·红梅》。

这是一首咏物词,作品通过红梅傲然挺立的性格,来书写自己迁谪后的艰难处境和复杂心情,表现了作者不愿屈节从流的态度和达观洒脱的品格。

作品的显著特点是融写物、抒情、议论于一体,并通过意境来表达思想感情。词以"好睡"发端,以"自怜"相承,从红梅的特征来展示红梅清冷、自爱的形象。红梅的一个明显特点,是苞芽期相当漫长,因谓"好睡";虽然红梅好睡,但并非沉睡不醒,而是深藏暗香,有所期待,故曰"莫厌迟"。句中一个"慵"字,悄悄透露了红梅的孤寂苦衷和艰难处境。红梅自身也明白,在这百花凋残的严寒时节,唯独自己含苞育蕾,岂非有不合时宜之感。苞蕾外部过着密集光洁的白茸,尽管如同玉兔霜花般的洁白可爱,也只能自我顾恋,悲叹"名花苦幽独"(苏轼《寓居定惠院之东,杂花满山,有海棠一枝,土人不知贵也》)罢了。词以"冰脸"来刻画红梅的玉洁冰清,既恰如其分地写出了红梅的仪表,也生动地写出了红梅不流习俗的超然之气,它赋予了红梅以生命和丰富的感情,形象逼真,发人深思。

"偶作小红桃杏色,闲雅,尚馀孤瘦雪霜姿。"这三句是"词眼",绘形绘神,正面画出红梅的美姿丰神。"小红桃杏色",说她色如桃杏,鲜艳娇丽,切红梅的一个"红"字。"孤瘦雪霜姿",说她斗雪凌霜,归结到梅花孤傲瘦劲的本性。"偶作"一词上下关联,天生妙语。不说红梅天生红色,却说美人因"自怜冰脸不时宜",才"偶作"红色以趋时风。但以下之意立转,虽偶露红妆,光彩照人,却仍保留雪霜之姿质,依然还她"冰脸"本色。形神兼备,尤贵于神,这才是真正的"梅格"!

下片三句续对红梅做渲染,笔转而意仍承。"休把闲心随物态",承"尚余孤瘦雪霜姿";"酒生微晕沁瑶肌",承"偶作小红桃杏色"。"闲心"、"瑶肌",仍以美人喻花,言心性本是闲淡雅致,不应随世态而转移;肌肤本是洁白如玉,何以酒晕生红?"休把"二字一责,"何事"二字一诘,其辞若有憾焉,其意仍为红梅作回护。"物态",指桃杏娇柔媚人的春态。石氏《红梅》诗云"寒心未肯随春态,酒晕无端上玉肌",其意昭然。这里是词体,故笔意婉转,不像做诗那样明白说出罢了。下面"诗老不知梅格在",补笔点明,一纵一收,回到本意。红梅之所以不同于桃杏者,岂在于青枝绿叶之有无哉!这正是东坡咏红梅之慧眼独具、匠心独运处,也是他超越石延年《红梅》诗的真谛所在。

此词着意刻绘的红梅,是苏轼身处穷厄而不苟于世、洁身自守的人生态度的写照。花格、人格的契合,造就了作品超绝尘俗、冰清玉洁的词格。

浣溪沙

游蕲水清泉寺①,寺临兰溪②,溪水西流。

山下兰芽③短浸溪,松间沙路净无泥,萧萧暮雨子规④啼。
谁道人生无再少,门前流水尚能西,休将白发唱黄鸡⑤。

【注释】

①蕲水:古县名,在今湖北省浠水县,距黄冈东数十里。清泉寺:寺名,在蕲水县东二里。世传王羲之当年洗笔的洗笔池即在此处。
②兰溪:水名,源于箬竹山,流经蕲水县,因两岸多山兰,故有此名。兰溪流经蕲水的一段溪水西流。
③兰芽:兰花的嫩芽。
④子规:又称杜鹃、杜宇。
⑤唱黄鸡:反用白居易《醉歌示妓〈商玲珑〉》"谁道使君不解歌,听唱黄鸡与白日。黄鸡催晓丑时鸣,白日催年酉时没。腰间红绶系未稳,镜里朱颜看已失。玲珑玲珑奈老何?使君歌了汝更歌"句意。

【译文】

山下的兰溪之畔,春兰正在茁壮生长,那刚刚抽出的嫩芽浸在清澈的溪水里,十分鲜嫩可人。苍翠的松树林掩映着山寺小路,虽然下着雨,但路上一点儿也不泥泞。傍晚时分,山间春雨淅沥,时时传来杜鹃鸟凄切的啼叫。

谁说人生不能再有少年时光?门前兰溪之水尚有自东往西流的时候。不要头顶白发去吟唱那令人颓废伤感的"黄鸡催晓""白日催年"之类的曲调。

【赏析】

  这首词作于宋神宗元丰五年（1082年）三月，时苏轼谪居黄州。

  词前小序交代了写作此词的简单背景。据《东坡志林》载，当年苏轼欲于黄州东南的沙湖买田置宅，在前往相看时得了臂肿的病，于是到麻桥一个叫庞安常的失聪神医处求治。疾愈，苏轼与之同游清泉寺，遂作此词。

  词的上片生动描写了清泉寺附近美丽、清新而又静谧的自然景色；下片即景抒情，抒发了作者虽遭贬谪而仍欲积极进取的豪迈激情。

  "山下兰芽短浸溪。"首句描绘出一幅清凉、美丽而又跃动着勃勃生机的动人画面，色调清新、明亮，引人入胜。

  "松间沙路净无泥。"这一句景物描写颇具佛寺的神韵，高洁的松树和清爽的沙路象征着禅院的脱俗和洗尽风尘，给人以清新入定的感受。

  "萧萧暮雨子规啼。"这一句着力刻画了山寺的幽静，潇潇的雨声、杜鹃的啼鸣声声入耳，正所谓"蝉噪林逾静，鸟鸣山更幽"。山寺的清幽静谧不难想象。

  "谁道人生无再少，门前流水尚能西。"我国的江河大多自西向东流，于是作者由兰溪的"倒流"联想到时光也可以倒流，青春可以永驻。时年作者已四十七岁，能发出这样的感慨，表现了作者不服老的精神，传达出一种美好的愿望。

  "休将白发唱黄鸡。"这一句既是勉人也是自勉，表达了作者老当益壮，不坠青云之志，仍渴望成就一番功业的乐观进取精神。

  全词语言清丽活泼，上片写景，下片抒情，用一条潺潺西流的溪水作线索，把两阕联结起来，因而并无断裂之感，既给人以美的享受，又能催人奋进。

临江仙

　　夜饮东坡①醒复醉,归来仿佛三更。家童鼻息已雷鸣,敲门都不应,倚杖听江声。

　　长恨此身非我有,何时忘却营营②?夜阑③风静縠纹④平。小舟从此逝,江海寄余生。

【注释】

①东坡:在湖北黄冈市东。苏轼谪贬黄州时,友人马正卿助其垦辟的游息之所,筑雪堂五间。
②营营:奔走钻营,形容为利禄竞逐钻营。
③夜阑:夜深。
④縠纹:细微的波纹。縠,有皱纹的纱。

【译文】

　　夜深宴饮在东坡的寓室里醒了又醉,回来的时候仿佛已经三更。这时家里的童仆早已睡熟鼾声如雷鸣。轻轻地敲了敲门,里面全不回应,只好独自倚着藜杖倾听江水奔流的吼声。

　　经常愤恨这个躯体不属于我自己,什么时候能忘却为功名利禄而奔竞钻营!趁着这夜深、风静、江波坦平,驾起小船从此消逝,泛游江河湖海寄托余生。

【赏析】

　　这首词作于苏轼黄州之贬的第三年,即宋神宗元丰五年(1082年)九月。

元丰三年（1080年），苏轼因乌台诗案，谪贬黄州（今湖北黄冈），住在城南长江边上的临皋亭。后来，又在不远处开垦了一片荒地，种上庄稼树木，名之曰东坡，自号东坡居士。还在这里筑屋名雪堂。对于经受了一场严重政治迫害的苏轼来说，此时是劫后余生，内心是愤懑而痛苦的。但他没有被痛苦压倒，而是表现出一种超人的旷达，一种不以世事萦怀的恬淡精神。有时布衣芒屩，出入于阡陌之上，有时月夜泛舟，放浪于山水之间，他要从大自然中寻求美的享受，领略人生的哲理。这就是此词的创作背景。

全词风格清旷而飘逸，写作者深秋之夜在东坡雪堂开怀畅饮，醉后返归临皋住所的情景，表现了词人退避社会、厌弃世间的人生理想、生活态度和要求彻底解脱的出世意念，展现了作者旷达而又伤感的心境。

上片首句"夜饮东坡醒复醉"，一开始就点明了夜饮的地点和醉酒的程度。醉而复醒，醒而复醉，当他回临皋寓所时，自然很晚了。"归来仿佛三更"，"仿佛"二字，传神地画出了词人醉眼朦胧的情态。这开头两句，先一个"醒复醉"，再一个"仿佛"，就把他纵饮的豪兴淋漓尽致地表现出来了。

接着，下面三句，写词人已到寓所、在家门口停留下来的情景："家童鼻息已雷鸣。敲门都不应，倚杖听江声。"走笔至此，一个风神潇洒的人物形象，一位襟怀旷达、遗世独立的"幽人"跃然纸上，呼之欲出。其间浸润的，是一种达观的人生态度，一种超旷的精神世界，一种独特的个性和真情。

上片以动衬静，以有声衬无声，通过写家僮鼻息如雷和作者谛听江声，衬托出夜静人寂的境界，从而烘托出历尽宦海浮沉的词人心事之浩茫和心情之孤寂，使人遐思联翩，从而为下片当中作者的人生反思做好了铺垫。

下片一开始，词人便慨然长叹道："长恨此身非我有，何时忘却营营？"这奇峰突起的深沉喟叹，既直抒胸臆又充满哲理意味，是全词枢纽。

以上两句精粹议论，化用庄子"汝身非汝有也""全汝形，抱汝生，无使汝思虑营营"之言，以一种透彻了悟的哲理思辨，发出了对整个存在、宇宙、人生、社会的怀疑、厌倦、无所希冀、无所寄托的深沉喟叹。这两句，既饱含哲理又一任情性，表达出一种无法解脱而又要求解脱的人生困惑与感伤，具有震撼人心的力量。

词人静夜沉思，豁然有悟，既然自己无法掌握命运，就当全身免祸。顾盼眼前江上景致，是"夜阑风静縠纹平"，心与景会，神与物游，为如此静谧美好的大自然深深陶醉了。于是，他情不自禁地产生脱离现实社会的浪漫主义的遐想,唱道:"小舟从此逝,江海寄余生。"他要趁此良辰美景,驾一叶扁舟,随波流逝,任意东西,他要将自己的有限生命融化在无限的大自然之中。

"夜阑风静縠纹平",表面上看来只是一般写景的句子,其实不是纯粹写景,而是词人主观世界和客观世界相契合的产物。它引发出作者心灵痛苦的解脱和心灵矛盾的超越,象征着词人追求的宁静安谧的理想境界,接以"小舟"两句,自是顺理成章。

苏东坡政治上受到沉重打击之后,思想几度变化,由入世转向出世,追求一种精神自由、合乎自然的人生理想。在他复杂的人生观中,由于杂有某些老庄思想,因而在痛苦的逆境中形成了旷达不羁的性格。"小舟从此逝,江海寄余生",这余韵深长的歇拍,表达出词人潇洒如仙的旷达襟怀,是他不满世俗、向往自由的心声。

西江月

　　世事一场大梦，人生几度秋凉？夜来风叶已鸣廊，看取眉头鬓上。

　　酒贱常愁客少，月明多被云妨。中秋谁与共孤光？把盏凄然北望。

【译文】

　　回首自己走过的人生历程，恍如做了一场大梦；又是一年秋凉时，试问人的一生中总共能经历多少次秋凉？近来夜里在走廊上能清晰地听到西风乍起以及黄叶飘零坠地的声音，对镜照影时能看到自己眉头深深的皱纹和两鬓苍苍的白发。

　　买酒容易可是客人少至，家里有酒却不知用来招待谁。皓月朗朗，可总有乌云想遮住它的光辉。值此中秋佳节之夜，有谁与我共同来观赏明月呢？只有我独自一人手捧酒杯，满怀惆怅地望着汴京的方向。

【赏析】

　　这首词写于宋神宗元丰三年（1080年）中秋，也是苏轼被贬谪到黄州的第一个中秋。时年苏轼四十五岁。苏轼在文学上无疑是当时的文坛领袖，但在政治上，他始终有自己的一套见解和主张，因此与当权者总存在分歧和矛盾，于是也就屡受打击和迫害。他在政治斗争的旋涡中被抛上抛下，曾位居高官，也曾获狱遭严刑拷打，几乎丧命。此次因"乌台诗案"被陷害入狱，然后责授黄州团练副使，可以算是他人生的一段低谷，使他在思想上清醒地认识到了政治斗争的残酷、世道人情的险恶、人生在世的艰难。在中秋佳节到来之时，他反思自己走过的人生道路，感慨今昔的遭遇，设想自己的将来，于是写下了这首词。

这首词上片写词人对自己宦海沉浮、飘摇不定的人生旅程的感慨，表达了对自己韶华已逝却功业无成的伤悲；下片写自己对世态炎凉的体会及对目前遭遇的哀伤，隐隐流露出对将来的某种希望。

"世事一场大梦，人生几度秋凉？"这两句是对人生的深刻体验：这么多年来，所有的努力和奋斗、成功和失败都已成为过去，一年年春去秋来，不知不觉已是四十有五，往后的日子尚有多少呢？

"夜来风叶已鸣廊，看取眉头鬓上。"这两句是作者悲秋并感叹自己暮年已至，中间夹杂着对流年易逝以及人生不如意的伤感。在这里，作者面对秋景，只选取了西风和落叶这两个最能体现季节特征，又最能表达自己心情的事物，寥寥数字而秋意顿出。

"酒贱常愁客少，月明多被云妨。"这两句是作者对人情世事以及个人遭遇的体验。当时苏轼以戴罪之身来到黄州，有些旧交与之断绝了往来，更有一些势利小人视之如瘟疫，避之唯恐不及，这些都使他深深地体味到了世态的炎凉。"月明多被云妨"暗含自己的政治主张屡遭打击排挤之意，深含孤独之感。

"中秋谁与共孤光？把盏凄然北望。"这两句写出了作者孤寂沉重的心情，但"谁与共"的呼唤以及"北望"表明他还怀有一丝对神宗皇帝的期望（神宗很赏识苏轼的才华，多次称誉他，此次出狱也是神宗下旨干预），说明即使在眼下的日子里，他也仍然对理想怀有一定的信心。

此词可以看作是作者人生失意时一次真实的感情流露。苏轼个性豁达、开朗、乐观，这在他的很多作品中都有深刻体现，同时写于贬谪黄州时的《念奴娇》（大江东去）和《定风波》（莫听穿林打叶声）也都洋溢着一股豪迈和乐观之气。这首词之所以写得较为低沉，大概是因为时逢佳节、酒贱客少而触景伤神吧；而且本篇思想深刻，即使惆怅伤悲也并非无病呻吟；另外还隐含着期望，所以是不能以"消极"视之的。

念奴娇 中秋

　　凭高眺远,见长空万里,云无留迹。桂魄①飞来、光射处,冷浸一天秋碧。玉宇琼楼②,乘鸾③来去,人在清凉国④。江山如画,望中烟树历历⑤。

　　我醉拍手狂歌,举杯邀月,对影成三客⑥。起舞徘徊风露下⑦,今夕不知何夕。便欲乘风,翻然归去,何用骑鹏翼⑧?水晶宫里,一声吹断横笛⑨。

【注释】

①桂魄:月亮的别称。古人称月体为魄,又传月中有桂树,故称月亮为"桂魄"。

②玉宇琼楼:指月宫中用美玉装饰的殿宇楼阁。琼,美玉。

③乘鸾:《异闻录》:"开元中,明皇与申天师游月中,见素娥十余人,皓衣乘白鸾,笑舞于广庭大桂树下。"鸾,传说中凤凰一类的神鸟,多为仙人骑乘。

④清凉国:指月宫,月宫又名广寒宫,故云。唐陆龟蒙诗残句:"溪山自是清凉国。"

⑤望中:俯瞰中原。烟树:烟雾笼罩的树木。历历:清楚可数。唐崔颢《黄鹤楼》诗:"晴川历历汉阳树。"

⑥"举怀"三句:李白《月下独酌》:"举酒邀明月,对影成三人。……我歌月徘徊,我舞影零乱。"

⑦"起舞"句:与上"我醉"句关联,化用《月下独酌》诗意:"我歌月徘徊,我舞影零乱。"

⑧ "便欲"三句：化用《庄子·逍遥游》："有鸟焉，其名为鹏，背若泰山，翼若垂天之云，抟扶摇羊角而上者九万里。"唐李白曾被称为"谪仙人"，谓如神仙谪降人世。苏轼也自比谪仙，故称归去。翻然，回飞的样子。鹏翼，大鹏之翅。

⑨ "水晶"二句：李肇《唐国史补》卷下：李舟以笛遗李牟，"牟吹笛天下第一，月夜泛江，维舟吹之……甚为精壮，山河可裂……及入破，呼吸盘擗，其笛应声粉碎"。此喻胸中豪气喷薄而出。

【译文】

置身高楼，凭高看去，中秋的月夜，长空万里无云，显得更为辽阔无边。月亮的光辉从天上照射下来，使秋天的碧空沉浸在一片清冷之中。在月宫的琼楼玉宇上，仙女们乘鸾凤自由自在地来来往往，我向往月宫中的清净自由，秀丽的江山像图画般的美丽，看过去在朦胧的月色里，树影婆娑。

现在我把天上的明月和身边自己的影子当成知心朋友和他一起起舞，希望愉快地度过如此良宵，邀月赏心，用酒浇愁，但悲愁还在。不要辜负了这良辰美景，此时此刻，唯有月亮才是我的知音，渴望乘风归去，在明净的月宫里，把横笛吹得响彻云霄，唤起人们对美好境界的追求和向往。

【赏析】

这是一首狂放不羁、飘逸洒脱的中秋之词，写于宋神宗元丰五年（1082年）中秋之夜，时苏轼谪居黄州，任黄州团练副使，属于戴罪管制。在黄州的几年是苏轼一生中比较困难的时期，这时的他不但在政治上失意，而且在行动上也没有完全的自由，几年前所遭受的"文字狱"冤案使他一直心有余悸。不过苏轼终究是一个豁达乐观、善于自我解脱的人，在黄州，他始终保持了对生活的热情。虽偶有消沉之语，但并不颓废。此词抒写了其渴望摆脱污浊、热烈追求超凡脱俗的清空自由境界的心境。

词的上片写景，既有实景，又有想象，热情赞咏了月光的美好和月宫的迷人；下片着重抒情，流露出对美好自由境界的向往与追求。

"凭高眺远，见长空万里，云无留迹。"中秋之夜，登上高高的楼阁放眼眺望，浩瀚无垠的夜空中一片晴朗，没有一点儿云影。开头三句写景状物，境界开阔清丽，使人感到心旷神怡。

"桂魄飞来、光射处，冷浸一天秋碧。"这两句描绘出一幅美丽的中秋月夜图，给人以明亮清凉之感。几个动词用得相当传神，极显词人炼字之功。一个"飞"字表现了月亮在空中翩翩欲动的样子，非常生动；一个"射"字则表现出了月光的明亮和强烈，很有气势；一个"浸"字刻画出月光如水般清凉、朗润。

"玉宇琼楼，乘鸾来去，人在清凉国。"这三句是词人对月宫中仙人的生活的想象。据《异闻录》载：开元中，明皇与申天师游月中，见素娥十余人，皓衣，乘白鸾，笑舞于广庭大桂树下。作者谪居黄州，处在一个不得自由的闲官位置上，所以会有此向往月宫清静自由的幻想。

"江山如画，望中烟树历历。"这两句由天上到人间，仰望京城所在的中原，又流露出词人对朝廷的眷顾。他虽然远离朝廷，蒙受冤屈，心中十分苦闷失意，但满腔的豪情壮志并未消散，挥之不去，耿耿于怀。

"我醉拍手狂歌，举杯邀月，对影成三客。"这三句化用李白《月下独酌》诗中"举杯邀明月，对影成三人。……我歌月徘徊，我舞影零乱"句，充满着浓厚的浪漫色彩。词人善于于逆境中自我解脱，故把天上的明月和地上的影子当作知心朋友，但透过这种豪放和孤傲，我们仍能隐隐感受到词人内心的凄凉和孤寂。

"起舞徘徊风露下，今夕不知何夕。"这两句写词人希望愉快地度过中秋良宵，不想辜负眼前这美好的时光。古人认为人间与天上的年月日不同，所以说"今夕不知何夕"，同时，这句话也化用《诗经》中"今夕何夕，见此良人"句，表示这是一个良宵，而并无疑问之意。

"便欲乘风，翻然归去，何用骑鹏翼？水晶宫里，一声吹断横笛。"这几句是词人浪漫的幻想，把他对自由美好生活的追求和向往之情渲染到了极致。虽然这种追求是虚幻的，是不可能实现的，但这正是词人在苦闷中寻求解脱、自我宽慰的无奈之举。"乘风归去"句写得极为飘逸、潇洒，令人神往。"一声吹断横笛"句语意夸张，化用卢肇《逸史》中李吹笛"声发入云，四座震栗，笛破，不复终曲"的典故，豪放之气力透纸背，很有感染力。

这首词意境宏阔超俗，格调清新豪迈，颇显苏轼的个人品性极其飘逸豪放的艺术风格。如果说作于密州中秋夜的《水调歌头》（明月几时有）尚有对人间的无限留恋，本词则是充满着对"清凉国"的无限景慕和向往，这反映出随着时间的流逝，词人的功名富贵之心在渐渐淡化，隐逸之心在不断增长，但这种对理想、自由的追求又是积极向上的。

浣溪沙

万顷风涛不记苏①。雪晴江上麦千车②。但令人饱我愁无。翠袖③倚风萦柳絮,绛唇④得酒烂樱珠⑤。尊前呵手镊⑥霜须⑦。

【注释】

①苏:即江苏苏州市。旧注云:"公有薄田在苏,今岁为风涛荡尽。"这句是指自己在苏州的田地被风潮扫荡但却并不介意。
②"雪晴"句:想象黄州一带由于大雪而第二年将获得"麦千车"的大丰收,而"人饱"将使"我愁"消除。说明自己的"愁"是对国计民生的忧念。
③翠袖:指穿翠绿衣裳的歌女。
④绛唇:红唇。
⑤樱珠:樱桃。
⑥镊:拔除。
⑦霜须:白须。

【译文】

只记得昨夜风声一片,却不记得何时醒来,看江上大雪纷飞,想这瑞年,明年麦子定能丰收,只要百姓吃饱我就不愁了。

歌女林临风而立,身边飞舞的雪花如柳絮,喝下美酒的红唇,如樱桃绚烂,我则在酒杯前吁气措手,摸着白胡须。

【赏析】

　　这首诗创作于元丰五年（1082年）冬，苏轼被贬黄州时无田产，只熙宁七年（1074年）曾于堂州宜兴置田产。苏轼此词乃徐君猷过访的第二天酒醒之后见大雪纷飞时所作。

　　整首词境界鲜明，形象突出，情思深婉，作者以乐景表忧思，以艳丽衬愁情，巧妙地运用相反相成的艺术手法，极大地增强了艺术的形象性，深刻地揭示了主人公的内心世界。

　　词的首句，"万顷风涛不记苏"的"苏"，当指苏州。这一句说的是苏轼未把苏州为风灾荡尽的田产记挂心上。

　　词上片写词人酒醉之后依稀听见风声大作，已记不清何时苏醒过来，待到天明，已是一片银装世界。词人立刻从雪兆丰年的联想中，想象到麦千车的丰收景象，而为人民能够饱食感到庆幸。下片回叙前一天徐君猷过访时酒筵间的情景。歌伎的翠袖在柳絮般洁白、轻盈的雪花萦绕中摇曳，她那红润的嘴唇酒后更加鲜艳，就像熟透了的樱桃。而词人却酒筵歌席间，呵着发冻的手，捋着已经变白了的胡须，思绪万端。

　　词人摄取"呵手镊霜须"这一富有典型特征的动作，极大地增强了艺术的形象性和含蓄性，深刻地揭示了抒情主人公谪贬的特定环境中的忧思。这一忧思的形象，衬以白雪萦绕翠袖和鲜艳的绛唇对比强烈，含蕴更丰。

　　上片比较明快，下片更显得深婉，而上片的情思抒发，恰好为下片的无声形象作提示。上下两片的重点是最末的无声形象。它们彼此呼应，互为表里，表现了词人一个昼夜的活动和心境。遣词、用字的准确形象，也是这首词的特点。如"不记"二字，看来无足轻重，但它却切词序"酒醒"而表现了醉中的朦胧。"但令"一词，确切地表达了由实景引起的联想中产生的美好愿望。"烂樱珠"，着一"烂"字，活画出酒后朱唇的红润欲滴。

卜算子

缺月挂疏桐,漏断①人初静。谁见幽人②独往来,飘渺孤鸿影。惊起却回头,有恨无人省③。拣尽寒枝不肯栖,寂寞沙洲④冷。

【注释】

①漏断:即指深夜。漏,指古人计时用的漏壶。
②幽人:指孤独幽隐之人。《易·履卦》:"幽人贞吉",其义为幽囚。引申为幽静、优雅。
③无人省:无人理解。
④沙洲:江河里由泥沙淤积成的陆地。

【译文】

弯弯的勾月悬挂在疏落的梧桐树上;夜阑人静,漏壶的水早已滴光了。有谁见到幽人独自往来,仿佛天边孤雁般缥缈的身影。

黑夜中的它突然受到惊吓,骤然飞起,并频频回头,却总是无人理解它内心的无限幽恨。它不断于寒冷的树枝间逡巡,然而不肯栖息于任何一棵树上,最后只能寂寞地降落在清冷的沙洲上。

【赏析】

宋神宗元丰二年(1079年),何正臣等人从苏轼的诗文中断章取义,弹劾他"讪谤朝廷"。苏轼于是年在湖州被捕入狱,几个月后被贬黄州。这首《卜算子》就是苏轼于元丰五年(1082年)十二月在黄州定慧禅院所作。

对于三年前的这次几乎死于非命的"文字狱",苏轼一直心有余悸,以致于在黄州的最初几年里一直战战兢兢，深居简出，几近于隐姓埋名。这首词表现的就是他的这种心境。词的上片描绘了一组凄清的画面，营造出一派孤寂的氛围；下片则集中刻画"惊鸿"这一生动的意象，并借助它深刻地表达了作者惊恐、哀怨、伤痛和寂寞心境。

"缺月挂疏桐，漏断人初静。"开首两句渲染出一幅凄清、冷寂而暗淡的画面。"缺""疏""静"为全词奠定了抑郁感伤的基调。

"谁见幽人独往来，飘渺孤鸿影。"在这里，词人把自己幻化为一位"幽人"，又把他比喻为"孤鸿"，极力渲染他的孤独寂寥和失落，意境神秘蒙眬。

"惊起却回头，有恨无人省。"这两句和下面两句转而写惊鸿，曲折地传达出作者难以言说的感情。这只惊鸿显然就是指代作者自己。作者凭空被人捏造罪名而险些命丧狱中，他心中的怨恨是不言而喻的，但没有人能理解，他只能如惊弓之鸟来到黄州。

"拣尽寒枝不肯栖，寂寞沙洲冷。"这两句指代的是作者在黄州宛如惊弓之鸟的生活状况：整天战战兢兢，处处小心谨慎，甘于寂寞和贫苦。

综观全词，作者表意婉转，借助于完美的艺术形象来含蓄表达，丝毫不露斧凿痕迹，浑然天成，足见其艺术上深厚的功力；全篇意境幽冷凄美，有很强的感染力。黄鲁直为其写的跋云："笔下无一点尘俗气，孰能至是。"

浣溪沙 咏橘

菊暗荷枯一夜霜①，新苞②绿叶照林光，竹篱茅舍出青黄③。香雾噀人④惊半破，清泉流齿怯初尝，吴姬⑤三日手犹香。

【注释】

①一夜霜：橘经霜之后，颜色开始变黄而味道也更美。白居易《拣贡橘书情》："琼浆气味得霜成。"

②新苞：指新橘。

③青黄：指橘子，橘子成熟时，果皮由青色逐渐变成金黄色。屈原《橘颂》"青黄杂糅，文章烂兮"。

④噀（xùn）：喷。

⑤吴姬：吴地美女，此指吴地的采橘女。

【译文】

一夜霜冻过后，菊花凋残，荷花枯萎，而新橘和绿叶相映衬，光亮照眼，竹篱茅舍掩映在青黄相间的橘林之间。

刚刚剥开橘子，芳香的水雾喷洒出来让人惊喜不已；带着几分胆怯棱尝新橘，甜中带酸的汁水在齿颊间如清泉流过，使人格外欣喜。江南女子的手剥橘后三日还有香味。

【赏析】

这首《浣溪沙》作于宋神宗元丰五年（1082年）十二月，作者品尝香橘有感而作此词。词的上片赞美了橘树的傲寒品性，下片写其果实的甜美芳香。

"菊暗荷枯一夜霜，新苞绿叶照林光。"这两句以橘和菊、荷对比，以菊、荷的凋残衬托橘的勃勃生机，表现出橘树极耐岁寒的特征，立意上与"荷尽已无擎雨盖，菊残犹有傲霜枝。一年好景君须记，最是橙黄橘绿时"的诗意大致相同。"菊暗"的"暗"字用得传神，表现的是菊花将残未尽残，但颜色已经明显黯淡的形态。

"竹篱茅舍出青黄。"这一句承接上两句对其枝叶的描绘，写其果实，使橘的形象更趋丰满。

"香雾噀人惊半破，清泉流齿怯初尝。"这两句描写生动，"香雾""清泉"比喻形象贴切；"惊"和"怯"两个词的运用则使描写更富有情趣，非常传神。

"吴姬三日手犹香。"这一句用夸张的手法表现了橘子芳香之浓郁持久，意境又很清新雅致，使橘的形象更为绮丽香艳。

这首咏物词运用对比、比喻、夸张等手法描摹橘的外在特征及内在质味，生动细腻，形色香兼备，韵味俱出，给人以深刻印象。

满庭芳

蜗角①虚名,蝇头②微利,算来着甚干忙。事皆前定,谁弱又谁强。且趁闲身③未老,须放我,些子疏狂④。百年里,浑教⑤是醉,三万六千场。

思量,能几许?忧愁风雨,一半相妨。又何须,抵死说短论长?幸对清风皓月,苔茵展⑥,云幕高张⑦。江南好,千钟美酒,一曲《满庭芳》。

【注释】

①蜗角:蜗牛角。比喻极其微小。
②蝇头:本指小字,此取微小之义。
③闲身:没有负担、自由清闲之身。
④些子:一点儿。疏狂:狂放不羁。
⑤浑教:皆使。
⑥苔茵展:青苔犹如茵席展布铺陈。茵,垫褥。
⑦云幕高张:云如幕布高高张挂。

【译文】

微小的虚名薄利,有什么值得为之忙碌不停呢?名利得失之事自由因缘,得者未必强,失者未必弱。赶紧趁着闲散之身未老之时,抛开束缚,放纵自我,逍遥自在。即使只有一百年的时光,我也愿大醉它三万六千场。

沉思算来,一生中有一半日子是被忧愁风雨干扰。又有什么必要一天到晚说长说短呢？不如面对这清风皓月，以苍苔为褥席，以高云为帷帐，宁静地生活。江南的生活多好，一千钟美酒，一曲优雅的《满庭芳》。

【赏析】

　　这首《满庭芳》词作于何时已不可考，但从词中表现的内容和抒发的感情看，须是苏轼受到重大挫折后，大致可断为写于贬于黄州之后，当是宋神宗元丰三年（1082年）之后几年内所作。

　　本词以议论为主，夹以抒情。上片由讽世到愤世，下片从自叹到自适。它真实地展现了一个失败者复杂的内心世界，也生动地刻画了词人愤世宿和飘逸旷达的两个性格层次，在封建社会中很有典型意义。

　　词人以议论发端，用形象的艺术概括对世俗热衷的名利作了无情的嘲讽。功名利禄曾占据过多少世人的心灵，主宰了多少世人喜怒哀乐的情感世界，它构成了世俗观念的核心。而经历了人世浮沉的苏轼却以蔑视的眼光，称之为"蜗角虚名、蝇头微利"，进而以"算来著甚干忙"揭示了追名逐利的虚幻。这不仅是对世俗观念的奚落，也是对蝇营狗苟尘俗人生的否定。词人由世俗对名利的追求，联想到党争中由此而带来的倾轧以及被伤害后的自身处境，叹道："事皆前定，谁弱又谁强。"

　　"饮中真味老更浓，醉里狂言醒可怕"（《定惠院寓居月夜偶出》），是他这个时期自处的信条。所以，"且趁闲身未老，尽放我、些子疏狂。百年里，浑教是醉，三万六千场"。意图在醉中不问世事，以全身远祸。一个"浑"字抒发了以沉醉替换痛苦的悲愤。一个愤世嫉俗而以无言抗争的词人形象呼之欲出。

　　下片于自叙中夹以议论。"思量，能几许"，承上"百年里"说来，谓人生能几；而"忧愁风雨，一半相妨"，即李白"为欢几何"之意。"风雨"自指政治上的风风雨雨，所"妨"者是人生乐事。苏轼一踏上仕途便卷入朝廷政治斗争的漩涡，此后命途多难，先后排挤出朝，继又陷身大狱，幸免一死，戴罪贬逐，昔时朋友相聚，文酒之欢，此时则唯有"清诗独吟还自和，白酒已尽谁能借。不惜青春忽忽过，但恐欢意年年谢"（《定惠院寓居月夜偶出》）。当此时，词人几于万念皆灰。"又何须抵死，说短论长"，是因"忧愁风雨"而彻悟之语。词人自嘲自解，其中实又包含满肚子不平之气。下面笔锋一转，以"幸"字领起，以解脱的心情即景抒怀。造物者无尽藏的清风皓月、无际的苔茵、高张的云幕，这个浩大无穷的现象世界使词人的心量变得无限之大。那令人鄙夷的"蜗角虚名、蝇头微利"的狭小世界在眼前消失了，词人忘怀了世俗一切烦恼，再也无意向外驰求满足，而愿与造化同乐，最后在"江南好，千钟美酒，一曲《满庭芳》"的高唱中，情绪变得豁达开朗，超脱功利世界的闲静之情终于成为其人生的至乐之情，在新的精神平衡中洋溢着超乎俗世的圣洁理想，词人那飘逸旷达的风采跃然纸上。

苏轼在词中擅长抒写人生。他高于一般词人之处，在于他能从人生的矛盾、感情的漩涡中解脱出来，追求一种精神上的解放，正因如此，苏轼描写的人类心灵就比别人多一个层次。这也是他的词能使人"登高望远"的一个重要原因。

词人重在解脱，在感情生活中表达了一种理性追求，故不免要以议论入词。此首《满庭芳》便表现出这一特色。词人"满心而发，肆口而成"，意显词浅，带有口语化的痕迹，似毫不经意，然又颇具匠心。

整首词处处洋溢着词人遭受人生挫折后"觉今是而昨非"，欲抛弃一切世俗的名利，及时行乐，活出一个真实的自我的思想感情。

满庭芳

有王长官者,弃官黄州三十三年,黄人谓之王先生。因送陈慥来过余①,因为赋此。

三十三年,今谁存者?算只君与长江。凛然苍桧②,霜干苦难双。闻道司州古县③,云溪上、竹坞④松窗。江南岸,不因送子,宁肯过吾邦?

㴙㴙⑤,疏雨过,风林舞破,烟盖云幢。愿持此邀君,一饮空缸⑥。居士⑦先生老矣,真梦里、相对残釭⑧。歌声断,行人未起,船鼓已逢逢⑨。

【注释】

①陈慥:字季常,为苏轼好友。过:拜访、看望。
②桧:即圆柏。一种常绿乔木,雌雄异株,果实球形,木材桃红色、有香气。寿命达数百年。此处以苍桧喻王先生。
③司州古县:指黄陂区,曾属南司州。
④竹坞:用竹子建造的房屋。
⑤㴙㴙:形容雨声。
⑥一饮空缸:一口气把酒喝干。
⑦居士:作者自称,其号为东坡居士。
⑧釭:灯。
⑨逢逢:形容鼓声。

【译文】

这三十三年以来，今天还有谁存在？算来只有王长官的高洁品格能与长江相提并论。其风骨凛然如苍桧，霜干承受了多少苦难。听说司州古县，云溪上，有一座用竹子建造的房屋，它的窗子由松木建造。如果王先生不是为了送陈慥去长江南岸，怎么会来我所居住的黄冈？

雨声铿锵有力。疏雨过后，风林舞破，烟云雾霭覆盖着房屋。只愿持杯邀请先生，一口气把酒喝干。东坡居士已经老了，真好像是在梦里与你通宵达旦地开怀畅饮，对着残破的灯。歌声中断了，行人还没有起床，船鼓已经嘭嘭响起，催促行人出发了。

【赏析】

这首词是苏轼发配黄州时的作品。当时，苏轼的许多朋友或怕株连，或避嫌疑，纷纷疏远了他，使他备感世态炎凉。然而，他的同乡陈慥却蔑视世俗，仍与其过从甚密，五年中竟七次来访。元丰六年（1083年）五月，"弃官黄州三十三年"的王长官因送陈慥到荆南某地访东坡，得以与东坡会晤，此作乃得以诞生。

词的上半阕主要是刻画王长官的高洁人品，下半阕则描绘会见王长官时的环境、气氛，以及东坡当时的思绪和情态。

上片全就王长官其人而发，描绘了一个饱经沧桑、令人神往的高士形象。前三句"三十三年，今谁存者？算只君与长江"，一开篇就语出惊人不同凡响，在将长江拟人化的同时，以比拟的方式将王长官高洁的人品与长江共论，予以高度评价。"凛然苍桧，霜干苦难双"二句喻其人品格之高，通过"苍桧"的形象比喻，其人傲干奇节，风骨凛然如见。王长官当时居住黄陂（今武汉市黄陂区），唐代武德初以黄陂置南司州，故词云"闻道司州古县，云溪上、竹坞松窗"。后四字以竹松比喻托衬他的正直耿介。"江南岸"三句是说倘非王先生送陈慥来黄州，恐终不得见面。语中既有词人的自谦，也饱含作者对于王先生人品的仰慕之情。

过片到"相对残釭"句写三人会饮。"搅搅"二字拟（雨）声，其韵铿然，有风雨骤至之感。"疏雨过，风林舞破，烟盖云幢"几句，既写当日气候景色，又通过自然景象的不凡，暗示作者与贵客的遇合之脱俗。"愿持此邀君，一饮空缸"，充满了酒逢知己千杯少的豪情。"居士先生老矣"，是生命短促、人生无常的感叹。"真梦里，相对残釭"，写主客通宵达旦相饮欢谈，彼此情投意合。

末三句写天明分手，船鼓催发，主客双方话未尽，情未尽，满怀惜别之意。

全词"健句入词，更奇峰特出"，"不事雕凿，字字苍寒"（郑之焯《手批东坡府府》），语言干净简练之极，而内容，含义橐栝极多，熔叙事，写人、状景、抒情于一炉，既写一方奇人之品格，又抒旷达豪放之情感，实远出于一般描写离合情怀的诗词之上。词中凛然如苍桧的王先生这一形象，可谓东坡理想人格追求的绝妙写照。

鹧鸪天

　　林断山明①竹隐墙，乱蝉衰草小池塘。翻空②白鸟时时见，照水红蕖③细细香。

　　村舍外，古城旁，杖藜④徐步转斜阳。殷勤昨夜三更雨，又得浮生⑤一日凉。

【注释】

①林断山明：树林断绝处，山峰显现出来。
②翻空：飞翔在空中。
③红蕖（qú）：粉红色的荷花。
④杖藜：拄着藜杖。藜，一种草本植物，高五六尺，老后茎坚者可做拐杖。
⑤浮生：意为世事不定，人生短促。

【译文】

　　远处郁郁葱葱的树林尽头，有耸立的高山。近处竹林围绕的屋舍边，有长满衰草的小池塘，蝉鸣缭乱。空中不时有白色的小鸟飞过，塘中红色的荷花散发幽香。

　　在乡村的野外，古城墙的近旁，我手拄藜杖慢步徘徊，转瞬已是夕阳。昨夜天公殷殷勤勤地降下一场微雨，今天又能使漂泊不定的人享受一日的爽心清凉。

【赏析】

　　这首词作于宋神宗元丰六年（1083年）夏，时苏轼谪居黄州，属于戴罪看管,但从词中所透露出的恬淡闲适之趣则可以窥见其达观向上、飘逸洒脱的性格及高洁的情趣。

词的上片写景,生动地描绘了夏季乡间雨后初晴的清新景象,下片刻画人物形象,表达了漫步其间的闲适心情。

开头两句,作者以推移镜头,由远而近,描绘自己所处的特殊环境:远处有郁郁葱葱的树林,树林尽头,有座高山清晰可见;近处,丛生的翠竹,像绿色的屏障,围护在一所墙院周围。这所墙院正是词人的居所。靠近院落,有一池塘,池边大约由于天旱缺水,满地长着枯萎的衰草。蝉声四起,叫声乱成一团,令人烦躁不安。在这两句词中,竟然描写出林、山、竹、墙、蝉、草、池塘七种景色,容量如此之大,在古典诗词里也是不多见的。这里呈现的景象,跟词人熙宁十年(1077年)任徐州知州时所描写的景象迥然不同。那时作者写下的词句是:"麻叶层层檾叶光,谁家煮茧一村香。""软草平莎过雨新,轻沙走马路无尘。"(《浣溪沙·徐门石潭谢雨道上作五首》)那是一种奔腾奋发、蒸蒸日上的景象。而"林断山明竹隐墙,乱蝉衰草小池塘",则完全是一种杂乱、衰萎的景象,显得苍白无力,缺乏生机。词人为何会描写出此等景象呢?原来,词人在徐州任知州时,政绩卓著,深得民心,所以他当时写的词作,充满着积极奋发的精神。后来,他受到打击,被贬到黄州,充任团练副使,处境十分艰难,才能无从施展,被迫过着隐退生活,所以心情苦闷,精神不振。这就无怪乎他的词章变得这样凄清苍凉了。

三、四两句,含义更深邃。从词句上看,这两句描写得比较优美:在广阔的天空,不时看到白鸟上下翻飞、自由翱翔,满池荷花,映照绿水,散发出柔和的芳香。意境如此清新淡雅,颇有些诗情画意。"红蕖",是荷花的别名。"细细香",是说荷花散发出的香味不是扑鼻的浓烈香气,而是宜人的淡淡芳香。如果不是别的原因,这样的境界的确是修身养性的乐土。然而,对于词人来说,他并非安于现状,有心流连这里的景致。他虽然描绘出白鸟翻空,红荷照水的画面,但这和他倾心欣赏杭州西湖那种"淡妆浓抹总相宜"的美丽景色,是不能相提并论的。透过这样一幅画面,读者能够隐隐约约看到词人那种百无聊赖、自寻安慰、无可奈何的心境。词的下片,作者又用自我形象的描绘,做了生动的说明。

下片前三句,是写太阳在即将落山的时候,词人拄着藜杖在村边小道上徐徐漫步。这是词人自我形象的写照。但他表现的究竟是怎样的形象呢?是老态龙钟,还是病后的神态?是表现自得其乐的隐者生活,还是百无聊赖、消磨时光的失意情绪?读者仔细玩味,自然会得出正确的答案。

最后两句,是画龙点睛之笔。词句的表面是说:天公想得挺周到,昨天夜里三更时分,下了一场好雨,又使得词人度过了一天凉爽的日子。"殷勤"二字,犹言"多承"。细细品评,在这两个字里,还含有某些意外之意,即是说:有谁还能想到几经贬谪的词人呢?大概世人早已把我忘却了,唯有天公还想到我,为我降下"三更雨"。所以,在"殷勤"两字中还隐藏着词人的无限感慨。"又得浮生一日凉",是词中最显露的一句。"浮生",是说人生飘忽不定,是一种消极的人生哲学。《庄子·刻意》篇说:"其生若浮,其死若休。"苏轼的这种消极思想,就是受庄子思想的影响。"又得浮生一日凉"中的"又"字,分量很重,对揭示主题,起着重要的作用,它表现词人得过且过、日复一日地消磨岁月的消极情绪。

总观全词,笔触细腻,淡雅自然。作者用轻快的语言、跳动的节奏来写景状物,其中饱含着作者的热爱和喜悦之情;在抒情中又蕴含着深沉的思索,耐人寻味。全篇写景、叙述、抒情、说理相互交融,浑然一体。

洞仙歌

公自序云:"仆七岁时,见眉山老尼,姓朱,忘其名,年九十岁,自言尝随其师入蜀主孟昶①宫中。一日大热,蜀主与花蕊夫人②纳凉摩诃池上,作一词③。朱具能记之。今四十年,朱已死久矣,无人知此词者。但记其首两句。暇日寻味,岂《洞仙歌令》乎?乃为足之云。"

冰肌玉骨④,自清凉无汗。水殿风来暗香满⑤。绣帘开、一点明月窥人,人未寝,欹⑥枕钗横鬓乱。

起来携素手⑦,庭户无声,时见疏星渡河汉⑧。试问夜如何?夜已三更,金波⑨淡、玉绳低转。但屈指、西风几时来,又不道流年、暗中偷换。

【注释】

①蜀主孟昶(chǎng):五代末后蜀国主。934年称王,宋太祖乾德三年(965年),后蜀为宋所灭,昶降,被改封为秦国公。昶长于文学与音乐,曾作《相见欢》词。

②花蕊夫人:后蜀王孟昶之妃,陶宗仪《辍耕录》:"蜀主孟昶纳徐匡璋女,拜贵妃,别号花蕊夫人,意花不足拟其色,似花蕊之翾(xuān古同"儇"xuān,轻佻)轻也。或以为姓费氏,则误矣。"后蜀亡,被掳入宋,为宋太祖宠爱。

③作一词:苏轼词序云词已失传,只记其首二句,后世所传孟昶《玉楼

春》词乃"东京士人檃括（就某文体原有内容、词句改写为另一体裁之创作手法。）东坡《洞仙歌》（沈雄《古今词话》）。赵闻礼《阳春白雪》引潘叔明云："蜀帅谢元明因开摩诃池，得古石刻，遂见全篇（指原《洞仙歌》），词云：'冰肌玉骨，自清凉无汗。则阆琳宫恨初远。玉阑干倚遍，怯尽朝寒；回首处，何必留连穆满。芙蓉开过也，楼阁香融，千片红英泛波面。洞房深深锁，莫放轻舟。瑶台去，甘与尘寰路断。与日俱增莫遣流红到人间，怕一似当时误他刘阮。'"宋翔风《乐府余论》评此词为伪托。

④冰肌玉骨：庄子《逍遥游》："藐姑射之山，有神人居焉，肌肤若冰雪，淖约若处子……"

⑤水殿：指筑于成都摩诃池上的宫殿。暗香：指梅、兰、荷、菊一类花清幽的香气。

⑥欹：通"攲（yǐ）"，斜攲。

⑦素手：美人白皙的手。

⑧河汉：天河，银河。

⑨金波：月光。《汉书·礼乐志·郊祀歌》："月穆穆以金波，日华耀以宣明。"

【译文】

花蕊夫人肌骨犹如冰玉一般晶莹、洁白、圆润，在炎热的夏夜亦浑身清凉无汗。宫殿临水，一阵风过，空气中弥漫着荷花、荷叶的清香。绣帘微微张开，一线月光轻洒而入，仿佛月亮也在偷窥她的美丽姿容；斜倚鸳鸯枕，却并无睡意，只见金钗横斜，云鬓微堕。

蜀主与花蕊夫人一同起来，牵着手儿来到殿外。殿外一片静寂，不时有几颗流星飞快地划过银河。此时是什么时辰了呢？但见月色逐渐转淡，北斗星下移，已是三更天，夜已很深了。君、妃相偎而坐，一起在计算着这炎夏酷暑何时结束，凉爽的秋风几时才能吹来，却不知道流年似水，时光在分分秒秒流逝，季节也在不知不觉中悄然酝酿着更替。

【赏析】

本词作于神宗元丰六年（1083年），时苏轼谪居黄州。

篇中所叙情景，纯由想象生发。据词前小序，这首词是咏夏夜纳凉之后蜀花蕊夫人的。后蜀末主孟昶生活奢靡，沉湎女色。花蕊夫人更是冠绝群芳，艳丽无比，凭其"花蕊夫人"的别号也可以想见。

　　在他人笔下，这是写"艳词"的绝佳题材。到了苏轼笔下，却是风貌迥异。花蕊夫人"冰肌玉骨"，在清凉的夏夜里，在银白色的月光的映衬下，显得如此清雅脱俗，明丽照人。夜寂静，人无眠，携手绕户，疏星耿耿，时间在悄悄流逝，季节在暗中更换。周围的环境与人物相协调，也是如此安谧宁静、清澈光洁。词人特意不写宫中的糜烂生活，不写男女的打情骂俏，而只是写其纳凉的一个情节，所选题材的洁净化有助于词的意境的提高。在时间推移的叙述中还流露出人事无常之感慨，与咏史的题材相通。南宋张炎评价说："清空中有意趣，无笔力者未易到。"（《词源》卷下）明沈际飞也称赞此词"清越之音，解烦涤苛"（《草堂诗余正集》卷三）。

　　上片写花蕊夫人帘内欹枕。首二句写她的绰约风姿：丽质天生，有冰之肌、玉之骨，本自清凉无汗。接下来，词人用水、风、香、月等清澈的环境要素烘托女主人公的冰清玉润，创造出境佳人美、人境双绝的意境。其后，词人借月之眼以窥美人欹枕的情景，以美人不加修饰的残妆——"钗横鬓乱"，来反衬她姿质的美好。上片所写，是从旁观者角度对女主人公所做出的观察。

　　下片直接描写人物自身，通过女主人公与爱侣夏夜偕行的活动，展示她美好、高洁的内心世界。"起来携素手"，写女主人公已由室内独自倚枕，起而与爱侣户外携手纳凉闲行。"庭户无声"，制造出一个夜深人静的氛围，暗寓时光在不知不觉中流逝。"时见疏星渡河汉"，写二人静夜望星。以下四句写月下徘徊的情意，为纳凉人的细语温存进行气氛上的渲染。以上，作者通过写环境之静谧和斗转星移之运动，表现了时光的推移变化，为写女主人公纳凉时的思想活动做好铺垫。结尾三句是全词点睛之笔，传神地揭示出时光变换之速，表现了女主人公对时光流逝的深深惋惜。

　　这首词写古代帝王后妃的生活，在艳羡、赞美中附着作者自身深沉的人生感慨。全词清空灵隽，语意高妙，想象奇特，波澜起伏，作者着力营造了一个令人向往的意境，并于此寄兴抒怀，情景交融，浑然一体，读来令人神往。

水调歌头　黄州快哉亭赠张偓佺

　　落日绣帘卷,亭下水连空。知君为我,新作窗户湿青红①。长记平山堂②上,欹枕③江南烟雨,渺渺没孤鸿。认得醉翁④语,山色有无中⑤。

　　一千顷,都镜净,倒碧峰。忽然浪起,掀舞一叶白头翁⑥。堪笑兰台公子⑦,未解庄生天籁⑧,刚道有雌雄⑨。一点浩然气⑩,千里快哉风⑪。

【注释】

①湿青红:涂以青红油漆。湿,在这里用作动词。
②平山堂:地名,位于江苏扬州西北蜀冈上,为欧阳修任扬州知州时所建。
③欹枕:倚枕。
④醉翁:指欧阳修。欧阳修自号醉翁,有散文名作《醉翁亭记》。
⑤山色有无中:指山色在烟云的笼罩下若隐若现。此句借用欧阳修《朝中措》词中的"平山栏槛倚晴空,山色有无中"句。
⑥一叶:一片叶子,此喻小船。白头翁:此指白发渔翁。
⑦兰台公子:指战国时的宋玉。宋玉曾在兰台侍奉楚襄王,故称。
⑧庄生:指战国时的庄周,为道家学派的代表人物之一,著有《庄子》。天籁:指风吹动自然界的各种孔穴而发出的声响。《庄子·齐物论》中说:"女闻人籁而未闻地籁,女闻地籁而未闻天籁夫!"在庄周看来,天籁比地籁、人籁更为美妙动听。
⑨刚道:硬说,勉强解释。雌雄:指宋玉所说的雌雄之风。据宋玉《风赋》云,楚襄王游兰台,有风飒然而至,楚襄王开怀迎风,称:"快哉

此风!寡人所与庶人共者邪?"宋玉对曰:"此独大王之风耳,庶人安得而共之?"并说"宁体便人"者为大王之雄风,"生病造热"者为庶人之雌风。

⑩浩然气:正气,崇高的气节。《孟子·公孙丑上》云:"我善养吾浩然之气……其为气也,至大至刚,以直养无害,则塞于天地之间。"

⑪快哉风:此指使楚襄王深感快意的自然之风。

【译文】

傍晚时分,夕阳在山,我登上快哉亭纵览长江壮景。绣帘高卷,极目远望,但见水天相连,一片澄碧。为了欢迎我的到来,我知道您最近特意为窗户刷上了一层青红的油漆。在快哉亭上眺望长江,让我想起了欧阳公在扬州所建的平山堂。欧阳公当年贬谪扬州,常常在平山堂内倚枕而卧,看堂外风景。在潇潇的江南烟雨中,时有孤鸿的影子出没。我还记得欧阳公曾用"山色有无中"的句子来描绘过平山堂下那美好的胜景。

江面上一碧千顷,犹如莹净的镜面,两岸青翠的山峰倒映水中,景色如诗如画。忽然风浪乍起,但见一位白发老翁驾着一叶小舟在浪涛中上下出没。当年的宋玉不知道庄子对天籁的赞颂之意,不明白自然造化是不受人间富贵权势的影响的,为了取悦楚王,硬说风有雌雄之分,实在是可笑。如果心中怀有一股浩然正气,就能尽享纵横千里之外的快哉风,而与你的地位尊卑、荣辱得失毫无关系。

【赏析】

这是一篇写景抒情的佳作,写于宋神宗元丰六年(1083年)六月,时苏轼谪居黄州(州治在今湖北黄冈)。张偓佺,名怀民,字梦得,又字偓佺,清河人,当时被贬谪到黄州的齐安县(今湖北省黄冈市西北),相同的处境使苏、张二人结下了深厚的友谊。苏轼在著名的散文《记承天寺夜游》中写其曾夜访张偓佺,文章结尾说:"何夜无月,何处无竹柏,但少闲人如吾两人耳。"把自己和张偓佺以"闲人"相称,又可见埋藏于其内心深处的失意之感。同年,张偓佺在其住所西南筑亭以观长江,苏轼为其题名为快哉亭,取意于宋玉《风赋》中"快哉此风"句,本词即作于快哉亭上。

全词既有对快哉亭周围景色的描绘,又有回忆和想象,更有直抒胸臆。写景抒情都以快语出之，达观豪迈，表达了其胸怀浩然气，享受快哉风的精神追求，是苏词中豪放作品的重要代表作之一。从中我们也可以窥见苏轼豁达乐观、善于在逆境中超然独处的品性。

"落日绣帘卷，亭下水连空。"这两句总写登临所见，境界壮阔而绮丽，很有气势。

"知君为我，新作窗户湿青红。"这两句是叙事，一方面点题中"赠张偓佺"之意，一方面表现出二人情谊之深厚。正是有感于好友的盛情，才有了此次的登临，才有了本词中豪迈的抒情。

"长记平山堂上，欹枕江南烟雨，渺渺没孤鸿。认得醉翁语，山色有无中。"这五句并未从正面来描写快哉亭所见，而是追想平山堂下的美好景物，这是因为平山堂和快哉亭同为登临之胜，而且主人又有着相似遭遇的缘故。苏轼入考进士时，颇得欧阳修赏识，苏轼亦很敬重欧阳修的学识和为人，对其终生行弟子之礼，故在这里想到了欧阳修及其所建的平山堂。另外，把平山堂和快哉亭、欧阳修和张偓佺并写，既有对欧阳修的追忆和怀念，更是以欧阳修的风雅来比张偓佺的襟怀。以彼时之景和人写此时之景和人，虽不着一字，而尽得风流。在这几句中，"孤鸿"这一意象的出现是对欧阳修、张偓佺和作者自身遭际及其品格的象征。三人同遭贬谪，都神思高举，有雅怀高致，故以"孤鸿"喻之。

"一千顷，都镜净，倒碧峰。忽然浪起，掀舞一叶白头翁。"这五句从正面描绘江面上的景象，前三句是静景，后两句为动景。静动结合，把长江的壮美渲染得淋漓尽致。"掀舞一叶白头翁"中老翁的雄健形象其实就是词人老当益壮，穷且弥坚的影子。为下面的抒情做好铺垫。

"堪笑兰台公子，未解庄生天籁，刚道有雌雄。"这几句由白头渔翁在风中的雄姿引发感慨，认为"快哉之风"并非为那些高高在上的王侯将相们所独享。

"一点浩然气，千里快哉风。"这两句气势恢宏，是词人内心豪迈气概的自然流露，我们从中更可以体察到其身处逆境而并不消沉的优秀品质和旷达襟怀。苏辙《黄州快哉亭记》中"士生于世，使其中不自得，将何往而非病？使其中坦然，不以物为伤性，将何造而非快"的见解可与之相互比照。

这首词叙事、写景、抒情有机融合，浑然一体。作者身处快哉亭，面对长江水，无限情思涌上心头，由虽遭贬谪而筑亭赏景的张偓佺不禁想到了自己所钦敬的正直儒雅的欧阳修，进而又讥笑宋玉未得庄周"天籁"之意，勉励张偓佺亦是自勉要于逆境中奋发，不坠青云之志，永葆一股浩然之气。

满庭芳

元丰七年四月一日,余将去黄移汝①,留别雪堂②邻里二三君子。会李仲览③自江东来别,遂书以遗之。

归去来兮,吾归何处?万里家在岷峨④。百年强半⑤,来日苦无多。坐见黄州再闰,儿童尽,楚语吴歌。山中友,鸡豚社酒⑥,相劝老东坡。

云何,当此去?人生底事⑦,往来如梭?待闲看,秋风洛水⑧清波。好在堂前细柳,应念我,莫剪柔柯⑨。仍传语,江南父老⑩,时与晒渔蓑。

【注释】
①去黄移汝:离开黄州,改任汝州。
②雪堂:苏轼在黄州的居所名,位于长江边上。
③仲览:指李仲览,即作者友人李翔。
④岷峨(mín é):四川的岷山与峨眉山,此代指作者故乡。
⑤强半:大半。这年苏轼四十八岁,将近五十岁。
⑥社酒:原指春秋两次祭祀土地神用的酒,此泛指酒。
⑦底事:何事。
⑧秋风洛水:西晋张翰在洛阳做官,见秋风起,想起故乡吴郡的菰菜、莼羹、鲈鱼脍,便弃官而归,此表示退隐还乡之志。
⑨柔柯(kē):细枝,指柳条。

⑩江南父老：指作者邻里。

【译文】

归去啊，归去，我的归宿在哪里？故乡万里家难归，更何况劳碌奔波，身不由己！人生百年已过半，剩下的日子也不多。蹉跎黄州岁月，四年两闰虚过。膝下孩子，会说楚语，会唱吴歌。何以依恋如许多？山中好友携酒相送，都来劝我留下。

面对友人一片冰心，我还有什么可说！人生到底为什么，辗转奔波如穿梭？唯盼他年闲暇，坐看秋风洛水荡清波。别了，堂前亲种的细柳，请父老，莫剪柔柯。致语再三，晴时替我晾晒渔蓑。

【赏析】

宋神宗元丰七年（1084年），因"乌台诗案"而谪居黄州达五年之久的苏轼，接到了量移汝州（今河南临汝）安置的命令。邻里友人纷纷相送，苏轼作此词以示告别。所谓量移，指的是被贬谪远方的臣子，遇赦酌情移近安置，并非平反复官。对于苏轼来说，这次虽是从遥远的黄州调到离京城较近的汝州，但五年前加给他的罪名并未撤销，官职也仍然是一个"不得签书公事"的州团练副使，政治处境和实际地位都没有任何欣喜之感。这一年他已四十八岁，在二十多年的宦海生涯中，由于政治上的风云变幻，他不断地西去东来，南迁北徙，尝够了人生的苦味。当此再一次迁徙之际，政治牢骚与思乡之情交织在他胸中，使他思绪万千，心潮难平。不过苏轼毕竟是豪放旷达之士，他不愿也决不会在牢骚与哀愁中沉沦下去。他很快地恢复了自我感觉的平衡，转而用亲切平和的笔调，向黄州父老娓娓动听地倾诉起依依难舍的别情来。以亲密的友情来驱散迁客的苦情，以久惯世路的旷达之怀来取代人生失意的哀愁，这，就是本篇的感情波澜的酝酿过程，也是词章思想内容的核心。南宋周辉《清波杂志》论曰："居士词岂无去国怀乡之感，殊觉哀而不伤。"此评正适合于阐释这首词的情感特征。

苏轼作词，有意与"花间"以来只言闺情琐事的传统相异，而尽情地把自己作为高人雅士、作为天才诗人的整个面貌、胸怀与学问从作品中呈现出来。一部东坡词集，抒情方式与技巧变化多端，因内容的需要而异。其中有一类作品，纯任性情，不假雕饰，脱口而出，无穷清新，它们在技巧和章法上看不出有多少创造发明，却专以真实感人的情绪和浑然天成的结构取胜。这首留别黄州父老的词即其一例。

上片开头三句,起势十分陡健,作者翘首西望,哀声长吟,乡情浓郁感人。首句"归去来兮",一字不易地搬用陶渊明《归去来辞》首句,非常贴切地表达了自己思归西蜀故里的强烈愿望。这三句中,还包含了一段潜台词,让读者自去想象补充,这就是:当年陶渊明高唱"归去来兮",是归隐之志已经得以实现之时的欢畅得意之辞,而东坡虽然一心想效法渊明,无奈量移汝州是不可抗拒的"君命",此时仍在"待罪"之中,不能自由归去,因此自己吟唱"归去来兮"仅仅是表示欲归不得的怅恨而已。接下来"百年强半,来日苦无多"二句,以时光易逝,人空老大的感叹,加浓了失意思乡的感情氛围。上片的后半,笔锋一转,撇开满腔愁思,抒发因在黄州居住五年所产生的对这里的山川人物的深厚情谊。楚语吴歌,铿然在耳;鸡豚社酒,宛然在目。黄州的语言风俗,黄州的父老乡亲对东坡先生敬之爱之的热烈场面,以及东坡临别依依的情怀,都在这一段真切细致的描写中展露出来了。

词的下片,进一步将宦途失意之怀与留恋黄州之意对写,突出了作者达观豪爽的可爱性格。过片三句,向父老申说自己不得不去汝州,并叹息人生无定,来往如梭,表明自己失意坎坷,无法掌握命运的痛苦之情。"待闲看秋风,洛水清波"二句,却一笔荡开,瞻望自己即将到达之地,随缘自适的思想顿然取代了愁苦之情。一个"闲"字,将上项哀思愁怀化开,抒情气氛从此变得开朗明澈。从"好在堂前细柳"至篇末,是此词的最后一个抒情层次,以对黄州雪堂的留恋再次表达了对邻里父老的深厚感情。嘱咐邻里莫折堂前细柳,恳请父老时时为晒渔蓑,言外之意显然是:自己有朝一日还要重返故地,再温习一下这段难忘的生活。措辞非常含蓄,不明说留恋黄州,而留恋之情早已充溢字里行间。

东坡到黄州,原是以戴罪之身来过被羁管的囚徒日子的,但颇得长官的眷顾,居民的亲近,加以由于他性情达观,思想通脱,善于自解,变苦为乐,却在流放之地寻到了无穷的乐趣。他寒食开海棠之宴,秋江泛赤壁之舟,风流高雅地徜徉了五年之久。一旦言别,必是牵心挂肠于此地的山山水水和男女老幼。由此可见,这首词抒发的离情,是发自东坡内心的高度真实之情。此篇的优良,就在"情真意切"这四个字上。尤其是上下两阙的后半,不但情致温厚,属辞雅逸,而且意象鲜明,宛转含蓄,是构成这个抒情佳篇的两个高潮。

整首词既有娓娓的叙述,又有殷殷的叮咛和深沉的感慨,言词质朴,真挚感人。

浣溪沙 渔父

西塞山①边白鹭飞,散花洲②外片帆微。桃花流水鳜鱼③肥。自庇一身青箬笠④,相随到处绿蓑衣⑤。斜风细雨不须归。

【注释】

①西塞山:又名道士矶,今湖北省黄石市辖区之山名。
②散花洲:鄂东长江一带有三个散花洲,一在黄梅县江中,早已塌没。一在浠水县江滨,今成一村。一在武昌(今湖北鄂州市)江上建"怡亭"之小岛,当地人称之为"吴王散花滩"。该词中所写散花洲系与西塞山相对的浠水县管辖的散花洲。
③鳜(guì)鱼:又名"桂鱼",长江中游黄州、黄石一带特产。
④庇:遮盖。箬(ruò)笠:用竹篾做的斗笠。
⑤蓑(suō)衣:草或棕做的雨衣。

【译文】

西塞山江边白鹭在飞翔,散花洲外江上片片白帆船在轻轻地飘动。桃花水汛期鳜鱼长得肥胖。

自有遮护全身的青竹壳斗笠,与斗笠相伴的还有绿蓑衣。斜风夹杂着细雨,过着乐而忘归的渔翁生活。

【赏析】

宋神宗元丰七年(1084年)四月。苏轼离开黄州赴汝州途中,沿长江而下,在途中看到渔父生活的景象,即景联想,作该词描写渔父的生活。

上片写黄州、黄石一带山光水色和田园风味。三幅画面组缀成色彩斑斓的乡村长卷。"西塞山"配上"白鹭飞","桃花流水"配上"鳜鱼肥","散花洲"配上"片帆微"。这就是从船行的角度自右至左依次排列为山——水——洲的画卷。静中有动,动中有静。青、蓝、绿配上白、白、白,即青山、蓝水、绿洲配上白鹭、白鱼、白帆,构成一种素雅恬淡的田园生活图,这是长江中游黄州、黄石一带特有的田园春光。

下片写效法张志和,追求"扁舟草履,放浪山水间,与渔樵杂处"(《答李端叔书》)的超然自由的隐士生活。"自庇一身青箬笠,相随到处绿蓑衣",勾画出了一个典型的渔翁形象。"斜风细雨不须归",描绘着"一蓑烟雨任平生"乐而忘归的田园生活情调。下片还是采用"青"(箬笠)、"绿"(蓑衣)与白(雨)的色调相配,烘托出了苏轼此时的淡泊明志、宁静致远。

全词虽属檃栝词,但写出了新意。所表现的不是一般自然景物,而是黄州、黄石特有的自然风光。所表现的不是一般的隐士生活情调,而是属于苏轼此时此地特有的幽居生活乐趣。全词的辞句与韵律十分和谐,演唱起来,声情并茂,富有音乐感。

虞美人

波声拍枕长淮①晓，隙月②窥人小。无情汴水③自东流，只载一船离恨向西州④。

竹溪花浦曾同醉，酒味多于泪。谁教风鉴⑤在尘埃，酝造一场烦恼送人来。

【注释】

①长淮：指淮河。

②隙月：（船篷）隙缝中透进的月光。

③汴水：古河名。唐宋时将出自黄河至淮河的通济渠东段全流统称汴水或汴河。

④西州：古建业城门名。晋宋间建业（今江苏南京）为扬州刺州治所，以治事在台城西，故称西州。《晋书·谢安传》谓安死后，羊昙"辍乐弥年，行不由西州路……不觉至州门，左右白曰：'此西州门。'昙悲感不已"。

⑤风鉴：风度识见，也指对人的观察、看相。

【译文】

饮别后归卧船中，只听到淮水波声，如拍枕畔，不知不觉又天亮了。从船篷缝隙中所见之残月是那么小。汴水无情，随着故人东去，而我却满载一船离愁别恨，独向西州。

竹溪的花浦之间，你我曾经一同大醉，当日欢聚畅饮时的情谊胜过别后的伤悲。谁让我偏偏在芸芸众生中发现了你，并与你成为朋友，这才酿成了今日分别这样一场烦恼。

【赏析】

　　这首词写于宋神宗元丰七年（1084年）十一月，时苏轼由黄州贬地应召归京，在扬州与好友秦观饮酒话别，遂写下此词。秦观是"苏门四学士"之一，苏轼十分器重他，二人友情极为深厚，本词抒发的即是与秦观离别时依依难舍的痛苦心情。词的上片设想自己起程后的孤独寂寞，传达出依依难舍之意，下片回忆昔年二人交游的美好往事，为发现和结识秦观感到自豪，同时也为不能朝夕相处而痛苦。"虞美人"本是唐教坊曲名，取名于项羽的宠姬虞美人，后用作词牌。又名"一江春水""玉壶冰""巫山十二峰"等，双调五十六字。

　　"波声拍枕长淮晓，隙月窥人小。"长淮：指淮河。隙月：从船缝中透进的月光。作者此次入京系走水路，乘船要经过淮河和下句提到的汴水，于是设想与朋友分手并起程后的情景。两句大意是：我一个人乘船归京，夜行于淮河，天色欲晓时，我躺在船上不能入眠。波涛拍打着船舷，阵阵涛声传入我的耳中。月光透过船舱的缝隙射进来，小船渐行渐远，在月亮看来，人和船都变得越来越小。两句中"波声拍枕"形象地刻画出词人独卧舟中的情态，让人如临其境，好像看到了一只小船在波涛汹涌的河中缓缓行驶的情景；"隙月窥人小"用拟人的手法从月亮的角度来写人和船的远离，显得形象而别致。

　　"无情汴水自东流，只载一船离恨向西州。"汴水：古水名，故道在今河南省荥阳至开封一段。西州：泛指西边的州府。因汴京在扬州的西北，故词人此次行程为"向西州"。两句大意是：我的船迎着汴水而逆向行驶，滚滚的汴水向东急流，空使我满怀离愁地独自向西边的州郡进发。这两句表达了作者与友人分别后的伤感和落寞。"无情汴水自东流"句寓情于物，河水是无所谓有情无情的，说它"无情"和"自东流"是词人主观情感的外化；一句"载一船离恨"形象地道出了离恨之深重。

　　"竹溪花浦曾同醉，酒味多于泪。"此两句追忆与秦观昔年交游的往事。元丰二年（1079年），秦观入越省亲，苏轼自徐州徙知湖州，二人遂偕行，过无锡，游惠山，又会于松江，至吴兴，泊观音院，甚相得。浦：水边或河流入海的地方。两句大意是：当年我们曾同游吴越之地，在那长满青青翠竹的溪畔和两岸开满鲜花的浦口，都留下了我们举杯同醉的身影。回想往昔，那快乐的感觉一如久而弥醇的酒味，深深地留在了我的记忆中。

"谁教风鉴在尘埃,酝造一场烦恼送人来。"风鉴:识见,这里是鉴别人才之意。尘埃:尘世。两句大意是:上天让我在茫茫人海中发现并有幸结识了你这位情投意合的朋友,谁想却又安排你我从此分离,只留给我们无限的离愁别恨,真是天意难测啊。结尾两句把与秦观的相识和分离都看成是天意,包含着对结识秦观的无比庆幸和分别的痛苦与无奈,感情更为深沉蕴藉。

这首赠别之作把寻常的分离写得情深意挚,哀婉动人,表现出东坡与少游之间非同寻常的友情。关于本词的作者,别本有争议,但《全宋词》原题注:《冷斋夜话》云:"东坡与秦少游淮扬饮别,作此词。世传贺方回所作,非也。山谷亦云。大观中,于金陵见其亲笔,实东坡词也。"

水调歌头

欧阳文忠公尝问余:"琴诗何者最善?"答以退之听颖师琴诗最善。公曰:此诗最奇丽,然非听琴,乃听琵琶也。余深然之。建安章质夫家善琵琶者,乞为歌词。余久不作,特取退之词,稍加檃栝①,使就声律,以遗之云。

昵昵②儿女语,灯火夜微明。恩怨尔汝③来去,弹指泪和声。忽变轩昂勇士,一鼓填然④作气,千里不留行。回首暮云远,飞絮搅青冥⑤。

众禽里,真彩凤,独不鸣。跻攀⑥寸步千险,一落百寻轻。烦子指间风雨,置我肠中冰炭,起坐不能平。推手从归去,无泪与君倾。

【注释】

①檃栝:原义是矫正曲木的工具。词的檃栝是将其他诗文剪裁改写为词的形式,宋人常有此类作品。
②昵昵:音逆,古音尼。象声词,形容言辞亲切。
③尔汝:表亲昵。
④填然:状声响之巨。
⑤青冥:指青天,形容青苍幽远。
⑥跻攀:登攀。

【译文】

　　乐声初发,仿佛静夜微弱的灯光下,一对青年男女在亲昵地窃窃私语。弹奏开始,音调既轻柔、细碎而又哀怨、低抑。曲调由低抑到高昂,犹如气宇轩昂的勇士,在镇然骤响的鼓声中,跃马驰骋,不可阻挡。乐曲就如远天的暮云,高空的飞絮一般,极尽缥缈幽远之致。

　　百鸟争喧,明媚的春色中震颤着宛转错杂的唧唧之声,唯独彩凤不鸣。瞬息间高音突起,好像走进悬崖峭壁之中,寸步难行。这时音声陡然下降,宛如突然坠入深渊,一落千丈,之后弦音戛然而止。弹者好像能兴风作雨,让人肠中忽而高寒、忽而酷热,坐立不宁。弹者把琵琶一推放下,散去的听众无不为之流泪,君章质夫无不为之倾心同感。

【赏析】

　　此词根据韩愈写音乐的名作《听颖师弹琴》改写。大约作于元祐二年（1087年）,苏轼在京师任翰林学士、知制诰时。词的写作过程是对韩诗"稍加檃栝,使就声律",也即按照词牌的格式和声律来"矫制"韩诗,一则增添新内容,二则减去原作中的部分诗句,三则利用原诗句稍加变化,以创新意。

　　原诗为:"昵昵儿女语,恩怨相尔汝。划然变轩昂,勇士赴敌场。浮云柳絮无根蒂,天地阔远随飞扬。喧啾百鸟群,忽见孤凤凰。跻攀分寸不可上,失势一落千丈强。嗟余有两耳,未省听丝篁。自闻颖师弹,起坐在一旁。推手遽止之,湿衣泪滂滂。颖乎尔诚能,无以冰炭置我肠。"

　　苏轼通过联想,在上片运用以形象描写不同风格的音乐,从开始的轻柔旖旎,瞬间变为雄壮高扬,然后归于悠扬致远;在下片则对比音乐本身,一是同一时间内,繁音细响与清越之声之对比,二是不同时间内,音乐之抑扬起伏的对比,添之以自己的感慨,使整首诗具备与原作不同的艺术韵味。

　　词先写乐声初发,仿佛一对青年男女在静夜微弱的灯光下,亲昵地私语,谈爱说恨,卿卿我我,往复不已。"弹指泪和声"倒点一句,见出弹奏开始,音调轻柔而又哀怨。"忽变"三句,写曲调由低抑到高昂,犹如战士在鼓声下驰骋沙场,无人可挡。结尾的"回首"两句,以景物形容声情,把音乐形象化给人缥缈幽远之感。"回首暮云远",让人联想起王维"回看射雕处,千里暮云平"之将士,也与上文中"轩昂勇士"相联系,将独立的音乐片段串起来。白云浮动,柳絮漂浮,若有若无,忽远忽近,难以捉摸,却逗人情思。

接着是百鸟争喧,明媚的春色与啁哳之声相伴,唯独彩凤不鸣。这里写以凤凰不鸣,起到"留白"的特殊效果,也点出了深刻哲理:真正有内涵的,从不在言语上夺人眼球。之后琴声在瞬息间高音突起,曲折而上,曲调转向艰涩,好像走进悬崖峭壁之中,脚登手攀,前行一寸,也要花费很大气力。正在步履维艰之际,音声陡然下降,恍如一落千丈,飘然坠入深渊,弦音戛然而止。至此,词人确乎借助于语言,把这位乐师的高妙弹技逼真地再现出来了。最后五句,则是从听者心情的激动,反映出成功的弹奏所产生的感人的艺术效果。"指间风雨",写弹者技艺之高,能兴风作雨;"肠中冰炭",写听者感受之深,肠中忽而高寒、忽而酷热;并以"烦子""置我"等语,把双方紧密关联起来。音响之撼人,不仅使人坐立不宁,而且简直难以禁受,由于连连泣下,再没有泪水可以倾洒了。"推手从归去"描写的是琴师奏完将琴推开的动作,也在其中暗示这诗人心中归隐的情怀。"无泪与君倾",表现出诗人此时肠中之郁结,比起原诗中"湿衣泪滂滂"更为不堪较之,更为含蓄,也更为深沉,虽然无落泪,但是更加表现出心情的郁结。

诉诸听觉的音乐美,缺乏空间形象的鲜明性和确定性,是很难捕捉和形容的。但词人巧于取譬,他运用男女谈情说爱、勇士大呼猛进、飘荡的晚云飞絮、百鸟和鸣、攀高步险等自然和生活现象,极力摹写音声节奏的抑扬起伏和变化,借以传达乐曲的感情色调和内容。这一系列含义丰富的比喻,变抽象为具体,把诉诸听觉的音节组合,转化为诉诸视觉的生动形象,这就不难唤起一种类比的联想,从而产生动人心弦的感染力。末后再从音乐效果,进一步刻画弹技之高,笔墨精微神妙,可说与韩诗同一机杼,同入化境。

苏轼这首词的"檃栝",即把韩愈的诗文《听颖师弹琴》剪裁改曲词,虽保留了韩诗的总体构思和一些精彩的描绘,但又在内容、形式以及两者的结合上,显示了自己的创造性,从而使此词获得了新的艺术生命和独特的审美价值。

点绛唇

闲倚胡床①,庾公楼②外峰千朵。与谁同坐。明月清风我。别乘③一来,有唱应须和。还知么。自从添个。风月平分破④。

【注释】

①闲倚胡床:闲着无事坐于胡床。闲,指办公之余。倚,坐靠。
②庾公楼:杜甫《秋日寄题郑盟湖上亭》:"池要山简马,月静庾公楼。"用东晋庾亮(公元289-340年)在武昌乘月登南楼典故。
③别乘:汉朝称郡守的副手为别驾。别,另外。郡守乘车出行。副手乘另外的车跟随,所以叫别驾。"乘"也是驾车之意,宋代通判(知州事的副手)相当汉代别驾。这里"别乘"当指袁毂。
④风月平分破:享受美景,你和我各一半。

【译文】

闲着无事就靠坐着胡床,从庾公楼的窗子朝外望去,只见诸峰如千朵鲜花开放。和哪个一同倚坐?明月、清风、我(或他)。

别驾通判一来,有唱自然有和,酬唱赠答。你还了解吗?深悉吗?自从你的到来,那江上清风、山间明月的享受,自然是你我各一半了。

【赏析】

此词作于宋哲宗元祐五年(1090年)秋。是时,词人正在龙图阁学士充两浙西路兵马铃辖知杭州军州事任上。袁毂春夏间来为杭倅,词人与他、刘季孙登山玩水,赋诗唱和。此词亦是词人和袁公济词作之一,概括为"风月平分"词。

词的上片，词人自述游山玩水的寂静心态。"闲倚胡床，庾公楼外峰千朵"，从室内视角摄起的两个镜头，一为词人自己的闲适倚床的风姿。"闲"字突出了东坡的寂静舒坦的心态，"倚"字描绘了坐靠"胡床"的美姿。二为朝窗外望，只见"庾公楼外"的山峰重叠美景。山外青山楼外楼，宛如花开万朵，全部微缩在"窗含"的镜头中，美丽极了。这是杭州的典型山光。"与谁同坐，明月清风我"，镜头转到室外。开句用设问的方式，强调无有同玩、同坐的生活空间。"惟江上之清风，与山间之明月，耳得之而为声，目遇之而成色。取之无禁，用之不竭。是造物者之无尽藏也"（东坡《赤壁赋》），遗憾的只能陪伴着"我"。整个上片人格化、自然化和谐统一，突现了东坡那种身心幽闲、旷然天真、潇洒自然，与大自然为伍的绰绰风姿。"与谁同坐，明月清风我"，不仅富有"举杯邀明月，对影成三人"（李白《月下独酌》）的神韵，而且为下片的"吾与子之所共食"风月的意境做了对称性的铺垫。

词的下片，特写与袁公济畅游湖山的独特享受。"别乘一来，有唱应须和"，叙述宾主唱和赠答。是时词人知杭州，袁公济倅杭州。正当词人独自"闲倚胡床"时，这位副使驾着车子来了，打破了词人孤寂的沉闷世界，同游杭州湖山，"相得甚欢"，唱和诗词。"还知么。自从添个，风月平分破"，进深一层，与上片对应，道出湖山之乐就在于袁公济的到来，打破了东坡的沉寂感，获得了情感上和语言上的共鸣，凝聚到一点就是：清风、明月，我们平均地享受吧，是画龙点睛之笔。整个下片，词人与袁公济的游山玩水、唱和赠答，浓缩了人生之精华，大地之灵气。游玩之乐，其乐无穷。

全词运用了叙述与描写、写实与用典、对称与渲染之笔，尽情抒发了东坡知杭州时与友畅游湖山之乐。那"楼外峰千朵""明月清风我""风月平分破"，如画一般，沁人心脾。

好事近

湖上雨晴时，秋水半篙初没①。朱槛俯窥寒鉴②，照衰颜华发。

醉中吹坠白纶巾③，溪风漾流月。独棹④小舟归去，任烟波飘兀⑤。

【注释】

①半篙初没：湖水刚刚漫过半根竹竿的深浅。篙（gāo），撑船用的竹竿或木棍。
②朱槛（jiàn）：船上的红色栏杆。鉴：镜子。这里指寒冷的湖水。
③白纶（guān）巾：古时一种白色头巾，用青丝缘带制成。傅幹《注坡词》注："纶，青丝也。白纶巾，则有青白织纹矣。"
④棹（zhào）：划船的长桨。
⑤飘兀（wù）：飘摇不稳定。

【译文】

雨过天晴，湖水荡漾，秋高气爽，泛舟度闲，最为适宜，撑船的竹竿被湖水刚刚漫过半截。从船上的红色栏杆看湖面照出了自己的衰颜华发。

喝醉了，一阵山溪秋风吹来，把头上的白纶巾吹落到湖中，湖水荡漾、月光流波。独自划船离去，任由烟雾笼罩的湖面飘摇不稳定。

【赏析】

此词是词人夜中泛舟西湖感叹老无所成的郁闷心境而作，创作时间为宋哲宗元祐五年（1090年）九月。

上片先从游兴大发写起："湖上雨晴时，秋天半篙初没。"雨过天晴，泛舟度闲，而当撑船的竹竿被湖水刚刚漫过半截的当儿，词人不禁把目光投向了平静如镜的湖面。然而，本拟忘掉个人得失的他，却骤然有一股忧思涌上心头："朱槛俯窥寒鉴，照衰颜华发。"词人身体尚健壮，遇到高兴事儿时，常常忘记了自己的年龄，然而"日过当午"的心理阴影却时在脑海中闪动，一旦景物触发，会立刻强烈涌现。此时此地的词人，在游兴正浓的当口，从游船的朱红栏杆往水下俯看，发现了平静如镜的湖面映照出了自己的衰颜华发，不禁一阵悲凉从心底升起。

下片则极力表现词人萧疏冲淡，纯任自然的心境和情感。"醉中吹堕白纶巾，溪风漾流月。"在湖水荡漾、月光流波的恬适环境中，词人喝醉了，但不小心，一阵山溪秋风吹来，把头上的白纶巾吹落到湖中去了。写景如画，即景即情，景情合一，铺排自如。但是，昔日的京都翰林，今日外任幽独，其愁其苦，没有人能够知晓或领悟。于是，末二句推出了"独棹小舟归去，任烟波飘兀"的委婉心曲。表面旷达，一任浮生，而实际上，在"烟波飘兀"的感受中却涌动着忧思时事，感叹衰老无成的悲哀心绪。词人在溪风拂面、月光如水中深夜归舟，勾勒出了他彷徨孤独无所适从的自画像，给人以委抒心曲、意蕴流动的艺术感受，令人低回徘徊不已。

总起来说，此词以白描写意手法铺排全篇，表面平静疏淡，而内里起伏沸腾。在恬淡中含有忧思，在旷达中寓有执着，表现了词品与人品的统一，真善美的和谐与完整。

西江月 真觉赏瑞香

公子眼花乱发，老夫鼻观①先通。领巾飘下瑞香风，惊起谪仙春梦。

后土祠中玉蕊②，蓬莱殿后鞓红③。此花清绝更纤秾④，把酒何人心动？

【注释】

①鼻观：嗅觉，即佛经"六识"之一的"鼻识"。
②后土祠：古扬州城外一座祠庙。玉蕊：花名，《广群芳谱》载："花类梅而萼瓣缩小，心微黄，类小净瓶，暮春初夏盛开，叶独后凋，其花白玉色，其香殊异，高丈余。"
③蓬莱殿：北宋汴京皇宫内殿名。红：牡丹之一种。欧阳修《洛阳牡丹记》载："红其色类腰带。"
④纤秾（nóng）：指花朵纤柔浓丽。

【译文】

我与曹子芳宿于真觉院，子芳睡眼惺忪，头发凌乱，睡得正沉，没有感觉到瑞香花开，倒是我先闻到了一股花的芳香。一阵轻风吹过，带来浓烈的瑞香花的芳香，仿佛当年杨妃领巾上飘落的香气。芳香太酷烈了，竟然把正酣然入梦的曹子芳也从梦中惊醒。

瑞香花国色天香，堪与扬州后土祠中珍稀的玉蕊花及汴京蓬莱殿后的鞓红牡丹相媲美。这瑞香花既清雅绝伦又纤柔浓丽，把酒赏花，那秀美的姿色和浓烈的异香，怎不令人神怡心动呢？

【赏析】

　　这首词是东坡在杭州知州任上时的作品，作于元祐六年（1091年）三月。当时福州路转运判官曹辅权回京过杭，东坡陪他游西湖，曾到龙山真觉院赏瑞香。

　　上片写奇香，渲染烘托，韵趣传神。"公子眼花乱发，老夫鼻观先通。"先从香气刺激人的感官写起，突出花香之奇特，它不仅袭得友人曹子方"眼花乱发"，还冲通了词人堵塞的鼻孔，使嗅觉顿时灵敏起来。"领巾飘下瑞香风，惊起谪仙春梦"，则更夸张出香气的威力，其想象力之丰富，令人惊叹。二句用唐朝杨贵妃和李白的故事，以奇铸境。

　　下片专写瑞香花的浓艳，落想新巧，淋漓博喻。"后土祠中玉蕊，蓬莱殿后鞓红。"牡丹历来被称为花中之王，无与伦比，但瑞香花却可与最名贵的牡丹品种相匹敌。人们都说古扬州后土祠中的玉蕊花极其艳丽，洛阳蓬莱殿后的富贵牡丹"鞓红"举世无双，但是，"此花清绝更纤秾"，瑞香花的"清绝"和它的纤柔浓艳，却都超过了"玉蕊"和"鞓红"。末句"把酒何人心动"意谓对花饮酒哪一个人不为之心动。最后由花过渡到人，暗喻出词人和友人曹子方的才华，都像瑞香花一般"灵草异芳，俟时乃出。词人时因在朝中被群小谗陷，被迫"补外"知杭州，内心郁闷怨愤，壮志难酬，而借古所未有的庐山瑞香花自喻，可谓豪气贯注，斫思灵运。含意深邃，象外有旨。

　　这是一首咏瑞香花词。极写瑞香花的奇香和浓艳，谓为花中祥瑞。全词咏物兀傲，渲染烘托，层层递进，环环相生，最后繁花落尽见真谛，感人至深。

临江仙 送钱穆父

　　一别都门三改火①，天涯踏尽红尘。依然一笑作春温②。无波真古井③，有节是秋筠④。

　　惆怅孤帆连夜发，送行淡月微云。尊前不用翠眉颦⑤。人生如逆旅⑥，我亦是行人。

【注释】

①都门：京都城门，此代指京城。三改火：即经历了三年。古人钻木取火，四季所用的树木种类不同，故用"改火"代指季节的更换，在这里是代指年度的变迁。

②春温：愉悦温和。

③古井：枯井。比喻内心恬静，情感不为外界事物所动。

④筠：竹。

⑤翠眉：古代妇女的一种眉饰，即画绿眉，也专指女子的眉毛。颦：皱眉头。

⑥逆旅：旅店。

【译文】

　　自从我们在京城分别一晃又三年，远涉天涯你奔走辗转在人间。相逢一笑时依然像春天般的温暖。你心如古井水不起波澜，高风亮节像秋天的竹竿。

　　我心惆怅因你要连夜分别扬孤帆，送行之时云色微茫月儿淡淡。陪酒的歌妓不用冲着酒杯太凄婉。人生就是一趟艰难的旅程，你我都是那匆匆过客，就如在不同的客栈停了又走，走了又停。

【赏析】

这首词作于宋哲宗元祐六年（1091年），时苏轼任杭州知州。钱穆父：名钱勰，曾任盐铁判官、中书舍人、开封知府、越州知府等职。钱穆父此番由越州北归经杭州，苏轼作此词以赠之。

上片赞美了钱穆父高尚的节操、风度和涵养；下片言送别之意，对其远行表示宽慰和劝勉。

"一别都门三改火，天涯踏尽红尘。依然一笑作春温。""三改火"的"三"与"一"相对照，极言外任时间之长；"天涯"极言任职地距京城之远；"踏尽红尘"极言其饱经沧桑。"一笑作春温"表现了钱穆父笑对人生，"不以物喜，不以己悲"的气度。

"无波真古井，有节是秋筠。"这两句化用白居易《赠元稹》中"无波古井水，有节秋竹竿"之句意，对钱穆父在人生不得意时能始终坚守自己的人生信条，淡泊明志，宁静致远，绝不肯放浪形骸做了高度的赞扬。

"惆怅孤帆连夜发，送行淡月微云。"这两句寓情于物，融情于景，深刻地表现了离别时的伤感情绪。"孤帆"与"惆怅"相互映衬，互为因果；"淡月微云"的萧瑟、凄清氛围则进一步勾起了人的离愁别恨。

"尊前不用翠眉颦。"这一句一改上面两句的凄凄切切，重新用达观之语劝勉钱穆父。大意是：酒宴上不用官妓来吟唱凄凄别离的忧伤曲子，我们无须作儿女沾巾之态。

"人生如逆旅，我亦是行人。"这两句化用古诗中"人生天地间，忽如远行客"的句意，写得深刻而富有哲理，用超然物外的眼光俯瞰人生，既是对钱穆父的劝慰，又是自慰。

综观全词，词人用深情旷达的语言赠别友人，其间既有对友人的拳拳眷顾之意，又饱含着对人生的深刻思索，情与理融合无间，是一首送别的佳作。

西江月 送别

昨夜扁舟京口①,今朝马首长安②。旧官何物与新官③。只有湖山公案④。

此景百年几变,个中下语千难。使君才气卷波澜⑤。与把新诗判断。

【注释】

①京口:今江苏镇江市。
②长安:此处代指京城汴京(今河南开封市)。马首长安,谓马不停蹄地向京都进发。
③旧官何物与新官:孟棨《本事诗·情感第一》载陈朝乐昌公主破镜重圆诗:"此日何迁次,新官对旧官。笑啼都不敢,方验作人难。"这里东坡仅以其"新官对旧官"句,借指自己是"旧官"即将离任;"新官",指林子中,他接替自己任杭州太守。
④湖山公案:指东坡自己的吟咏西湖山景的诗作。傅幹《注坡词》注云:"公伴杭日作诗,后下狱,令供诗帐。此言湖山公案,亦谓诗也。禅家以言语为公案。"
⑤使君:指新任杭州太守的林子中。才气卷波澜:形容林子中的才气像波涛一般壮阔起伏。

【译文】

昨夜您的小船离开京口,今晨我的马头遥望长安。旧官拿什么交代给新官?只有西湖、吴山、公事、案件。

杭州美景，百年来几度变迁？内含奥秘，下评语叫人为难。新太守林大人的才气能掀起钱塘江的波澜。把我的新诗呈给您。请您细加指点。

【赏析】

此词作于宋哲宗元祐六年（1091年）二月，词人被召为翰林承旨，在赴汴京之前，向新任杭州太守林子中交接职务之时，为了表示自己无可奈何的心情，于是写下这首词。

上片，"昨夜扁舟京口，今朝马首长安"。词人先向新任杭州太守林子中诉说着他的仕宦奔波之苦。这句词份量沉重，内涵复杂，至少含有两层意思：其一，词人说自己没有做出什么成绩，只留下一堆吟咏西湖山景的诗作了，表现了东坡的谦虚和自责精神，令人钦敬。其实，词人这次知杭政绩斐然，尽人皆知，他不仅积极抗旱救灾，施粥送药，救活了很多贫困百姓；而且开河浚湖、兴建水利，在西湖中筑造堰闸，修建南北三十里长堤，并在堤上造六桥，置九亭，遍植杨柳芙蓉，不仅美化了风景，还方便了行旅耕作，深得人民崇敬，以至人们"家有画像，饮食必祝，又做生祠以报"。

下片，请求林子中评判其湖山新诗。"此景百年几变，个中下语千难。"词人说西湖山景千变万化，百年数异，自己对之描写是很困难的。这里，词人把其湖山诗作的内容限制在自然景物的范围内，与其他（如政治）无关，而且"百年几变""下语千难"，表明其诗歌内涵随着风景的变化而复杂多变，用语费神颇多，是正常现象。"使君才气卷波澜。与把新诗判断。"这末二句是词人对林子中的客套颂扬之辞，当然也含有某种期待的愿望，他说林子中才气如壮阔波涛，一定会对自己的新诗做出公正的评判。用语谨慎巧妙，表面上是请友人品赏、评说自己的新诗，而却带有某种警惕性。因为词中连用"公案""判断"二词，十分醒目，这涉及诉讼、判案性质，东坡决不会随便使用之。东坡似是有意把自己当作了"被告"，等待审判，但他实际上却又是问心无愧，心地坦荡，并且充满了自信心。

全词表现了词人对自己奔波在仕宦之途中的无可奈何心境，用意深微，浑然妥贴，章法平中有奇，虚实柜生，宛曲味永。

临江仙 夜到扬州席上作

  尊酒何人怀李白,草堂遥指江东①。珠帘十里卷香风。花开又花谢,离恨几千重。
  轻舸②渡江连夜到,一时惊笑衰容。语音犹自带吴侬③。夜阑对酒处,依旧梦魂中。

【注释】

  ①草堂:杜甫在成都时的住所。江东:杜甫在成都时李白正放浪江东,往来于金陵(今江苏南京)、采石(今属安徽)之间。
  ②轻舸(gě):小船。
  ③吴侬:吴地口音。

【译文】

  谁怀念李白而想和李白举酒论文呢?是杜甫,他在成都的草堂遥指江东的李白。夸说当时扬州的繁华富丽。从早春又到晚春初夏,离恨之情千斤重。
  小船连夜渡江来到扬州,大家同时吃惊而又笑我经过旅途辛苦的疲困容颜。说的话仍然带着江东口音。夜深喝酒的地方,仍是像做梦一样。

【赏析】

  宋哲宗元祐六年(1091年)四月,苏轼从杭州任上被召回朝廷,赴京途中过扬州,友人设宴,于是作此词于席上。
  上片写对友人怀念的深切。"尊酒何人怀李白"两句,运用杜甫怀念李白的典故,抒写了对友人的深切思念之情。"何人",当然是指杜甫,故作设问,不仅增加了句法的变化,也使语言显得含蓄有味。杜甫、"草堂"都是词人自喻,"李白""江东"则是他喻,即比喻友人,亦即"扬州席上"的主人。"珠帘十里卷香风",用杜牧诗意写扬州,暗指东道主王存,与上文"怀李白""指江东"语意相承。词人怀念之情虽深,可是"花开花谢,离恨几千重"。"花开花谢",象征着时光的流逝,这里是说离别之久;"离恨几千重",是夸说离恨之深,而且使抽象的感情有了形体感,似乎成了可以看得见摸得着的东西,从而增强了语言的形象性和表现力。

　　有了上片的铺垫,下片写扬州席上意外相逢时的惊喜和迷惘,就显得十分真实可信了。"轻舸渡江连夜到",承上"珠帘"句,点出题目"夜到扬州"。词人是从江南京口渡江而来的,所以才如此便捷。"一时惊笑衰容",紧承前句,写出了与友人意外相逢时惊喜参半的复杂感情。词人当年已五十六岁,又久历宦海沉浮,天涯游宦,说是"衰容",想来是极为吻合的。彼此倾谈时,词人还发现,对方"语音犹自带吴侬"。结尾二句写"席上"的情事:"夜阑对酒处,依旧梦魂中。"这里化用杜甫写乱离中与亲人偶然重聚时深微感情的名句——"夜阑更秉烛,相对如梦寐",来表现这次重逢时的迷惘心态,从而深化了与老友间的交谊。

　　这首词真实地表露了词人当时"量移"后的心境。"量移",虽未能彻底平反昭雪,但已显现出宽赦之君恩。所以,词人先以李白受谗自喻,后以杜甫乱中幸得生还相譬,其用事贴切,暗与自己实际遭遇相合。故而在六十字的短短篇幅中,写了相忆、相聚、慰藉、话旧、伤离等广阔的内容,含蓄地倾诉了自身之不幸遭遇,使作品更富于感愤。使人读之浮想联翩,为之凄然。

浣溪沙 春情

桃李溪边驻画轮①。鹧鸪声里倒清尊②。夕阳虽好近黄昏。
香在衣裳妆在臂,水连芳草月连云。几时归去不销魂③。

【注释】

①驻画轮:指停车。画轮,车之美称。
②倒清尊:指斟酒。
③销魂:南朝梁江淹《别赋》:"黯然消魂者,唯别而已。"《诗词曲语词汇释》卷五:"销魂与凝魂,同为出神之义。"此处形容伤感。

【译文】

桃李溪边停着一辆画轮车。鹧鸪发出"行不得也哥哥"的叫声时,就是倒酒于杯中与情人约会之际。晚照虽然美丽,但它已临近黄昏的时候。

体发香味留在衣裳上,信物套在手臂上。我俩好比那明澈的溪水浸着芳香的草儿,皎洁的月儿伴着那雪白的云儿。什么时候离去才不致痛苦悲伤。

【赏析】

此词约作于宋哲宗元祐六年(1091年)四月。东坡自杭还朝,途经扬州,已近黄昏。目睹了"珠帘十里卷香风"的扬州,风采翩翩,词兴大发,作此词,借以焕发饱经政治风霜的精神。

上片,写一对情人约会的幽深情景。在桃李溪边停着一辆"画轮",车上下来的男子走进了"桃李"林。两人约会的地方竟是如此幽静。鹧鸪唤来女子忙把酒倒向杯中,频频举杯,蜜语阵阵,两人的绵情竟是如此难舍难分。时间过得太快,不觉"黄昏"来临。词人点化运用李商隐《乐游原》中"夕阳无限好,只是近黄昏"句,又描景,又传情。不过,词人词里没有惋惜人生短暂意,有的是饱含情人的依依恋情。词人善于从空间与时间的交错上,情景交融,构建了一幅迷人的春情图。

月洒桃李林,两人如入梦,梦醒已分手,神志近迷魂。在经过大刀剪裁之后,词人把下片之墨直接倾洒在女子内心隐秘的愁情上。曾几几何,信誓旦旦;到如今,信物为征。体发上的香气还留在你的衣裳上,赠给的花巾还留在你的手臂上,愁的是"几时归去不销魂"。什么时候,不知道,只有归去方能销魂。这结尾的故意设问句,不仅让语气富有变化,而且将女子的痴情深化一步。

全词通篇写春景,实际上句句写恋情。点化名句,不露痕迹,既成为词篇的不可少的结构成分,又深化了词篇的思想内涵。情景交融,词简意深,为古代文人情歌的上乘之作。

八声甘州 寄参寥子①

　　有情风,万里卷潮来,无情送潮归。问钱塘江上,西兴②浦口,几度斜晖?不用思量今古,俯仰昔人非。谁似东坡老,白首忘机③。

　　记取西湖西畔,正春风好处,空翠烟霏。算诗人相得④,如我与君稀。约他年、东还海道,愿谢公雅志⑤莫相违。西州路,不应回首,为我沾衣⑥。

【注释】

①参寥子:即僧人道潜,字参寥,浙江于潜人。精通佛典,工诗,苏轼与之交厚。元祐六年(1091年),苏轼应召赴京后,寄赠他这首词。

②西兴:即西陵,在钱塘江南,今杭州市对岸,萧山县治之西。

③忘机:忘却世俗的机诈之心。见《列子·黄帝》,传说海上有一个人喜欢鸥鸟,每天坐船到海上,鸥鸟便下来与他一起游玩。一天他父亲对他说,"吾闻鸥鸟皆从汝游,汝取来吾玩之",于是他就有了捉鸟的"机心"(算计之心),从此鸥鸟再也不下来了。这里说苏轼清除机心,即心中淡泊,任其自然。

④相得:相交,相知。

⑤谢公雅志:《晋书·谢安传》载:谢安虽为大臣,"然东山之志始末不渝","造泛海之装,欲经略初定,自江道还东。雅志未就,遂遇疾笃"。雅志,很早立下的志愿。

⑥"西州路"三句:《晋书·谢安传》载:安在世时,对外甥羊昙很好。安死后,其外甥羊昙"辍乐弥年,行不由西州路"。某次醉酒,过西州门,

回忆往事,"悲感不已","恸哭而去"。西州,古建业城门名。晋宋间建业(今江苏南京)为扬州刺史治所,以治所在城西,故称西州。

【译文】

有情风从万里之外卷潮扑来,无情时又送潮返回。请问在钱塘江上或西兴渡口,我俩共赏过几次夕阳斜晖?用不着仔细思量古今的变迁,一俯一仰的工夫,早已物是人非。谁像我东坡苏老,白首之年,淡忘了仕进的机会。

记住西湖的西岸,春日最美的山隈,就是那空明的翠微,如烟的云霏。算起来诗人中相处得宜。如我与您这样的友情,确实稀微,弥足珍贵。约定日后,像东晋宰相谢安那样,沿着直通大海的长江航道,向东引退、回归。别让这一高雅志向与未来事实彼此违背。不应在西州路上回首恸哭,为了我而沾湿衣襟,洒落泪水。

【赏析】

这是一首能比较充分地反映苏轼后期心态与艺术风格的作品,作于宋哲宗元祐六年(1091年)三月。当时苏轼由杭州知州召为翰林学士承旨,将离杭州赴汴京时送给杭州的旧友参寥的。

词作起势不凡,以钱塘江潮喻人世的聚散分合,充分地表现了词人的豪情。首二句写江潮"有情"而来,却终"无情"而归,似有情而实无情。"几度斜晖"的发问,又写出天上阳光的无情。地上潮水无情而归,天上夕阳无情而下,则是天地无情,万物无情。"俯仰昔人非"写人世转瞬万变,如同梦幻,这又是社会人生的无情。对此无情的人生,词人的态度却很乐观,"不用思量今古",不必替古人伤心,也不必为现实忧虑,因而他能超脱时俗,"白首忘机"。这种达观的思想,在苏轼词中表现得极为普遍,而在这首词中则更明显,词人俯仰天地,纵览古今,得出的结论"一切无情"。因此,他的"忘机",就带有深刻的了悟性。

下片写词人与参寥的友情。词人看穿了古今万物,无意去名利场上角逐,但他并没有完全忘世,更没有忘情,他对生活的爱是执着强烈的,他对友情是非常珍视的。回想起在西湖与参寥子和诗饮酒、饱览春山美景、谈禅说理、流连忘返的日日夜夜,词人不禁从内心深处对这位友人以知己许之——"算诗人相得,如我与君稀",以"诗人"称参寥,正反映出二人志趣的投合。苏轼才高学富，一般是不轻易许人的，但对参寥的诗，曾不止一次地赞赏。如参寥的诗句"禅心已作沾泥絮，不逐东风上下狂""风蒲猎猎弄轻柔，欲立蜻蜓不自由。五月临平山下路，藕花无数满汀洲"等，都是为苏轼所激赏的。在诗歌创作上的共同兴趣，是二人友谊的一个重要基础。

"约他年、东还海道"以下五句，表现了词人归隐之志的坚定，进一步写二人的友情。据《晋书·谢安传》记载，谢安东山再起后，时时不忘归隐，但终究还是病死于西州门，未能实现其归隐的"雅志"。羊昙素为谢安所重，谢安死后，他有一次醉中无意走过西州门，觉而大哭而去。词人当时被召还，且被委以显官，但他"自首忘机"，志在归隐，因此，安慰友人，说"我一定不会像谢安一样雅志相违，使老朋友恸哭于西州门下"。说"愿"，说"不应"，全从自我的感情落笔，正表现了两人情谊的深切。这首词最大的特点就是以平淡的文字抒写深厚的情意，而气势雄放，意境浑然。"从至情中流出"道出了这首词的特色。由于词人与参寥有着共同的志趣，由于参寥品德的高尚，他们的友谊是十分真挚的。词人所抒之情发自内心，这种真挚的感情并不因文字的平淡而失去其深沉、雄厚之力。这是"豪华落尽见真淳"（元好问《论诗绝句》）的一种艺术境界，它看似容易，实际上只有少数作家才能达到。元好问说苏轼词"性情之外，不知有文字"（元好问《新轩乐府引》）。

此外，词中抒写出世的高想，表现人生空漠之感，却以豪迈的气势出之，使人惟觉其气象峥嵘，而毫无颓唐、消极之感。词人强调达观和"忘机"，使人感到的却是他对友情的无比珍重。苏轼达观中充满豪气，向往出世又执着于友情的个性，于此可见一斑。

这首词写于苏轼的晚年时期，作者久经官场，历尽宦海沉浮，尝尽坎坷奔波之苦，对仕途、对功名的厌倦之情与日俱增。他对于人世间的盛衰沉浮、争名夺利有了更深的了悟，深感"世事一场大梦""事皆前定，谁弱又谁强"，认识到只有平平淡淡才是真，于是他的精神追求中隐退的成分逐渐增多。苏轼的词，有别于前人的一点是，其抒情或豪迈或深沉或悲壮，有时也可能非常委婉细腻，但决不柔弱，总透着某种"豪"气和"刚"气，本词即属于此类。

减字木兰花 送别

天台旧路①,应恨刘郎②来又去。别酒频倾,忍听阳关第四声③。刘郎未老,怀恋仙乡④重得到。只恐因循,不见如今劝酒人。

【注释】

①天台:山名,在浙江天台县北。南朝梁陶弘景《真诰》:(山)当斗牛之分,上应台宿,故名"天台"。主峰华顶海拔1133米。道教曾以天台为南岳衡山之佐理,佛教天台宗亦发源于此。旧路:汉刘晨、阮肇两凡人到天台仙境去时经历过的那条老路回到人间,再入仙境,比喻东坡曾在三十六岁时走进仕途,通判杭州,这次回杭任太守,又入仕途,自称走"旧路"。

②刘郎:东汉刘晨和阮肇入天台山采药,为仙女所邀,留半年,求归,抵家子孙已七世。后刘重访天台山,旧踪渺然。后世称去而复来的人为"前度刘郎"。

③阳关第四声:《苏轼文集》卷六七《记阳关第四声》:旧传阳关三叠,然今歌者,每句再叠而已,通一首言之,又是四声。皆非是。或每句三唱,以应三叠之说,则丛然无复节奏。余在密州,……每句皆再唱,而第一句不叠。王维《送元二使安西》诗:渭城朝雨浥轻尘,客舍青青柳色新。劝君更进一杯酒,西出阳关无故人。此曲因以名为《渭城曲》或《阳关曲》。演唱时末时反复三遍,称为阳关四声。此曲成为历代送行饯别的传统音乐。

④仙乡:原指刘晨、阮肇天台山仙境,这里借喻官场。

【译文】

　　刘晨、阮肇两个凡人到天台仙境去时经历过的那条老路。遗恨刘晨归来又离去啊。送行的酒不停地往杯里倾倒。不忍听《阳关曲》的第四声。

　　刘晨没有变老。再次来到仙境,实是万幸万幸。只怕你在仙乡因循不离开,再也不能见到这次宴会上向你敬酒的人。

【赏析】

　　此词约作于宋哲宗元祐六年(1091年)三月。词人守杭州,三月初召入京,任翰林学士知制诰兼侍读。此词为离任前自下塘起行,取道湖州至苏州。宣德郎马忠玉、好友刘季孙等在西湖饯行。席上,词人作此词赠之。

　　上片写词人再次来杭复又离去,在饯行席上产生的依依难舍的心情。第一、二句交代行踪,表白恋情。"旧路"表明东坡重来杭州,"刘郎"词人自指,引刘晨、阮肇入天台山采药遇仙而隔世的故事,表明人世沧桑,时事速变。不说词人再来杭州,已是踪迹渺然,而只说刘郎来又去成为"应恨"。"来又去",包含着词人黄州生活之后的仙道缥缈的生活色彩。"别酒频倾,忍听阳关第四声",写饯行席上的盛情,酒一杯一杯地倾倒,忍听着别后那种"西出阳关无故人"的离别之音。字里行间,饱含着词人对杭州的眷恋,对西边的京城朝廷生活的厌倦之情。

　　下片承上一转,进一层渲染"怀恋"杭州"仙乡"般的生活能否重新获得。"刘郎未老,怀恋仙乡重得到",写词人第二次来杭州,"仙乡"重现,发现自己青春"未老"的喜悦心情。"重得到"的是词人特别值得"怀恋"的"仙乡"道佛生活。在他经历黄州的大劫之后,再次来到杭州,实是万幸万幸。最后两句,写词人仍心有余悸:怕只怕朝廷"因循"旧路,诬陷忠良,我东坡这次别离杭州,不知能不能"前度刘郎今又来",能不能再度见到"劝酒人"。然而历史是无情的,真的应验了。东坡自此以后再没有到过杭州了:"草树总非前度色,烟霞不似昔年春。桃花流水依然在,不见当时劝酒人。"

　　全词以现实主义与浪漫主义相结合的手法,再现了词人第二次离开杭州前的矛盾心情,意欲复朝而又"怀恋"杭州。尤其引用刘晨、阮肇入天台山采药遇仙而隔世的故事,恰到好处,让整个词篇充满了仙道色彩,从中可以窥见词人惊魂未定的矛盾心绪仍未消失。

木兰花令 次欧公西湖韵

霜余已失长淮①阔,空听潺潺清颍②咽。佳人犹唱醉翁词③,四十三年如电抹④。

草头秋露流珠滑,三五盈盈⑤还二八⑥。与余同是识翁人,惟有西湖波底月。

【注释】

①长淮:淮河。刘长卿《送沈少府之任淮南》:"一鸟飞长淮,百花满云梦。"
②清颍:指颍河,颍水,为淮河重要支流。苏辙《鲜于子骏谏议哀辞》:"登嵩高兮扪天,涉清颍兮波澜。"
③醉翁词:指欧阳修在颍州做太守时,所写的歌咏颍州西湖的一些词。
④电抹:如一抹闪电,形容时光流逝之快。
⑤盈盈:美好的样子。
⑥二八:十六日。鲍照《玩月城西门廨中》:"三五二八时,千里与君同。"

【译文】

秋霜降后,长淮失去了往日壮阔的气势。只听见颍水潺潺,像是在代我哭泣伤逝。河上传来歌声悠扬,佳人还唱着醉翁的曲词。四十三年匆匆流去,如同飞电一闪即驰。

生命像草上秋露晶莹圆润,遗落消失却不过一瞬。十五的月轮多么皓洁完满,第二天就会渐渐缺损。和我一样同醉翁相识,如今还剩有几人?唯有西湖波底的明月,曾经把所有的人照临。

【赏析】

　　这是一首追和之词，所和者为欧阳修咏颍州西湖的《木兰花令》词。此词作于宋哲宗元祐六年（1091年）八月，时苏轼知颍州。王安石变法时，苏轼与韩琦、欧阳修等元老重臣站在守旧的一面，虽攻击新法，但并没有全盘加以否定；后来以司马光为代表的旧党执政，开始废除新法，他又与司马光进行过激烈的辩论，因此又受到旧党的排斥，只得再度请求外调，先后任杭州、颍州、扬州、定州知州。

　　苏轼当年京都应试时，欧阳修为主考官，对其文章十分赏识，录为第二名，曾说："老夫当避此人，放出一头地。"又说："更数十年后，后世无有诵吾文者。"欧阳修的器重和期望，鼓舞着苏轼终于在诗、词、散文的创作上几乎都取得了"独步天下"的成就。苏轼和欧阳修师生情深，来到颍州游览西湖之时，想起往日欧公所吟西湖之词，遂步其韵和作此首词。

　　这首词上下两片都是先写景后议论或抒情，其中又景中含情，相互交融，全篇饱含着苏轼对欧阳修崇敬和怀念的真挚感情。

　　上片写自己泛舟颍河时触景生情，下片写月出波心而生的感慨和思念之情。全词委婉深沉，清丽凄恻，情深意长，表达了对恩师的怀念之情。

　　"霜余已失长淮阔，空听潺潺清颍咽"，上片起首两句描写了作者泛游颍河所见到的景致。颍州有颍河汝水，最终汇于淮河之中。"霜余"两字交代作者到颍州时正值深秋，秋高天旱、草木枯萎，颍河也失去了春夏时期波澜壮阔的气势，温婉细流涓涓而下。水声潺潺，在作者听来，如怨如慕，恰恰吻合他此时思念恩师的心情。将河水拟人化的写法，更显得情真意切。

　　"佳人犹唱醉翁词，四十三年如电抹"通过写颍州人对于欧阳修的怀念，表达了词人自己深切的思念。其中有人生如梭的慨叹，时间如同闪电一样快速逝去，只有像欧阳修那样为人、为政、为文，才能够长久得被人们铭记。欧阳修在颍州期间，颇有政声，建树多多，深得当地父老的敬重与爱戴。颍州父老为了纪念这位文坛巨匠做出的贡献，不但世代传唱他在颍州创作的诗词，还立祠以表怀思。四十三年转瞬飞逝，而恩师也已驾鹤多年，作者不由得慨叹时光无情，对先师的怀念有增无减，令人动容。

　　下片体例与上片基本一致，均为由景及情，前面两句写颍河的晚景。"草头秋露流珠滑"，深秋的晚上，已经开始降下露水，露珠晶莹剔透且圆润光滑，但却不能长存。"三五盈盈还二八"点明月亮阴晴圆缺的状态。南朝鲍照有诗"三五二八时,千里与君同"。南朝萧统《文选》为其作注释曰:"二八,十六日也。"在这首《木兰花令》里,词人以露珠的流逝与月亮的圆缺慨叹时光飞逝、人生无常,也是对前文"四十三年如电抹"的诠释。

"与余同是识翁人,惟有西湖波底月!"作者全词结尾处将主旨进一步明朗化。这两句含义深远,既表达了词人与欧阳修感情之深厚,思想之默契,又表现出二人寄情山水自然的共同志趣和情操。

四十三年过去了,现在能记得醉翁的人还剩下几个。恐怕只有作者与这倒影在西湖水底的明月。作者以拟人化的手法写西湖月能"识翁",含蓄写出欧阳修在颍州时常常夜游西湖,用西湖见证醉翁在颍州的所有功绩。

综观全词,词人以情驾驭全篇,因而使写景、议论无不含情,处处皆是欧公的影子,感情的表达深挚而又充分。

减字木兰花 春月

二月十五夜,与赵德麟小酌聚星堂。

春庭月午①,摇荡香醪②光欲舞。步转回廊,半落梅花婉娩香③。

轻云薄雾④,总是少年行乐处。不似秋光⑤,只与离人照断肠。

【注释】

①春庭:春季的庭院。月午:指月亮升到天顶。阴历十五日半夜。
②香醪(láo):美酒佳酿。
③半落:微微低垂。婉娩(wǎn miǎn):形容香味醇清和美。
④轻云薄雾:轻柔的云,薄薄的雾,喻月光柔美与梅花香飘。
⑤秋光:秋月。

【译文】

春日庭院,皓月当空,堂前小酌,飘然欲醉,起舞弄影。九曲回廊,舞步旋转,树上梅花,一半凋零,酒香梅香,和美醇清。

淡淡的云,薄薄的雾,如此春宵月色,是年轻人及时行乐的佳境。不像秋天的月,执着地照着离别之人,引两地伤情。

【赏析】

　　此词作于元祐七年（1092年），苏轼知守颍州时。一年春夜，堂前梅花大开，月色鲜霁。王夫人对苏轼说："春月色胜于秋月色；秋月令人惨凄，春月令人和悦。何不邀几个朋友来，饮此花下。"听了夫人的话，苏轼十分高兴地说："我不知道夫人原来是位诗人，方才你讲的这番话，真是诗的语言哪！"于是，便邀来几位朋友，在梅花树下饮酒赏月，并取王夫人的语意，填写了这首《减字木兰花》。

　　上片写景。月下赏花，饮酒赋诗，是古诗词中常见的题材，读者关心的是诗人举杯时所产生的感受和联想。苏轼此首写他把月光斟进自己的酒杯里，让读者与他一起分享美酒的芬芳和清光。这种感受是新奇的，大胆的，但又是合理的，自然的。开篇的"月午"，不是早已指明中天明月光正泻向杯中。而"摇荡"一词，正透露出诗人举杯相属的豪兴而使月光翩然起舞。诗人从寻常的生活中，捕捉到不寻常的诗意，于平易中见工夫，逸趣中显天才。月色是这样的皎洁明净，所照之处冷浸一片银色。聚星堂前的梅花也更显得璀璨晶莹，洗尽铅华见雪肌。诗人不禁离席，漫步于积水空明的回廊上。此时他始觉幽香袭来，柔顺清润，以至于物我两忘，陶醉在这优美安谧的境界之中。

　　下片议论。过片由"半落梅花"而来，"欲落梅花更多情"，何况这梅花烟雾轻笼，有一种朦胧含浑之美。花前月下，自古以来"总是少年行乐处"，这少年是泛指，也是指赵德麟。诗人很赏识这位年轻的签判，称赞他"吏事通敏，文采俊丽，志节端亮，议论英发"。他们平时诗歌唱和，此时又同饮花下，"齿发日向疏"的太守，也有与少年同游乐之意。最后以其夫人关于月色的议论作结，他认为这议论富有诗意。

　　在这首词中，他选取了月色、梅花、冷香、回廊、烟雾等，构成清幽恬静的艺术境界，表现了他对美好事物的追求，对良辰美景的珍惜，使他的精神从政治得失中解脱出来，一念清净，旷达闲适，这表现了他精神生活的一个方面。

满江红 怀子由作

清颖①东流,愁来送,征鸿去翮②。情乱处,青山白浪,万重千叠。孤负当年林下语,对床夜雨听萧瑟③。恨此生,长向别离中,雕华发④。

一尊酒,黄河侧⑤。无限事,从头说。相看恍如昨,许多年月。衣上旧痕余苦泪,眉间喜气占黄色。便与君,池上⑥觅残春,花如雪。

【注释】

①清颖(yǐng):指颖河,源出河南登封县西南,东南流经禹县,至周口镇,合贾汝河、沙河,在颖州附近入淮而东流。
②征鸿:此代指作者。翮:翅膀。
③"孤负"二句:写兄弟风雨之夜相聚谈心的乐趣。苏辙《逍遥堂会宿二首》并引:"辙幼从子瞻读书,未尝一日相舍。既壮,将游宦四方,读韦苏州(应物)诗,至'那知风雨夜,复此对床眠',恻然感之。乃相约早退,为闲居之乐。故子瞻始为凤翔幕府,留诗为别,曰:'夜雨何时听萧瑟。'"凤翔至是时已二十余年,仍未实现"对床夜语"的愿望,故曰"孤负"。孤负,辜负。林下意,指相约退出官场,过退隐生活的话。萧瑟,指风雨打叶声。
④雕:这里是增添的意思。华发:即白发。
⑤黄河侧:此指位于黄河南侧的汴京。
⑥池上:指凤凰池上。凤凰池为禁苑中池沼,中书省、门下省等亦设于禁苑,故古人多用"凤凰池"代之。

【译文】

　　清澈的颍水向东流去,望着江面行船远去,船帆若隐若现,心中愁苦。为官四处奔走,走过千山万水,经历风波险恶。我辜负了当年与你对床夜语,早退隐居的约定。这一生聚少离多,白发徒生。

　　在黄河畔饮酒,想起往日情由,无限感慨。虽然分离多年,旧事却恍如昨日般清晰。经历了多年磨难心酸,终于快有归去的喜讯了。到那时,和你在这残春出游池上,看落花如雪。

【赏析】

　　这首词写于宋哲宗元祐七年(1092年)二月,时苏轼已经五十七岁,由颍州知州调任扬州知州,临行前写下了此词。子由:是苏轼弟弟苏辙的字,当时他在京都汴梁任门下侍郎。苏轼和苏辙兄弟二人同年中进士,不但在文坛上同时享有盛名,而且政治见解相同,感情十分深厚。当年苏轼主动要求从扬州改任密州知州,其中一个重要的原因就是可以和在济南任职的弟弟相隔近一点儿。他的著名词作《水调歌头》(明月几时有)就表达了他对兄弟之情的珍视。当苏轼因"乌台诗案"被捕入狱时,曾托狱卒带给苏辙两首诀别诗(他以为当时自己必死狱中),其中一首说:"与君世世为兄弟,又结来生未了因。"可见二人之手足情深。

　　词的上片即景抒情,抒发了对兄弟之间长期不得相见的深深感慨和对弟弟的深切怀念,下片追忆从前,希望能有机会到京城与弟弟见上一面,并想象兄弟相会汴京的欢悦情景。全词苍劲淳厚,寄慨遥深,感情全自胸臆自然流出,读来颇为动人。

　　此词调声情激越,音节高亢,向为苏辛派词人所喜用。

　　"清颍东流,愁来送,征鸿去翩。"因扬州在颍州东边,故有此说。词人开篇以情驭景,以四处迁徙的孤鸿自比,充满了即将远行前的孤寂和惆怅。

　　"情乱处,青山白浪,万重千叠。"这几句情景交融,颍州的自然景物与词人复杂的离情浑然融为了一体。

　　"孤负当年林下语,对床夜雨听萧瑟。"苏轼与苏辙从小一同读书,形影不离。成年之后,不得已而分手仕宦四方,分手前,曾有感于韦应物的"那知风雨夜,复此对床眠"诗句,相约以后早退,共享闲居之乐。苏轼任凤翔幕府时,临别赠苏辙诗曰:"夜雨何时听萧瑟。"这两句充满了对官场的厌倦和对兄弟的思念之情，意境清幽而浪漫，从中可见词人内心深处的高情雅致。

"恨此生，长向别离中，雕华发。"这三句是对不得相见的抱怨，充满了无可奈何的沧桑之感，蕴含着对兄弟的深厚情意。

"一尊酒，黄河侧。无限事，从头说。"这四句开始转入对兄弟二人相会汴京的想象。

"相看恍如昨，许多年月。衣上旧痕余苦泪，眉间喜气占黄色。"这四句继续想象重逢时的喜悦情景。"占黄色"指带有黄色。古人认为黄色为喜色，苏轼《送李公恕赴阙》诗中有"忽然眉上有黄气，吾君渐欲收英髦"句。

"便与君，池上觅残春，花如雪。"这三句想象与兄弟相见后共同游春赏景的情景，语言别致，意境清新优美，充满浓浓的诗意。

这首词感情真挚动人，词人以兄弟的情谊为主线来写景抒怀，情动于中而形于言，故而能感人肺腑。其中也夹杂着对官场的厌倦和人生不得意的感慨，是当时作者复杂心情的真实写照。

青玉案

　　三年枕上吴中路①，遣黄犬，随君去②。若到松江呼小渡③，莫惊鸳鹭④，四桥⑤尽是，老子⑥经行处。

　　《辋川图》⑦上看春暮，常记高人右丞⑧句。作个归期天已许。春衫犹是，小蛮针线⑨，曾湿西湖雨。

【注释】

①枕上：指梦中。吴中：古吴国之地，泛指今江浙一带。
②"遣黄犬"二句：意谓让黄犬带回故地的消息。《晋书·陆机传》载，陆机有黄耳犬，能从洛阳带书信到吴，又能从吴带回信到洛。此用其事。
③松江：即吴江，俗名苏州河，是太湖一条最大的支流，经苏州、青浦、嘉定至上海合黄浦江入海。这里所说的松江当指流经苏州的一段水域。小渡：指小船。
④莫惊鸳鹭：《列子·黄帝》云："古时海上有好鸥者，每日从鸥鸟游，鸥至者以百数。其父曰：'吾闻鸥鸟皆从汝游，汝取来吾玩之。'次日至海上鸥鸟舞而不下。"此典说明，人无机心，则异类与之相亲。作者借之婉劝友人不要存世俗机巧之心。
⑤四桥：苏州的景点。
⑥老子：宋代年老者自称的习惯用语。
⑦《辋川图》：唐代诗人王维，曾在蓝田清凉寺绘有"辋川图"壁画，是有名的艺术品。
⑧右丞：王维官任尚书右丞，人称王右丞，有别墅在辋川（今西安市东南

蓝田县内）。

⑨小蛮针线：指姬妾缝制的衣服。小蛮，唐白居易的侍女，能歌善舞。

【译文】

你梦想吴中的家乡已经整整三年，你走时，请带上能传回消息的黄犬。你到了松江的野渡边，可别惊动了鸳鸯白鹭的酣眠。姑苏的四桥，都是我以前惯经的地点。王维曾把暮春的辋川在画上绘现，至今人们还记得这位高人的诗篇。你归期已定，可谓天从人愿；而你要记得所穿的春衫，有小姬亲作的针线，还曾经沾上过西湖的雨点。或三年来，你睡觉都梦见回故乡吴中去的路，如今你回家，我叫一条能传书的黄狗跟了你去，希望能得到你到家后的音信。你若到了松江呼唤小渡口的船只时，请别让水上的鸳鸯、白鹭受惊，要知道那四桥一带，都是我曾经留下过足迹的地方。

我从《辋川图》那样令人动心的画中看着春天将暮时的景色，常常会想起过着悠闲归隐生活的高人王右丞的诗句。我如果也确定个归故乡去的日期，老天爷也一定会允许的吧！那时，我身上穿的春季衣衫，还是我在杭州时陪伴我的小蛮缝制的，它曾被西湖上的雨打湿过呢。

【赏析】

宋哲宗元祐七年（1092年），时苏轼知杭州，为送友人苏坚归吴中而作此词。

在众多的送别词中，苏轼的这首《青玉案》可谓别具一格。一方面作者为送客而作，一方面自己客居他乡，是为"客"中送客之作。

上片抒写作者对苏坚归吴的羡慕和自己对吴中旧游的思念。

"三年枕上吴中路"写苏坚随苏轼三年为官未归，枕头上都牵绕着回家的道路，展现了自己思乡心切，也表达了对友人归家的理解和关切之情。用"黄犬"这一典故，表达出盼伯固回吴后及时来信。"呼小渡"数句细节传神，虚中寓实，给对方一种"伴你同行"的亲切感。"若到松江呼小渡，莫惊鸳鹭"表现了词人对吴中故地眷恋之深。"老子"为词人自称，语气幽默诙谐，显出朋友之间的亲昵与坦诚。

下片写词人思归心切，就苏坚之"归"，抒说己之"归计"，间接表达对官海浮沉的厌倦。

以对王维《辋川图》的仰慕开篇，直言记得王维的诗句，暗许送友思归之意。"作个归期天定许"一句，奇境别开，明知不可归而犹言"天定许"，思归之情，倍见殷切。"小蛮针线"则显出宦游天涯之可哀，情真意切。

"作个归期天已许。春衫犹是，小蛮针线，曾湿西湖雨。""归期天已许"写苏轼迫切思归与亲人爱侣团聚，特借白居易所宠爱的善舞伎人小蛮，喻指其爱妾朝云，朝云亲手缝制的春衫"曾湿西湖雨"，为"天注定"做一注脚：天公有情，为朝云之相思而洒泪雨，淋湿我春衫。

全词中心在于一个"归字"，既是羡慕苏坚归吴中，亦是悲叹自己归梦难成。词写思念亲人含蓄深沉，风格婉曲而又狂放。

诗贵真情，苏轼将自己的真情真语诉诸笔端，而且写得如此清丽雅艳，因而成为令人们"爱不忍释"的千古绝唱。

渔家傲

临水纵横回晚鞚①,归来转觉情怀动。梅笛烟中闻几弄②,秋阴重,西山雪淡云凝冻。

美酒一杯谁与共,尊前舞雪狂歌送③。腰跨金鱼旌旆拥④,将何用,只堪妆点浮生梦⑤。

【注释】

①纵横:奔放,不受拘束。鞚(kòng):有嚼口的马络头。
②梅笛:吹奏《梅花落》笛曲。弄:乐曲,曲调;又乐曲一阕或演奏一遍称一弄。几弄,几阕乐曲。
③尊:通"樽",泛称一切酒器。舞雪:形容舞女的动作迅速,其衣袖飘动如雪片回旋。
④腰跨金鱼:腰间挂着鱼袋佩饰。金鱼,又称"鱼袋",宋代以之表明官阶身份,需翰林学士及中书堂后官,始可佩之。旌旆(jīng pèi):古代旗帜名,"旌"缀旄牛尾于竿头,下有五彩析羽,用以指挥和开道。"旆"是旗末状如燕尾的垂旒。这里"旌旆"泛指护卫旗帜。
⑤浮生梦:指世事虚浮无定,生命短暂,有如一场梦。

【译文】

在临近水的地方随意地骑马迟暮归家,到家反而心情不平静。在暮霭中听到几支笛奏的乐曲,秋天的天气阴暗沉重,西山已见淡雪,浓云也已为之凝冻了。

谁与我共饮一杯美酒呢?席中用妓妾的歌舞下酒。腰带佩系着金鱼袋,出外时被仪仗旗帜簇拥。鱼袋旌旆的荣华富贵又有什么用呢？只能作为如梦的人生中一个装饰而已。

【赏析】

宋哲宗元祐八年（1093年）十月，词人自汴京赴定州太守任途中，为了记录当时自己感悟人生的情绪波动，于是作下这首词。

上片起首，突现了词人意志豪壮的英武气势。"临水纵横回晚鞚"，他骑着金镀银鞍辔马，奔驰在水滨，豪纵奔放，无所拘束，一直到晚上才勒住马缰驶向归程："归来转觉情怀动"，一旦回到居处，竟忽然情怀转向波动。"梅笛烟中闻几弄"，远远听到《梅花落》的笛声吹奏几曲，顿时感到"秋阴重，西山雪淡云凝冻"，一种莫名的压抑感霎时涌上心头。此时此地的词人，他闻笛声而感到"秋阴重"，是很真切自然的。十月的北方，气候转冷，西山已见淡雪，浓云也已为之凝冻了。

下片着重描绘壮行送别的激动场面和个人的抑郁心态。"美酒一杯谁与共，尊前舞雪狂歌送。腰跨金鱼旌旆拥"，词人独自身着庄重的朝廷命服，与送行人饮酒话别，席中有佳丽妙女为之歌唱狂舞，自己腰挎金鱼佩饰，有齐整的旌旗卫队前呼后拥，情景显得十分威严壮观。然而，到结语，词情却突然转向滑落："将何用，只堪妆点浮生梦。"而与首句的"临水纵横回晚鞚"形成强烈反差。这些威严和排场又有什么用呢？在词人看来，只能是妆点他的世间虚浮无定的梦境罢了。词人当时沉重异常，心情十分沮丧，还有一生中坎坷挫折经历的深刻教训，时时笼罩着他的头脑，心潮起伏，慨叹人生，理所当然。

全词悲壮苍凉，诗魂缥缈，在情思的波动和落差中，强化了浮生若梦的理念；词章表面轰轰烈烈、笔势奇纵，却成为表现词人内心抑郁的铺垫。

千秋岁 次韵少游

　　岛边天外①，未老身先退。珠泪溅，丹衷②碎。声摇苍玉佩、色重黄金带③。一万里，斜阳正与长安对④。

　　道远谁云会，罪大天⑤能盖。君命重，臣节在。新恩犹可觊⑥，旧学终能难改。吾已矣⑦，乘桴且恁浮于海⑧。

【注释】

①天外：苏轼时在琼州（今海南岛），故言岛边天外。
②丹衷：犹言"丹心"。
③苍玉佩、黄金带：指朝廷命官所佩的饰物。此喻声情之惨怛。
④"一万里"句：时苏轼居海南，距京城甚远，故云。长安，今陕西西安，汉唐时京都。此当指北宋京都汴京（今河南开封）。
⑤天：比喻皇帝。
⑥觊（jì）：希图、冀望。
⑦已矣：算了、罢了。
⑧乘桴句：《论语·公冶长》载孔子说："道不行，乘桴浮于海，从我者其由与？"桴（fú），小筏子。恁（nèn），这样。

【译文】

　　人未老而身已退居在天外孤岛上。腰间佩戴金色的玉饰泠泠作响，金黄色的腰带色彩浓艳。夕阳正斜照着万里之外的汴京城。

　　路途遥远，谁说还能见到汴京城。我的罪孽深重，但皇帝能给予宽恕。君王之命很重，不可违背；我的节操依然保持着。大概能期望君王赐予赦免的新恩，但我的旧识积习终究难以改变。算了吧，我还是乘舟漂浮在海上，暂且如此度过余生。

【赏析】

绍圣元年（1094年）四月，苏轼落职知英州，秦观被指为影附苏轼随之被贬为杭州通判，道贬监处州酒税。三年，转徙郴州。

绍圣四年（1097年）仲春，新党为了将旧党（元祐党人）赶尽杀绝，朝廷对"元祐党人"的贬地做了一次大规模的调整。所有被贬外地的元祐党人，根据贬所再向更远之地贬一次。因为苏轼在旧党中的地位，已经被贬广东的苏轼，再次被贬到了海南。秦观由郴州转徙到更远的横州（今广西横县）。

秦观于绍圣四年（1097年）在衡州遇到了在这里做知府的孔平仲（毅甫）。孔平仲系与秦观同一批受到贬谪，落职知衡州的处境与心境大致相同，秦观因向他赠送了旧作《千秋岁》词。

孔平仲他读了这首词以后，认为言语悲怆，作者心中的幽怨太深，恐不久于人世，并步原韵和词一首。

元符三年（1100年）四月，秦、孔二人所作的《千秋岁》经由苏轼的侄孙苏元老传到了远谪琼州的苏轼那里。苏轼有所感，亦作和词一首。

苏轼的和词比秦词心境较为开阔。一是他能直抒胸臆，表达自己的"丹衷""臣节"，发泄"未老身先退""罪大天能盖"的强烈幽怨不满情绪。二是他能将幽怨不满置之度外，我行我素，不理会人家的评说，表现出一贯的超脱达观态度。即使在政治上连遭打击之时，他的进取精神仍未完全磨灭。

上片"未老身先退"句首先表明了对贬谪的不满。白居易《不致仕》云："七十而致仕，礼法有明文。"时苏轼年六十三遭贬到海南岛，故言岛边天外。未老身先退是朝廷决定，非自己情愿，怎不叫人伤心落泪。"珠泪尽，丹衷碎"写出苏轼遭贬的愤懑。苏词用很工的对偶句，有声有色地描写当年在朝廷任职时的形象。苏轼虽被贬，但服饰仍旧，故有"声摇苍玉佩，色重黄金带"之说。"斜阳"句是说自己虽已暮年，远在万里天涯，但还怀念着京都。苏轼一片忠心未改。"莫嫌雷琼隔云海，圣恩尚许遥相望"，两句可做参考。词上片抒写怀君思朝之真情：泪洒心碎，一步一回首。

下片苏轼表示难迎合朝廷，迫不得已，只好学孔子"乘桴浮于海"。下片反映出苏轼内心的矛盾，一方面他是有罪之臣，难忘"君命""新恩"，另一方面"君命"有悖"旧学",对自己的前途已不抱希望。词人暗中写自己,也写秦观。仲由是孔子的学生,秦观也曾拜苏轼为师。他鼓励秦观振作起来。词人站得高,想得远,能摆脱个人得失,终不忘江山社稷。他的和韵词不仅格调较高,而且符合自己的长者身份。

全词波澜起伏,情感激荡,令人感受苏轼胸中炽热的情感还未泯灭。表达了他不忘自己的使命,虽历经磨难仍不改报效国家的政治抱负。

浣溪沙 端午

轻汗微微透碧纨①,明朝端午浴芳兰②,流香涨腻③满晴川。彩线④轻缠红玉臂,小符斜挂绿云鬟⑤,佳人相见一千年。

【注释】

①碧纨(wán):碧色的薄绸。纨,细致洁白的绸子。
②浴芳兰:指端午节用兰汤沐浴。《大戴礼记·夏小正》载,五月"蓄兰,为沐浴也"。《楚辞·九歌·云中君》曰:"浴兰汤兮沐芳。"
③流香涨腻:指女子梳洗时,用剩下的香粉胭脂随水流入河中。杜牧《阿房宫赋》:"弃脂水也。"
④彩线:指五彩丝线。按旧俗,端午节时妇女们用彩线缠臂,以避兵鬼病瘟。彩线被称为长命缕、续命缕、避兵缯或朱索等。
⑤小符:指妇女们端午节时在发髻上挂着的书写有咒语符箓的小笺,古人认为可以祛邪驱鬼,保佑平安。绿云鬟:指女子浓密而美丽的发鬟。

【译文】

微微小汗湿透了碧色的细绢,明日端午节用芳兰草沐浴。流香酒般的浴水、油腻布满大晴的江面。

五彩花线轻轻地缠在红玉色手臂上,小小的符箓斜挂在耳下的黑色发髻上。与朝云同过端午节,天长地久,白头偕老。

【赏析】

这是一首节令词。端午即农历五月初五日,是我国传统的民间节日之一,本名"端五"。《太平御览》卷三十一引《风土记》:"仲夏端五,端,初也。"又名"端阳""重午""重五",民间有端午吃粽子、赛龙舟、插艾蒿等习俗。

此词写于绍圣二年(1095年)端午,时苏轼被贬于惠州。苏轼一生仕途坎坷,晚年再遭远谪,晚景较为凄凉,但本词描写的是妇女欢度端午佳节的情景,格调轻松明快,与苏轼一贯的乐观豁达的襟怀相一致。

词的上片写妇女们在节日前夕进行各种准备活动,下片刻画她们按照民间习俗,彩线缠玉臂,小符挂云鬟,互致节日祝贺的场面。从词中我们能依稀看到一直尽职尽忠地陪伴在苏轼左右的侍妾朝云的影子。

"轻汗微微透碧纨,明朝端午浴芳兰。"这两句写女子们为端午节忙碌准备的情景。"轻汗微微"烘染出一派欢快热烈的节日气氛;"碧纨"和"浴芳兰"既符合节日特点,意境又典雅清丽,给人以清新愉悦的美感。

"流香涨腻满晴川。"这一句设想明天女子们沐浴梳洗后的情景,语词夸张,意境香艳绮丽,富有感染力。"流香涨腻"化用杜牧《阿房宫赋》中"渭流涨腻,弃脂水也"之句意,极为形象别致。"晴"字为全词增添了一分明媚而欢快的色彩。

"彩线轻缠红玉臂,小符斜挂绿云鬟。"这两句描绘逼真细腻,更为浓烈地渲染出节日的氛围。词人着重描写缠线、挂符活动,且用对偶句式,为的是"佳人相见一千年",愿灵验得到应证。真是一语中的,画龙点睛。

"佳人相见一千年。"妇女们身着节日的盛装在街上游玩,互相见面时,都要互致节日的问候和祝贺,诸如祝你永远幸福、吉祥等。这一句写人们相见时的语言,"一千年"语意夸张,把节日的欢快、热烈气氛推向了高潮。

本词真实生动地再现了宋代端午节前后的风俗人情,人物活动的刻画细腻逼真,令人心驰神往,充满了浓郁的古老民俗气息,是研究端午民俗最形象而珍贵的资料。

行香子 秋与

　　昨夜霜风①。先入梧桐。浑无处、回避衰容。问公何事,不语书空②。但一回醉,一回病,一回慵。

　　朝来庭下,光阴如箭,似无言、有意伤侬。都将万事,付与千钟③。任酒花④白,眼花⑤乱,烛花红。

【注释】

①霜风:刺骨寒风。
②不语书空:不说话,用手指在空中虚画字形。《晋书·殷浩传》载,殷浩被黜放,口无怨言,但终日书空,作"咄咄怪事"四字而已。此处用典表示胸中愤懑。
③付与千钟:交付酒杯,即以酒浇愁之意。钟,酒器。
④酒花:指斟酒时酒面泛起的珠花。
⑤眼花:指视线。

【译文】

　　昨夜霜降寒风骤起,梧桐叶落纷纷,我无处回避自己衰老的面容。秋风问我为何这样,我没有说话,只是用手在空中书写。人老了,有时沉醉,有时沉病,有时慵懒。

　　早晨来到院子里,感叹时光荏苒,岁月流逝,虽不吭声,似乎有意让我伤心。如今万念俱空,把所有心事,都换作千杯酒来饮。哪管它酒花白、眼花乱、烛花红。

【赏析】

　　这首词创作于作者晚年，属悲秋之作。绍圣元年（1094年）迁惠州后，苏轼于绍圣二年（1095年）七月痔疾发作，八九月间始愈，时已至深秋，与此词所写景色相合。此词或作于此时。

　　此词上片写景抒情，将秋风拟人与人对话，写词人面对萧瑟秋景，衰容剧增。悲秋是中国古典诗词中历史悠久的传统主题，"霜风"就渲染出秋日的萧瑟氛围，奠定了全词悲凉哀怨的基调；尽管词人不愿意让人看出内心的痛苦，但"衰容"遮掩不住其因政治上的挫折而带来的郁结。接着以问句的形式写出词人有冤无处诉的忧郁愤激，"醉、病、慵"高度概括出了词人生活的无聊和苦闷，显示出对社会和人事的完全绝望。

　　下片叙事议论，写词人早上醒来，来得庭院，感叹时光易逝，来日无多，而当时处境，只能让他将世间万桩事付与千钟美酒，任凭酒花雪白、眼花缭乱、烛花火红。光阴似箭，强烈地表现出词作的感伤之情；酒醉、眼乱、烛红，充分写出了词人狂放不羁的醉态。

　　此词上下片采用对称结构，但时序上却有"昨夜"与"今朝"的先后承递关系。词中描述了两幅衰容，一是霜风昨夜入梧桐、今朝来庭下的萧瑟冷落；一是词人病后意慵懒、酒后眼花乱的潦倒颓放。

　　全词融悲自然之秋、悲生命之秋和悲心境之秋为一体，风格悲凉凄婉，情感沉郁缠绵，富有感染力。它硬语盘空，借秋日病愈，抒发了官场坎坷、世路沧桑的感叹，流露出风烛残年的悲伤。

　　作者一生多舛，几遭贬谪。这时，曾经骄傲的才子，回望一生漂泊，秋风中过往的淡然、坚定、洒脱似一一看穿。这时的他褪去了才子的傲然，伤得真切。全词悲切中又有作者一如既往的旷达，也表达了作者对坎坷一生的无谓态度，在伤感中放任心性的情感，哀而不伤。

临江仙[①] 惠州改前韵

九十日春[②]都过了,贪忙何处追游。三分春色一分愁[③]。雨翻榆荚[④]阵,风转柳花球[⑤]。

我与使君[⑥]皆白首,休夸少年风流。佳人斜倚合江楼[⑦],水光都眼净,山色总眉愁。

【注释】

① 临江仙:唐教坊曲,后用作词牌名,为双调小令。
② 九十日春:农历正月至三月。
③ "三分"句:宋叶清臣《贺圣朝》:"三分春色二分愁,更一分风雨。"
④ 榆荚(yú jiá):榆树果实,初春时先于叶生,状似钱而小,暮春时飘落。此句指雨打榆荚零落。
⑤ 柳花球:柳絮染尘成球。此句指风吹絮球翻滚。
⑥ 使君:惠州知州詹范。作者在《与徐得之》中称"詹使君,仁厚君子也,极蒙他照管"。按作者时年六十岁,又据其《和陶贫士七首》之六:"老詹亦白发,相对垂霜逢。"可知此句为实写。
⑦ 合江楼:作者初至惠州时所居之所,在惠州东门,因东西二江汇合于此得名。

【译文】

春天过去了,一直忙忙碌碌,如今再想寻春,也不可能了。纵然还有三分春色,那一分惆怅也无法免去。雨打榆荚零落,柳絮染尘成球,被风吹得到处翻滚。

我和知州您都是白发老人了,再不要说以前的年少风流往事了。美丽的歌女斜靠在合江楼边。水光清凉，山色美丽，总是让人情不自禁为之感叹。

【赏析】

　　宋哲宗绍圣三年（1096年）暮春。是时，东坡六十一岁，在惠州贬所宴饮州守詹范时，有感于仕途之变，便作下了这首词。

　　上片，惜春伤春，无须"贪忙""追游"。与密州时作的同词牌名的上片完全一样，惜春。面对同样的春，产生着同样的心情。那时，朝廷政治斗争激烈，词人回避，自求外任。而今，在贬所惠州，也是一个春季过去了（"九十日春都过了"），即风华正茂的时候过去了，我闲置无所事事了（"贪忙何处追游"），无须"贪忙""追游"了。紧接着点化运用叶道卿《贺圣词》词："三分春色，二分愁闷，一分风雨。"而言春暮人愁（"三分春色一分愁"），日暮西山，人命危浅了，只是词人未看到日后还有"风雨"，哪怕是"一分风雨"，未想到日后又要谪贬儋州；但他很快意识到，大自然的春天很快消失，自己的青春很快消失，如"雨翻榆荚阵"，如"风转柳花球"，没有多少留恋，有的是终身遗恨。

　　下片，叹青春不再，人生暗淡。词人此时处境恶劣，心境凄凉，深感自己夕阳黄昏，硬是把棺材准备好了。正因所处社会环境、政治经济地位发生变化，自然他的思想感情、心理观念随之也发生变化，艺术欣赏及其作品的意境发生变化，所以他把密州时作的同词牌的词的下片做了修改。尽管它反映了词人对人生的依恋和青春的惋惜之情，可意境发生了很大变化：仙境不见了，西王母、东皇太乙在东坡心中，早已消失了，再不是什么美好、理想、幸福的形象，更不是什么长生不老的象征了。"我与使君皆白首，休夸年少风流"，惜青春已逝，风流不再。我们已是苍颜白发，还谈什么昔日风流。这意味着一代人的结束。"佳人斜倚合江楼"，唯有我那朝云，病魔缠身，"斜倚"而立，留恋着"合江楼"外的水光山色，哪怕它们是净眼中的水光（"水光都眼净"）和眉愁中的山色（"山色总眉愁"）。正是词人在惠州感情上发生了变化，审美移情发生了变化，所以山光水色也变得"愁"容起来；从而暗示着词人晚年人生暗淡无光了。

　　全词，上片写春过春愁，伤春惜时，下片写白首眉愁，伤感人生。人的感情发生变化，决定着词的意境发生变化，决定着词的用语的变化。笼罩全词的是一"愁"到底的灰蒙蒙的意味。

西江月

玉骨那愁瘴雾①,冰肌自有仙风。海仙②时遣探芳丛,倒挂绿毛幺凤③。

素面常嫌粉涴④,洗妆不褪唇红。高情已逐晓云空,不与梨花同梦⑤。

【注释】

①瘴雾:旧指南方山林间湿热郁蒸,致人疾病的气。
②海仙:海中的仙人。
③倒挂绿毛幺凤:据载是广南的一种绿羽丹嘴禽,大如雀,状类鹦鹉,栖集皆倒挂于树上,土人呼为倒挂子。或云是惠州的一种栖息于梅花之上的珍禽,似绿毛凤而小。
④涴(wò):污,弄脏。
⑤梨花同梦:化用王昌龄《梅》诗中之"落落寞寞路不分,梦中唤作梨花云"句。

【译文】

玉洁冰清的风骨是自然的,哪里会去理会那些瘴雾,它自有一种仙人的风度。海上之仙人时不时派遣来探视芬芳的花丛,那倒挂着绿羽装点的凤儿。

它的素色面容施铅粉还怕弄脏,就算雨雪洗去妆色也不会褪去那朱唇样的红色。高尚的情操已经追随向晓云的天空,就不会想到与梨花有同一种梦想。

【赏析】

这首词作于宋哲宗绍圣三年（1096年），时苏轼被贬谪于惠州。

这首词因所指蒙眬，可以看作是一首咏梅词，另据词意及史料来看，把它当作一首悼亡词也是有道理的，我们不妨将二意皆取来品玩。词中所悼之人是苏轼的侍妾朝云。朝云姓王，十一岁时在杭州被苏轼收留。她聪明、勤快又美丽，而且善解人意。她擅歌舞，常在苏轼与朋友的家宴上演唱助兴，作为一个侍女随苏轼南北奔波。元丰三年（1080年）苏轼贬黄州时，十八岁的朝云自愿随往侍奉。至苏轼贬惠州时，因为仆婢星散，只有侍妾朝云坚决跟随远走岭南。此时苏轼已经五十八岁了，自觉复官无望，精神十分压抑，唯有朝云日夕相伴，与之相依为命。不幸的是，两年后朝云为瘴雾所染，病重去世，年仅三十四岁。朝云跟随苏轼二十三年，由侍女、侍妾，最后成为苏轼晚年的精神支柱，她一直对苏轼十分尊重，也十分爱慕。朝云死后，苏轼十分悲痛，连写了《悼朝云》《丙子重九二首》等多首诗及词《人娇》等悼念她，并为其写了墓志铭，将其安葬在惠州西湖楼禅寺东南，墓旁建"朝云祠"，植朝云所爱梅花一株。在这首词中，梅即是朝云，朝云即是梅，词人抓住二者的共同点来加以描写，大有"庄生晓梦迷蝴蝶"的意味。

"玉骨那愁瘴雾，冰肌自有仙风。海仙时遣探芳丛，倒挂绿毛幺凤。"这几句状写了梅花的风神，并用浪漫的手法，以海仙遣仙鸟来探，从侧面烘托出其艳惊仙界的无穷魅力。如果理解成悼亡，则是形容朝云的姿色及品格。朝云毅然陪伴苏轼来到惠州这瘴疠之地，虽然多闻有人因中瘴雾之毒而病死，但她开始则一直安然无恙。另外，"玉骨""冰肌""仙风"等词用来形容朝云的雪肤花貌、气质姣好实在是再贴切不过。

"素面常嫌粉涴，洗妆不退唇红。"这两句若是状梅，则是形容岭南白梅的莹洁及其独特的美丽。据载，岭外梅花与中原的不同，其花类桃花之色，萎谢之后有残红。如果理解为写人，则是形容朝云不饰雕琢的天然美。据载，朝云自幼美貌，但不喜化妆，有一种朴素的本色美，秦少游曾作词赞之曰："霭霭迷春态，溶溶媚晓光，不应容易下巫阳。"在这里，苏轼认为敷粉反而玷污了她的美丽，她的玉面红唇皆出自天然。

"高情已逐晓云空，不与梨花同梦。"这两句的悼亡意味非常明显。"晓云"即是"朝云"。朝云终于离开作者而逝去，那段难忘的相濡以沫的日子一去不复返了，即便是在梦中也不复再有这样的日子了。另外"空"还含有另一层意思：朝云也没给他留下，之前朝云曾与苏轼生一子，乳名斡儿，十一个月大时即夭折，因此想来更觉"空"，更觉悲痛。

这首词，一方面赞美了梅花（朝云）丰神之美丽，品格之高尚。另一方面更传达出词人对其凋谢（死去）的无限痛惜之情。既不言"梅"，也不言"朝云"，含蓄深沉，耐人寻味。

减字木兰花 己卯，儋耳春词

春牛春杖①，无限春风来海上。便丐春工②，染得桃红似肉红③。春幡春胜④，一阵春风吹酒醒。不似天涯⑤，卷起杨花⑥似雪花。

【注释】

①春牛：即土牛，古时农历十二月出土牛以送寒气，第二年立春再造土牛，以劝农耕，并象征春耕开始。春杖：耕夫持犁杖而立，杖即执，鞭打土牛。也有打春一称。

②丐：乞求。春工：春风吹暖大地，使生物复苏，是人们将春天比喻为农作物催生助长的农工。

③肉红：状写桃花鲜红如血肉。

④春幡（fān）：春旗。立春日农家户户挂春旗，标示春的到来。也有剪成小彩旗插在头上，或树枝上。春胜：一种剪成图案或文字的剪纸，也称剪胜，以示迎春。

⑤天涯：天的尽头，古代以海南岛为天涯海角。此处指作者被贬谪的海南岛。

⑥杨花：即柳絮，海南属热带，立春时杨柳便开始飘絮了。

【译文】

牵着春天的泥塑耕牛，拉起春天的泥塑犁杖，泥塑的耕夫站在二者的近旁。春风无限，来自海上。于是请来春神的神功，把桃花红染得像肉色红。

竖立春天的绿幡，剪成春天的彩胜。一阵春风，吹我酒醒。此地不像海角天涯，卷起的杨花，颇似雪花。

【赏析】

　　这首词为元符二年（1099年）立春所写的一首咏春词。苏轼在惠州贬所得到责授琼州别驾昌化军安置，不得签书公事的命令，于绍圣四年（1097年）四月十九日离开惠州，七月二日到昌化军（今海南儋州市）贬所。

　　作者以欢快的笔触描写海南绚丽的春光，寄托了他随遇而安的达观思想。

　　此词上、下片句式全同，而且每一阕首句，都从立春的习俗发端。

　　古时立春日，"立青幡，施土牛耕人于门外，以示兆民（兆民，即百姓）"（《后汉书·礼仪志上》）。春牛即泥牛。春杖指耕夫持犁杖侍立；后亦有"打春"之俗，由人扮"勾芒神"，鞭打土牛。春幡，即"青幡"，指旗帜。春胜，一种剪纸，剪成图案或文字，又称剪胜、彩胜，也是表示迎春之意。而两阕的第二句都是写"春风"。上片："无限春风来海上"，风从海上来，不仅写出地处海岛的特点，而且境界壮阔，令人胸襟为之一舒。下片："一阵春风吹酒醒"，点明迎春仪式的宴席上春酒醉人，兴致勃发，情趣浓郁。两处写"春风"都有力地强化全词欢快的基调。接着上、下片对应着力写景。上片写桃花，下片写杨花，红白相衬，分外妖娆。写桃花句，大意是乞得春神之力，把桃花染得如同血肉之色一般。这里把春神人格化，见出造物主挈乳人间万物的亲切之情。"不似天涯，卷起杨花似雪花"句，是全词点睛之笔。海南地暖，其时已见杨花；而中原，燕到春分前后始至，与杨柳飞花约略同时。作者用海南所无的雪花来比拟海南早见的杨花，谓海南跟中原景色略同，于是发出"不似天涯"的感叹。

　　此词礼赞海南之春，古代诗词题材中有开拓意义。同时词又表达作者旷达之怀，对我国旧时代知识分子影响深远。这是苏轼此词高出常人的地方。

　　本词大量使用同字，把同一个字重复地间隔使用，不但音调增加美听，而且主旨得到强调和渲染。全词八句，共用七个"春"字（其中两个是"春风"），但不平均配置，有的一句两个，有的一句一个，有三句不用，显得错落有致；而不用"春"字之句，如"染得桃红似肉红""卷起杨花似雪花"，却分别用了两个"红"字，两个"花"字。事实上，作者也许并非有意要作如此复杂的变化，他只是为海南春色所感发，一气贯注地写下这首词，因而自然真切，朴实感人。

第三章 散文

论

孟轲论

　　昔者仲尼自卫反鲁,纲罗三代①之旧闻,盖经礼三百,曲礼三千,终年不能究②其说。夫子谓子贡曰:"赐,尔以吾为多学而识之者欤?非也,予一以贯之。"天下苦其难而莫之能用也,不知夫子之有以贯之也。是故尧、舜、禹、汤、文、武、周公之法度礼乐刑政,与当世之贤人君子百氏之书,百工之技艺,九州之内,四海之外,九夷八蛮之事,荒忽诞谩而不可考③者,杂然皆列乎胸中,而有卓然不可乱者,此固有以一之也。是以博学而不乱,深思而不惑,非天下之至精,其孰能与于此?

　　盖尝求之于六经,至于《诗》与《春秋》之际,而后知圣人之道,始终本末,各有条理。夫正化④之本,始于天下之易行。天下固知有父子也,父子不相贼,而足以为孝矣。天下固知有兄弟也,兄弟不相夺,而足以为悌⑤矣。孝悌足而王道备,此固非有深远而难见,勤苦而难行者也。故《诗》之为教也,使人歌舞佚乐,无所不至,要在于不失正焉而已矣。虽然,圣人固有所甚畏也。一失容者,礼之所由废也。一失言者，义之所由亡也。君臣之相攘，上下之相残，天下大乱，未尝不始于此道。是故《春秋》力争于毫厘之间，而深明乎疑似之际，截然其有所必不可为也。不观于《诗》，无以见王道之易。不观于《春秋》，无以知王政之难。

自孔子没，诸子各以所闻著书，而皆不得其源流，故其言无有统要⑥，若孟子，可谓深于《诗》而长于《春秋》者矣。其道始于至粗，而极于至精。充乎天地，放乎四海，而毫厘有所必计。至宽而不可犯，至密而不可察，此其中必有所守，而后世或未之见也。

且孟子尝有言矣："人能充其无欲害人之心，而仁不可胜用也。人能充其无欲为穿窬⑦之心，而义不可胜用也。士未可以言而言，是以言之也。可以言而不言，是以不言之也。是皆穿窬之类也。"唯其不为穿窬也，而义至于不可胜用。唯其未可以言而言、可以言而不言也，而其罪遂至于穿窬。故曰：其道始于至粗，而极于至精。充乎天地，放乎四海，而毫厘有所必计。呜呼，此其所以为孟子欤！后之观孟子者，无观之他，亦观诸此而已矣。

【注释】

①纲罗：搜集。三代：指夏、商、周三个朝代。
②究：编纂。
③考：考证。
④正化：匡正行为和教化人民。
⑤悌：形成"悌"的民风。
⑥统要：要领。
⑦穿窬：穿墙偷盗。

【译文】

古时的孔子从卫国返回鲁国，搜集了夏、商、周三个朝代的旧闻，汇集经礼三百卷，曲礼三千卷，但是直到他临终也没能把他的学说编纂完整。孔子对子贡说："你说，你是不是认为我是学识多且见识广的人呢？其实不是，我只是一个坚持有始有终的人。"天下人都怜悯他屡遭苦难却始终没有得到重用，却不知道这位夫子一贯坚持的态度。所以，尧、舜、大禹、商汤、周文王、周武王、周公的法度、礼乐和刑政，以及当世的贤人君子、诸子百家的书籍，各种工匠的技艺，九州之内，四海之外，周边九夷八蛮的事情，以及荒诞不经而又难以考证的事情，这些都混然汇集在心中，要做到条理清晰毫不混乱，这就必须有一定之规。所以他博学而不混乱，深思而不受迷惑，如果不是对天下学问达到至诚至精的地步，有谁能够达到这个境界呢？

大凡曾经潜心研究六经的人，只有读懂了《诗经》与《春秋》后，才能够明白圣人的道理，事物的开始、结束和本末，各有一定的规律。匡正行为和教化人民的根本，就是要从天下人容易做的事情开始。天下人都知道父子关系，父子不相互侵害，就足以形成敬孝老人的风气；天下人都知道有兄弟之情，兄弟之间不相互掠夺，这就足以形成"悌"的民风。孝悌这种民风浓郁了，建立王道的条件就具备了。这些道理本来并不深远或难以理解，也不是需要付出很大辛苦而难以做到的。所以《诗经》教化民众的作用，不仅仅是教会人们歌舞娱乐，无所不会，重要的在于不要失去正派的风范。显然，圣人本来对此也是有所担心的，因为一旦失去节制，礼仪就会由此而废止。一旦胡言乱语，仁义就会因此而丧失。君臣之间相互对抗，上下之间相互残杀，天下必定大乱，其中原因未必不是因为这种乐道（歌舞娱乐）。所以，《春秋》一书努力在细小的事件之间，深刻揭示历史的是非疑惑，深刻剖析历史上一些绝对不可以重演的行为。不看《诗经》就不会知道建立王道的容易，不看《春秋》就不会知道建立王政的艰难。

自从孔子去世之后，诸子百家各自用他们的见闻著书立说，却都没有真正把握孔子学说的源流，所以他们的言论多不得要领。可是像孟轲，可以说是深刻理解了《诗经》而又专长研究《春秋》的人。他讲的道理从浅显之处开始，进而阐明了其中的微言大义。宏大到天地之间，传播于四海之内，毫厘之间的细微事物都有所论述。相当广泛而没有出现漏洞，相当细密而没有出现谬误，这其中必定有他一定的信念，而后世学者们可能还没有理解。

而且孟子曾说过："每个人都能够怀着一颗不想去害人的善良之心，这个世道上的仁德就可以用之不尽了。每个人都能够怀着一颗不想去穿墙偷盗之心，世间的义也就用不完了。士大夫们说一些自己不应该说的话，是为了用这些话骗取某些利益；而有些该说的话不说，是以这种不说话的方式得到利益。这些都是类似偷窃的行为。"唯有不为得到私利而言行，世间的"义"才能成为用之不尽的财富。唯有那些爱说不该说的话或者该说的话不说的言行，其罪孽与偷盗一样。所以说：孟子的道理开始于非常浅显的常识，而在精密之处又达到顶点，充满天地之间，传播于四海之内外，而毫厘之间的细小事物都有所论述。呜呼，这正是他之所以成为亚圣的道理！后世研究孟子的人，不研究其他的方面，也必须重视这一领域。

【赏析】

此篇文章是苏轼论文中的名篇。

文章论证严密，从孔夫子自评"予一以贯之"，至对《诗经》和《春秋》的思想进行分析，得出"王道易，王政难"的观点；继而提出孟子深于《诗经》而长于《春秋》，故"其道始于至粗，而极于至精"的论点；最后引用孟子的话并加以剖析，对此论点予以充分论证。

通篇结构严谨，条理分明，将孟子之所以为"亚圣"的思想从根本上一层层进行剖析，最终使其明白确切地展现出来。

乐毅论

自知其可以王而王者,三王也。自知其不可以王而霸者,五霸也。或者之论曰:"图王不成,其弊犹可以霸。"呜呼!使齐桓、晋文而行汤、武之事,将求亡之不暇,虽欲霸,可得乎?

夫王道者,不可以小用也。大用则王,小用则亡。昔者徐偃王、宋襄公尝行仁义矣,然终以亡其身、丧其国者,何哉?其所施者,未足以充其所求也。故夫有可以得天下之道,而无取天下之心,乃可与言王矣。范蠡、留侯,虽非汤、武之佐,然亦可谓刚毅果敢,卓然不惑,而能有所必为者也。观吴王困于姑苏之上,而求哀请命于勾践,勾践欲赦之,彼范蠡者独以为不可,援桴①进兵,卒刎其颈。项籍之解而东,高帝亦欲罢兵归国,留侯谏曰:"此天亡也,急击勿失。"此二人者,以为区区之仁义,不足以易吾之大计也。

嗟夫!乐毅战国之雄,未知大道,而窃尝闻之,则足以亡其身而已矣。论者以为燕惠王不肖,用反间,以骑劫代将,卒走乐生。此其所以无成者,出于不幸,而非用兵之罪。然当时使昭王尚在,反间不得行,乐毅终亦必败。何者?燕之并齐,非秦、楚、三晋之利。今以百万之师,攻两城之残寇,而数岁不决,师老于外,此必有乘其虚者矣。诸侯乘之于内,齐击之于外。当此时,虽太公、穰苴不能无败。然乐毅以百倍之众,数岁而不能下两城者,非其智力不足,盖欲以仁义服齐之民,故不忍急攻而至于此也。夫以齐人苦湣王之暴,乐毅苟退而休兵,治其政令,宽其赋役,反其田里,安其老幼,使齐人无复斗志,则田单者独谁与战哉!奈何以百万之师,相持而不决,此固所以使齐人得徐而为之谋也。

当战国时,兵强相吞者,岂独在我?以燕、齐之众压其城,而急攻之,可灭此而后食,其谁曰不可?呜呼!欲王则王,不王则审②所处,无使两失焉而为天下笑也。

【注释】

①桴:木筏。
②审:审时度势。

【译文】

自己知道能够称王又实际称王的人,就是上古三王。自己知道其不能够称王而实际成就一代霸业的人物,就是春秋五霸。有人曾经这样论说:"虽然试图称王不成,但他们的势力足以让他们称霸。"哎呀!让历史上的齐桓公、晋文公去做商汤和周武王那样的事情,那岂不是让他们闲着没事自寻死路,虽然心想着称霸,能够成功吗?

自古追求王道的人,不能因小小的仁义而破坏称王的大计。从大处着眼就可以称王,因小失大就会导致失败。古代的徐偃王和宋襄公曾经注意推行仁义之政,但是最终招致了自身的灭亡、丧失了自己的国家,这是为什么?就是因为他们所施行的政策,不能达到他们所要追求的目的。所以要得到统治天下的措施,而不是光有取得天下的野心,这样才可以称王。春秋时越国大夫范蠡和西汉留侯张良,虽然不是辅佐商汤、周武王的大臣,但也可说是刚毅果敢的人物,才能十分卓越且遇事头脑清醒,能够有所作为。春秋时代吴王夫差被困在姑苏城上,而哀求越王勾践饶他性命,勾践曾经想赦免他,当时只有范蠡一人认为不可,坚持驾着木筏继续进军,最终攻克姑苏城使吴王刎颈而死。楚汉之争的时候项籍突破重围向东败逃,高帝也曾想罢兵西归,可是张良上谏说:"这是苍天要亡项羽,应该加急追击莫失良机。"这两个历史人物,都认为小小的仁义,不足以改变我的军国大计。

唉！乐毅作为战国时期的一员雄才，没有弄清楚称王的这些大道理，我曾听说，他完全可能给自己招致杀身之祸。有人认为燕惠王属于不肖之徒，相信了齐国的反间计，派骑劫代替乐毅充当主将，使乐毅被迫离开燕国。还认为乐毅不能取得伐齐的成功，完全是历史的不幸，而不是他用兵指挥的过错。但是，假如当时燕昭王还在世，即使齐国的反间计不能得逞，乐毅也终究会失败。这又是为什么呢？因为燕国攻击吞并齐国，不能得利于秦、楚和晋国三国。当时的乐毅以百万军队攻击齐国两座城垣的残兵败将，而用了几年的时间不能取胜，军队常年在外，这就必定会有薄弱环节使敌方有机可乘。诸侯在内部作乱，齐国在外面攻击，到了这种时候，就是姜太公、穰苴也不能不败。然而，乐毅率领百倍于敌人的兵力，连续几年都攻不下两座城池，并不是他的智力和能耐不够，而是因为他企图用仁义来征服齐国的百姓，所以不忍心采取急攻战略而导致这样的结果。当时齐国人民本来对齐湣王的暴虐深感困苦，乐毅还不如退兵休养生息，在齐国整顿政令，减少百姓的赋役，让百姓到田里耕种，安顿老幼，使齐国人丧失斗志，那么田单之辈又利用谁随他去作战呢！那又怎么会劳顿百万军队，相持数年不能取胜呢？这正是让齐国得到片刻喘息而反过来采取离间计谋的原因。

战国时期，因兵力强大而互相吞并的诸侯，岂止一家，以燕国和齐国的军队围攻一两座城池，且加紧攻击，完全可以攻克之后再去吃饭，这种战术谁说不可行。哎呀！想称王就称王，不想称王就审时度势，不能使两头都失去而让天下人讥笑。

【赏析】

此篇文章是通过战国时乐毅围攻齐城数年而不得的事情，来论述审时度势，不能因小小仁义而破坏军国大计的称王之道。

文章从正反两个方面来论述问题。先举了徐偃王、宋襄公因自视不清而误施仁政，以致亡身丧国的例子，来论述称王之道中审时度势的重要性。又举了范蠡、张良凭借不以小仁而易大计的王道精神，取得最后胜利的例子，论述称王不能计小仁的观点。至乐毅，则既未审时度势又滥施仁义，结果，尽管以百万雄兵围攻两城残寇，却仍以失败告终，使得上述论点得到统一和加强。

通篇结构严谨，例证十分有力度，令人折服。

荀卿论

尝读《孔子世家》①，观其言语文章，循循莫不有规矩，不敢放言高论，言必称先王，然后知圣人忧天下之深也。茫乎不知其畔岸，而非远也；浩乎不知其津涯，而非深也。其所言者，匹夫匹妇之所共知；而所行者，圣人有所不能尽也。呜呼！是亦足矣。使后世有能尽吾说者，虽为圣人无难，而不能者，不失为寡过而已矣。

子路②之勇，子贡③之辩，冉有④之智，此三者，皆天下之所谓难能而可贵者也。然三子者，每不为夫子之所悦。颜渊⑤默然不见其所能，若无以异于众人者，而夫子亟称之。且夫学圣人者，岂必其言之云尔哉？亦观其意之所向而已。夫子以为后世必有不能行其说者矣，必有窃其说而为不义者矣。是故其言平易正直，而不敢为非常可喜之论，要在于不可易也。

昔者常怪李斯事荀卿⑥，既而焚灭其书，大变古先圣王之法，于其师之道，不啻若寇仇。及今观荀卿之书，然后知李斯之所以事秦者皆出于荀卿，而不足怪也。

荀卿者，喜为异说而不让，敢为高论而不顾者也。其言愚人之所惊，小人之所喜也。子思⑦、孟轲，世之所谓贤人君子也。荀卿独曰："乱天下者，子思、孟轲也。"天下之人，如此其众也；仁人义士，如此其多也。荀卿独曰："人性恶。桀、纣，性也。尧、舜，伪也。"由是观之，意其为人必也刚愎不逊，而自许太过。彼李斯者，又特甚者耳。

今夫小人之为不善，犹必有所顾忌，是以夏、商之亡，桀、纣之残暴，而先王之法度、礼乐、刑政，犹未至于绝灭而不可考者，是桀、纣犹有所存而不敢尽废也。彼李斯者，独能奋而不顾，焚烧夫子之六经，烹灭三代之诸侯，破坏周公之井田⑧，此亦必有所恃者矣。彼见其师历诋天下之贤人，自是其愚，以为古先圣王皆无足法者。不知荀卿特以快一时之论，而荀卿亦不知其祸之至于此也。

其父杀人报仇，荀卿明王道，述礼乐，而李斯以其学乱天下，其高谈异论有以激之也。孔、孟之论，未尝异也，而天下卒无有及者。苟天下果无有及者，则尚安以求异为哉！

【注释】

① 《孔子世家》：即司马迁《史记·孔子世家》。
② 子路：孔子弟子。春秋时鲁国卞(今山东泗水)人，仲氏，名由，亦字季路，以性情直爽著称。
③ 子贡：孔子弟子。春秋时卫国人。端木氏，名赐。善于辞令。
④ 冉有：孔子弟子。春秋时鲁国人。冉氏，名求，字子有。
⑤ 颜渊：孔子弟子。春秋时鲁国人。名回，字子渊。贫居陋巷，箪食瓢饮，而不改其乐，为孔子称赞。
⑥ 李斯事荀卿：李斯，楚上蔡(今河南上蔡县西)人，曾从学荀卿，入秦为客卿，协助秦始皇统一中国，为丞相。秦二世即位后为赵高所杀。荀卿，名况，赵国人，曾游学于齐，旨入楚为春申君用，著述终老其地。李斯、韩非均为其学生。
⑦ 子思：姓孔，为孔子之孙。孟子曾受学于其徒弟。
⑧ 井田：殷周时的一种土地制度，因土地划作井字而名。

【译文】

曾经读《史记·孔子世家》，观察他所有的语言文章，都是循规蹈矩，往往不敢放开发表言论，说话一定要先称先王如何如何，由此可以知道他作为圣人为天下黎民深深忧虑的情怀。茫然不知这苦海的岸畔，其实并不遥远。浩渺而不知道他渡过的渡口，其实并不太深。他说的一些道理，连一般没知识的农夫和村妇都知道。但是他的行动，说明圣人也有不能做尽的事。唉咳！这也就够了。使后世的人们有可能做圣人没做完的事。虽然是圣人不怕困难，但也有不能做的事，这不能不说是很小的过错而已。

子路的勇敢，子贡的善辩，冉有的智慧，这三者，都是天下人以为难能可贵的。但是，这三个人，常常不被孔子喜欢。颜渊喜欢沉默，看不出他有什么能耐，好像与一般众人没有什么区别，但孔子非常赞赏他。而且后世学习孔圣人的人们，难道不是都要先学会他的言论再学其他贤人的言论吗？也是为了观察他心意中向往的东西。孔子认为后世必定会有否定他的学说的人，也必定会有人曲解他的学说而做不义的事。所以他说的话正直而又平易近人，而不敢用非常令人喜欢的高论，重要的就在于不能随心所欲地篡改。

过去，常有人怪李斯因为曾经师从于荀卿，然而随后参与了秦始皇"焚书坑儒"的活动，大肆更改古代圣明君王的法度，这对于他老师（荀卿）的思想而言，无异于一个贼寇仇敌所为。如今再看荀卿的著作，然后就明白了李斯为什么到秦国做官，确实是因为他的老师荀卿，这就不足为怪了。

荀卿其人，喜欢创立标新立异的学说但不善于谦让，敢于创立高论而不顾后果。他的话让愚蠢的人为之震惊，让贪图小利的小人为之欣喜。子思、孟轲，是世人所说的贤人君子。只有荀卿认为："搞乱天下的人，就是子思、孟轲之辈。"天下的人，如此众多，天下的仁人义士，也是如此多。却唯有荀卿认为："人性险恶。夏桀、殷纣王，正是人的本性使然；而尧、舜等明君，实际是一种伪装。"从这方面来看，他的为人也必定是刚愎自用、桀骜不驯的，而对自己则放纵太过。他的弟子李斯，又在这方面特别突出。

如今小人干一些恶劣的事情，有时还一定要有所顾忌，因为有夏、商两朝灭亡的历史教训，桀、纣的残暴，也没有使过去贤明君王的法度、礼乐、刑政达到灭绝而不能考证的地步，即使桀、纣时代也还保留了一些法度、礼乐而不敢全部废除。而唯有那个李斯，能够奋起而不顾一切，焚烧孔子的六经，诛灭三代诸侯，破坏周公的井田制，这种胆大妄为的行动必定是有所依仗。看他的老师荀卿谩骂天下的贤能之人，自然是一种愚蠢的行为，认为古代圣明的帝王都不足以效法。荀卿他乘一时痛快发表的言论，连自己也不知道遗留的灾祸竟达到这般地步。

他的父亲杀人报仇，荀卿却明白王道法度，讲述礼乐，而李斯则利用他的学说扰乱天下，他的高深怪诞的言论发挥了激发李斯的作用。孔孟的言论，没有标新立异，且天下还没有能够与之相比的。荀卿的言论如果真是天下没有可以相比的，就是始终坚持以标新立异为目标。

【赏析】

此篇是论述荀卿的言谈行为对其弟子李斯的影响，由此阐明师道的重要性。

本文论述的特色是对比。以孔夫子谨小慎微，对弟子言谈有度且举止循规蹈矩的教育方式，与荀卿对弟子喜出惊人之语、行为无所顾忌的方式形成鲜明对比，来论述为人师表的意义。

荀卿言谈狂妄、性格桀骜，所以他的弟子李斯"青出于蓝而胜于蓝"，摒弃了老师知礼守法的教育，却承其狂妄进而行为更加放肆，做出了"焚书坑儒"的千古罪事。由此可见为人师表于弟子品行干系重大。

韩非论

圣人之所为恶夫异端尽力而排之者,非异端之能乱天下,而天下之乱所由出也。昔周之衰,有老聃、庄周、列御寇之徒,更为虚无淡泊之言,而治其猖狂浮游之说,纷纭颠倒,而卒归于无有。由其道者,荡然莫得其当,是以忘乎富贵之乐,而齐乎死生之分,此不得志于天下,高世①远举之人,所以放心而无忧。虽非圣人之道,而其用意,固亦无恶于天下。自老聃之死百余年,有商鞅、韩非著书,信治天下无若刑名之贤,及秦用之,终于胜、广之乱,教化不足,而法②有余,秦以不祀,而天下被其毒。后世之学者,知申、韩之罪,而不知老聃、庄周之使然。

何者?仁义之道,起于夫妇、父子、兄弟相爱之间;而礼法刑政之原,出于君臣上下相忌之际。相爱则有所不忍,相忌则有所不敢。夫不敢与不忍之心合,而后圣人之道得存乎其中。今老聃、庄周论君臣、父子之间,泛泛乎若萍浮于江湖而适相值也。夫是以父不足爱,而君不足忌。不忌其君,不爱其父,则仁不足以怀,义不足以劝,礼乐不足以化。此四者皆不足用,而欲置天下于无有。夫无有,岂诚足以治天下哉!商鞅、韩非求为其说而不得,得其所以轻天下而齐万物之术,是以敢为残忍而无疑。

今夫不忍杀人而不足以为仁,而仁亦不足以治民;则是杀人不足以为不仁,而不仁亦不足以乱天下。如此,则举天下唯吾之所为,刀锯斧钺，何施而不可。昔者夫子未尝一日敢易其言。虽天下之小物，亦莫不有所畏。今其视天下眇然③若不足为者，此其所以轻杀人欤！

太史迁曰："申子卑卑，施于名实。韩子引绳墨，切事情，明是非，其极惨核少恩，皆原于道德之意。"尝读而思之，事固有不相谋而相感者，庄、老之后，其祸为申、韩。由三代之衰至于今，凡所以乱圣人之道者，其弊固已多矣，而未知其所终，奈何其不为之所也。

【注释】

①高世：高踞尊贵地位。

②法：刑法。

③眇然：微不足道。

【译文】

圣人尽力排除世间恶人和各种异端邪说的原因，并不是异端邪说能够招致天下大乱，而是天下的动荡往往由此引起。过去周朝的衰亡，是因为有老子李耳、庄周、列子（列御寇）等人，以及虚无空谈淡泊的言论，而学习研究他们这些猖狂浮游学说的人们，人众纷纭、神魂颠倒，而都归于虚无。依照他们的学说和思想行事的人，全都没有获得适当的手段，往往忘记富贵的欢乐，而混淆生死的区别，这都是一些不得志的人，和一些高踞尊贵地位或远离尘世的人，所以他们放心空谈而没有忧愁。虽然不是圣人的学说，但是如果采纳他们的主张，其实也不会对社会产生太多恶劣的影响。自从老子李耳死去有一百多年时间，商鞅、韩非著书立说，相信治理国家的方法没有比用刑罚更好的，到了秦国任用他们之后，最终导致了陈胜、吴广起义，对民众教化不够，而刑法有余，秦朝短命，从而使天下民众深受其害。后世的学者们，都知道申不害、韩非的罪孽，而不知道实际上是老子、庄子促使他们这样做的。

什么原因呢？仁义之道，最先起源于夫妻、父子、兄弟之间的相互关爱；而礼法刑政的渊源，则出于君臣上下互相猜忌的关系。相爱就会有所不忍，相互猜忌就会有所不敢。将不敢的心思和不忍的心思融汇起来，后来圣人之道就产生于其中。如今老子、庄子论述君臣、父子之间的关系，泛泛地就如同浮萍对于江湖那样的价值。就是说父亲不足以热爱，而君主不足以畏忌。不畏忌君主，不热爱父亲，则仁爱之心不能存于胸怀，义也不能得到劝诱，礼乐不能得到教化。这四者都不能用了，而使得天下什么也没有了。既然天下成为没有，难道还能治理天下吗？商鞅、韩非追求老子、庄子的学说却没得到真谛，反而得到了轻视天下而蔑视万物的思想，所以敢于使用最残忍的手段，这是毫无疑义的。

如今，不忍心杀人而不足以称为仁者，而仁者也不能够治理民众；于是杀人也非不仁，而不仁也不足以搞乱天下。正因为如此，就可以使天下的一切为我所用，刀锯斧钺，有什么不能使用呢，过去孔夫子没有一天敢改变他的言论。即使天下的一些细小事物，也不敢不有所顾及。而到了他们手里，看天下什么都微不足道，这正是他们敢轻易杀人的原因。

太史公司马迁说："申子（申不害）凭借卑微出身，主张对于官吏要以所任的职务授予官职，依照官名落实责任。韩非子则重视立规矩，切时弊，讲明是非，他十分残忍而很少施恩，都是来源于老子《道德经》的原意。"我曾阅读后思考，事情本来不是相互谋算而应是相互感悟，庄子、老子之后，灾祸在于申子、韩非子。自从夏、商、周三代衰落到现在，凡是搞乱圣人之道的人，其弊端本来就很多，而不能知道他们的结果，就是他们的主张不得法。

【赏析】

　　此篇论述的是韩非、商鞅等人所持以刑罚治天下的主张，是源于老、庄"无为"的思想。

　　文章开门见山，提出老、庄"虚无淡泊之言"虽"无恶于天下"，却留毒于后世，即商鞅、韩非凭借这种思想，轻视天下万物，以致制定出残酷的刑法用来治理天下，导致生灵涂炭，可见其罪孽深重。

　　作者深入剖析了老、庄"无为"思想与韩、商"以刑罚治天下"二者之间的关系，经过严密论证，得出"庄、老之后，其祸为申、韩"的结论。

　　本文逻辑清晰，论证深刻，可称为一大特色。

范增论

  汉用陈平计,间疏楚君臣。项羽疑范增与汉有私,稍夺其权。增大怒曰:"天下事大定矣,君王自为之,愿赐骸骨归卒伍。"归未至彭城,疽发背死。苏子曰:增之去善矣,不去,羽必杀增。独恨其不早耳。然则当以何事去?增劝羽杀沛公,羽不听,终以此失天下,当于是去耶?曰:否。增之欲杀沛公,人臣之分也;羽之不杀,犹有君人之度也,增曷为以此去哉?《易》曰:"知几①其神乎!"《诗》曰:"相彼雨雪,先集维霰。"增之去,当于羽杀卿子冠军②时也。

  陈涉之得民也,以项燕、扶苏。项氏之兴也,以立楚怀王孙心③;而诸侯叛之也,以弑义帝。且义帝之立,增为谋主矣。义帝之存亡,岂独为楚之盛衰,亦增之所与同祸福也。未有义帝亡,而增独能久存者也。羽之杀卿子冠军也,是弑义帝之兆也。其弑义帝,则疑增之本也。岂必待陈平哉?物必先腐也,而后虫生之;人必先疑也,而后谗入之。陈平虽智,安能间无疑之主哉?

  吾尝议义帝,天下之贤主也。独遣沛公入关,不遣项羽;识卿子冠军于稠人之中,而擢以为上将。不贤而能如是乎?羽既矫杀卿子冠军,义帝必不能堪。非羽弑帝,则帝杀羽,不待智者而后知也。增始劝项梁立义帝,诸侯以此服从。中道而弑之,非增之意也。夫岂独非其意,将必力争而不听也。不用其言,而杀其所立,羽之疑增,必自是始矣。

方羽杀卿子冠军,增与羽比肩而事义帝,君臣之分未定也。为增计者,力能诛羽则诛之,不能则去之。岂不毅然大丈夫也哉?增年已七十,合则留,不合则去。不以此时明去就之分,而欲依羽以成功名,陋矣!

虽然,增,高帝之所畏也。增不去,项羽不亡。呜呼!增亦人杰也哉!

【注释】

①几:事物发生变化的细微迹象。
②卿子冠军:指宋义。公元前207年,秦围赵,楚怀王封宋义为上将军,项羽为次将军,范增为末将军,救赵,途中,宋义畏缩不前,羽矫诏杀之。
③楚怀王孙心:即楚怀王的孙子熊心,项梁拥立他为王,仍称怀王。项羽称霸后尊称熊心为义帝。

【译文】

汉王采纳了陈平的计策,离间疏远楚国的君臣关系。项羽怀疑范增跟汉王有通敌关系,逐渐地夺去他的实权。范增非常恼怒,说:"天下大局已定,君王亲自去治理它吧!希望能让我全身而退回家养老。"范增踏上回家路程,还没有抵达彭城,背上的恶疮溃烂,凄惨地死去。苏子分析说:范增的退避是完全正确的。假使范增不主动离开,项羽最终也会让他不得善终;只不过嫉恨他不早些离开罢了。那么范增应当用什么借口离开呢?范增曾经劝项羽杀掉刘邦,项羽不接受,终于因此遗失天下,应该在这时候离开吗?我说:不应该!范增要杀刘邦,是臣子的忠诚;项羽不杀刘邦,还有君主的宽宏度量。范增又为何要借这件事离开呢?《易经》上说:"能够从极微小的预兆知道事物的动向,这大概就是所谓神明吧!"《诗经》上说:"通常即将下大雪的时候,先落下来的是一阵小雪珠。"范增的离开,应当是在项羽杀卿子冠军宋义的时候。

陈涉得到百姓的拥护,是因为假托自己的部队是项燕和公子扶苏的军队。项家的崛起,是因为拥立了楚怀王的孙子心——义帝;诸侯背叛项羽,是因为他谋害了义帝。再者,义帝的拥立,范增是策划的首要人物;义帝的生死存亡,不单单关系到楚国的兴衰成败,也是同范增的祸福相关联的。没有义帝被除，范增却独能长久生存的情理。项羽诛宋义，是谋害义帝的预兆。他谋害义帝，就是疑心范增的根源。难道一定要等待陈平用计吗？东西一定是先腐烂，蛆虫才能滋生出来；人一定是先生疑心，诽谤的话才能听进去。陈平纵然聪明机智，又怎么能够离间没有疑心的君主呢？

我曾经评论过义帝，认为他是天下贤明的君主。他唯独派刘邦进函谷关攻咸阳，不派遣项羽；在许多人的中间赏识宋义，把他提拔起来做大将。不贤明能够这样举措吗？项羽既然假造义帝旨意杀死宋义，义帝必定不能容忍。在这样的情况下，不是项羽杀死义帝，就是义帝杀死项羽，用不着等待聪明的人指明也能知道的啊。范增最初劝项梁拥立义帝，各国侯王因此服从；中途除掉他，绝不是范增的本意。这不但不是他的初衷，而且一定是经过力争却得不到项羽的认同啊。不听从他的建议，杀掉他建议拥立的义帝，项羽怀疑范增绝对是从这个时候开始的。

当项羽除掉宋义时，范增和项羽共同事奉义帝，君臣的名分还没有最后确定。替范增设想，这时力量上能够杀掉项羽，就杀掉他；不能够，就离开他。如此，岂非坚定果断的大夫所为吗？范增年纪已经七十，假使同项羽合得来就留下，合不来就离开。不在这个时候干脆地做出离开或者留下的抉择，却想依附项羽来成就自己的功名，见识岂不是太浅薄了？

虽然如此，但他毕竟是刘邦所畏惧的人。范增不离开，项羽也许不会灭亡。呜呼！范增也称得上是英雄豪杰了啊！

【赏析】

世人多认为范增离开项羽是因为项羽中了陈平的反间计，其实事情并非完全是这样，关键在于项羽与范增已经有了隔阂，项羽已经对范增产生了怀疑。原因在于义帝是范增所立，宋义亦是范增推荐的主将，项羽杀宋义、弑义帝不可能不与范增产生争执，隔阂由是产生，陈平之反间只是抓住了项羽的心理火上加油而已，若项羽果真像后来的刘备信任诸葛亮那样，"陈平虽智"，又"安能间无疑之主哉"？范增最后选择离开项羽是对的，但离去的时间太迟了，他应于项羽杀宋义或弑义帝时毅然离去。文末肯定了范增杰出的才能，表达了作者对范增的同情，也从侧面说明了项羽必然灭亡的道理。

留侯论

古之所谓豪杰之士者,必有过人之节①,人情有所不能忍者。匹夫②见辱③,拔剑而起,挺身而斗,此不足为勇也。天下有大勇者,卒然④临之而不惊,无故加之而不怒,此其所挟持者甚大⑤,而其志甚远也。

夫子房⑥受书于圯上之老人⑦也,其事甚怪。然亦安知其非秦之世,有隐君子⑧者出而试之。观其⑨所以微见⑩其意者,皆圣贤相与警戒之义。而世人不察,以为鬼物⑪,亦已过矣!且其意不在书。当韩之亡,秦之方盛也,以刀锯鼎镬待天下之士⑫。其平居无罪夷灭⑬者,不可胜数。虽有贲、育⑭,无所获施⑮。夫持法太急者,其锋不可犯,而其势未可乘⑯。子房不忍忿忿之心,以匹夫之力,而逞于一击之间⑰。当此之时,子房之不死者,其间不能容发⑱,盖亦已危矣!千金之子⑲,不死于盗贼⑳。何哉?其身之可爱,而盗贼之不足以死也㉑。子房以盖世之才,不为伊尹、太公之谋㉒,而特出于荆轲、聂政之计㉓,以侥幸于不死。此圯上老人之所为深惜者也。是故倨傲鲜腆㉔而深折之。彼其能有所忍也,然后可以就大事。故曰:"孺子可教也㉕。"

楚庄王伐郑,郑伯肉袒牵羊以迎,庄王曰:"其君能下人,必能信用其民矣。"遂舍之㉖。勾践之困于会稽,而归臣妾于吴者,三年而不倦㉗。且夫有报人㉘之志,而不能下人者,是匹夫之刚也。夫老人者,以为子房才有余,而忧其度量之不足,故深折其少年刚锐之气,使之忍小忿而就大谋。何则？非有平生之素㉙，卒然相遇于草野之间，而命以仆妾之役㉚，油然㉛而不怪者，此固秦皇之所不能惊，而项籍之所不能怒也。

观夫高祖之所以胜，而项籍之所以败者，在能忍与不能忍之间而已矣。项籍惟不能忍，是以百战百胜，而轻用其锋㉜。高祖忍之，养其全锋而待其敝㉝，此子房教之也。当淮阴破齐而欲自王，高祖发怒，见于辞色㉞。由此观之，犹有刚强不忍之气，非子房其谁全之㉟？

太史公疑子房以为魁梧奇伟，而其状貌乃如妇人女子，不称其志气㊱。呜呼！此其所以为子房欤！

【注释】

①节：节操。

②匹夫：普通人。

③见辱：受到侮辱。

④卒然：突然。

⑤所挟持者甚大：谓胸怀广阔，志意高远。挟持，指抱负。

⑥子房：张良，字子房。因佐刘邦建立汉朝有功，封留侯。

⑦受书：接受兵书。书，指《太公兵法》。圯上：桥上。老人：指黄石公。《史记·留侯世家》："良尝闲从容步游下邳圯上，有一老父，衣褐，至良所，直堕其履圯下。顾谓良曰：'孺子，下取履！'良愕然，欲殴之；为其老，强忍，下取履。父曰：'履我！'良业为取履，因长跪履之。父以足受，笑而去。"后老父约见张良于桥上，张良两次迟到，受到老父的责备。第三次张良"夜未半"即往，老父喜，送他一部书，说："读此则为王者师矣。后十年兴，十三年孺子见我济北谷城，山下黄石即我矣。"语毕，老父即离去。次日张良"视其书"，才知道是《太公兵法》。

⑧隐君子：隐居的高士。

⑨观其：瞧他。其，指黄石公。

⑩微：略微，隐约。见：同"现"。

⑪以为鬼物：因黄石公的事迹较为离奇，语或涉荒诞，故有人认为他是鬼神之类，王充《论衡·自然》："或曰……张良游泗水之上，遇黄石公，授公书。盖天佐汉诛秦，故命令神石为鬼书授人。"
⑫以刀锯鼎镬待天下之士：谓秦王残杀成性，以刀锯杀人，以鼎镬烹人。
⑬夷灭：灭族。
⑭贲、育：孟贲、夏育，古代著名勇士。
⑮无所获施：无法施展本领。
⑯其势未可乘：谓形势有利于秦，还没有可乘之机。
⑰而逞于一击之间：《史记·留侯世家》载"秦灭韩"，张良"悉以家财求客刺秦王，为韩报仇……得力士，为铁椎重百二十斤。秦皇帝东游，良与客狙击秦皇帝博浪沙中，误中副车。秦皇帝大怒，大索天下，求贼甚急，为张良故也"。
⑱其间不能容发：当中差不了一根毛发。比喻情势危急。
⑲千金之子：富贵人家的子弟。
⑳不死于盗贼：不会死在和贼的拼搏上。
㉑不足以死：不值得因之而死。
㉒伊尹、太公之谋：谓安邦定国之谋。伊尹辅佐汤建立商朝。吕尚（即太公望）是周武王的开国大臣。
㉓荆轲、聂政之计：谓行刺之下策。荆轲刺秦王与燕政刺杀韩相侠累两事，俱见《史记·刺客列传》。
㉔鲜腆：无礼，厚颜。
㉕孺子可教也：谓张良可以教诲。
㉖"楚庄王伐郑"六句：楚庄王攻克郑国后，郑伯肉袒牵羊以迎，表示屈服。楚庄王认为他能取信于民，便释放了他，并退兵，与郑议和。事见《左传》宜公十二年。肉袒，袒衣露体。
㉗"勾践之困于会稽"三句：《左传》哀公元年："吴王夫差败越于夫椒，报檇李（越军曾击败吴军于此）也。遂入越。越王（勾践）以甲循五千，保于会稽（山），使大夫种因吴大宰嚭以行成。……越及吴平。《国语·越语下》载勾践"令大夫种守于国，与范蠡入宦于吴：三年而吴人遣之。"归臣妾于吴，谓投降吴国为其臣妾。
㉘报人：向人报仇。

㉙非有生平之素：犹言素昧平生（向来不熟悉）。

㉚仆妾之役：指"取履"事。

㉛油然：盛兴貌。此谓悦敬之心油然而生。

㉜轻用其锋：轻率地消耗自己的兵力。

㉝弊：疲困，衰败。

㉞"当淮阴破齐"三句：《史记·淮阴侯列传》：汉四年，韩信破齐，向刘邦请封"假王"。"当是时，楚方急围汉王于荥阳，韩信使者至，发书，汉王大怒，骂曰：'吾困于此，旦暮望若来佐我，乃欲自立为王！'"张良赶紧提醒他不能得罪韩信。刘邦醒悟，便封韩信为齐王以笼络他。韩信后降封为淮阴侯，故称为淮阴。

㉟非子房其谁全之：不是张良，谁又能来保全他呢？

㊱"太史公疑子房以为魁梧奇伟"二句：《史记·留侯世家》："太史公曰：'余以为其人计魁梧奇伟，至见其图，状貌如妇人好女。'"

【译文】

　　古时所谓的豪杰之士，必定有超凡的气度，能忍受常人所不能容忍的事情。一个人受到侮辱，拔剑奋起，挺身而出，这称不上勇敢。天下有一种特别英勇的人，祸难突然降临也不惊恐，无故逼迫他也不动怒，这是因为他怀抱的理想很伟大，他的志向很深远啊。

　　张子房在桥上从神仙般的老人手里接受兵书，那件事很让人费解。然而，为何不能认为是秦朝时隐居的君子出来考验他呢？领略老人用来略显心思的语言，都是圣人、贤人须要共同警惕的道理。可是世上的人看不透，认为他是鬼怪，真是大错特错！而且他的本意也并不在兵书上面。在韩国灭亡、秦国势头正旺的时候，秦国采取非常残酷的刑罚来对待天下的书生。那些平时闭门家居却无辜遭到杀戮的，数不胜数。当时世上即使有大力士孟贲、夏育，也是无能为力。一般说，执法太严峻的国家，它的锋芒是不可触犯的，而且它的势头也是不可利用的。张子房忍耐不住愤怒的心情，靠一个人的力量，妄想在一椎袭击之下称心如愿。在这紧要关头，张子房的生死间距，简直不能容纳下一根头发，也太盲干了！俗话说，富贵人家的子弟不愿丧命在盗贼手里。为什么呢？因为他们觉得自己的生命很珍贵，在盗贼手里是不值得死的。张子房凭靠盖世的才能，不去考虑伊尹、太公的治世智谋，唯能做出荆轲、聂政似的暗杀下策，在生死的边沿企图侥幸成功。这才是圯上老人替他深深地感叹的啊。因此，用傲慢羞辱的方法来深深地折服他。他如果能够真正有耐性，这才可以成就大事业。因此说："这个年轻人还可以教育。"

从前楚庄王征讨郑国，郑伯祖身露体、手里牵着羊来迎降。楚庄王说："郑国君主能够如此忍耐，对人谦逊，将来必定能够赢得臣民的爱戴。"就放弃了占领郑国的想法。越王勾践在会稽山被困以后，归降吴国，同夫人一起被迫去吴国做臣妾，经历三年也不流露倦怠。如果一个人有复仇的志愿，却不能暂时向仇人低头服小，这只是普通人的所谓坚强勇敢。那个圯上老人，认为张子房才能有余，可就是担忧他的度量不够，所以一次次深重地磨去他的青年人特有的刚强锐利之气，使他能够忍住小怒而去完成伟大的计划。为什么这样说呢？因为一个同他并不深交的人，突然在荒野之间相遇，却把奴仆婢妾干的工作叫他去干，他若发自内心地不以为然，这样的人当然是秦始皇不能使他惊恐，项籍不能使他恼怒的了。

看来，汉高祖成功的原因，项籍失败的根由，不过在能够忍耐和不能忍耐之间罢了。项籍只因为不拥有足够多的忍耐，所以百战百胜，轻率地利用他的锋芒——精锐力量。汉高祖能够忍住脾气，保养他的全部锋芒——精锐力量，来期待对方的衰弱，这是张子房指导他的啊。当韩信打败齐国想要自己称齐王的时候，汉高祖非常气愤，怒气在言辞形色上全都显现出来了。从这看来，汉高祖还有刚强不能忍耐的气度，不是张子房，又有谁能够成全他呢？

太史公质疑张子房，原本想象他魁梧奇伟，可是看他的画像却貌如妇人女子；同他的志向、气度不相称。唉！这大概就是张子房之所以成为张子房的原因吧！

【赏析】

自古以来能成大事者，必须有忍辱负重的品质，像勾践卧薪尝胆，韩信忍胯下之辱即是明证。苏轼的《留侯论》一文强调的就是这一点。世人认为张良之所以能成就盖世奇功，全赖圯桥进履而得到了黄石公的一部兵书，其实这纯属打诨乱说。张良的谋略并非来自兵书，而在于他善于审时度势。但即便是有这样的优秀潜质的人，早年也干过铤而走险刺杀秦始皇的事。鲁莽行事是绝对成不了大气候的，圯上老人的用意固然有授予他兵书的一面，但更主要的在于试验张良"能忍与不能忍"。文章以此立论，认为刘邦之所以成功是"能忍"，项羽之所以失败是"不能忍"，而刘邦的"能忍"是张良教他的。全文摆事实，讲道理，反复申论，言之成理。但是，"能忍与不能忍"虽然在刘、项相争中确实起了重要作用，是决定刘、项胜败的一个因素，然而绝不是唯一的因素。因此，作者的观点显然是不够全面的。

贾谊论

非才之难,所以自用者实难。惜乎!贾生①王者之佐,而不能自用其才也。

夫君子之所取者②远,则必有所待;所就者③大,则必有所忍。古之贤人,皆负可致之才④,而卒不能行其万一者,未必皆其时君之罪,或者其自取也。

愚观贾生之论⑤,如其所言,虽三代何以远过?得君如汉文⑥,犹且以不用死,然则是天下无尧舜,终不可以有所为耶?仲尼圣人,历试于天下,苟非大无道之国,皆欲勉强扶持,庶几一日得行其道。将之荆,先之以冉有,申之以子夏。君子之欲得其君,如此其勤也。孟子去齐,三宿而后出昼⑦,犹曰:"王其庶几召我。"君子之不忍弃其君,如此其厚也。公孙丑问曰:"夫子何为不豫?"孟子曰:"方今天下,舍我其谁哉?而吾何为不豫⑧?"君子之爱其身,如此其至也。夫如此而不用,然后知天下果不足与有为,而可以无憾矣。若贾生者,非汉文之不用生,生之不能用汉文也。

夫绛侯亲握天子玺而授之文帝,灌婴连兵数十万,以决刘、吕之雌雄,又皆高帝之旧将⑨。此其君臣相得之分,岂特父子骨肉手足哉?贾生,洛阳之少年,欲使其一朝之间,尽弃其旧而谋其新,亦已难矣。为贾生者,上得其君,下得其大臣,如绛、灌之属,优游浸渍⑩而深交之,使天子不疑,大臣不忌,然后举天下而唯吾之所欲为,不过十年,可以得志。安有立谈之间，而遽⑪为人痛哭哉？观其过湘，为赋以吊屈原⑫，萦纡⑬郁闷，缅然⑭有远举⑮立志。其后卒以自伤哭泣，至于夭绝，是亦不善处穷者也⑯夫谋之一不见用，则安知终不复用也？不知默默以待其变，而自残至此。呜呼！贾生志大而量小，才有余而识不足也。

古之人，有高世之才，必有遗俗之累⑰。是故非聪明睿哲⑱不惑之主，则不能全其用。古今称苻坚得王猛⑲于草茅之中，一朝尽斥去其旧臣，而与之谋。彼其匹夫略⑳有天下之半，其以此哉！愚深悲贾生之志，故备论之。亦使人君得如贾谊之臣，则知其有狷介㉑之操，一不见用，则忧伤病沮㉒，不能复振。而为贾生者，亦慎其所发㉓哉！

【注释】

① 贾生：即贾谊。汉代的儒者称为"生"，如贾生、董生（董仲舒）。贾谊（公元前200年—公元前168年），世称贾太傅、贾长沙、贾生，洛阳（今河南洛阳东）人。西汉初期的政论家、文学家。年少即以育诗属文闻于世人。后见用于汉文帝，力主改革，被贬为长沙王太傅（因当时长沙王不受文帝宠爱，故有被贬之意）。后改任梁怀王太傅。梁怀王堕马而死，自伤无状，忧愤而死。

② 所取者：指功业、抱负。

③ 所就者：也是指功业。

④ 可致之才：能够实现功业，抱负的才能。致，指致功业。

⑤ 贾生之论：指贾谊向汉文帝提出的《治安策》。

⑥ 汉文：汉文帝刘恒，西汉前期最有作为的君主之一。

⑦ 昼：齐地名，在今山东临淄。孟子曾在齐国为卿，后来见齐王不能行王道，便辞官而去，但是在齐地昼停留了三天，想等齐王改过，重新召他入朝。事见《孟子·公孙丑下》。

⑧ 豫：喜悦。《孟子·公孙丑下》："孟子去齐，充虞路问曰：'夫子若不豫色然，前日虞闻诸夫子曰："君子不怨天，不尤人。"'曰：

'……夫天未欲平治天下也，如欲平治天下，当今之世，舍我其谁也？吾何为不豫哉？'"充虞，孟子弟子，苏轼这里误为公孙丑。

⑨"夫绛侯亲握天子玺"句：绛侯，周勃，汉初大臣。汉文帝刘恒是刘邦第二子，初封为代王。吕后死后，诸吕想篡夺刘家天下，于是以周勃、陈平、灌婴为首的刘邦旧臣共诛诸吕，迎立刘恒为皇帝。刘恒回京城路过渭桥时，周勃曾向他跪上天子玺。诸吕作乱，齐哀王听到了消息，便举兵讨伐。吕禄等派灌婴迎击，灌婴率兵到荥阳（今河南荥阳）后，不击齐王，而与周勃等共谋，并屯兵荥阳，与齐连和，为齐王助威。周勃等诛诸吕后，齐王撤兵回国。灌婴便回到长安，与周勃、陈平等共立文帝。这是说他们君臣之间，比父子兄弟还亲。

⑩优游浸渍：从容不迫，逐渐渗透。优游，从容不迫的样子。浸渍，渐渐渗透的样子。

⑪遽：副词，急速，骤然，迫不及待地。指贾谊在《治安策》的序中所说："臣窃惟事势，可为痛哭者一，可为流涕者二……"

⑫"观其过湘"句：贾谊因被朝中大臣排挤，贬为长沙王太傅，路过湘水，作赋吊屈原。

⑬萦纡（yíng yū）：缭绕的样子。这里比喻心绪不宁。

⑭细然：超然的样子。

⑮远举：原指高飞，这里比喻退隐。

⑯"其后卒以自伤哭泣"句：贾谊在做梁怀王太傅时，梁怀王骑马摔死，他自伤未能尽职，时常哭泣，一年多后就死了。夭绝，指贾谊早死。

⑰累：忧虑。

⑱睿哲：智慧通达。

⑲苻坚：晋时前秦的国君。王猛：字景略，初隐居华山，后受苻坚召，拜为中书侍郎。王猛被用后，受到苻坚的宠信，屡有升迁，权倾内外，遭到旧臣仇腾、席宝的反对。苻坚大怒，贬黜仇、席二人，于是上下皆服（见《晋书·载记·王猛传》）。

⑳匹夫：指苻坚。略：夺取。当时前秦削平群雄，占据着北中国，与东晋对抗，所以说"略有天下之半"。

㉑狷（juàn）介：孤高，性情正直，不同流合污。

㉒病沮：困顿灰心。

㉓发：泛指立身处世，也就是上文所谓自用其才。

【译文】

拥有才华并不是很难，而如何使用自己的才能才真正很难，可惜啊！贾生拥有宰相的才能，却不善于发挥自己的才能。

一个有真才实学的人追求的目标深远，就相应必须有所等待；要想成就一番伟业，就同样必须有所忍耐。古时的贤人都有能够成就功业的才能，但是有些人终究不能施展才能的万分之一，这不一定都是当时君主的过失，也可能是他自己的原因所致。

我分析贾生的议论，照他说的去做，即使是夏、商、周三朝，又用什么来远远地超出他的设想呢？逢遇的君主像汉文帝那样贤明，尚且因为得不到重用忧郁而死，这么说来，是不是天下没有尧、舜，就永远不能有所作为了呢？孔仲尼是个圣人，却还在天下各国中一个一个地去尝试，只要不是极其无道的国家，他都想尽力扶植，期望也许有一天能够实现他的政治主张。他准备到楚国去，先叫冉求去了解情况，然后叫子夏去进一步了解情况。君子想寻到他可以辅助的君主，是这样地用心呀。孟子离开齐国时，在昼地住了三夜才走，还说："大王或许要召我回去吧！"君子不忍抛弃他的君主，感情是这样的深厚呀。公孙丑问道："老师为什么不高兴？"孟子说："当今天下能够将国家治理好的，除了我还有谁呢？我为什么不高兴？"君子爱惜他自身，是这样的妥当呀。做到这样还不被君主重用，这才知道天下的君主果真不能够跟他们有所作为，回去隐居，那就可以没有遗憾了。像贾谊这个人，并非汉文帝不能用他，而是他不能效力于汉文帝。

绛侯是亲手取皇帝玉玺把它交给汉文帝的，灌婴是联合了几十万军队，来决定刘、吕两姓胜败的，又都是汉高祖的旧时将领。这样，他们君臣之间相互交好的情分，难道只是像父子兄弟之间那样的骨肉亲情吗？贾生也不过是一位洛阳地方的年轻人，想使汉文帝在一天的时间，完全抛弃他的旧人，来倾心请教自己这个新人，也太不容易实现了。对于贾生，应该设法在朝中获取皇帝的信任，在下面获取那些大臣——像绛侯、灌婴这类人的赞誉，然后从容悠闲地逐渐深入地同他们往来，使皇帝不生疑心，臣僚们不猜忌，这样，才能使整个国家只服从我的安排，自己就可以大展拳脚，不出十年，就可以如愿。怎么能在谈话才开始很短的时间内就迫不及待地向人家痛哭呢？分析他后来过湘水时，写了一篇赋去悼念屈原，文章迂回委婉地抒发了郁闷的心情，有急切远走高飞的意愿。自此以后，终于因为自己过度悲伤，时时哭泣，直至短命死去，这也是个不善于应付恶劣环境的人啊。计谋一次不被采纳，怎么就断定永远不再被采纳呢？不知道沉着地去等待事态的衍化发展，却自己摧残自己到这个地步。唉！贾生志愿宏大，可是气量如此狭小；才能有余，可是见识不足啊。

古人如果拥有高出世人的才能，就必定有鄙弃世俗的惯病。因此，不是聪明智慧不受蒙蔽的君主，就不能充分地任用他。从古到今，人们盛赞苻坚能在乡下平民之中赏识王猛，能做到全部罢斥那些老臣，而去同他商议国家大事。苻坚虽然是个普通人，却能拥有天下一半的领地，可能就由于这个缘故吧！对贾生没能实现的志愿我深感悲痛，所以在这里详细地评论他，但愿君主能够得到像贾生那样的臣子，知道他有洁身自好的情操，如果一次不被任用，就会从此忧愁悲哀，不能再振作；而像贾生那样的人，也应该谨慎反思自己的所作所为啊！

【赏析】

本文是一篇人物史评，贾谊是汉代名臣，英年早逝，未能尽展其抱负。对于贾谊的悲剧，世人多认为汉文帝是始作俑者，但苏轼并不这么认为。苏轼认为贾谊怀经世之才而不识时务，其悲剧在于其书呆子气，在于"夫绛侯亲握天子玺而授之文帝，灌婴连兵数十万，以决刘吕之雌雄，又皆高帝之旧将。此其君臣相得之分，岂特父子骨肉手足哉"。而贾生想在"一朝之间"，让汉文帝"尽弃其旧而谋其新"。确实有些不识时务，不怪朝中大臣会发出一片反对之声，作为仁义之君的汉文帝也断然不会这样做。所谓"治大国若烹小鲜"，国家大事岂有不慎的道理，哪能凭书生热情毕其功于一役。当然作者对"贾生王者之佐，而不能自用其才"还是表示惋惜的。"志大而量小，才有余而识不足"。贾谊始终不得意的原因在于他的政见不利于当时的权臣。不过像贾谊这样的人要和他们"深交"，而又不放弃自己的政治主张，即使"优游浸渍"也是做不到的，他之所以会成为"有道"之君当政时代的悲剧性人物，那是历史发展的必然。

晁错论

　　天下之患①，最不可为②者，名为治平③无事，而其实有不测之忧。坐观其变而不为之所④，则恐至于不可救。起而强为之，则天下狃⑤于治平之安，而不吾信⑥。惟仁人君子，豪杰之士，为能出身⑦为天下犯大难，以求成大功。此固非勉强期月⑧之间，而苟以求名者之所能也。天下治平，无故而发⑨大难之端。吾发之，吾能收⑩之，然后有以辞于天下⑪。事至而循循焉⑫欲去之，使他人任其责，则天下之祸必集于我。

　　昔者晁错尽忠为汉⑬，谋弱山东⑭之诸侯。山东诸侯并起⑮，以诛错为名⑯。而天子不察，以错为说⑰。天下悲错之以忠而受祸，而不知错之有以取之也⑱。

　　古之立大事者，不唯有超世之才，亦必有坚忍不拔之志⑲。昔禹之治水，凿龙门⑳，决大河㉑，而放之海。方其功之未成也，盖亦有溃冒冲突可畏之患㉒。唯能前知其当然，事至不惧，而徐为之图，是以㉓得至于成功。夫以七国之强而骤㉔削之，其为变岂足怪哉㉕？错不于此时捐其身，为天下当大难之冲，而制吴楚之命，乃为自全之计，欲使天子自将而己居守㉖。且夫发七国之乱者谁乎？己欲求其名，安所逃其患㉗？以自将之至危，与居守之至安，己为难首，择其至安，而遗天子以其至危，此忠臣义士所以愤惋而不平者也㉘。当此之时，虽无袁盎，错亦不免于祸。何者㉙？己欲居守，而使人主自将。以情而言㉚，天子固已难之矣，而重违其议㉛，是以袁盎之说，得行于其间。使㉜吴楚反，错以身任其危，日夜淬砺㉝，东向而待之，使不至于累其君，则天子将恃之以为无恐。虽有百袁盎，可得而间哉㉞。

嗟夫㉟！世之君子，欲求非常之功，则无务为自全之计㊱。使错自将而击吴楚，未必无功。唯其欲自固其身，而天子不悦，奸臣得以乘其隙㊲。错之所以自全者，乃其所以自祸欤㊳！

【注释】

①患：祸患。

②为：治理，消除。

③治平：政治清明，社会安定。

④所：这里指解决问题的措施。

⑤狃（niǔ）：习惯。

⑥不吾信：不相信我。

⑦出身：挺身而出。

⑧期（jī）月：一个月。这里泛指短时期。

⑨发：触发。

⑩收：制止。

⑪然后有辞于天下：然后才能有力地说服天下人。

⑫循循焉：缓慢的样子。循循，徐徐。焉，……的样子。

⑬昔者晁错尽忠为汉：从前晁错殚精竭虑效忠汉朝。昔者，从前。

⑭山东：指崤山以东。

⑮并起：一同起兵叛乱。

⑯以诛错为名：以诛杀晁错作为名义。

⑰而天子不察，以错为说：但汉景帝没有洞察到起兵的诸侯的用心，把晁错杀了来说服他们退兵。

⑱天下悲错之以忠而受祸，而不知错之有以取之也：天下人都为晁错因尽忠而遭受杀身之祸而悲痛，却不明白其中一部分是晁错自己造成的。以，因为。取，招致。

⑲古之立大事者，不唯有超世之才，亦必有坚忍不拔之志：自古以来能够成就伟大功绩的人，不仅仅要有超凡出众的才能，也一定有坚韧不拔的意志。

⑳龙门：今陕西韩城东北，是黄河奔流最湍急处。

㉑大河：指黄河。

㉒盖亦有溃冒冲突可畏之患：可能也有决堤、漫堤等可怕的祸患。

㉓是以：所以，因此。

㉔骤：突然。

㉕其为变岂足怪哉：他们起来叛乱，难道值得奇怪吗？足，值得。

㉖欲使天子自将而己居守：想让皇帝御驾亲征平定叛乱，而自己留守京城。

㉗己欲求其名，安所逃其患：自己求得这个美名，怎么能逃避这场患难呢？安，怎么。

㉘此忠臣义士所以愤怨而不平者也：这是忠臣义士们之所以愤怒不平的原因啊。

㉙何者：为什么呢？

㉚以情而言：按照情理来说。以，按照。

㉛天子固已难之矣，而重违其议：皇帝本来已经觉得这是勉为其难的事情，但又不好反对他的建议。

㉜使：假若。

㉝淬砺：锻炼磨砺。引申为冲锋陷阵，发愤图强。

㉞虽有百袁盎，可得而间哉：即使有一百个袁盎，能有机可乘离间他们君臣吗？

㉟嗟夫：感叹词，唉。

㊱则无务为自全之计：就不要考虑保全性命的计策。务，从事。

㊲隙：空隙，空子。

㊳乃其所以自祸欤：正是他招致杀身之祸的原因啊！欤，语气助词，表感叹。

【译文】

　　天下的祸患，最不容易处理好的，就是表面上风平浪静，其实却有不能预料的隐患。坐观其动而不替它想办法，最终拖到不能挽救的地步。假使去勉强处理它，可天下人对于当时升平日久的安乐已经习以为常，因而不相信我的判断。只有那些讲仁义的有谋略的杰出的人，才能够挺身而出，以天下为己任，力争完成大事业。这原本就不是在短时间内随便地追求名气的人能够做到的事情。天下太平，无缘无故地去开一个非常危险的头。如果是我开的头，我就要能够收拾它，这才对天下人有个交代。如果是我开了头，事情摊到头上却退避，想逃开它，让别人承担那个责任，那么天下的祸事一定会集中到我身上。

以前，晁错竭尽忠诚为汉朝效力，想方设法削弱山东的诸侯王。山东的诸侯王相约起兵反叛，用杀晁错作为幌子。景帝不领会晁错的忠心，却听信袁盎的谗言，用杀死晁错的办法去向诸侯王妥协。天下的人可怜晁错因为尽忠报国而遭受灾祸，不晓得晁错也有自作自受的原因呀。

古代卓有成就的人，不仅有超众的才华，也必定有坚忍不拔的毅力。从前夏禹治理洪水，劈凿龙门，疏通黄河，引导洪水流入大海。当他的功业还没有成就的时候，可能也会发生洪水溃决、上冒、横冲直撞等撼人的祸事。只因他能够预先知道洪水的变化，从而事到临头不会惊慌失措，慢慢地给出现的情况找到妥当的处理方案，因此，能够获取最后的成功。照七国那样的强大，拼命削减他们的土地，他们起来叛变，难道不是人之常情吗？晁错不在这个时候舍身救国，替天下人挡住大祸的要冲，控制吴、楚七国的命运，却只做出了保全自己的打算，劝谏景帝亲自领兵打仗，自己留守京城。试问，那引起七国叛乱的究竟是谁呢？自己要追求功名，又怎么能够逃避它所引起的祸事呢？拿亲自领兵打仗的极其危险的事情，同留下来保守京城的极其安全的事情相比，自己作为祸首，选择那极其安全的事情去做，把极其危险的事情留给景帝去做，这是忠臣义士所以愤怒、怨恨而不平的根源啊。这个关键时刻，即使没有袁盎，晁错也不可能免于被杀。为什么呢？自己打算留守京城，却使皇帝亲自领兵出战；按情理而论，景帝本来已经为这件事感到难受了，可是又难于反对他的建议，因此袁盎的谗言能够在他们君臣之间顺利生效。倘使吴、楚七国反叛时，晁错能够豁出性命来担当那艰危的重任，日日夜夜辛苦筹划，对东方严密戒备，等待吴、楚七国的叛军的到来，使不至于危害自己的君主，那么，汉景帝将会始终依靠他而不感到七国叛乱这件事的压力。这样，即使有再多的袁盎，又怎能进行离间呢？

唉！世上才能出众的人想要博取不同凡响的功业，那就一定不要存有自己保全自己的打算。倘使晁错亲自统兵去讨伐吴、楚七国，不一定就不成功。正因为他想稳稳地保全他自己的性命，因而皇帝不称心，奸臣才得以趁这个空隙进行离间。晁错的自己保全自己的万全之策，就是他招来祸事的根本原因吧！

【赏析】

本文是一篇历史人物评论。

晁错为汉景帝出谋划策削弱诸侯权力，巩固中央集权，最终激起七国叛乱，晁错亦死于景帝之手。晁错并非错在忠君谋事，而错在不识时务。当时吴楚等诸侯国十分强大，足以和汉王朝分庭抗礼，要削弱他们既要有牺牲自己的准备，又不能操之过急，行事一定要周密，最好能以和平温和的方式解决。而晁错谋事不密，又欲毕其功于一役，惹犯众怒，以致授七国叛乱以口实，此其一也；及七国起兵，兵临王境，攻城略地，当此之时，晁错理当挺身而出，率众前驱，孰料其竟然希望景帝亲征，而自己则欲安守都城，将景帝送往虎狼之群，景帝又安得不怒，此其二也。始作俑者是晁错，而其将收拾残局的责任又推给了汉景帝，晁错想不死以谢天下是不可能的。

刑赏忠厚之至论

尧、舜、禹、汤、文、武、成、康之际，何其爱民之深，忧民之切，而待天下以君子长者之道也！有一善，从而赏之，又从而咏歌嗟叹之，所以乐其始而勉其终。有一不善，从而罚之，又从而哀矜惩创之，所以弃其旧而开其新。故其呼俞①之声，欢休惨戚②，见于虞、夏、商、周之书。成、康既没，穆王立而周道始衰。然犹命其臣吕侯③而告之以祥刑④。其言忧而不伤，威而不怒，慈爱而能断，恻然有哀怜无辜之心，故孔子犹有取焉。

《传》曰："赏疑从与⑤，所以广恩也。罚疑从去⑥，所以慎刑也。"当尧之时，皋陶为士⑦，将杀人。皋陶曰杀之三。尧曰宥之三。故天下畏皋陶执法之坚，而乐尧用刑之宽。四岳⑧曰："鲧⑨可用。"尧曰："不可，鲧方命圮族⑩。"既而曰："试之。"何尧之不听皋陶之杀人，而从四岳之用鲧也？然而圣人之意，盖亦可见矣。《书》曰："罪疑惟轻，功疑惟重。与其杀不辜，宁失不经。"呜呼！尽之矣。

可以赏，可以无赏，赏之过乎仁；可以罚，可以无罚，罚之过乎义。过乎仁，不失为君子；过乎义，则流而入于忍人⑪。故仁可过也，义不可过也。

古者赏不以爵禄，刑不以刀锯。赏之以爵禄，是赏之道行于爵禄之所加，而不行于爵禄之所不加也。刑之以刀锯，是刑之威施于刀锯之所及，而不施于刀锯之所不及也。先王知天下之善不胜赏，而爵禄不足以劝也；知天下之恶不胜刑，而刀锯不足以裁也。是故疑则举而归之于仁，以君子长者之道待天下。使天下相率而归于君子长者之道，故曰忠厚之至也。

《诗》曰："君子如祉⑫，乱庶遄已；君子如怒，乱庶遄沮⑬。"夫君子之已乱，岂有异术哉？时其喜怒，而不失乎仁而已矣。《春秋》之义，立法贵严，而责人贵宽。因其褒贬之义以制赏罚，亦忠厚之至也。

【注释】

① 吁俞：吁，疑怪声。俞，应词也。
② 欢休：和善也。惨戚：悲哀也。
③ 吕侯：人名，一作甫侯，周穆王之臣，为司寇。周穆王用其言论作刑法。
④ 祥刑：刑而谓之祥者，即刑期无刑之意，故其祥莫大焉。
⑤ 赏疑从与：言与赏而疑，则宁可与之。
⑥ 罚疑从去：言当罚而疑，则宁可去之。
⑦ 士：狱官也。
⑧ 四岳：唐尧之臣，羲和之四子也，分掌四方之诸侯。一说为一人名。
⑨ 鲧：传说大禹之父，四凶之一。
⑩ 圮族：犹言败类也。
⑪ 忍人：谓性情狠戾之人也。
⑫ 祉：犹喜也。
⑬ 遄：速也。沮：止也。

【译文】

唐尧、虞舜、夏禹、商汤和周文王、武王、成王、康王他们在位的时候，为什么呵护百姓那样的仁厚，体贴百姓那样的恳切，用君子长者的忠厚之道来治理天下呢！人们做了一件好事，伴随而来的就是奖赏他，再跟着就是歌颂他，赞美他，这是崇尚他的开始，勉励他坚持到底。人们做了一件坏事，应该得到的就是责备他，再跟着就是哀怜惩罚他，这是要求他抛弃恶习，开创新的生活。所以那些表示不同的意见，喜悦、欢乐、悲伤、忧愁的思绪，在虞、夏、商、周的书里经常出现。成王、康王死后，穆王继承了王位，周朝开始衰败。但是他还依然嘱咐他的大臣吕侯制定《吕刑》，告诫他谨慎地实施刑罚。他的言语忧愁却不悲伤，威严却不恼怒，慈爱却能够果断，有哀怜无罪者的意向，因此孔子说《吕刑》的确有可取之处。

《传》中说："对被奖赏的对象有怀疑，应该大方地给予奖赏。这是扩大恩德的途径。对被责罚的对象产生怀疑，应该从宽免除刑罚。这是慎用刑罚的要求。"在唐尧的时候，皋陶做刑官，将要处决犯人，皋陶说了多次"杀掉他"。帝尧也说了多次"赦免他"。所以天下苍生怕皋陶执法的坚决，欢迎帝尧量刑的宽大。四岳建议说："鲧可以用。"帝尧说："不行，鲧常常违抗命令，毁灭同族。"但稍后又说："给他个机会吧！"为什么帝尧不听纳皋陶杀人的意见，却听从四岳用鲧的建议呢？圣人之意也就从中可见了。《书经》中记载说："对罪行有疑惑，只能从轻；对赏功有疑惑，只能偏重。与其杀死一个无辜的人，宁可不杀，而犯不按成法的错责。"唉！这几句话可谓语重心长。

可以奖赏，也可以不奖赏，而奖赏他是过分宽厚；可以处罚，也可以不处罚，而处罚他是过分严厉。过分宽厚，还不失为品德优秀的人；过分严厉，就会归到歹毒一类的人。所以宽厚是可以有余地的，严厉却不可以过量。

古代，奖赏不用爵位和俸禄，刑罚不动刀和锯。奖赏人用爵位和俸禄的方法只是在爵位和俸禄给予的范围内实施，而在爵位和俸禄不应给予的范围内就不实行；惩罚人用刀和锯，这样，惩罪的威力只是在刀和锯有影响的范围内实行，而在刀和锯达不到的范围内就不应实行。过去的帝王知道天下人做的好事太多，赏不胜赏，而爵位和俸禄也是不够作为勉励的；知道天下人做的坏事也很多，罚不胜罚，而刀和锯也是不够用来禁止的。因此，产生了怀疑的时候，就把它遵照仁的标准去处理，用君子长者的忠厚之道去治理天下百姓，使天下百姓都遵循并趋向君子长者的忠厚之道。此可谓忠厚到了极点了啊。

《诗经》中记载说："君子如果欢欣，祸乱应该就要平定了。君子如果恼怒，祸乱应该就要结束了。"君子平定祸乱，难道有什么高招吗？不过适时表现他的欢喜或者恼怒而不丢弃仁爱罢了。《春秋》一书的主旨，确定法制贵在严谨，责罚人却贵在宽厚。根据那褒贬的意义来确定赏罚的标准及其方法，也可谓忠厚到极点啊。

【赏析】

　　这是苏轼于宋仁宗嘉祐二年（1057年）应试礼部时写的一篇文章。当时负责考试的官员欧阳修、梅尧臣都很赏识这篇试文，因不知"皋陶曰杀之三，尧曰宥之三"的出处，抑置第二。

　　由于本文是应试之作，内容比较空泛，所谓用刑从宽，行赏从重，也不过是一种空想。但在写作上匠心独运，笔力雄浑，语言晓畅，一扫五代以来浮华怪僻的文风：这就是欧阳修给予高度评价的原因。

赋

前赤壁赋

壬戌之秋，七月既望①，苏子与客泛舟游于赤壁②之下。清风徐③来，水波不兴④。举酒属⑤客，诵《明月》之诗，歌"窈窕"之章。少焉⑥，月出于东山之上，徘徊于斗牛之间。白露横江⑦，水光接天。纵一苇之所如，凌万顷之茫然⑧。浩浩乎如冯虚御风⑨，而不知其所止；飘飘乎如遗世独立⑩，羽化而登仙。

于是饮酒乐甚，扣舷⑪而歌之。歌曰："桂棹兮兰桨，击空明兮溯流光⑫。渺渺兮予怀⑬，望美人⑭兮天一方。"客有吹洞箫者，依歌而和之⑮。其声呜呜然，如怨如慕，如泣如诉⑯，余音袅袅⑰，不绝如缕⑱。舞幽壑之潜蛟⑲，泣孤舟之嫠妇⑳。

苏子愀然㉑，正襟危坐㉒而问客曰："何为其然也㉓？"客曰："'月明星稀，乌鹊南飞㉔。'此非曹孟德之诗乎？西望夏口，东望武昌，山川相缪㉕，郁乎苍苍㉖，此非孟德之困于周郎者乎？方其破荆州，下江陵，顺流而东也，舳舻㉗千里，旌旗蔽空，酾酒㉘临江，横槊㉙赋诗，固一世之雄也，而今安在哉？况吾与子渔樵于江渚之上，侣鱼虾而友麋鹿㉚。驾一叶之扁舟㉛，举匏樽以相属。寄蜉蝣于天地㉜，渺沧海之一粟㉝。哀吾生之须臾㉞，羡长江之无穷。挟飞仙以遨游，抱明月而长终㉟。知不可乎骤㊱得，托遗响于悲风㊲。"

苏子曰："客亦知夫水与月乎？逝者如斯㊳，而未尝往也；盈虚者如彼㊴，而卒莫消长也㊵。盖将自其变者而观之，则天地曾不能以一瞬㊶；自其不变者而观之，则物与我皆无尽也。而又何羡乎？且夫天地之间，物各有主，苟非吾之所有，虽一毫而莫取。惟江上之清风，与山间之明月，耳得之而为声，目遇之而成色，取之无禁，用之不竭，是造物之无尽藏也㊷，而吾与子之所共适㊸。"

客喜而笑，洗盏更酌㊹。肴核既尽㊺，杯盘狼藉㊻。相与枕藉㊼乎舟中，不知东方之既白㊽。

【注释】

① 既望：指农历十六日。既，过了。望，农历十五日。
② 赤壁：实为黄州赤鼻矶，并不是三国时期赤壁之战的旧址，当地人因音近亦称之为赤壁，苏轼知道这一点，将错就错，借景以抒发自己的怀抱。
③ 徐：舒缓地。
④ 兴：起，作。
⑤ 属：通"嘱"，致意，此处引申为"劝酒"的意思。
⑥ 少焉：一会儿。
⑦ 白露：白茫茫的水气。横江：笼罩江面。横，横贯。
⑧ 纵一苇之所如，凌万顷之茫然：任凭小船在宽广的江面上飘荡。纵，任凭。一苇，像一片苇叶那么小的船，比喻极小的船。《诗经·卫风·河广》："谁谓河广，一苇杭（航）之。"如，往，去。凌，越过。万顷，形容江面极为宽阔。茫然，旷远的样子。
⑨ 冯虚御风：（像长出羽翼一样）驾风凌空飞行。冯，通"凭"，乘。虚，太空。御，驾御（驭）。
⑩ 遗世独立：遗弃尘世，独自存在。
⑪ 扣舷：敲打着船边，指打节拍，舷，船的两边。
⑫ 击空明兮溯流光：船桨拍打着月光浮动的清澈的水，溯流而上。溯，逆流而上。空明、流光，指月光浮动清澈的江水。
⑬ 渺渺兮予怀：主谓倒装。我的心思飘得很远很远。渺渺，悠远的样子。
⑭ 美人：此为苏轼借鉴的屈原的文体。用美人代指君主。古诗文多以指自

己所怀念向往的人。

⑮依歌而和（hè）之：合着节拍应和。依，随，循。和，应和。

⑯如怨如慕，如泣如诉：像是哀怨，像是思慕，像是啜泣，像是倾诉。怨，哀怨。慕，眷恋。

⑰余音：尾声。袅袅：形容声音婉转悠长。

⑱缕：细丝。

⑲舞幽壑之潜蛟：使深谷的蛟龙感动得起舞。幽壑，这里指深渊。

⑳泣孤舟之嫠（lí）妇：使孤舟上的寡妇伤心哭泣。嫠，孤居的妇女，在这里指寡妇。

㉑愀（qiǎo）然：容色改变的样子。

㉒正襟危坐：整理衣襟，严肃地端坐着。危坐，端坐。

㉓何为其然也：曲调为什么会这么悲凉呢？

㉔月明星稀，乌鹊南飞：所引是曹操《短歌行》中的诗句。

㉕缪：通"缭"，盘绕。

㉖郁乎苍苍：树木茂密，一片苍绿繁茂的样子。郁，茂盛的样子。

㉗舳舻（zhú lú）：战船前后相接。这里指战船。

㉘酾（shī）酒：斟酒。

㉙横槊（shuò）：横执长矛。

㉚侣鱼虾而友麋鹿：以鱼虾为伴侣，以麋鹿为友。侣，以……为伴侣，这里是名词的意动用法。麋（mí），鹿的一种。

㉛扁（piān）舟：小舟。

㉜寄：寓托。蜉（fú）蝣：一种昆虫，夏秋之交生于水边，生命短暂，仅数小时。此句比喻人生之短暂。

㉝渺沧海之一粟：此句比喻人类在天地之间极为渺小。渺，小。沧海，大海。

㉞须臾（yú）：片刻，时间极短。

㉟长终：至于永远。

㊱骤：数次。

㊲托遗响于悲风：托寄哀思在悲凉的秋风中。悲风，秋风。

㊳逝者如斯：语出《论语·子罕》："子在川上曰：'逝者如斯夫，不舍昼夜。'"逝，往。斯，此，指水。

㊴盈虚者如彼：指月亮的圆缺。

㊵卒：最终。消长：增减。长，增长。

㊶曾：语气副词。以，用。一瞬，一眨眼的工夫。

㊷是：这。造物者：天地自然。无尽藏（zàng）：佛家语。指无穷无尽的宝藏。

㊸共适：共享。苏轼手中《赤壁赋》作"共食"，明代以后多"共适"，义同。

㊹更酌：再次饮酒。

㊺肴核：荤菜和果品。既：已经。

㊻狼藉：凌乱的样子。

㊼枕藉：相互枕着垫着。

㊽既白：已经显出白色（指天明了）。

【译文】

壬戌年的秋季，七月十六日，我和朋友们划着小船到赤壁之下去游览。清凉的风缓缓地吹来，江面上波浪平静。我端起杯子劝朋友们喝酒，朗诵《明月》诗，高唱"窈窕"章。一会儿，月亮从东山之上升起，在斗宿和牛宿之间徘徊不前。白蒙蒙的水气从东到西横罩在江面，江水反射的月光与天空相接。我们听任如一叶芦苇般的小船漂流，在茫茫无边的江面疾速行驶，浩浩荡荡地好像腾空驾风。不晓得要飞到哪里才能停止；轻飘飘如同脱离人世而独立，自由自在地生出翅膀飞升到仙境。

在这种情境下，酒喝得很欢畅，我兴致勃勃地拍着船边唱起歌来。歌词说："桂棹呀兰桨，我用它们划开清澈的江水呀，月光照在江面上，让小船逆着流动的月光前进。多么遥远呀，我的思念；我盼望的'美人'呀，正在那遥远的地方。"有一个朋友吹起洞箫，按着歌声节拍伴奏。那洞箫声呜呜地，像恨怨，像思慕，像哭泣，像诉说。吹完了，耳朵里还缭绕着那宛转悠扬的箫声的余音，似乎像一根细长的要断而又不断的丝线。引得潜藏在深涧里的蛟龙起舞，惹得独守在空船上的寡妇抽泣。

我听得脸色改变，整整衣服，端正地坐着，问那位朋友道："为什么箫声这样悲凉啊？"朋友回答说："'月明星稀，乌鹊南飞。'这不是曹孟德的诗吗？向西望是夏口，朝东望是武昌，山水相互环绕，树木茂盛青翠。这不是曹孟德被周瑜打败围困的地方吗？当年曹孟德攻破荆州、攻占江陵、沿着长江东进的时候，战船首尾相接连接千里，旗帜遮蔽天空。他面对长江饮酒，横拿着长矛吟诗，真是不可一世的英雄，可是如今在哪里呢！何况我和您像渔人、樵夫一样，生活在江湖山野之间，同鱼虾做伴侣，跟麋鹿交朋友，驾着像一片叶子似的小船，拿起用芦苇做的杯互相劝酒。如同蜉蝣那样短暂地寄居在天地之间，渺小得就像汪洋大海中的一粒粟。为我们一生的短促而悲哀，为长江的无穷而羡慕。希望倚仗天仙在宇宙间遨游，跟明月一起获得永生。明知道这不可能很快地实现，只好在悲凉的秋风中借箫声来表达这种感慨心情。"

我说："您了解那江水和月亮吗？江水总是像这样不断地流去，可是从整个长江来说并没有流去；月亮老是像那样有时圆有时缺，可是它本身始终没有丝毫增减。如果从它变化的一面看，那么天地间的万物还用不到一眨眼的工夫就变了；从它不变的一面看，那么万物和我都是无穷无尽的，还羡慕什么呢？再说，天地之间，万物都各自有主，假使不是我所有的，就是一丝一毫也不能取用。只有江上的清风和山间的明月，耳朵听到它就成为声音，眼睛看到它就成为颜色；取用它们不会被人禁止，使用它们也不会完结。这是自然界无穷的宝藏，我和您可以共同享受的。"

朋友高兴得笑起来，于是洗干净酒杯，重新斟酒喝。菜肴吃光了，空杯、空盘杂乱地放着。我和朋友们互相挤在小船里睡着了，不知不觉东方已经发白。

【赏析】

本文是作者被贬为黄州团练副使时夜游赤壁的即兴之作。赤壁是三国时孙刘联军大破曹军的古战场，岁月流逝，逝者如斯，当年在这里角逐的历史风云人物早已烟消云散，作者怀古思今，触景生情，写下了这篇脍炙人口的《前赤壁赋》。赋中以灵动的笔触描写了赤壁秋夜美好安宁的景色，置身其中，"飘飘乎"有"遗世独立，羽化而登仙"之感，于是"饮酒乐甚，扣弦而歌之"，作者初游赤壁的闲适心境于此可见一斑。随着客人的一阵箫声，作者平静的心境骤然泛起层层涟漪，主客二人开始了问答议论，表达了人生短暂，时空永恒，不以荣辱安危萦绕于心，及时行乐的思想。文章末尾写二人饮酒如故，"杯盘狼藉，相与枕藉于舟中，不知东方之既白"之情状，进一步表现了作者放达的思想。

后赤壁赋

是岁十月之望,步自雪堂①,将归于临皋②。二客从予,过黄泥之坂③。霜露既降,木叶④尽脱。人影在地,仰见明月。顾而乐之,行歌相答⑤。

已而⑥叹曰:"有客无酒,有酒无肴。月白风清,如此良夜何⑦?"客曰:"今者薄暮⑧,举网得鱼,巨口细鳞,状似松江之鲈⑨。顾安所得酒乎⑩?"归而谋诸妇⑪。妇曰:"我有斗⑫酒,藏之久矣,以待子不时之需⑬。"

于是携酒与鱼,复游于赤壁之下⑭。江流有声,断岸千尺⑮;山高月小,水落石出。曾日月之几何,而江山不可复识矣⑯!予乃摄衣⑰而上,履巉岩⑱,披蒙茸⑲,踞虎豹⑳,登虬龙㉑,攀栖鹘㉒之危巢,俯冯夷之幽宫㉓。盖二客不能从焉。划然长啸㉔,草木震动,山鸣谷应,风起水涌。予亦㉕悄然㉖而悲,肃然㉗而恐,凛乎其不可留㉘也。反㉙而登舟,放㉚乎中流,听其所止而休焉㉛。

时夜将半,四顾寂寥㉜。适有孤鹤,横江东来㉝。翅如车轮,玄裳缟衣㉞,戛然㉟长鸣,掠㊱予舟而西也。

须臾客去㊲,予亦就睡。梦一道士,羽衣翩跹㊳,过临皋之下,揖予㊴而言曰:"赤壁之游乐乎?"问其姓名,俯㊵而不答。"呜呼噫嘻㊶!我知之矣。畴昔之夜㊷,飞鸣而过我㊸者,非子也耶㊹?"道士顾㊺笑,予亦惊寤㊻。开户视之,不见其处。

【注释】

① 步自雪堂：从雪堂步行出发。雪堂，苏轼在黄州所建的新居，离他在临皋的住处不远，在黄冈东面。堂在大雪时建成，画雪景于四壁，故名"雪堂"。

② 临皋（gāo）：亭名，在黄冈南长江边上。苏轼初到黄州时住在定惠院，不久就迁至临皋亭。

③ 黄泥之坂（bǎn）：黄冈东面东坡附近的山坡叫"黄泥坂"。坂，斜坡，山坡。文言文为调整音节，有时在一个名词中增"之"字，如欧阳修的《昼锦堂记》："乃作昼锦之堂于后圃。"

④ 木叶：树叶。木，本来是木本植物的总名，"乔木""灌木"的"木"都是用的这个意思。后来多用"木"称"木材"，而用本义是"树立"的"树"作木本植物的总名。

⑤ 行歌相答：边行边吟诗，互相唱和；且走且唱，互相酬答。

⑥ 已而：过了一会儿。

⑦ 如此良夜何：怎样度过这个美好的夜晚呢？如……何，怎样对待……"如何"跟"奈何"差不多，都有"对待""对付"的意思。

⑧ 今者薄暮：方才傍晚的时候。薄暮，太阳将落天快黑的时候。薄，迫，逼近。

⑨ 淞江之鲈（lú）：鲈鱼是松江（现在属上海）的名产，体扁，嘴大，鳞细，味鲜美，松小所产的鲈鱼。这是有名的美味。

⑩ 顾安所得酒乎：但是从哪儿能弄到酒呢？顾，但是，可是。安所，何所，哪里。

⑪ 谋诸妇：谋之于妻，找妻子想办法。诸，相当于"之于"。

⑫ 斗：古代盛酒的器具。

⑬ 不时之须：随时的需要。"须"通"需"。

⑭ 复游于赤壁之下：这是泛舟而游。下文"摄衣而上"是舍舟登陆，"反而登舟"是回到船上。

⑮ 断岸千尺：江岸上山壁峭立，高达千尺。断，阻断，有"齐"的意思，这里形容山壁峭立的样子。

⑯ 曾日月之几何，而江山不可复识矣：才过了几天啊，（眼前的江山明知是先前的江山，）而先前的景象再不能辨认了。这话是联系前次赤壁之

游说的。前次游赤壁在"七月既望",距离这次仅仅三个月,时间很短,所以说"曾日月之几何"。前次所见的是"水光接天","万顷茫然",这次所见的是"断岸千尺""水落石出",所以说"江山不可复识"。曾,才,刚刚。这样用的"曾"常放在疑问句的句首。"曾日月之几何",也就是"曾几何时"。

⑰摄衣:提起衣襟。摄,牵曳。

⑱履巉(chán)岩:登上险峻的山崖。履,践,踏。巉岩,险峻的山石。

⑲披蒙茸:分开乱草。蒙茸,杂乱的丛草。

⑳踞:蹲或坐。虎豹:指形似虎豹的山石。

㉑虬龙:指枝柯弯曲形似虬龙的树木。虬,龙的一种。登虬龙是说游于树林之间。

㉒栖鹘(hú):睡在树上的鹘。栖,鸟宿。鹘,意为隼,鹰的一种。

㉓俯冯(píng)夷之幽宫:低头看水神冯夷的深宫。冯夷,水神。幽,深。"攀栖鹘之危巢,俯冯夷之幽宫",这只是说,上登山的极高处,下临江的极深处。

㉔划然长啸:高声长啸。划有"裂"的意思,这里形容长啸的声音。啸,蹙口作声。

㉕亦:这个"亦"字是承接上文"二客不能从"说的。上文说,游到奇险处二客不能从;这里说,及至自己发声长啸,也感到悲恐,再不能停留在山上了。

㉖悄然:静默的样子。

㉗肃然:因恐惧而收敛的样子。

㉘留:停留。

㉙反:同"返"。返回。

㉚放:纵,遣。这里有任船飘荡的意思。

㉛听其所止而休焉:任凭那船停止在什么地方就在什么地方休息。

㉜四顾寂寥:向四外望去,寂寞空虚。

㉝横江东来:横穿大江上空从东飞来。

㉞玄裳缟衣:下服是黑的,上衣是白的。玄,黑。裳,下服。缟,白。衣,上衣。仙鹤身上的羽毛是白的,尾巴是黑的,所以这样说。

㉟戛然:形容鹤雕一类的鸟高声叫唤的声音。如白居易《画雕赞》"轩然

将飞,戛然欲鸣"。

㊱掠:擦过。

㊲须臾客去,予亦就睡:这时的作者与客已经舍舟登岸,客去而作者就寝于室内,看下文的"开户"便明。

㊳羽衣翩跹:穿着羽衣(道士穿的用鸟羽制成的衣服),轻快地走着。

㊴揖予:向我拱手施礼。

㊵俯:低头。

㊶呜呼噫嘻:这四个字都是叹词,也可以呜呼、噫、嘻分开用,或者呜呼、噫嘻分开用。

㊷畴昔之夜:昨天晚上。此语出于《礼记·檀弓》上篇"予畴昔之夜"。畴,语首助词,没有实在的意思。昔,昨。

㊸过我:从我这里经过。

㊹非子也耶:不是你吗?"也"在这里不表示意义,只起辅助语气的作用。

㊺顾:回头看。

㊻寤:觉,醒。

【译文】

这一年十月十五日,我从雪堂步行出发,打算回到临皋去。有两个朋友跟随我一起走,路过黄泥坂,看到树木经霜以后,叶子全都脱落了。我们的身影倒映在地上,抬头看见一轮明月高挂空中。一起观看四野的景色,都很喜欢这夜景;于是一面走一面吟诗,相互酬答。

过了一会儿,我叹了口气,说:"有好友却没有美酒,有美酒又没有佳肴。月色皎洁,晚风清凉,像这样美好的夜晚怎么度过呢?"有一个朋友回答我:"今天傍晚,张网捕的一条鱼,大嘴巴,细鳞片,形状就像松江的鲈鱼,不过到哪里去弄到好酒呢?"另一朋友回去跟妻子说起这件事。妻子说:"我有一斗好酒,藏着它已经很长时间了,就是为了等待您的随时需要。"

就这样,我和朋友们携带着酒和鱼,再一次划着小船到赤壁的下面去游赏。江水发出声响,冲刷着高峻陡绝的崖岸;山显得高了,月亮显得小了;水位低落,原本藏在水里的礁石露出来了。与跟上次游览的时间相隔才有几天,江山却已经面目皆非不能再认识它了!我就撩衣上岸,踏着险峻的山崖,拨开纷乱的山草;蹲在虎豹似的怪石上,爬上虬龙般的古树,攀登猛禽巢居的悬崖；俯视冯夷居住的深宫。可惜两位朋友不能跟随我在一起赏玩！我放声长啸，草木被震动了，高山共鸣，深谷回响，风刮起来，水向上涌，在不知不觉中忧伤悲哀悄悄而来，寒冷而恐惧，害怕得不敢再逗留了。于是我回到船上，吩咐船家把小船放到江心，任凭它漂流到哪里停止，我们就在那里歇息。

将近半夜之时，四处看看，觉得冷清寂寞。正好有一只鹤，从东边横穿江面而来，翅膀像车轮那样大小，尾部的黑羽如同黑色的裙子，前面的白羽如同洁白的衣衫，"嘎嘎"地拉着很长的声音叫着，掠过我坐的小船向西边飞去。

不一会儿，朋友们辞去，我也回家睡觉。梦里看见一个道士，穿着一件羽毛做成的道袍，飘飘然起舞似的，走过临皋的下面，向我拱手作揖，一边问我道："赤壁之游快乐吗？"我问他的姓名，他低着头不回答。"哈哈！就是呀！我晓得你的底细了。昨天的夜里，边飞边叫地掠过我坐的小船，不就是你吗？"道士回过头去笑起来，我也陡然惊醒。开门一望，看不见道士的身影。

【赏析】

作者因政治上的失意而被贬为黄州团练副使，虽然其生性豁达，但这毕竟是一个萦绕于心的结，他的政治理想无人理喻，因而也时常有孤独无助之感。这篇《后赤壁赋》明显地流露出了这种心情。赋中开篇写深秋之夜携酒与鱼"复游于赤壁之下"的经过，通过"曾日月之几何，而江山之不可复识"的慨叹，表达世事无常的感喟。随后作者"摄衣而上，履巉岩，披蒙茸"寻幽揽胜，而"二客不能从焉"，人之弥深，愈感孤独，"划然长啸"，只有"风起水涌"与之相应，使其"悄然而悲，肃然而恐"。文末写梦中与羽化登仙的道士相遇，更进一步表现了他在现实中无人理解的孤寂心情，只能在虚幻中与神灵相通，聊以慰藉在政治失意后遭受打击所造成的心灵创伤。

秋阳赋

越王之孙，有贤公子，宅于不土之里，而咏无言①之诗。以告东坡居士曰："吾心皎然，如秋阳之明；吾气肃然，如秋阳之清；吾好善而欲成之，如秋阳之坚百谷；吾恶恶而欲刑之，如秋阳之陨群木。夫是以乐而赋之。子以为何如？"

居士笑曰："公子何自知秋阳哉？生于华屋之下，而长游于朝廷之上，出拥大盖，入侍帷幄，暑至于温，寒至于凉而已矣。何自知秋阳哉？若予者，乃真知之。方夏潦之淫也，云蒸雨泄，雷电发越，江湖为一，后土冒没，舟行城郭，鱼龙入室。菌衣生于用器，蛙蚓行于几席。夜违湿而五迁，昼燎衣而三易。是犹未足病也。唇于三吴，有田一廛。禾已实而生耳，稻方秀而泥蟠。沟塍交通，墙壁颓穿。面垢落泔之涂，目泫湿薪之烟。釜甑其空，四邻悄然。鹳鹤鸣于户庭，妇宵兴而永叹。计有食其几何，剡②无衣于穷年。忽釜星之杂出，又灯花之双悬。清风西来，鼓钟其镗。奴婢喜而告余，此雨止之祥也。早作而占之，则长庚澹其不芒矣。浴于旸谷③，升于扶桑。曾未转盼，而倒景④飞于屋梁矣。方是时也，如醉而醒，如暗而鸣，如痿而起行，如还故乡初见父兄。公子亦有此乐乎？"公子曰："善哉！吾虽不身履，而可以意知也。"

居士曰："日行于天，南北异宜。赫然而炎非其虐，穆然而温非其慈。且今之温者，昔之炎者也。云何以夏为盾而以冬力衰乎？吾侪小人，轻愠易喜。彼冬夏之畏爱，乃群狙之三四。自今知之，可以无惑。居不沫户，出不仰笠，暑不言病，以无忘秋阳之德。"公子拊掌，一笑而起。

【注释】

①无言：内容空洞。
②矧：也。
③旸谷：传说中指日出的地方，亦作"汤谷"。
④倒景：这里指彩虹。

【译文】

越王的孙子，有一位德才兼备的公子，在宛如仙境的地方建了一座宅地，而且经常吟咏没有实际内容的诗。他告诉东坡居士说："我的心纯洁且明亮，好像秋天的阳光一样明媚；我的气度庄重伟岸，就像秋天的阳光一样清秀美丽；我喜爱善良的人而且总想帮助他们成功，正如秋阳照耀各种粮食成熟；我厌恶丑恶并且总想革除这些坏的东西，好比秋阳横扫各种树木的败叶。于是用音乐来诠释我的情感，你认为如何呢？"

东坡笑着对他说："公子你怎么知道秋阳的感情呢？你出生在富贵华丽的房屋之内，且经常畅游在朝廷的金殿之上，出门乘坐着戴有华盖的车辇，入宫有锦绣的帷幄，酷暑时节你感觉的是温暖和煦，严寒之时你最多感受凉意而已。你怎么会知道秋阳呢！像我这样的人，才有可能真正知道秋阳。到夏天阴雨连绵积水成潦涝，炎热的蒸气上升为云，之后又变成倾泻的大雨，雷电使得暴雨越发凶猛，大江和大湖连成一片，大地被淹没在洪水中，小船行走在昔日的城郭中，鱼龙水族游到人的房子里。蘑菇之类的真菌生长在人的生活用具当中，青蛙、蚯蚓行走在人的案几和床席之上。夜里躲避水湿而五次更换地方，白天反复烤干湿透多次的衣服。这些还不足以忧虑，躬耕在三吴（吴兴、吴郡、会稽古称三吴），有一块家居的土地。谷子已经成熟而且生了芽，稻子已经抽了穗而倒伏在泥水中。沟渠与田埂相通，墙壁倒塌而屋破。满脸沾着从房顶落下的涂粉之垢，眼睛里流着被潮湿的柴薪沤出的烟熏出的泪水。做饭的锅和甑子都是空的，四邻八舍都是一片死静。鹳和鹤一类的水鸟在屋顶鸣叫，妇人在深夜里起来长叹。计算剩下的食物还能维持几天,有没有衣服度过这一年。忽然锅中冒出金星,油灯上结出双影,显示出好兆头。清风从西面吹来,钟鼓声响起来。家中奴仆和婢女高兴地告诉我,这是大雨停止的祥兆。我很早就起来观察占卜,长庚星淡淡的没有什么光泽。早晨眺望东方,看着太阳从扶桑升起来。还没有来得及企盼,而一道彩虹飞悬在屋顶之上。此时,我就像醉了一样,又像大梦初醒,像哑巴想高声大喊,像偏瘫而勉强行走,像回到家乡刚刚见到父母兄弟。公子你可有这样的感觉和欣喜吗?"公子说:"很好!我虽然没有亲身经历,但可以想象得到。"

东坡居士说:"太阳在天上行走,南北看到的不同。火红的太阳酷热并不是它施虐于人,穆然温和的样子也并不是它对人的慈悲。何况今天温暖的太阳,就是昨天那个酷热的太阳。怎么能说在夏天防备太阳而在冬天认为它衰竭了呢?我辈这些小民,时常发怒且容易欣喜。世人对于冬天和夏天的恐惧和喜爱,就像《庄子·齐物论》中讲述的那个楚国人养的一群猴一样,朝三暮四。从现在明白这个道理,可以没有疑惑了。居家不必封门闭户,出门不必头戴斗笠,酷暑不必说害怕,不要遗忘秋阳的光照之德。"公子听了以后拍手称是,一笑而起。

【赏析】

大家为文,初似随意信手,绵绵密密,娓娓道来。仔细品味,才猛然察觉迂路曲折处,别有洞天。

东坡可谓深谙此道。文中所述的秋阳、阔公子等,皆为信手拈来的道具,在各自立场鲜明的问答之中,作者的悲悯情怀和良苦用心跃然纸上。

此篇行文如流风泄水,不可遏止;情感深挚如秋日暖阳,炙烤魂灵。文中比兴手法运用娴熟,关于夏雨秋阳的大段描述绘声绘色,原形毕露而又文采斐然。作者与所谓德才兼备的雅公子之格调情操,相映成趣而又高下立判。其对于底层百姓的关注与同情几乎让人泣下,而文末所彰显的朴素辩证观亦颇能启迪心智,发人深省。

洞庭春色赋

安定郡王以黄柑酿酒,名之曰洞庭春色,其犹子德麟得之以饷余,戏作赋曰:

吾闻橘中之乐①,不减商山②。岂霜余之不食,而四老人者③游戏于其间?悟此世之泡幻,藏千里于一斑。举枣叶之有余,纳芥子其何艰。宜贤王之达观,寄逸想于人寰。袅袅兮春风,泛天宇兮清闲。吹洞庭之白浪,涨北渚之苍湾。携佳人而往游,勒雾鬓与风鬟。命黄头之千奴,卷震泽而与俱还。糅以二米之禾,藉以三脊之菅。忽云蒸而冰解,旋珠零而涕潸。翠勺银罂,紫络青纶。随属车之鸱夷④,款木门之铜镮⑤。分帝觞⑥之余沥,幸公子之破悭。我洗盏而起尝,散腰足之痹顽。尽三江于一吸,吞鱼龙之神奸。醉梦纷纭,始如髦蛮⑦。鼓巴山之桂楫,扣林屋之琼关。卧松风之瑟缩,揭春溜之淙潺。追范蠡⑧于渺茫,吊夫差之茕鳏。属此觞于西子⑨,洗亡国之愁颜。惊罗袜之尘飞,失舞袖之弓弯。觉而赋之,以授公子曰:"乌乎噫嘻,吾言夸矣,公子其为我删之。"

【注释】

①橘中之乐:乃指一典故,语出《玄怪录·巴邛人》,巴邛人在自己的桔园中,发现有两个桔子特大,剖开后看到每个桔子里有两个白发红颜老人在其中游戏,以为桔中之乐,不减商山四皓,只可惜不能根深蒂固,以致被愚人摘下。他们随即从袖中抽出一草根,化为飞龙,四人乘

龙高飞远去。作者由此得出结论,人生是虚幻的,世界之大,其实只是一个斑点,一片枣叶,可以纳入小小的芥子之中:"吾闻桔中之乐,不减商山。岂霜余之不食,而四老人者游戏于其间?悟此世之泡幻,藏千里于一斑;举枣叶之有余,纳芥子其何艰!宜贤王之达观,寄逸想于人寰。"这是地地道道的佛家观点。尚在太守任上,苏轼已陷入佛家的泥潭中去了。

②商山:位于今陕西省丹凤县,不仅以名夺人,更兼极富诗情画意,历来为人们所向往。

③四老人者:四老人与商山有关,当指商山四皓。分别指的是秦末汉初(公元前200年左右)的东园公、甪里先生、绮里季和夏黄公四位著名学者。他们不愿意当官,长期隐藏在商山,出山时都八十岁有余,眉皓发白,故被称为"商山四皓"。后用"商山四皓"代指贤人。

④鸱夷:指革囊。

⑤镮(huán):通"环"。圆形有孔可以贯穿的东西。

⑥帝觞:帝王的酒器。

⑦髦蛮:语出《诗·小雅·角弓》:"如蛮如髦。"古代泛指少数民族。

⑧范蠡:春秋战国末期楚国人,后入越,辅佐越王勾践灭吴。后乘舟泛海而去,至齐,定居于陶(今山东定陶西北),经商积资巨万,称"陶朱公"。

⑨西子:即西施。

【译文】

安定郡王用黄柑酿酒,命名为"洞庭春色",他的侄子赵德麟得到后赏给我,我戏作这篇赋:

我听说在橘林中游玩,自然少不了要说到商山(今陕西省商县东南)。怎能说霜后的橘子不能吃,秦末汉初东园公等四位老人不是就在橘林中游戏吗?感悟这人世间的泡影,把千里江山隐藏在一瓣橘子的斑点之中。手举大枣的叶子很容易,汇集芥子却是多么困难。应该像贤德的安定王这样豁达开朗,把超脱的想象寄托于人世间。犹如袅袅的春风,清闲地飘荡在天宇之上。吹动洞庭的滔滔白浪,涨满了北方大河的苍湾。携着佳人一起去那里游览,让清风吹拂我们的鬓发和佳人的发髻。让黄色的骏马带领许多随从,卷起震撼湖泽的威力一起奔腾而来。掺糅上江米和大米的稻草，铺垫上三棱形的菅草。忽然间蒸气升腾冰水化解，随即酿出的酒犹如珍珠像泪水一样滴落下来。用翡翠色的勺子和银质的酒器，穿戴上装饰着紫色珠络的青色纶巾。随着运酒车上类似猫头鹰状的酒囊，叩敲木门上的铜环。分享帝王酒觞里剩下的那一部分残酒，所幸的是公子德麟并不吝啬。我急忙洗净了酒杯起来品尝，驱散腰腿麻木憋痛的顽疾。好像三江的大水都在这一口豪饮之中，气吞大江中的鱼龙和神鬼。忽而如醉，忽而如梦，脑子里景色纷纭，开始有些疯疯癫癫。摇起用巴山上桂树做成的船桨，叩开林间琼楼仙屋的门。醉卧在凛冽松风中瑟瑟地缩紧身体，掬起春天里潺潺的清泉。追随着春秋时期越国的名士范蠡到渺茫的幻影之中，追忆和凭吊吴王夫差那孤单的身影，叮嘱不幸的西施姑娘用这杯酒，洗刷因亡国的愁怨而衰老的容颜。跌跌撞撞地赶路，衣服鞋袜惊起阵阵涤尘，失去了舞动袍袖、弯腰弓背的姿势。醒来后作了这篇赋，呈送给公子说："哈哈！我的话夸张夸大了，敬请公子替我做些删改。"

【赏析】

此篇赋为苏轼饮酒兴起而作。

这篇赋的篇名，给人的感觉好像是对洞庭湖春日之景的描写与咏叹，但实际上要咏叹的是一种酒，一种名为"洞庭春色"的酒。

文章从酿酒用的橘子入手，引起"宜贤王之达观，寄逸想于人寰"的感叹，通过一连串信手拈来却又入情入理的想象，渲染出安定郡王的翩然风度。"命黄头之千奴，卷震泽而与俱还"，一句话使作者豪放的语言风格得到充分展现。文章随后讲到公子德麟慷慨赠酒，作者饮后醉意蒙胧，追范蠡、吊夫差、悲西子，可见作者已饮"洞庭春色"酒至酣畅淋漓。

故即兴作赋，此可为咏酒之名篇。

中山松醪赋

　　始余宵济于衡漳①，车徒涉而夜号。燧松明②而识浅，散星宿于亭皋③。郁风中之香雾，若诉予以不遭。岂千岁之妙质，而死斤斧④于鸿毛。效区区之寸明，曾何异于束蒿。烂文章之纠缠，惊节解而流膏。嗟构厦其已远，尚药石之可曹。收薄用于桑榆，制中山之松醪。救尔灰烬之中，免尔萤爝之劳⑤。取通明于盘错⑥，出肪泽于烹熬。与黍麦而皆熟，沸春声之嘈嘈。味甘余而小苦，叹幽姿之独高。知甘酸之易坏，笑凉州之蒲萄⑦。似玉池之生肥，非内府之蒸羔。酌以瘿藤之纹樽，荐以石蟹⑧之霜螯⑨。曾日饮之几何，觉天刑之可逃。投挂杖而起行，罢儿童之抑搔。望西山之咫尺，欲褰裳⑩以游遨。跨超峰之奔鹿，接挂壁之飞猱。遂从此而入海，渺翻天之云涛。使夫嵇、阮之伦⑪，与八仙之群豪。或骑麟而翳凤，争槎⑫挈而瓢操。颠倒白纶巾，淋漓宫锦袍。追东坡而不可及，归歠其醨⑬糟⑭。漱松风于齿牙，犹足以赋《远游》而续《离骚》也。

【注释】

①衡漳：古水名。即漳水。

②松明：山松多油脂，劈成细条，燃以照明，叫松明。

③亭皋：亦作"亭皋"。水边的平地。

④斤斧：指斧头。

⑤萤：萤火。爝：烛光。谓微弱的光。常作能力薄弱的谦词。

⑥盘错：本文指弯曲盘结的树根。盘，曲折不直。错，纹理不顺。盘错用以比喻复杂难办的事。
⑦蒲萄：即指葡萄。
⑧石蟹：溪蟹的俗称，产溪涧石穴中，体小壳坚。
⑨霜螯：蟹到霜降季节才肥美，故称。螯，蟹螯。
⑩褰裳：撩起下裳。
⑪嵇、阮之伦：嵇阮是晋朝竹林七贤中的嵇康和阮籍二人。
⑫榼（kē）：古代盛酒的器具。
⑬醨（lí）：薄酒。
⑭糟：做酒剩下的渣子。

【译文】

　　以前我曾在夜间乘船横渡衡水和漳水，乘车或徒步跋涉在夜间。点燃松树枝，以便能看清道路的深浅，火星散落在沿途的亭子和道路旁。微风吹拂，松烟散发着浓浓的香气，好像在对我诉说着不幸的遭遇。千年造就的良好的质地，却死在斧子砍劈之下轻如鸿毛。为人类贡献出短短的光明，又何曾有别于一束蒿草？斑斓的色彩和花纹纠缠在一起，振动它的节解就会流出松脂。叹惜被用来建筑高楼大厦的历史久远，还被作为中药广泛应用。在日落时分采集少量的松枝，制成中山松醪（因为是在中山故地定州酿造的，故名中山松醪）。为的是把你从被人焚烧的灰烬之中拯救出来，免除你被做成火把的厄运。从盘根错节里取出你透明的汁液，通过烹煮渗出你的脂肪跟黍米、麦子一起煮熟，蒸煮时沸腾烹溅而发出嘈杂的声响。酿出的酒味道甘而余味略有点儿苦，惊叹幽雅的姿态独具风味。由此知道甘酸的食物容易腐败变坏，因此讥笑凉州的葡萄酒原来是腐败变坏的葡萄做成的。像在玉池中肥美的肉食，而绝不是宫廷内府的蒸羔。斟满刻有樱桃紫藤花纹的酒杯，再配上螃蟹那白白的双螯。每天喝上几回、饮上几杯，顿时感到苍天降给人的一切苦痛都可以解除。由于松醪可以治疗风湿苦痛，所以我把拐杖扔到一边站起来行走，从此不再用小童每天给我捶背按摩。眺望定州西面的太行山一下子就觉得近在咫尺，真想穿上华贵的服饰前去游玩一番。骑上跨越高山峻岭的奔鹿，拉住倒悬在绝壁上的飞猴。随即从这里飞入大海，使翻天的云海波涛也显得渺小。使唤出三国的才子嵇康、阮籍之辈，与八仙成为一起的豪放群体。或者骑上麒麟驾着长风，像历史上的刘伶那样争着执酒器甚至拿起水瓢豪饮。反着穿戴白色的纶巾，淋湿了锦绣的宫袍。紧紧地追赶东坡居士却终究赶不上，回到酿酒作坊里大吃一通酒糟。用松风来洗漱牙齿，还可以作一篇赋，名为《远游》，用来续屈原老夫子的《离骚》。

【赏析】

　　此篇赋首先对松枝以"千岁妙质"，而作为火把仅燃烧少时、无异于蒿草的命运表示感慨；随后记述将松枝制成松醪的过程；继而对松醪之"幽姿"大加赞赏；最后描述饮后奇效，不仅病痛全无，还能跨山入海，与仙人共饮，令人神往。

　　这篇文章结构明朗，语言朴实。对松枝作为火把的命运的描述，折射出作者怀才不遇的郁闷心志。然而作者以松枝自喻，虽不能为建大厦之栋梁之材，但还可以做成松醪以修身养性，与仙人同醉。由此可见作者随遇而安的豁达胸怀。

记

文与可画筼筜偃竹记

  竹之始生，一寸之萌①耳，而节叶具焉。自蜩腹蛇蚹②以至于剑拔十寻者，生而有之也。今画者乃节节而为之，叶叶而累之，岂复有竹乎？故画竹必先得成竹于胸中，执笔熟视，乃见其所欲画者，急起从之，振笔直遂③，以追其所见，如兔起鹘落，少纵则逝矣。与可之教予如此。予不能然也，而心识其所以然。夫既心识其所以然而不能然者，内外不一，心手不相应，不学之过也。故凡有见于中而操之不熟者，平居自视了然，而临事忽焉丧之，岂独竹乎？子由为《墨竹赋》以遗与可曰："庖丁④，解牛者也，而养生者取之；轮扁，斫轮者也⑤，而读书者与之。今夫夫子之托于斯竹也，而予以为有道者则非耶？"子由未尝画也，故得其意而已。若予者，岂独得其意，并得其法。

  与可画竹，初不自贵重，四方之人持缣素⑥而请者，足相蹑于其门。与可厌之，投诸地而骂曰："吾将以为袜。"士大夫传之，以为口实。及与可自洋州还，而余为徐州。与可以书遗余曰："近语士大夫，吾墨竹一派⑦，近在彭城，可往求之。袜材当萃于子矣⑧。"书尾复写一诗，其略曰："拟将一段鹅溪⑨绢，扫取寒梢万尺长。"予谓与可，竹长万尺，当用绢二百五十匹，知公倦于笔砚，愿得此绢而已。与可无以答，则曰："吾言妄矣，世岂有万尺竹也哉。"余因而实之，答其诗曰："世间亦有千寻竹，月落庭空影许长。"与可笑曰：

"苏子辩则辩矣。然二百五十匹，吾将买田而归老焉。"因以所画筼筜偃竹遗予，曰："此竹数尺耳，而有万尺之势。"筼筜在洋州，与可尝令予作《洋州三十咏》，筼筜谷其一也。予诗云："汉川修竹贱如蓬，斤斧何曾赦箨龙⑩。料得清贫馋太守，渭滨千亩在胸中。"与可是日与其妻游谷中，烧笋晚食，发函得诗，失笑喷饭满案。

元丰二年正月二十日，与可没于陈州⑪。是岁七月七日，予在湖州⑫，曝书画，见此竹，废卷而哭失声。昔曹孟德《祭桥公文》，有"车过""腹痛"之语，而予亦载与可畴昔戏笑之言者，以见与可于予亲厚无间如此也。

【注释】

①萌：嫩芽。

②蜩（tiáo）腹：蝉的肚皮。蛇蚹：蛇腹下的横鳞。

③遂：完成。

④庖丁：厨师。《庄子·养生》说：庖丁解牛的技艺高妙，因为他能洞悉牛的骨骼肌理，运刀自如，十九年解了数千只牛，其刀刃还同新磨的一样，毫无损伤。文惠君听了庖丁的介绍后，说："善哉！吾闻庖丁之言，得养生焉。"

⑤轮扁（piān），斫（zhuó）轮者也：《庄子·天道》载：桓公在堂上读书，轮扁在堂下斫轮，轮扁停下工具，说桓公所读的书都是古人的糟粕，桓公责问其由。轮扁说：臣斫轮"不徐不疾，得之于手而应于心，口不能言，有数存焉于其间"。却无法用口传授给别人。斫，雕斫。

⑥缣素：供书画用的白色细绢。

⑦墨竹一派：善画墨竹的人，指苏轼。

⑧袜材当萃于子矣：谓求画的细绢当聚集到你处。

⑨鹅溪：在今四川盐亭县西北，附近产名绢，称鹅溪绢，宋人多用以作书画材料。

⑩箨（tuò）龙：指竹笋。

⑪陈州：治所在今河南淮阳。

⑫湖州：今浙江吴兴，时苏轼任湖州知州。

【译文】

  竹刚刚长出来的时候，仅仅是寸把长的嫩芽而已，然而竹节、竹叶都已具备了。其形似蝉或蛇的腹部，直到像剑拔出鞘那样伸出几丈高，都是自然生长的结果。现在有些画家在画竹时，一节一节地画，一叶一叶地堆砌添加，这样画下去，哪里还能有竹（的神韵）呢？因此画竹一定要先在心中有完整的竹的形象，再拿起画笔，久久地看着它，这样就能见到他想画的竹的形象，于是急急地抓住这个形象，握笔画去直到成功，以此来追踪刚才心中出现的竹的形象，这就像兔子刚刚出现而猎鹰已经疾下搏击那样神速，稍稍放松一下，就会消失。文与可（文同）是这样教我画竹的。我不能做到那样，但心里明白为什么要这样做。既然我心里明白为什么要这样做，为什么仍做不到呢？（这是因为我）心手不一，心里认识了，手上却不能完美地表现出来，这是我没有好好学习的过错。因此凡是心中认识了某种事物和道理，但却运用得不熟练的人，平时自己觉得很清楚，事到临头忽然之间就忘了的，难道只有画竹才这样吗？子由作了一篇《墨竹赋》送给文与可，其中写道："庖丁，是个宰牛的人，可善于养生的文惠君却从他解牛的经验中懂得了如何养生的道理；轮扁，是一个制造车轮的人，但读书的齐桓公却称赞轮扁制轮的道理，现在您老夫子把这样的道理寄托于画竹中，所以我认为您是一个洞悉事理的人，难道不是吗？"子由未曾画过竹子，因此他只不过是理解了文与可画竹的用意罢了。像我呢，哪里单单只理解了文与可画竹的用意，而且学到了他画竹的方法。

  文与可画竹，开始时自己也不看重。四面八方的人拿了白绢来请他画竹，一个又一个地走进他的家门。与可对此很厌恶，把白绢掷到地上而骂道："我要拿（这些白绢）来做袜子！"士大夫之间口口相传，成了一个话柄。等到与可从洋州回来时，我正在担任徐州知州。与可写了封信给我，信中说："近日我对士大夫们说：'属于我这个画墨竹一派的人，现在正在徐州呢，你们可以向他要去。'做袜的材料看来都要聚集到你那儿去了。"信末又附了一首诗，大致是说："我想用一段鹅溪产的白绢，为你画一竿万尺长的竹子。"我对与可说："你要画万尺长的竹子，（每匹布长四十尺）应该用二百五十匹白绢了。我知道你对笔墨砚台已很厌烦了，不过是想得到这些绢而已！"与可没有什么话好回答我，就说："我是随便说说的，天底下哪有万尺长的竹子呢？"

我因此举例证实他的话,写了首诗回答他道:"世间也有八千尺长的竹子,月照空庭,竹影会有这么长!"与可笑着说:"苏轼你真太会说话了。不过要是有二百五十匹白绢,我就要拿它去买田养老了。"因此他把所画的筼筜谷偃竹赠送给我,说:"这竿竹虽然只有几尺长,但它却有高达万尺的气势。"筼筜谷在洋州,与可曾要我写过《洋州三十咏》的诗,咏筼筜的诗是其中之一。我的这首诗中说:"汉水旁高大挺拔的竹子贱如蓬草,刀斧什么时候放掉过竹笋?想来既贫又馋的太守文与可,早把它在渭水旁的千来亩竹林吃到肚里了!"这一天与可与他的妻子在筼筜谷中游玩,炒了竹笋,正在吃晚饭,打开信读了这首诗,不禁笑起来,把嘴里的饭喷得满桌都是。

元丰二年(1079年)正月二十日,与可于陈州病逝。这一年的七月七日,我在湖州,晒书画时,看到这幅竹子,当时我放下画就不禁痛哭失声。

以前曹孟德祭祀桥玄的悼文中,记录了两人约誓的话:"如果你的车子从我墓前经过,而不祭奠我,我要让你肚子痛。"而我在这篇文章中也写了以前与文与可开玩笑的话,为的是以此看出与可对我的感情是那样亲切、深挚!

【赏析】

本文记述了苏轼与表兄弟文与可之间的亲切交往和历久弥笃的深厚友谊。行文洋洋洒洒,不拘成法,其间穿插着诙谐幽默的戏谑,生动形象地刻画出两人鲜明的个性特征。

文与可和东坡对墨竹画皆有精深的造诣,本文凸显了他们的一些创作理论和经验之谈:在作画之前,必先把握住事物的总体形象和精神实质,做到了然于胸,然后一鼓作气,挥笔直书,才能将它活灵活现地展示出来。反之,如果仅注重细节,一丝一毫地进行机械的描绘,便无法尽展事物的神韵。此处讲述的"画竹必先得成竹于胸中"之理,既吻合艺术创作的特点,亦昭示了人类所有创造性劳动的普遍规律。此外,关于重"神似"不重"形似"的艺术观点,关于熟能生巧的人生体验,对后人颇有借鉴意义。

喜雨亭记

亭以雨名,志①喜也。古者有喜则以名物,示不忘也。周公得禾,以名其书②;汉武得鼎,以名其年③;叔孙胜敌,以名其子④:其喜之大小不齐,其示不忘一也。

予至扶风⑤之明年,始治⑥官舍,为亭于堂之北,而凿池其南,引流种树,以为休息之所。是岁之春,雨麦⑦于岐山之阳,其占⑧为有年⑨。既而弥月不雨,民方以为忧。越三月,乙卯乃雨,甲子又雨,民以为未足;丁卯大雨,三日乃止。官吏相与⑩庆于庭,商贾⑪相与歌于市,农夫相与忭⑫于野,忧者以喜,病者以愈,而吾亭适⑬成。

于是举酒于亭上,以属⑭客而告之曰:"五日不雨可乎?"曰:"五日不雨则无麦。十日不雨可乎?"曰:"十日不雨则无禾⑮。""无麦无禾,岁且荐饥⑯,狱讼繁兴,而盗贼滋炽⑰。则吾与二三子,虽欲优游⑱以乐于此亭,其可得耶?今天不遗斯民,始旱而赐⑲之以雨,使吾与二三子,得相与优游而乐于此亭者,皆雨之赐也。其又可忘耶?"

既以名亭,又从而歌之,曰:"使天而雨珠,寒者不得以为襦⑳;使天而雨玉,饥者不得以为粟。一雨三日,伊㉑谁之力?民曰太守,太守不㉒有;归之天子,天子曰不然。归之造物㉓,造物不自以为功;归之太空,太空冥冥㉓,不可得而名。吾以名吾亭。"

【注释】

①志：记。

②周公得禾，以名其书：周成王得一种"异禾"，转送周公，周公遂作《嘉禾》一篇。

③汉武得鼎，以名其年：汉武帝元狩七年（公元前116年），得一宝鼎，于是改年号为元鼎元年。《通鉴考异》认为得宝鼎应在元鼎四年，元鼎年号是后来追改的。

④叔孙胜敌，以名其子：鲁文公派叔孙得臣抵抗北狄入侵，取胜并俘获北狄国君侨如。叔孙得臣遂更其子名为"侨如"。

⑤扶风：凤翔府。

⑥治：修建。

⑦雨麦：麦苗返青时正好下雨。

⑧占：占卜。

⑨有年：年将有粮，引申为大丰收。

⑩相与：汇聚。

⑪商贾：指商人。

⑫忭：欢乐、喜悦。

⑬适：恰巧。

⑭属：同"嘱"，意为劝酒。

⑮禾：谷子，即小米。

⑯荐饥：古人说："连岁不熟曰荐。"因此"荐饥"意应为连续饥荒。

⑰滋：增多。炽：旺盛。

⑱优游：安闲舒适、无忧无虑的神态。

⑲赐：给予。

⑳襦：本意短衣，此处代表所有的衣服。

㉑伊：语助词，无意。

㉒不：通"否"，意为不然。

㉓造物：造物主（即上帝）或指上天。

㉔冥冥：高远渺茫。

【译文】

亭子用"雨"字来命名,是为了记述一件喜事。古代凡是有了喜事,就用这件喜事本身来命名人或事物,表示永远铭记。例如周公获得了周成王转送给他的一株长得特别茁壮的禾,就用它命名自己的文章;汉武帝获得了宝鼎,就用它命名自己的年号;叔孙得臣击败敌人,俘虏了敌方国君,就用他的名字来命名自己的儿子。他们的喜事各不相同,可是他们表示永不忘记的初衷是完全一样的。

我到任扶风的第二年,才修建了一座地方官居住的房屋,并且在厅堂的北面建造了一座亭子,还在它的南面开凿了一个池塘,引导流水进来,种植树木,把它作为休息的场所。这年的春天,在岐山的南面天空中落下许多麦子,经过占卜,那卦辞说年成一定很好。后来整个月不降雨水,百姓正为此忧心。过了三个月,到四月初二才有雨;十一日又下雨,百姓还认为不够。十四日下大雨,下了三天方才停止。官吏在官厅里一道庆贺,商人在市场上一道欢歌,农民在田野中共同欣喜。愁闷的人因而喜悦,患病的人因而痊愈,我的亭子也刚好在这个时候落成。

这样,就在亭子里设宴欢庆,我向客人劝酒并且问道:"再过五天不下雨,能行吗?"回答道:"再过五天不下雨,麦子就会全旱死。""那么,再过十天不下雨,又怎样?"回答说:"再过十天不下雨,就没有稻禾。""如果既收不到麦子,又收不到稻子,就会不断发生灾荒,各种诉讼也会陆续多起来,盗贼也会更加猖獗,那么我和诸位先生即使想悠闲自得地在这座亭子里游乐,又怎么能够做到呢?现在,老天爷不遗忘这里的百姓,开始干旱时就把大雨赐给他们,而且使我和诸位先生能够一道悠闲自得地在这座亭子里喝酒取乐,都是雨的功绩呀。怎么可以忘记呢?"

我既然用它来命名亭子,接着又赞美它,说:"倘使老天爷撒珍珠,身上冷的人不能够用它当衣服;倘若老天爷降宝玉,肚里饿的人不能够用它当粮食。一场雨下了三天,是谁的功劳?百姓称是太守,太守不敢居功;把它归功于皇帝,皇帝不同意。把它归功于造物主,造物主不认为这是自己的功劳。把它归功于太空,太空深远昏暗,不能够明白表示。于是,我就用它来命名我的亭子。"

【赏析】

本文写于宋仁宗嘉祐七年(1062年),作者时任凤翔府(治所在今陕西凤翔县)签书判官。

文章开篇指出:"亭以雨名,志喜也。"之所以以雨命名,是因为雨带来了好事,故而"喜则以名扬"。继而写造亭、得雨,以及久旱得雨后的喜悦心情,并联系人民的忧乐,说明这几场雨的确意义不凡,最后以灵活的笔调归结到亭名的由来,饶有余味,令人玩索。

凌虚台记

　　国于南山之下,宜若起居饮食与山接也①。四方之山,莫高于②终南;而都邑之丽山者,莫近于扶风③。以至近求最高,其势必得。而太守④之居,未尝知有山焉。虽非事之所以⑤损益,而物理有不当然者。此凌虚之所为筑⑥也。

　　方其未筑也,太守陈公杖履逍遥于其下⑦。见山之出于林木之上者,累累如人之旅行于墙外而见其髻也⑧。曰:"是必有异。"使工凿其前为方池,以其土筑台,高出于屋之簷而止。然后人之至于其上者,恍然⑨不知台之高,而以为山之踊跃奋迅而出也。公曰:"是宜名凌虚。"以告其从事⑩苏轼,而求文以为记。

　　轼复于公曰:"物之废兴成毁,不可得而知⑪也。昔者荒草野田,霜露之所蒙翳,狐虺之所窜伏⑫。方是时,岂⑬知有凌虚台耶?废兴成毁,相寻⑭于无穷,则台之复为荒草野田,皆不可知也。尝试与公登台而望,其东则秦穆之祈年、橐泉也,其南则汉武之长杨、五柞,而其北则隋之仁寿,唐之九成也⑮。计其一时之盛,宏杰诡丽,坚固而不可动者,岂特⑯百倍于台而已哉?然而数世之后,欲求其仿佛,而破瓦颓垣,无复存者,既已化为禾黍荆棘丘虚陇亩矣,而况于此台欤⑰!夫台犹⑱不足恃以长久,而况于人事之得丧,忽往而忽来者欤!而或者欲以夸世而自足⑲,则过矣。盖世有足恃者,而不在乎台之存亡也⑳。"

　　既以言于公㉑,退而为之记。

【注释】

① 国：指都市，城邑。这里用如动词，建城。南山：终南山的简称。主峰在今陕西西安市南。起居：起来和休息。

② 于：比。

③ 而：连接两个句子，表示并列关系。丽：附着，靠近。扶风：宋称凤翔府，治所在今陕西凤翔县。这里沿用旧称。

④ 太守：官名。宋称知州或知府，这里沿用旧称。

⑤ 所以：因此。

⑥ 所为筑：所以要建筑的原因。所为，同"所以"。

⑦ 陈公：当时的知府陈希亮，字公弼，青神（今四川青神县）人。宋仁宗（赵祯）天圣年间进士。公，对人的尊称。杖履：指老人出游。

⑧ 累累（léi léi）：多而重叠貌，连贯成串的样子。旅行：成群结队地行走。髻（jì）：挽束在头顶上的发。

⑨ 恍然：仿佛，好像。

⑩ 从事：宋以前的官名，这里指属员。作者当时在凤翔府任签书判官，是陈希亮的下属。

⑪ 知：事先知道，预知。

⑫ 昔者：以往，过去。者，起凑足一个音节的作用。蒙翳（yì）：掩蔽，遮盖。虺（huǐ）：毒虫，毒蛇。窜伏：潜藏，伏匿。

⑬ 岂：怎么，难道。

⑭ 相寻：相互循环。寻，通"循"。

⑮ 秦穆：即秦穆公，春秋时秦国的君主，曾称霸西戎。祈年、橐泉：据《汉书·地理志·雍》颜师古注，祈年宫是秦惠公所建，橐泉宫是秦孝公所建，与本文不同。传说秦穆公墓在橐泉宫下。汉武：即汉武帝刘彻。长杨、五柞（zuò）：长杨宫，旧址在今陕西周至县东南。本秦旧官，汉时修葺。宫中有垂杨数亩，故名。五柞宫，旧址也在周至县东南。汉朝的离宫，有五柞树，故名。仁寿：宫名。隋文帝（杨坚）开皇十三年建。故址在今陕西麟游县境内。九成：宫名。本隋仁寿宫。唐太宗（李世民）贞观五年重修，为避暑之所，因山有九重，改名九成。

⑯ 特：止，仅。

⑰既已：已经。而况于：何况，更何况。
⑱犹：还，尚且。
⑲而：如果，假如。或者：有的人，有人。以：凭借，依靠。后边省去代凌应台的"之"。夸世：即"夸于世"，省去介词"于"，在。而：表示顺承关系。
⑳不在：是说"台"和"足恃者"之间不存在任何关系。乎：同"于"。
㉑既：已经，译成现代汉语时也可以用"以后"或"了"来表示。以言：即"以之言"，省去指代作者意见的"之"。

【译文】

　　国都建在终南山的山脚下，似乎是人们说在起居饮食方面时时同山相关的。天下的山，没有哪一座能比终南山高；城市靠近终南山的，没有哪一个会比扶风近。从极近的地方去寻找最高的目标，按情理讲，一定能找到。可是太守生活在扶风，却从来不曾知道有座终南山。这虽然不是对政事有坏处或者有好处的问题，但从事理上来说却是不应该的。这就是凌虚台建造的缘由。

　　当它还没有动工建造的时候，太守陈公在它的下面悠闲自在地扶杖散步，望见山峰超出在树林之上，连绵不绝，仿佛人们在墙外行走，只看到他们的发髻那样。陈公赞叹说："这里一定有特殊的景色。"于是差遣工匠在它的前边挖掘修成一个方方的池塘，拿挖出来的泥土造了一座高台。造到比一般房屋的屋脊高出一些就完工了。这样，来到台上的人仿佛不知道台升高了，还以为是山峰突然跳跃奔跑出来。陈公说："这座台应该起名叫'凌虚'。"就把这层想法告诉他的从事苏轼，而且要求写文章把它记述下来。

　　苏轼对陈公回复说："事物的荒废、兴起、成功和毁坏都是不可预料的。从前这里是荒草野地，被霜、露覆盖，狐狸、毒蛇潜伏其中；那个时候，怎么会料到有凌虚台的存在呢？荒废、兴起、成功和毁坏，在永远地互相循环着，这座台或许再度成为荒草野地都是不能预料的。曾经和您试着登台眺望，它的东边就是秦穆公的祈年宫和橐泉宫的所在地，它的南边就是汉武帝的长杨宫和五柞宫的所在地，它的北面就是隋朝的仁寿宫，后为唐朝的九成宫的所在地。估计它们在一个时期内的盛况、宏伟、特出、奇异和华美，坚固得不可动摇，哪里只是胜过凌虚台百倍而已呢？然而数代以后，想寻找它们大概的模样，恐怕就连破瓦颓墙也不复存在了，而且早已衍变成庄稼地、灌木丛、土堆或田埂了，何况这座凌虚台呢？一座台尚且不能依靠什么求得长久存在，更何况人事的得失，忽去忽回的呢？如果有人想凭借这座台在世上夸耀、自满，那就太可笑了。因为世上真正可以用来凭借的，但与台的存在或者消失是没有关系的。"

我把这意见向陈公申说以后，回去就作了这篇记。

【赏析】

本文写于作者在凤翔府任签书判官时，当时凤翔知府陈希亮建了一座台，名叫凌虚台，让作者写文以记之。

文章叙述凌虚台建造的原因及经过，抒发登台眺望之感受，感叹古今兴废无常，指出应当去探索真正的"足恃者"，反映了作者积极乐观和追求理想的精神面貌。

超然台记

　　凡物皆有可观①。苟有可观，皆有可乐，非必怪奇伟丽者也。哺啜醨②，皆可以醉③；果蔬草木，皆可以饱④推此类也，吾安往而不乐⑤？

　　夫所为求福而辞祸者，以福可喜而祸可悲也。人之所欲无穷，而物之可以足吾欲者有尽。美恶之辨战于中，而去取之择交乎前，则可乐者常少，而可悲者常多。是谓求祸而辞福。夫求祸而辞福，岂人之情⑥也哉？物有以⑦盖⑧之矣！彼游于物之内，而不游于物之外。物非有大小也，自其内而观之，未有不高且大者也。彼挟其高大以临我，则我常眩乱反复，如隙中之观斗，又乌知胜负之所在？是以美恶横生⑨，而忧乐出焉，可不大哀乎！

　　予自钱塘移守胶西，释舟楫之安，而服车马之劳；去雕墙之美，而庇采椽之居；背⑩湖山之观，而行桑麻之野。始至之日，岁比不登⑪，盗贼满野，狱讼充斥，而斋厨索然，日食杞菊，人固疑予之不乐也。处之期年，而貌加丰，发之白者，日以反黑。予既乐其风俗之淳，而其吏民亦安予之拙也。于是治其园囿，洁其庭宇，伐安丘、高密之木，以修补破败，为苟完⑫之计。而园之北，因城以为台者旧矣，稍葺⑬而新之。

　　时相与登览，放意肆志焉。南望马耳、常山，出没隐见，若近若远，庶几⑭有隐君子乎？而其东则庐山，秦人卢敖之所从遁也。西望穆陵，隐然如城郭，师尚父、齐桓公之遗烈⑮，犹有存者。北俯潍水，慨然太息，思淮阴之功，而吊其不终。台高而安，深而明，夏凉而冬温。雨雪之朝，风月之夕，予未尝不在，客未尝不从。撷⑯园蔬，取池鱼，酿秫⑰酒，瀹⑱脱粟而食之，曰："乐哉游乎！"

方是时，予弟子由，适在济南，闻而赋之，且名其台曰："超然。"以见予之无所往而不乐者，盖游于物之外也。

【注释】

①可观：省略"者"即可观者，值得观赏的地方。

②哺：吃。啜：喝。醨：米酒。

③醉：使……醉。

④饱：使……饱。

⑤吾安往而不乐：即"吾往安而不乐"。

⑥情：心愿。

⑦有以：可以用来。

⑧盖：蒙蔽。

⑨横生：意外发生。

⑩背：远离。

⑪比：连续，常常。登：丰收。

⑫苟完：大致完备。

⑬葺（qì）：原指用茅草覆盖房子，后泛指修理房屋。

⑭庶几：表希望或推测。

⑮遗烈：前辈留下来的功业。

⑯撷（xié）：摘下，取下。

⑰秫（shú）：黏高粱，可以做烧酒。有的地区就指高粱。

⑱瀹（yuè）：煮。

【译文】

凡是物品都有值得观赏的地方。只要有值得观赏的地方，就有能使人获得欢乐的地方，并不一定是要怪异、特殊、雄伟和美丽的物品。食用酒糟、饮淡酒，都可以令人醉；吃果子、蔬菜甚至草根、树皮，也都可以使人充饥。如果把这类事物扩大一下，那么我往哪里会不欢乐呢？

　　人们之所以要追求幸福、消除灾祸，是由于幸福能使人欢乐，灾祸会使人悲伤。人的欲望是无止境的，事物中能够满足我欲望的却是有限的。美好、丑恶的辨别在内心里冲撞，舍弃、求取的选择掺杂在面前，这样可以使人欢乐的事物常常会很少，可以使人悲伤的事物却往往会很多。此可谓追求灾祸，推掉幸福。追求灾祸，推掉幸福，难道是人之常情吗？那是因为有什么外物左右了他们。他们生活在事物的里面，而不是在事物的外面。事物原本没有大小之分，如果从它的内部来分析它，那是绝对高而且大的。它依仗它的高大来逼迫我，我就会时常眼花心乱，是非难辨，仿佛在缝隙中观看争斗，又怎么看清胜败的所在呢？因此，美好、丑恶的念头交错衍生，忧愁、欢乐的情绪就会闪现，能够不令人大大伤心吗？

　　我从钱塘改到胶西任职，放弃了坐船的舒适，却去适应乘车骑马的辛苦；搬离装饰漂亮的宅子，却来居住在简陋的房屋里；远离了有山有水的美景，却散步在种桑麻的田野里。刚上任的时候，接连几年没有收成，盗贼遍布郊野，案件充斥官衙，厨房里冷凄凄的，每月只能用杞菊之类充饥，人们当然怀疑我不欢乐。在这里过了整整一年，我的面貌却更加丰满，头发日渐黑起来。我既喜欢这里的风俗淳朴，这里的官吏和百姓也习惯于我的笨拙质朴。这时候，我就派人修葺这里的园子，打扫这里的庭院，采伐安丘、高密两地的树木，来修补破旧败坏的地方，只做简单修缮的打算。园子的北面，有一座依城墙建筑的台，已经破旧了，稍微修葺了一番，让它换新颜。

　　我经常和客人们一起登台观览，在那里随心所欲，尽情享受。向南面眺望马耳山和常山，它罩在云雾中，忽隐忽现，有时好像很近，有时好像很远，也许那里隐居着贤人吧！那东面就是庐山，是秦代卢敖避世的所在。向西面望是穆陵，隐约地似座城，姜太公、齐桓公的遗迹还有留存的。向北面低头望到潍水，感慨地不由叹起气来，想到韩信的功绩，悼念他的没有善终。这座台高而且稳固，深广而且宽敞，夏天清凉，冬天温暖，碰上降雨、下雪的早晨，或者清风明月的夜晚，就都有我的身影，客人们也随我而往。我们时常采园里的菜，捕池中的鱼，酿高粱酒，煮糙米饭来吃，还赞叹着说："游览得尽兴而返呀！"

那时,我的弟弟子由恰巧在济南,听到这件事就作诗赞颂它,并且给这座台起名叫"超然",来表示我随意到哪里没有不欢乐的,因为我能够逍遥在"物"外呀!

【赏析】

本文作于宋神宗熙宁三年(1070年),时作者调任密州(治所在今山东诸城市)知州,到任第二年修复了一座台,弟弟苏辙给它起名为"超然"台,他因名而生感写下了这篇记。由于作者在政治上屡受挫折,面对冷酷纷争的社会现实,文中流露出超然物外、随遇而安的消极处世思想。在写作上,文章把记叙、议论、描写融成一体,处处体现"超然"色彩;笔调晓畅洒脱,纯出自然,也有"超然"的情致。

放鹤亭记

熙宁十年秋，彭城①大水，云龙山人张君之草堂，水及②其半扉③。明年春，水落，迁于故居之东，东山之麓。升④高而望，得异境焉，作⑤亭于其上。彭城之山，冈岭四合，隐然如大环，独缺其西一面，而山人之亭，适⑥当其缺。春夏之交，草木际天，秋冬雪月，千里一色。风雨晦明⑦之间，俯仰百变⑧。山人有二鹤，甚驯而善飞。旦⑨则望西山之缺而放焉，纵其所如，或立于陂田⑩，或翔于云表，暮则傃⑪东山而归，故名之曰"放鹤亭"⑫。

郡守苏轼，时从宾佐僚吏，往见山人，饮酒于斯亭而乐之。挹⑬山人而告之曰："子知隐居之乐乎？虽南面之君，未可与易也。《易》曰：'鸣鹤在阴，其子和之⑭。'《诗》曰：'鹤鸣于九皋，声闻于天⑮。'盖其为物清远闲放，超然于尘埃之外，故《易》《诗》人以比贤人君子。隐德之士，狎⑯而玩之，宜若有益而无损者；然卫懿公好鹤则亡其国⑰。周公作《酒诰》⑱，卫武公作《抑戒》⑲，以为荒惑败乱，无若酒者；而刘伶、阮籍⑳之徒，以此全其身而名后世。嗟夫！南面之君，虽清远闲放如鹤者，犹不得好；好之则亡其国。而山林遁世之士，虽荒惑败乱如酒者，犹不能为害，而况于鹤乎？由此观之，其为乐未可以同日而语也。"

山人欣然而笑曰："有是哉？"乃作放鹤招鹤之歌曰："鹤飞去兮，西山之缺。高翔而下览兮，择所适。翻然敛翼，宛将集兮，忽何所见，矫然而复击㉑。独终日于涧谷之间兮,啄苍苔而履白石。鹤归来兮,东山之阴。其下有人兮,黄冠㉒草履,葛衣而鼓琴。躬耕而食兮,其余以汝饱。归来归来兮,西山不可以久留。"

【注释】

①彭城:今江苏徐州市。北宋徐州治所所在地。
②及:漫上。
③扉:门。
④升:登上。
⑤作:造。
⑥适:恰好。
⑦晦明:昏暗和明朗。
⑧俯仰百变:俯视仰视之间,气象有许多变化。
⑨旦:早晨。
⑩陂(bēi)田:水边的田地。
⑪傃(sù):向,向着,沿着。
⑫放鹤亭:位于今江苏徐州市云龙山上。
⑬挹(yì):通"揖",作揖。
⑭鸣鹤在阴,其子和之:鹤在北坡鸣叫,小鹤与之应和(见《易经·中孚·九二》)。阴,北面。
⑮鹤鸣于九皋,声闻于天:鹤在深手攀鸣叫,声传于天外(语出《诗经·小雅·鹤鸣》)。
⑯狎(xiá):亲近。
⑰卫懿公好鹤则亡其国:据《左传·鲁闵公二年》,卫懿公好鹤,封给鹤各种爵位,让鹤乘车而行。狄人伐卫,卫国兵士发牢骚说:"使鹤,鹤实有禄位,余焉能哉?"卫因此亡国。
⑱《酒诰》:《尚书》篇名。据《尚书·康诰》序,周武王以商旧都封康叔,当地百姓皆嗜酒,所以周公以成王之命作《酒诰》以戒康叔。
⑲《抑戒》:《抑戒》是《诗·大雅》中的篇名。相传为卫武公所作,以刺周厉王并自戒。其中第三章:"颠覆厥德,荒湛于酒。"荒湛于酒即

过度逸乐沉俪于酒。

⑳刘伶、阮籍：皆西晋"竹林七贤"中人。皆沉醉于酒，不与世事，以全身远害。

㉑"翻然"二句：指鹤转身敛翅，恍惚将要止歇。

㉒黄冠：道士所戴之冠。

【译文】

熙宁十年（1077年）秋，彭城暴发洪水时，云龙山人张君的草屋不能幸免，洪水漫过他家半个柴门。第二年春天，洪水退去，山人搬到原来住处的东面，在东山的山脚下。山人登高眺望，找到了一块奇异的地方，就在那里造了一座亭子。彭城周围是山，冈岭四面围拢，隐约地像个大环，只缺它的正西一面，所以山人的亭子刚巧对准那个缺口。春夏两季交替的时候，草木茂盛，似乎要到达天空；秋月冬雪，使广阔的大地千里一色；在刮风、下雨、阴暗、晴朗的时候，景色瞬息万变。山人有两只鹤，很驯服，而且很会飞。早晨，山人就望着西山的缺口把它们放出去，不管它们，让它们尽情飞翔。它们有时站在池塘边、田野里，有时飞到云层的上面，傍晚，它们就朝东山飞回，所以给亭子起名叫"放鹤亭"。

郡守苏轼时常带着幕友和下属去看望山人，在这座亭子里喝酒，感到很快乐。苏轼斟了杯酒给山人喝，并且告诉他说："您知道隐居的快乐吗？即便是朝南坐的君主，也不愿意跟他交换。《易经》上说：'鹤在山的北面叫，幼鹤与之应和。'《诗经》上说：'鹤在沼泽上鸣叫，声音可传到天上。'这是因为作为鸟类来说，鹤的品格清高、淡远、安闲、自在，超脱在尘世的外面，所以《易经》和《诗经》的作者把它比成明智的人。有才能的人和品德高尚的人，跟它亲昵，跟它玩耍，好像是有利而无害。然而，卫懿公爱好玩鹤，便丧失了自己的国家。周公作《酒诰》，卫武公作《抑戒》，都认为荒废事业，迷惑性情，败坏和搅乱国家的，没有什么像酒那样严重的了；可是刘伶、阮籍这班人却因此保全了自身，而且名声传到了后代。可叹啊！君主，即便是清高、淡远、安闲、自在像鹤那样的，也不能有自己的爱好；如果有爱好，就会丧失自己的国家。然而，在山林间逃避世俗的人，即便是喜欢荒废事业、迷惑性情、败坏和搅乱国家的像酒那样的东西，也不会成为祸害，何况爱好鹤呢？从这一点来看，国君和隐士的快乐是不可以放在一起讲的。"

山人听了我的话，高兴地微笑着说："有这样的道理吗？"于是，就作放鹤和招鹤的歌，说："鹤飞去呀，望着西山的缺口。在高空飞翔，向下面俯瞰，选择它们认为应该去的地方。很快地回过身体，收起翅膀，似乎打算飞下来休息；忽然看到什么东西，又昂首飞上天空，准备再奋然一击。怎么能整天徘徊在溪涧、山谷之间，嘴啄青苔，脚踏白石？鹤归来了，在东山的北面。那下边有个人，头戴道帽，足蹬草鞋，身穿葛衣，正坐着弹琴。他亲自种田，用富余的粮食喂你。归来吧！归来吧！白天玩耍的西山不能够长久停留。"

【赏析】

本文作于宋神宗元丰元年（1078年），当时苏轼为彭城太守，云龙山人张君在彭城东山筑亭览胜，享受隐逸之乐，并给亭子取名为"放鹤亭"，苏轼为之作文，以记其隐逸之趣。

文中极言隐居之乐，即使是"南面之君"也不能享受到。因为执政与隐逸是不可兼而得之的，君王如果在其位而不谋其政，去附庸风雅追求隐逸之乐，必将招致亡国之祸；只有不问世事的隐者才能尽情享受隐逸之乐。春秋时卫懿公因好鹤亡国；西晋时刘伶、阮籍却以嗜酒全身就是极好的证明。

文中叙事、写景、议论，次序井然；结尾似有招隐之意。

石钟山记

　　《水经》云:"彭蠡①之口,有石钟山②焉。"郦元③以为下临深潭,微风鼓④浪,水石相搏⑤,声如洪钟。是说⑥也,人常疑之。今以钟磬⑦置水中,虽大风浪不能鸣也,而况石乎?至唐李渤⑧,始访其遗踪⑨,得双石于潭上,扣而聆之,南声函胡⑩,北音清越⑪,桴止响腾⑫,余韵徐歇⑬。自以为得之⑭矣。然是说也,余尤疑之。石之铿然⑮有声者,所在皆是也,而此独以钟名,何哉?

　　元丰七年六月丁丑,余自齐安⑯舟行适临汝⑰。而长子迈将赴⑱饶之德兴尉,送之至湖口⑲,因得观所谓石钟者。寺僧使小童持斧,于乱石间择其一二扣之,硿硿焉⑳,余固笑而不信也。至其夜月明,独与迈乘小舟,至绝壁下。大石侧立千尺,如猛兽奇鬼,森然㉑欲搏人㉒。而山上栖鹘㉓,闻人声亦惊起,磔磔㉔云霄间。又有若老人咳且笑于山谷中者,或曰:"此鹳鹤㉕也。"余方心动㉖欲还,而大声发于水上,噌吰㉗如钟鼓不绝。舟人㉘大恐。徐而察之,则山下皆石穴罅㉙,不知其浅深,微波入焉,涵澹澎湃㉚而为此㉛也。舟回至两山间,将入港口,有大石当中流㉜,可坐百人,空中㉝而多窍㉞,与风水相吞吐,有窾坎镗鞳㉟之声,与向之噌吰者相应,如乐作焉。因笑谓迈曰:"汝识之乎㊱?噌吰者,周景王之无射㊲也;窾坎镗鞳者,魏庄子之歌钟㊳也。古之人不余欺也㊴。"

　　事不目见耳闻,而臆断㊵其有无,可乎?郦元之所见闻,殆㊶与余同，而言之不详；士大夫终不肯以小舟夜泊绝壁之下，故莫能知；而渔工水师[42]，虽知而不能言[43]，此世所以不传也[44]。而陋者[45]乃以斧斤考击而求之[46]，自以为得其实[47]。余是以记之，盖叹郦元之简，而笑李渤之陋也。

【注释】

①彭蠡：鄱阳湖的又一名称。

②石钟山，在江西湖口鄱阳湖东岸，有南、北二山，在县城南边的叫上钟山，在县城北边的叫下钟山。明清时有人认为苏轼关于石钟山得名由来的说法也是错误的，正确的说法是："盖全山皆空，如钟覆地，故得钟名。"今人经过考察，认为石钟山之所以得名，是因为它具有钟之"声"，又具有钟之"形"。

③郦元：即郦道元，《水经注》的作者。

④鼓：振动。

⑤搏：击，拍。

⑥是说：这个说法。

⑦磬（qìng）：古代打击乐器，形状像曲尺，用玉或石制成。

⑧李渤：唐朝洛阳人，写过一篇《辨石钟山记》。

⑨遗踪：旧址，陈迹。这里指所在地。

⑩南声函胡：南边（那座山石）的声音重浊而模糊。函胡，通"含糊"。

⑪北音清越：北边（那座山石）的声音清脆而响亮。越，高扬。

⑫桴（fú）止响腾：鼓槌停止了（敲击），声音还在传播。腾，传播。

⑬余韵徐歇：余音慢慢消失。韵，这里指声音。徐，慢。

⑭得之：找到了这个（原因）。之，指石钟山命名的原因。

⑮铿（kēng）然：敲击金石所发出的响亮的声音。

⑯齐安：在今湖北黄州。

⑰临汝：即汝州（今河南临汝）。

⑱赴：这里是赴任、就职的意思。

⑲湖口：今江西湖口。

⑳硿（kōng）硿焉：硿硿地（发出响声）。焉，相当于"然"。

㉑森然：形容繁密直立。

㉒搏人：捉人，打人。

㉓栖鹘（hú）：宿巢的老鹰。鹘，鹰的一种。

㉔磔（zhé）磔：鸟鸣声。

㉕鹳鹤：水鸟名，似鹤而顶不红，颈和嘴都比鹤长。

㉖心动：这里是心惊的意思。

㉗噌吰（chēng hóng）：这里形容钟声洪亮。

㉘舟人：船夫。

㉙罅（xià）：裂缝。

㉚涵澹澎湃：波浪激荡。涵澹，水波动荡。澎湃，波浪相激。

㉛为此：形成这种声音。

㉜中流：水流的中心。

㉝空中：中间是空的。

㉞窍：窟窿。

㉟窾（kuǎn）坎镗（táng）鞳（tà）：窾坎，击物声。镗鞳，钟鼓声。

㊱汝识（zhì）之乎：你知道那些（典故）吗？识，知道。

㊲周景王之无射（yì）：《国语》记载，周景王二十三年（公元前522年）铸成"无射"钟。

㊳魏庄子之歌钟：《左传》记载，鲁襄公十一年（公元前561年）郑人以歌钟和其他乐器献给晋侯，晋侯分一半赐给晋大夫魏绛。庄子，魏绛的谥号。歌钟，古乐器。

㊴古之人不余欺也：古人（称这山为"石钟山"）没有欺骗我啊！不余欺，就是"不欺余"。

㊵臆断：根据主观猜测来判断。臆，胸。

㊶殆：大概。

㊷渔工水师：渔人（和）船工。

㊸言：指用文字表述、记载。

㊹此世所以不传也：这（就是）世上没有流传下来（石钟山得名由来）的缘故。

㊺陋者：浅陋的人。

㊻以斧斤考击而求之：用斧头敲打石头的办法来寻求（石钟山得名的）原

因。考，敲击。
㊼实：指事情的真相。

【译文】

　　《水经》说："彭蠡湖的入口处，有一座石钟山。"郦元认为山下面靠近深潭，轻风吹动波浪，湖水和石头互相碰撞，发出声音就像撞击大钟一样，所以命名为石钟山。这个说法，人们往往怀疑它。现在就是把钟磬放在水里，即便有大风浪也不能发出声响啊，更何况石头呢？到了唐朝李渤，才开始探访石钟山传说的真实情况，他在深潭边上找到了两块石头，敲打石头听它们的声音，南面的一块声音低沉模糊，北面的一块声音清脆高昂，鼓槌停止敲打了，声音还在回响，余声过了一段时间才慢慢地停下来。于是他自认为找到石钟山命名的缘由了。然而这个说法，我尤其怀疑它，因为石头经过敲打铿铿地发出声响，到处都这样，可是这座山独独用钟来命名，是什么道理呢？

　　元丰七年六月初九丁丑日，我从齐安乘船到临汝去。大儿子迈要往饶州德兴市就任县尉，我送他到湖口，因而能够看到传说的石钟。庙里的和尚叫一个小童拿着斧头，在乱石间挑了其中的一二块来敲打，硿硿地响，我当然觉得好笑，不相信。到了那天夜里，月光明亮，我独自和儿子迈乘坐小船，到陡峭的崖壁下面。岩石耸立身旁，高达千尺，像凶猛的野兽、奇怪的鬼魅，阴沉沉地想要扑击人似的。山上宿巢的猛禽鹘鸟，听见人声也惊醒高飞，在云端里磔磔地乱叫。又有如同老年人在山谷中边咳边笑的声音，有人说："这就是鹳鹤。"我心里刚刚惊恐想回去，忽然从水上发出一种很大的声音，噌噌吰吰地像撞钟击鼓一般连续不断。船家很害怕。我慢慢地察看它，原来山下有许多小石洞和石缝，不晓得它们的深浅，微小的波浪冲进小洞和裂缝，震荡撞击，才造成这种声音。小船回到两座山之间，快要进入港口，有一块大石头挡在水中，大约可坐百余人，里面空空的，有很多小洞，同风浪互相吞吐，发出的声音，跟刚才的噌噌吰吰的声音彼此应和，就像乐队演奏那样。我就笑着对迈说："你懂得这种音乐吗？那噌噌吰吰的响声是周景王的无射钟，那窾坎镗鞳的响声是魏庄子的歌钟。古代的人并没有欺骗我们呀！"

　　事情如果不是亲眼看见、亲耳听到，就凭主观想象断定它们有或者没有，可以吗？郦元看到、听到的，可能和我相同，但是说得不详细。那些士大夫们始终不肯在夜里把小船停泊在悬崖峭壁下面，所以没有人能够知道真相。而渔夫船夫，虽然知道却不能讲清楚，这就是石钟山名称的由来在世上不流传的缘故啊！可是那浅见薄识的人居然拿斧头去敲石块来寻求它的缘由，自以为得到了石钟山命名的真实情况。我所以记下这件事，是因为叹惜郦元的简略，笑话李渤的浅陋啊！

【赏析】

　　本文是一篇释疑之作。

　　江西湖口有一座神奇的石钟山，但其何以命名为石钟山，前人说法不一。作者经过实地调查，做出了自己的解答，认为"事不目见耳闻"，就不能"臆断其有无"，并作此文以"叹郦元之简，而笑李渤之陋"。作者这种求实精神是值得肯定的。

记承天寺夜游

　　元丰六年十月十二日夜，解衣欲睡，月色入户，欣然①起行。念无与为乐者，遂至承天寺寻张怀民②。怀民亦未寝，相与步于中庭③。庭下如积水空明④，水中藻荇⑤交横，盖竹柏影也。何夜无月？何处无竹柏？但少闲人⑥如吾两人者耳。

【注释】

①欣然：高兴、愉快的样子。
②张怀民：作者的朋友。名梦得，字怀民，清河（今河北清河）人。元丰六年（1083年）也被贬到黄州，寓居承天寺。
③中庭：庭院里。
④空明：形容水的澄澈。在这里形容月色如水般澄净明亮的样子。
⑤藻荇（xìng）：均为水生植物，这里是水草。藻，水草的总称。荇，一种多年生水草。
⑥闲人：这里是指不汲汲于名利而能从容流连光景的人。苏轼这时被贬为黄州团练副使，这里是一个有职无权的官，所以他十分清闲，自称"闲人"。

【译文】

　　元丰六年十月十二日夜晚，我正脱下衣服准备睡觉，恰好看到这时月光从门户射进来，不由得生出夜游的兴致，于是高兴地起身出门。想到没有可以共同游乐的人，就到承天寺寻找张怀民。张怀民也还没有睡觉，我俩就一起在庭院中散步。庭院中的月光宛如积水那样清澈透明。水藻、水草纵横交错，原来那是庭院里的竹子和松柏树枝的影子。哪一个夜晚没有月亮？哪个地方没有竹子和柏树呢？只是缺少像我们两个这样清闲的人罢了。

【赏析】

　　此文写于宋神宗元丰六年（1083年），作者被贬到黄州已经有四年了。元丰二年（1079年）七月，历史上著名的"乌台诗案"，御史李定等摘出苏轼的有关新法的诗句，说他以诗讪谤，八月，将他逮捕入狱。经过长时间的审问折磨，差一点儿被杀。十二月作者获释出狱，被贬谪到黄州任团练副使，但不得"签书公事"，也就是说做着有职无权的闲官。在这种情况下，作者近乎流放，心情忧郁；但是，他仍然有进取之心，于是写了这篇短文。

　　文章开头在点明事件时间后，即写月色，把月光写得富有人情味。"月色入户"中"入户"二字，把月光拟人化。月光似乎懂得这位迁客的孤独寂寞，主动来与他做伴。

　　"欣然起行"是作者的反应；写出他睡意顿消，披衣而起，见月光如见久违的知心朋友，欣然相迎。一个被朝廷所贬谪的"罪人"，可以想见他这时交游断绝、门庭冷落的境况；只有月光毫无势利之情，在寂寥的寒夜里，依然来拜访他。四字写出了作者的喜悦和兴奋。

　　"怀民亦未寝，相与步于中庭"是作者与张怀民心有灵犀，及其友情之深厚。"亦"字写出这一对朋友情怀相似；对方的"未寝"也正是作者意料中的事。

　　"庭下如积水空明，水中藻荇交横，盖竹柏影也"为写月光的高度传神之笔。短短三句，没有写一个月字，却无处不是皎洁的月光。"积水空明"，给人以一池春水的静谧之感；"藻荇交横"却具有水草摇曳的动态之美；整个意境静中有动，动而愈见其静。"积水空明"是就月光本身作形容，"藻荇交横"是从松柏倒影来烘托；两句之间，又有正面与侧面描写之分，为读者描绘出一个冰清玉洁的透明境界。这个透明的境界，映照出作者光明磊落、胸无尘俗的襟怀。这几句写月光，也是写作者的心境。它是一首美妙的月光曲，也是一个透明的梦。

　　作者用"积水空明"四字来比喻庭院中月光的清澈透明，用"藻、荇交横"四字来比喻月下美丽的竹柏倒影。以水喻月，本来并不显得新颖，新奇的是作者不用普通的明喻，而以隐喻先声夺人，造成一种庭院积水的错觉。进而写清澄的水中交错着藻荇的清影，触类生发，把隐喻又推进一层，使人感到扑朔迷离，水月莫辨。正当读者恍惚迷惘之时，作者却轻轻地点出："盖竹柏影也。"使读者恍然大悟。一个"影"字不明写月光，而月光的美好意境已宛然具现。

"何夜无月？何处无竹柏？但少闲人如吾两人者耳。"包含着作者宦海沉浮的悲凉之感和由此领悟到的人生哲理，在痛苦中又得到某些安慰。最后一句有两层意思：一是对那些追名逐利的小人，趋炎附势，奔走钻营，陷入那茫茫宦海而难以自拔，何曾得暇领略这清虚冷月的仙境；二是表现了作者安闲自适的心境，当然其中也透出了自己不能为朝廷尽忠的抱怨。

文章中的"美"首先来自内容的"真"。东月朗照，激发了作者的游兴，想到没有"与乐者"，未免美中不足，因而寻伴，这时错觉生趣，情感触动，记下此景此情，顺理成章，一切和谐自然，毫无雕饰造作之感。这"美"来自语言的"纯"。笔记如同拉家常，娓娓叙来。虽然没有奇景之处，但却不能增删或改动什么字眼儿。点明日期，是笔记体游记所必须的，"月色入户"与"欣然起行"互为因果，寥寥数字，语言精练。写庭下景色，用"空明"一词，毫无修饰，却体现出空灵、坦荡的意境。将竹柏影子比作水中藻荇，已十分贴切，"交横"一词更准确地表现了藻荇姿态，仿佛触手可及。接着，作者笔锋陡转，连发二问，既亲切自然，富于韵律，又拓展时空，发人思绪。

这"美"来自结尾的"精"。从文章结构看，结句属"合"，就此打住。从语意上看，它包蕴丰富。"闲人"一词，表面上是自嘲地说自己和张怀民是清闲的人，闲来无事才出来赏月的，实际上却为自己的行为而自豪——月夜处处都有，却是只有情趣高雅的人能欣赏的，有了人的欣赏才有美，只有此时此地的月夜才是最幸运的，因为有情趣高雅的人来欣赏它。其次，"闲人"包含了作者郁郁不得志的悲凉心境，作者在政治上有远大的抱负，但是却被一贬再贬，流落黄州，在内心深处，他也不愿做一个"闲人"。赏月"闲人"的自得只不过是被贬"闲人"的自我安慰罢了。

《记承天寺夜游》以真情实感为依托，信笔写来，对月夜景色作了美妙描绘，记录了作者被贬黄州的一个生活片段，也体现了他与张怀民的深厚友谊与对知音甚少的无限感慨，同时表达了他壮志难酬的苦闷及自我排遣，表现了他旷达乐观的人生态度。全文情感真挚，言简义丰，起于当起，止于当止，如行云流水，一气呵成，于无技巧中见技巧，达到了"一语天然万古新，豪华落尽见真纯"的境界。

记游定惠院

　　黄州定惠院东小山上，有海棠一株，特繁茂。每岁盛开，必携客置酒，已五醉其下矣。今年复与参寥禅师①及二三子访焉，则园已易主。主虽市井人②，然以予故，稍加培治。山上多老枳木③，性瘦韧，筋脉呈露，如老人头颈。花白而圆，如大珠累累，香色皆不凡。此木不为人所喜，稍稍伐去，以予故，亦得不伐。既饮，往憩于尚氏之第。尚氏亦市井人也，而居处修洁，如吴越间人，竹林花圃皆可喜。醉卧小板阁上，稍醒，闻坐客崔成老弹雷氏琴④，作悲风晓月，铮铮然，意非人间也。晚乃步出城东，鬻⑤大木盆，意者谓可以注清泉，瀹瓜李，遂夤缘⑥小沟，入何氏、韩氏⑦竹园。时何氏方作堂竹间，既辟地矣，遂置酒竹阴下。有刘唐年主簿者，馈油煎饵，其名为甚酥，味极美。客尚欲饮，而予忽兴尽，乃径归。道过何氏小圃，乞其藁橘⑧，移种雪堂之西。坐客徐君⑨得之将适闽中，以后会未可期，请予记之，为异日拊掌⑩。时参寥独不饮，以枣汤代之。

【注释】

　　①参寥禅师：僧参寥，本姓何，名昙潜，钱塘（今浙江杭州）人。苏轼为更名道潜，后号参寥子。师，是对僧人的尊称。
　　②市井人：指普通的市民。
　　③枳：亦称"枸橘"，一种落叶小乔木，茎上有刺，果实可入药。
　　④崔成老：崔闲。雷氏琴：苏轼题跋有《家藏雷琴》一首，言琴上有"雷

家记"字样。文记此琴之妙说："其岳不容指,而弦不,此最琴之妙,而雷琴独然。求其法不可得,乃破其所藏雷琴求之。琴声出于两池间,其背微隆,若薤叶然,声欲出而隘,徘徊不去,乃有馀韵,此最不传之妙。"

⑤鬻:本义是"卖"的意思,这里作"买"讲。

⑥夤缘:循沿。

⑦何氏、韩氏:指何圣可、韩毅甫。

⑧藂橘:一丛橘树。藂,同"丛"。

⑨徐君:徐大正,字得之,黄州知州徐大受君猷之弟,作者的朋友。

⑩拊掌:鼓掌,表示欢乐。

【译文】

黄州定惠院东边的小山上,有一株海棠,非常繁荣茂盛。每年海棠花开的时候,一定带着客人置办酒席,我已在海棠花下醉了五次了。今年又同参寥等两三个人到这里游玩,但园圃已换了主人了。这个新主人虽说是市镇人,然而因为我的缘故,所以对这园子还能培育整治。山上有很多老枳树,木的质地坚韧,形体瘦削,枳树的筋脉都历历可见,就像老年人的脖子,枳树花白而圆,就像颗颗珍珠叠加在一起,颜色、香味都不同一般。但这树不被人们喜爱,往往被人们稍微砍去一部分;但由于我的原因,这树还能不被砍伐,得以保存。大家喝过酒,去到姓尚的住宅外休息。姓尚人家也是市镇人,但住处却整洁、宽敞,就如南方吴越人家一般;此处的竹林花园都叫人喜爱。我们醉睡在小板楼阁上,微微醒来,只听得来作客的崔老成弹奏着雷琴,一会儿如悲风乍起,一会儿如晓月初升,琴声清脆有力,意境深远,好像并非人间。晚上于是走出城东,买了大木盆,意思是用它来盛水、浸瓜和李子。接着,沿着小沟岸而行,到了姓何和姓韩家的竹园。当时姓何的人家正在竹林间盖房子,地基已开辟好了,于是在竹园下摆起了酒席。有个主簿叫刘唐年的,送来油煎的糕饼,名字叫"甚酥",味道美极了。客人似还想饮酒,而我忽然兴致全无,于是就径直归去。路过姓何的小园圃,要了一丛橘树,移种在雪堂西边。一起来做客游玩的徐得之,即将到闽中去了,以后能否见面很难预料,于是要求我记下这次游玩的经历,为了使他日后见面拊掌而笑有个纪念。当时就参寥子一人不喝酒,只是用枣汤代酒。

【赏析】

本文是苏轼贬居黄州（治今湖北黄冈）时应徐大正之请而写的一篇记游小品。定惠院在黄冈城东南，东坡初到黄州时曾寓居于此，后又常往游。据其《上巳日，与二三子携酒出游，随所见辄作数句，明日集之为诗，故辞无伦次》诗王十朋集注引《志林》，东坡此次游定惠院为元丰七年（1084年）三月初三日事。文中记述了与二三友人一天愉快的游赏，随物赋形，信笔抒意，以淡雅的笔触，将叙事、写景、抒情融为一体，渲染出一种清新隽永的意境，引人入胜，耐人寻味。

开篇写游定惠院东小山（即柯山），观赏海棠和枳木，醉酒花下。写海棠只用"特繁茂"一笔带过，引出"每岁盛开，必携客置酒，已五醉其下"，以昔游之乐烘托今游之乐，具有浓重的抒情意味。苏轼初至黄州，所作《寓居定惠院之东，杂花满山，有海棠一株，土人不知贵也》诗，极力赞美这"佳人在空谷"的海棠幽独高雅和美丽清淑的品格，并悬想其乃移自西蜀（蜀中盛产海棠），而自己以蜀人谪居此间，引为患难之交。由此可以想见作者对这株海棠喜爱之深和置酒花下的情怀。写枳木则着重刻画其性状，以老人的脖颈形容枳木筋脉裸露在外，用一串串的大珍珠比喻洁白而圆润的花朵，都很新颖形象。不论写海棠还是枳木，均透露出园圃主人对作者的深挚友情。

起笔用笔富有变化，不落俗套。"既饮"以下依次写憩于尚氏宅第的潇洒和不拘形迹，听崔成老弹雷氏琴的超然感受，买木盆以清泉浸渍瓜果的乐趣，入何氏园竹阴置酒的幽雅，席上"油煎饵"的酥美，归途乞丛橘移植的清兴……十余件野游细事，一一写来，不嫌堆砌，不觉平板，不待安排，不拘体式，幽默风趣，灵动自然，仿佛率意挥洒，而情韵遂现，娓娓动听，是东坡小品文中的佳作。明袁宏道《雪涛阁集序》说：东坡小品文，"于物无不收，于法无不有，于情无不畅，于境无不取"。于此可见一斑。

记游松风亭

余尝①寓居②惠州嘉祐寺,纵步③松风亭下。足力疲乏,思欲就亭止息。望亭宇尚在木末④,意谓⑤是如何得到?良久,忽曰:"此间有甚么歇不得处?"由是⑥如挂钩之鱼,忽得解脱。若人悟此,虽兵阵相接,鼓声如雷霆,进则死敌⑦,退则死法⑧,当恁么⑨时也不妨熟歇⑩。

【注释】

①尝:曾经。
②寓居:暂居。
③纵步:放开脚步走。
④木末:树梢。
⑤意谓:心想。
⑥由是:因此。
⑦死敌:死于敌手。
⑧死法:死于军法。
⑨恁么:如此,这样。
⑩熟歇:好好地休息一番。

【译文】

我曾经寄居在惠州的嘉祐寺。在这里的松风亭下面散步。走得腿脚感到疲惫了,就想到亭子里休息。可是眺望着山上的亭子还掩映在高高的树梢上面,心想这可怎么能够到上面休息呢?思索很久很久,一下子茅塞顿开,忽然说:"这里的山间有什么地方不能歇息呢?"于是就像挂上钩的鱼。忽然间得以解脱。如果人能够感悟这种境界，即使在战场上短兵相接，战鼓声犹如雷霆震响，前进就会死在敌人手中，后退就会死于军法制裁，在这个时候也就不妨足足地歇息一下。

【赏析】

绍圣元年（1094年），章惇为相，复行新法，苏轼因再次遭贬，责授宁远军节度副使（宋代，节度使是无权的虚衔），惠州安置。贬惠两年半期间，他曾两次寓居又两次迁出嘉祐寺。其《迁居》诗序云："吾绍圣元年十月二日至惠州，寓居合江楼。是月十八日，迁于嘉祐寺。二年三月十九日，复迁于合江楼。三年四月二十日复归于嘉祐寺。"待四年二月十四日白鹤峰新居成，又自嘉祐寺迁出入新居。文当写于前次或后次离嘉祐寺后。

松风亭在惠州东。南宋王象之编《舆地纪胜》云："亭在弥陀寺后山之巅，始名峻峰。植松二十余株，清风徐来，因称曰松风亭。"文写游松风亭，却既未着意描写"游"，也未对亭景作模山范水的铺陈，而只是表达了作者在遥望亭宇时所产生的一种"顿悟"思想。

文章说他一次本欲纵步松风亭顶，因足力疲乏，不由产生畏难情绪。

正在踌躇之际，突然悟到："此间有什么歇不得处？"如电光，如火花，这个妙悟令他豁然开朗，顿时获得了"如挂钩之鱼，忽得解脱"般的轻松。并由此及彼，进而觉悟到，即使在兵阵相接、鼓声如雷霆的战场，人当"进则死敌，退则死法"的生死关头，亦不妨好好歇息一番！此间之顿悟，是禅宗"当下即是""看穿忧患"思想的发明，是他在严重的政治打击之下，依旧能处处坦然、无往而不乐的精神支柱，在这里，佛家思想给了他积极的影响。

然而这种思想的表述，作者在文中并未空对空、由抽象到抽象地加以诠释，而是于娓娓叙来、随笔点染中，寓理于象，又夹以解颐的妙语，精彩的比喻，在轻松怡然的情调中，表现出对自然景物的赏会及对生活哲理的领悟；且文章着墨不繁，却既富理趣，又饶情趣，令人玩味不尽，难怪明人王舜俞感慨地说："文至东坡，真是不须作文，只随笔记录便是文。"

书

上荆公书

  轼顿首再拜特进大观文相公执事。近者经由，屡获请见，存抚教诲①，恩意甚厚。别来切计台候万福。轼始欲买田金陵，庶几得陪杖履，老于钟山之下。既已不遂，今来仪真②，又已二十余日，日以求田为事，然成否未可知也。若幸而成，扁舟往来，见公不难也。向屡言高邮进士秦观太虚，公亦粗知③其人，今得其诗文数十首，拜呈。词格④高下，固已无逃于左右，独其行义修饬⑤，才敏过人，有志于忠义者，其请以身任之。此外，博综史传，通晓佛书，讲集医药，明练法律，若此类，未易以一一数也。才难之叹，古今共之，如观等辈，实不易得。愿公少借齿牙⑥，使增重于世，其他无所望也。秋气日佳，微疾想已失去，伏冀顺时候，为国自重。

【注释】

①存抚教诲：承蒙抚慰教诲。

②仪真：地名，今江苏仪征市。

③粗知：大略知道。

④词格：词文的格调。

⑤修饬：修治。

⑥少借齿牙：不要吝惜口舌。

【译文】

　　苏轼顿首再次叩拜特进大观文相公执事（丞相王安石）。最近丞相经过于此，多次获得丞相的接见，承蒙您抚慰教诲，恩情很是深厚。离别之后心中时刻祝福丞相万福。我苏轼开始想要在金陵买地，也许可以拄着拐杖终老于此，养老在钟山之下。既然不能如愿，如今来到仪真（今江苏仪征），又已经过了二十多天，每天以买田地为正事，但是能不能买上还不知道。如果有幸能够买成，一叶扁舟来来往往，拜见相公就不难了。以前我多次说到高邮进士秦观（字太虚）。相公您也大略知道此人，如今我得到他的诗文数十篇，现在拜呈给丞相。我认为这些诗文的格调高低，原本也不能超出他的左右，唯有他行义修治，才敏超过一般人，有志于忠义的人，我请求给予任用。除此之外，博览史书易传，通晓佛教经典，讲授收集医药专著，明白研析法律，像这类人才，不容易逐个列数。寻求人才之难的感叹，古今全都是一样，像秦观等人这样的人才，实在不容易得到。但愿相公不要吝惜口舌，多多为他们呼吁，使他们提高在世上的知名度，其他的我就没什么奢望了。秋天的空气日益清新，你的小病我想已经好转。我希望您顺应时代，为了国家请您珍重。

【赏析】

　　苏轼与王安石之间的恩怨是非，历来众说纷纭，莫衷一是。

　　两人皆为旷世逸才，一时瑜亮，却屡因政见不同相互攻讦。王安石为变法主将，激进有为，力革时弊，大有一振乾坤之志。苏轼则是守旧派元老，多次反对变法主张，还曾因写诗讥讽新法而获罪入狱，其后又屡遭贬谪，仕途日渐惨淡。

　　这篇书札即苏轼呈给自己的这位政敌加文友，其间情感之复杂，可想而知。开篇略述近况，言辞谦恭，心绪淡然，飘飘乎有出世之态。

　　书札重点推荐了当代才子秦观，叙其生平出身，褒其才干学问，叹其怀才不遇，奖掖后进之心，溢于言表。

　　"才难之叹，古今共之"既似叹秦观辈，又似自怜自叹之。

上韩太尉书

辙生二十有二年矣。自七八岁知读书,及壮大,不能晓习时事,独好观前世盛衰之迹,与其一时风俗之变。自三代以来,颇能论著。

以为西汉之衰,其大臣守寻常,不务大略。东汉之末,士大夫多奇节,而不循正道。元、成之间,天下无事,公卿将相安其禄位,顾其子孙,各欲树私恩,买田宅,为不可动之计,低回畏避,以苟岁月,而皆依仿儒术六经之言,而取其近似者,以为口实。孔子曰:"恶居下流而讪上,恶讦以为直。"而刘歆、谷永之徒,又相与弥缝其阙而缘饰之。故其衰也,靡然如蛟龙释其风云之势而安于豢畜之乐,终以不悟,使其肩披股裂登于匹夫之俎,岂不悲哉!其后桓、灵之君,惩往昔之弊,而欲树人主之威权,故颇用严刑,以督责臣下。忠臣义士,不容于朝廷,故群起于草野,相与力为险怪惊世之行,使天下豪俊奔走于其门,得为之执鞭,而其自喜,不啻若卿相之荣。于是天下之士,嚣然皆有无用之虚名,而不适于实效。故其亡也,如人之病狂,不知堂宇宫室之为安,而号呼奔走,以自颠仆。昔者太公治齐,举贤而尚功。周公曰:"后世必有篡弑之臣。"周公治鲁,亲亲而尊尊。太公曰:"后世浸微矣。"汉之事迹,诚大类此。岂其当时公卿士大夫之行,与其风俗之刚柔,各有以致之邪?古之君子,刚毅正直,而守之以宽,忠恕仁厚,而发之以义。故其在朝廷,则士大夫皆自洗濯磨淬,戮力于王事,而不敢为非常可怪之行,此三代王政之所由兴也。曾子曰:"上失其道,民散久矣。"天下之人,幸而有不为阿附、苟容之事者,则务为倜傥矫异,求如东汉之君子,惟恐不及,可悲也已。

轼自幼时,闻富公与太尉皆号为宽厚长者,然终不可犯以非义。及来京师,而二公同时在两府。愚不能知其心,窃于道涂,望其容貌,宽然如有容,见恶不怒,见善不喜,岂古所为大臣者欤?夫循循者固不能有所为,而翘翘者又非圣人之中道,是以愿见太尉,得闻一言,足矣。太尉与大人最厚,而又尝辱问其姓名,此尤不可以不见。今已后矣。不宣。轼再拜。

【译文】

我苏轼出生已经二十二年。从七八岁时懂得读书,到了长大以后,不能明白和适应时局变化,唯独喜欢观看以前历朝历代盛衰的轨迹,和当时风俗的变迁。自从夏、商、周三代以来的故事,我自以为很能够论述。

我认为西汉王朝的衰败,是因他的大臣们固守寻常的事情,不谋求大的思路。东汉末年,士大夫多有奇特怪异的节操,不遵循正道。汉元帝和汉成帝之间,天下太平无事,公卿将相只安于他们的官位和俸禄,考虑子孙产业,各自都想建树自己的家族产业,买田购宅,谋求不动产业大计,对于朝政国事,大都敷衍或者躲避,以求安岁月,可是人人又都依据孔孟儒术和六经的言论,寻找与他们的行为相近似的,从而为自己的行为寻找根据。孔子说过:"恶人居卑微的地位而讽刺毁谤比他位高德重的人,把对别人的恶意攻击和揭发看作直率。"而西汉王莽时期的刘歆和谷永等人,又争相弥合其中不合时宜的缺憾而极力进行粉饰。之所以导致汉室的衰亡,就像是蛟龙丢失了腾云驭风的气势而安然享受被豢养的家畜的欢乐,始终没有悔悟,使得它肩膀、脊背被刀劈斧砍,成为屠夫案板上的肉,这怎么能不悲哀!在此之后的汉桓帝和汉灵帝,曾经痛革前朝的弊端,而想树立君主的权威,所以使用酷刑很多,为的是监督和制裁驾下大臣。忠臣义士,往往不被朝廷容纳,因此他们被迫揭竿而起集于草野之中,争相努力做一些惊动朝野的事,使得天下有抱负的豪俊之士纷纷投奔到他们的门下,得以为他们效力,而这些人因此沾沾自喜,不再崇尚做丞相公卿的荣耀。于是天下的读书人轻狂浮躁，人人都有一些虚名，而不再重视实效。因此汉之所以衰亡，就好像人得了疯狂病，不知道堂宇宫室的安宁，而呼号奔走，以至颠沛流离。过去的姜太公治理齐国，任用贤能而重视功绩。周公说："如此下去后世一定有篡位弑君的奸臣。"周公治理鲁国，则任人唯亲、唯亲至尊。姜太公就说："鲁国的后世一定会衰弱。"汉朝的事情，真是与此类似。怎么能归咎于当时公卿士大夫的行为和当时风俗的变化而由此导致这种局面呢？古代有贤德的人物，刚毅正直，而心胸宽广，忠诚宽容，仁德厚道，而处世为人都从义气出发。所以他们在朝廷从政，士大夫们人人都善于自我洗礼、磨砺情操，全心全意替君王做事，而不敢有出格怪诞的行为，这正是夏、商、周三代王朝兴盛的原因。曾子说过："君王失去他的规范，国民就会长久散乱。"天下的人中，所幸的是有一批不善阿谀奉承、依附权贵、苟且虚荣之事的人物，那么务必要为人偶傥，矫正怪异，学习东汉一些贤德人物，唯恐赶不上他们的品德，而徒自伤感！

我幼年时，就听说过富弼公与韩琦太尉的大名，人们都称颂你们是宽厚仁德的长者，终生绝不做任何不仁不义的事情。等我到了京师，而两位仁公同时分别在相府与太尉府。我不能知道你们的心境，但暗地里道听途说，并观望你们的容貌，宽厚之德正如你们的容貌，看见恶行而不震怒，见到善举也不欣喜，难道这就是古代所说的大臣吗？所以处处遵循你们一言一行的人不能有所作为，而处处仰慕你们的人又不为圣贤倡导的正道，所以我希望面见太尉，亲自听你一言，就足够了。太尉与富大人交情最为深厚，而又承蒙您曾问过我的姓名，因此更不能不前往拜见。今天的时间已经很晚了，不再多言。苏轼再次叩拜。

【赏析】

此篇为上呈太尉韩琦的文书。

文章博古论今，将汉朝时朝廷的兴盛衰败与当时大臣们对天下事的态度联系起来——列举，并对此加以分析、批判和感叹，最后得出君子应忠义仁德，作为朝廷大臣更应时时磨砺情操，为国为君尽心尽力。

整篇文字洋洋洒洒，声疾色厉的同时又不失文采飞扬，对太尉韩琦而言，真可谓当头棒喝。

上梅直讲书

　　轼每读《诗》至《鸱鸮》①，读《书》至《君奭》②，常窃悲周公之不遇。及观《史》，见孔子厄于陈、蔡之间而弦歌之声不绝；颜渊、仲由之徒，相与问答③。夫子曰："'匪兕匪虎，率彼旷野④。'吾道非耶？吾何为于此？"颜渊曰："夫子之道至大，故天下莫能容。虽然，不容何病？不容然后见君子。"夫子油然而笑曰："回！使尔多财，吾为尔宰。"夫天下虽不能容，而其徒自足以相乐如此。乃今知周公之富贵，有不如夫子之贫贱。夫以召公之贤，以管、蔡之亲，而不知其心，则周公谁与乐其富贵？而夫子之所与共贫贱者，皆天下之贤才，则亦足以乐乎此矣。

　　轼七八岁时，始知读书。闻今天下有欧阳公者，其为人如古孟轲、韩愈之徒；而又有梅公者，从之游，而与之上下其议论⑤。其后益壮，始能读其文词，想见其为人，意其飘然脱去世俗之乐而自乐其乐也。方学为对偶声律之文，求升斗之禄，自度无以进见于诸公之间。来京师逾年⑥，未尝窥其门。今年春，天下之士群至于礼部⑦，执事与欧阳公实亲试之。轼不自意，获在第二。既而闻之，执事爱其文，以为有孟轲之风。而欧阳公亦以其能不为世俗之文也而取。是以在此。非左右为之先容，非亲旧为之请属，而向之十馀年间，闻其名而不得见者，一朝为知己。退而思之，人不可以苟富贵，亦不可以徒贫贱。有大贤焉而为其徒，则亦足恃矣。苟其侥一时之幸，从车骑数十人，使闾巷小民聚观而赞叹之，亦何以易此乐也！《传》曰："不怨天，不尤人⑧。"盖"优哉游哉，可以卒岁⑨"。执事名满天下，而位不过五品⑩，其容色温然而不怒，其文章宽厚敦朴而无怨言。此必有所乐乎斯道也，轼愿与闻焉。

【注释】

① 《鸱鸮》：《诗·豳风》篇名。旧说成王初立，周公摄政，周公之弟管叔鲜、蔡叔度散布流言，周公作此诗托鸟言志，诉说自己的艰难处境。《毛诗序》："成王未知周公之志，公乃为诗以遗王，名之曰《鸱鸮》焉。"

② 《君奭》：《尚书》篇名。周武王死后，周公与弟召公奭共辅成王，召公误信周公篡位的流言，周公作此文自辩，兼以互勉。

③ "见孔子"二句：据《史记·孔子世家》载，鲁哀公六年（公元前489年），孔子师徒被陈、蔡两国大夫围困于郊野，粮食断绝，有人患病，孔子仍弹琴诵诗，坚持讲学。

④ "匪兕"两句：出自《诗·小雅·何草不黄》。原意是说，征夫不是兕（犀牛一类动物）不是虎，却在旷野上奔跑不停。这里孔子用以自比。匪，通"非"。率，循。

⑤ 上下其议论：相互研讨。

⑥ 来京师逾年：苏轼于嘉祐元年（1056年）五月到达京师，九月考取举人，次年春参加进士考试。此信为中进士后所写，故说"来京师逾年"。

⑦ 礼部：宋代进士科试由尚书省礼部主持，称为"省试"。

⑧ "传曰"数句：语出《论语·宪问》。

⑨ "优哉"两句：《左传·襄公二十一年》："《诗》曰：'优哉游哉，聊以卒岁。'"按此乃佚诗。

⑩ 五品：宋代官阶为九品，每品又分正、从。梅尧臣时为国子监直讲，是五品官。

【译文】

我每次读《诗经》读到《鸱鸮》这一章,读《书经》读到《君奭》这一篇,就常常私下为周公的孤独而悲伤。等到后来阅读《史记》,才知道孔子在陈、蔡二国之间被禁困时,仍然弹琴、唱歌,琴声、歌声不绝于耳;依然跟颜渊、仲由这班学生谈笑风生。孔子说:"'不是犀牛,不是老虎,却在那旷野里奔驰',是我推行的'道'不对吗?我怎么会落到这个地步?"颜渊回答说:"老师要推行的道博大精深,所以天下不能容纳;即使如此,不能容纳又有什么妨害呢?不能容纳才显得您是个有才德的人。"孔子会心地笑起来,说:"回,如果你发了财,我就做你的家臣。"天下的君主虽然都不能接受孔子推行的道,他和他的学生却能够做到自我平衡,互相和乐。于是明白周公虽然富贵,也有不及孔子贫贱的地方。凭召公那样的贤能,凭管叔、蔡叔那样的亲近,都不能领会周公的心思,那么周公又能跟谁一道享受那富贵呢?与孔子共处贫贱的,都是天下的贤才,那么,在这方面也就足够快乐的了。

我七八岁的时候,才懂得读书。听说现在世间有个欧阳公,他的为人如同古时的孟轲、韩愈这一些人;又有一个梅公,跟他交游,而且可同他评议古今。后来,年纪渐渐大了,才得以读到他们的文章,仿佛体会到他们的为人,想必他们能潇洒地脱离世俗的乐趣而自娱其乐。刚刚学作诗赋时,希望获得些许的利禄,自己估量没有机会可以进见诸公。来京城已经一年多了,从来不曾到门上拜访。今年春,天下书生成群结队地到礼部应试,您和欧阳公能亲自主持考试。自己不曾想到,录取在第二。不久听说,您喜爱我的文章,以为有孟轲的风格,欧阳公也因为我能够不写世俗崇尚的文章而垂青于我。因为在录取我的这件事上,并不是你们左右的人为我推荐,也不是亲戚朋友代我求情,以前十多年中对你们是只闻名而不能谋面,现在却在一朝之间结为知己。退一步想想这件事,我认为人是不能够随随便便地获得富贵,也不可能总是贫贱,结识大贤人而成为他的学生,也就足够依靠了。如果在某时侥幸拥有富贵,后边跟着几十个坐车骑马的侍从,使得里弄小百姓聚集观看他,而且赞美他,又怎么能够换取成为你们学生的这种乐趣呢?解说经义的书上讲得好:"不怨上天,不怪别人。"大概"从容悠闲,自得其乐,也能够度过所有的年月"。您名扬天下,官阶却不过五品,您的气色温和,一点儿不恼怒,您的文章宽阔、深厚、诚实、质朴,一点儿没有怨恨的言辞,这一定有乐于此道的道理。我希望聆听您的教诲。

【赏析】

　　本文是作者于宋仁宗嘉祐二年（1057年）考中进士后写给梅尧臣的一封信。这次礼部试题是《刑赏忠厚之至论》，主考官是欧阳修，梅尧臣是参评官。苏轼之文出类拔萃，深受欧、梅二人赞赏，认为能"不为世俗之文"。本拟拔置第一，因怀疑是曾巩所作，而曾巩是欧阳修的学生，又和欧阳修是江西同乡，需要避嫌；加上文中的"皋陶曰杀之三，尧曰宥之三"不明出处，恐人质问无法回答，就录取为第二名。发榜以后，作者写了这封信给梅尧臣，表示对欧、梅的感激心情。信中开篇慨叹知己难遇，以周公之贤及辅政大臣之尊尚不见知于召公及管、蔡，孔子之道又如何让列国诸侯接受？其他人要想见知于世，其难就更可想而知了。继而写欧阳修、梅尧臣为当世奇才，有古圣贤之风，自己对二人仰慕已久，如今能亲自接受其考核、指点，并受其首肯称赞，颇感受宠若惊，最后表明自己愿终身接受其教诲，"从师而问焉"。

　　全文写得开阖自如，虽是表示感激之情，却毫不落俗，也无半点儿故作姿态、矫揉造作之感，不愧是大家手笔。

答秦太虚书

轼启。五月末，舍弟来，得手书劳问甚厚，日欲裁谢①，因循至今，递中复辱教，感愧益甚。比日履兹初寒，起居何如。轼寓居粗遣，但舍弟初到筠州，即丧一女子，而轼亦丧一老乳母，悼念未衰，又得乡信，堂兄中舍九月中逝去。异乡衰病，触目凄感，念人命脆弱如此。又承见喻，中间得疾不轻，且喜复健。

吾侪渐衰，不可复作少年调度，当速用道书方士之言，厚自养炼。谪居无事，颇窥其一二。已借得本州大庆观道堂三间，冬至后，当入此室，四十九日乃出，自非废放，安得就此。太虚他日一为仕宦所縻，欲求四十九日闲，岂可复得耶？当及今为之。但择平时所谓简要易行者，日夜为之，寝食之外，不治他事，但满此期，根本立矣。此后纵复出从人事，事已则心返，自不能废矣。此书到日，恐已不及，然亦不须用冬至也。

寄示诗文，皆超然胜绝，娓娓焉来逼人矣。如我辈，亦不劳逼也。太虚未免求禄仕，方应举求之，应举不可必。窃为君谋，宜多著书，如所示论兵及盗贼等数篇，但似此得数十首，当卓然有可用之实者，不须及时事也。但旋作此书，亦不可废应举，此书若成，聊复相示，当有知君者，想喻此意也。

公择近过此，相聚数日，说太虚不离口。莘老未尝得书，知未暇通问。程公辟须其子履中哀词，轼本自求作，今岂可食言。但得罪以来，不复作文字，自持颇严，若复一作，则决坏藩墙，今后仍复衮衮多言矣。

初到黄，廪入既绝，人口不少，私甚忧之。但痛自节俭，日用不得过百五十，每月朔便取四千五百钱，断为三十块，挂屋梁上。平旦用画叉挑取一块，即藏去叉，仍以大竹筒别贮用不尽者，以待宾客，此贾耘老法也。度囊中尚可支一岁有余，至时，别作经画，水到渠成，不须预虑。以此，胸中都无一事。

所居对岸武昌，山水佳绝，有蜀人王生在邑中，往往为风涛所隔，不能即归，则王生能为杀鸡炊黍，至数日不厌。又有潘生者，作酒店樊口，棹小舟径至店下，村酒亦自醇酽。柑橘椑柿极多，大芋长尺余，不减蜀中。外县米斗二十，有水路可致。羊肉如北方，猪、牛、獐、鹿如土，鱼、蟹不论钱。歧亭监酒胡定之，载书万卷随行，喜借人看。黄州曹官数人，皆家善庖馔②，喜作会。太虚视此数事，吾事岂不既济矣乎！欲与太虚言者无穷，但纸尽耳。展读至此，想见掀髯一笑也。

子骏固吾所畏，其子亦可喜，曾与相见否？此中有黄冈少府张舜臣者，其兄尧臣，皆云与太虚相熟。儿子每蒙批问，适会葬老乳母，今勾当作坟，未暇拜书。岁晚苦寒，惟万万自重。李端叔一书，托为达之。夜中微被酒，书不成字，不罪！不罪！不宣。轼再拜。

【注释】

①裁谢：回信致谢。
②庖馔：谓厨艺。

【译文】

苏轼启：五月末，我弟弟来，带来你写给我的信，劳你在信中情意深厚地慰问我。我每天都想写回信致谢，一直拖到今天。现在又收到你通过驿车寄给我的信，让我更加感激和惭愧。最近已进入初寒天气，你的生活、身体好吗？我寄居在这里，大致上还过得去。但我弟弟刚到筠州，就死去一个女儿，我的老奶妈也去世了。哀悼之情还未消去，又收到家里来的信，信中说我的堂兄太子中舍苏不欺也在九月中旬去世。我在异乡既老又病，看到的都是些凄凉的事物，想到人的生命就这样脆弱！又蒙你（在信中）告诉我，你有段时间病得很重，令我高兴的是你现在康复了。

我们都渐渐老了，不能再像年轻时那样对待自己了。应赶紧用道家之书上说的方术之士的方法，好好地保养、锻炼自己的身体。我在谪居之地闲来无事，了解了（道家修炼的）一些方法。我已经向本州的天庆观借好了三间道堂，冬至后就搬进去住，住满四十九天后才出来。要不是被贬、被流放，怎么能这样做呢？你以后一被官务束缚，想要求得四十九天的空闲，哪能再得到呢？应该现在抓紧时间进行。只要选择你平时所谓的简明扼要、容易实施的方法日夜修炼，除了睡觉、吃饭之外，不做其他事情，只要满了（四十九天的）期限，养身的根本就建立了。从此以后你即使再出来处理人间事务，事情一做完心思就返回（到那种境界里去了），自然就不会停止修炼的事了。你收到这封信时，恐怕已过冬至日，但你也不必从冬至日开始修炼。

你寄来给我看的诗文，都写得十分高超，美妙到了极点，娓娓道来，有一种逼人的才华。像我这样的人也用不着逼了。你以后免不了要求官、求俸禄，要通过科举考试求官俸，参加科举考试不一定能够中举，我私下里为你考虑过，可以多写些书。像你寄示的论兵和论盗贼的这些文章都写得很好，只要像这样的写它数十篇，有明显的实用价值，不一定要触及现在的事。但你这些时日写这类书时，也不能忘记了做参加科举考试的准备。这本书要是写好了，最好也给我看看，肯定有人明白你的用心。想来你会了解这个意思的吧。

李公择最近从此路过与我相聚了几天，他一直说到你，简直不离口。未曾得到孙莘老的信，我知道他没时间写信。程公辟等着我为他儿子履中写的悼念文章，这本来是我自己要求写的，现在怎么能不履行诺言呢？然而自从我获罪以来，不再写文章，自己控制得很严格，如果再一写，就会冲破限制，从此以后又会滔滔不绝地多嘴了。

我刚到黄州，薪俸已断，家中人口不少，我自己很为此事担忧，只好厉行节约之法，每天的费用不能够超过一百五十钱，每个月初一就取出四千五百钱，分为三十份，把它们悬挂到屋梁上，每天清晨用把挂书画的长柄叉子挑下一份来，就把叉子藏过，把那些每天用不完的钱仍旧放到大竹筒里贮存起来，用来招待客人。这是贾耘想出来的老办法。我计算了一下，钱囊中的钱还可以用一年多的时间，到时候另外筹划。水到渠成，不用预先考虑。这样一来，我心中记挂的事就一件也没有了。

我所住的江对岸就是武昌，山水美到极致，有位老家在蜀地的王生住在城里，（我去了以后）经常被江中风涛阻隔，不能立刻回来，那王生就为我杀鸡做饭，有时在他那里住几天，他一点儿也不厌烦。又有一个姓潘的年轻人，在樊口开了家酒店，我常常乘小船径直到他的酒店旁，那里有乡村酿的酒，味道很醇酽。这里柑子、橘子、椑子、柿子很多，芋头大得长达一尺多，不比蜀地的差。外县的米一斗二十钱，从水路可以运来，这里的羊肉价格和北方一样，猪肉、牛肉、獐肉、鹿肉价格贱得如同泥土一样，鱼、蟹根本就不计算价钱了。岐亭的监酒胡定之，随车载有万卷书，喜欢借给别人看。黄州官署里的几个官员，家里人都善于做菜，喜欢举行宴会。太虚你看看这些事，我的生活不是还过得去吗？我想与你说的话无穷无尽，但纸用完了。你打开信读到这里，可以想见我掀起胡子呵呵一笑。

子骏一直是我敬畏的人，他的儿子也十分可爱，你曾与他见过面了吗？这里有位黄冈少府张舜臣，还有他的哥哥尧臣，都说和你熟悉。每次蒙你问及我的儿子，这次恰巧遇上埋葬我老奶妈的事，他现在正料理做坟墓的事，来不及给你写信。又快到年末岁尾了，天气非常寒冷，请你千万自己保重。我写给李端叔的一封信，麻烦你转交给他。晚上我喝酒稍稍过量，字写得很不像样子，不要怪罪，不要怪罪。别的不一一细说了。苏轼再拜。

【赏析】

此篇为苏轼写给秦太虚的一封回信。

文章开始尽述"异乡衰病，触目凄感"，可想作者在谪居中遭遇的种种不幸。然而在随后的叙述中，作者乐观豁达的性情渐渐显露，虽异乡谪居，连遭痛失亲人的打击，且生活清苦，但作者仍然自得其乐，入道观养炼，与山水为伴，与友人同乐，时时"掀髯一笑"，其安之若素的豪情令人肃然起敬。

本文虽为一封书信，但东坡先生随遇而安的豁达性格跃然纸上，尤为动人。

书吴道子画后

知者^①创物，能者述焉，非一人而成也。君子之于学，百工之于技，自三代历汉至唐而备矣^②。故诗至于杜子美，文至于韩退之，书至于颜鲁公，画至于吴道子，而古今之变，天下之能事毕矣^③。道子画人物，如以灯取影，逆来顺往，旁见侧出，横邪平直，各相乘除^④，得自然之数，不差毫末，出新意于法度之中，寄妙理于豪放之外，所谓游刃余地，运斤成风^⑤，盖古今一人而已。予于他画，或不能必其主名，至于道子，望而知其真伪也。然世罕有真者^⑥，如史全叔所藏，平生盖一二见而已。

【注释】
①知者：有智慧的人，知，通"智"。
②三代：指夏、商、周三个朝代。备：完备。
③杜子美：杜甫，字子美，唐代诗人。韩退之：韩愈，字退之，唐代杰出文学家。颜鲁公：颜真卿，字清臣，封鲁国公，世称颜鲁公，唐代著名书法家。毕：全。
④乘除：即增减。
⑤运斤成风：语出《庄子·徐无鬼》："郢人垩慢其鼻端，若蝇翼，使匠石斫之。匠石运斤成风，听而斫之，尽垩而鼻不伤，郢人立不失容。"这里用以比喻吴道子手法纯熟。
⑥真者：真迹。

【译文】

有智慧的人创造事物,有才能的人著书立说,这不是一个人所能完成的事。君子们的学问,各种工匠的技巧,从夏商周三代经历两汉到唐代就都已经具备了。所以,作诗的顶峰到了杜甫,文章的顶峰到了韩愈,书法的顶峰到了颜真卿,绘画的顶峰到了吴道子,古今历代的变化,天下各种最高超的技能就都全了。

吴道子画人物画,就像用灯光照着取影子,正过来倒过去,从旁边看从侧面瞧,用笔横着斜着或是平直,各个部位有增有减,取得本来面目,差不了毫厘,追求创新又符合一定规矩,表现玄妙而又在豪放之外,这就是一种"游刃有余"的境地,就像《庄子·徐无鬼》中讲的匠石挥动斧子带着风声砍下去,却准确无误。这大概是古往今来第一的画家了。我看其他人的画,或许不能说出画家的名字,至于吴道子的画,一看就知道是真是假。但是如今世上很少有他的真迹,譬如史全叔所珍藏的即是真迹,只是平生就看过一两次而已。

【赏析】

吴道子擅画佛道人物及鸟兽、草木、台阁。在长安、洛阳二地寺观,作壁画三百余间。早年行笔细密,中年雄放遒劲,线条有运动感,点划有笔不周而意周之妙。所画衣褶,有飘举之势,有"吴衣当风"之说。其山水画,荆浩评为"有笔无墨",张彦远认为"山水之变,始于吴"。吴还"画塑兼工",善于掌握"守其神,专其一"的艺术法则。千余年来被视为"画圣",民间画工尊之为"祖师"。本文对吴道子画的评论,时人服其为至论。且文中称颂的游刃余地、运斤成风的神技,同样适用于文学作品的创作中。

本文开始,高度概括了艺术发展的规律:"知者创物,能者述焉,非一人而成也。"这就是说艺术经验是不断积累的结果,绝非一个人独力能完成。接着指出无论学术文化还是百工技艺都是经过长期发展才完善的,杜诗、韩文、颜书、吴画均在前人基础上集大成,达到前所未有的高度,"古今之能事毕矣"。然后分析吴道子深厚的画功,认为他的画"得自然之数,不差毫末",就是说画得既准确又传神。接着又非常辩证地阐述了吴画的精髓:"出新意于法度之中,寄妙理于豪放之外。"寻常人作画要么"守法度",遵循旧套路,缺乏新意;要么风格豪放却缺乏韵味。吴画则能避免凡人的弊端。最后,苏轼说自己能鉴别吴画的真伪,却不太能鉴别一般画家的作品的真伪。这表明了好的艺术品有强烈鲜明的个性。他还感叹当时吴画的真迹太少,所见多为假冒伪劣。

书上元夜游

己卯上元①,予在儋州,有老书生数人来过②,曰:"良月嘉③夜,先生能一出乎?"予欣然④从之,步城西,入僧舍,历⑤小巷,民夷⑥杂糅,屠沽纷然⑦。归舍已三鼓⑧矣。舍中掩关熟睡,已再鼾矣。放杖而笑,孰⑨为得失?过⑩问先生何笑,盖自笑也。然亦笑韩退之钓鱼无得⑪,更欲远去,不知走海者⑫未必得大鱼也。

【注释】

①上元:农历正月十五。
②过:访问。
③嘉:美妙。
④欣然:高兴的样子。
⑤历:经过。
⑥民夷:指汉族和当地少数人民。
⑦屠沽:卖肉的人和卖酒的人,泛指市井中做生意的人。纷然:杂乱热闹的样子。
⑧鼓:动词,击鼓。古代夜间击鼓报时,一夜报五次。
⑨孰:哪个。
⑩过:苏过,字叔党,苏轼的小儿子。
⑪韩退之钓鱼无得:这里借韩愈的诗句,表示不赞同其强求多得。这诗也将自己一生立身行事比喻作钓鱼。
⑫走海者:走到大海边的人。这里苏轼隐指自己。

【译文】

　　1099年农历正月十五,我在儋州,有几个老书生过来对我说:"如此好的月夜,先生能不能一起出去呢?"我便很高兴地跟随他们,走到了城西,进入了和尚的住所,经过了小巷,各地的百姓聚居在一起,生活井然有序。回到家中已经三更了,家里的人闭门熟睡,鼾声阵阵。(我)放下拐杖,不禁笑了笑,什么是得,什么是失呢?苏过问我为什么笑,大概是自己笑自己吧。然而也是笑韩愈钓鱼没有钓到,还想要到更远的地方钓鱼,却不知道在海边的人也未必能钓到大鱼。

【赏析】

　　苏轼以寥寥百余字,把自己在海南度过的上元之夜的情景写得精彩之极。与友人"步城西,入僧舍,历小巷"体会"民夷杂揉,屠沽纷然"。引发了对人生的经典感悟:"然亦笑韩退之钓鱼无得,更欲远去,不知走海者未必得大鱼也。"写出了各族人民杂居及夜市热闹的景象,以及身在其中的苏轼的悠然自得。

杂著

李靖李勣为腹心之病

昔袁盎论绛侯功臣,非社稷臣。此固有为而言也。然功臣、社稷之辨①,不可不察②也。汉之称社稷臣者,如周勃、汲黯、萧望之之流。三人者,非有长才③也。勃以重厚安刘氏,黯以忠义弭④淮南之谋,望之确然不夺于恭、显,孔子所谓大臣以道事君者耶?仆尝谓社稷之臣如腹心,功臣如手足。人有断一指与一足,未及于死也。腹心之病,则为膏肓,不可为也。李靖、李勣可谓功臣,终始为唐之元勋也。然其所为,止卫、霍、韩、彭之流尔。疆场之事,夷狄⑤内侮,能以少击众,使敌人望而畏之,此固任之有余矣。若社稷之寄,存亡之几,此两人者,盖懵不知焉。太宗欲伐高丽⑥,靖已老矣,而自请将兵,以坚太宗黩武之志,几成不戢自焚之祸。高宗立武后,勣以陛下家事无问外人,武氏之祸,戮及姪褓⑦,唐室不绝如线。则二人者,为腹心之病大矣。张释之戒啬夫之辨,使文帝终身为长者。魏元成折封伦之论,使太宗不失行仁义。孔子所谓有"一言而可以兴邦,一言而可以丧邦"者,岂其然乎?

【注释】
①辨:区别。
②察:明察。
③长才:专长才智。

④弴：削除。
⑤夷狄：古代北方少数民族。
⑥高丽：今朝鲜。
⑦姪褓：即襁褓。

【译文】

　　过去西汉时期的袁盎论评绛侯功臣，其实都不是"社稷之臣"。这本来是依照他们的作为来说的。然而功臣与"社稷（国家）之臣"的区别，不能不认真辨认。西汉王朝够得上"社稷之臣"称号的，比如周勃、汲黯、萧望之这些人。这三个人物，并不是有什么专长才智。周勃以稳重仁厚安定刘氏的天下，汲黯以忠义消除淮南王刘安的叛乱之谋，萧望之刚强可是却斗不过宦官弘恭、石显，这就是孔子所说的大臣按照"道"侍奉君王的人吗？我曾说过"社稷之要臣"就像腹心，而功臣就像手和脚。人如果断掉一只手或者一只脚，不至于致死，而腹心得了病，就是病入膏肓，就不能治了。李靖、李勣可以说是唐朝功臣，始终是唐朝的开国元勋。但是根据他们的所作所为，充其量也就是卫青、霍去病、韩信、彭越之流的人物。战场上的事情，夷狄（古代北方少数民族）入关内侵，能够以少胜多，使得敌人望见他们就畏惧，这固然是他们当任有余的事。但是如果是关于社稷命运的寄托，国家的存亡等事，这两个人物，一概是混沌不知道。唐太宗想要征伐高丽（今朝鲜），李靖已经年老了，而自己还请求带兵，以坚定太宗穷兵黩武的意志，几乎酿成不可收拾的玩火自焚的灾祸。高宗李治立武则天为皇后时，李勣则口称陛下自己的家事不用问外人，导致武氏专权的灾祸，杀戮之灾殃及姪褓中的孩子，使得唐朝就像一条细细的线一样差一点儿灭绝。这两位李氏人物，就是唐朝腹心的大病。西汉廷尉张释之告诫乡官啬夫的一番辩辞，使得汉文帝将他终身尊为长者，而魏元成驳倒封伦的一番言论，使得唐太宗不失于推行仁义之政。孔子所说的"一句话可以振兴国家，一句话也可以丧失国家"的人物，岂不是就应该像这样吗？

【赏析】

　　这篇政论短章开宗明义，直指为臣之道。作者将朝之重臣区分为"功臣"和"社稷之臣"，喻功臣为手足，社稷之臣为腹心。手足可残，腹心切忌变质，否则一着不慎，举国之安危将命悬一线。

作者举唐初开国功臣李靖、李𪟝为例，在国家面临重大抉择的时刻，自己的一言一行足以影响全局的关键时期，他们却选择了明哲保身，以不拂君意，几乎铸成无可挽回的弥天大祸。末尾又举张释之、魏元成二人为例，反衬出"一言而可以兴邦，一言而可以丧邦"之理。

　　全文写得深入浅出，简洁流畅；有论有据，构思缜密而寓意深邃，读后发人内省。

范文正公文集叙

庆历三年，轼始总角入乡校①，士有自京师来者，以鲁人石守道②所作《庆历圣德诗》示乡先生。轼从旁窃观，则能诵习其词，问先生以所颂十一人者③何人也？先生曰："童子何用知之？"轼曰："此天人也耶，则不敢知；若亦人耳，何为其不可！"先生奇轼言，尽以告之，且曰："韩、范、富、欧阳，此四人者，人杰也。"时虽未尽了，则已私识之矣。嘉祐二年，始举进士至京师，则范公殁。既葬，而墓碑④出，读之至流涕，曰："吾得其为人。"盖十有五年⑤而不一见其面，岂非命也欤。

是岁登第，始见知于欧阳公，因公以识韩、富，皆以国士⑥待轼，曰："恨子不识范文正公。"其后三年，过许，始识公之仲子于今丞相尧夫⑦。又六年，始见其叔彝叟京师⑧。又十一年，遂与其季德孺同僚于徐⑨。皆一见如旧。且以公遗稿见属为叙。又十三年⑩，乃克为之。

呜呼，公之功德，盖不待文而显，其文亦不待叙而传。然不敢辞者，自以八岁知敬爱公，今四十七年矣。彼三杰者，皆得从之游，而公独不识，以为平生之恨，若获挂名其文字中，以自托于门下士之末，岂非畴昔之愿也哉。

古之君子，如伊尹、太公、管仲、乐毅⑪之流，其王霸之略，皆定于畎亩⑫中，非仕而后学者也。淮阴侯见高帝于汉中，论刘、项短长，画取三秦如指诸掌,及佐帝定天下,汉中之言,无一不酬者⑬。诸葛孔明卧草庐中,与先主策曹操、孙权,规取刘璋,因蜀之资,以争天下,终身不易其言⑭。此岂口传耳受尝试为之而侥幸其或成者哉。

公在天圣中,居太夫人忧,则已有忧天下、致太平之意,故为万言书以遗宰相,天下传诵⑮。至用为将⑯,擢为执政⑰,考其平生所为,无出此书者⑱,今其集二十卷,为诗赋二百六十八,为文一百六十五。其于仁义礼乐,忠信孝弟,盖如饥渴之于饮食,欲须臾忘而不可得,如火之热,如水之湿,盖其天性有不得不然者,虽弄翰戏语,率然而作,必归于此。故天下信其诚,争师尊之。孔子曰:"有德者必有言⑲。"非有言也,德之发于口者也。又曰:"我战则克,祭则受福。"非能战也,德之见于怒者也。元祐四年四月十一日。

【注释】

①总角入乡校:《东坡志林》卷二:"吾八岁入小学,以道士张易简为师。"

②石守道:《宋史·石介传》:石介,字守道,兖州奉符人。庆历中,宰相吕夷简以疾罢归第,而杜衍代夏竦为枢密史,又命范仲淹、富弼、韩琦为枢密副使,欧阳修,余靖,蔡襄同时为谏官。介于是喜曰:"此盛事也,歌颂吾职,其可已乎。"作《庆历圣德诗》。

③所颂十一人者:即杜衍、章得象、晏殊、贾昌朝、范仲淹、富弼、韩琦、欧阳修、余靖、王索、蔡襄。

④墓碑:欧阳修作《资政殿学士户部侍郎文正范公神道碑铭》,富弼作《墓祷铭》。

⑤十有五年:庆历三年(1043年)至嘉祐二年(1057年)相距十五年。

⑥国士:一国中的杰出之人。

⑦始识公之仲子于今丞相尧夫:嘉祐五年(1060年)苏轼服母丧毕自蜀返京,过许(今河南省许昌),遇到范仲淹次子范纯仁,字尧夫。范仲淹有

四个儿子,纯佑、纯仁、纯礼、纯粹。

⑧始见共叔彝叟京师:治平二年(1065年)苏轼罢凤翔签判至京师任职,遇到范仲淹第三子范纯礼,字彝叟。

⑨与其季德孺同僚于徐:熙宁十年(1077年)苏轼自密州改知徐州,时范仲淹的第四于(幼子)范纯粹,字德孺,知滕县,属徐州,故称同僚。

⑩又十三年:自熙宁十年至元祐四年(1089年),为十三年。

⑪伊尹、太公:见《留侯论》注。管仲:名夷吾,佐齐桓公,国力大振,使齐桓公成为春秋时的第一霸主。乐毅:燕国名将,燕昭王任为亚卿,大大胜齐军,连下七十余城。

⑫畎亩:田地中间的沟。这里是田间的意思。

⑬无一不酬者:《史记·淮阴侯列传》:韩信初见刘邦,向他献策,说:"项王虽霸天下而臣诸侯,不居关中而都彭城。……所过无不残灭者,天下多怨,百姓不亲附,特劫于威缰耳。""而大王(齐邦)之入武关,秋毫无所害,除秦苛法,与秦民约法三章耳,秦民无不欲得大王王秦者。""今大王举而东,三秦可传檄而定也。"齐邦采纳其策,举兵定了三秦。

⑭终身不易其言:指刘备三顾茅庐,诸葛亮隆中对策,建议联合孙权,共同对抗曹操,先取荆州,益州对根据地,钱东湖说:"以文正公配淮阴侯、诸葛武侯,言其平生经略素定,非偶然得剿取者,见此集为有用之书。"

⑮天下传诵:《宋史·范仲淹传》:范仲淹于天圣时"徙监楚州朴科院母丧去官。晏殊知应天府,闻仲淹名,召寅府学。上书请择郡守、举县令、斥游惰、去冗僭慎选举、扶将帅、几万余言"。后在"庆历新政时",又上明黜陟、抑侥幸、精贡举、择长官、均公田、厚农桑、修武备、推恩信、重命令、减徭役等十事。

⑯至用为将:康定元年范仲淹任陕西经略安抚副使,庆历二年改任陕西四路经略安抚招讨使。

⑰擢为执政:庆历元年春范仲淹任枢密副使,秋改任参知政事。

⑱无出此书者:《容斋续笔》卷三《一定之计》:"人臣之遇明主,于始见之际,图事揆策,必有一定之汁,据以为决,然后终身不易其言,则史策书之,足为不朽。东坡序范文正公之文,盖沦之矣。"

⑲有德者必有言:语出《论语·宪问》。

【译文】

　　庆历三年（1043年），我童年时代刚刚进入县学，有一位从京城来的读书人，把山东人石介（字守道）写的《庆历圣德诗》拿给县学先生看。我在旁边看了后，就能背诵其中的诗文，于是问先生诗中所颂扬的十一个人都是哪些。先生说："小孩子知道这些有什么用？"我说："这些都是天上的神仙吗？为什么不敢告诉我？如果他们是人，告诉我又有什么不可以？"先生听了我的话感到很惊奇，就将这些人的事情完完全全告诉了我。并且说："韩琦、范仲淹、富弼、欧阳修，这四个人，是天下的人杰。"当时我虽然没有完全明白，但是已经暗暗地知道了这些人。嘉祐二年（1057年），我刚中进士来到京城，范仲淹公却已经去世了。埋葬他之后公布了他的墓碑碑文，我读了以后痛哭流涕，发誓说："我一定效仿他的为人。"我从在乡校知道他的名字至此十五年竟没能见他一面，这难道不是天命吗？

　　这一年进士及第，有机会拜见了欧阳修公，又通过他认识了韩琦、富弼，他们都把我当成全国推崇的读书人来对待，还对我说："只可惜你没机会与范仲淹文正公相识。"后来又过了三年，我到许昌去，第一次结识了范公的二儿子范纯仁（字尧夫）。又过了六年，在京城里见到了他的三儿子范纯礼（字彝叟）。又过了十一年，同他的四儿子范纯粹（字德孺）在徐州成为同僚。都是一见如故，并拿出范公的遗稿嘱咐我作叙。又过了十三年，才得以作成这个叙。

　　呜呼！范公的功德，完全不需用文字来显现，他的文章也不需我的叙来传播。但我不敢推辞，自八岁闻知公的大名而敬爱他，如今已经四十七年了。韩琦、富弼、欧阳修这三位杰出人物，我都有机会跟随他们出游，而只有范公没能相识，实在是我今生的一大遗憾。如果能够在他的文章中获得挂名的荣耀，我一定托在他的门下做最后一名学子，这并不是在昨天才产生的心愿。

　　古代贤德的君子，诸如商汤时的功臣伊尹、周武王时的姜太公、春秋时代齐国名相管仲、战国时期燕国名将乐毅等人，帮助君王称霸天下的策略，都是在出仕之前就已经胸有成竹了，不是出仕后才学得的。淮阴侯韩信在汉中拜见汉高祖刘邦，论述刘邦与项羽各自的优势和劣势，暗度陈仓占领关中三秦之地，就像伸手翻掌一样容易。到了辅佐刘邦安定天下之时，他在汉中的一番话，无一不得到验证。诸葛亮出仕之前住在草庐之中，刘备三顾茅庐听诸葛孔明论述曹操、孙权，分析天下大势，规劝刘璋迎刘备进入蜀地，利用蜀地天府之国的资财、人力，与曹操、孙权争夺天下，他终生没有改变他在隆中对刘备说的话。这些治国安邦的雄韬大略，岂能够凭嘴说耳听尝试着来执行，以求侥幸来取得成功呢！

范仲淹公在仁宗朝的天圣中期，为母亲太夫人守丧时，就已有了忧国忧民、治理天下以求太平的胸怀和大志，所以敢于给当时的宰相上万言书提出十项改革方略，天下人争相传诵。后来被任用为将领，以致被重用入朝执政，追溯他平生的业绩，都是按照他的这些方略来做的。现在流传的他的文集有二十卷，其中诗赋二百六十八篇，文章一百六十五篇。他对于仁、义、礼、乐、忠、信、孝、悌，几乎就像饥渴时需要饮食，想一瞬间忘却都不可能。好比火必然会热、水必然会湿，他的超凡才智和忧国忧民的品德不产生是不太可能的。虽然他的创作或诙谐戏语，或潇洒自如，但是，其内容一定会归于这些传统美德。所以天下人相信他的真诚，争相把他尊为师长。孔子说："有才德的人必有自己的立言之说。"其实并不是一定要著书立说，而是高尚的品德能从言论中自然流露出来，正是孔子所说的"德是言论的根本"。孔子还说："我如果作战一定能够攻克敌人，祭祖就能得到福气和好运。"其实并不是有贤德的人才善于作战，这是品德在愤怒时的一种表现。元祐四年（1089年）四月十一日。

【赏析】

此篇是苏轼为范仲淹文集所作叙。

文章从作者童年时听到范仲淹"人杰"之名写起，以平实却饱蘸情感的笔墨为自己从未与范文正公相识而深感遗憾，并交代其与范公之子的相识相知，以及他们托之为叙的缘由。

作者在表述范仲淹功绩时，取古时名士为例，引出范仲淹文章所传示的高风亮节，至其身后仍在引人推崇备至。

此篇文章语言朴实，娓娓道来，既为作叙，又为缅怀逝者，黯然伤怀的同时表达自己无限倾慕。情之所致，乃为此叙。

韩干画马赞

韩干①之马四。其一在陆,骧首奋鬣,若有所望,顿足而长鸣。其一欲涉,尻高首下,择所由济②,跑躅而未成。其二在水,前者反顾,若以鼻语;后者不应,欲饮而留行。以为厩马也,则前无羁络,后无箠策;以为野马也,则隅目③耸耳,丰臆细尾,皆中度程④,萧然如贤大夫贵公子,相与解带脱帽,临水而濯缨⑤。遂欲高举远引,友麋鹿而终天年⑥,则不可得矣,盖优哉游哉⑦,聊以卒岁而无营⑧。

【注释】

①韩干:唐代著名画家,祖籍不详,以画马著称。
②择所由济:选择渡河的地方。济,渡河。
③隅目:眼眶棱角分明。一说斜着眼睛看。
④皆中度程:全符合良马的标准。
⑤"临水"句:表明行为高洁,不与世俗同流合污。濯缨,洗涤帽带。
⑥"友麋鹿"句:与麋鹿为友,享尽自然的寿命。意即回归自然。
⑦优哉游哉:语出《史记·孔子世家》。
⑧无营:无所求。

【译文】

韩干画的这幅画有四匹马:一匹在陆地,高高地昂起头摆动着鬃毛,好像在向前眺望,跺着蹄子发出长长的嘶鸣;另一匹正准备涉水,臀部高而马头低,正在选择过河的路径,徘徊迂回而尚没下水;其他两匹都在水中,前面的一匹正在回头顾盼，好像要用鼻子与后面的马交谈，后面的那一匹对前面的马没有回应，而是想饮水停止不前。我以为他画的好像是养在马厩中的马，可是前面却没有戴笼头，后面没有挂马鞭的配饰；说它是野马吧，可又长着有棱有角的眼睛和高耸的耳朵，丰满健壮的前胸以及细细的尾巴，都是良马的标准尺度，就好像贤德的大夫、高贵的公子，争相解开腰带，摘掉帽子，在水边洗涤帽顶的缨子。于是准备高飞远去，与麋鹿为友享尽自己的年寿，可又不可能达到。但是，它们既然不能回归山林，也就只好姑且悠悠荡荡，任他生老病死而无所追求。

【赏析】

东坡于绘画一途，亦造诣精深。他曾屡屡宣扬重"神似"、轻"形似"的艺术观，并以自己独具个性的创作实践着这一主张。

本文用生动的笔触逼真地再现了韩干的骏马图：四骏纷陈，而笔法各异；或昂首摆尾，或跺蹄嘶鸣，或涉水顾盼……盎盎有生趣，不能不惊叹于作者观察之细致，描摹之精准传神，读之如睹其画。

作者的本意还远不止此，末尾笔锋陡转，点睛般叩响了画外之音。寥寥数句，意蕴悠远，似无奈又似有意，似叹良骥又似自怜自叹。东坡之神韵，彰显无余。

桂酒颂

《礼》曰："丧有疾，饮酒食肉，必有草木之滋焉。姜桂之谓也。"古者非丧食，不彻姜桂。《楚辞》曰："奠桂酒兮椒浆。"是桂可以为酒也。《本草》：桂有小毒，而菌桂、牡桂皆无毒，大略皆主温中，利肝肺气，杀三虫，轻身坚骨，养神发色，使常如童子，疗心腹冷疾，为百药先，无所畏。陶隐居[①]云：《仙经》，服三桂，以葱涕合云母，蒸为水。而孙思邈[②]亦云：久服，可行水上。此轻身之效也。吾谪居[③]海上，法当数饮酒以御瘴，而岭南无酒禁。有隐者，以桂酒方授吾，酿成而玉色，香味超然，非人间物也。东坡先生曰："酒，天禄也。其成坏美恶，世以兆主人之吉凶，吾得此，岂非天哉！"故为之颂，以遗后之有道而居夷者。其法盖刻石置之罗浮铁桥之下，非忘世求道者莫至焉。其词曰：

中原百国东南倾，流膏输液归南溟[④]。祝融司方发其英，沐日浴月百宝生。水娠黄金山空青，丹砂昼晒珠夜明。百卉甘辛角芳馨，旃檀沈水乃公卿。大夫芝兰士蕙蘅，桂君独立冬鲜荣。无所慑畏时靡争，酿为我醪淳而清。甘终不坏醉不醒，辅安五神伐三彭。肌肤渥丹身毛轻，泠然风飞冈水行。谁其传者疑方平，教我常作醉中醒。

【注释】

①陶隐居：东晋隐士陶渊明。

②孙思邈：唐代大医学家。
③谪居：贬谪居住。
④南溟：指南海。

【译文】

《礼记》中说："遇到丧事如果患病，饮酒吃肉时，必定要有草木的滋润。那就需要姜和桂之类的食物。"古代的人不是丧食，一般不吃姜和桂。《楚辞》中说："奠礼用桂酒和花椒水。"这说明桂是可以制成酒的。《本草》说：桂（肉桂）有很小的毒性，而菌桂（小桂）和牡桂（木桂）都没有毒，大概都是主温中和、利肝利肺气，杀三种寄生虫，舒筋活血壮骨，养精神改善颜面的颜色，使人能够保持年轻，治疗心腹发冷的疾病，它是各种中草药中首选的药物，不需有什么担忧。东晋隐士陶潜（陶渊明）说：《仙经》载，服三桂（肉桂、菌桂、桂皮）用大葱汁和上云母，蒸成汤水后服用。而唐代大医学家孙思邈也说：长期服用，便可以在水上行走，这是一种有效的轻身之法。我被贬谪居住在海边，按常理应每天饮几次酒，用以驱赶和抵御潮湿瘴气，而当时在岭南也没有禁酒的法令。有一位隐士，把制作桂酒的方法传授给我，酿成的酒呈现玉色，香味也超过其他的酒，真好像不是人间之物，宛如仙境之味一般。东坡居士说："酒这东西，是大自然赋予的一种福分。它的好坏美恶，在人世上往往是其主人吉凶的征兆，我得到这么好的酒，难道不是天意吗？"所以为它作颂，用来传给以后那些有道有德而被贬谪居住在蛮夷边地的人。这种方法都刻在石头上放置在罗浮铁桥下面，不是忘却尘世而执意求道的人是不会到那里去。我的颂词说：

中原百国向东南倾斜，大地的营养顺着一条条河流淌入了南海。远古传说中的祝融氏控制的这片土地生长出精英，沐浴着日月的光辉生长着百种宝物。水中孕育着黄金，山间幽雅青绿，朱砂经过白天的暴晒显现出来而晚上有夜明珠熠熠生辉。各种花卉散发出不同的味道角逐芳香，旃檀生出的檀香汁液乃是公卿贵族享用的珍宝，士大夫喜欢这里的芝兰，一般的读书人都崇尚蕙兰和蘅草，桂树之君则是独立于冬季的鲜荣之物。没有任何畏惧又与世无争，用它酿成我的醪酒真是醇香清新。甘洌而不坏，醉后不醒，具有安定五神治疗三消（上消多饮、中消多食、下消多尿）的功效。肌肤红润，身体轻盈，飘然若仙，像风一样在水上行走。是谁传授这种妙方的呢？怀疑是传说中的神仙席方平，教我经常能够在酒醉中保持清醒。

【赏析】

　　这是一篇很有深意的状物文赋，作者巧借桂酒咏志抒情。

　　篇首即寻根溯源，引史为据，说明了桂酒的来历与出处，尤其是浓墨重彩地描绘了桂与桂酒的特点与效用，叙述精当，裁剪合理。

　　但本文的精华与核心却在后半部分，作者自叙贬谪之后，身处蛮夷之地，有幸与桂酒为伴，驱瘴怡神，驰骋胸怀。"故为之颂，以遗后之有道而居夷者。"令人心伤而神碎，东坡所特有的悲悯与旷达之气亦隐隐充溢其间。

　　文末歌赋则洋洋洒洒，一气呵成，言之有物，沉郁深远，着实为全篇增色不少。

潮州韩文公庙碑

匹夫而为百世师,一言而为天下法。是皆有以参天地之化,关盛衰之运,其生也有自来,其逝也有所为。故申、吕①自岳降②,傅说③为列星,古今所传,不可诬也。孟子曰:"我善养吾浩然之气④。"是气也,寓于寻常之中,而塞乎天地之间。卒然遇之,则王公失其贵,晋、楚失其富,良、平⑤失其智,贲、育⑥失其勇,仪、秦⑦失其辨。是孰使之然哉?其必有不依形而立,不恃力而行,不待生而存,不随死而亡者矣。故在天为星辰,在地为河岳,幽则为鬼神,而明则复为人。此理之常,无足怪者。

自东汉以来,道丧文弊,异端并起,历唐贞观、开元之盛,辅以房、杜⑧、姚、宋⑨而不能救。独韩文公起布衣,谈笑而麾之,天下靡然从公,复归于正,盖三百年于此矣。文起八代⑩之衰,而道济天下之溺⑪;忠犯人主之怒⑫,而勇夺三军之帅⑬:此岂非参天地,关盛衰,浩然而独存者乎?

盖尝论天人之辨,以谓人无所不至,惟天不容伪。智可以欺王公,不可以欺豚鱼⑭;力可以得天下,不可以得匹夫匹妇之心。故公之精诚,能开衡山之云⑮,而不能回宪宗之惑;能驯鳄鱼之暴⑯,而不能弭皇甫镈、李逢吉⑰之谤;能信于南海之民,庙食百世,而不能使其身一日安于朝廷之上。盖公之所能者天也,其所不能者人也。

始潮人未知学,公命进士赵德为之师。自是潮之士,皆笃于文行，延及齐民，至于今，号称易治。信乎孔子之言，"君子学道则爱人，小人学道则易使也"。潮人之事公也，饮食必祭，水旱疾疫，凡有求必祷焉。而庙在刺史公堂之后，民以出入为艰。前太守欲请诸朝作新庙，不果。元祐五年，朝散郎⑱王君涤来守是邦，凡所以养士治民者，一以公为师。民既悦服，则出令曰："愿新公庙者，听。"民欢趋之，卜地于州城之南七里，期年而庙成。

或曰："公去国万里，而谪于潮，不能一岁而归。没而有知，其不眷恋于潮也，审矣。"轼曰："不然！公之神在天下者，如水之在地中，无所往而不在也。而潮人独信之深，思之至，焄蒿凄怆⑲，若或见之。譬如凿井得泉，而曰水专在是，岂理也哉？"元丰元年，诏封公昌黎伯，故榜曰："昌黎伯韩文公之庙。"潮人请书其事于石，因为作诗以遗之，使歌以祀公。其辞曰：

公昔骑龙白云乡，手抉云汉⑳分天章㉑。天孙㉒为织云锦裳，飘然乘风来帝旁。下与浊世扫粃糠，西游咸池㉓略扶桑㉔，草木衣被昭回光。追逐李、杜参翱翔，汗流籍、湜㉕走且僵，灭没倒影不能望。作书诋佛讥君王，要观南海窥衡湘，历舜九嶷吊英、皇。祝融先驱海若㉖藏，约束蛟鳄如驱羊。钧天㉗无人帝悲伤，讴吟下诏遣巫阳㉘。犦牲鸡卜㉙羞我觞，於粲荔丹与蕉黄。公不少留我涕滂，翩然被发下大荒。

【注释】

①申、吕：申侯，吕伯，周朝大臣。
②岳降：指他们是四岳所降生。
③傅说（yuè）：商朝大臣。传说死后化为星宿。
④浩然之气：即正气，刚正至大的气概。
⑤良、平：张良、陈平，西汉谋臣。
⑥贲（bēn）、育：孟贲、夏育，古代武士。
⑦仪、秦：张仪、苏秦，战国辩士。

⑧房、杜：房玄龄、杜如晦，贞观年间贤相。

⑨姚、宋：姚崇、宋璟，开元年间贤相。

⑩八代：东汉、魏、晋、宋、齐、梁、陈、隋。此时骈文盛行，文风衰败。

⑪道济天下之溺：谓提倡儒家之道，使天下人不受佛教、道教之害。济，拯救。

⑫忠犯人主之怒：唐宪宗迎佛骨入宫，韩愈直谏，几被处死，经大臣营救，贬潮州刺史。

⑬勇夺三军之帅：唐穆宗时，镇州兵变，韩愈奉命前去宣抚，说服叛军首领归顺朝廷。

⑭豚鱼：《易·中孚》说"信及豚鱼"，意即只有诚心祭祀，连供品猪鱼都感动，才得吉卦。

⑮开衡山之云：韩愈赴潮州中途，谒衡岳庙，因诚心祝祷，天气由阴晦转晴。

⑯驯鳄鱼之暴：传说韩愈被贬为潮州刺史时，听说潮州境内的恶溪中有鳄鱼为害，就写下了《祭鳄鱼文》来劝戒鳄鱼搬迁。不久，恶溪之水西迁六十里，潮州境内永远消除了鳄鱼之患。

⑰皇甫镈（bó）、李逢吉：均当时宰相。

⑱朝散郎：五品文官。

⑲焄：香气。蒿（hāo）：蒸发。凄怆：祭祀时引起的感情。

⑳云汉：天河。

㉑天章：文采。

㉒天孙：织女星。

㉓咸池：神话中太阳沐浴的地方。

㉔扶桑：神木名。

㉕籍、湜（shí）：张籍、皇甫湜，均韩愈学生，其古文的成就远不及师，因此说"不能望"。

㉖海若：海神。

㉗钧天：天之中央。

㉘巫阳：神巫名。这两句意思是韩愈死后必为神。

㉙犦（bào）牲：牦牛。鸡卜：用鸡骨卜卦。

【译文】

　　一个普通人能够做千百代人学习的表率,一句话可以成为天下人学习的准则。这都可以和化育万物的天地相提并论,影响到时代命运的兴旺或者衰败。他的降生是有渊源的,死去以后对后世也是有作用的。所以,申伯、吕侯由山神下凡,传说死后成为天上的列星,从古到今传说的事,不可能都是捏造的啊。孟子说:"我善于培养我的盛大正直的气。"这股气寄托在平常生活之中,而充盈在天地之间。如果忽然碰上它,那么,王、公的尊贵,晋国、楚国的富有,张良、陈平的智慧,孟贲、夏育的勇力,张仪、苏秦的辩才都会黯然失色。这是谁使它这样的呢?那一定有不凭借形体就能站立、不依靠力量就能行走、不等待出生就存在、不跟随死亡而消失的东西。所以,在天上是星宿,在地面是河山,在幽暗地方就是鬼神,而在光明地方又复生为人。这是事理的正常现象,不值得奇怪。

　　自从东汉以来,道德沦亡,文风败坏,邪门歪道一齐出现。即使经历了唐朝贞观、开元的兴盛时期,依靠房玄龄、杜如晦、姚崇、宋璟等名臣辅佐,还不能挽救。唯独韩文公从普通人中奋起,从容指挥古文运动,天下人倾倒于他的为人与文风而跟着他走,使道德文章又回到正路上来,到现在大概有三百年了。他的文章振兴了东汉后八个朝代的文风的衰落,他的道德挽救了天下人的沉迷,他的忠诚曾经冒犯过皇帝,他的勇气能够折服三军的元帅;这难道不是可以和化育万物的天地相提并论,影响到时代命运的兴盛或者衰败吗?他不正是刚正之气独自存在的伟人吗?

　　我曾经议论过天和人的分别,以为人是没有什么事不能做出来的,只有天不容许人作伪。人的智慧可以用它欺骗尊贵的王、公,却不能够用它欺骗智慧低微的猪、鱼。人的力量可以用它取得天下,却不能够用它取得普通男女的真诚拥戴。所以,公的纯正一心能够消散衡山的阴云,却不能够挽回唐宪宗的执迷不悟;能够驯服鳄鱼的凶暴,却不能够阻止皇甫镈和李逢吉的诽谤;能够在南海的百姓中取得信任,享受世代香火,却不能够使自己的身体在朝堂之上有一天的平安。这是因为公能够适应的是天道,不能够适应的是人事呀。

　　公初到任之时,潮州的读书人不晓得学习圣贤之道,公推荐进士赵德做他们的老师。从此,潮州的读书人都对文章和品行专心致志地学习,并逐渐影响到一般的百姓,到如今,潮州是出名的容易管理的地方。孔子的话是可信的:"品行端正有学识的人学了圣贤之道,就会爱惜别人,百姓学了圣贤之道,就懂得了礼节，容易治理。"潮州人是这样信奉公的：吃喝时一定要祭奠，碰到水涝、干旱、疾病和瘟疫，凡是有所要求必定要到祠堂里去祈祷。可是祠堂在州官衙门大堂的后面，百姓以为出出进进不方便，前任州官把这个情况向朝廷反映，并申请造一座新的祠堂，朝廷不同意，没能办成。元祐五年，朝散郎王涤来管理这个地方，关于教育读书人、治理老百姓的方法，完全仿效公的做法。老百姓心悦诚服，王君就出一道命令说："愿意修建一座公的新祠堂的前来待命！"老百姓高兴地赶来参加这个工程。于是在潮州的南面离城七里选定了一块地方，立即动工，只花了一年时间新祠堂就落成了。

有人说："公离开京城上万里路，被降职到潮州来，不到一年就调任。公死后如果还有在天之灵，他对于潮州不会怀有深切的思念，这是很自然的。"我说："不对！公的精神留在天下，如同水在地下，没有什么地方不能到达。而且潮州人对公信仰特别深厚，想念恳切，怀着悲伤的心情去祭奠他，在香烟缭绕中好像看到他。譬如挖一眼井得到了水，却说水本来就在这里，这难道合乎情理吗？"元丰元年，皇帝下令封公为昌黎伯，所以祠堂的匾额上写着："昌黎伯韩文公之庙"。潮州人请我把这件事写下来刻在石碑上，我就作了一首诗拿来送给他们，叫他们歌唱它来祭奠公。那歌词说：

从前，公骑着龙在天上遨游，他的文章就像是双手拨开白云能呈现出银河和日月星辰的辉光；织女替公织了一件云锦的衣裳，公穿着它轻快地趁风来到天帝的旁边。天帝派公下凡，在混乱的人间扫除道德文章方面的歪风邪气；公在西边游览了咸池，巡视了扶桑；公的教化遍及草木，反射出像星辰般的光芒。公追随李白、杜甫与他们一起比翼飞翔；使皇甫湜和张籍汗流浃背地追赶，快要倒下了，公的道德光辉在天上炫耀夺目不能望到。公上书斥责佛、讥刺君王，被降职到南海，中途观察了衡山、湘水，经过帝舜埋葬的九嶷山，凭吊了娥皇和女英。祝融替公在前边开路，海若躲藏起来了，管束蛟龙、鳄鱼，好像驱赶羊群一般。天上缺少人才，上帝感到悲伤，于是派遣巫阳唱着歌到下界来招公回来。用鸡卜选了个好日子，为公准备了牺牲、美酒等祭品，还有色彩鲜艳的果品，荔枝红红的，香蕉黄黄的。公不肯稍微停留，使我们泪下如雨，愿公轻快地到那太阳降落的地方。

【赏析】

韩愈因谏迎佛骨触怒了宪宗皇帝，被贬为潮州刺史。潮州远隔帝乡，天荒地老，贫穷落后，自然环境十分恶劣。韩愈上任后因俗施教，移风化俗，结果潮州大治，潮之民竞相称颂其功德，历代不衰。

宋哲宗元祐年间，潮州吏民重修韩公庙，宋神宗元丰元年（1078年）诏封韩愈为"昌黎伯"，潮州韩公庙亦名为"昌黎伯韩文公之庙"，苏轼为其写下了这篇碑文。文中高度评价了韩愈在古文运动中的丰功伟绩："文起八代之衰，而道济天下之溺；忠犯人主之怒，而勇夺三军之帅。"赞扬了他在潮州任所的政绩，语多溢美，充满景仰之情。文章气势磅礴，风格雄健，直逼韩文。

乞校正陆贽奏议进御札子

臣等猥以空疏,备员讲读①。圣明天纵,学问日新。臣等才有限而道无穷,心欲言而口不逮②,以此自愧,莫知所为。

窃谓人臣之纳忠,譬如医者之用药,药虽进于医手,方多传于古人,若已经效于世间,不必皆从己出。

伏见唐宰相陆贽③,才本王佐,学为帝师。论深切于事情,言不离于道德。智如子房,而文则过;辩如贾谊,而术不疏。上以格君心之非,下以通天下之志。但其不幸,仕不遇时。德宗以苛刻为能,而贽谏之以忠厚;德宗以猜忌为术,而贽劝之以推诚;德宗好用兵,而贽以消兵为先;德宗好聚财,而贽以散财为急。至于用人听言之法,治边御将之方,罪己以收人心,改过以应天道,去小人以除民患,惜名器④以待有功,如此之流,未易悉数。可谓进苦口之药石,针害身之膏肓。使德宗尽用其言,则贞观可得而复。

臣每退自西阁,即私相告言,以陛下圣明,必喜贽议论。但使圣贤之相契,即如臣主之同时。昔冯唐论颇、牧⑤之贤,则汉文为之太息⑥;魏相条晁、董⑦之对,则孝宣以致中兴。若陛下能自得师,则莫若近取诸贽。夫六经三史,诸子百家,非无可观,皆足为治。但圣言幽远,末学支离,譬如山海之崇深,难以一二而推择。如贽之论,开卷了然。聚古今之精英,实治乱之龟鉴。臣等欲取其奏议,稍加校正,缮写进呈。愿陛下置之坐隅,如见贽面;反复熟读,如与贽言,必能发圣性之高明，成治功于岁月。臣等不胜区区之意，取进止。

【注释】

①备员：凑数。讲读：指侍讲、侍读，官名。
②逮：到，及。
③陆贽：任翰林学士、宰相，后受谗被贬，著有《翰苑集》，亦名《陆宣公奏议》。唐德宗时，宰相陆贽为政清廉，从来不收受任何馈赠。在与地方藩镇官员的交往中更是从不言利，分外之财分毫不取。陆贽的母亲去世，在三年的丁忧期间，各地藩镇都纷纷赠送厚礼，数量达几百份，可他硬是一份没收。对此，一些想通过送礼巴结他这位朝中重臣的地方官员便老大不满，埋怨他不近人情。这种声音传到德宗的耳朵里，德宗也觉得陆贽"清慎太过"，便私下里对陆贽说："卿清慎太过，诸道馈遗，一概拒绝，恐事情不通，如鞭靴之类，受亦无伤。"意思是说，过于清慎廉洁，拒绝地方各级官员的馈赠，恐怕有些过分。可以不收受贵重物品，接受点儿诸如马鞭、靴鞋之类的小礼物总还是可以的。然而，陆贽却有自己的看法。他认为："利于小者必害于大，贿道一开，展转滋甚，鞭靴不已，必及衣裘，衣裘不及，必及金璧。"并一针见血地指出："伤风害礼，莫甚于私；暴物残人，莫大于赂。"此后，陆贽依旧保持清廉的节操，始终不渝。
④名器：《左传》"唯器与名，不可以假人。"意即赏赐不可滥。
⑤颇：廉颇。牧：李牧。均为战国时名将。
⑥太息：出声长叹。
⑦晁：晁错。董：董仲舒。均为西汉时思想家。

【译文】

臣等凭着空虚浅薄的才学，在翰林讲读人员中充个数目。皇上的聪明智慧是上天赋予的，学问天天更新。臣等才学有限，可是圣贤之道没有穷尽，心里想讲的，口头却不能表达清楚。因此自觉惭愧，不知道怎么办。

臣等私下认为臣子敬纳忠言，譬如医生使用药物。药物虽然从医生手里取得，药方却多数是由古人传下来的；假使已经在社会上经过实践确有疗效，就不一定都要从自己手里再创造出来。

臣等听说唐朝宰相陆贽，天生是辅佐帝王的良材，学识可以做帝王的老师。他的议论很切合事理人情，语言从不离开圣贤的道德。智慧堪比张良，文才却胜过张良；辩才不逊于贾谊，辩术却并不粗疏。上可以纠正君王想法的错误，下可以开导天下百姓的思想。只是他很不幸，出来做官没有碰上适当的时候。唐德宗一味苛刻，陆贽却拿忠实仁厚来规劝他；德宗把猜疑妒忌当作待人的方法，陆贽却拿赤诚相见来规劝他；德宗喜欢出兵打仗，陆贽却认为消除战争是目前首先要做的事情；德宗喜欢搜刮钱财，陆贽却认为散发钱物给天下臣民是当前的急务。至于任用人才、倾听意见的方法，治理边地、驾驭将帅的策略，归罪自己来收拢人心，改正过错来顺应天象，罢斥奸臣来消除百姓的隐患，珍惜爵位和车服仪制来等待有功之臣这一类的合理建议，是不容易完全列举出来的。他的奏议可以说是进献了苦口的良药，针治了危害身体的重病。倘使德宗全部采纳了他的建议，那么"贞观之治"就有可能再次出现。

臣等每次从西阁下来，就私下相互谈论，认为皇上天赋聪明，一定喜欢陆贽的议论。只要皇上这样的圣主和陆贽那样的贤臣意见相合，那就如同圣主、贤臣处在同一个时代了。过去，冯唐评论了廉颇、李牧的贤能，汉文帝因为没有像他们那样的将领而长长地叹息；魏相分别陈述了晁错、董仲舒回答当时皇帝的言论，汉宣帝就用这些意见得以中兴。假如皇上能够自己找寻到老师，那就不如近一点儿直接选取陆贽。从前的六部经书和三部史书，以及诸子百家的著作，并非没有可以效仿的，而且都足以用它来治理国家。不过圣人的言论精深奥妙，后人的注释却支离破碎，好比山、海的高大深广，很难凭一两个方面来选择那些有用的东西。但陆贽的议论，一打开书就清清楚楚的。它汇集了从古到今政见的精华，确实是国家治乱的很好借鉴。臣等想选取他的奏议，稍微加以校正，抄写一部献上。希望皇上把它放在座位的桌子旁边，如同亲见陆贽的面一样；反复熟读它，好像同陆贽谈话一般。这样，它一定能够启发皇上圣明的天资，在短时间内完成太平盛世的崇高事业。臣等说不尽微小的心意，请决定用或者不用！

【赏析】

陆贽是中唐德宗朝的名臣，以道德文章为时人及后世所重，其所著奏议更堪称历代名臣奏疏之典范，后人将其编为《陆宣公奏议》流传于世。

宋哲宗元祐年间，苏轼同吕希哲、吴安诗等人共同校正了《陆宣公奏议》，把它呈献给哲宗时写了这篇札子。文中高度赞扬了陆贽的才学及品德，谓其"才本王佐，学为帝师。论深切于事情，言不离于道德。智如子房，而文则过；辩如贾谊，而术不疏。上以格君心之非，下以通天下之志"。希望哲宗皇帝能抽空反复熟读陆贽奏议，"发圣性之高明，成治功于岁月"。文章多用排句偶句，征引史实，有条不紊，比喻确切，对照鲜明。

三槐堂铭

天可必乎？贤者不必贵，仁者不必寿。天不可必乎？仁者必有后。二者将安取衷哉？

吾闻之申包胥曰："人定者胜天，天定亦能胜人。"世之论天者，皆不待其定而求之，故以天为茫茫。善者以怠，恶者以肆。盗跖之寿，孔、颜之厄，此皆天之未定者也。松柏生于山，其始也，困于蓬蒿，厄於牛羊；而其终也，贯四时，阅千载而不改者，其天定也。善恶之报，至于子孙，而其定也久矣。吾以所见所闻考之，而其可必也审矣。

国之将兴，必有世德之臣，厚施而不食其报，然后其子孙能与守文太平之主共天下之福。故兵部侍郎晋国王公，显于汉、周之际①，历事太祖、太宗，文武忠孝，天下望以为相，而公卒以直道不容于时。盖尝手植三槐于庭，曰："吾子孙必有为三公者。"已而其子魏国文正公②，相真宗皇帝于景德、祥符之间。朝廷清明，天下无事之时，享其福禄荣名者十有八年。今夫寓物于人，明日而取之，有得有否。而晋公修德于身，责报于天，取必于数十年之后，如持左契③，交手相付。吾是以知天之果可必也。

吾不及见魏公，而见其子懿敏公，以直谏事仁宗皇帝，出入侍从将帅三十余年，位不满其德。天将复兴王氏也欤？何其子孙之多贤也！世有以晋公比李栖筠者，其雄才直气，不相上下。而栖筠之子吉甫，其孙德裕④，功名富贵略与王氏等；而忠信仁厚不及魏公父子。由此观之，王氏之福，盖未艾也。

懿敏公之子巩，与吾游，好德而文，以世其家，吾是以录之。铭曰：呜呼休⑤哉！魏公之业，与槐俱萌。封植之勤，必世乃成。既相真宗，四方砥平，归视其家，槐阴满庭。吾侪小人，朝不及夕，相时射利，皇⑥恤厥德，庶几侥幸，不种而获。不有⑦君子，其何能国？王城之东，晋公所庐，郁郁三槐，惟德之符。呜呼休哉！

【注释】

①汉、周之际：指五代的后汉、后周。
②魏国文正公：指王旦，封魏国公，谥文正。
③左契：古代契约分左右两联，左契凭以索偿。
④之子吉甫，其孙德裕：李吉甫、李德裕，均唐代贤相。
⑤休：美。
⑥皇：通"遑"，闲暇。
⑦有：通"又"。

【译文】

天意能够决定人事吗？贤能的人却不一定做大官，仁慈的人却不一定享高寿。天意不能够决定人事吗？仁慈的人却一定有好后代。这两种情况将怎样求得恰如其分的解释呢？

我知道古代的申包胥说过："人决定做的事可以胜过天，天决定做的事也能胜过人。"世上的人议论天意的，都不等待天的决定就去要求天，所以认为天意是渺茫的，难以捉摸的。好人因而懒得做好事，坏人因而任意做坏事。盗跖的长寿，孔丘和颜回的穷困，这都是天意还没有最终决定。松、柏生长在山林之间，它们在开始的时候，被蓬蒿阻碍，受牛羊糟蹋；可是它们最终能贯通四季，经历千年而不凋谢，那是天意决定的。做好事或者做坏事的报应，一直轮到他们的子孙身上，那是早已决定了的。我以平时看到的听到的来验证上述两种情况，天意能够决定人事就能明白了。

一个国家将要兴起时，必定有世代积德的臣子，厚重地施舍恩德给人家但却不贪图得到好报，这样，他的子孙才能和遵守成法、治世太平的君主共享天下的福分。已经逝世的兵部侍郎晋国王公，在后汉、后周时就做官，后来又在大宋太祖、太宗两朝任职，能文能武，又忠又孝，天下人都盼望他做宰相，可是王公始终由于刚直的性格而不被当权者理解、容纳。他曾经亲手在院子里种了三棵槐树，自信而又有所期待地说："我的子孙必定有做到三公的！"后来他的儿子魏国文正公，在景德、祥符年间做了真宗皇帝的宰相。政治清明、天下太平，享受他遗留的福禄荣誉达十八年。假如在人家那里寄存了东西，到第二天去取它，有的能拿到，有的不能拿到。但是晋国公自己修养品德，靠天得到报答，在几十年以后，果真得到了报答，如同拿着契约的左券给对方查验后才能兑现一样。我因此知道天意是真正能够决定人事的。

　　我没能赶上看见魏国公，却看见过他的儿子懿敏公，他以直言规劝协助仁宗皇帝，在朝内担任近臣，到外面担任元帅，经历了三十多年，职位虽高，但跟他的品德相比还不相称。天意大概要使王家再次兴盛吧！为什么他的子孙有这么多的人才呢？社会上有人拿晋国公比李栖筠，他们的伟大才能和刚正气度，的确不相上下。李栖筠的儿子吉甫，他的孙子德裕，功名富贵大致同王家相等；可是忠诚、恕道、仁慈和朴实赶不上魏国公父子。从这里看来，王家的福禄，大概是方兴未艾吧。

　　懿敏公的儿子巩，同我交往，他注意修养品德，而且能写文章，来继承他的家风，我因此记下这许多事。铭词说：啊，好啊！魏国公的功业，同三棵槐树一起蓬勃生长。培植它多么勤劳，一定要经过一世才能成功。他当上真宗皇帝的宰相，全国太平，回来看看他的家，槐树树荫已经遮满院子。我们一般的人眼光短，早晨看不到夜晚，老是窥伺时机追求利益，没下工夫修养自己的品德，但希望有朝一日，能够侥幸地升官发财，不耕种就收获。如果没有德才兼备的人，怎么能治理好国家？王城的东面，是晋国公的府第，郁郁葱葱的三棵槐树，是王家世代积德的见证。真美啊，令人钦佩啊！

【赏析】

　　善有善报，恶有恶报，不是不报，时候未到。本文是苏轼为王巩家的"三槐堂"所作的铭文，文中宣扬的正是这种"善有善报"的观点，文章开篇借申包胥的话展开议论，认为善恶之报只争来早与来迟，安有不报的道理，继而写王巩的先人王祜历侍后汉、后周及北宋太祖朝、太宗朝,德高望重却不容于时。嗣后他的儿子终于在真宗朝做了十八年的宰相。进而以王祜与唐代李栖筠作比,认为王祜之后比李栖筠之后有德,这些德行必将进一步惠及子孙。文末写王巩与自己的交往,称赞他好德而文,有先人遗风,必将如庭中之槐树郁郁葱葱,有所作为,流芳后世。文章在叙事中穿插了衬托、比喻等修辞手法,文辞委婉晓畅,读来让人玩味不已。

方山子传

方山子①，光、黄②间隐人③也。少时慕朱家、郭解④为人，闾里⑤之侠⑥皆宗之⑦。稍壮，折节⑧读书，欲以此驰骋当世⑨，然终不遇。晚乃遁⑩于光、黄间，曰岐亭⑪。庵居蔬食，不与世相闻；弃车马，毁冠服，徒步往来山中，人莫识也，见其所著帽，方耸而高，曰："此岂古方山冠⑫之遗像⑬乎？"因谓之方山子。

余谪居于黄，过岐亭，适见焉⑭。曰："呜呼！此吾故人陈慥季常也。何为而在此？"方山子亦矍然⑮，问余所以至此者。余告之故。俯而不答，仰而笑，呼余宿其家。环堵萧然⑯，而妻子奴婢，皆有自得之意。

余既耸然异之，独念方山子少时，使酒⑰好剑⑱，用财如粪土。前十有九年，余在岐山⑲，见方山子从两骑，挟二矢，游西山。鹊起于前，使骑逐而射之，不获；方山子怒马⑳独出，一发得之㉑。因与余马上论用兵及古今成败，自谓一时豪士。今几日耳，精悍之色㉒，犹见于眉间，而岂山中之人哉？

然方山子世有勋阀㉓，当得官，使从事于其间，今已显闻。而其家在洛阳，园宅壮丽，与公侯等。河北有田，岁得帛千匹，亦足以富乐。皆弃不取，独来穷山中，此岂无得而然哉㉔？

余闻光、黄间多异人㉕，往往佯狂㉖垢污㉗，不可得而见。方山子傥㉘见之欤？

【注释】

①方山子：即陈慥，字季常。

②光、黄：光州、黄州，两州连界。光州州治在今河南潢川县。

③隐人：隐士。

④朱家、郭解：西汉时著名游侠，见《史记·游侠列传》。

⑤闾里：乡里。

⑥侠：侠义之士。

⑦宗之：崇拜他，以他为首。宗，尊奉。

⑧折节：改变原来的志趣和行为。《后汉书·段颎传》："颎少便习弓马……长乃折节好古学。"

⑨驰骋当世：在当代施展才学抱负。

⑩遁：遁世隐居。

⑪岐亭：宋时黄州的镇名，在今湖北麻城市西南。

⑫方山冠：唐宋时隐士戴的帽子。

⑬遗像：犹遗制。

⑭"余谪居"三句：苏轼《岐亭五首叙》："元丰三年正月，余始谪黄州，至岐亭北二十五里，山上有白马青盖来迎者，则余故人陈慥季常也。为留五日，赋诗一篇而去。"谪，降职。

⑮矍（jué）然：惊讶睁眼相视貌。

⑯"环堵"一句：用陶渊明《五柳先生传》"环堵萧然，不蔽风日"成句，谓室内空无所有。

⑰使酒：喝醉酒后爱发脾气，任性而行。

⑱好剑：好摆弄刀剑一类武器。

⑲余在岐山：宋仁宗嘉祐七年，苏轼任凤翔府签判，时陈慥之父陈希亮知凤翔府。苏轼这时始与陈慥相识订交。岐山，指凤翔。凤翔有岐山。

⑳怒马：愤怒地鞭马独自冲出去。

㉑"一发"一句：一箭射中它。

㉒"精悍"一句：精明英武的神情气度。精悍，精明强干。

㉓"然方山子"二句：苏轼《陈公弼传》：陈希亮（公弼）"当荫补子弟，辄先其族人，卒不及其子慥"。世有勋阀，世代有功勋，属世袭门阀。

㉔穷山中：荒僻的山中。"此岂"一句：难道没有独特的造诣修养能够做到这一点吗？
㉕异人：指特立独行的隐沦之士。
㉖佯狂：装疯。
㉗垢污：言行不屑循常蹈故，被人们认为是德行上的垢污。
㉘傥：或者。

【译文】

方山子是在光州和黄州之间山里隐居的人。他年轻时向往并学习汉朝侠客朱家、郭解的为人，乡里讲侠义的人都以他为榜样而敬重他。年纪渐渐大了，就改变了从前的志向和行为，努力读书，想凭借这条道路在当代大干一场，可是始终碰不到机会。到了晚年，就隐居在光州和黄州之间山里的一个名叫岐亭的小镇上，住草屋，吃蔬菜，不同社会接触；放弃原有的车和马不坐，毁坏原有的帽子和衣服不穿戴，平时总是步行往来于山里，没人认识他，看见他戴的帽子方型而且高高地耸起，猜测说："这莫非是古代方山冠的老式样吧！"因此都叫他方山子。

我降职外调到黄州，路过岐亭镇，刚巧碰见他，吃惊地说："哎呀！这是我的老友陈季常啊。为什么在这里？"方山子也吃惊地注视着我，问我为什么到这里来。我告诉他来这里的缘故。他低着头不回答，接着抬起头来大笑，招呼我住在他家里。他家里空空的只看到周围有四堵墙，可是他的妻、儿和奴婢都有自得其乐的神气。

我既肃然起敬又感到他非同常人，又想方山子年轻时纵酒任性，喜弄刀剑，用钱如同丢弃粪土那样。十九年前，我在岐山下看见方山子带领两个骑马的仆人，自己挂了两袋箭，到西山打猎游玩。一只喜鹊在前边惊飞起来，方山子叫骑马的仆人追赶射它，没有射中；方山子猛抽坐骑使马愤怒奔驰，独自追去，一箭就射中了那只喜鹊。于是，他就在马上跟我谈论用兵方法和古往今来用兵的成败之道，自以为是当代的豪杰。到今天已过去多少时间了，但精明强悍的神色，还在两条眉毛之间隐隐显露出来，难道他真的是在荒山里隐居的人吗？

方山子家里世代有功勋，应当得到庇荫做官，假使他能够从事政事，那么现在他一定是个有名望、有地位的人了。再说，他的家原在洛阳，花园住宅宏伟华丽，跟公侯的府第一样；在黄河北岸还有大片土地，每年可以收取成千匹丝织品，也足够他享受富裕快乐的生活。他都放弃不要，偏偏来这荒山里受苦。这难道不是因为他独有会心之处才会如此的吗？

　　我听说光州和黄州之间有很多奇怪的人，他们往往装疯，衣衫不整，不能够见到他们的真面目。方山子或者见过他们吧！

【赏析】

　　本文是宋神宗元丰初年作者被贬为黄州团练前往赴任，路过岐亭时，遇到老朋友陈季常后，为他作的传。

　　方山子是陈季常的别号。文中记叙了陈季常年轻时的任侠行为和眼前怡然自得的隐居生活。文中穿插了十九年前陈季常于岐山下射猎一事，突出其勇武多智的品质，而今虽然已归隐山林，但"精悍之色，犹见于眉间"，可见其未能一展抱负，只是生不逢时而已。文末写陈季常不愿凭借祖宗的功勋而进入仕途，亦不恋其万贯家资而毅然归隐，赞扬了其特立独行的耿介性格。由于作者抓住了人物的性格特点来刻画，人物形象栩栩如生，呼之欲出。